飢えた潮

AMITAV GHOSH
THE HUNGRY TIDE

アミタヴ・ゴーシュ
岩堀兼一郎 訳

未知谷
Publisher Michitani

目次

── 主要登場人物 ──

ピヤ　コルカタ生まれのインド系米国人、海棲哺乳類の若手研究者
カナイ　ニューデリー在住の起業家（通訳・翻訳サービス）
ニリマ（マシマ）　ルシバリのNGO運営者、カナイの伯母
ニルマル　ニリマの夫、学校長
フォキル　潮の国シュンドルボンの漁師
クスム　フォキルの母
ホレン　シュンドルボンの漁師、船頭、ニリマ、ニルマルの知り合い
モイナ　フォキルの妻、見習い看護師
トゥトゥル　フォキルとモイナの息子

飢えた潮

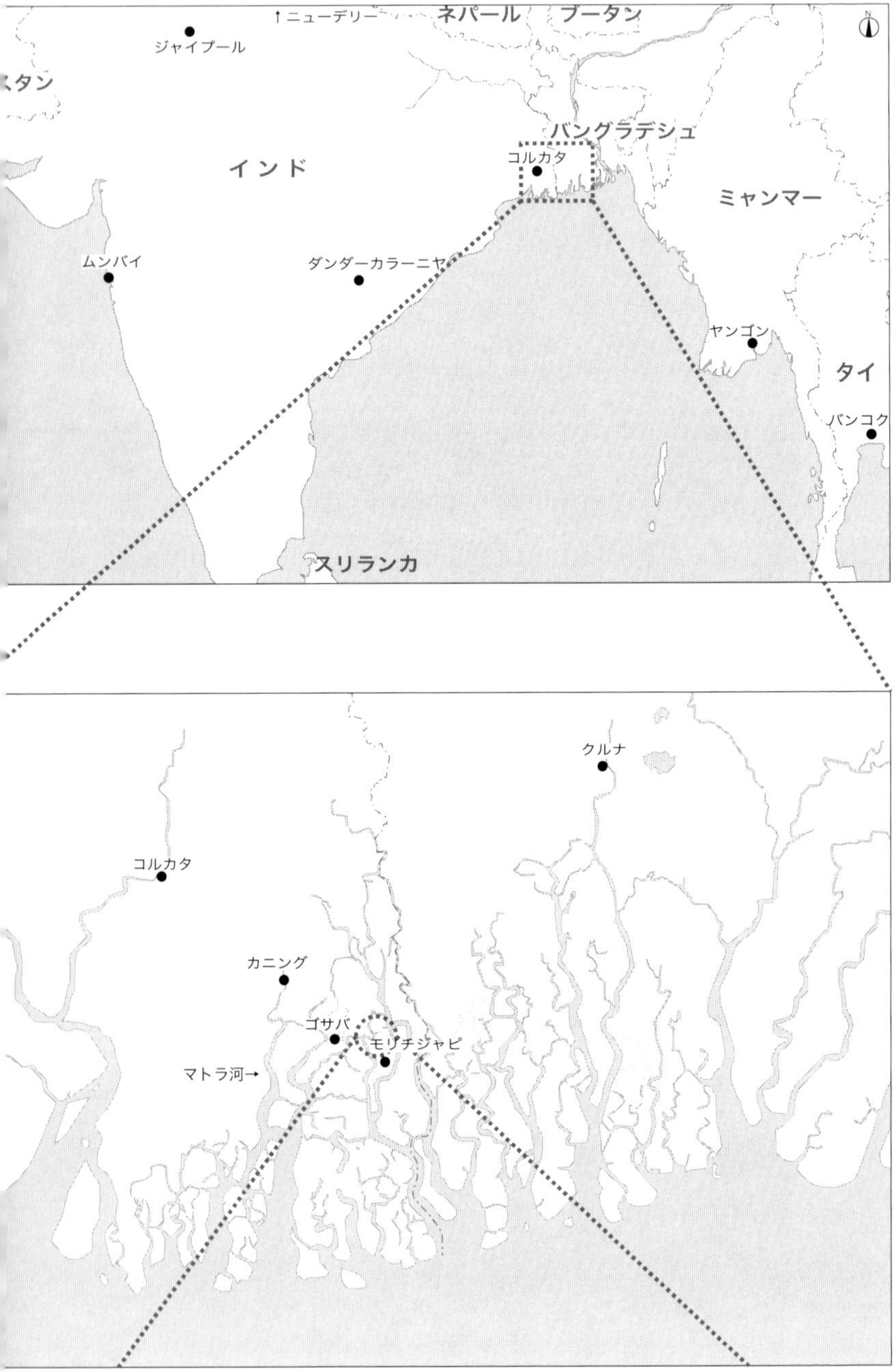

↑ニューデリー
ネパール
ブータン
ジャイプール
バングラデシュ
コルカタ
インド
ミャンマー
ムンバイ
ダンダーカラーニヤ
ヤンゴン
タイ
バンコク
スリランカ
クルナ
コルカタ
カニング
ゴサバ
モリチジャピ
マトラ河→

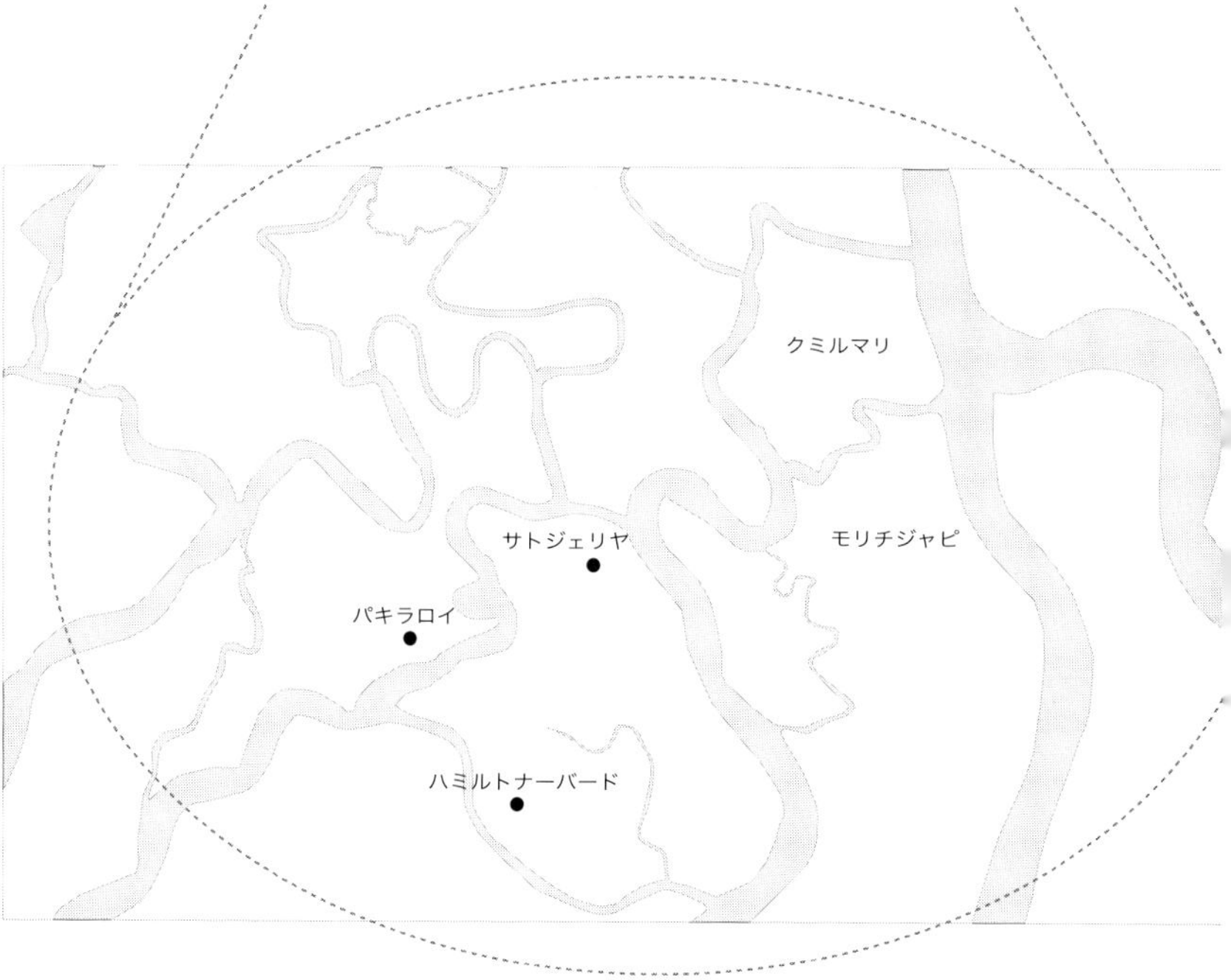

「潮の国」シュンドルボンの島々は、地図上では一つの「島」に見えても、
実際には無数の水路でいくつもの島々に分かれています
物語の地名のうち、ルシバリ、ガルジョントラの二か所は、実在の場所ではありません。
ルシバリは、ハミルトナーバード近辺、
ガルジョントラは、ずっと下流の場所を想定していると思われます。

For Lila

第一部　引き潮《バタ》

潮の国

混雑した駅のホームにたどりついた瞬間、カナイはその若い女性にふと目をとめた。黒い髪を短く切りそろえ、少年のような緩めのコットンパンツと大きめの白いシャツを着てはいるが、でも女性に違いない。ホームで行商するスナック売りやチャイ売り越しに、そのすらりとした姿が見えている。面長で優しげな顔だちにそぐわない、きつい髪形。額にビンディはなく、腕輪の類も身に着けていないが、片方の耳では銀の耳飾りが日焼けした黒い肌にまぶしく輝いていた。

カナイはこと女性については本物の目利きのつもりでいるのだが、彼女の立ち姿の見慣れぬ輪郭に思わず見入ってしまった。そして、はたと思い当たった。色黒の肌や銀の耳飾りをしていて、インドの血こそ引いているのだろうけれど、インド人ではないのではないか。思った瞬間、確信した。外国人なのだ。フライ級ボクサーさながらに足を開いて踵に重心を乗せて立っているその姿にその事実ははっきり刻印されていた。これがもし、コルカタのパーク・ストリートに集う女学生たちの間であれば、彼女もこれほど目立ちはしなかったかもしれない。だが、通勤者ばかりのこのダクリヤ駅の煤けた背景のなかで、そのこざっぱりとした中性的な身なりは場違いで、異国感を放っている。

外国人の、それも若い女性が、なぜコルカタ南部の通勤駅でカニング行きの電車を待っているのだろう？　確かにシュンドルボンに向かう路線は他にはない。しかしカナイの知るかぎり、鉄道で彼の地に向かう観光客などいた試しはないのだ。シュンドルボンに足を運ぶ奇特な観光客は、ふつうコルカタの河岸から快速外輪船《スチーマー》か多層建て客船《ロンチ》に乗ることを選ぶ。一方、鉄道を利用するのは主に近郊の村々から町に働きにくる日帰り通勤者《daily-passengeri》なのである。

見ると、あの女性は通りすがりの誰かをつかまえてなにか訊ねている。ふと、盗み聞きしてやりたくなった。カナイは言語を飯の種にしていて、もはや言葉中毒といってよく、町にでると始終周囲の会話に聞き耳を立てるのが悪癖になっているのである。人ごみをかきわけて近づいていくと、彼女が「カニング行きの電車は？」と質問を締めくくったのがなんとか聞きとれた。野次馬がひとり、身振りをまじえて説明しはじめる。しかし、ベンガル語なので、伝わらない。彼女は手を突きだして、べ《アミ》ンガル語できない《・バングラ・ジャニ・ナ》んです、と申し訳なさげに説明をさえぎった。発音のぎこちなさからするに、本当にさっぱりわからないのに違いなかった。いかにも外人らしく、理解できないと通告する表現だけをなんとか覚えてやってきたのだ。

一方、カナイ自身もここでは「よそもの」で、早速周囲の注目を浴びていた。カナイは今年で四十二歳、背は中くらいで髪はまだ豊かだが、こめかみのあたりに灰色が目立ちはじめている。頭をやや傾け、脚を広めに開いて立つその姿勢に、静かな自信、概ねどんな状況でも捌くことができるのだという根拠ある確信がにじみでていた。目の縁のこまかな皺をのぞけば顔は滑らかだったし、その皺も表情の動きを活性化させていて、重ねた年齢よりは若さを際だたせている。昔は痩せていたが、年を重ねて腰回りは太くなっていた。それでも、今なお一瞬に生きることを習いとする旅人らしく、動作は機敏で軽やかだった。

カナイはこの日、伸縮把手式のスーツケースを引きずっていたのだが、それに加えてサングラス、コーデュロイズボン、スエード靴などのさまざまな要素から、カニング行きの路線を縄張りにする行商人たちは、壮年の余裕や豊かな都会者の匂いを嗅ぎつけた。結果、行商人やら浮浪児やら、その他さまざまな目的のために寄付を募っている若者の集団やらがカナイに押しよせ、緑と黄色に彩られた列車がホームに滑りこんでくるまでずっとしつこく纏わりついて離れなかった。

ようやく列車に乗りこもうとしたとき、あの外国人の若い女性が実は熟練した旅行者であることが判明した。彼女は、ポーターが何人も纏わりついてくるのを押しのけて、巨大なバックパックを二つ自力で運びこんでいたのである。小柄で華奢なのに、四肢には力が漲っていた。彼女は慣れた手つきで易々とバックパックを車両に担ぎいれ、押し合いへし合いする乗客たちの間を掻きわけて中へ進んでいく。女性専用車両があるんだよと教えるべきか迷っている間に、その姿は車両の奥へ消えてしまった。

汽笛が鳴った。カナイも人混みを掻きわけて奥に進む。車内に入って席を見つけ、さっと腰かける。ところが、そこでもともとの計画通り読み物をして過ごそうとスーツケースから書類を取りだそうとしたところで、どうも全然良い席ではなかったということに思い至った。なにかを読むには光が弱すぎたし、右隣の女性が抱いている赤ん坊がギャアギャア泣いているのである。飛びまわる小さな拳を避けながらでは集中できるはずがない。今思えば、もうひとつ左の席に坐ればよかったのだ、窓のすぐ下だし――が、残念ながらその席にはベンガル語の新聞に夢中になっている男性が坐っている。カナイは、新聞を読んでいるその男をしばし値踏みし、年配で弱気そうだから、うまくやれば席を譲らせることができそうだと見てとった。

「失礼《アレ・モシャイ》、ちょっとよろしいですかね？」微笑を浮かべ、カナイは圧力全開で攻勢にでた。「もし特段の御事情がないのであれば、席を代わって頂けないものですかね？　どうもたくさん仕事を抱えていまして、窓際の方が明るいですからね」

男は驚いて目を丸くした。一瞬、男は反撃にでようとしたが、しかしカナイの纏う雰囲気を見て方針転換した。こいつはいかにもふんだんにコネを持っていそうな男だ。警察や政治家、有力者ともつながっているかもしれないぞ。いざこざは御免だ。男は速やかに屈服してカナイに窓際の席を譲った。いとも簡単に目的を達して気分は良かった。新聞男に会釈しながら、チャイ売り《チャーワーラー》がやってきたらやつに茶を一杯奢ってやろうと決めた。それからスーツケースの上蓋を開け、小さなベンガル文字でぎっしり埋められた書類を取りだし、膝の上で紙をのしてから読みはじめた。

神話では、ガンガー女神が天から地上に流れ落ちるにあたって、シヴァ神がその奔流を自身の灰塗れの髪に編み込んでしまったおかげで大地は真っ二つに裂けずに済んだということになっている。かかる描写においては、この河は、あたかも天から下されたおさげ髪、干上がった大平原に広がる水の大縄といったものに擬せられている。ところが、この河の旅が終点に近づいたところで最後のどんでん返しが待ち受けている。前代未聞、驚天動地の展開だ。なんと、束ねたおさげ髪がいきなりほどけてしまうのだ。シヴァ神のもじゃもじゃ髪が水に洗われ、ざんばらにばらけてしまうというわけだ。その地点を過ぎると、髪留めを外した河は何百何千の流れになって縺れあう。

　海とベンガル平野の間に挟まれたこの土地にこれほど無数の島々が密集しているなどといえば出鱈目にも程があると思われようが、百聞は一見に如かず、それらの島々は厳然として西ベンガルのフグリー河からバングラデシュのメグナ河に至る三百キロにわたって広がっている。

　この島々は、インドという織物から垂れ下がる糸屑、サリーの裾の縺れ、海水で半ば濡れたその垂《ア》れ布《チョル》。数千もの島々のうちには巨大な陸塊もあれば、ちっぽけな砂州ほどのものもあり、また有史以前に遡るものもあれば、ほんの最近堆積したばかりというのもある。河は大地を削り取り、削った分を島々という形で恩着せがましく一旦返還してはみせたものの、永続的支配権を手放したりはしなかった。水の網目はびっしりと陸地を覆い尽くし、大地と水の境界が不断に揺れ動く境域を生み出したのだ。此岸から彼岸を望むこともできない渺茫たる大水路もあれば、僅か全長二、三キロ、幅数百メートル程度というものもある。それでも、それら水路のひとつひとつはあくまで独立した「河」であり、各々奇妙に心動かすような名前を持っている。それらの水路が四つ、五つ、時には六つ、いっぺんに合流することも稀ではなく、そうなると視界の遥か彼方まで水面がいっぱいに広がる。地平のかなた、点のような森が大地のざわめきを微かに谺させる。モホナ――こういった合流点のことを土地ではこう呼び習わす。あやしく心揺さぶる、何重もの謎を秘めた言葉。

真水と塩水、河と海を分かつ境界などありはしない。海の潮は内陸三百キロも遡る。毎日何千エーカーもの森林が水没しては、数時間後にまた姿を現す。激しい潮流は、日々、島々を気ままに捏ねまわし、岬と半島を引き裂いたかと思うと、前触れもなく唐突に中州を吐き出してみせる。

潮が陸地を創造すると、時を措かずマングローブが懐胎される。マングローブは条件次第でものの数年のうちに生まれたばかりの島を覆い尽くす。マングローブの森林というものは、まさに一つの宇宙だ。その辺の森林やジャングルとは似ても似つかない。見あげるような高木やそれに巻き付く蔓植物、それから羊歯、野生の花々、騒々しい猿、鸚鵡、そんなものとは無縁な場所だ。マングローブでは、葉はひどくごわごわ、枝はぐにゃぐにゃ、それがめちゃめちゃに繁茂してゆく手を阻む。見通しは利かず、空気は淀んで臭い。一たび足を踏み入れた人間が直面するのは紛うことなき大地の敵意だ。底知れぬ謀略を張り巡らせ、何としてでも人間どもを撃滅撃退せずにはおかない。毎年、何十人もがこの深い茂みに嵌り込み、虎、蛇、鰐にやられて命を落とす。

愛嬌溢れる歓迎などとは無縁なこの島々は、皮肉にも外の世界には「シュンドルボン」すなわち「美しい森」という名で知られている。一説には、この呼び名はマングローブに広く分布するシュンドリの木（Heriteria minor）に由来するとされている。この呼び名がついた経緯ははっきりしないし、いつの間に定着したかもよくわからない。というのもムガル皇帝の年代記では、この地は樹木ではなく潮に因んでbhatiと呼ばれているのだ。今なおこの島々の住人は、この土地をbhatir desh——潮の国——と呼んでいるが、心しておくべきは、bhatiという言葉は正確には「潮」全般を指すのではなく、引き潮《バタ》を指すのだということだ。満潮時、この土地は水面下になかば姿を消している。潮位降りくだってはじめて水は森を産みだすのだ。月を産婆とするこの奇妙な分娩に立ち会えばわかる。この土地はまさに「潮の国」なのだ。リルケが、はしばみの枝に垂れさがる花序や早春の黒い土に降りそそぐ雨から読み取ったことを、我々は退きゆく潮流から学ぶのだ。見よ、

われわれ、昇る幸福に思いをはせる
ものたちは、ほとんど驚愕にちかい
感動をおぼえるであろう、
降りくだる幸福《さち》のあることを知るときに　リルケ『ドゥイノの悲歌』（岩波文庫、手塚富雄訳）より

招待

コルカタを出て二十分ほどで列車はぴたりと停まってしまった。思いがけず、窓際の席が空いた。ピヤはそれまでバックパックを足元に寄せてぎゅうぎゅう詰めの座席の端に坐っていたのだが、そこから窓際の席に移ろうとしたとき、今列車が停まっているチャムパハティという駅名が目に入った。プラットフォームが途切れた先にはあばら家がごみごみ連なっており、そのさらに向こうでは灰色の汚水だまりがぶくぶく泡立っている。列車の混み具合から想像すると、カニングまではずっとこんな感じの土地が続くのかしら。通勤路線沿いに延々と続く掘立小屋のジャングルがシュンドルボンの玄

関口だなんて、不思議な感じ。

　窓の外に顔を向けると、チャイ売りがプラットフォームをうろついている。鉄格子越しに手を振ると、チャイ売りがやってきた。故郷シアトルで飲むチャイは全然好きではなかったけれど、インドに来てから十日が経ち、意外にも、やたらと煮立てたミルク入りのチャイを素焼きの土器でいただくのが欠かせぬ習慣になった。というのもこちらのチャイはスパイス抜きで、実家のチャイよりもずっと舌に合ったのだ。

　お代を払って鉄格子の間から茶を引き取ろうとしていると、向かいの席の男性が突然頁をめくったせいで、手元が狂った。とっさに手を捻って外に茶をこぼすようにはしたのだが、それでも男の手元の書類も無事ではすまなかった。

「すみません！」ピヤは内心狼狽した。乗客の中でもよりによって一番面倒そうな乗客にあつあつの茶をひっかけてしまったわ。コルカタ駅のプラットフォームで列車を待っているときからずっと、この男の存在に気づいてはいた。悠然と首を傾けて周囲の人間をじろじろ無遠慮に眺め、検分・見積・仕分していたのが目についたのだ。男が、窓際に坐っていた乗客をさも当たり前のように追いだしたのもしっかり見ていた。私のコルカタの親戚たちともなんだか相通じるところがあるみたい。自分たちにはなにか特権（階級や教育のおかげで？）があって、日々遭遇するちょっとしたいざこざごたごたの類は自分たちの便宜に従っていつでも速やかに処理されるべきものなのだと当然のように期待する、あの態度。

「私、拭きます」ピヤはティッシュを数枚取りだした。

「もう手遅れだね。これじゃ読めやしないよ」男はおかんむりだった。

男は書類をくちゃくちゃに丸めて窓の外に投げ捨ててしまった。「あまり重要な書類でなかったら良いんですが」ピヤの声は消えいらんばかりだった。

「別に替えの効かないものじゃない――ただのコピーだし」

そもそも手元が狂ったのはあなたのせいよと言ってやろうかとピヤはちらと思ったが、やめておいた。「どうもすみませんでした、水に流して頂けますか」

「水に流して差しあげないなんてことができるわけ?」男の声音は反語的というよりは挑発的だった。「今時アメリカ人相手じゃどうしようもないだろう?」

泥沼入りは避けたかったので、ピヤは挑発を聞き流すことにして、目を大きく見開いて感心している風を装った。「でも、よく当てましたね!」

「なにが?」

「私がアメリカ人だって。鋭いですね」

これでどうやら男は機嫌を直したらしかった。男はゆったり気をゆるめて、背もたれに身体をあずけた。「当てずっぽうなんかじゃない。分かってたんだ」

「でもどうやって? 訛りですか?」

「そう」男は頷いた。「訛りを間違えることなんかほぼないからね。通訳、翻訳で身を立ててる。言葉の機微を聞きわけるのは得意なんだ」

「そうなんですか」ピヤはほほえんでみせた。暗い輪郭のうえで、歯がきらりと光る。「何か国語おできになるんですか?」

「六か国語。方言なんかは抜きでね」

「すごい!」今度の反応は本心からだ。「私は英語しかできないし、それも特別優秀でもないし」

男は、もの問いたげに眉をよせた。「ところで、カニングに行くんだって言っていましたね?」

「ええ」

「だけど、ベンガル語もヒンディー語もできないのに、向こうでいったいどうするつもりなんです?」

「いつも通りにするだけですね」ピヤは笑った。「その場しのぎで適当になんとかするんです。仕事柄そんなにたくさん喋る必要もないし」

「仕事柄って、聞いて良ければ、一体何をしているんですか?」

「私、セトロジストなんです。つまり――」ピヤが気まずそうに先を続けようとすると、男は津慳《つっけん》貪《どん》に口を挟んだ。

「教えてくれなくてもそれくらい知ってるよ。海棲哺乳類の研究者だっていうことでしょう?」

「ええ」ピヤは頷いた。「よくご存じですね、そう、海棲哺乳類――イルカ、クジラ、ジュゴンとか――の調査が仕事で、調査に出ると、英語ができる人がいなけりゃ、何日間も誰とも喋らないなんてしょっちゅうです」

「じゃあ、カニングも調査で?」

「はい。シュンドルボンの海棲哺乳類の調査許可を取るんです」

男は一瞬言葉を失い、それからおもむろに口を開いた。「なんと、なんと。そんなものがあの辺にいるなんてね」

「そう、いるんです。それか少なくとも、いたんです。しかもたくさん」

「本当？　虎とか鰐だとかなら聞いたことあるけど」

「そうでしょうね。なんというか、海棲哺乳類は、ふっと消えてしまったんですよ。もう本当にいないのかもしれないし、単に誰も気にして見ていないだけかもしれません。大体ちゃんと調査したこともないし」

「それは、なぜ？」

「さあ、許可が出ないからじゃないですか。去年もここに調査団が来て、何か月もかけて準備して、申請なんかも全部きちんと出していたのに、結局最後の最後にひっくりかえったの。土壇場で許可が取り消されちゃったのよ」

「なのに君は自分ならなんとかできると思うわけ？」

「こそっと潜りこむなら一人きりの方がいいわ」といって少しじらしたあと、にっと笑ってピヤは続けた。「本当は、コルカタで役人をしている叔父がいるんです。そこそこ有力な人で。カニングの森林局に話を通してくれているの。うまく運べばいいんだけど」

「ほほう」意外にやり手で肝が据わっているぞ、と男は感心したようだった。「カルカッタに親戚がいるんだね」

「ええ。私もコルカタ生まれなのよ。一歳の時、両親が移民したんです」ふとピヤは眉をひそめた。

「あなたもまだ「カルカッタ」なんですね。父もだけど」

カナイはおとなしく指摘を受けいれた。「そうだった。つい、うっかりね。名前が変わったのもつい最近のことだから、ごっちゃになってしまうんだよ。昔の話なら「カルカッタ」、今の話なら「コルカタ」と使いわけているんだけどね。特に英語で話しているとね」彼は微笑して、手を差しだした。

「自己紹介しないとね。カナイ・ダッタだ」

「ピヤリ・ロイです――皆ピヤって呼びます」

由緒正しいベンガル名が飛びだしてきたので男がびっくりしていることがピヤにもわかった。何しろ私、ベンガル語ができないから、インドの他の地方にルーツがあるって思ったんだわ。

「ベンガルの名前なんですね」カナイは眉をひそめた。「でもベンガル語は全然知らない」

「しようがなかったのよ」ピヤの口調は言い訳めいていた。「育ったのはシアトルだったし、インドを出た時はまだほんの赤ん坊だったのよ」

「その理屈だと、カルカッタ育ちの僕は英語なんか喋れないはずだけどね」

「私、言葉って、とにかく苦手で……」ピヤは言い訳をうやむやにして話題を変えた。「それでダッタさん、あなたはカニングになんの御用なんですか？」

「カナイ――カナイでいいよ」

「カナ――イ？」

ピヤが発音にてこずっているのを察してカナイはすぐ助け舟を出した。「ハワイ、みたいに発音してみるといい」

「カナイ？」

「そう、それでいい。で、質問に戻ると——伯母に会いにね」

「伯母さんはカニングにお住まいなんですか？」

「いやいや、ルシバリというところなんだけど、カニングからまだずっと先だよ」

「というと、どの辺かしら」ピヤはバックパックのポケットのジッパーを開いて、地図を取りだした。「これでいうと、どのあたり？」

カナイは地図を開き、縺れあった水路の上に、指先でぐねぐね線を引いた。「シュンドルボン方面に行く鉄道がカニングで終わるだろ。ルシバリはずっと先で、もうその先の島には人は住んでないんだ。アンプル、ジェームズプル、そしてエミリバリ経由、川沿いをずうっと進んだところだ。ああ、ここさ、これがルシバリだ」

地図に見入っていたピヤが変な顔をした。「随分変わった地名ばかりね」

「気づいたかい？　シュンドルボンには、英語に因んだ地名がとても多いのさ。ルシバリっていうのも、「ルーシーの家」」

「ルーシーの家？」ピヤは驚いて目を上げた。「ルーシーって、名前のルーシー？」

「そういうこと」カナイの眼がかすかに光った。「ぜひ訪ねてくるといい。名前の由来は、そのときにとっておこう」

「招待してくれてるの？」ピヤは笑った。

「無論さ、ぜひおいでよ、大歓迎さ。なにしろ流刑みたいな生活だし、来てくれたら助かるよ」

ピヤは声をたてて笑った。最初は傲慢で嫌なやつと思っていたけれど、いいところもあるみたい。ちょっと皮肉屋なところもあって、ただ尊大なだけの男とは一味違う気もする。

「でも、どこに行けばいいのかしら？」

「ルシバリに着いたら、病院に来て。そこで、マシマに会いたい、って言えば伯母に会える。で、僕もみつかる」

「マシマですって？　だけど、マシマってただ「おばさん」ということでしょ？　私にもマシマがいるし。マシマはあなたの伯母さんだけじゃないでしょ？」

「病院でマシマって言えば、そりゃもう間違いなく伯母のことなのさ。病院を建てたのも、病院の運営機関――バダボン・トラストっていうんだけど――を仕切ってるのも伯母なんだ。伯母は有名人でね。本名はニリマ・ボースというんだけど、皆にマシマって呼ばれてる。実際、ちょっとした夫婦だったよ、伯母と伯父は。伯母はマシマで、伯父は Saar って呼ばれていた」

「Saar？　それってどういう意味ですか？」

カナイは笑い声を立てた。「ベンガルでは Sir をそうやって発音するんだよ。伯父はルシバリの校長先生だったんだ。それで生徒にはいつも Sir って呼ばれていた。ニルマル・ボースなんて本名は、誰も覚えちゃいなかった」

「伯父さんのことは、過去形なんですか？」

「そう、ずっと前に亡くなったんだけどね」と言いざま、前言撤回とでも言いたげにカナイは顔をしかめてみせた。「ただ、実は、ただの昔話でもないんだよ」

「どうして?」

「ちょうど今僕のところに化けて出てきててね」カナイはにやにやした。「伯父は亡くなる前に、僕になにか書き遺していたんだよ。でも、伯父の死後みつからずにそのままになっていてね。それがこの間ぽっと出てきたらしいんだよ。そのせいで僕も行かなきゃならないってわけ。読みに来なさいって伯母に言われてね」

ピヤはその声に不平の響きを感じとった。「来たくて来たわけじゃないのかしら?」

「そう、正直なところね。やらなきゃならないことがたくさんあるし、仕事も繁忙期でね。一週間も休むのは大変なんだよ」

「行くのは今回が初めてなの?」

「いやいや、大昔に一度、送りこまれたことがある」

「送りこまれた? どうして?」

「古めかしくいうと遠流だね」カナイはほほえんだ。「わかる?」

「ううん、全然」

「要は、悪ガキに対する懲罰だったんだよ」カナイが説き明かした。「田舎で田舎者と一緒に過ごしてこいっていうね。僕はませた子供でね、先生なんかより自分の方がよほどものしりだって鼻にかけてた。十歳くらいのころだと思うけど、獅子って言うたび、いつも尻って言い間違えちゃう先生がいてさ。けちょんけちょんにからかいまくってね。で、事が大きくなって、先生たちが僕の親に談判して、僕はルシバリに遠流されたのさ。もうずっと昔、一九七〇年のことだけどね」カナイは思いだしながら笑い声を立てた。

列車はもう減速しはじめていた。けたたましい汽笛が鳴り、カナイの話を遮った。窓の外に目を移すと、カニングと書かれた黄色い標識が目に飛びこんできた。

「着いちゃった」カナイの様子は、ここでお喋りが終わってしまうのがもったいないと言わんばかりだった。彼は紙きれをちぎってさらさらとなにか書き、ピヤの手に押しつけた。「はい、これ。ルシバリへの行き方」

列車がガラガラと音を立てて停止した。車両の出口ではもう押し合いへし合いが始まっている。ピヤも立ちあがってバックパックを肩にかけた。「じゃあ、もし、ご縁がまたあったら」

「ぜひぜひ」カナイは手を振った。「人食い虎にくれぐれも気をつけて」

「そちらもね。じゃあ、さようなら」

カニング

じっと見つめるカナイの視線の先で、ピヤの背中がプラットフォームの人混みに紛れて消えていった。カナイは、僕は結婚には縁がないけどいつも独身とは限らないぜ、と嘯くのを口癖にしていて、ここ数年も女性を取替え引替えして過ごしてきた。さっさと別れるにせよ、だらだら関係を続けるにせよ、だいたいいつでも和やかに関係を清算できるカナイだが、彼としては珍しく、つい最近、付きあっていた気鋭の若手オディシャ・ダンサーに手ひどくふられたばかりのところだった。彼女は二週間前、二度と連絡しないで頂戴と言い捨ててカナイの家から出ていってしまったのだ。当初高を括っていたカナイがそろそろ潮時と彼女の携帯電話を呼びだしてみると、その番号はもう彼女の運転手のものになっていた。カナイの自尊心はこの一件でおおいに傷つけられ、それで彼は、後腐れのない手頃な女を見つけて一時だけ弄び、それで傷ついた虚栄心を癒そうと考えた。要は自分の気が向いた時だけその気にさせて、飽きたらすぐ用済みにして捨ててしまおうというその計画はまだうまくいっておらず、彼は計画を一時中断してルシバリにやってきたのだった。しかし、怪我の功名、勿怪《もっけ》の幸いとはよく言ったもの、ピヤとの出会いこそ千載一遇の好機だった。九日後には僕は帰路につくのだから、出口戦略も万全だ。もしピヤが、招待を真に受けて本当にやってきたら、遠慮は無用、有難く楽しませてもらうに限るってものだ。

人混みが減るのを待ってカナイは下車した。スーツケースを両足の間に挟みこみ、駅の周りをゆっくりと見回す。

十一月下旬の空気はひんやりとして柔らかいそよ風が吹き、陽光は蜜のように甘かった。しかし、駅の構内は傷みが激しく荒涼として、気忙しく行きかう無数の足に絶えず踏みつけられて荒れ地と化した街なかの公園を思わせた。大小便やごみを摺りこまれた軌道がてらてら光っており、プラットフォームはといえば利用客の重みで地面深く沈みこんでいるようだ。

初めてこの駅に来たのは三十年以上昔のことだが、その時の記憶は、今なお生々しく覚えている。びっくりしたあまり、伯父と伯母に「なんでこんなに混んでるの！」と言ったものだ。

ニルマル伯父は、驚きつつもほほえんでくれた。「一体どういう想像をしてたんだい？ ジャングルだとでも?」

「うん」

「ジャングルに人がいないなんて、映画だけの嘘っぱちなんだよ。コルカタのバザールより混みあう場所だってあるし、河だってにぎやかなもので、トラックでごったがえすグランド・トランク・ロードもかくやってところさ」

記憶力にかけてはカナイは自信があった。誰かに語学力を褒めそやされたときのお決まりの反応も、言語なんて結局耳と記憶力次第ですからね、僕はたまたま両方恵まれていただけでね、というもので、今また、ニルマルの声、話し方をありありと思いだして彼は楽しい気分になった。今でもはっきり思いだせるものだな、最後に聞いたのはもう何十年も前のことなのに。

最後にニルマルと会ったのは一九七〇年代の終わり、カナイがカルカッタで大学生だった頃だ。ほほえましい思い出。講義に出ようとして、大学の歩道に並ぶ露天の古本屋の前を急いで駆け抜けようとしたら、そこで本を立ち読みしている男に激突したのだ。本が一冊宙に飛んで、水溜りに落ちた。何やってんだよ、どけよ、とあやうく怒鳴りつけるところだった。そこで、目をまんまるにしてきょとんと自分を見つめている厚ぼったい縁眼鏡の男が伯父だっていうことに気づいたのだ。

「カナイ?　お前なのかい?」

「伯父さんでしたか!」伯父の足に触れようとして身を屈めたついでに、カナイはニルマルが落とした本を拾いあげた。背表紙がさきほどの衝撃で傷んでしまっている。見ると、フランソワ・ベルニエのムガル帝国誌の訳書だ。

「買い取ってもらうぜ！　高い本なのに、台無しにしやがって」本屋が怒鳴り声をあげた。伯父の強張った表情。買い取ろうにも充分な持ち合わせがないのだ。たまたま、カナイは、投稿記事の稿料を新聞社から受け取ったばかりだった。カナイはさっと財布に手を伸ばして本屋に金を渡し、間髪入れずニルマルの手に本を押しつけた。お礼などを言われると気まずいから、「遅刻しちゃうから、これで！」と、水溜りを跳びこえてその場を離れた。

次に伯父に会うのもきっと似たような場面だろうな――ニルマルが本屋で手の届かない書物を撫でているところに僕が現れて、そっとお金を出して本を買ってやるんだ。でも、そんな機会は訪れなかった。偶然遭遇してから二年後、ニルマルは、長患いしてルシバリで亡くなったのだった。その後、ニリマから、伯父さんは死ぬ前にあなたのことばかり思い出していたのよ、と聞いた。僕に見てほしい書き物があるんだというようなことを言っていたって。でも、もうずっと何か月も、伯父さんはうわごとみたいなことばかりいっていたから、本気にすべきか見当がつかなかったの。亡くなった後、ひょっとしたらと思って至る所探してはみたけれど、結局なにも出てこなかったのよ。だから、例のごとく、混乱してありもしないことを口走っていただけだったに違いないわ、と伯母は結論したそうだ。

ところが二か月前のある朝突然、ニュー・デリーはチッタランジャン・パークに住むカナイの家に電話がかかってきたのだ。電話が鳴ったとき、カナイは食卓で料理人が朝食を運んでくるのを待っているところだった。ニリマはルシバリの隣町、ゴサバの公衆電話から電話をかけてきていた。

「カナイかい？」

ひとしきり挨拶やら近況報告やらを交わす中で、カナイは伯母がなにか言いづらそうにしているのを察し、「どうかしましたか？　なにか事情があって電話してきたのでは？」と訊ねた。

「実は、そうなのよ」伯母は少しきまり悪そうだった。

「というと？」

「つまりね、近々、お前に一度ルシバリに来てもらいたいんだよ、カナイ。来られるかい？」

カナイは驚いた。子供のいない伯母にとっては自分こそが一番近い身内なわけだけれど、頼みごとをされたことなどこれまで一度もないのだ。伯母は独立独歩を地で行く人で、人に頼るような人ではない。「いったい何事ですか？」驚きのあまり、カナイは反射的に答えた。

電話の向こうでしばしの沈黙の後、伯母が言った。「覚えてるかしら、ずっと前、ニルマルがお前になにか書き物を遺したらしいって話」

「ええ、もちろん。だけど、見つからなかった。ですよね？」

「そう、それよ。出てきたのよ。お前宛の小包が見つかってね」

「どこにあったんです？」

「あの人の書斎だよ。私の部屋の上にトラストのゲストルームがあるだろう、その屋上の書斎さ。あの人が死んだ後、ずっとそのまま鍵を閉めっぱなしだったのよ。今度上に建て増しするので書斎は取り壊すことにしたのさ。それでこの間片付けをしていたら見つかったのよ」

「それで、中には何が？」

「ニルマルがずっと書き溜めてきた評論や詩だと思うわ。だけどね、本当のところは知らないわ。

あの人は、まず一番最初にお前に見てほしかったわけだから、私は開けてないのよ。あの人、こと文学に関しては、私には見る目なんかないって思っていたのよ――ま、その通りなんだけどさ。だからお前に来てほしいわけ。お前ならひょっとして出版させることもできるかもしれないし。出版関係にも伝手《つて》があるんだろう?」

「ええ、まあ」カナイは慌てて答えた。「だけど、ルシバリかあ。なにしろ遠いですからね、ニュー・デリーからだと辿りつくだけで丸二日だし。いやいや、そりゃもちろん、行きたいんですけどね、しかし――」

「それでも来てくれると助かるよ、カナイ」

ニリマの静かな声には、絶対譲らないということの伯母の断固たる決意が表れていた。この分だと逆らうなんて容易なことではないぞ、とカナイは悟った。ニリマの頑固さは一族の間で語り草になっている。なんと言っても、ニリマの不屈の根性こそが、インド辺境部で活動するNGOの白眉とまで称讃されるようになった今日のバダボン・トラストを作りあげたのである。

「小包、郵便で送ってもらうっていうのじゃ駄目ですか?」カナイは最後の悪足掻《わるあが》きをこころみた。

「こんな大事なもの、郵便なんかで送れるわけないだろう」何をか言わん、という声で伯母が答えた。「論外だよ、論外」

「ちょうど今、ものすごい繁忙期でしてね。仕事が山積みなんです」

「でもカナイ、お前ときたらいつでも忙しいとばかり言っていて」

「でも、本当なんですよ」実際カナイが起業した会社は、小規模だがおおいに繁盛していた。ニュー・デリーの外国人を相手にした翻訳兼通訳事務所で、大使館、援助事業関係者、慈善活動組織、多国籍企業などが主たる顧客だ。競争相手といったものはおらず、したがってカナイの会社に対する需要は大変大きかった。というわけで、社員は全員働きづめだったし、カナイ自身もそれに劣らず働きづめだった。

「とにかく、来てくれるわね。お前、毎年毎年、口では行くって言って、一度も来ないじゃないか。私ももう若くないんだからね」

伯母がここまで強く訴えるのを、まだはぐらかし続けるべきだろうか？　カナイはこの伯母のことがずっと好きだったし、母が死んだ後、母と生き写しの伯母への思いはさらに深まった。性格は全然別だけれど。伯母のことは、本当に尊敬もしている。自分でも起業を経験したから、あれほどの組織――まして、自分の会社とは違って非営利目的の組織なわけで――を経営していくということがどれほど大変なことか、良くわかる。昔、初めて行った潮の国で、赤貧というものを目の当たりにした時の衝撃が思いだされる。伯母は、自ら進んでその地の人々の生活向上のために生涯を捧げた人だ。なぜまたあんなところでとも思うけれど、立派だとも思う。伯母の功績は決して社会的に無視されていたわけではなくて、昨年には、この国の最高の勲章の一つを大統領手ずから授与された。しかし、なにより驚嘆すべきことは、伯母みたいな育ちの人がルシバリでこれほど長く粘り抜いたということなのだ。私たちが育った家庭は贅沢で鳴らした家だったのよ、と母はよく言っていたものだ。ところが、自分の体験からも、ルシバリには贅沢とか安逸などというものは存在しないと言いきれるのだ。

カナイはこれまでも自分の友人たちに対しては、ニリマのことを、公共の福祉のために多大なる自己犠牲を払ってきた人物として陰で自慢してきたものだった。僕の伯母は、豊かで教育ある人々が、現代ほど狭量でも自己中心的でもなかった古き良き時代への先祖返りのような人物なんだぜ、と。そんなわけでカナイは、ニリマのささやかな頼みに対して今さら知らんふりを決めこむなどというわけにはいかなくなったのである。

「どうしても、ということなら」カナイは渋々譲歩した。「そうするしかないわけですね。十日ほどいられるように調整してみます。今すぐ行かなきゃなりませんか?」

「いやいや、今すぐってことはないよ」ニリマが即答した。

「そりゃ助かります」カナイはほっとした。その時は、オディシャ・ダンサーとの夢中の情事がますます激しく進展中だったのだ。彼女との関係がこのまま自然に深まっていくのをここで一旦断ち切ってしまうとなればあまりに勿体ない話だったが、どうやらそうはせずに済みそうだと、カナイは安心した。「来月までには行きますよ。調整でき次第連絡します」

「待ってるよ」

そして今、ニリマその人がプラットフォームの日陰のベンチに腰を下ろして茶を啜っていた。人々が二、三十人ほど周りに集まっている。競うように話かけようとしているものが何人かいて、残りは付き人に制止されて遠巻きにしている。カナイはそっとその輪に近づき、聞き耳を立てた。就職の便宜をどうか図ってほしいんですという哀願者や、あなたの支持がほしいんだという政治屋などもいないわけではなかったが、大部分はただ単に、ニリマへの敬意ゆえに、あのニリマを一目見てみたい、ニリマの視線に与りたいと思って集まっているに過ぎなかった。

七六歳にしてニリマ・ボースは丸々と肥っており、満月のように丸く明るい顔にはクレーターならぬあばたが目立つ。声は柔らかいが、割れた竹を吹いたようなかすれた響きを含んでいる。背は低く、頭の後ろの団子にまとめた細い髪は今でも年の割には黒い。いつでも決まってバダボン・トラスト工房仕立てのサリーを着ている。生地は木綿がほとんどで、縁飾りは地味な菱模様のろうけつ染めだ。カナイを迎えに駅にやってきたニリマが着ているサリーも例外ではなく、黒で細く縁取りしただけの白い未亡人用サリーだった。

ニリマは、普段の物腰こそ鷹揚としていたが、しかし、必要となれば有無を言わさず周囲の人々を従わせることもできた。敢えて逆らうものなどほとんどいなかった。母のような愛情で人々を導いた数多の先達同様、マシマもまた、優しく助けの手を差し伸べてくれる一方で、怒らせると心底恐ろしい女性だと皆分かっていたのである。そして今、ニリマはカナイに気づき、瞬時に周囲の人々を黙らせた。人ごみが割れ、カナイのために道ができた。

「カナイ!」ニリマが声をかけた。「どこにいたのよ?」カナイは身を屈めてニリマの足に触れ、ニリマは彼の頭を撫でた。「電車に乗り遅れたのかと思ったじゃない」

「ちゃんとここにいるじゃありませんか」伯母が立ちあがろうとするのをカナイは手で支えた。伯母は昔よりもずっと体力が落ちているようだ。ニリマの付き人達が荷物を持ってくれたので、カナイは伯母の腕を支えながら駅の出口へと向かった。

「わざわざ駅まで来てくれなくても良かったのに。一人でだってルシバリくらい行けましたよ」と言ったものの、実のところこれは社交辞令に過ぎない。一人ではどうやってルシバリに行ったものかさっぱり見当もつかなかったし、そもそも、自分ひとりでなんとかしろとカニングに放置されていたら、相当腹が立ったに違いない。

しかしニリマはその言葉を額面通りに受け取った。「来たかったから来ただけさ。たまにルシバリを離れるのも良いものだからね。それより、列車はどうだったかい？ 退屈したんじゃないかね？」

「いいえ、全然。実は、面白そうな若い女性と一緒になって。アメリカ人なんですけどね」

「珍しいね。一体何をしに来たのかしら？」

「イルカとかその類の調査だそうですよ。ルシバリにも来るといいって言っておきました」

「そうかい。来ると良いねえ」

「ええ、来ると良いですね」

不意にニリマが立ちどまり、カナイの肘を掴んだ。「ニルマルが書いたものを何枚か送ったんだが、ちゃんと届いたかい？」伯母が心配そうに訊ねた。

「ええ」カナイは頷いた。「列車で読んでたんです。あれが、例の僕宛の小包に入っていたものなの？」

「あれは違うのよ。あれはニルマルがずっと昔に書いたものなの。昔、あの人が塞ぎこんでいたことがあって、なにか気晴らしになることをさせようと思ったのよ。それで、シュンドルボンについてちょっとした文章を書いてみれば、って言ってみたの。トラストで出す冊子に使えるかもしれないしと思ったんだけど、ちょっと不向きだったわね。でもお前には面白いんじゃないかと思ってね」

「そうでしたか。てっきりあれが、伯父さんが僕に宛てたっていうものなのかと思いましたよ」

「そうじゃないのよ。小包の中に何が入っているか、私は知らないしね。封がされていて、私は開封もしていないの。ニルマルはお前に最初に見てもらいたがっていたわけだからね。あの人、今際《いまわ》の際《きわ》にそう言い残したのよ」

カナイは顔をしかめた。「だけど、知りたいとは思わなかったの？」

ニリマは首を横に振った。「お前にはまだわからないだろうけどね。自分を残してあの世に行ってしまった大事な人の思い出が詰まったものってね、そんなに簡単に向きあえるものじゃないのよ。だからお前に来てもらったんだ」

一行は駅を離れ、パーン・ショップやら軽食屋やらのちっぽけな露店が所狭しと並ぶ埃っぽい通りに入った。

「やっとお前が来てくれて嬉しいよ。だけど、一つ教えておくれ」

「何です？」

「どうしてわざわざカニングなんかから来たんだい？　バションティから来るほうがずっと楽なのに。カニングから来る人なんかもういやしないよ」

「本当？　なぜです？」

「河だよ。河が変わったのさ」

「どう？」

伯母がカナイを見つめた。「まあお待ち、すぐわかるから」

「いやしくも大河たるもの、すべて、岸辺には、巨大すぎるほどのモニュメントがあるものなんだ」カナイは、ニルマルがこの仮説の証拠として提示した事例集を思いだした。マナウスのオペラハウス、カルナック神殿、パガンの仏教寺院群。それらの場所の多くを、その後カナイは実際に訪ねることができた。その上で、伯父が、その目録にはほかならぬカニングも含まれているのだと主張していたことを思いだし(「そして、大河マトラのモニュメントが、ポート・カニングってわけさ」)、カナイはおかしくなった。

カニングの市場はカナイの記憶そのままで、ごちゃごちゃした路地、窮屈そうに並ぶ商店、かび臭い家々が並んでいた。やけにたくさんの店で、神経痛や消化不良に効くという薬――ハジュモザインとかダルドシチンとか言った独特な名前の――が売られている。唯一目立つ建物は町に数軒ある映画館で、それらはあたかも町が洗い流されるのを防ぐ砂嚢のように、頑丈かつ不格好な姿をでかでかとさらしていた。

市場を過ぎ、マトラ河へ向かう土手道に入った。とても長い土手道だが、河までは届いていない。その先端に辿りつくと、ニリマが、河が変わったのさと言ったわけがよくわかった。マトラ河といえば、カナイの記憶では、滔々たる雄大な大河だと思っていたのに、ちょうど干潮で、眼前の河は、幅にして一キロはあろうかという河床の真ん中あたりをちょろちょろ流れるどぶ川にしか見えないのである。その脇に堆積した泥の砂丘が陽光を浴び、溶けたチョコレートのようにてらついている。時おり、気泡が水面にぶくぶく浮きだしては、てろりとした水面に円を描いた。気泡の破裂音が刻む旋律は、大地がなにか語りかけているようにも聞こえる。

「あそこをごらん」ニリマが下流を指さした。見ると、ボートが一艘、いじけた浅瀬をぱしゃぱしゃ向かってきている。全長九メートルほどのボートに、どんなに少なく見ても百人以上の乗客が乗っていた。あまりに荷重が大きいので、船縁は水面から十五センチほどしか離れていない。やがてボートが停まり、船頭が出てきて、長い渡し板を、泥でぐずぐずの岸辺に差し渡した。

カナイはぎょっとして凍りついた。あれでどうするというのだ？　ボートの乗客はどうやって、ぐちゃぐちゃの大泥沼を通りぬけるのだろうか？

ボートの上では、その泥地を通りぬけるための準備が進んでいた。女たちはサリーの裾を持ちあげ、男たちはルンギーやズボンをたくしあげている。渡し板から降りると、乗客はひとりひとり、濃厚なダールの中にスプーンが消えていくように、ゆっくり、スローモーションで、泥の中に沈みこんでいく。腰あたりまで沈んだところでようやく沈降が止まり、そこから前進が始まるのだった。下半身がすっかり埋もれているので、カナイの眼に見えるのは、じたばた藻掻く上半身の悪戦苦闘ぶりだけである。

ニリマは渋い表情で、泥の中でのたうちまわる人々を見つめた。「見ているだけでも膝が痛いわ。私だって、昔ならともかくあんなのは今じゃもう無理。足腰が持たないね。まったく困ってしまうわ。河の水量がすっかり減ってしまって、干潮の時はやたらと浅くなってしまうの。お前のためにトラストの客船《ロンチ》を呼んであるんだけど、この辺までロンチを寄せるにはまだ二時間はかかるわね」そう言って、伯母はカナイに咎めるような視線を送った。「もしお前がバションティから来てくれたら本当にずっと楽だったのよ」

「知らなかったから」カナイはしょげてみせた。「言ってくれれば良かったのに。カニングから来たのは、一九七〇年に伯母さんたちが僕をルシバリに連れていってくれたときの道だったからっていうだけなんだよ」

そう言って、カナイは周囲の様子をつかもうとして辺りを見まわした。ふと、ニルマルの輪郭が、鮮やかに空に映りこんだような気がした。ニルマルの姿はどこか、足長の水鳥を思わせた。サギか、あるいはコウノトリ。その印象は、ニルマルの服装や雨傘によってさらに強められた。ゆったりとした白い鬘がひらひらと羽毛のように風に翻り、そうしてみると、雨傘《チャタ》も長く尖った嘴のように見えなくもない。

「今でも、僕たちがボートを待っている間、ここに立っていた姿を覚えているよ」

「ニルマルのことかい?」

「ええ。いつもの白いクルターとドーティを着て、手には雨傘を持ってて」

ニリマがカナイの肘をぎゅっと掴んだ。「やめて、そんな話は。聞きたくないわ」

カナイはそれ以上、ニルマルの描写を続けるのはやめた。「まだ気持ちの整理がつかないですか?ずっと前のことですよ?」

ニリマは体を震わせた。「ちょうどここなのよ。あの人は、ここで見つかったの。カニングの土手の、ちょうどここ。それでそれから二か月で死んでしまったわ。ずっと雨に濡れ通しだったみたい。そのまま肺炎になってしまってね」

「それは知りませんでした。でも伯父さんはどうしてカニングに?」

「よく分からないのよ。あの人、気持ちがずっと落ち着かなくって、変なことばかりするようになって。何か月か前に校長を引退したところだったんだけど、それからすっかりおかしくなってしまった。なんにも言わずにいなくなってしまうこともあったの。ちょうどモリチジャピの騒ぎがあった頃だから、ものすごく心配したものよ」

「それはなんです？　良く覚えていないんだけれど」

「森の奥で、ある島に難民が住みついたのよ。それで、難民たちが政府と揉めて、結局人がたくさん死んだわ。政府は、力づくでも、難民をインド中部の収容所に連れ戻したかったのよ。それで、トラックとかバスに押しこめて強制送還してしまうなんていうことになっていたの。あの頃、この辺一帯は、その噂で持ちきりでね。だから、ニルマルが一人でうろついているところを捕まったりしたらどうなるかわからないと思って、怖い思いをしたわよ。だけど、私が知る限り、結局、あの人は、バスに乗せられて追いだされただけで済んだのだけどね」

「それが実際に起こったことなの？」

「私の推測ではね。それで、きっと誰かがあの人に気づいてどこかでバスから降ろしてくれたんだと思うわ。それで、あの人、なんとかカニングまで自力で戻ってきた——そしてこの場所で、この土手で、見つかったの」

「どこでなにをやってたのか伯父さんに聞かなかったの？」

「聞いたに決まっているじゃないの。だけどその時にはあの人、わけのわからない返事しかできなくなっていて。さっぱり要領を得なかったわ。その後、まともに話ができたのは、お前宛の書き物の小包のことを聞いたときだけだったわ。だけどその時は、また妄想よと思って片付けてしまったの――今になってそうじゃなかったってわかったわけよ」

カナイは伯母の肩に手を回した。「伯母さんも大変だったでしょう」

ニリマは手で目を拭った。「ここにあの人を迎えに来たのをよく覚えているわ。ここに立って「マトラが溢れるぞ、マトラが溢れるぞ！」って叫んでいたの。服はびしょ濡れで、顔は泥まみれ。あの光景がずうっと脳裏にこびりついているの」

はるか昔の記憶がカナイの心の深層から呼び起こされた。「「マトラが溢れるぞ」って伯父さんは言っていたの？　なら、伯父さんの十八番のあの話のことじゃない？」

「どの話よ？」ニリマが鋭く聞き返した。

「覚えてないかい？　この港を作った総督と、「サイクロン」という言葉を発明したミスター・ピディントンの話だよ。マトラ河の洪水がいつかカニングを飲みこむだろうって予言した人さ」

「やめて頂戴！」ニリマは手で耳を蓋してしまった。「この話は終わり。思い出したくもないのよ。だから、この小包は、お前に任せる。昔のことを全部ほじくりかえすなんて、私にはできないわ」

「そうですね」カナイは悪いことをしたと思った。「辛いですもんね。これきりにしておきましょう」

あの時も、この土手で延々待つ羽目になったんだよな、とカナイは追憶した。潮や泥の加減のせいではなくて、単純に、行きたい方向に向かうボートがいなかったのだ。カナイがニリマと一緒に茶店で待っている間、ニルマルがボートを見つけるために土手の上に登って見張りをすることになった。

伯父は、見張りとしては役立たずだったな。そのしばらく前にカルカッタの本屋を訪ねたときに、伯父はライナー・マリア・リルケの「ドゥイノの悲歌」のベンガル語翻訳版を手に入れたんだっけ。翻訳したのはブッドデブ・ボシュという詩人で、伯父の昔の知り合いだ。伯父ときたら、ボートを見張っていなければいけないのに、その新しい掘り出し物で頭はいっぱいだった。伯母に見つかるとまずいので、伯父は本をおおっぴらには開かず、本を胸に斜めに抱えてばれないようにちらちら盗み見してばかりいた。

だが幸い、結局、伯父頼みにはならずにすんだのだ。思わぬ助けが現れたから。「おーい、マシマ！　ここで何を？」声の主を探す間もなく、若い男が土手を駆け上がってきてニリマの足に触れた。

「おや、ホレンじゃないかい？」ニリマが男の顔をまじまじと見つめて言った。「ホレン・ノシュコルかい？」

「はい、マシマ、俺です」ずんぐりとした男の身体は筋骨隆々としており、四角い顔は平べったく、太陽の眩しさを避けるために目はすぼめっぱなしだった。すり切れたルンギーと泥で黄ばんだ肌着を纏っている。

「カニングでなにをやっているんだい？」

「昨日、ジャングルをやりに行った《ジョンゴル・コルテ・ゲシュラム》んですよ、マシマ」ホレンが答えた。「そしたら、ボン・ビビが俺に蜂蜜をたっぷり瓶二本分も恵んでくれたってわけで、そいつを売りにね」

「ボン・ビビって、誰？」会話に聞き耳を立てていたカナイが、ニリマの耳元で囁いた。

「森の女神様だよ」ニリマが囁き返した。「この辺じゃ、ジャングルの動物はみなボン・ビビの僕とされているんだよ」

「へえ?」カナイは、立派な大人が、しかもよりによってこんなに強そうな大男がそんなくだらない話を真に受けていることにびっくりした。カナイは堪えきれず、思わずぐふっという笑い声を立ててしまった。

「これ、カナイ!」ニリマが間髪置かずに叱りつけた。「何でも知った風な顔をするんじゃないよ。今お前がいるのはカルカッタじゃないんだからね」

ホレンもカナイが笑ったのに気づき、身を屈めてカナイに目線を合わせた。「で、これは誰です、マシマ?」

「甥っ子だよ——妹の息子なんだ。学校でちょっと問題があってね、それでこっちに送ってきたんだ——まあ、お仕置きさね」

「じゃあ、この坊やは俺に預けるといい、マシマ」ホレンがにやにやした。「うちには子供が三人いるし、一番上はこの子よりちょっと年下ってくらいでそんなに違わない。悪ガキの躾は得意だぜ」

「わかったね、カナイ?」マシマが言った。「お前がなにかしでかしたら——ホレンのところに住むんだよ」

カナイは、もう笑うどころではなく、たちどころにしょぼんとなった。ホレンがニリマの荷物を運ぼうと手を伸ばし、カナイに背を向けたので、ようやくカナイはほっとした。

「で、マシマ、ボートを待っているんですね?」

「そうなんだよ。もうずうっとここで待っていてね」

「そりゃちょうど良かったぜ」ホレンがマシマの荷物を担ぎあげた。「俺のボートで全員乗せていくよ」

ニリマはもごもごと遠慮する素振りをみせた。「だけど、お前が遠回りになるだろう」

「たいしたことないって。クスムのことのお返しもあるし、これくらい当然さ。ここで待っててくれ、ボートを回してくるから」

そう言って、ホレンは急ぎ足で土手沿いを遠ざかっていった。声が届かなくなるまで待って、カナイはニリマに訊ねた。「今のは誰？　クスムって？　何のこと？」

ニリマが言うには、ホレンは、ルシバリからほど近いサトジェリヤという島に住んでいる漁師で、見た目よりはずっと若くて多分まだ二十歳前だけど、潮の国の男だからとても早く、一四才で結婚した。そんなわけで、まだ十代だけど子供は三人。

クスムっていうのは、ホレンと同じ村で育った少女で、今年で十五歳だけど、ホレンのはからいで、今はルシバリの女性組合の世話になっている。父親が薪拾い中に死んでしまい、それで、生活のために母親が町に出ることになってしまった。「一人きりでいると危ないのよ。弱みに付けこもうとする奴らがうようよいるのさ。あの娘を売り飛ばそうとした奴までいたのよ。ホレンが止めなかったら一体どうなっていたことか」

カナイは、その先が気になった。「どういうこと？　どうなったかもしれないの？」

ニリマの眼が悲しげに曇った。彼女にはいかんともし難い世の中の不条理を突きつけられたときの表情だ。「尊厳とか名誉を失うことになったんじゃないかね。身寄りをなくした貧乏な娘にはよくあることなんだ」

「はあ」ませていたとはいえ、カナイは、ニリマのまどろっこしい婉曲表現を正確には理解できなかった――が、おぼろげながら意味をなんとなく察し、どきりとして呼吸が早まった。

「それで、クスムは今はどこに？」

「ルシバリにいるわよ。お前もじき会えるさ。うちの女性組合が面倒をみているからね」

確か、ここで会話が終わって、僕は土手を駆けあがって、伯父の隣に並んだんだよな。河をきょろきょろ見渡して、ホレンのボートを探したんだ。ルシバリに行かなきゃならないなんて、それまではうんざりだとしか思っていなかったのに、クスムに会えばきっとなにかが起こるような気がしたんだ。

ロンチ

カニングの市場の奥まったところにある森林局事務所の門前でピヤは立ちどまった。職業柄、ピヤは嫌でも森林局や漁業局の役人たちとの付きあい方には習熟している。どうせ、薄汚れてごちゃごちゃ入り組んだ役所なんだろうと想像していたので、明るい色に塗られた小ぶりなバンガローを前に、ピヤは驚いた。長い一日になるぞ、と気合を入れ直してから、ピヤは中に入っていった。

ところが実際の手続きは覚悟していたほど不愉快なものではなかった。受付だけでたっぷり一時間待たされはしたものの、そこを過ぎると、その後の手続きは意外にも迅速だったのだ。叔父の影響力のおかげで、ピヤはすぐさま、忙しそうではあるが親切な上級森林保護官のもとへ通された。そこで簡単に面通しした後、その部下がピヤを引き取って、ちまちまとばらけた各部署の間を次々に連れまわした。その間、茶を飲んだり、待ったり、赤いパーンの染みがついた壁を見つめたりといった小休止があるにはあった。しかし、速やかかといえるかどうかはともかくとして、手続きは着実に前進し、この建物に辿りついてからものの四時間で必要書類はすべて手に入ったのである。

ところが、もう勝利は目前、あと少しで帰れるわと気を緩めたところで、落とし穴が待っていた。調査承認のための最後の要件として、森林保護官一名の同行が義務づけられたのである。これは幻滅だった。ピヤの経験上、役人のエスコートなど迷惑なだけで、本業の調査以上に気をすり減らすことになってしまうものなのだ。船頭とガイドだけ連れて身軽に行く方がずっといいのにと思いはしたが、そんな望みはすぐに潰えた。というのも、同行する保護官はすでに決まっていて、調査ルートの選定、船の借り上げ、その他なんやかやの準備など、すべてその補佐によるべしということになっていたのである。ピヤは黙って受けいれた。こんなにすいすい書類を手に入れられただけでも上出来よ――欲張ってはいけない。

保護官は、糊のきいたカーキ色の制服を着たイタチ顔の小男だった。彼が恭しく微笑を浮かべてピヤに挨拶してきた様子を見るかぎりは、特に面倒を起こしそうな男には思えなかった――が、それも、彼が革の弾帯とライフル銃を取りだすまでの話だった。銃を目にして、ピヤはすぐさま廊下をとって返し、武器など持って行きたくないと談判した。しかし、役所の結論は揺るがず、ピヤの行程が虎の保護区を通過する以上規定上必要なのだと、にべもなかった。常に襲われるリスクがあるのである。

それ以上できることはなにもなく、ピヤはバックパックを背負い、保護官の後についてバンガローを後にした。

ほどなく、保護官の態度が変わった。ついさっきまで卑屈な態度をとっていたのがみるみるぞんざいになり、どこに、なぜ、向かっているのか一言も説明しないまま、ピヤを追い立てるようにして歩きだしたのである。そのままピヤは土手の茶店に連れていかれ、どことなく柄の悪い男に引きあわされた。聞きとれた限りではメジュ・ダという男らしく、体格はずんぐりしていて、巨大な顔は肉づきが良く、首にはぎらぎら光るチェーンやお守りがじゃらじゃらかけられていた。この男も保護官も英語はろくにできなかったが、どうにかこうにか、このメジュ・ダが貸ロンチを持っていて、またこの辺で一番経験豊かなガイドでもあるのだということが伝えられた。

そのロンチを見せてほしいと言うと、それは無理だと言われた——ロンチが繋がれている場所は少し遠くて、ボートに乗らねばならないのだという。値段については、あからさまにぼったくりの金額を提示してきた。この二人、最初から私をカモにするつもりでぐるだったんだわ。ピヤは、ボートを出してくれる人が他にいないか手当たり次第に声をかけてみたものの、周囲のボートの持ち主たちは、メジュ・ダと保護官を見て怖気づいてしまい、話に乗ってくれる者はいなかった。

選択肢は二つしかない。森林局事務所に戻って苦情を申し立てるか、条件をのんでとにかく調査を始めてしまうか、である。しかし、ほぼ一日中過ごした役所にもう一度戻るというのは耐えがたかった。というわけでピヤはやむなく屈服し、メジュ・ダのロンチを雇うことにした。

ロンチに向かう道すがら、ピヤは良心の呵責を覚えはじめた。私、この人たちを疑いすぎなんじゃないかしら？　本当にこの辺りのことを熟知しているのかもしれないし。役に立つかもって思っておけばいいじゃない。バックパックには、今回の調査のために持ってきたフラッシュカードが入っている。カードに描かれているのは、この水域に棲息しているとされている二種類のカワイルカ——ガンジス・カワイルカとイラワディ・カワイルカ——だ。絵は一八七八年のある論文から複写したもので、もっとそっくりで優れた絵が無いわけではないのだが（ピヤの手元にはもっと正確で現物に近い写真や図もたくさんあった）、どういうわけか、いつもこの絵が一番当たるのだった。どうやら、現物そのままの表現よりも、この絵の方が、動物の識別には役だつらしかった。

以前、他の河で調査したときも、このようなフラッシュカードはとても役に立ったのだ。意思疎通が可能な場合であれば、カードを漁師や船頭に見せて、目撃情報、数、行動パターン、季節毎の変動などについて質問する。誰も通訳できる人がいない場合でも、ただこのカードを見せて反応を待つというやり方で、結構役に立ってきたのだ。イルカだと分かってくれて、イルカが姿を現す場所を教えてくれる人が出てくるのだ。しかし、この絵と、それが表している動物とのつながりに気がついてくれるのは、いつも決まって最高の観察力を備えた経験豊かな漁師だけだった。生身のイルカの全身を見たことがある人などというのはほとんどいないもので、噴気孔や背びれをちらりと見たことがある、という程度が普通なので、従って、カードが予期せぬ反応を引きだすということもよくあった。とはいえ、この絵を見たメジュ・ダの反応は、いくらなんでもあまりに突飛というほかなかった。メジュ・ダはカードをひっくり返し、上下逆さまにして絵を見つめた。そして、ガンジス・カワイルカの絵を指して、これは鳥なのか、と聞いてきたのである。英語で「鳥《バード》？　鳥《バード》？」と聞いてきたのでピヤにも理解ができたのだ。

ピヤは唖然とし、一体この男にはどういう風に見えているのかと訝しみながら、絵を見直してみた。そして、メジュ・ダが、イルカの長い鼻づらと針のような二列の歯を指さすのを見て、なんとか謎が解けた。じっと見つめ続けていると、だまし絵のように絵の姿が変わって見えてきたのだ。なるほど、この男にはこう見えでいるのね。どうしてこんな勘違いになったのかも理解できた。イルカの胴は丸々としていて、ハトみたいに見えなくもない。嘴はスプーンみたいで、サギっぽいと言えばサギっぽい。ガンジス・カワイルカの背鰭は小さくてわかりづらいし。しかし、そこまで追究したところで、なんて馬鹿馬鹿しいこと、と我に返った。ガンジス・カワイルカが、鳥？　ピヤはカードを取り戻してさっさと仕舞い、顔を背けて笑いを隠した。

そのまま、ボートに乗っている間ずっとピヤは思い出し笑いを堪えていたのだが、メジュ・ダのロンチが見えてくるとそれどころではなくなった。そのロンチというのは観光用に改造されたおんぼろディーゼル船で、操舵室の後ろ、煤で黒くなった幌の下にプラスティックの椅子が並んでいた。小型のモーターボートとか、軽量グラスファイバーの船体に船外機を取り付けたくらいの船の方がこんな代物よりずっといいのに。経験上、そういった船の方が、河上の調査でははるかに便利なのである。唯々諾々と話に乗ってしまったことが悔やまれたが、かといって今更もうどうしようもなかった。

ピヤが渡し板を渡ると、ディーゼルの臭いがきつい一撃を見舞った。五、六人ほどの若い助手たちがエンジンをいじくりまわしている。やがてエンジンが起動すると、デッキ上にもけたたましい爆音が響き渡った。そして、驚いたことに、メジュ・ダは助手たちを全員船から降ろしてしまった。乗組員は、メジュ・ダと保護官だけなのかしら。この二人だけだなんて、なぜ？　やっぱり、なにかおかしいわ。少年たちが下船していくのをピヤは心細い思いで見つめた。疑念をさらに強めたのは、それからメジュ・ダが始めた奇妙な身振りのパントマイムだった。俺の船へようこそということかしら。たまたま、メジュ・ダの服装は、ピヤと同じ、青いズボンと白いシャツという組み合わせで、ピヤはそのことには触れないようにしていたのだが、この偶然の一致にメジュ・ダはご満悦だった。彼は、自分自身とピヤを指さしながら、二人の外見上の共通点を、身振りで数えあげはじめたのである。服装がおなじ、肌の色もおなじ、ちょっと暗めの瞳の色、それから短く切った癖っ毛も。だが、このパントマイムの締めくくりは、不可解かつ卑猥だった。げらげら笑いながら、メジュ・ダは自分の舌と股ぐらを指さしてみせたのである。ピヤは顔をしかめ、ただちに目をそむけた。この変てこな幕切れは、いったいどういうつもりなのかしら。あれは、言語と性を司る器官の組み合わせであって、要するに、二人の間に横たわる二つの謎に満ちた相違点のことを言っていたんだわと思い当たったのは、しばらく経ってからだった。

ショウが終わると二人の男は下品な笑い声をあげ、ピヤをますます不安にさせた。お目付け役を同行させねばならないということには慣れている。一年前にイラワディ河で調査したときは、三人もの男性を同行させることを強いられた（お役所的婉曲語法では「推奨された」ということだけど）。その三人は、三人ともニットのゴルフ・シャツと格子柄のサロンを着て、揃いも揃って鋼縁のアビエーター・サングラスを掛けていた。後になって、彼らは軍情報部から派遣された政府のスパイだったのだとわかったのだが、彼らが一緒にいるからといって別に萎縮したり怯えたりすることはなかった。それに、自分の淡々とした仕事ぶりも、強力な防衛線として機能することが多かった。焼けつく日差しの下、揺れるボートの上で延々と立ち続け、双眼鏡を眼に水面を観察するのだ。三十分単位の観察記録帳に記入するとき以外は、持ち場を離れることもない。だけどそれだけじゃなく、自分では気づいていなかったけれど、イラワディ河や、そのほかメコン河やマハカム河では、私は、あからさまに外国人だったからこそ安全だったんだわ。私の顔つきとか、短く切った黒い髪とか、日焼けした肌とかを見れば、一目瞭然、外人だったわけよね。皮肉なことに、今ほど自分をよそものだと感じたことはないのに、ここでは私の外見は身を守る役には立たないのだ。もし私が、例えばヨーロッパの白人や日本人だったら、この男たちにこんな態度がとれたかしら？　無理に決まってる。それか、コルカタにいる私の従妹たちに対してだったら？　やっぱり無理だわ。あの娘たちは、上流階級の印籠みたいなものを持っていて、レーザー誘導弾みたいに使いこなせるから。こういう男たちを切って捨てるのもお手のもので、「身のほどを弁えさせなきゃね」って片付けるのよね。だが、ピヤ自身は、広大な世界の中で、自分の身の程とやらがなんなのか、彼らの身の程がなんなのか、さっぱり分からなかった。――だからこそ、この二人は、そこに付けこんで、やりたい放題やりはじめたのだ。

ルシバリ

カナイとニリマを乗せたトラストのロンチがルシバリに到着した。潮位は低く、そのために島を囲む土手はより一層高くせりあがって見える。船上からは、土手の向こうはまったく見えなかった。カナイが土塁を登りきると、そこからようやくルシバリの村が一望できた。記憶の底にしまいこまれていた光景が、そのまま眼前に広がっている。

ルシバリの島は差し渡し二キロほどで、法螺貝のような形をしている。潮の国最南端の有人島だ。この島を外洋から隔てる厚さ五十キロのマングローブにはもう集落は一つもない。ルシバリの島と周囲の島々を隔てているのは、島を取り囲んで流れる四本の河で、そのうち二本はごく平凡な河で、三本目に至っては干潮時には干潟と成り果てる貧弱な水路に過ぎない。しかし、島の切っ先、法螺貝の渦の先端を受け止めているのは、潮の国最大の河川の一つ、ライモンゴルだ。

満潮時にルシバリから望むライモンゴルは、入り江か湾、巨大な河口のようで、とても河とは思えない。ここではさらに五本の河川が合流し、浩浩たるモホナを形成している。干潮時には、それらの河川の合流点を彼方にはっきりと認めることができる。モホナを包囲する緑の回廊を突き抜く巨大な突破口だ。だが、潮目が変われればすべては姿を消してしまうのだと、カナイも知っていた。モホナに水が満ちれば、水路も河口も、ジャングルさえも飲みこまれてしまう。

わずかに水面に顔をのぞかせるキューラの梢さえなければ、満潮時のモホナは水平線の彼方まで広がる大海にもひとしいのだ。すべては潮次第なんだ、とカナイは思いだした。潮の加減次第で、この土地の光景は、人々を鼓舞したかと思えば意気阻喪させる。干潮時、土手は水面高く聳え立ち、ルシバリの島は周囲を見下ろして悠々と浮遊する巨大な箱舟となる。ところが潮が満ちれば、島の土地は水面よりもずっと低くなる。つい数時間前には不沈艦とも見えた島は、今にも転覆してくるくる沈んでいきそうな小さな盃になってしまうのだ。

島の尖端からは、細長い泥砂嘴《さし》が水の中に突きだしている。この砂嘴は水の流れに応じて身を翻す、いわば陸の吹き流しのようなものなのだが、本物の吹き流しが竿にしっかり結わえられているのに似て、この砂嘴もまた島にしっかりとしがみついていた。そこでこの場所は、渡し舟やボートが乗客を乗り降りさせる天然の桟橋として利用されていた。ルシバリの島では、周囲を流れる水の勢いが強すぎて恒久施設が作れないので、それ以上しっかりした港湾設備はなにもなかったのだ。

泥砂嘴の根元近く、土手の陰に広がっているのが、島で一番の集落、ルシバリ村だ。なにも知らずに土手の上からこの村を眺めれば、この村は一見なんの変哲もないありきたりのベンガルの村としか映らない。竹材造り椰子の葉葺きの小屋が密集しただけの、どこにでもある集落だ。ところが、じっくり観察すれば、この村には一風変わった要素が紛れこんでいることがわかってくる。

まず、村の中心を占めているのはマイダンだ。つまり要は広場《スクエア》なのだが、スクエア《正方形》と呼ぶにはいびつな形だ。この不格好な広場《マイダン》の一端は市場に続いていて普段は閑散としているのだが、市が開く土曜日にだけは賑わいを見せる。一方、広場《マイダン》の反対側に建つ学校は村一番の建物で、村を初めて見た人々が決まって驚くのはこの学校だ。さほど大きいわけではないのだが、掃き溜めの如き周囲の陋巷を圧する大聖堂といった観がある。表玄関を入ると、煉瓦で縁取った礎石に「サー・ダニエル・ハミルトン高等学校　１９３８」と学校名と完工年が刻まれている。建物正面は庇つきの長いポーチになっていて、縦溝彫りの柱、新古典風の破風、どことなくサラセン調のアーチなど、当時流行した学校建築様式で飾られている。教室は広々として風通しよさそうだが、細長い窓には鎧戸がおりている。

学校のすぐ傍に、林の陰に隠れている一画がある。その真ん中に建っている家は、学校に比べればよほど小さく、うっかり見過ごしそうになる。しかし、よく見れば、これまたそれに劣らぬ存在感を放っている。高さ二メートルの脚柱の上に建つ純木造の家で、潮の国というよりむしろヒマラヤにでもありそうな家だ。傾斜のついた屋根は木造ピラミッドといった感じで、それが、脚柱・支柱・窓・欄干の幾何的配列の上にでんと鎮座している。側面には床から天井まであるフランス窓がずらりと並んでいて、それを覆う鎧戸は周囲をぐるりと囲む屋根つきヴェランダへと開かれている。家の前面は睡蓮に覆われた池で、苔むした煉瓦の小径がその脇を通っている。

一九七〇年当時、この屋敷はもっと物寂しく侘しく感じたものだけどな、とカナイは思った。町の真ん中なのに、近くには人がほとんど住んでいなかったんだ。あの頃はまだ、島民たちには恐れ多いという気持ちが残っていて、この家を敬遠しているみたいだった。だが、それはもう昔の話になっていて、今はこの屋敷のまわりが島一番の混雑地帯になっているというのが一目瞭然だ。屋敷のまわりに無数のあばら家・露店・菓子屋が密集し、周囲の路地にはインド映画音楽が鳴り響き、空気は揚げたてのジェレビーの香りでねっとりしていた。

振り返ると、ニリマは女性組合の職員たちとトラストの業務についてなにやら忙しく議論している。カナイはそっと敷地の門を推し開け、屋敷へと続く苔むした小径を早足で進んだ。村の騒音や雑踏は、驚くほど一切漏れ入ってこない。時を越えてワープしたみたいだ。建物は、ぼろぼろのような、ぴかぴかのような。日光と雨で色褪せた木材は緑青じみてあらたな樹皮をまとったようにも見え、鏡面仕上げされた金属のように半透明に光を反射する。今はそこに、空の色が青っぽく反射されていた。

カナイは脚柱の足下から床下をのぞきこんでみた。光と影の織りなす縞模様は、当時と変わらず規則正しい影を描いている。階段を上って正面玄関に進むと、伯父の声が過去から呼びかけてきた。

「そっちからは入れないよ。玄関の鍵はずっと前になくなってしまったって言ったろう？　後ろから回りこんで入るんだ」

昔を思いだしながら、ヴェランダから下り、角を曲がって袖に回ると、小さな裏戸に行きあたった。手を触れると戸はすっと開き、一歩中に入ると、木の便座がついた時代物の便器が目に飛びこんできた。その隣には、巻き縁、爪足つきの、馬鹿でかい鋳物のバスタブ。その上に、枯れた茎の上にだらりと萎れる花のようにシャワーヘッドがぐにゃりと垂れている。

初めて見たときはここまで錆びてはいなかったが、それ以外は当時のままだ。あの頃、僕はこのバスタブにご執心だったんだ。ルシバリに来てからは、ニルマルやニリマにならって、僕も池で水浴びをしなきゃならなかった。だから、シャワーを浴びたくてしようがなかったんだ。

「これはシャヘビ・チョウバッチャといってね、白人の水がめなんだ」バスタブを指指しながらニルマルが教えてくれた。「白人の旦那衆《シャヘブ》はこいつで水浴びするのさ」

うまい説明だとは思ったけれど、物知らずの田舎者みたいな説明をされて癪に触ったから、僕は「ただの浴槽でしょ、そのくらい知ってるよ」って言い返したんだ。

浴室を抜けて、家の奥へ進んでいく。扉を開けると、その先は羽目板張りのがらんとした部屋だった。鎧戸の羽根板をすり抜けて斜めに差しこむ幾筋もの陽光を受けて、埃が空中でしずかに凍りついている。床の中央にぽつねんと置かれた寝台は、水面に姿をあらわした珊瑚礁の残骸のようだ。壁には、重厚な額縁に収められた色褪せた肖像画。描かれているのは、丈の長いドレスを纏った白人の女性《メムシャヘブ》たちと膝丈の半ズボンを穿いた男たち。

一枚の女性の肖像画の前でカナイは立ちどまった。レースのドレスを纏った若い女性が、黄色い野花がそこかしこに咲く草地に坐っている。背景には、紫がかったハリエニシダに覆われた斜面と、雪でまだらに飾られた遠くの山々。絵の下の薄汚れた銘版曰く「アラン島のルーシー・マッケイ・ハミルトン」

「これは誰？」昔の自分の声が、よみがえって聞こえてくるような気がした。「このルーシー・ハミルトンって、誰なの？」

「この島の名前の由来になった女性だよ」

「ここに住んでいたの？　この家に？」

「いいや。ここに来ようとはしていたんだけどね。ヨーロッパの西の端からさ。だけど、船が途中で沈んでしまって、ルーシーはこの家には来られなかった。だけど、ルーシーのために建てた家だったから、この家はLusir-bariって呼ばれるようになった。これが訛ってルシバリになり、島の名前にもなったんだ。だから、ルシバリって言えばもともとはこの家のことなんだけど、それはもう忘れられてしまって、今ではこの家は「ハミルトン・ハウス」と呼ばれているんだ」

「どうして？」

「なぜって、この家を建てたのは、サー・ダニエル・マッキノン・ハミルトンだからね。ルーシーの伯父さんさ。学校に彼の名前が書かれていただろう？」

「で、その人は何者なの？」

「本当に知りたいかい？」

「うん」
「そうかい、じゃあ、聞くがいい」節くれだった指が高く天を指した。「頼んだからには、最後までしっかり聞くんだよ。ちゃんと集中して聞かなきゃいけない、これはぜんぶ本当の話だからね」

転落

一日がようやく終わりかけたころ、ピヤの視界をかすめるようにして遠方に一艘の釣り舟が姿をあらわし、観察のリズムを乱した。いくつもの河が合流しているモホナの先に出現したその釣り舟は、はじめ、双眼鏡にうつるちいさな静止点に過ぎなかったが、やがてその点が膨張し、後部を幌で覆った小さなカヌーのような舟らしきものの姿が見えてきた。漁師は一人きりらしく、立ちあがっては網を投げ、身を屈めては獲物を回収し、延々と投網を続けている。

ピヤはもうかれこれ三時間、ロンチの舳先で「戦闘態勢」をとり続けていた。すなわち、双眼鏡を目にあてがい、黒もしくは灰色の物体が茶色い水面を一閃するのを待って、水面を凝視し続けていたのである。だが、これまでのところ、その努力は徒労に終わっていた。午後中ずっと観察したのに、一頭たりとも姿を現してはくれなかった。一度、ついに来たかと思って胸をときめかせたのだが残念ながら空振りで、水中を滑るエイが凧糸のように尻尾をはためかせて水面から飛びだしたのに過ぎなかった。その後すぐ、また別の糠喜びがあった。メジュ・ダが興奮して身振りでなにかを指さしながら走ってきたので、ピヤは彼がイルカを見つけたのだと思ったのである。だが、メジュ・ダの発見の正体は、泥の中でのんびり陽を浴びているワニの群れに過ぎなかった。メジュ・ダは、親指と人差し指をこすり合わせてご褒美のチップを求めた。これがわざわざくだらないご注進に及んだ動機だったのだ。ピヤはいらっとして、有無をいわさずメジュ・ダの要求を却下した。

ワニなど、メジュ・ダなどより先に、何キロも前からとっくに気づいていたのだ。巨大なワニが四匹いて、中でも一番大きな個体の体長はロンチと同じくらいありそうにさえ思えた。こんな化け物と接近したらそりゃ怖いわよね、とピヤはしばし想像を膨らませ、思わず身震いした。

そして、それっきりだった。まったくなにひとつ、姿を見せなかった。やってみるまで何が見られるかなんてわからないとは分かっていたが、しかしここまでまったく何もなしというのは想定外だ。この水域にかつてはイルカがたくさん棲息していたことには疑う余地がないのに。十九世紀の動物学者がこぞって証言しているのだ。ガンジス・カワイルカの「発見者」ウィリアム・ロクスバラははっきりと、ガンガーの淡水イルカは「カルカッタ南方および南東の複雑な水系」で活発に活動していたと述べている。ピヤは今まさにその場所にいて、もう何時間も辛抱強く観察を続けているのに、一頭のイルカも見つからない。のみならず、釣り舟もほとんどいなかった。調査の途中で、この辺りの水域に詳しい漁師をつかまえて話を聞きたいものと期待をかけていたのだが、今日はその機会さえなかったのだ。乗客をいっぱいに詰めこんだ渡し船や快速外輪船《スチーマー》は何度も見かけたが、釣り舟はほとんど見かけず、それはつまりこの区域が禁漁区域であることを示唆していた。遠くに姿を現した小舟は、随分久しぶりに現れた舟であり、このまま進めばロンチはそこから二百メートルくらいのところを通過しそうだった。ちょっとだけ遠回りする値打ちはありそうよね。

ピヤはベルトに手を伸ばして距離測定器《レンジファインダー》を鉤から外した。これは双眼鏡をぶったぎったような見た目の器具で、片側には二つの対眼レンズが付いているものの、反対側には一枚の巨大な単レンズがあるだけである。ピヤはレンズの焦点を釣り舟に合わせ、距離を読み取るためのボタンを押した。一拍置いて、やかましいブザー音が鳴り、答えが表示された。一・二キロメートル。

漁師の姿ははっきりとは見えないが、経験豊かな白髪交じりの男性のように思えた。顎や口のあたりに、髭と思しき白いものが見える。頭にはターバンのようなものを巻いているようだったが、身体は、両足の間と腰回りに巻きつけた一枚の布切れ以外は裸だった。体格は、がりがりといってよいほどに骨張っている。水に生きる男たちは、年月を経て、生身の肉を風と太陽に削られていくものなのだ。他の地域でも、このような漁師と何度も出会ったことがある。本当に役に立つ情報を教えてくれるのは決まってこういう人たちなのだ。多少時間を食ったとしてもあの漁師にフラッシュカードを見せてみる価値はおおいにあるわとピヤは判断した。

それまでにも、二度にわたってピヤは進路を変更しようとしたのだが、舵を握るメジュ・ダはワニの一件以来言うことを聞かなくなっており、二度ともメジュ・ダに無視されていた。しかし今度はなにがなんでも言うことを聞かせるわとピヤは覚悟を固めた。

メジュ・ダと保護官は、操舵室のフロント・ガラスを前に並んで坐っていた。ピヤは舳先を背に、二人の方へ向き直った。舵を握るメジュ・ダは、ピヤが近づいてくるのを見ると視線を落とした。こそこそとピヤのことをあれこれ喋っていたのは明らかだった。

ピヤはフラッシュカードを抜いて操舵室の方へ行き、メジュ・ダの正面に立ちはだかった。「停めて！」ピヤは掌をガラスに押しつけて言った。メジュ・ダの視線がピヤの指先を追い、今はもう前方にはっきり姿を見せている小舟へと移った。「船をあっちに向けて。あの小舟の方に。これがわかるか聞いてみるのよ」わからせようとして、ピヤはカードを示した。

操舵室の戸が開き、保護官がカーキ色のズボンを引っ張り上げながら出てきた。保護官は甲板を渡って、手をかざしながら船縁に寄りかかった。目をすがめて小舟を見つめる彼のゆがんだ表情。そして彼は水に唾を吐き、メジュ・ダになにか呟いた。二人はひとしきりひそひそ相談し、最後にメジュ・ダが頷いて舵を回した。ロンチの舳先が小舟の方向に向かいはじめた。

「グッド」声をかけたピヤを、保護官は無視した。保護官の注意は小舟に集中している。その表情は猛々しく、ピヤを戸惑わせた。貪欲そうな目つきを見ても、保護官が、単にピヤの希望に従ってやろうとしているだけだとはとても思えなかった

その先で、漁師は立ち上がってもう一度網を投げようとしていた。小舟の位置は先ほどから動いておらず、見るたびに、少しずつより大きく見えるようになった。もはや距離は一キロもない。ロンチが方向転換する間も、ピヤの双眼鏡は小舟をずっと捉えていた。漁師はそれまで彼らの存在に気づいていなかったが、ロンチが向きを変えると、漁師は網を投げる動作を止めて、ロンチの方を見た。途端に、漁師の眼に怯えが浮かんだ。黒い肌に縁取られた眼が、レンズ越しに、ピヤにも見えた。そして、漁師が小舟の中に向き直って唇を動かすのが見えた。誰かに喋っているようだ。双眼鏡をずらしてみると、漁師が一人きりではなかったことがわかった。漁師のそばに、子供がいた――甥か、孫かしら？　少年は舳先でしゃがみこんでいる。ロンチが来るぞって漁師に報せたのはきっとこの子だっ

たんだわ。少年は、ロンチの方角を指さしたまま、恐怖で凍りついたように身をすくめている。

はっきりしているのは、漁師も少年も、揃ってひどく怯えているということだった。漁師は全力で櫂を漕ぎはじめ、少年は素早く後部の幌に身を隠した。見ると、小舟から五十メートルほどのところに小さな水路が口を開けている。二、三十回櫂を漕げば辿りつける距離だ。彼らが目指しているのはこの逃げ道だ。水路の両岸の森は満ち潮で半ば水没している。この小さな舟なら、マングローブに逃げこめばロンチを撒《ま》くことができる。今の水位なら、舟が森の奥深くへ隠れてしまえば、外から見つかる心配はない。そうすれば、彼らは逃げおおせることができるのだ。

眼前の状況が、ピヤにはのみこめなかった。イラワディ河やメコン河でも、漁師たちが怖気づいてしまうこと自体はよくあった。よそ者に尋問されるだとか、ましてそこにお上がかかわっているとなると、避けるに越したことはないから。でも、釣り舟が実際に脱走を試みるなどというのは前代未聞だった。

ピヤは、自分の右を見た。舳先に立つ保護官は、ライフル銃を肩に吊っている。ピヤが小舟をずっと観察している間に、銃を取りだしてきたのだ。漁師が逃走した理由がはっきりした。ピヤは保護官の方に向き直り、銃を指さした。「どういうつもりなの？　銃なんかいらないわ」保護官が無視したので、ピヤはさらに声を張り上げた。「銃をどけなさいってば」保護官はピヤを邪険に振り払い、メジュ・ダに何ごとかを怒鳴った。エンジンが咆え、ロンチは小舟に向かって疾走しはじめた。

この状況を招いたのが自分だとはいえ、ピヤにはもう事態を収束する術もなく、なにが起こっているか理解するのもやっとだった。思いつく唯一の説明は、この漁師は禁漁区域で漁をしており、それがこの追跡劇の引き金になったのではないかというものだ。しかし、理由がなんであれ、この追跡は止めねばならない——地元の人々を邪魔しているなどという噂が広まれば、調査の成功は覚束ない。

ピヤは、操舵室を向いて、メジュ・ダに懸命に「止めて！　もういいわ、終わりよ！」と伝えようとした。さらに詰め寄ろうとしたとき、保護官が小舟に向かって怒鳴りはじめた。肩には銃が構えられており、撃つぞ、と脅しているのは間違いなかった。

ピヤは真っ青になった。「一体どういうつもりなのよ？」銃を押しのけようと、ピヤは保護官の腕につかみかかった。それを見た保護官は、ピヤに肘鉄を食わせた。肘鉄がピヤの鎖骨を捉え、ピヤをよろめかせた。肩を手で抑えて踏ん張ろうとしたはずみで、フラッシュカードが手から飛び出した。

漁師は漕ぐのを諦めた。メジュ・ダがロンチを小舟に寄せ、エンジンを切った。保護官がなにか怒鳴ってロープを投げると、漁師がそれを自分の小舟につないだ。子供が小舟の幌の下の暗がりに隠れてじっと見ているのに気づいているのはピヤだけだった。

保護官がなにやら質問をがなりたて、漁師がぼそぼそと返答した。期待通りの答えを引きだせたらしく、保護官はメジュ・ダの方を向いて満足気ににやりとした。二人は早口で言葉を交わし、それから保護官はピヤに向かって、非難がましい口調で「密漁者《ポーチャー》」と吐きすてた。

「何ですって？」どう聞いても、ピヤには言いがかりとしか思えない。ピヤは強く首を横に振った。

「ただ漁をしていただけじゃない。それだけの話でしょう？」

「密漁者《ポーチャー》」保護官は銃を漁師に向けたまま繰り返した。「密漁者《ポーチャー》」

ようやくピヤにも状況がのみこめた。思ったとおり、漁師は禁漁区域で投網を打っていたのだ。もし森林局の監視船が現れても逃げ切れるよう、漁師はこの場所を選んでいたのだろう。しかし彼は、このロンチもありきたりの観光船と思いこんでしまい、武装した森林保護官がいることにやっと気づいたときにはもう手遅れだったのだ。こうなっては、もう賄賂か罰金を払うしか術がなかった。

　漁師は疲れたように櫂に凭れて小舟に立ち尽くしていた。あらためて漁師を見て、ピヤは驚いた。間近で見ると、思っていたような白髪交じりの年寄りなどでは全然なくて、ピヤと同じくらいの年齢、つまり二十代後半くらいだった。体格は、痩せ衰えているわけではないがかなりがりがりで、長い筋張った四肢には肉がほとんどついていない。顎が白っぽく見えたのも顎髭のせいなどではなかった。白いものの正体は、日がな塩水と接しているせいでへばりついた微細な塩の結晶だったのである。骨ばった細面で、顔がこけているために目がより大きく見えた。腰に巻きつけられた布は色褪せたぼろ布で、骸骨のような体と相俟って極貧ぶりを表していた。それでいながら、無力感の漂う剥きだしの骨張った上半身と釣りあわない、どこか反抗的な態度が漁師の立ち姿から滲みでていた。漁師は、一体いくら金を巻きあげられてしまうことになるか正確に見積ろうとでもいうように、用心深く保護官を見つめていた。ひと月分の稼ぎを丸ごととまではいかなくても、一週間分くらいは取られてしまうのじゃないかしら、とピヤは推測した。

　ちゃんと自分の仕事をしろよとでもいうように、保護官がピヤのフラッシュカードを甲板から拾い上げた。すでに獲物を手の内に抑えているためか保護官は悠然としており、小舟を指しつつピヤにカードを渡して、漁師に見せてみるよう促した。

冗談でしょ、何事もなかったみたいによくこんなこと言えるわね、とピヤは思い、手を引っ込めて首を横に振った。しかし保護官は重ねてカードを押しつけてきた。保護官の銃が、腕の動きに合わせてピヤを漁師の方へ押しやった。「わかったわよ」ピヤは肩をすくめた。ピヤは作業ベルトを外して双眼鏡と一緒にバックパックにしまい、フラッシュカードを手に船縁に近寄った。小舟はすぐその下でロンチに繋がれており、ピヤの膝の高さに漁師の顔があった。

ピヤを見て、漁師は驚いた。保護官ばかり気にしていたので、ロンチに女性がいるとは気づいていなかったのだ。ピヤの存在を見て、漁師は急に自分の格好が気になったらしかった。彼は頭に巻いた布を引きぬいた。布はほどけてカーテンのようにはらりと広がった。漁師がそれを腰に締め直したところでピヤはようやく、この布はもともとターバンなどではなく腰巻《サロン》を巻いただけだったのだと分かった。ピヤがいるからこそ漁師は身なりを繕ったのであり、その心配りが嬉しかった。ロンチに乗船してから初めて、普通の人間的な対応に接したと思えたのだ。思いもかけぬ奇妙な状況ではあるが、この漁師が絵にどう反応するか、好奇心が湧いた。

ピヤは、目線の高さが合うまでしゃがみこみ、カードを取りだした。安心させようと思ってほほえんでみたが、漁師は視線を合わせてはくれなかった。彼はカードを一瞥し、それからピヤを見て、そして上流を指さした。あまりにさも当然のような即答ぶりで、ピヤは一瞬彼がなにか誤解しているのだと思った。思わず漁師の眼を見つめると、そう、こいつらならあそこにいるよ、とでもいうかのように彼は頷いた。だけど、どっちのイルカ？　ピヤは再びカードを突きだした。どうせ、二種類のカワイルカのうち、より数の多いガンジス・カワイルカよね、と予期しながら。だが、驚いたことに、漁師はイラワディ・カワイルカ、Orcaella Brevirostrisを指さした。彼はベンガル語でなにか言い、指を六本立ててみせた。

「六頭？」ピヤは興奮を抑えられなかった。「間違いない？」

突然、子供の叫び声が響き渡った。漁師が彼女と話している隙に、保護官が小舟に乗り移ったのだ。保護官は幌に隠してあった漁師の持ち物を物色していた。少年は舟の端で身を縮め、拳を握りしめて胸に押しつけている。保護官が飛びかかって、無理やりその手をこじあけた。少年は薄い札束を隠し持っていたのだ。保護官は札束をもぎ取って自分のポケットに入れてしまい、少年に一発平手打ちをお見舞いしてロンチに戻った。

その一部始終を見下ろしていたピヤは、腰のキャッシュ・ベルトに札束を隠しておいたことを思いだし、こっそりとジッパーを開け、紙幣を数枚取りだした。それを固く握って、ロンチが動きだすのを待つ。そして、保護官が背を向けた隙を見計らって、身を乗りだして漁師の方へ腕を指し伸べた。

「これ取っといて！」だが低く抑えた声は、エンジンの轟音にかき消されてしまう。ロンチは少し小舟から離れちゃったけど、もうちょっとだけ乗りだせば、うまく小舟に投げこめそうだわ。ピヤは傍にあったプラスティックの椅子を甲板の端に寄せ、その上に登って思いきり船縁から身を乗り出した。

「取っておいて！」と言いざま、ピヤは金を投げ、シッと大きな音を立てて合図した。今度は無事漁師の耳に届き、彼はびっくりして立ちあがった。だが、保護官もその合図を聞きつけ、甲板を大股で駆けよってきた。保護官の足が思わず椅子にぶつかって、ピヤを前のめりにさせ、身体の重心を船縁の外へ押しだす。ピヤは、顔面から茶色い泥水へと突っこんでいった。

ダニエル卿

「潮の国は砂漠と共通点が多いんだがね、その一つが、見るものを欺く蜃気楼なんだ」ニルマルが語りはじめた。「サー・ダニエル・ハミルトンにも蜃気楼が見えたんだ。このスコットランド人は、蟹がうよめく潮の国の沿岸を見て、どういうわけか、泥じゃなく黄金よりも眩しく輝く大地だと思ったんだ。『この泥地がどれほどの富をもたらすか考えても見給えよ。一エーカーの泥地からベンガルでは十五マウンドも米が獲れるのだぞ！　一平方マイル四方の黄金とてなに一つ産みだしはしないのに』」

ニルマルは手を上げ、壁に掛かる一枚の肖像画を指さした。「ごらん、これが騎士《ナイト》に叙任された日のダニエル・ハミルトンだ。この日から、彼はダニエル卿と呼ばれるようになったんだ」

肖像画の男は、長靴下と膝丈の乗馬ズボンを穿き、バックル付きの靴と真鍮ボタンのジャケットを着用している。上唇には濃い白髭、そして腰には剣の柄のようなものが吊られている。鑑賞者の目をまっすぐ見つめるその眼差しは、いかめしくかつ親しげで、重々しく、またどこか普通ではないものを感じさせた。カナイは視線に射すくめられて、どぎまぎした。突き刺す視線を本能的に避けようとして、カナイは伯父の後ろに身を隠した。

ニルマルが続けた。「ダニエル卿は学生時代をスコットランドで過ごした。寒くて厳しい岩だらけの過酷な土地だ。先生は、人生で一番大事な教訓は「一念岩をも通す」だと教えこんだ。岩でも石でもたとえ泥でも、克服しなけりゃならないならできるんだ、とね。そして時は過ぎ、皆とおなじくダニエル・ハミルトンも故郷を離れて運試しにでなきゃならん歳になった。行き先？　そりゃインドに決まっているじゃないか？　カルカッタにやってきたダニエルは、家族の伝手を頼ってマッキノン＆マッケンジー社に入社した。この会社は当時世界最大の船会社だったP＆O汽船《ペニンシュラ&オリエンタル》の予約を取り扱っていたんだよ。若きダニエルは仕事に打ちこみ、一等・二等・三等・下等問わず、切符を売って売って売りまくった。カルカッタから船が出る毎に何百枚も切符を捌かなきゃならないのに予約業者は一つだけだったからね。やがてダルエル卿は社長になって莫大な富を蓄え、インド有数の富豪にのしあがった。いわゆる独占資本家《monopolikapitalist》になったわけだね。普通なら、財産をありったけ祖国に持って帰ってしまうか、御殿を建てて贅沢三昧して使い切ってしまうところだ。だけど、ダニエル卿は違ったのさ」

「どう違ったの？」

「追い追い答えてあげるからちょっとお待ち。まずは壁の肖像画を見て、目を閉じて。思い描いてごらん。ダニエル卿は、今、カルカッタを出てベンガル湾へ向かうP＆O汽船の舳先に立っている。周りの旦那衆《シャヘブ》や御婦人方《メム》は笑いさざめき、酒を飲んで陽気に浮かれ踊っているけれど、ダニエル卿は違うんだ。ひとり甲板に立って、眼前に広がる河、干潟、そしてマングローブに覆われた島々を、飲み干さんばかりに凝視しているんだ。やがて彼はひとり呟く。『ここに誰も住まないのはどうしてだ？　これほどたくさん島があるのに、なぜ人がいない？　これほど豊かな土地が、なぜこうも無益に打ち棄てられていなけりゃならんのだ？』とね。そのとき一人の船員が、森をじっと見つめるダニエル卿に気づいて、大昔の寺院とモスクの廃墟を指さしてみせた。そして曰く、ごらんなさいな、かつてあのあたりには人が住んでいたんだが、嵐と高潮、虎と鰐に追いだされちまったんですよ。あ《タ》あそうかい《イ・ナキ》、とダニエル卿。『だが、一度にせよ住んでいたことがあるのなら、もう一度やっちゃいかんということはないだろう？』そもそも、ここは文明から隔絶した未開の辺境などではないのだし——それどころか、ここはインドの入り口で、この豊饒な亜大陸の表玄関だからね。ガンガー平原の奥座敷を東回りで訪ねるものは、例外なくここを通っていくんだ——アラカン人もクメール人もジャワ人もオランダ人もマレー人も華人もポルトガル人も、そして英国人もね。潮の国の島は、ほぼ全て、いつかの時点で、人が住んでいたことがあるんだっていうのが通説なんだ。だけど、いくら目を凝らしたってそんな痕跡が残っているわけじゃない。恐るべきマングローブは、ただ大地を奪い返すだけじゃなくて、時をなかったことにしてしまう。過去の住人たちは、幽霊になって姿を消してしまうのさ。

カルカッタに戻ると、ダニエル卿は識者を尋ねてまわった。そして分かったのは、シュンドルボンを根城とする猛者たちの中でもとりわけ獰猛なのは、その地の主を自認する森林局だということだった。だが、ダニエル卿は森林局などはなから相手にしていなかった。一九〇三年、ダニエル卿は、一万エーカーもの土地を英国政府《サルカール》からまるまる買い取ってしまったのさ」

「一万エーカーって、どれくらいの土地なの？」

「島がいくつも入るくらい広いさ、カナイ。英国政府《サルカール》はダニエル卿が土地を買ってくれてほくほくだった。ゴサバ、ランガベリヤ、サトジェリヤ、すべてダニエル卿のものになった。それから、お前が今いるこの島も買い足した。ルシバリのことだよ。ダニエル卿は新しく買ったこの土地を、スコットランドの聖アンドリューに因んでアンドリュープルと呼ばせたかったみたいだね――潮の国の島々を富の力でまとめあげて黄金の土地を実現する現代の聖アンドリューたらんと願ったのかな。だけど、この呼び名は根づかなかった。代わりにハミルトナーバードって呼ばれるようになった。そうこうするうちに住民も増え、村も増え、それらの村にもダニエル卿が名前をつけた。例えば「ショブノモシユカル」、つまり「ようこそみなさん」村とか、また別の村はどこかの王様の在位二五年周年記念を祝って「ラジャト・ジュビリー」村、といった具合にね。自分の親戚の名前をつけた村もある。ジェームズプルとかアンプルとかエミリバリとかといった村はこうしてできたのさ。もちろんルシバリもね」

「どういう人々が住んでいたの？」

「誰もいなかったんだ、最初はね。思いだしてごらん、当時ここには森しかなかったからね。人がいない、だから土手もない、だから耕す土地もない。ただ、泥とマングローブ《カーダー・アール・バーダー》だけ。満潮になれば土地はほとんど水没してしまう。それから虎、鰐、鮫、豹――獰猛な猛獣たちがあたりをうようよしている」

「じゃあ、どうして人々が住みつくようになったのさ？」

「土地欲しさに決まっているじゃないか、カナイ。当時はだれでも土地を手に入れるのに必死で、猫の額ほどの土地のために我と我が身を嬉々として差しだしたものさ。ましてここなら、祖国の一部だからね。カルカッタからだって遠くない。なら、わざわざビルマやマラヤやフィジーやトリニダードに漕ぎだすことはないだろう。そしてなにより、ここでは土地が只だったんだ」

「それで人々が集まってきた？」

「何千人もね。ダニエル卿曰く、働く気さえあれば、来るもの拒まずだった。条件は一つだけ。あれこれくだらない違いにこだわらないこと。ブラーミンとか不可触民とか、ベンガリとかオリヤーとか、そんなものは持ちこむな。皆一緒に暮らし、働くべしってね。だんだん噂が広まって、北オリッサや東ベンガル、サンタール・パルガナといった地域から、どんどん人が流れてきた。吹けば飛ぶような小さな舟でもかまわずとにかく手に入った舟に乗ってね。入植者たちは、潮が引いたら斧《ダー》で森を切り倒し、潮が満ちてくると高床式の建屋に難を避けた。寝ている間に高潮にのまれないよう、夜はハンモックを寝床にした。

考えてもごらんよ、虎やら鰐やら蛇やらが、島々を隈なく覆う無数の水路《ナラ》に潜んでいるんだよ。飛んで火に入る夏の虫ってものさ。何百人も喰い殺されてしまった。あんまりな被害に、ダニエル卿は、虎や鰐を殺した者にはご褒美を出すことにした」

「だけどどうやってやっつけるの？」

「素手でさ。それからナイフとか、竹槍とか、とにかくあるものでなんとかしたのさ。ほら、ホレンを覚えているだろう？　僕たちをカニングからボートに乗せてくれた船頭さんだ」

「うん」カナイは頷いた。

「ホレンの叔父さん、ボライも一度、漁の最中に虎を仕留めたことがある。それでダニエル卿はボライに二ビーガーの土地を与えたんだ。このルシバリにね。それからというもの、ボライは島の英雄だったよ」

「でも結局、一体なにを目指していたの？」カナイが訊ねた。「お金？」

「お金じゃないさ。ダニエル卿はとっくにお金持ちだったからね。新しい社会、新しい国を建設したかったんだよ。協同組合による国づくりがダニエル卿の夢だった。皆がお互いを大切にして、皆が土地の分け前を持っている。ダニエル卿は、マハートマー・ガンディーやラビンドラナート・タゴール、その他のブルジョワ《ブジュワー》民族主義者とも相談していた。ブルジョワたちは皆ダニエル卿に賛成して、全インドがこの地を模範にするだろうって言ってくれたんだよ。まったく新しい国のかたちだってね」

「だけどこんな国なんかあるもんか」カナイは信じなかった。「電気も、道も、なんにもないじゃない」

ニルマルはほほえんだ。「いやいや、それから全部整備されていったんだよ。ほら、ここ、見てごらん」ニルマルは壁に沿って伸びる色褪せた電線を指さした。「ダニエル卿は電気だって通したんだよ。でっかい発電機を買ってきて、学校の隣に設置した。だけどダニエル卿の死後、発電機が故障して、そのままになってしまった」

ニルマルは食卓の傍にしゃがみこんでまた別の線を指した。「ほら、これ、このとおり、電話線まで引かれていたんだ。カルカッタよりもずっと先に、ゴサバにはダニエル卿の電話があったのさ。ないものなんかなかったんだ。なにもかもきちんと整っていた。ゴサバ中央銀行なんていうのもあったし、ゴサバ通貨まであったんだよ」

ニルマルは壁に並ぶ本棚に手を伸ばし、ぼろぼろになった埃っぽい紙きれを取りだした。「ほら、これがダニエル卿が発行した紙幣だ。なんて書いてあるかな。『本紙幣は死せる硬貨ではなく生ける人間に価値の根本を置くものであり、事実上無償で発行され、土地の埋立、貯水池の掘削、家屋の建設等、及びまた、より健康で豊かな生活という形において百パーセントの配当を生ずるものである』」

ニルマルは紙幣をカナイに示した。「どうだね！　この文言は、マルクスその人が書いたみたいじゃないか！　これは、労働価値説そのものだよ。でもね、この署名を見てみるがいい。読めるかい？サー・ダニエル・マッキノン・ハミルトンその人だ！」

カナイは紙幣を手の上で裏返してみた。「だけどさ、一体なにがしたかったの？　お金じゃないなら、なんでわざわざこんな苦労しなきゃならなかったのさ？　全然分からないよ」

「夢のためさ、カナイ。ダニエル卿の夢は、人類皆が願った夢なのさ。搾取のない、くだらない区別も差別もない、社会の皆が共に暮らせる、そんな場所を建設したかったんだよ。老若男女が、朝は畑仕事に精を出し、昼は詩でも楽しんで、夜は大工仕事、そうやって暮らせる場所を夢見ていたんだ」

カナイは吹きだしてしまった。「で、その成果がこのざまってわけ？　ネズミまみれの島ばっかりじゃない」

カナイの歳でここまで冷笑的な見方を確立していることに、ニルマルは愕然とした。何度か口をぱくぱくさせ、伯父は弱々しく呟いた。「笑うもんじゃないよ、カナイ。潮の国は今も未完成のままなんだ。いつか、ひょっとしたら、これからかなう時が来るかもしれないじゃないか？」

外洋の澄んだ水に潜って水面を見あげると、上から差しこむ太陽の光は屈折して水中で逆円錐形を描き、見あげるものの眼で焦点を結ぶ。逆円錐のまるい面は透明で光に満ち、頭上にかかる後光のようだ。これはスネルの窓として知られる現象で、外洋に棲息するイルカたちは、このプリズムを通して水上の世界を知覚している。水面に潜っている間、この丸い窓はどこまでもついてくる。下から見あげる水面は、果てしなく揺らめき広がる銀幕で、そこに一つだけ、明るい出口がいつでもはっきり見えている。

しかし、ガンガーやブラマプトラでは土の粒子のカーテンがこの窓を塞いでしまう。光は水面に差しこむやいなや、ばらばらに拡散してしまう。水面下は懸濁《けんだく》がひどく、自分の指先さえまともに見えない。水面への道を示す光の標識がないので、あっという間に上下がわからなくなる。そのせいかどうか、ガンジス・カワイルカは常に水面と平行に横向きになって、暗黒の中でも河床をしっかり把握するためか、片方の胸鰭で地面を引っ掻いて泳ぐ習性だ。

これが海だったら、この程度の転落はピヤにはどうということもなかったはずだった。ピヤは泳ぎは達者だし、この程度の流れに流されることなど考えられなかった。だが、光を散乱させる濁り切った水の中で、ピヤは方向感覚を失ってパニックに陥った。息が続かなくなり、不気味に輝く暗黒の繭に閉じこめられたまま、上を向いているのか下に沈みつつあるのかも分からなくなった。なにか臭い、いや、金属みたいな味がする気がする。血じゃない。吸いこんだ泥の味。泥が、口から鼻から喉から目から侵入し、朦朧とした膜の中に自分を包みこみ、覆いつくす。いくら手で膜を引っ掻き、掻き回し、振り払おうとしても、羊膜嚢のようにぬるぬる滑るばかりでとらえどころがない。その時、背中になにかがさっと触れた。ピヤは、得体のしれない爬虫類に鼻で突っつかれでもしたかのように激しく身をよじり、振り返ってその正体を見ようとしたのだが、どんよりとしたセピア色の輝き以外、なにも見えなかった。手足はもう言うことを聞かない。残った力を辛うじて振り絞って、腕を突きだし振り回して身を守ろうとする。突然、水中から飛んできたなにかが顔を激しく打った。なにかが自分の身体を前に運んでいくのを感じたが、どうすることもできない。そして突然、頭を押さえつけていた力が消え、肌にふわりと軽やかななにかを感じた。風だ。でも、まだ呼吸が戻らない。鼻も口も、泥水で溢れかえっている。

腕をばたつかせて水中からもがきでようとすると、もう一度、顔を強烈に打ちすえられた。そして思いがけず、自分の上半身を抱きとめている腕が見えた。手が、ピヤの首を掴んで顔を後ろにぐいと引っ張り、口が、ピヤの口を塞いだ。口内を激しく吸われる感じがしたかとおもうと、なにかが自分の食道から噴き出してきた。咽喉にやっと空気が届く。でも、もっと空気を、とピヤは激しく喘いだ。腕が、ピヤの身体をがっちりと支えている。左肩がちくちく痛い。空気を取りこもうと四苦八苦しながらも、徐々に状況がわかってきた。あの漁師が、私を抱えている。ちくちくするのは、漁師の髭だ。ちくちくした刺激のおかげでピヤは正気に戻り、体中の筋肉がじたばた暴れようとするのを必死で押さえつけ、身体から力を抜いて、漁師が泳げるようにした。

潮流が二人をボートからかなり遠くに押し流していて、ピヤがじっとしていないと漁師は彼女を曳航していくことができないのだ。水中で体を反転させ、背中を反らせて体を浮かせ、自分の腕を彼の腕に引っ掛けて、体の重さをうまく水に預けた。それでも潮流は重力みたいに強力で、漁師は、まるでピヤを引きずって急斜面を登るように、少しずつ、一インチ、一インチ、持てる力を振り絞った。

やっとピヤの手が船縁に届いた。漁師はピヤの下で身体をくるりと回し、彼女をボートに押しあげた。ピヤはもろに腹から落ちてしまい、飲みこんだ水が一気に逆流してきて気道を詰まらせた。もう一度溺れてしまったみたいに苦しい。口と鼻から水が噴きだす。首を鉄の輪で絞めつけられているようで、ピヤは咽喉を掻きむしろうとした。そのとき、再び漁師の手がピヤの肩を掴み、身体を反転させた。ピヤの腰に足をかけて身体を押さえつけると、口づけをして咽喉から水を吸いだし、空気を送りこんだ。

ピヤの気道から水が抜けると、漁師は身をはがした。漁師がしきりに唾を吐いているのが聞こえた。ピヤの嘔吐を口から洗い流しているのだ。

ようやく呼吸のリズムが元に戻った。なにか話し声が聞こえる。目を開けると、声の主は保護官と、相棒の船頭だった。二人は、手摺に寄りかかってロンチの上からピヤにねちっこい視線を送っており、ピヤがやっとの思いで息をしているのを観察しながらひそひそ話していた。やがて、ピヤが目を開けたのに気づいた保護官が、時計と、地平線の下に沈もうとする真赤な太陽を指さしてみせた。はじめ、ピヤはその身振りの意味がさっぱり理解できなかったが、保護官が自分を呼び寄せるような手振りをしたので、やっと意味がわかった。もう暗くなるからさっさと戻ってこいっていうんだわ。だいたいこれからどこに向かうつもりなのかも、私、知らないのに。

さっさと戻ってこいという傲慢さが、癇に障った。私があいつらの言うなりになんでも言うことを聞くに違いないって決めつけているみたい。この保護官たち、最初から危険だって感じていたのよ。でも、今このままロンチに戻ったら、自分の無力さをさらけだすことになってしまう。こんな状態であの二人に自分の身を委ねてしまっては、格好の餌食になってしまう。もうロンチに戻ってはいけないのだ。でも、じゃあ、どうする？

突然、ある言葉が脳裏に閃いた。その閃きが消えぬうちに、口に出してしまわねばならない。ピヤは身を起こした。漁師は、舳先にしゃがみこんでいる。彼は腰布以外なにも身に纏っていなかった。水に飛びこむ前にルンギーを脱ぎ捨てたのだ。あの少年が、そのルンギーで漁師の頭を拭いてやっていた。少年はピヤが身を起こしたのに気づき、漁師に耳打ちした。漁師がピヤの方に向き直った。間髪入れず、言葉が脳から滑り落ちる前に、ピヤは「ルシバリ？」と訊ねた。漁師が、聞き違いかな、とでもいうように顔をしかめたので、もう一度はっきり「ルシバリ？」と繰りかえし、さらに「マシマ？」と続けた。漁師は、知っている、という風に頷いてみせた。

ピヤは目を見開いた。この漁師が、本当にそのひとを知っているなんて、そんなことってあるかしら？　念には念を入れ、さらにもう一度「マシマ？」と聞いた。漁師ももう一度はっきり頷き、あなたが言っているのが誰のことだかちゃんとわかっているよ、とでもいう風にほほえみを浮かべた。それでもピヤは、この人は私が言わんとしていることをちゃんと全部汲み取ってくれているかしら、と不安を拭いきれなかった。そこでピヤは、まず自分を、次いで水平線を指さしてみせ、あなたの舟でそこに連れていってもらいたいのよ、ということを示した。漁師はもう一度頷いてみせ、念押しするように「ルシバリ」と付け加えた。

「そうよ」ピヤはほっと安心して目を瞑り、臍の力を抜いてゆっくりと息を吐きだした。

ロンチの上では保護官が、さっさと目を覚ませとでもいうようにピヤに向けて指を鳴らしていた。ピヤは竹の幌につかまって立ち上がり、保護官に、バックパックを渡すよう合図した。保護官は一つ目のバックパックはすぐ渡してくれたが、ピヤがもう一つのバックパックも渡すように言ったところで、ピヤにはロンチに戻る気がないということに気づいた。嘲るような表情が険しくなり、保護官は、ピヤではなく漁師に向かって怒鳴り散らした。漁師は、ごく静かに身をすくめ、ぼそぼそ呟いて返答した。保護官はますますいきりたって、拳を振りまわして漁師を威嚇した。

ピヤも懸命にその場をおさめようと声を荒げた。「この人のせいじゃないじゃない。どうして彼に怒鳴るのよ?」ここでまったく意外なことに、船頭がピヤに加勢した。船頭は水平線を指さして日没が迫っていることを強調し、保護官に異を唱えたのである。これを聞いて、保護官の視線は再びピヤに戻った。彼は二つ目のバックパックを掲げて親指と人差し指を擦りあわせ、バックパックは金と引き換えだと言ってきた。

お金は防水のキャッシュ・ベルトに仕舞ってあったわよね。ジッパーをまさぐると、ベルトも中身も無事だったのがわかり、ピヤはほっとした。一日分の傭船料と保護官の日当を取りだして差しだしつつ、とにかくさっさと縁を切ろうとしてさらに何枚か紙幣を追加した。保護官は無言で金をもぎ取ると、バックパックを投げてよこした。

　これで本当にこの二人を厄介払いできたのかしら、ピヤはまだ半信半疑だった。もっと激しく怒鳴りあったり、ずっと大きな金額を要求されたりすることになるだろうと覚悟していたのだ。すると、保護官が、お前が思ってるほど安く済んだわけじゃないんだぞ、とでもいうようにピヤのウォークマンを掲げてみせた。バックパックを渡す前に抜きとっていたのだ。そして窃盗品の収穫を祝うかのように、あからさまにピヤに向かって腰を振り、指をしごいてみせた。

　ピヤはといえば、猥褻な嫌がらせも音楽が聴けなくなったことも、どうでもよかった。この連中がいなくなってくれただけで大満足だった。ピヤは、目を閉じて、ロンチの音が遠ざかるのを待った。

トラスト

　ほんの小さな島とはいえ、ルシバリには数千人もの住民が暮らしていた。一九二〇年代にやってきた初期移民の子孫もいるが、その後、一九四七年の亜大陸分割、一九七一年のバングラデシュ戦争など、何度も移民の波があった。近年も、野生動物保護計画のせいで強制移住措置が適用された近隣の島々から、人がたくさん移ってきた。結果として、ルシバリの人口圧力は非常に高く、一片の土地も無駄に遊ばせておく余裕はなかった。島の基調をなす青々とした耕作地のあちこちに、泥の小屋が点々と散らばり、よく踏み固められた小径が縦横に走っている。煉瓦で舗装された広い通りでは、モクマオウの並木が日陰を与えている。しかし、そうしていくらありきたりの田舎町を装ってみても、ルシバリの景観にはひとつだけ、隠しようのない異物があった。バンド、すなわち、島の全周を包み、毎日二度ずつ洪水を堰きとめている背の高い土手である

バダボン・トラストの敷地は、法螺貝の形をした島の丸い底部に位置しており、ルシバリの村から一キロほど離れていた。ニリマが暮らしている小さな家は、トラストへの訪問者を宿泊させるゲストハウスを兼ねている。

島のこちら側までやってくるのはなかなか大変だった。カナイとニリマがルシバリ村の泥砂嘴で船を降り、そこからさらにトラストの方へ向かおうとする頃にはもう日が沈みかけていた。島を横切るためにカナイを待ち受けていたのは斬新な乗り物だった。そもそも以前来た時には、島に乗り物などなかったのだ。その乗り物はサイクルトレーラーもどきのサイクルバンなるしろもので、サドルの後ろに四角い荷台が取りつけられたものである。この荷台は荷物や家畜だけでなく旅客の運搬にも用いられていて、乗客は胡坐をかくか、足を外にぶらぶら投げだして坐る。荷台は平らなうえに把手もないので、振り落とされないように必死にしがみつかねばならない。さらに凸凹な場所を通るときは、乗客は互いに腕をからませて支えあう。

「これ一台だけで乗るの?」そう言ってカナイは、サイクルバンとやらを疑わしげにじろじろ見つめた。

「当り前じゃない」とニリマ。「さっさと乗って頂戴。ちゃんと抑えていてあげるから」

野菜の籠や喧しく騒ぐ雛鳥たちの間にカナイのスーツケースを押しこんで、サイクルバンは出発した。間もなくバンは剥きだしの煉瓦道に差しかかったが、煉瓦は至る所歯抜けになっていて、地面は

がたがただった。車輪が凸凹を通過するたび、荷台は激しく跳ねて乗客を放りだそうとする。カナイが落っこちてしまわなかったのは、他の乗客がカナイのシャツをしっかり掴んでくれていたおかげだ。

「ゲストルームが気に入ると良いんだがね」ニリマが心配そうに言った。「うちの設備はとにかく質素で、あまり上等じゃないからね。お前に一部屋取ってある。着く頃には夕食のティフィンボックスが届けられているはずだ。実習看護師に準備を言いつけて置いたからね。もしなにか要るものがあったらその子に言うといい。モイナって言うんだ――もう家で私たちを待っている頃だろう」

その名前にバンの運転手が反応し、ぐいっと振り向いてきた。「マシマ、モイナ・モンドルのことかい?」

「そうだよ」

「モイナはゲストルームにはいないと思うよ、マシマ」運転手が言った「聞いてないかい?」

「なにをだよ?」

「モイナの旦那、ほれ、あのフォキルの奴が、またいなくなっちまってね。今度はあの子も一緒に連れてっちまって――あの男の子だ。だからモイナはあちこち捜しまわってるんだ」

「そいつは困ったね。本当かい?」

「本当だよ」他の乗客たちも口々に運転手に加勢した。

マシマが舌を鳴らした。「可哀そうにねえ、モイナったらいつも旦那のせいで苦労ばかりさせられて」

ずっと聞き耳を立てていたカナイは、マシマがひどく失望しているらしいのを見て「段取りが狂っちゃうかい?」と訊ねた。

「いやいや、それはなんとでもなるから心配はいらない。ただモイナのことが心配でね。旦那のせいでいつかきっとおかしくなってしまうんじゃないかと思うとね」

「誰なんです、その、旦那っていうのは?」

「お前に言っても知っているわけが――」言いかけたところで、ニリマが急にカナイの腕をぎゅっと掴んだ。「お待ち、お前、知っているよ――旦那本人じゃなくて、その母親をね」

「母親を?」

「そうだよ。お前、クスムって女の子、覚えていないかね?」

「そりゃもちろん」カナイは答えた。「もちろん覚えていますよ。ここでできた友達はクスムだけだったんだから」

ニリマはゆっくりと頷いてみせた。「そうだったね、私もはっきり思い出してきたよ。お前たちは良く一緒に遊んでいたわね。とにかく、今話に出ていたその旦那――フォキルっていったかしら、それがクスムの息子なんだよ。モイナと結婚しているんだ」

「で、そのフォキルが、行方不明になっている?」

「そうみたいね」

「で、クスムはその後どうしているの? 今どこに?」

ニリマが深いため息を吐いた。「あの娘、お前が帰ってから数か月後くらいに姿を消してしまったんだ。その後何年もさっぱり音沙汰が無かったんだが、あるとき突然戻ってきた。だが戻ってきたのが運の尽きだったんだ」

「どういうこと？　何があったの？」

ニリマは記憶を閉めだすように目を瞑った。「殺されたんだよ」

「なぜ？」

「そのうち話すよ」ニリマは声を潜めた。「今はやめておこう」

「で、その子供は？」カナイはなおも粘った。「クスムが死んだとき、幾つだったの？」

「ほんの子供だったさ。五歳かそこら。ホレンが親戚でね、引き取ってその子を育てた」

目の前に突然大きな建物が出現し、カナイを驚かせた。「あそこの、あれはなんです？」

「あれが病院だよ。見るのは、初めてかい？」

「ええ、あれができてからはルシバリに来ていませんからね」

病院の入り口に並ぶ電灯が、ジイジイ音を立てて揺れる暈《かさ》のようなものに覆われていた。サイクルバンがその前に差し掛かると、その光景が、無数の羽虫のせいだということがわかった。電灯の下では膝に本を広げた子供たちが並んで勉強している。

「あれは電灯でしょう？」カナイは驚いて訊ねた。

「そうだよ」

「ルシバリには電気は来てないと思っていたけど」

「ここの敷地内だけね。だけど、一日数時間だけだよ。日没から夜九時まで」

ある支援者が発電機を寄付してくれたのだ、とニリマが教えてくれた。発電機は毎日夕方数時間だけ、病院の従業員たちが夜に備えて効率的に働けるように使われることになっているのだ。子供たちも、電灯に引かれて病院に集まってくる。家で勉強するより明るいし、なにより油や蝋燭代の節約にもなる。

「泊まるのはあそこよ」ニリマが前方を指さした。病院の端にある池とココヤシの木の先に、二階建ての家が建っていた。明るく塗られた小さな家は、白壁の小学校のような楽しげな雰囲気を湛えている。客間は二階で、地階にはニリマが亡夫と二人で一九七〇年代中盤からずっと暮らしてきたのだ。ニルマルの書類が保管されているという書斎は屋根の上だ。

ニリマはサイクルバンから降りるとカナイに鍵を渡した。「伯父さんの書斎の鍵だよ。上に行ってのぞいてみるといい。小包は机の上に置いてあるからね。案内してあげたいけど、今日はもうへとへとでね」

「大丈夫ですよ、自分で行けますから心配しないで。また、朝にね」

カナイがスーツケースを抱えて階段に向かおうとしたとき、ニリマがふと思いだしたようにカナイを呼び止めた。「発電機は九時で止まるから、そのつもりで。電気が落ちても慌てないようにね」

フォキル

ロンチの姿がようやく視界から消え、ピヤの呼吸がやっと自由になった。筋肉の力が抜け、すると怖れていたとおり、後追いで恐怖がぶりかえしてきた。手足ががくがくと震え、顎が膝小僧を撥《ばち》のように叩く。あまり激しくピヤが震えるので、ボートが揺れ、水面にさざ波が立った。

誰かが肩に触れた。振り向くと、あの少年がとなりに立っている。少年は腕を回してピヤの背中に抱きつき、自分の体温でピヤを暖めてくれた。ピヤは一旦目を閉じて、歯ががちがち鳴るのがおさまるのを待って、また目を開けた。

今度はあの漁師が目の前にしゃがんでいて、さぐるような表情でピヤの顔をのぞきこんでいる。震えが少しずつおさまっていくのを見て、漁師はゆっくりとほほえんだ。彼は自分の胸を指さし「フォキル」と言った。名前を教えてくれたのね、とピヤはすぐ理解し、真似をして「ピヤ」と自分の名前を伝えた。漁師は、分かったという風に頷いて、今度は少年の方を向いて、「トゥトゥル」と言った。次いで、彼の人差し指が自身と少年の間を往復し、この仕草で、この少年が漁師の息子なのだということが伝えられた。

「トゥトゥル」

間近に見ると、少年は思っていたよりさらに幼く、五歳くらいだった。十一月の寒さを防ぐために着ているセーターはすりきれている。半ズボンはぶかぶかですっかり色落ちしているが、きっともとは学校の制服だったものだろう。トゥトゥルが、ピヤに何かを見せようとしている。見ると、ラミネート加工で守られたピヤのカードだった。どうしてトゥトゥルの手にあるのかは分からなかったが、とにかくカードが見つかってピヤはほっとした。トゥトゥルは、お盆でも運ぶようにしてカードを持ってきて、そして、僕が守っているからねとでもいうようにピヤの指をぎゅっと握ってくれた。

このトゥトゥルの優しさは、思いがけず、ピヤに自分の無防備さを痛感させた。馴染みのない感覚だ。ひとりきりで奥地に飛びこみ周りにいるのは赤の他人だけなどという状況にはとっくに慣れっこになっていたはずなのに。保護官とのいざこざで自信を失ったピヤは、まるで暴行でも受けたみたいにショックを受けてしまっていた。だからこそ、子供の存在はより一層有難かったのだ。トゥトゥルがいたからこそ、まったくの赤の他人を信じてその懐に飛びこむなどという決断ができたのだ。だから、トゥトゥルがピヤを守ってくれているというのは、ある意味真実なのだ。そう思い至ったピヤは、自分でも思わぬ行動をとった。つまり、馴れ馴れしい仕草をするのは苦手なのに、このときばかりはトゥトゥルをぎゅっと抱きしめて感謝を伝えたのである。

ピヤがトゥトゥルを放してやろうとすると、トゥトゥルがピヤの手をじっと見ている。ピヤの手には、財布が握ったままになっていた。そうだ、フォキルに謝礼金のことを話すのをすっかり忘れていた！　ピヤは財布からインド紙幣の札束を取りだし、紙幣を何枚か抜きとった。枚数を数えていると、じっと見られているような気配がして、ピヤはふと目を上げた。父子二人の視線が、ピヤがまるで摩訶不思議な手品でもやってみせているかのように、ピヤの手の動きに釘づけになっている。とはいえ、二人の魂消たような表情は、その金が欲しくて貪欲に見ているというのはまったく違った。単に二人は、これほどの大金を――ましてそれもピン札で――見たことがなかったのである。フォキルに至っては、これほど熱心に見入っている割には、ピヤが金を数えているのが自分のためなどとは思いもしていなかったらしかった。というのも、ピヤが金を差しだすと、フォキルはまるで無理やり密輸品を押しつけられでもしたかのように、後ずさりしてしまったのである。

ピヤにとっては、このくらいの金額は、サンドイッチやコーヒーをちょっと買うくらいの小銭に過ぎない。私だって贅沢できるほどの研究費はもらっていないけど、せめてこれくらいは受けとってもらわなきゃ。ちゃんとしたシャツでも着てくれていたら、無理やりお金をポケットに押しこんでしまうんだけど。だが、現実のフォキルといえば、びしょ濡れの腰布以外に纏っているものといえば、腕に括りつけている小さな円筒形のメダリオンだけだった。他に良い手は浮かばず、ピヤは札束をくるくると巻いて、メダリオンの下に差しこんだ。あら、フォキルの腕、鳥肌が立っているわ。私が触ったから鳥肌が立ったのか、それとも夕方で風が冷たいからなのかしら。

一方、札束を引き抜いたフォキルは、ぎゃっと大声をあげた。フォキルは幽霊でも見ているような顔つきで、札束を握った手をできる限り顔から遠ざけて眺めていた。やがてフォキルは、先ほどロンチが向かった方角を指さしてみせ、それから、紙幣を一枚だけ抜きとり、高く掲げてピヤに示した。保護官に取られちゃった分だけ埋めあわせとしてもらっておくってことね。フォキルがその紙幣をトゥトゥルに渡すと、トゥトゥルは紙幣を素早く幌のどこかにしまいこんだ。

フォキルは、残りの金をピヤに返してしまった。ピヤが断ると、フォキルは水平線を指さし、さっきピヤが言った言葉を繰り返して「ルシバリ」と言った。お金の件はルシバリに着くまで先延ばしにしようっていうことね。まあ差し当たり、それで良いわよね。

手紙

狭い階段を上った二階は丸々ゲストハウスになっていた。部屋は四室あり、それぞれ、小さなベッドが二台ずつに、机と椅子が一つずつと、まったく同じ作りになっている。部屋を出たところが廊下・食堂・台所を兼ねたスペースになっている。廊下の先は、このホテルが誇る贅沢品、つまり水道・シャワー・トイレ付きの浴室だ。また池で水浴びをさせられるのかと恐々としていたカナイは予想を超える設備にほっとひと安心した。

食卓にはステンレスのティフィンボックスが置かれており、これがカナイの夕食ということらしかった。ということは、モイナは心配事を抱えてはいたけれど、僕の夕食の準備をすっぽかしたりはしなかったということだ。さらに奥へ進むと、自分のために用意してくれていると思しき部屋があり、カナイはそこにスーツケースを置いて階段へ向かった。

屋根に上ったカナイを、潮の国の美しい夕焼けが出迎えた。河の水位は低く、周囲の島々は、朱に染まった水の上に君臨している。屋上をぐるりと一周すると、ルシバリの近くには、少なくとも島が六つと「河」が八本あることがわかった。それと、ルシバリより南の島にはもう人は暮らしていないということもよくわかった。南の島々には、耕作地も人家も見当たらず、ただ、濃密なマングローブが延々と広がっている。

屋上の一角に、トタン屋根の縦長い部屋が建っていた。戸には錠が掛かっている。これがニルマル伯父の書斎に違いない。ニリマがくれた鍵で戸が開いた。中に一歩入ると、その正面の壁には本やら書類やらが堆《うずたか》く積み重ねられている。一つだけある窓は西向きで、開けるとライモンゴル河のモホナが見えた。窓の下に机があって、インク壺、数本の万年筆、古めかしい三日月形の吸い取り器が、ニルマルが使ってくれるのを待っているように並んでいる。その吸い取り器の下に、カナイの名前が書かれた封緘済の大きな小包があった。小包はビニールで何重にも包装された上に、ボンドでべったり固めてあった。小包には手帳をちぎりとったような紙切れが添付されていて、そこに伯父の手書きでカナイの名前と二十年前の住所が書かれている。カナイは小包を指で押してみたが、中になにが入っているかは感じとれなかった。どうやって開ければよいかも分からなかった。ビニールの層が溶着して一体になってしまっているのだ。辺りを見回すと、窓敷居に剃刀が置かれている。カナイは剃刀を手に取ってその切っ先を分厚いビニールにあてがい、指先ではさんで慎重に切り開けた。すると、鳥の巣に産みつけられた卵のように中に隠れていたのは、小学生が使うような厚紙綴じの小さなkhata《ノート》だ。どうせばらばらの詩やらエセーやらを詰めこんであるだけだろうと思っていたので、ノート一冊だけというのはまったく意外だった。ノートを開くと、中身はニルマル手書きのベンガル語だ。紙面が足りないとでもいうように小さな字でぎっしりと埋めつくされており、しかも筆跡は激しく乱れていて大急ぎで書かれたことをうかがわせる。いたる所、修正や書き足しだらけで、文字は余白にまで溢れでていた。ビニールで厳重に保護されていたわりに、紙は染みで薄汚く、また、インクが薄れてしまっている箇所も多かった。

冒頭の何文字かを解読しようとして、カナイはノートを鼻先に近づけた。左上隅に英語で日付が記されている。May 15, 1979, 5.30am。そのすぐ下にカナイの名前。定型の挨拶文は端折られているが、カナイに宛てた一種の長大な手紙であるように思われた。

カナイは冒頭の数行を黙読した。やはり、これは僕宛ての手紙だ。「今、私がお前に宛ててこの手紙を書いているこの場所のことを、お前は耳にしたこともないだろう。ここは潮の国南部の、モリチジャピという島だ……」

手紙から目を上げて、その地名を心の中で呟いてみる。モリチジャピ。いつもの癖で、その響きをなにげなく翻訳する。「胡椒の島、か」。

カナイはノートに目を戻して続きを読みはじめた。


時が歩みを止めている。これから何か恐ろしいことが起こるのをただ待っているときというのは、そういうものだ。例えば、サイクロン。備えを固めて家に引きこもると、あとはただひたすら待つしかない。そうしたとき、時間は、過ぎていかないものだ。ただ、重苦しい空気がしんと静まりかえっている。恐怖が、摩擦を生み、時の歩みにブレーキをかけてしまう。

普段なら、私は本でも読んで時間をやりすごしたに違いない。だが、今私が持っているのは、このノートにボールペン、鉛筆、それとベンガル語・英語訳のリルケ「ドゥイノの悲歌」だけなのだ。そもそも、つい先ほどまで、読むということ自体不可能だったのだ。今ようやく夜明けを迎えたが、私は蝋燭さえない茅葺の小屋にいたのだから。竹で組んだ壁の隙間から、この島を囲む河の一つ、ガラルが見えている。東に太陽が顔を出し、それに応えるように、潮がぐんぐん満ちつつある。周囲の島々はゆっくりと水の下に沈んでいき、じきに極海の氷山のように高木の梢だけ残して姿を隠してしまう。泥の浅瀬と、それを支える気根の砦はとうにぼんやりとした水面の染みに過ぎなくなっており、水底で波にそよぐ海藻のようだ。遠くでは、鷺の群れが、迫りくる洪水に備えて、憩うていた島を離れ、安全な止り木を求めて水上を飛び去っていく。つまり、ここにあるのは潮の国だけに与えられた美しい暁。
この小屋は私のものではない。私は客人だ。小屋の主はお前も知っている、あのクスムだ。クスムが息子と一緒にここで暮らし始めて一年近くになる。
一年の大半を通して、この景色とともに朝を迎えるということが、彼らにとって――フォキルにとって、クスムにとって――、どういう意味をもつことだったのだろうかと、目の前に広がるこの景色を見ると思わずにはいられない。つらいことばかりの耐え通しの人生への、ささやかな埋め合わせなのか？　いや、わかったようなことは言うまい。今、横になってただひたすら待ちながら私が思い起こすのは、あの詩人のあの言葉――

美は
怖るべきものの始めにほかならぬのだから。われわれが、かろうじてそれに堪え、
嘆賞の声をあげるのも、それは美がわれわれを微塵にくだくことを
とるに足らぬこととしているからだ。

夜もすがら、ずっと考え続けたのだ。私は一体、何を恐れているのだろう？　今、夜が明けて、わかったのだ。恐ろしいのは、嵐が過ぎた後、その嵐の前に起こったことどもは全て跡形もなく忘れられてしまうからなのだ。潮の国は、巧妙に、過去の上に泥を堆積させていく。私は、そのやり口を誰よりも熟知している。

これから起こることは、私には止めようもない。でも、私は物書きだったのだ。ここで何が起こったか、僅かでもその痕跡を残し、世界がそれを思い出す手がかりを残しておくことなら、私にも出来るかもしれない。恐怖に追い立てられた私がそう思いついた時、過去三十年どうしても出来なかったことが出来た――ペンを取ること。

時間がどれだけ残されているかはわからない。精々今日一日かもしれない。とにかくその間に、この手記がどうにかお前に届くと信じ、書けるだけ書いてみることにしたのだ。なぜ僕宛てに？とお前は思うだろう。さしあたっての答えは、これは私の物語ではないからね、ということだ。この物語は、お前がルシバリで得たただ一人の友人の物語なのだ。クスム。だから私のためではなく、クスムのために読んでほしい。

ボート

フォキルのボートは全長五メートルほどで、その真ん中あたりは二人でなんとか並んでしゃがめる程度には広かった。ピヤがぐるりと見渡してみると、ボートは、竹葺きの幌、木材の切れ端、ぼろぼろのビニールを寄せ集めただけの、掘っ立て舟とでも言うしかないような代物だった。船体をなす板きれには鉋もかかっておらず、タールのようなもので隙間を塞いでいる。甲板は廃棄品の梱包木箱から剥ぎとった合板で、ところどころ茶葉業者の商標がそのまま残っている。この簡易甲板は鋲止めせずに出っ張りに引掛けてあるだけで、簡単に取りはずせる。甲板の下、船底との間のスペースは物置だ。その船首寄りの部分が魚倉になっていて、マングローブ樹の枝きれやぐちゃぐちゃの海草にまざってうようよ蟹が蠢いていた。今日の収穫がここに入っているというわけだ。枝や海草は、蟹に水分を補給するだけでなく、蟹同士が傷つけあうのを防ぐ役にも立っていた。

ボート後部の幌は、竹を曲げて作った骨組みに屋根をとってつけただけだ。幌はなんとか二人が雨と日光を凌げる程度の大きさで、まだらに汚れた灰色のビニールを屋根の下に挟みこんで水漏れを防いでいる。そのビニールについている印は、ピヤにも馴染み深いものだった。ピヤが米国から船便を送るときに使うような類の郵便袋を再利用していたのである。ボートの最後部、幌と船尾の間には、焦げ跡が痘痕のように散らばった小さな台があった。

幌の下部にはもう一つ船倉スペースがあり、フォキルが甲板を外すと内部が見えて、要はこれがボートの保管庫なのね、とピヤは察した。この保管庫は、船首側の魚倉とは間仕切りで区分けられていて、ブルーシートで簡単かつ効果的に防水されていた。そこに収納されているのは、小さく畳んだ衣服、調理道具、食料と飲み水で、フォキルは中に手を伸ばすと折り畳まれた布切れを一枚取り出し、ばさりと広げた。プリント柄の安手のサリーだ。

意図が分からず戸惑うピヤを尻目に、フォキルはきびきび動いた。彼はまずトゥトゥルを舳先に追いだし、それからピヤのバックパックを幌の中に運んだ。そして、今度は自分も幌から出て、代わりに幌に入るようピヤに合図した。ピヤがなんとか中に潜りこむと、フォキルは入り口にサリーを垂らして目隠しにした。

ずぶ濡れの服を安心して着替えられるよう囲いを作ってくれたのね、とピヤはようやく思いあたった。私よりフォキルの方が先に、私が品位を傷つけないようそれなりに気を配ってくれたのねと思うと、少し決まりが悪かった。しかし、「品位」などというかしこまった言葉を思い浮かべたせいで、ひらひらのベールや古くさい新聞漫画みたいなものを思い浮かべてしまい、ピヤは頬を緩めた。男女共用の寮ではシャワーだって男女共用だったし、狭苦しい海辺の宿泊所では男たちと一緒に過ごすことだってあるし、何年もそういったことを経験した後では、フォキルの思いやりはいかにも古風にも思えたし、しかし、だからこそピヤの胸を打った。私のためにスペースを作ってあげないと、と思ってくれただけじゃない。ありのままの普段の生活の中に、私もその一員として受けいれてくれたのだ。黙って身振りで意思疎通するしかないこの状況の中でも、私のことは、やり取り不能なただのガイジンとしてではなく一人の人間として接してくれるつもりだということを伝えてくれたのだという気がしたのである。それにしても、この漁師のどこからそんな考えが出てきたのだろう？　私だってこんな人には会ったことがない。フォキルだって、今まで私のような人間には会ったこともないに違いないのに。

服を着替えてから、ピヤはサリーに触ってみた。指で布地をまさぐってみると、その布地は何度も何度も繰り返しごしごし洗われたものだと分かる。この感じ、よく知っている。母が、シアトルの家の中で着ていたサリーはまさにこんな感じだった――すりきれ、くたびれた生地。色褪せて灰色がかったサリーには、昔大層いらいらしたものだ。母親がぼろぼろのベッドシーツみたいなものを着ていては、友達を家に呼ぶことだってできないじゃない？

このサリーは誰のものかしら？　フォキルの妻？　トゥトゥルの母親？　それって同じ人かしら？

知りたくはあるけれど、突きとめる術はない。もっとも、それほど残念だというわけでもない。他人の事情を深く知る術がなく、したがって巻きこまれることもないという気楽な立場は好都合なものなのだ。

ボートの幌から這いだしてみると、フォキルは既に碇を引き上げ、櫂を水に下していた。フォキルも着替えを済ませており、髪まで梳かしていた。平らになでつけた髪は、真ん中で分けられている。塩気を落とした顔は思いのほか若々しく、茶目っ気を帯びているようにも思えた。色褪せた薄茶色のTシャツと、新しいルンギーを纏《まと》っている。先程までのルンギー――ピヤが双眼鏡で最初にフォキルに気づいた時に着ていたものだ――は、ボートの幌の上で干されていた。

やがて日が傾き、色づいた流星が空を横切り、ひときわ眩しく輝いてモホナの真ん中に落ちた。真っ暗になる前に、夜を明かす場所を早く決めねばならない。日が暮れてしまえば、こんな小さなボートは、この水の迷宮の中で立ち往生するしかない。きっとフォキルはもう停泊場所を決めていて、できるだけ早くそこに移動しようとしているのだ。

ボートが動きだすとピヤは立ちあがり、作業ベルトにいくつも器具をぶらさげたまま前方の水域をじっくり見回した。大地をけずりとらんばかりに降りそそぐ雨のように、ピヤの双眼鏡は前方の景色を舐めつくしていく。それにつれて、迷子のような途方に暮れた気持ちが徐々に鎮まっていく。ボートが揺れても乱されることなく、メトロノームのように正確なリズムを刻んで、ピヤは観察を続ける。右から左、左から右と、灯台の光のようにピヤの双眼鏡が動き続ける。長きにわたる努力の結果、ピヤの筋肉は水上の動きに熟達しており、無意識的に膝を使って揺れを吸収し、苦もなくバランスを保つことができるのである。

　これこそ、自分の仕事の中で愛してやまないことだった。広々とした水の上で、顔に風を受け、器具を手に、一心に観察すること。腰に締めたロック・クライミング用のベルトは、筆記板などの器具を数点吊り下げられるよう改造してある。一番大事な器具は手持ちのモニターで、これはGPS（全地球測位システム）を通して航跡情報を追跡することができる。ピヤがイルカを探して「戦闘」態勢に入っている間、この器具がピヤの動きをメートル単位秒単位で記録してくれるのだ。これさえあれば、もし必要となれば、ピヤは海を越えて、ある日ある時イルカの尾鰭が波に消える前に一瞬ちらりと姿を見せたその同じ場所に、迷わず戻ることだってできるのだ。

　GPSモニターの他には、距離測定器《レンジファインダー》と、センサーを水につければ正確に水深を測定できる水深計《デプスサウンダー》があった。これらはどれも調査にとって重要極まりない器具ではあったが、中でもいちばん値が張ったのは首にかけた双眼鏡だ。かなり無理して買ったものだが、払っただけの値打ちはあった。双眼鏡の外装は日光にさらされ、砂と塩にもまれて傷んではいたが、それでも防水性に優れ、大事な機能はしっかり保護されていた。六年間も酷使し続けたのに、レンズは今も変わらずくっきり像を結ぶ。左のレンズにはコンパスが内蔵されていて、レンズの外縁に方角を表示してくれる。これのおかげで、目の前百八十度をきっちり監視できるよう自分の動きを補正することができるのだ。

　ピヤがこの双眼鏡を購入したのは、カリフォルニアのスクリップス海洋研究所の大学院に進学して一年も経たぬ頃で、実際に双眼鏡が必要になるのはまだまだ先のことだった。随分性急な買い物といえたが、迷いはなかった。その頃までに、ピヤは自分が将来なにをしたいか気持ちをしっかり固めていたのである。だから、絶対に、最高にいいやつを買うんだと決め、何ダースものカタログを比較検討してから通信販売会社に小切手を送ったのだ。

小包が届いたとき、あまりに重くてびっくりした。その頃、ピヤは大学敷地内の、人通りの多い歩道を見下ろす部屋に住んでいたのだが、窓際に立って、下にたむろする学生たちにレンズを向けては、彼らの顔や、手に持つ本、新聞に焦点をあわせ、像の鮮明さと美しさにうっとりしたものだった。双眼鏡を横に動かそうとしたとき、その大変さにはびっくりした。レンズを百八十度回そうと思ったら、くいっと首だけ回すなんてことはできなくて、身体全体を使って、踵から腰、肩、そしてこめかみまで使って勢いをつけなくてはならなかった。ものの数分でピヤはへとへとになり、腕には力が入らなくなった。こんなに重たいものを一日に十二時間も使い続けるなんて、私には永久に無理じゃないかしら？　できるようになる気なんかしなかった。一体、周りの人たちはどうやっているのかしら？

いつも自分だけが小人みたいに小柄だということには慣れ切っていた。青少年期を通じて、いつだってピヤは同年代グループの中で一番小柄な部類だったのだ。それでも、初めてラ・ホーヤで海棲哺乳類学の講義に出席した時ほど自分のちびぶりを痛感したことはない。「クジラ・ウォッチャーの仲間入りしたメダカちゃんってところかな」とはある教授の表現だ。周りの皆は、生まれながらのアスリートで筋骨逞しかった。特に女性たちは皆、南カリフォルニアやハワイ、ニュージーランドの暖かな波光る海岸に生まれ、ダイビング、シュノーケリング、カヤッキング、カヌーイング、そしてビーチ・バレーボールに明け暮れながら成人したとでもいうような雰囲気だった。金色に日焼けした肌の上で、腕のうぶ毛を石英の粉みたいにきらきら輝かせているようなタイプ。ピヤはといえばスポーツには一切縁がなく、そのことも彼女の孤立感を強めた。皆、ピヤのことは「東インドのお嬢ちゃん」という研究室のマスコットみたいな扱いだった。

だが、コスタ・リカ沖での初めての調査航海で、ついにピヤは自分の強さに自信を持つことができたのだ。最初何日もの間、誰もなにも見つけることができなかった。ピヤが重い双眼鏡に悪戦苦闘しているのを憐れんで、皆、ピヤに「ビッグ・アイ」、つまり甲板に固定された大双眼鏡の当番を多く回してくれるようになった。四日目に、彼らは二十頭ほどのハシナガイルカの小さな群れらしきものを見つけた。その数はどんどん増え続け、二十頭から百頭へ、そしてさらになんと七千頭ほどいるのではないか——あまりに多すぎて、とても正確に数えることはできなくなった。イルカの群れが水平線の端から端まで埋め尽くし、白い波頭は尖った嘴や背鰭のきらめきにかき消された。そしてこのとき、ピヤは知ったのだ。双眼鏡の重さなんて、消えてしまうのだ。腕に異常な筋力が発達しただけじゃなく(実際筋力はおおいに発達したけれど)、レンズの向こうにひとたび壮麗な海の世界が広がると、それ以外のことはなにも気にならないのだ、と。

ニルマルとニリマ

ニルマル・ボースとニリマ・ボースは、安住の地を求めてルシバリにやってきた。それは一九五〇年のことで、彼らが結婚してからまだ一年も経っていなかった。

ニルマルはもともとダッカの出身で、勉強のためにカルカッタにやってきた。印パ分割がニルマルと家族を引き裂き、彼はそのままカルカッタに残り、左翼知識人そして前途有望な作家として多少知られるようになった。ニルマルの運命がニリマのそれと交わったのは、アシュトシュ・カレッジで英文学を教えていた頃だ。ニルマルの講義した授業を、ニリマが受講していたのだ。

ニリマの出自はニルマルとは対照的だった。代々官職で重きをなしてきた名家の出で、祖父は国民会議派の創設メンバーだったし、父（カナイの祖父）はカルカッタ高裁の著名な法廷弁護士だった。ニリマは十代の頃に重い喘息を患ってしまい、そこで、彼女が大学に進学するときがくると、毎日きつい通学をしなくて済むよう家族が取り計らってくれた。つまりニリマは、バリゴンジ・プレイスの自宅から車ですぐのアシュトシュ・カレッジに進学することになったのである。家のパッカードが一日二回出動して、朝、午後と彼女を送迎した。

ある日、ニリマは口実を設けて運転手を追いかえし、バスに乗って英語教師を尾行した。ニルマルの目に燃える理想の炎に吸い寄せられる蛾のように。女性の級友たちの多くはニルマルの熱烈な講義と情熱的な朗読に魅了されていて、ニルマルを愛しているると公言しているものも数多いたが、決意と実行力においてニリマに及ぶものなどいなかった。その日、ニリマはニルマルの隣の席に坐り、それからわずか数か月で、結婚したい相手がいるの、と家族に告げるところまで突き進んだ。憤慨した家族の反対はかえってニリマの決意をより一層固める結果に終わり、一九四九年、若い二人は民事婚を挙げた。ニルマルの同志が式を取りしきり、ブレイク、マヤコフスキー、ジボナノンド・ダーシュの朗読の下、夫婦の契りが交わされた。

結婚からひと月も経たぬ頃、ムディヤリに住む二人の小さな新居の扉を警察が叩いた。その前年、社会主義インターナショナルがカルカッタで主催した会議にニルマルが参加していたことが咎められたのだ。(ニルマルはいつもここで一旦話を止めて注釈を加えた。この会議は、戦後世界の転換点となった大きな出来事だったんだよ。それから時代が一巡りした後になって、西側諜報機関とその黒幕たちは、ベトナム、マラヤの反乱、ビルマの赤色反乱と、アジアで次々に発生した民衆蜂起は、いずれも一九四八年にカルカッタで採択された「武装闘争」方針にその淵源があったのだと悟ったのさ。もちろん、こんなことを知っていたってなんの役にも立たないかもしれないがね、でも、潮の国の人々にとって、たとえ、時勢と関わりなくひっそり暮らしているつもりの遠隔地だって、歴史の大波から逃れられるわけじゃないんだと時に思いだすことも役に立つんじゃないのかね)

もっとも、この会議におけるニルマルの役割は、ビルマ使節団の案内人兼雑用係程度の端役に過ぎなかった。だが、そのビルマで共産主義反乱の火の手があがったため、当局としては、ニルマルがビルマ側から何か有意な情報を入手していないかどうか一応確認しておきたかったのである。

ニルマルが勾留されたのはほんの一、二日に過ぎなかったが、ニルマルの精神をぼろぼろに傷つけた。ましてや、自分の家族と訣別し、ニリマの家族から拒絶された直後だったのである。ニルマルは大学に出勤もできず、日によってはベッドからも出られない状態に陥ってしまった。ニルマルの神経がプツンと切れてしまったことを察したニリマは、家族の慈悲に頼ることに決め、母親に会いに行った。勝手に結婚したことを許してもらえたわけではないが、、ニリマの家族は皆、できることは惜しまず協力してくれると約束してくれた。父親の手配で医師が数人ニルマルの許に送られた。医師の助言は、町を一旦出てしばらく外で過ごすのが良いだろうというものだった。ニルマルの同志たちも賛同した。要は、社会主義の理想実現に尽くすにはニルマルはあまりに神経が細すぎると見切られてしまったのだ。ニリマも、町と距離を置くという考えを喜んで受け入れた。ニルマルのためにも、自分の喘息のためにも良い案だった。残る問題は、では、どこへ？　ということである。たまたまニリマの父親がハミルトン農園にかかわる案件を扱っており、農園の経営者がルシバリ学校の教師を探しているということが耳に入った。

サー・ダニエル・ハミルトンは一九三九年に死去しており、農園はその後、彼の甥ジェームズ・ハミルトンの手に渡っていた。新農場主はスコットランドのアラン島に居住しており、農園を相続するまでインドを訪れたこともなかった。サー・ダニエルが亡くなった後、彼はゴサバを短期間訪問したが、結局実際の運営に関わることはすべて現地の経営管理者たちが取りしきるようになった。ニリマの父親が一言口利きをすれば、ニルマルはまず間違いなく職を得ることができたのだった。

最初ニルマルはかくも名高い資本家の創設になる農園に雇ってもらうという考えに慄然としたのだが、ニリマが懸命に説き伏せて、とにかくゴサバに一度様子見に行ってみるということに落着した。二人が農園を訪れている間に、たまたま創設者サー・ダニエルの生誕記念日祝賀行事が開催された。驚いたことに、この行事にはヒンドゥー教の祈禱《プジャー》の儀式が取り入れられていた。農園のあちこちに建立されているサー・ダニエルの銅像に花輪を掛け、朱で塗り、さまざまな装飾で飾りたてて崇敬の念を表すのである。地元の人々にとって、この空想的なスコットランド人は、神様とは言わずとも崇敬すべき祖霊くらいの地位を占めているのだ。この理想に満ちた創設者の思い出話を住民たちから聞くうちに、ニルマルとニリマは当初の懐疑的な見方を革めた。この外人大資本家《バラ・シャヘブ》は農村部の貧困という課題に真摯に取り組んだのに、我が身を振りかえれば自分たちは地方の生活の実際についてなにひとつ知らぬまま、ただ急進的な議論にかまけていたということに気づき、二人はおおいに恥じ入った。

二人はあっという間に気持ちを固めた。ルシバリに足すら運ばぬうちに、はやばやと、島で何年か過ごしてみようと決めたのである。二人は一旦カルカッタに戻って荷物をまとめ、モンスーン明けを待って島に引っ越した。

島で過ごす最初の数か月は、ショックの連続だった。見慣れぬことばかりで、すべてが未知だった。農村の生活について二人が知っていたつもりの知識は、すべて平野部の農村の話に過ぎなかった。潮の国の現実は、理解を超えた異世界に等しかった。故郷からたった九七キロしか離れていないのに、どうしてこれほどまでになにも知らないなんていうことがありえたのだろう？　農村部インドの太古の伝統なるものについて物知り顔して語りたがる人は多いのに、なぜ、この異世界のことは誰も知らないのだろう？　この土地では、誰が誰で、どんなカーストでどの神様を信仰しているのか、言い当てることさえできない。そして、あの協同信用組合共和国の富はどうなってしまったのか？　通貨や銀行はどこに消えてしまったのか？　潮の国の泥から湧きでてくるはずの黄金は一体どうなってしまったのか？

潮の国の困窮ぶりは、ベンガルを荒廃させた一九四二年の大飢饉を思わせるほどだった。違うのは、ここルシバリでは、飢えや災いももはや日常になりきっているということである。移住が始まってもう何十年も経つのに、土地からは塩分がまだ抜け切っていないのだそうで、低級な穀物しか育たない上に、一年通した耕作もできなかった。大半の人々は一日一食のみで食いつないでいる。大変な労働力を土手に投じてきたのに、洪水や嵐がくれば土手は簡単に裂けてしまう。そうなると、浸水した土地は何年も使い物にならなくなる。移民の多くはただで農地がもらえるという約束に引きつけられてルシバリにやって来た農民で、あまりの飢えに耐えかねて狩りや漁撈に手を出すものもいたが、結果は概ね惨憺たるものだった。多くが溺死し、さらに多くが鰐や汽水性の鮫の餌食になった。たいして人間の役に立たぬマングローブの森で、それでも、わずかな蜂蜜、蝋、薪、酸っぱいキューラの実などを求めて、何千人もが命を危険に晒していた。毎日のように誰かが虎や蛇や鰐に襲われて命を落とした。

学校はといえば、屋根と壁以外はほとんど何もなかった。農園は破産寸前であり、診療所や教育、公共設備整備のための資金はきちんと配分されているはずなのに、実際に使われている形跡はなかった。噂では、そういった資金は農園の経営管理者の懐に入ってしまい、移民が声を上げたり抵抗でもしようものなら子分どもが暴力を振るうのだ。方法論としては流刑地、雰囲気としては刑務所といったところだ。

二人はなにも理想郷を期待していたわけではなかったけれど、これほどの貧窮ぶりは想定していなかった。現実に直面した二人は、「何をなすべきか」という問いの真の重みを痛感した。

現実に圧倒されたニルマルはレーニンの冊子を何度も何度も繰り返し読みこんでみたものの、はっきりした答えには辿りつけなかった。一方、はるかに実際的なニリマは、井戸や池の周りに集まる女性たちとお喋りをするようになった。

ルシバリに到着してから数週間も経たないうちに、ニリマは島に暮らす女性のうち異常に大きな割合の女性が未亡人の装いを纏っていることに気づいた。縁無しの白いサリーと、飾り気のなさ――腕輪も着けず、額にも朱をつけず――で、そういった女性は簡単に判別できた。井戸や河岸《ガート》に行くと、辺りに未亡人ならざるものはなし、というようなことが度々あった。質問を重ねて、潮の国の少女たちは、結婚すると概ね二十代で――もし運が良ければ三十代で――未亡人になるものだと思っているのだということを知った。そして、この暗い予感の黒い糸は日々の生活の中に織り込まれている。たとえば、男性が漁に出る時、妻は未亡人の服装に着替える習わしだ。妻たちは既婚者であることを示す赤色を避け、白いサリーに身を包む。そしてさらに腕輪を取り外し、額の朱色を洗い流す。不幸な生をあらかじめ何度も何度も体験することによって、実際に不幸が訪れるのを引き延ばすことができるかのように。それとも、これは単にいつか必ず起こるであろうことに対して心構えを整えておくための手段に過ぎないのだろうか？

あまりに無惨な風習に、ニリマは愕然とした。自分の母や姉妹や友人たちにとっては、結婚の象徴たるこれらの品々を自ら進んで脱ぎ捨てるなど、想像すらできないことで、夫の死を願うにも等しい行為としか思えないに違いない。急進派をもって自認していたはずのニリマにとってさえ、結婚の証たる腕輪を壊してしまうなど、夫の心臓に杭を打ちこむに等しい所業だった。しかし、早々に未亡人になることを想像しながら過ごしているこの地の女性たちの努力は、決して無駄になされていたのではなかった。潮の国で生きることは実際危険だったのだ。年若くして死ぬものはとりわけ男性に数多く、運を天に任せる覚悟を固めた男たちは、実際にほぼもれなく天に召されることになったのだった。なるほど、ヒンドゥー世界の周縁に位置するこの地では、未亡人たちは生涯にわたる寡婦生活を強いられることはなかったかもしれない。彼女たちは機会があれば自由に再婚することができたが、とはいえ結婚適齢期の男が過少なこの土地ではそもそもそんな機会などほとんどありはしなかった。そんなわけで、潮の国では、未亡人たちの暮らしは本土よりもなお一層従属的で、しばしば長年にわたって虐待を受け続けることになるのだ、とニリマは学んだ。

これらの女性たちのことを、そしてその窮状をどう理解したら良いのだろう？　彼女たちのことを表現する集合名詞を勘案して、ニリマはシュレニ、すなわち階級という言葉に落ち着きかけたが、ニルマルが却下した。労働者は確かに一つの階級だが、しかし労働者たちの未亡人たちをまた別の一つの階級と見做すことは理論上の誤謬であり無理のある区分だ、というのだった。

でも、彼女たちが一つの階級でないとしたら、一体彼女たちはなんなのだろうか？

そしてその時、現実がことばを吹き飛ばし、ニリマは直感した。彼女たちがなんなのかなんてどうでも良いことで、大事なのは彼女たちをそのままの状態にしておくことは許されないということなのだ。ニリマの知り合いに、学校の近くに住んでいる二五歳の若い未亡人がいた。ある日ニリマは、その未亡人にゴサバに使いして石鹸、マッチなどを買いだしてきてくれないか訊ねてみた。ルシバリの商店での価格はまったく法外なものだったからである。渡し船代を差し引いても充分お釣りが来るはずだった。節約できた金の半分は、その未亡人の取り分だ。この小さな小さな発想がやがて島のモヒラ・ションゴトン——女性組合——の創設へとつながり、さらにはバダボン・トラストへと成長していったのである。

ニルマルとニリマがルシバリに住み始めて数年後、ザミンダーリー制度が廃止され、大規模土地所有は法律で解体された。ハミルトン農園の残存部分もやがて何件もの訴訟に巻き込まれ、失われていった。一方、ニリマが作り上げた組合は育ち続け、組合員も増え続け、提供するサービスもどんどん――医療、法律相談、農業――増殖していった。そしてあるとき、組織が大きくなり過ぎたので体制を刷新する必要があるということになり、そしてバダボン・ディベロップメント・トラストが生まれたのである。

ニルマルがニリマの活動に対して全面的に協力した、とはとても言えなかったが――ニルマルは、この運動は「社会奉仕」すなわちショマジ・シェバなるものの拭い難い欠点を超克するに至っていないと考えていたのだ――、それでもこのトラストに、「マングローブ」を意味するベンガル語の名前を与えたのは彼だった。

ニルマルは、badabonという言葉が大好きだった。彼が好んで言っていたのは、英語のbedouin(ベドウィン)という単語と同様、badabonという単語もアラビア語のbadiya、すなわち「砂漠」という単語に由来するのだ、ということだった。「だけどね、Bedouinは単にアラビア語が英語風に訛っただけだけど、我らがベンガル語はアラビア語にサンスクリット語をくっつけてしまったのさ――badaとbon、つまり「森」だね。この単語そのものが、二つの偉大な言語の大河の合流点に生まれた一つの島みたいなものだと思わないかね――まさにこの潮の国がガンガーとブラマプトラの結合から生みだされたようにね。君の「トラスト」に、これ以上に相応しい名前なんかないんじゃないかね?」というわけで、トラストの名前が決まったのだった。

バダボン・トラストが最初にしたことは、島の内部にちょっとした土地を取得することだった。その場所には、一九七〇年代末、トラストの病院、工房、事務所、ゲストハウスが建設されることになる。しかし、そうした発展は、カナイが初めてこの地を訪れた一九七〇年においてはまだまだ十年近く先のことである。その頃は、女性組合の寄り合いはまだニルマルの小さな家の中庭で行われていた。そして、そこで、カナイはクスムに出会ったのだ。

碇をおろす

薄昏の中、ボートは河の湾曲部にさしかかった。その先は大きな水路に開けており、その対岸は何キロも先で、すでにぼんやりと霞んでいたが、河の中ほどに浮き砦のようなものが碇をおろしているのが見えた。ピヤが双眼鏡をのぞいてみると、今自分が乗っているボートと同類の漁船が六艘集まっている。六艘のボートは互いにぴったりと繋がれていて、潮に流されないよう何本ものロープで係留されていた。一キロ以上あったが、双眼鏡のおかげで乗員たちの様子もはっきり見える。巻煙草《ビディ》を吸いながら一人坐っているもの、茶を飲みながら仲間とカード遊びに興じているもの、ブリキのバケツで河の水を汲んでは服や道具を洗っているもの。真ん中の舟からは煙が立ち昇っていて、きっとあそこで全員分の夕食を準備しているのだわ、とピヤは思った。馴染み深い景色のようにも思えるが、なにかが違う。思いだしてみれば、メコンやイラワディの川沿いの集落でも、夜が近づいた黄昏どきには、煙がゆったりと物憂げに昇っている傍らで、皆、一日の汚れを水浴びで洗い流そうとしてせかせか川岸に下りていく、そんな、静寂と慌しさが一つの時間の中に同居しているような情景があったものだ。違いは、ここではその集落そのものが川岸からわざわざ離れて河の真ん中に係留されているということだ。でも、なぜ？

　ボートの群れを見つけてトゥトゥルが叫び声をあげ、父親と騒がしく話し始めた。どうやら知らないボートではないようだ。友達や親戚のボートだろうか？　河辺に暮らすものは、大抵互いに顔見知りなものだと、ピヤは長年の経験で学んでいた。間違いなく、フォキルと息子はあの水上集落の住人たちと懇意だろうし、行けば歓迎してもらえるだろう。父子にとっては、願ってもない一日の締め括りに違いないわよね。今日一日の出来事をゆっくり喋り聞かせ、この外国人が突然来たんだぜと自慢するのだ。というか、そもそも最初から、ここにきて友人たちと一緒に泊まるつもりだったのかも。

　ボートが湾曲部を進むにつれてピヤの確信は深まり、これから起こることが頭に浮かんだ。何度も何度も河で調査をしていると、日没前の突然の出会いというのはありふれたことでピヤも充分慣れていた。これからなにが起こるかも重々承知。まず、私の存在に皆びっくりして、あれやこれや質疑応答、それから私の分からない言語で歓迎の挨拶があって、私はとりあえず無理矢理ににこにこして対応する。それを想うと、ピヤは少しうんざりした。安全が心配だというのではなく――漁師たちのことは恐れたりしなくても大丈夫――、とにかく今は、このボート、静寂の河に浮かぶこの静かな小島に留まっていたかったのである。ピヤは、見つからないよう岸に沿ってこのままもっと先まで進みましょう、とフォキルに頼みたいのをこらえるので精一杯だった。

　とはいえ、もしピヤがフォキルの言葉を話せたとしてもそんなことを頼めるはずもなかったし、だからこそ、ボートの舳先が自分の希望通りの方向に転回していくのを見てピヤはおおいに驚いた。フォキルは岸の陰に隠れるようにして水上集落から遠ざかろうとしているのだ。ピヤは熟練した観察者だから、安心のあまり思わず姿勢を乱したりはしなかったし、眼に押しあてた双眼鏡が揺らぐこともなかった。しかし内心、思いがけぬご馳走に飛び跳ねて喜ぶ無邪気な子供のように浮き浮きした。

すっかり日が暮れると、フォキルは、干潮のおかげで流れから切り離されて波風から守られている小さな水路にボートを進め、そこで碇をおろした。これ以上先に進むのはもう明らかに無理だったが、フォキルとしては不満らしかった。本当はもっと先まで進んでから泊まるつもりだったのに、そこまで行き着けずがっかりしているみたい。

しかし、とにもかくにも、彼らは盛りだくさんの一日をなんとか無事に終えてようやく碇をおろしたのであり、あっというまに、ふんわりとした倦怠感がボートを覆った。フォキルは油で黒ずんだランプからマッチに火を移し、それから巻煙草《ビディ》に火を点けた。きっちり端まで吸い終えると、フォキルは船尾に移り、船尾の一角を布で仕切れば、そこにある台で用足しや水浴びもできるんだと、身振り手振りで教えてくれた。そして、実例を見せるためか、フォキルはバケツに水を一杯汲んでトゥトゥルの体を洗い始めた。石鹸をつけるときには濁った河の水を使い、そして泡を洗い流すときだけ、缶からきれいな水をちびちび掬って使った。

日没とともに夜の冷え込みが襲っており、甲板で水を滴らせている少年の歯ががちがち鳴った。フォキルが格子柄の布切れを取りだしてトゥトゥルの体を拭き、服を着せた。赤っぽい木綿の布切れで、ボートには他にも同じようなタオルが何枚もあった。こういうタオル、見覚えがあるような気がするんだけど、一体いつどこで見たのかしら？　ピヤは思いだせなかった。

トゥトゥルの着替えが終わると今度は彼が父親の水浴びを手伝う番だった。フォキルが腰布一枚になると、少年が冷たい水をフォキルの頭にぶちまけ、けらけら笑う声と怒鳴り声がそれに続いた。フォキルの胸骨が、ラベルを剥ぎとったブリキ缶のリブのように肌に浮きでているのが目に留まった。水は、階段状の滝を流れるように、身体の輪郭に沿ってくるくるうねりながら流れ落ちていく。

父子の番が終わると、今度はピヤの番だ。バケツ満杯の水が用意され、サリーで仕切りが作られた。小さなボートだから、場所を入れ替えるのも楽ではない。三人全員が同時に立ち上がるのは無理なので、皆揃ってうつ伏せになり、肘、腰、腹をうまく使って、幌の中を身をよじって進んだ。ルンギーがずり上がるのを直しながら進まねばならないフォキルはとりわけ大変だった。すれ違いざまに、ピヤはフォキルと目が合い、思わず二人で声を立てて笑った。

幌を抜けだすと、河が水銀のように光って見えた。月が出ていて、夜空に見えるのは明るい一等星だけ。自分たちを除けば、周囲の陸地にも水上にも人間の灯りは見当たらない。河岸が遠いので森に棲む虫たちの鳴き声も聞こえず、聞こえるのはただひたひた迫る水の音だけだった。海でもないのに、人類の気配がこれほどまったくない場所があるなんて。しかし、この小さな浴室を見回すと、ランプの黄色い灯りの下、期待をはるかに上回る設備が用意されていた。缶にはきれいな水がまだ半分ほど残っており、隣のバケツは河の濁った水で満杯だ。端に石鹸が置いてあり、その脇に小さな、しかし驚くべきものが置いてあった。使い捨ての小分けのシャンプーだ。カニングの茶店でもこの使い捨てシャンプーの袋が数珠つなぎにぶらさがっているのを見かけたが、今これを手に取ってみるとその存在にはどこか奇妙な圧迫感があった。そのまま捨ててしまいたい気もしたが、でも、この島、このボートでは、この小さな袋も貴重品（蟹何匹分の金がかかったのだろうか？）であり、ピヤへの特別なおもてなしだということもよく分かっていた。捨ててしまうなどその好意を踏みにじるのに等しいことだ。だから、使いたくはなかったけれど、シャンプーを髪に馴染ませてから、水で洗い流した。舳先の方に流れていった泡で、贈り物、ちゃんと頂いたわよって伝わるといいんだけど。

そういえば体を拭くタオルをなにも持ってこなかった！　ピヤは濡れた台にしゃがみこみ、膝を抱えてぶるぶる震えた。しかし、もう一度あたりを見回すと、この点もきちんと配慮が行き届いていた。竹の幌に、さっきと同じ格子柄の長方形の布切れが一枚、ピヤのために掛けてあったのだ。布はしっかり乾いている。しばらく掛けっぱなしにしてあったのだろう。布を手に取ってみると、これはきっと、フォキルがピヤを追って河に飛びこんだときに身に着けていたものじゃないかしらという気がした。この布は色々な用途に使われているものに違いなく、それを鼻にあてがってみると、太陽の酸っぱい匂い、濁った河水の金属的な匂い、それからフォキルの汗のしょっぱい匂いがするような気がした。

そこで突然、この手のタオルをどこで見たのか、ピヤはようやく思いだした。子供の頃住んでいたアパートの十一階で、父の衣装簞笥のノブに括りつけてあった布だわ。私が大きくなる頃にはもうあの布はぼろぼろだったからさっさと処分してしまいたかったのに、父が止めたのよ。普段、感傷的なところなんか全然ない人なのに。特に、「故郷」を思い出すことなんか絶えてなかった。普通の人なら「懐かしい祖国」の思い出に取っておこうとするようなものでも、父はいつもさっさと処分してしまった。二言目には、だって僕は今を生きているんだからね、と言っていたけれど、要は、僕は今会社での昇進に集中しているんだということだったのよね。なのに、私がこの薄汚いぼろ布捨てていいわよねと聞くと、とんでもないとでも言わんばかりだった。この布はずっと僕と一緒にいたから、髪とか爪切りとかと同じで身体の一部みたいなものなんだって。もう自分と一蓮托生の存在だから、手放すとか捨てるだなんてとんでもないって。僕とこいつ、この——。この布、父はなんて呼んでいたっけ？　昔はしっかり覚えていたのに、いつのまにか、時がピヤの記憶からその単語を消し去ってしまっていた。

クスム

ゲストハウスの屋根の反対側からは、島全体が一望できた。ハミルトン高校や、さらにその先、昔ニルマルの家があった辺りもよく見える。家はもう取り壊されていて、跡地に新しい学生寮が立っていたが、カナイは今でも昔の家をありありと思い描くことができた。あの家は、バンガローって皆呼んでいたけど、率直にいえば、大きさも見た目も、ただの小屋に毛が生えた程度のものだったよな。床も壁も木造で、煉瓦やセメントなどは一切使っていなかった。家の構造は、ずんぐりした脚柱を支えとして地面から一フィートほど高床になっていて、そのせいか床は傾いていて、季節ごとに傾斜が変動する。雨季、地面がぐちゃぐちゃになるにつれて傾斜は大きくなり、冬になって乾季になるとしっかり持ち直すのだ。

バンガローは二部屋だけで、一つは寝室で、もう一つはニルマル、ニリマ共用の書斎だった。書斎にはカナイのために小さなベッドが置かれていて、ニルマルたちのベッドと同じく、分厚い蚊帳で常時厳重に囲ってあった。蚊帳といっても、決して蚊だけ防いでいればいいわけではない。昼夜問わず、一たび蚊帳を外してしまうと、蛇やら蠍やらがシーツの隙間に我が物顔で入りこんでしまうのだ。池の近くの隣人宅ではベッドで魚が死んでいたことがあるらしいと囁かれていた。コイマチというキノボリウオの一種で、とげとげした鰭を操って多少の距離なら地上を這いずり回ってみせるのである。どういうわけか、その魚がベッドに登ってマットレスの上で息絶えたのだ。

寝ている間に蚊帳が落ちてしまうのを防ぐため、結び目は毎晩きつく締め直さねばならなかった。そして、ここ潮の国ではそんなごく当たり前の家事でさえ簡単にはいかないのだった。一度、まだルシバリに来たばかりの頃、ニリマは薄暗くなってしまってから蚊帳を掛けようとしたのだがこれが大失敗だった。部屋の反対側の窓に置いた蝋燭の灯りだけが頼りだったのだが、ニリマは小柄でもあり、さらにはひどい近視でもあったので、ベッドの竹柱に蚊帳を結びつけようとしてはいたものの、指先はぼんやりとしか見えていなかった。爪先立ちしても、掛け紐はまだ頭の上だった。突然、懸け紐の一本がびくっと動いた。それは、シャーッと唸り、鞭のようにしなってニリマの手を打った。慌てて手を引っこめたニリマの目に、なにか細長いものが上からぼとりと落ちるのが映った。それはそのまま戸口の下をのたくって姿を消したが、ニリマはその正体を見てしまった。恐ろしい猛毒を持つ樹上性の蛇で、普段は痩せたマングローブ樹上層の枝に巣食っているのだが、彼らにとって蚊帳の上は大変居心地がよかったのである。

夜、カナイが寝床で横になっているとき、天井そのものが急に生命を帯びて動き出すように感じたものだった。藁葺き屋根は風をうけてかさかさと音を立てて揺れ、すると、キュウキュウキイキイ、小さな鋭い音が一斉に沸き立つ。さらに時おり、なにかの生き物が床に落ちてどすんと大きな音をたてる。大抵の場合、そいつはそそくさと扉の下から逃げていくのだが、時には、朝起きてみると、蛇の死骸やら鳥の卵やらが床に落ちていて、甲虫やら蟻やらの大軍が祝宴を張っていた。さらに、生き物たちが蚊帳に上から墜落してくることもあり、そうなると彼らは自重で網の真ん中辺りに滑り落ちてきて、竿を揺らすのだ。こういう場合は、枕を手に取り、目をつむって、下からネットを思いきり突きあげるのだ。そうすると得体のしれないその生き物は、そのまま飛んでいってしまうこともあるし、そうなればそれで上手く厄介払いということになる。しかし、時には一旦宙に放りだされた生き物がそのまままた網に落ちてくることもあり、そうなるとまた一からやり直しである。

バンガローの裏に中庭があって、当時はそこがルシバリの女性組合の寄り合い所になっていた。一九七〇年、カナイがルシバリに島流しになっていた頃は、女性組合はまだ出来たての小さな組織に過ぎず、週に何回かメンバーが中庭に集まって編み物、裁縫、糸の染色などの「生計向上活動」に精を出していた程度だった。それだけでもメンバーたちにとっては、がやがやお喋りをして日頃の不平不満を解消する良い機会になっていたのである。

女たちが感情を爆発させているのがなんとなく怖くて、カナイはいつも組合の寄り合いが開かれているときはバンガローからできる限り離れているように気をつけていた。だが、カナイの悩みの種は尽きなかった。というのも、ルシバリに友達などいなかったから、行く当てなどどこにもなかったのである。同じ年頃の子供たちは、無邪気な間抜けか、むっつりだんまりか、もしくはなぜかやたらと敵対的だった。停学処分は何週間かすれば解けると分かっていたから、別に田舎のガキどもに自分からすり寄ろうとはまったく思わなかった。二度にわたって誰かから石をぶつけられた後、カナイは外に出るよりバンガローの敷地内にいた方がまだましだと決めた。そして、安全な書斎に隠れて中庭の会話を熱心に盗み聞きするようになったのである。

初めてクスムに会ったのも、寄り合いの折だった。クスムは前歯が一本欠けた短髪の少女で、島の女の子たちからは浮いていた。前の年にチフスにかかって頭を丸刈りにされたのだ。その時クスムは危く死にかけて、今でも病人扱いされていたのである。そのため、クスムが組合の寄り合いに来てだらだら時間潰しをしていても誰も咎めたりはしなかった。もう十代半ばなのに女性用のサリーではなく子供用のひらひらワンピースを着せられているのもきっと同じ理由なのだろう——それか、単にまだ何か月かは着ていられる服をしっかり着つぶすため。

ある日、いつもの中庭の寄り合いで、一人の女性がなまなましい話を始めた。旦那が漁で不在にしていたある晩、私と子供たちが寝ている部屋に、泥酔した舅が無理やり入ってきたの。子供たちが見ている前で、舅は鋭い刃を私の咽喉元に突き付けてサリーを脱がせようとしたわ。抵抗すると、舅は私の腕目掛けて刃物を振るってきた。すんでのところで私、親指を切り落とされるところだった。それで、ケロシンランプを投げつけたの。舅のルンギーに火がついて、舅はひどい火傷を負ったわ。私は自分と子供たちを守ろうとしただけなのに、結局全部私が悪いことにされて、嫁ぎ先から追いだされたのよ！

ほら、ここよ！　動かぬ証拠を示そうと、彼女の声が上ずった。「見てよ、ここ、切りつけられた傷跡よ。あとこことと、ここも」

とうとうカナイも好奇心を抑えられなくなって、覗き見しようと戸口から顔を突きだした。喋っている当の女性は陰になっていて見えなかったが、中庭にいる女性たちは皆その語り手の方を見つめていたから、カナイに気づきはしなかった――ただひとり、語り手の方を見ていなかったクスムを除いては。カナイとクスムはしばらく見つめ合っていたが、そのさまはまるで、太古の断絶を跨いで、互いに向こう側に潜む危険を値踏みしているようだった。二人を隔てるこの断絶の間にかくも恐るべき激情と暴力が秘められているなど、想像するのも難しかった。そしてまた意外なことに、そのリスク評価の行き着いた先は、単純な恐怖でも嫌悪でもなく、新たな好奇心だった。クスムの眼は好奇心に満ちている。自分の眼もそうなんだろう。

カナイが覚えている限りでは、最初に声をかけてきたのはクスムで、それも別の日の朝だった。カナイはカーキ色の半ズボンだけ着て床に坐っていた。壁に凭れて坐り、膝に本を乗せて読んでいて、ふと目を上げると、クスムが戸口からのぞきこんでいた。短かく切った髪とぼろぼろの赤いワンピースのくせに、クスムはやけに落ち着いて見えた。クスムの口調は、カナイを睨みつけて詰問しているようだった。「ここで何しているのよ?」

「読書」

「見たわよ――盗み聞きしてたわね」

「だから?」カナイは肩をすくめた。

「言いつけるわよ」

「好きにすれば」と虚勢を張ってはみたものの、この脅しにカナイは内心動揺していた。クスムが脅しを実行しに行くのを止めようとしてというわけでもないが、カナイは横にずれてクスムが坐れる場所を作った。クスムは隣に腰を下ろして壁に凭れかかり、そして膝を抱き寄せて顎を乗せた。クスムをじろじろ見る勇気は無かったが、お互いの身体が、肩で肘で、そして尻、膝で軽く触れあっているのをカナイは意識した。クスムの左胸のふくらみの上に黒子が見えた。その小さな黒子から、どうしても視線を外せなかった。

「本を見せてよ」

読んでいた本は英語の推理小説で、カナイは肩をすくめて冷たくあしらった。「どうしてさ？　どうせ分からないだろ？」

「なんで分からないと思うのよ？」

「じゃあ、英語できる？」カナイが問い詰めた。

「ううん」

「ほらね。なのにどうして見たいのさ？」

クスムは平気な顔でカナイをじっと見つめ、それから握りこぶしをカナイの顔に突きだして指を開いた。「これ、なにか知ってる？」

手の中にいたのはバッタで、カナイは馬鹿にしたように唇を歪めた。「こんなのどこにでもいるじゃないか。誰だって知ってるよ」

「見てて」クスムは手でその昆虫を口に放りこんで口を閉じてしまった。

これにはカナイもあっけにとられ、ようやく本を下に置いた。「まさか飲みこんだ？」そこで突然クスムの口が開き、バッタがカナイの顔面めがけて飛びだしてきた。カナイは思わず叫び声をあげて後ろに転げた。クスムはそれを見て、大笑いしていた。

「ただの虫なのに、怖がりね！」

単語

服を着終え、ピヤはあの格子柄のタオルを手に持って舳先に這い戻った。それから、そのタオルの名前をフォキルから聞きだそうとしたのだが、一向に身振りの意図が伝わらず、フォキルは眉をひそめて困惑げに顔をしかめるばかりだった。ただ、これは想定の範囲内ではあった。というのも、フォキルはあれこれ物を指さしてベンガル語の名前を教えるということにまったく興味を示していなかったのである。これは不思議なことだった。ピヤの経験では、言葉の通じないよそ者がいると、誰でも、決まりきった儀式のように、まずは一通りものの名前を教えこもうとするものなのである。フォキルはそんな試みをしない例外だった。だから、ピヤがこのタオルを表す単語を知りたがっているということ自体がさっぱり伝わらない、というのはフォキルについては当然ともいえた。

それでもピヤは粘り強く、フォキルがついにわかってくれるまで身振り手振りを続けた。「ガムチャ」フォキルの答えは素っ気なかった。そう、もちろんガムチャよ。当たり前の単語。ガムチャ、ガムチャ。

言葉を忘れるって不思議なものよね。古いおもちゃが箪笥にしまいこまれ、蜘蛛の巣や埃で覆い隠され、いつかまた見つけてもらって綺麗に拭いてもらうのをずっと待っているような感じで、言葉も記憶の奥に消えてしまうものなのかしら。

昔、怒濤のようなベンガル語の奔流がピヤの部屋に絶えず押し寄せていた時があった。ピヤは衣装棚にひっそり閉じこもり、耳を塞いでその音を遮ろうとしたものだ。だが、そんなことでは両親の声は防げなかった。両親が言い争うときはいつもベンガル語で、二人の怒鳴りあいは、ドアの隙間やらひび割れやらから漏れ溢れ、ピヤを洪水にのみこんでしまうのだった。どんなに上手に隠れても、両親の怒鳴り声からは逃れられなかった。二人が長年蓄積してきた恨みつらみの全てがベンガル語に詰めこまれていて、だからピヤにとって、ベンガル語の響きは不幸の調べだった。棚の中で身を縮めて、こんな音、金輪際私の頭から消えてしまえっていつも思っていた。私は、外科医の手術器具みたいな言葉がほしかったのよ。ステンレスみたいにずっしりして、きれいに煮沸消毒済みで、痛みとか記憶とか鬱積とかいったものとかかわりのない、辞書どおりの意味だけ意味する言葉が、ピヤは欲しかった。

子供の頃、寝室の窓からはピュージェット湾が見えた。寝室が二間に居間と台所だけの小さなアパートで、主寝室の西向きの窓から見える銀色の眺めが、唯一の売りだった。

その主寝室は問答無用で当時二歳だったピヤのものとされていた。ピヤこそ、家の中心に祀られた祭壇だったから。アパートはピヤに捧げた寺院で、部屋が聖堂だった。両親が使っていた小さな寝室は、寝るにはベッド柵を乗り越えていくしかないほど狭かった。この密室は、両親が互いにぶつける怒りが増幅される音響室だった。くだらないことで延々とぐずぐず言いあい、それが時々全面衝突へと発展した。

大きな寝室をピヤが一人で使うようになって五年ほど経ったころ、突然母がピヤをそこから放逐した。あんたの父さんと同じ部屋にいるなんてもう無理よと言って、遮二無二家族を締めだしたのだった。

その後まもなく母は子宮頸癌と診断されることになるのだが、その前のごく一時期、母は良くピヤをベッドに呼びよせ、自分の隣に坐らせた。母と触れあうのが許されるのはピヤだけで、他は誰も入れてもらえなかった――とりわけ父は。学校から帰ってきて家の中に入った瞬間、決まって母の声が、ピヤを迎えたものだ。「こっちにおいで、ピヤ、ここにお坐り」不思議なことに、母が使った言葉そのものはもう思いだせなかったが（あれは英語だったっけ？ それともベンガル語だった？）、母が言ったことの中身や口調は完璧に覚えている。部屋に入ると、古いサリーを着てベッドの上に丸くなって寝ている母親がいる。きっと午前中ずっと浴室で、ありもしない汚れをこすり取ろうと奮闘し続けていたのに違いなく、肌はくたびれきって弛んでいた。

その頃、母の傍らに坐ってピュージェット湾を見つめている時に、河こそ母の原風景だと聞いたのだ。母の父はアッサムの茶農園で管理人をしていて、その農園はブラマプトラ河に面していた。湾をじっと見つめながら、母は、今よりずっと楽しかった昔の話をしてくれた。陽当たりのいい庭で遊びまわり、舟遊びに興じたものだったのよって。

その後ピヤが大学院に進学すると、君がカワイルカに関心を持ったのは家族のルーツのおかげなのかな、とたびたび聞かれた。そう聞かれるたびにピヤはいらいらした。自分の選択が両親の影響に違いあるまいという決めつけに腹が立ったということもあるが、何といってもその決めつけは見当外れもいいところだったからだ。なにしろ、父も母も、ピヤが自らの「内なるインド」に興味を覚えるきっかけになるようなことはなにひとつ言った試しがなかったのである。話すことといえば、つまらない歴史・家族・義務・言語のことばかりだった。

たとえば、父も母もあれほどしょっちゅうカルカッタのことを話題にしていたくせに、ピュージェット湾の王者シャチには Orcaella brevirostris なる奇妙な親戚筋がいて、そいつはカルカッタで初めて発見されたんだよなどということは一度も教えてくれはしなかった。

間もなくフォキルが夕食の準備を始めた。甲板の下の魚倉から活きのよい大きな蟹を二匹取りだして、生きたまま黒ずんだ鍋に閉じこめる。それから、船倉にしまってあったナイフと道具を幾つか取りだす。でも、あの陶器の入れ物みたいな円筒状のものはなにかしら。その容器の側面には一か所穴が開いていて、そこにフォキルが細い薪を差しこんだところで、どうやらあれは土器の携帯焜炉らしいと思いあたった。フォキルは焜炉を持って船尾へ移り、火がつきやすい幌から充分距離を取ったところで、マッチを擦って薪に火を点けた。それから米を研ぎ、水を切って使い古しのブリキの飯盒に流しいれ、水を注いで焜炉に載せる。沸騰するまでの間に、ナイフで爪を割って蟹をさばく。米が炊きあがると飯盒を火からおろし、別の黒ずんだアルミの鍋を火にかける。その次に、これまた古びたブリキの容器を開けて半ダースほどの紙縒りを取り出し、焜炉のまわりに半円形に並べて広げる。それらは香料で、赤、黄、銅、色とりどりに、ちらちら輝く炎に明るく映えていた。それから鍋に油を振りかけ、忙しく手を動かして、飛び跳ねる油の上から、ターメリックや唐辛子、コリアンダーやクミンを加えていった。

つんとした香りが鼻をきつく刺激した。前にこの手の料理を食べたのはずっと昔のことだ。ピヤは、調査に出ている間は、缶詰め瓶詰め袋詰めの食べ物しかほとんど食べないことにしているのだ。三年前、フィリピンのマランパヤ湾で調査していたとき、うっかり変なものを食べてしまい、その結果ヘリコプターでマニラまで救急搬送される羽目になったから。その後は、どこに調査に行くときも、ミネラルウォーターと携帯保存食――主に高蛋白の栄養スティック――を大量に持っていくことにしていた。それと、オバルチンやその類の粉末麦芽乳の瓶。牛乳――生乳でも練乳でも――が手に入ると、オバルチンを一杯だけ自分にご馳走する。牛乳がなければ、一日に栄養スティックを二本齧ればそれでピヤには充分だった。これくらい食べる量を減らしておけば、想像を絶して汚い現地の便所を使う必要も減らせて一石二鳥だし。

ピヤは、フォキルが料理するのを見ながら、できた料理を私にも分けてくれるつもりなんだろうなと思った。それを、私は断るの。そうと知りつつ、ピヤは、匂いを避けながらも、手際よく動くフォキルの手から目を離せなかった。まるで、子供の時、爪先立ちで、焜炉の横の調理台に並んだステンレスのスパイス入れを眺めていたときに戻ったみたい。母の手が、様々な色彩と炎の間を忙しく行き来するのに見惚れていたのだ。長いこと忘れていた光景を、こんなボートの上で思いだそうとは思いもしなかった。

あのときは、これが、おうちの匂い、だったのだ。学校からの帰り道、迎えに来てくれたお母さんの匂い。うちに帰ろうとエレベーターに乗ったときの、あの匂い。家の中に入ると、まるで飼いならされた動物みたいに、アパートのむっとした暑い空気を吸って生きる生命体のように私を迎えいれたあの匂い。私は、あの匂いは台所から漏れださないようしっかり閉じこめられているものだと思っていたから、誰かが意地悪な冗談や遊び場で何の気なしに口にした言葉から、この匂いが透明なペットみたいに私につきまとっているって知ってびっくりした。それからというもの、ピヤは、堅忍不抜の戦意をもって反撃に努めた。部屋の戸を閉めきって、匂いも母親その人も台所に閉じこめておこうと奮闘したのだ。

この場の雰囲気の中では、そんな匂いの亡霊も、さしあたりすっかりおとなしくしているようだった。だが、フォキルの指がかける魔法は、唐辛子が焦げる強烈な香りが微風に乗ってピヤを襲った瞬間、解けてしまった。亡霊は不意に蘇り、闖入者を退治してやろうとでもいう勢いでピヤの咽喉と目に襲いかかった。ピヤはあえなく舳先に退却し、フォキルが蟹の煮込みと米をもってやってくると、栄養スティックとミネラルウォーターを手に、彼の気分を害さないよう、申し訳なさげな笑顔で首を横に振ってご馳走を謝絶した。

フォキルは、驚くほど素直に拒絶を受けいれた。抗議したり、大げさに嘆いてみせたり、いかにも傷ついたような素振りをしてくるだろうと思っていたけれど、そんなことはなにもなかった。その代わり、フォキルは小さく頷いてみせ、そしてじっと静かにピヤを見つめた。自分が作った料理を私が受け取らなかったということについて、ありうる理由を心の中で順番に吟味しているかのように。ひょっとして、食べ物を拒絶した理由としてカーストとか宗教とかいった突飛なことを考えてるんじゃないかしら、と急に不安になり、ピヤは自分の腹部に手を当てて腹痛の仕草をしてみせた。これはうまく伝わったようで、フォキルは頭を反らせて笑った。フォキルは皿をトゥトゥルに渡し、するとあっという間にトゥトゥルががつがつ平らげてしまった。

食事がすむと調理器具と焜炉は船倉にしまわれ、マットと毛布が取りだされた。トゥトゥルはもううつらうつらしており、マットを一枚幌の下に敷くと、頭から毛布を被ってあっという間にすやすや寝入ってしまった。フォキルはもう一枚のマットを少年の隣に敷いて、ここが今晩の場所だと、ピヤに合図してみせた。しかしピヤは、青いポリエチレンの薄いマットをバックパックの外側に括りつけて持ってきていた。バンジーコードをほどいてマットを舳先に向けて広げると、ちょうどその先端がボートの丸い船首に届いた。

ピヤが一晩どこで過ごそうとしているかを悟って、フォキルはびくりと身を動かした。フォキルは首を横に振って、遠くの河岸の森を指さして警告を発した。その仕草は故意に曖昧で、ピヤはなんとか推測を働かせて、これはなにか肉食の動物についての警告らしいと理解した。そして今さらながら、なぜこのボートがこんなに沖に停泊しているのか思い当たった。きっと虎から充分距離をとるため？ピヤは陸上の肉食獣にはたいして関心を持っていなかったが、とはいえ、いかに飢えた獣であっても、岸からこんな遠くまで襲いに来るとは到底思えなかった。それに、もし本当にここまで襲いに来るものなら、船尾にいようが舳先にいようがなんの違いがあるかしら？　だいたい、そんなことになればボート自体、虎の重みでひっくり返ってしまうに違いないし。

あまりに滑稽極まる心配のように思え、ピヤは思わず笑みを浮かべた。ついでにフォキルも笑わせてやろうとして、ピヤは虎の真似をして、手で鉤爪の格好をつくってみせた。ところが、まだ物真似の終わらぬうちに、フォキルがピヤの手首を掴んで強く首を横に振った。その物真似の対象になっているものについては、どうやら一切触れてはいけないのだ。それでピヤはもう物真似にはこだわらないことにして、マットを均して横になってしまった。泳ぎの達者な大ネコに怖気づいて一晩中幌の中に引っ込んでいるつもりはないわ、と伝えるにはそれが一番手っ取り早いと思ったのだ。ありがたいことに、フォキルもそれ以上はとやかく言わなかった。フォキルが幌からサリーを外し、折り畳んで枕にして、薄汚れた灰色の毛布と一緒に渡してくれた。

それからフォキルはボートの中央部に戻り、肩から毛布を掛けて巻煙草《ビディ》に火を点けた。やがて、ピヤがうとうと眠りに落ちようとしているとき、旋律が聞こえた。フォキルが鼻歌を歌っている。ピヤは肘をついて身を起こし、「歌って《スイング》」と頼んだ。フォキルがピヤの方を物問いたげに見つめたので、掌を向けて催促した。「もっと大きな声で歌って」

フォキルが頭を後ろにやや傾けて歌い始めた。その旋律がピヤを驚かせた。これまで聞いたことのあるインドの旋律にはまるで似ていない——父親が好きなヒンディー映画の音楽にも、母親が時々口ずさんでいたベンガルの歌にも。フォキルの歌声はかすれていて、音階を上下するにつれてひび割れ、泣くような響きになった。歌に悲しみが込められているようで、ピヤの心をかき乱した。

それまでピヤは、フォキルのことを逞しいが単純で無邪気な好青年だと思っていたのだが、この調べを聞くと、真に無邪気なのは彼女自身だったのではないかという気がしてならなかった。なんについて歌っていて、歌詞にはどんな意味が込められているのだろう。知りたいと思った――が、いかに言葉を尽くしてみても、この歌の響きが今この時この場所で表現しているものを伝えることなどできはしないとも悟っていた。

ボン・ビビ様奇蹟譚

クスムは近くのサトジェリヤ島の生まれだった。父親は、許可区域外で薪拾いをしていて死んだ。許可証を持っていなかったので、母親はなにも補償を貰えなかった。生計を立てる術もないままみるうちに赤貧に陥った母親は、ディリプ・チョウドゥリという村の地主が町で仕事を世話してやるよと言ってきたのを、大変ありがたいことだと受けとめた。

この地主が以前にも女性たちに仕事を世話したことがあるのを知っていたから、クスムの母に、ディリプの申し出を拒絶する理由はなかった。クスムを親戚に預け、母はディリプと一緒に列車でカルカッタへ旅立っていった。やがて一人戻ってきたディリプはクスムに、お母さんはきちんとした家庭で女中をしていて、そのうち君を呼び寄せてくれることになっていると告げた。そして、その時はすぐ訪れた。ひと月ほど後、ディリプがクスムに会いに来て、君をカルカッタに連れてくるようお母さんから言伝てがあったんだと言ってきた。

ディリプの悪企みにホレン・ノシュコルが気づいたのはこの時だった。ホレンはかつてクスムの父親と一緒に働いていたことがあり、また妻を通してクスムとも遠い縁戚関係にあった。折を見つけて、ホレンはクスムに、ディリプは女性の人身売買を飯の種にしているやくざの一味だぞ、と警告した。いったい全体、あのポン引き野郎め、お前の母さんにどんな仕事をあてがったことやら！　大方、ソナガチの売春宿にでも売り飛してしまったんだろうよ。ディリプにとっちゃ、お前は母さんよりもずっと価値がある——お前みたいな若い娘は高く売れるからな。ディリプの思いどおりに事が運んでいれば、クスムはカルカッタの赤線地帯か、最悪ボンベイの売春宿に売り飛ばされてしまったことだろう。だがホレンが、クスムをルシバリに連れだし、女性組合の庇護下に置いた。将来どうするか目途が立つまでの間、組合メンバーが交代で彼女の面倒を見ることになった。

ルシバリで数か月過ごす間にクスムは島の事情をすっかりのみこみ、カナイの案内役兼教師の役を務めた。この地に暮らす人々、子供たち、周囲で起こっているありとあらゆること——闘鶏やお祈り《ブジャー》、生と死——について、クスムはカナイに教えてやったのだ。カナイはカナイで、自分の学校や友達について、町での生活について、クスムに話した。クスムの話に比べ、自分の話のなんとつまらないことかとカナイは思っていたけれど、クスムはいつも熱心に耳を傾け、しょっちゅう口を挟んで質問した。

「私もあんたと一緒に町に行ってもいいかしら？」クスムが訊ねたことがある。「あんたの住んでいるところ、見てみたいのよ」

カナイは黙りこんでしまった。よくもそんなことを聞けたものだ、と思って。物事の理ってものがクスムには分からないんだろうか？　クスムをカルカッタの家に連れていく。母さんがどういう調子でクスムに話しかけるか、お隣がどういう詮索を始めるだろうか、とカナイは想像する。「あの子はお宅の新しい女中《ジ》？　だけどお宅には掃除洗濯用の女中がもう一人いるじゃない？　もう一人、一体なんでまた？」

「君にカルカッタは向いていないよ」カナイはやっと言葉を発した。「きっと落ち着かないと思うんだ」

「ボン・ビビ様奇蹟譚」とかいう芝居を上演する芸人一座がルシバリにやって来るらしいわよ、とカナイに教えてくれたのもクスムだった。島に来てから、ボン・ビビの名前こそ耳にしたことはあったけれど、話の中身はよく知らなかった。一体どういう話なんだっけとクスムに訊ねると、クスムは仰天して息をのんだ。「あんた、まさか、ボン・ビビのお話を知らないなんて、嘘でしょう？」

「知らないって言っているじゃないか」

「じゃあ一体、怖いと思ったとき、あんたは誰にすがるわけ？」

クスムの言わんとするところがカナイには理解できず、カナイはそのまま話題を変えてしまった。だが、クスムの言葉が気になってならず、あとで、いったいボン・ビビってどういう話なの、とニルマルに聞いてみたのだ。

ニルマルはカナイの疑問を軽く受け流した。「この辺で言い伝えられているただのお話さ。あんまり真に受けるんじゃない。こういうのを虚偽意識と言うんだね。まあ、それだけのことだよ」

「だけど、どういう話なのか教えてよ」

「こういうのはお前、ホレンに聞くべき話だよ」ニルマルが言った。「聞いたら、教えてくれるさ。ボン・ビビこそが、密林を支配していて、虎も鰐もその他の動物も、皆ボン・ビビに従うんだってね。

お前、この辺の家の外に小さな祠が祀られているのに気づかなかったかい？　あの像がボン・ビビだよ。ここみたいな場所では、誰だって現実世界の驚異に心奪われているに違いないとお前は思うかもしれんが、実はさにあらずでね。ありもしない神様やら聖者様の奇跡の方がずっとありがたいってわけさ」

「とにかく、話を教えてよ」カナイは粘った。「一体どういう人で、なにが起こる話なのさ？」

「全部ありきたりの話だよ」ニルマルはいらいらしたように両腕を持ちあげてみせた。「神様、聖者、動物、魔物。全部喋ってやるには長すぎる。知りたきゃ自分で何とかするがいい。芝居に行けばいいさ」

「ボン・ビビ様奇蹟譚」の舞台は、ハミルトン・ハウスと学校の間、広場《マイダン》の空地に設営されていた。一夜で組まれたごく単純なものだ。舞台といっても、竹の足場で囲いこんだ架台に板を渡しただけに過ぎない。上演中は、後方の竹に背景幕が垂らされて、観客に対しては書割、演者たちにとってはこっそり飲み食いをしたり煙草を吸ったり衣装替えするための遮蔽幕の役を果たしている。シュウシュウ音を立てている巨大なガス燈が舞台を照らしだし、蓄電池式のカセットレコーダーと拡声器が音楽を響かせている。

　普段、ルシバリの夜は早いのだ。蝋燭やランプは貴重なので、できる限り使わずに済ませる。皆、黄昏の中でさっさと夕食を摂ってしまい、夜の帳が落ちるまでには島はもう静まり返っていて、時折わずかに動物たちのたてる物音が水を渡って聞こえてくるだけ。だからこそ、夜の催しというだけでも特別な出来事で、それだけで皆陽気に浮かれていた。カナイとクスムを含め大勢の人々が、毎晩毎晩夜更かしをして芝居を見に来たのだ。

カナイにとっては、芝居の幕開けからして仰天ものだった。虎の女神の話っていったって、ありきたりの神話だろうし、どうせ天国とかガンガーの岸辺とかから始まるんだろう。そう思っていたら驚くなかれ、幕が開くとそこは、モスクと光塔《ミナレット》を背景にしたアラビアのとある町だったのだ。

舞台は、イスラーム教の聖地、高貴なるマディーナの街だ。イブラーヒームという名の男が住んでいて、子供はいなかったが敬虔なムスリムで、神秘主義派《スーフィー》の行者《ファキール》として質素な生活を送っている。大天使ガブリエルの御慈悲を得てイブラーヒームは双子を授かる。ボン・ビビとシャー・ジョンゴリだ。双子が成人すると、大天使が二人に、お前たちは神聖な使命のために選ばれたものたちなのだ、とお告げを与える。これよりアラビアを離れて「十八の潮の国《アッテロ・バティ・デシュ》」へと旅し、その地を、人々が住める土地に生まれ変わらせるのだ。命を畏み、ボン・ビビとシャー・ジョンゴリは、スーフィー托鉢僧の粗衣を纏ってベンガルのマングローブへと向かった。

その頃「十八の潮の国」は強力な魔王ドッキン・ライの支配下にあり、その地に住む生きとし生けるもの——動物から食屍鬼《グール》やら幽霊やら悪霊やらまで——すべてを統べていた。人間に対して、ドッキン・ライが抱いていたのは憎しみと尽きせぬ欲望——人間の肉を貪り食らえば無上の歓びを得られたのだ。

ある日、ドッキン・ライは、己が密林で聞き慣れぬ声を聞きつけた。イスラームの祈りへの誘い、アザーンだ。ボン・ビビとシャー・ジョンゴリが己の縄張りにやって来たのだ。怒り狂った魔王は配下の者どもを動員して侵入者を蹴散らすべく決戦を挑んだが、惨敗を喫した。しかし勝者ボン・ビビはあくまで慈悲深く、潮の国の半分はそのまま手つかずの密林として残し、ドッキン・ライとその一味の魔物たちに帰属すると認めてやった。残りの半分はボン・ビビのしろしめす土地となり、密林だったこの地はみるみるうちに人々が安心して暮らせる地となったのだ。そして、十八の潮の国に平和が訪れ、密林と耕地に分割された二つの領域は繊細な均衡状態を維持し続けた。だが、それも人間の欲望がこの秩序を狂わせるまでのことだった。

さて、潮の国の外れに、ドナという男が住んでいて、密林の富で一儲けしようと企み、七艘の船団を組織した。ドナの船団がまさに出航しようとしていた時になって、乗員が一人不足していることが分かった。すぐさま雇うことができる青年はただ一人しか見つからない。ドゥキすなわち「悲しみ」と呼ばれている若者で、まさにその名の通り、ずっと不幸続きの人生を送っていた少年だ。子供時分に父を亡くし、病気持ちの母と惨めな赤貧生活を送ってきた。年老いた母は息子が旅に出るのをなかなか許さなかったが、ついに息子との別れの時が来ると、母は少年に最後の忠告を与えた。もしものときは、ボン・ビビの御名を唱え奉れ、と。ボン・ビビは、弱きものを救ってくださる貧しきものの慈母、必ずやお前を助けてくださるだろう。

そして探検隊は出航し、潮の国の河を下って、ケドカリ・チョルという名の島に到着した。この島はドッキン・ライの領内に位置しており、船員たちの気づかぬ間に、魔王は彼奴らの度肝を抜いてやろうと手ぐすね引いて待ち構えていた。一行が密林に入っていくと、奇妙なことが起こり始めた。まるまると肥った蜜蜂の巣がお誂え向きに枝にぶらさがっているのを見つけて、いざ一行が近づくと、その姿はふっと掻き消え、林の奥に逃げてしまうのだ。一つたりとも一行の手に落ちるものはなく、ドナはすっかり意気消沈した。しかしその晩、ドッキン・ライはドナの夢の中に姿を現し、取引を持ちかけた。互いの本当に欲しいものを融通しあおうぞ。魔王が要求したのは、ドナの船に乗っている若者だ。最後に人肉を心ゆくまで堪能したのははるか昔のこと、魔王はもうドゥキの肉を食い尽くすことしか頭にない。ドナへの見返りに、魔王は船に積み込める限りの途方もない富を呉れてやるだろう。

欲に目が眩み、ドナは取引に同意した。すると直ちに、ありとあらゆる森の生き物、魔物やら幽霊やら、果ては蜜蜂自身までもが、ドナの船に途方もない量の蜜と蠟をせっせと積み込み始めた。あっという間に、船倉は一分の隙もなく一杯になる。今度はドナが約束を守る番だ。ドナはドゥキを呼びつけ、上陸して薪を拾ってくるよう言い付けた。

否応なく言いつけに従って出かけた少年が岸に戻ってくると、最悪の予感が的中していた。船団は姿を消していたのだ。河と森に挟まれ、岸辺にひとり立ち尽くしていると、黒と金色の煌きが、少年の瞳に映った――岸辺の緑に潜んでいた虎に最初からずっと尾けられていたのだ。そしてその獣の正体はドッキン・ライその人であり、魔王はいまや大地を揺るがす咆哮を上げ、少年目掛けて突進してきた。その偉大な体躯、巨大な顎が風を受けて大きく膨らむのを眼に、死の恐怖がドゥキの魂を捉えた。意識を失おうとしたまさにそのとき、少年は母の別れ際の言葉を思い出し、叫んだ。「おお、慈悲深き母なるボン・ビビよ、傍に来て、私をお助けあれ！」

はるか彼方にいたはずのボン・ビビが、一瞬で水を跨いでやってきた。ボン・ビビは、己が膝に少年を抱いて蘇らせた。その間、弟のシャー・ジョンゴリが魔王を散々に打ち据えて懲らしめる。ドゥキはボン・ビビの館で静養し、そこですっかり元気になった。少年が家に帰る時には、ボン・ビビが母のところまで送り届けてやった上、貴重な蜂蜜と蠟をたっぷり与えた。こうしてボン・ビビは、富裕な業突張りは罰せられ、貧しくとも心正しいものは報いられる、という森の掟を世に示したのだった。

カナイは、こんな田舎臭い芝居、どうせ退屈してしまうだろう、と思っていた。カルカッタでは、美術アカデミーの劇場やグローブ座みたいな映画館が彼の行きつけだったのだ。ところが豈図らんや、カナイはすっかり引き込まれてしまったのである。舞台上の虎は嘘っぽく、布と仮面に模様を描いて被った役者が虎のふりをしているだけというのが見え見えだったのに、魔王がドゥキに襲いかかろうとしたときに感じたのは本物の、身の毛もよだつ恐怖だった。ボン・ビビがドゥキの傍らに出現したときには、純真な歓喜と感謝の涙が溢れでた。それもカナイだけではなかったのだ。全観衆が泣いていた。女神が颯爽と登場したなどとはとても言えないのに。ドゥキが卒倒し、虎が今にも少年を貪り食おうとしているのに、主演女優ときたら舞台袖でのろのろとパーンを吐き出していて、観客たちが早く助けに行くよう急き立てねばならなかったくらいなのだ。でも、話の勢いにのまれてしまうと、そんなことも気にならない。もう一度、きっと観に来よう。芝居の幕が下りる前にカナイはそう思った。

「ボン・ビビ様奇蹟譚」の最終公演は特別な催し物と認知されていて、周囲の島々からも多くの人々が押し寄せた。その日の群衆はとりわけがさつで、カナイは広場の端っこに坐って遠くから芝居を眺めていた。何度も通い詰めた結果、カナイはこの劇の前半部分には飽きが来ていて、やがて船を漕ぎ始めた。目が覚めると、隣にクスムが坐っている。「今、どの辺？　どの場面まで進んだ？」カナイは囁いたが、返事はなかった。クスムは芝居にすっかり夢中で、カナイの存在もすっかり忘れている。もうそんなにいい場面になったのかな、と舞台を見てみると、確かに思ったより大分長く寝てしまったようだった。ドナと彼の船団はとうにケドカリ・チョルに到着していて、そろそろ魔王と取引を交わす場面だ。

「クスム？」カナイが囁くと、クスムは一瞬だけ顔を向けた。ガス燈の灯りに、唇を噛みしめ、頬に涙を伝わせているクスムの表情が映しだされた。この芝居がどれほど激しく感情を揺すぶるものか、自分でも経験していたから、クスムが泣いていること自体にはさして驚きはしなかった。だが、クスムがさっと顔を膝に埋めるのを見て、芝居だけではなく、クスムにはなにかもっと深い事情があるのに違いない、とカナイは悟った。衝動的に、クスムを慰めようと、カナイは手を地面の上で滑らせて、クスムの指を探した。だが、クスムの手はそこにはなく、カナイの手はワンピースの裾の中に迷いこんでしまった。慌てて手を抜き取ろうとしたはずみでいきなり、柔らかな、おどろくほど温かい部分にぶつけてしまった。その衝撃は、稲妻のように二人の身体を突き抜けた。

声にならぬ呻きとともに、クスムは飛びあがって暗闇の中に姿を消した。すぐ後を追おうとしたカナイを、周囲の目があるぞ、と抜け目のないひそやかな本能が押しとどめる。カナイはそのままじっと時を稼ぎ、一分ほど数えてから、別の方向に行く振りをして立ち上った。それからぐるりと暗闇に迂回していくと、そこでクスムがハミルトン・ハウスに近づいていくのに追いついた。「クスム——

待ってよ！　止まれってば！」

遠いガス燈の灯りで何とか、クスムが首を捻っては鼻水を肩に擦りつけながらよろよろ歩いていくのが見えた。「待ってよ、クスム」カナイは小さな声で呼びかけた。やっとクスムに追いつき、後ろから肘を引っ張る。「わざとじゃないってば」

クスムが止まった。よほど怒られるに違いない、とカナイは身構えた。でも、クスムはなにも言わなかった。眼を合わせて見つめていると、自分のしたことなど、クスムが取り乱したほんのささいなきっかけに過ぎず、少女の涙は、僕の手の届かぬはるかに深い水源から湧きだしているのだとわかってきた。

二人はちょうどハミルトン・ハウスの門前に立っていた。咄嗟の思いつきで、カナイは門を跳び越えクスムに手招きした。「こっちにおいでよ」ちょっと迷った後、クスムがついて来たので、カナイはその手を取って池の縁の苔むした敷石を進んでいった。家へ続く階段へ達すると、カナイはクスムを陰になったヴェランダへと誘った。二人は床に腰を下ろし、古びた木造の壁に背中を預けた。そこからは、広場もはっきりと見え、力なく倒れたドゥキがボン・ビビの救いを求めているのも見えた。

先に口を開いたのはクスムだった。「私も、呼んだのに。だけど、来なかった」

「誰が？」

「ボン・ビビよ。お父さんが死んだとき。私、全部見たのよ。目の前で起こったから。何度も呼んだのに……」

なんの変哲もないある平凡な日に、ぎらぎら輝く真昼の太陽の光の下、それは起こったのだ。クスムの父は前の日に長い漁から獲物をたくさんとって帰ってきたところで、家にはお金も食べ物もたっぷりあった。変わったことと言えば、父がガムチャを失くしてしまったということぐらい。今日ばかりはご馳走をと望む父のために、母は米飯を炊きダールと野菜を料理した。ところが、さて魚を仕上げようとしたところで、薪が尽きてしまった。父は憤慨した。何日もの間食うや食わずで耐えてきたのだ、今日こそは良いものを食べるんだ。父は、薪を拾ってすぐ帰ってくるから待っていろと言いざま、家から飛びだして行った。

クスム一家の小屋は、小さな水路沿いの土手の陰にあった。対岸の森には、ものの十分も舟を漕げば着いたのだ。本当は「保護区域」だったが、普段から村人は始終薪拾いに出かけていた。クスムは父親を追いかけて家を出て土手に登り、父が舟を漕いで河を渡るのを見つめた。対岸から強い向かい風が吹いていて、河を渡るのに普段より長く時間がかかった。ようやく父が舟を岸に押し上げようとしたとき、あれが、クスムの目に映ったのだ――獣の全身は見えなかったが、あの黒と金色の毛皮の閃きでそれと分かった。

カナイは口を挟んだ「つまり、君は、見たっていうこと？――」、続けてカナイの口から飛びだそうとしていた虎という言葉に、クスムの手が蓋をした。「駄目よ、言っちゃ駄目――言うと、やってくるのよ」

獣は河岸に並ぶ木立の間に潜んでいて、その動きを追えば、それが、河を渡ってくる舟に目をつけていたのは明らかだった。クスムの叫び声を聞きつけ、母と近所の人々が次々土手の上に駆けあがってきた。だが、クスムの叫びは、肝心の父には届かなかった。風向きが悪かった。

すぐ、何十人もの村人が土手の上に加わり、戦慄すべき状況を理解した。獣が、クスムの父の後をつけている！　男たちは、すぐに舟を出すべく走りだした。女たちは、叫び声をあげ、鍋やフライパンを叩いてできる限り大きな物音を立てた。だが、風向きが悪かったから、すべては無駄なことだった――音は、対岸の父には届かなかった。獣は、獲物の風下を歩いており、少しずつ距離を詰めるたびに毛皮が閃くのが、はっきり見えた。独特の体臭を纏う獣だから、風を味方にする術を熟知していて、今、逆風を前に対岸の村人たちが無力であることも百も承知していた。ついに、獣は自信に溢れて陰から飛びだし、対岸の目に全身を曝して河岸を疾走しはじめた。獲物はもう鼻先で、身を隠す必要などない。例にない、驚くべき光景だった。潮の国のオオネコ族といえば幽霊のような種族で、足跡、音、臭いをとおしてのみ存在を知るものであって、姿を人前に晒すことなどないのである。だからこそ、その稀な姿を見た者はその場で死ぬものとまで言われていた――実際、土手上から虎を目にした女たちの数人は、そのまま失神してしまった。

　クスムは跪き、懸命に祈った。「どうか、慈悲深き、母なるボン・ビビ、お父さんを、助けてあげて」。目を瞑る。父の最期こそ目にせずにすんだが、すべて聞こえてしまう。風向きのせいで、殺しの調べは、異常な明瞭さをもって水上を響き渡ってきたのだ。クスムはすべて聞いてしまった。父を凍りつかせた、あの咆哮。助けて《バチャオ》！――救いを求める父の叫び声。その首目掛けて、獣が前足を一振り。骨の砕ける音。獣が死体を森の奥へ引きずっていく。その間ずっと鳴り続けていた、さやさやというマングローブの葉擦れの音。

　その間ずっと、途切れることなく、クスムはボン・ビビの御名を唱えていたのだ。

やがてクスムを立ち上がらせたのはホレンだった。「ボン・ビビはお前の声を聴いてくださった」ホレンが言い聞かせる。「だが、あのお方は最も親しいものを、こうして御傍へとお召しになる。お前の父さんみたいな魂の深いもの《バウリー》を、誰より先にお召しになるものなんだ」

話をしながらクスムは身体を丸め、やがてカナイの肩に寄りかかった。クスムの髪が肌をくすぐった。強烈な感情が噴き上がってきて、咽喉を締めつけた。ぎゅっと抱きしめてやって、クスムの悲しみを振り払ってやりたかった。そして涙を拭いて、クスムと辛い現世の間に、僕が立つんだ。僕が守ってやるんだ。僕が一緒にいるよと全身で伝えてやるんだ。こんなに濃密な想いが身体の内から湧き上がってくるのは、初めて経験することだった。カナイは唇で、クスムの目を拭いてやった。あまりに柔らかく、温かだったので、唇を離せなくなった。クスムの身体に腕を回してこちらを向かせ、二人のおでこをくっつけた。

その時不意に、ハミルトン・バンガローのチークの階段を駆け上ってこちらに走ってくる足音が響いた。「クスム！　そこにいるのか！」聞こえてきたのは、ホレンの荒々しい囁き声だ。

クスムが立ち上がった。「ここにいるわ」

二人の前に現れたホレンは、息を弾ませていた。「クスム、今すぐ行かなきゃならん。ディリプの野郎が来ている――手下を連れて、お前を探し回ってる。ここは危ない。逃げるんだ」

ホレンはカナイの隣にしゃがみこみ、目の前に指を突きつけた。「それから、坊ちゃん《リトル・バブ》――このこと、誰かに喋ったら、あんただってただじゃおかないぜ。分かったか？」カナイに反応する間を与えず、ホレンはクスムの手を掴んであっという間に姿を消した。

これが、カナイがクスムに会った最後だった。翌日ニルマルが、お前の流刑は今日で終わり、今からカルカッタに戻るぞ、とカナイに告げたのだった。

胎動

まだ十三夜ほどの月なのに、河面の明るい輝きはまるで水そのものが発光しているようだ。冷え冷えとした夜だが風はなく、岸辺からは物音ひとつ聞こえてこなかった。眠いのに寝つかれず、ピヤは寝返りを繰り返し、枕にしているサリーを調整しようとした。ピヤの頭はちょうどボートの舳先の部分に預けられている。突然、大きなざわめきが眠りを妨げた。木材を伝って、なにかせわしない引っ掻くような音が、ボートの深部から浸みだしている。随分考えた後、なあんだ、積荷の蟹が魚倉でもぞもぞ動いているだけじゃないと思い当たった。甲羅がかたかたこすれ合い、鋏がかちゃかちゃ音を立て、枝と葉がかさかさ鳴っている。ピヤは、自分が巨人になって地底都市の胎動に耳を傾けているような気がした。

誰かが動いてボートが揺れた。ピヤが船尾の方を見ると、フォキルが舟の真ん中で、肩に毛布をテントのように巻きつけて坐っている。幌の下で寝入っているとばかり思っていたのだけれど、岩のように静まり返っている姿を見ると、フォキルはずっとこうしてじっと坐っていたに違いなかった。フォキルもピヤの視線に気づいたらしく、ピヤの方に振り向いた。ピヤが目を覚ましてしまったことを知ると、なにか申し訳そうに自虐的に微笑みを浮かべてみせた。私とトゥトゥルが眠っている間ずっとああして見張りをしてくれていたんだわと思うと心が温まった。思えば、水中でフォキルの手がピヤに触れたとき、随分激しく暴れてしまった。そしてそれから、この手は捕食者のそれではなく、絶対に自分を傷つけることのない、信じられる誰かの手なのだと気がついたのだ。そうして改めて思い起こしてみると、ピヤがロンチから水中に転落してからわずか数時間しか経っていないのだった。記憶が蘇り、ピヤは思わず体を震わせた。目を閉じると、ふたたび水に包みこまれ、方向を失った陽光に満ちて上下感覚さえ麻痺させてしまう、あのちらちら怪しく光る深淵に陥ってしまったようだった。

ボートが動いている。いや違う、私が震えているんだ。自分を落ち着かせようと深呼吸をしていると、突然なにかひんやりしたものが肩に触れた――転落した時と同じ感覚が蘇る――フォキルが来てくれたのだとすぐに分かった。目を開けると、フォキルが心配そうにピヤの顔をのぞきこんでいたので、彼女は無理に笑顔を作ろうとした――が、身体が痙攣し続けているので、妙なしかめ面になった。これじゃフォキルがすごく心配してしまうと思って、自分の手を彼の手に重ねる。すると、フォキルはその手を取って、ピヤの隣に身を伸ばした。塩気を帯びた陽光の匂いがピヤの鼻腔に満ち、二人を隔てる毛布をとおして、フォキルの尖った肋骨が感じられた。フォキルの身体のおかげで毛布が温まり、身体中を満たしていた恐怖感が消えていった。震えが止まると、ピヤはきまり悪くなって、身を起こした。まったく同時にフォキルも起きあがり、それでフォキルも私と同じくらいきまり悪いんだわと分かった。別になにも問題ない、と伝える術があれば良いのに――フォキルの意図を誤解なんかしていないし、なんにもまずいことなんかなかったし、と。だが、ピヤには、わざとらしく咳払いをして、サンキュー、と言うことしかできなかった。ちょうどそのとき、トゥトゥルがうなされて寝言を叫び、二人を気まずさから救ってくれた。フォキルはすっと息子の傍に移ってやさしくさすってやった。

ピヤはあらためて、畳んだサリーを枕に横になった。するとこの布地から、この着物の所有者の香りが立ち昇ってきているような気がした。ボートに、もう一人女性が突然出現したみたい。やれやれ、フォキルにもその人にも、まずいことなんかなにもおこらなかったわよって、言っていいわよね。

だいいち、そもそもなにが起こりえたっていうんだろう？　フォキルのことだってほとんどなんにも知らないけれど、子供がいて、結婚していることくらいは分かっている。ピヤ自身、ややこしい人間関係に巻き込まれるのはまったく御免だった。ピヤは今仕事で、フィールドワーク中なのだ——親密な関係性を一切排除することでフィールドは「フィールド」になるのであり、その間の線を踏み越えることは、自分の使命を裏切る禁忌だった。

翌朝ピヤが目覚めたときにはボートは既に動き出していた。冷たい夜の空気と温かい水がぶつかりあった結果、濃い霧が立ちこめている。自分の足がなんとか見える程度で、毛布も露でじっとり濡れている。東の空がぼんやり明るくなっているのであぁ陽が出たのねとなんとかわかる。まったく視界が利かない中でもフォキルがボートを動かしていることにピヤは感心した。はっきり見えなくても進むべき水路を感じ取れるくらい、この辺りの水域は完璧に頭に入っているのね。

起きねばならない理由も別に無いので、ピヤは再びうとうとし始めた。やがて、ボートが停まり、それでまた目が覚めた。ボートを包む霧はいまだ深く、周囲の陸地はまったく見えない。船尾で碇を投じる音が聞こえた。一体フォキルはなぜまたこんなところで止まることにしたんだろう。ピヤはぼんやり考えた。きっと視界の問題よね――きっとこの先は、こう霧が濃くては通れないんじゃないかしら?

そしてピヤはそのまままた眠りに落ちかけたが、そのとき、ある音が聞こえ、ピヤはがばとはね起きた。耳に手を当て、耳を凝らす。そして、もう一度。さざ波の立つ音、そして、分厚い鼻紙に鼻をかんでいるような籠った音が響いた。

「しまった!」ピヤは膝をついて、霧に向けた耳に全神経を集中した。ちょっと集中して聞くだけで、ボートの周りにイルカが何頭かいることが分かった。音はばらばらな方向から響いてきており、音源はずっと動き続けているようだ。遠くからかすかに聞こえたかと思うと、すぐ近くで鳴ったりする。この籠った鳴き声は、良く知っていた。こういう特徴的な鳴き声をあげるのは、イラワディ・カワイルカ、Orcaella brevirostris だけなのだ。移動中のイルカの群れがボートの近くで一休みしているのに違いない。よりによって視界が悪いときにイルカが出現するという間の悪さもいかにも自分らしいことだった。経験上、こういった場合、イルカはものの数分もじっとしていられない。ピヤが器具を取り出す頃には、イルカは姿を消してしまうだろう。

「フォキル!」フォキルにも聞こえているか確かめようと、ピヤは鋭く囁いた。ボートがぐらりと揺れ、フォキルがこちらへ向かっていることが分かった。突如、霧の上にフォキルの頭がにゅっと突き出してきて、ピヤを驚かせた。首には霧が巻き付いている。

「聞いて！」と言ってピヤは、手を耳に当て、音のする方向を指さした。頷いてみせたフォキルの顔に、驚きの表情は一切浮かんでいない。すべて予定通り、イルカたちがここにいることは最初から知っていたよとでもいわんばかりに。ひょっとしてフォキルは、ここのイルカをピヤに見せてやろうと思ったから、昨晩この場所まで辿りつこうとしていたのだろうか？

でも、もしそうだとしたら、もっと大きな謎がある。今、この場所でカワイルカに遭遇できるなどということを、どうしてフォキルは知りえたのだろう？　もちろん、イルカたちがこの水域に頻繁に姿を見せるということは、ありえることだ――しかし、今日この日のこの時刻にイルカがきっとここに姿を見せるなどということが、どうしてフォキルに予測できる？　移動中のイルカの動きは極めて予測不可能なのだ。とはいえ差し当たり、これらの疑問は棚上げするしかない。目の前には、この霧の中で可能な限り記録をつけるという大仕事があったから。

大急ぎで器具を取りだし観察の準備をするピヤの手捌きは、順序だち、落ち着いていた。やっと筆記板の上に観察記録用紙を固定したところで、ちょうどイルカが一頭一メートルほど先に浮上してきた。その呼吸に伴う水しぶきを受けるほどの至近距離だ。背鰭と、丸々とした鼻づらがのぞいた。疑う余地はない。間違いなく、イラワディ・カワイルカだ。最初から確信めいたものはあったが、実際に目視確認できたのは幸いだった。イルカが浮上してきたのはボートのすぐ傍だったので、ちょっと腕を伸ばすだけで、GPSモニターでその位置情報を読み取ることができた。ピヤは勝ち誇って記録をつけた。たとえ今この瞬間イルカたちが逃走してしまったとしても、このちょっとしたデータさえあれば、それだけでこの遭遇は信憑性が高まり、価値あるものとなるのである。

次第に、霧が晴れてきていた。潮は干潮で、河岸は数百メートルしか離れていない。フォキルが碇を下した場所では、岸が曲がった腕のように湾曲していて、河の肘の内側一帯が静かな水域になっている。およそ長さ一キロ程にわたるブーメランのような形をした水域が、唯一干潮時でも大きな水深を保つ場所で、ボートもそこに止まっている。この水域、この目に見えないこのプールの中を、イルカの群れはぐるぐる回遊しているのだ。

やがて霧も、夜の寒さも、すっかり遠い記憶となった。河岸の自然堤防と森林が風を遮るので、水の上では風はそよとも吹かない。静まり返った河は第二の太陽を産み出した。水面からの反射熱は、雲一つない空から降り注ぐ太陽熱にも劣らない。やがて気温が頂点に達した頃、地下に潜む生物たちが泥地に姿を現した。蟹の大連隊がもぞもぞと進撃してきて、引き潮が豊富に残していった葉屑を漁りはじめた。

昼頃までに、ピヤはこの集団の規模を正しく推定するに足る充分な記録を取ることができた。推定ではイルカは七頭だ。うち二頭は常に縦に並んで泳いでおり、いつも一緒に浮上した。うち一頭は小柄で、仔イルカらしかった。新生児で、母から離れて一人で泳ぐには幼すぎるのだろう。観察していると、その仔イルカは繰り返し何度も「螺旋」を描いて水面に浮上してきて、水面に頭部を突きだす——まだ上手に息継ぎする術を会得していないのだ。その可憐な頭部が姿を現すためにピヤの心は踊った。ここのイルカたちは今も子供を産み育てているのだ！　イルカは湾曲した水域の外にはほとんど出ていかない。この狭く深い水域でぐるぐる回遊することにすっかり満足しているようだ。ボートがここにいるからここに留まっているというわけではない。最初は興味津々だったとしても、関心はとうに失われてしまっている。

では、イルカはなぜこんなところでぐずぐずしているのだ？　ここになにしに来て、今はなにを待っているのか？　さっぱり見当もつかなかったが、それでも、今目にしているものはとても大事なことと、イラワディ・カワイルカとその生態について理解するために極めて重要なことに違いないのだと、ピヤは直感した。それが一体何なのか、突きとめるのが私の使命なのだ。

モリチジャピ

夜が明けると、カーテンのない窓から陽光が燦燦と流れこみ、カナイは目を覚ました。顔を洗って服を着替え、階下のニリマの部屋の戸を叩いた。

「誰だい《ケ》？」と応答してきた声は、平素に似ず弱々しい。

「僕です――カナイですよ」

「お入り。開いているよ」

カナイが中に入ると、赤い目をしたニリマが足に掛布団をかけ、重ねた枕に凭《もた》れるようにしてベッドの上に坐っていた。ベッド脇のサイドテーブルには茶が一杯置かれており、隣の受け皿にはマリー・ビスケットが何枚か載せられている。本や書類が所狭しとそこら中――ベッドの下、床の上、そして蚊帳の中まで――に積み重ねられている一方、服やその他の身の回り品は一切見当たらない。部屋は物が少なく見るからに実用主義的で、ファイル・キャビネットや書棚を除けば、家具の類はほとんどなかった。天蓋付きの巨大なベッドがなければ、トラストの事務所の一部だと誰もが誤解してしまうことだろう。

「具合が悪そうですよ」カナイが言った。「医者はもう呼びにやりましたか?」

ニリマはハンケチに鼻をかんだ。「ただの風邪だよ。そんなこと、わざわざ医者なんかに教えてもらわなくたっていい」

「やはり昨日カニングまで来たのが良くなかったんですよ。ちょっと大変すぎたんでしょう。もうちょっと自分の身体にも気を使わなければ」

ニリマは手を振って忠告をすげなく無視した。「私のことはどうでもいい。ここにお坐り。大事なのはお前の話なんだ。昨夜はちゃんと眠れたかい?」

「ええ、まあまあ」

「小包は?」伯母が声を強めて訊ねた。「見つかったかい?」

「ええ。伯母さんが言ったとおりの場所にありましたから」

「そうかい、じゃあ、教えておくれ《ボル・ト・レ》」とニリマ。「詩だったかね、それとも小説だったかね?」

伯母の声音にはどこか期待に満ちた響きがあって、やっと見つけたこの小包が、亡夫の文学的評価を高らしめることになるに違いないと伯母が信じ始めていたことをカナイは察した。がっかりさせるのは辛かったので、できる限り婉曲に表現しようとカナイは試みた。「それが、まったく意外でね。僕も、詩かエセーか小説が入っているんだろうと思っていたんです。だけど入っていたのは、記録というか、日記というか。手習い帳みたいなもの――小学生が使うkhata《ノート》ですよ――に書かれていて」

「そうかい」伯母の目が曇った。気を落としたようなため息。「いつ頃書いたものかもわかったかい？」

「ええ。一九七九年に書かれたものですね」

「一九七九年？」ニリマはしばし黙り込み、考えこんだ。「しかし、すると、それは死んだ年じゃないか。七月に亡くなったんだよ。本当に一九七九年に書かれたのかい？」

「ええ。だけど、どうしてそれが腑に落ちないんです？」

「なぜって、あの年、あの人はまったくなに一つ書けなかったんだ。そんな年は他になかったからね。前の年にルシバリ学校の校長を引退してあの人にとっては辛いときだったのさ。もう三十年も学校がすべてだったから――私たちがルシバリに来てからずっとね。だからあの頃、頓珍漢《トンチンカン》なことばかりしていたのよ。お前も知っているだろう、昔、一度、精神が参ってしまったことがあるから大分心配したわよ。何日間も姿を消したりして、それで帰ってくると、どこでなにをしていたか思いだすこともできなかったの。あの年ずっとあの人の心はぐちゃぐちゃだった。だから、なにか書くなんて問題外だったのよ」

「一時的に正気を取り戻した時期があったんじゃないかな。あのノートは全部、多分一日か二日で書いたものじゃないかっていう気がするんだ」

「日付は分かるかい？」凝《じっ》とカナイを見つめて、ニリマが訊ねた。

「ええ。一九七九年五月一五日の朝に書き始めたようですね。モリチジャピというところで」

「モリチジャピかい、よりによって！」ニリマが息をのんだ。

「ええ。そこで、なにがあったんです？」

モリチジャピというのは潮の国の島の一つで、ルシバリから船で二時間くらいの場所なんだがね、とニリマが説明を始めた。シュンドルボンの中でも虎保護区として指定されている島々の一つなんだが、本土からでも割と簡単に行くことができる。一九七八年、突然、大勢の人々がモリチジャピに現れた。それまで誰一人住んでいなかった場所に、一夜にして何千人もの人が住み始めたんだ。ほんの数週間のうちに、彼らはマングローブを切り開き、土手《バンド》を築き、小屋を建てた。あまりに早い展開で、彼らが一体何者なのか、当初、誰にも分からなかった。だけど、追い追い、彼らは元はバングラデシュからやってきた難民たちなんだと分かった。印パ分割の時にインドにやってきた難民もいるけど、その後もずっと、少しずつやってきていたんだよ。バングラデシュでは農村部で極貧生活を送っていたらしい。イスラーム教徒の民族主義者や上位カースト・ヒンドゥー教徒の両方に迫害され、こき使われていた人たちなんだ。

「大部分は、最近の言葉で言うと不可触民《ダリト》だった」ニリマが続けた。「当時はハリジャン、と呼ばれていたわね」

だが、これらの難民たちはバングラデシュから直接モリチジャピに逃げてきたわけではない。彼らは、インド中部の収容場から逃げ出してきたのである。印パ分割の後、政府当局は難民たちを、ベンガルからはるか彼方、マディーヤ・プラデーシュ州の深い森の中のダンダーカラーニヤという場所に押しこめてしまったのだ。

「政府は「再定住」って言っていたけどね」ニリマが続けた。「だけど、皆、あれは収容場か牢獄だって言っていた。難民たちは治安部隊に監視されていて、そこを離れることは許されなかった。逃げようとしたものは、どこまでも追われた」

その土地は岩だらけで、慣れ親しんだベンガルの風土とはまったく似ても似つかなかった。土地の言葉も分からなかったし、それに地元の人々は難民たちを侵略者扱いして、弓矢なんかで攻撃までした。長い間その地で耐えぬいた後、一九七八年になって、一部が団結して収容所から脱走した。鉄道や徒歩で、東へと彼らは向かった。シュンドルボンに安住の地を見つけるのだという希望を抱いて。そして選んだ場所がモリチジャピだったのだ。

少し前に西ベンガルでは左翼戦線の政府が成立していたので、州政府はたいして妨害しないだろうと難民たちは踏んでいた。だが、これはまったくの計算違いだった。当局は、モリチジャピは森林保護区だと宣言し、移民排除の大方針は揺るぎもしなかった。その後一年間、移民グループと当局の治安部隊との間で何度も小競り合いがあった。

「それで、最後の戦いになってね」ニリマが続けた。「確か、あの年、一九七九年の五月中頃」

「じゃあ、伯父さんは、まさにそのときそこにいた、っていうこと?」カナイはそこで一旦言葉を切った。別の可能性を考えてみたのだ。「それとも、書かれているのは伯父さんの空想なのかしら?」

「わからないわ、カナイ」と言ってニリマはじっと手を見た。「本当に、わからない。あの年、あの人は別人だったから。私にはほとんど話をしてくれなかった。隠し事ばかりで。私、あの人の敵になってしまったような気がしたわ」

ふと見るとニリマは涙を堪えている。カナイは同情を覚えた。「伯母さんも本当に大変でしたね」

「本当よ。あの人が、どういうわけかモリチジャピのことばかり考えているのは私も気づいていた。だから、心配だったのよ。大騒動になると分かっていたから、巻き込まれないよう引き離しておきたかった」

カナイが頭を掻いた。「だけどさ、僕が分からないのは、一体なにがそんなに伯父さんを引きつけたんだろう?」

随分考えてから、ニリマは答えを絞りだした。「カナイや、お前も覚えているとは思うけれど、ニルマルは若い時革命への情熱に燃えていた人だからね。ああいう人は、党を離れても、昔の同志と袂を分ったとしても、それでも情熱が消えたわけじゃないんだよ。心を支配しているのは、心の中の秘密の神様なんだ。そして、その神様が、情熱を何度でも蘇らせるんだ。危険や、壮絶な苦難が迫るとかえって燃え上がるんだ。ああいった人たちにとって革命の情熱って、女性にとっての出産や、傭兵にとっての戦争みたいなものなんだよ」

「だけど、その移民たちは別に革命を目指していたわけじゃないんだろう?」

「全然」とニリマ。「まったくね。彼らが目指していたことはとても簡単なことよ。ただただ安心して住める土地が少し欲しかっただけ。だけど、そのためなら政府にだって歯向かう覚悟があった。なにがあろうと最後まで戦いぬくと固く決意していた。でも、それで充分だったのよ。ニルマルにとって、それこそ、ずっと待ち望んだ革命的瞬間に一番近い出来事だったから。だから、あの人はどうしても彼らに参加したかった。ひょっとしたら、そうすることで自分の老いから目を逸らせていたのかも」

記憶の中の、いつもドーティを着た優しい伯父と、革命家の印象はカナイの中でさっぱり結びつかなかった。「説得はしなかったの？」

「したに決まっているじゃないの。だけど、あの人は、決まって『お前は体制側についてしまった。だから奴らと同じようにしか考えられないんだ。お前みたいに長年ずっと「社会奉仕」ばかりやっているとそうなってしまうんだ。本当に大事なことがお前にはもう見えちゃいないんだ』って言って」

ニリマは目を閉じて、自分の夫が、自分が生涯を捧げた事業の価値を、軽蔑を込めて否定し去ったことに思いを馳せる。ニリマは顔を背けて涙を払った。「私たちは、同じ家に住んでいる二人の幽霊みたいなものだったわ。しまいには、あの人はとにかく私を傷つけようとしていたみたいだった。考えてごらん、カナイ――でなければ、なぜ、このノートを私じゃなくて、お前に残すことにこだわるのよ？」

「なんて言ったらいいか」ニルマルがノートを自分に遺したのはきっと、カナイこそが、聞く耳持たぬこの世の中で唯一耳を傾けてくれる小さな小さな耳の象徴だったからなのだろうとカナイは思っていたのだ。伯父が伯母を傷つけようとしてやったことだなどという可能性はまったく思いもしなかった。この可能性はカナイにとってもショッキングなことだ。伯父は確かに一風変わった人だったけれど、誰かを、ましてや自分の妻を、悪意を持って傷つけることができるような人だとは夢にも思ったことはなかった。自分を含め、二人を知る人々は皆、ニリマとニルマルはお互い結婚生活に満足しており、一見意外な取りあわせではあるが幸福な夫婦なのだとずっと思っていたのだ。こんな幻想に浸っていられたのは、ニルマルがずっとルシバリを離れなかったからに過ぎないのだ、とカナイはようやく気づいた。

長年の間ニリマが耐えてきたことを想うと、柄にもなくカナイの咽喉にしこりが詰まったような気がした。「伯母さん」カナイは立ち上がった。「ノートは、お渡ししますよ。手元に置いておいてもいいし、処分してしまってもいいでしょう——伯母さんの好きにするのが良いと思います。僕としてはもうたくさんだよ」

「そんなの駄目よ！」ニリマが大声を出した。「お坐り」ニリマはカナイの手を掴んで、椅子に引き戻した。「よくお聞き、カナイ。私はいつだって、あの人に対する義務は絶対に果たしてきた。あの人の最後の望みが無視されるなんて、許さない。あの人がこの本をどうしてお前に託したのかは、分からないわよ。なにが書かれているかも知らないし——だけど、あの人の望み通りにしなきゃいけない」

カナイはベッドに坐る伯母の隣に腰を下ろした。クスムの話題を持ちだすのをずっと躊躇っていたのだが、遠回しに聞く術もなさそうだった。「ねえ、伯母さん」カナイは静かに訊ねた。「ひょっとして、クスムが関係していたなんてことはないだろうか？」

その名前に伯母は少したじろいだようだった。「噂はあったわね、カナイ。それは、否定しないわ」

「だけど、クスムはどうしてモリチジャピに？」

「私も知らないわ。とにかく、あそこにいたのよ」

「クスムがそこにいた間、伯母さん、会う機会はあった？」カナイが訊ねた。

ニリマは頷いた。「ああ、一度だけね。私に会いに来たのよ。この部屋にね」

私がちょうどここで仕事をしていたらね、とニリマが語り始めた。一九七八年のある朝、看護婦がやってきてお客さんが来ています、と告げた。マシマのことを知っているって。ニリマは名前を訊ねたが、看護婦は知らなかった。「まあいいわ」とニリマ。「ここに通して頂戴」ちょっとして、戸が開いて、若い女性と、四歳か五歳の男の子が入ってきた。その女性は二十そこそこに見えたが、白いサリーを纏い、腕輪も着けず、額にも朱はつけていなかった。他の場所なら、ああ寡婦なのだなとすぐ判るのだが、ここルシバリではこれは即断しかねることだった。

なんとなく会ったことのあるような気がした――顔ではなく、目つきに覚えがある――だが、ニリマは名前を思いだせなかった。その来客が頭を下げ、ニリマの足に触れた時、思い切って訊ねてみた。

「ええと、どちらさんでしたっけね？」

「ああ、マシマ」と答えが返ってきた。「クスムです。お忘れですか？」

「クスムかい！」ニリマは反射的に怒り始めた。「お前、なんで便りもよこさなかったんだい？　一体、どこにいたんだよ？　皆お前のことをそこら中探しまわったんだよ？」

クスムは笑い声で応じた。「マシマ、とてもややこしいことになっていたから。手紙に書けるような簡単なことじゃなかったの」

クスムが立ち上がった。クスムは逞しい、明るい目をした若い女性に成長している。「で、この子は誰だい、クスム？」

「私の息子です。フォキルチャンド・モンドル」

「父親は？」

「死にました。今は、私とこの子だけ」

こんなに早く寡婦になってしまってもなお、クスムが快活な笑い声を失っていないことをニリマは喜ばしく思った。「で、クスム。今日は一体どうしたんだい？」

クスムが、実はモリチジャピに住んでいるのと打ち明けたのはこの時だった。クスムは、移民たちのために医療援助を送ってやって欲しいと頼みにルシバリにやってきたのだった。

それを聞くや否や、ニリマは防衛線を張った。支援してあげたいのは山々だけど、無理だよ。移民たちはなにがなんでも排除すると、政府は断固たる意志を示している。移民に手を貸したと思われると、大変面倒なことになってしまうんだ。ニリマには、病院と女性組合の責任がある。政府の機嫌を損ねるわけにはいかないんだ。皆の利益を考えないといけないからね。

半時間ほどでクスムは辞去し、ニリマが彼女に会うことは二度と無かった。

「それで、その後、どうなったの？」カナイが訊ねた。「クスムはどこに行ったんだい？」

「どこにも行きゃしないよ、カナイ。殺されたんだから」

「殺された？　どうして？　なにが起こったのさ？」

「大虐殺の時にだよ、カナイ。モリチジャピの虐殺」

そう言って、伯母は両手で顔を覆ってしまった。「疲れてしまったよ。ちょっと休ませておくれ」

ひらめき

午後になり、水位が上昇しはじめた。イルカたちが姿を見せる回数が減ってきている。記録用紙上でも、イルカが、潮目の変化を機にばらばらな動きを始めていることが確認できた。

観察を始めてからしばらくの間、ピヤは、これは移動中のイルカの群れであって、いつ何時姿を消すか分からないと思いこみ、観察に没頭していた。だが次第に、このイルカたちは特にどこかに向けて移動する途中というわけではないのではないかという気がしてきた。そうではなくて、彼らは水位が再び上昇するまで、干潮をやり過ごすためにここに集合しているのではないか。だが、そんなはずはないのだ。それは、ピヤが学んできたカワイルカの生態と矛盾する考えだった。

イラワディ・カワイルカ《Orcaella》には二つの集団が存在する。一方は沿岸部の海水域に棲息し、他方は河川の淡水域を好む。この二つの集団の間には解剖学的な違いは存在しない——単にどちらに住むかという嗜好の違いだけなのである。二つの集団のうち、圧倒的に数が多いのは、海岸部に棲息する集団であり、アジア南部とオーストラリア北部の海域に数千頭は棲息していると信ずるべき根拠がある。他方、淡水性のイラワディ・カワイルカは絶滅が危惧される希少種であり、アジアの河川に数百頭程度が残っているに過ぎない。海水性のイラワディ・カワイルカは同じ場所に長い時間留まることはなく、沿岸水域を気ままに回遊する。反対に、淡水性の個体は移動を好まず、あまり大きな群れを作らない。豪雨で水位が上がった時には、彼らははるか遠くまで遠征し、獲物を追って小さな支流や果ては冠水した水田にまで姿を見せることがある。しかし、乾季になって水位が落ちると、彼らは各々自分の根拠地に戻っていくのだ。それらの場所は、河床の地質の妙や水流によって削りだされた大水深の「淵」である。カンボジアでピヤは、プノン・ペンからラオス国境まで、メコン河沿いの幾つもの淵に現れるイラワディ・カワイルカを追跡調査したことがある。結果わかったことは、同じ個体が毎年毎年同じ淵に戻ってくるということだった。しかし乾季が終わるとイルカたちは何百キロも河を下っていってしまう。一頭の不運な個体がラオス国境近くから河を下り、プノン・ペン近くで刺し網にかかってしまったこともあった。

シュンドルボンに来るに当たり、ピヤは、この地に棲息するイラワディ・カワイルカは海水性に違いあるまいと考えていた。この水域の塩分濃度を考えればしごく真っ当な見立てである。だが、ピヤが今日目にした振舞いは、この前提が誤りだったことを示唆しているようでもある。彼らが海水性のイラワディ・カワイルカだとしたら、集団で淵に長居するはずがない。彼らの習性とそぐわないことだから——これは、淡水性のイラワディ・カワイルカに見られる習性なのだ。だが、彼らが淡水性の個体というのもありえない話だった。水の塩分が濃過ぎるのだ。それにそもそも、淡水性のイラワディ・カワイルカなら、こんな風に日中淵を離れたりはしないはずだ。彼らは、乾季の間ずっと同じ淵で過ごすのだから。一体、このイルカたちはなんなのか、そして、彼らの行動はなにを意味しているのだろうか？

これらの疑問を反芻し続けているピヤの頭に、不意にある考えが閃いた。シュンドルボンのイラワディ・カワイルカは、メコンのイルカが毎年一度取っている行動を、毎日二回取っているということがありえるのではないだろうか？　日々の潮の干満に支配されるこの土地で、彼らは新しい生態を編みだしたのでは？　メコンの同族が季節の変化に応じて年単位で取る行動が、ここでは潮の変化に応じて一日の中に凝縮されているのではないか？

もし、ピヤがこれらの思いつきをしっかり理論化できれば、驚嘆すべき、美しく合理的な仮説に辿りつく――哺乳類生物の乱雑な生態の裡にこれほど美しい論理が隠されていることは実に稀なのだ。それだけではない。この発見から、絶滅に瀕したこの地のカワイルカの保護のため、大変有用な知見を引きだすことだってできることだろう。特定の淵や水路で重点的に保護対策を実施することで、今よりずっと効率的に成果を出すことができるだろう。だが、この仮説は多くの疑問に対する答えを提供する一方、疑念も尽きない。例えば、これらのイルカたちは、潮の流れに感応するために、どういった生理学的な仕組みを備えているのか？　当然ながら、二十四時間周期の時間感覚など役に立たない。潮の動きは毎日変化するのだから。大量に淡水が流入して水域の塩分濃度が変化するモンスーンの時期には、イルカはどういう振舞いを取るのだろう？　太古以来の季節的な渡りのサイクルの上に、一日単位の渡りのサイクルが上書きされているということなのだろうか？

ピヤはある論文を思いだした。シュンドルボンに棲息する魚の種類は、全ヨーロッパ大陸に棲息する魚の種類よりも多いと論じたものだ。水生生物の種がこれほど多様に進化したのは、この地の水の成分が異常にばらけていることに起因すると考えられている。この辺りのデルタ水域では、河の水と海水は均等に混ざったりはしない。むしろ淡水と海水は相互に浸透しあい、水路の水底に沿って淡水が流入することによって、異なった塩分濃度と混濁度を持つ、何百ものそれぞれ異なった小さな環境系が創りだされているのだ。それらの小さな環境系群は水中に漂う風船のようなもので、各々独自の水流パターンを持っている。それらの位置関係は随時刻刻と変動しており、ある時は河の真ん中にいたかと思うと、しばらく後には反対に河岸に押し戻されたり、また海の沖合にまで到達したかと思えば、ずっと内陸深くに押し戻されたりもする。それらの風船の一つ一つは、固有の動物相と植物相を備えた水に漂う小さな密閉生態系《フローティング・バイオドーム》であり、捕食者たちは群れをなしてその風船の動きを追っている。この、無数の環境系の存在こそが、この水域における水生生物種の輝かしい多様性――巨大なワニから微小な小魚まで――を産みだし、維持しているのだ。

ボートの上で、ありとあらゆることがつながりもつれあう玄妙さに思いを巡らせていると、心の中で一斉に開花した無限の可能性のあまりの眩《まばゆ》さに、ピヤは目を開けていられなくなった。やらねばならぬことがたくさんあった。答えねばならない無数の疑問、突き詰めるべき無数の手掛かり。色んな分野をあらためてしっかり勉強せねばならないだろう――水理学、堆積地質学、水化学、気候学。イラワディ・カワイルカの季節ごとの個体分布調査もやらねばならない。イルカの渡りの回廊のマッピングもしなければ。研究費の工面に走らないと。許認可類の手続きもやらなくては。数えだすときりがなかった。ピヤは、限られた予算の中で、ごく小規模の調査のために、二週間の予定でシュンドルボンに派遣されたのだ――だが、今ピヤの脳内を駆け巡っている幾つもの疑問を解き明かすためには、一、二週間ではなく、年単位、いや、十年単位の時間を要するだろう。恐らくは十五年、二十年にわたる継続的な現地調査が必要だ。いや、ピヤの心の中で像を結び始めたプロジェクトのためには、それ以上の時間を費やさねばならないだろう。これは、一生ものの仕事になる。

ずっと内心、記念碑的な調査対象と出会った行動生態学者たちへの憧れがあった——ケニアの山奥で活躍したジェイン・グドールや、クイーンズランド沿岸部のヘレン・マーシュ。とはいえさして野心的な質ではなかったから、いつか自分もそんな大きなテーマに出会えるなどとは思いもしなかった。なのに、今、それが起こったのだ——今回の調査は失敗かなと思い始めていた矢先に、突如訪れた僥倖。かつてピヤを科学の世界に引きこむことになった、大発見の伝説の数々。子供の頃聞いた話が、今蘇る。とてつもなく奇跡的な出来事の発端が、いつも、いかにとてつもなく平凡なものだったか——アルキメデスの浴槽とか、ニュートンの林檎とか。ピヤの発見は、流石にそれらに匹敵しうるものではないかもしれないが——少なくとも、心の中で、突如考えが閃き、そしてその瞬間、即座に、これは残る人生の全てを捧げる仕事になると直感するのがどういうことなのか、彼女は今それを自ら体験したのだった。

ピヤは、科学者として大それた野望を抱いたことなど一度もなかった。もちろん、クジラ目の動物たちが好きだったし、親近感も抱いていた。だが、ピヤがこの道を選んだのは、決して動物だけが理由ではなかった。同僚たちの大多数と同じく、行動生態学の学問的な内容だけではなく、行動生態学者の生き方に魅かれたのだ——決まった住所を持たず、一人きりで行動し、ありきたりの世界から離れ、しかし緩やかにつながりあうある共同体の誠実な一員であること。そしてこれからもそれが変わることはない。これまで通り、申請書をがりがり書いてなんとか資金の目途を付けて、といったことが仕事の大半だ。そうして散々骨を折ったところで、別に科学の一大転回を齎《もたら》すわけではない。そんなことは良く分かっている。しかし他方、これで自分の未来が決まった、来年再来年そしてその後もずっと長い間、自分が何をすることになるか遂にわかったことが、これほど激しく心満ち足りることだなんて思ってもいなかった。そう、私が何かを発見したからと言って、科学の世界で、あるいはその一部門ですら、革新的な発展が齎されるわけじゃない。だけど、私がこれを——たとえ部分的にでも——やり切ることができたら、誰にも負けない自然誌が書けるに違いない。そして、それで、充分なのだ。私という人間が生を受けたことの理由というか、口実として、充分。この地上で私がどう一生を過ごしたか、もう誰にも弁解する必要はなくなるのだ。

モイナ

カナイが階段を下ってニリマの部屋の戸を再び叩いたのは正午を大きく回った後だった。伯母がちゃんと服を着て、しっかり立っているのを見てカナイはほっとした。

「おや、カナイ」ニリマはほほえんだ。「お前だったかい。まあ、お入り」

今朝、目にした苦悩は、もうニリマの表情から綺麗さっぱり消え去っていた。きっと机に向かって仕事をすることで、気分がすっかり変わったのだろう。ニルマルの死や、その後の長年の独り暮らしを、伯母はこうして、ひたすら仕事に没頭することで凌いできたのだとカナイは悟った。

「もうモイナが来る頃だわ。お前に病院を案内してやるように言っておいたのよ」

「モイナはここで一体どんな仕事をしているの?」とカナイ。

「モイナはここの研修生よ。ずっと前、私たちが「裸足の看護婦」計画を始めたときに、トラストに参加してきたの。草の根の活動でね、辺鄙な村の住民でも医療支援が受けられるようにするための。うちでは、看護婦たちに、基礎的な訓練を施すわけ。衛生、栄養、救急、助産術、その他役に立ちそうなこと一般——例えば、溺れた人の手当なんかは結構な頻度で必要になってくるからね。その後、看護婦たちは自分の村に戻って今度は自分が先生になるわけ」

「でも、モイナはさらにその先の段階に進んでいるように思えるけれど」

「正解よ。モイナはもう裸足の看護婦ではないわ。今は正真正銘の看護婦になるため訓練中。何年か前に応募してきてね。成績優秀な子だったから、喜んで受け入れたわ。不思議なのは、モイナももう長いこと一緒に働いてきたのに、彼女が何者なのか誰も知らなかったのよね——要するに、モイナの旦那がクスムの息子だったなんて、私たちはずっと知らなかったのよ。大分たってから知ったんだけど、それもほんの偶然でね」

「偶然というのは？」

ニリマが答えた「ある日市場に行ったら、モイナが若い男と子供と一緒にいたのよ。私がフォキルに最後に会ったのは彼が五歳の時だから、もちろん顔は分からなかった。で、聞いたの。「モイナ、この若いの《チェレ・チョクラ》がお前の旦那さんかい？」「はい、そうです、マシマ」「旦那さんのお名前は？」そしたら「フォキル・モンドルです」って言うじゃないかね。まあ、ありふれた名前だけど、すぐピンと来てね。「ほう《エキ・レ》、あんた、どこのフォキルだい？　あんた、あのクスムの息子じゃないかい？」そしたら彼が、はい、って言ったのさ」

「じゃあ、息子はなんとか無事でルシバリにいたわけだ」とカナイ。「そりゃ、なによりだったね」

「それがそんなに単純な話じゃないんだよ。本当言うと、全然良くないのさ」

「どうして？」

モイナは賢くて向上心のある子だからね、とニリマが喋り始めた。家族の応援なんかなかったけれど、一所懸命自分で頑張って、ちゃんと教育を受けた。学校の無い村の出身だったんだけどね、毎日何キロも離れた隣の村まで歩いて通っていたんだよ。卒業試験でも優秀な成績をとった。カニングあたりの町の大学に行きたいと考えていた。準備も全部ちゃんと自分でやって、指定カースト証明書まで入手していた。だけど、家を離れるのは、家族が賛成しなかった。モイナの計画を邪魔するために結婚を押しつけたのね。それで、夫に選ばれたのがフォキルなのよ——なんの欠点もない好青年だよ、まったく。ただし、文盲で、蟹を獲って生計を立てている。

「モイナの凄いところは、それでも夢を諦めなかったことなのよ」ニリマが続ける。「絶対看護婦になってみせると固く決心していた。だから、ここで訓練する間、フォキルを連れてルシバリに引っ越してきたわけ」

「フォキルはそれで良いの？」

「良くはないんじゃないかねえ。あまり上手くいっていないようなことを聞いたけれど——それで、フォキルは時々どこかへ行ってしまうのかも。詳しくは知らないよ。うちの娘たち、なんでもかんでも私に話してくれるわけじゃないからね。モイナが苦しい思いをしているっていうことは確かだと思うがね。今朝だって、あの娘、大分げっそりしていたわよ」

「ということはそれでも出勤してきたわけですね？」

「ええ。というか、モイナ、もうここに来てもいい頃なんだけど。薬を取ってもらいに病院に遣ったんだけどね」

「で、フォキルはまだ戻っていないんですね？」

「戻っていないわ。だからモイナは心配で堪らないのよ。お前に病院を見せてやるよう頼んだのは、ちょっとした気晴らしにでもなればと思ったからなの」

その時、玄関の戸を叩く音がした。ニリマが呼び掛けた。「モイナかい？」

「はい、マシマ」

「おいで《エショ》、お入り」

カナイが振り向くと、入り口にサリーで頭を覆った若い女性が立っていた。開け放たれた戸口から日光が流れこんでいたので、顔は陰になっており、見えるのは三つの煌きだけだった。両耳のイヤリングと鼻飾りが、黒い楕円形の顔の上で星座のように輝いている。

「モイナ、これがカナイだよ」とニリマ。「私の甥っ子だ」

「こんにちは《ノモシュカル》」モイナが挨拶し、部屋に入ってきた。

「こんにちは《ノモシュカル》」ようやくモイナの顔に光が当たり、カジョール《アイライナー》が目の周りに滲んでしまっているのが見えた。肌は色黒で滑らか、髪は烏の濡れ羽色、髪油で輝いている。顔は、鋭く吊った眉としっかり張った顎に特徴があって、一見して、たとえ世界を敵に回しても自分の意思を貫くことのできる女性に違いないとカナイは思った。なのに真っ赤な目は、つい先ほどまで泣いていたことを示している。

「お聞き、カナイ」マシマは、モイナに分からないよう英語に切り替えた。「ちゃんと気を遣うんだよ。心配で堪らないんだから」

「もちろんですよ」とカナイ。

「ようし《Righty-oh》、じゃあ、お前たちは行ってきなさい」

「はい、了解《Righty-oh》！」伯母の英語を聞くのは随分久々で、その思いも寄らぬ歯切れの良さにカナイはびっくりした。長年潮の国に住んでいたために伯母のベンガル語からは都会風の響きが消え去り、ほとんどこの地方の方言と混然一体な話し方になっている。しかし伯母の英語は、おそらくほとんど使われることがなかったため、琥珀に封印された羊歯のように、時を経て腐食することも日々の使用で摩耗することもなく、英国統治時代の学校で叩き込まれた英語の完璧な標本となっていたのだ。発声法の訓練や弁論大会を通して鍛え上げられた、歯切れの良い、今はなき植民地時代の上流階級の言語が、今に蘇って語りかけているのだ。


病院へ続く小径を歩きながら、カナイはモイナに話しかけた。「僕が君のお義母さんに会ったことがあるというのはマシマから聞いているかい？」

「いいえ！」モイナは驚いて大声を出し、カナイを見つめた。「マシマからそんなことは聞いていません。本当にお義母さんを知っているんですか？」

「うん、本当だよ。もちろんずっと大昔のことだけれど。彼女は十五歳くらいだったんじゃないかな。僕はさらに年下だった」

「義母はどんな人でしたか？」

「印象にあるのは、気性《テージ》の激しさだね」カナイが答えた。「まだ子供だったけど、とても勇ましかった」

モイナが頷いた。「はい、嵐《ジョル》のような人だったよと聞いたことがあります」

「そうだね、とてもぴったりな表現だと思う。だけどもちろん、君自身は彼女に会ったことはないんだろう？」

「はい。義母が亡くなったとき、私はまだ赤ん坊でしたから。だけど、義母の話はたくさん聞きました」

「それは、ご主人が話してくれたのかい？」

クスムの話をしている間、モイナはいきいきとした表情をしていたが、フォキルの話が出た途端、モイナは表情を再び曇らせてしまった。「いいえ、主人から義母のことを聞いたことはありません。主人も、義母のことはあまり覚えていないんじゃないかと思います。義母が亡くなったとき、主人だってまだほんの子供だったんです――」と言ってモイナは肩をすくめ、言葉を止めた。この話はこの辺でやめておこう、とカナイは判断した。

二人はもう病院のすぐ手前に来ていて、この建物を間近で見ると、ニリマが成し遂げたことの偉大さがあらためてカナイに刻まれた。特別巨大な建物でもないし、革新的な設計というわけでもない。ただの二階建てで、平べったい靴箱みたいだ。外壁は灰色に塗装されている一方、窓枠と長廊下の手摺は白だ。正面の庭には、マリーゴールドが植わっている。平凡な施設に過ぎないが、泥と黴がすべてを覆いつくす潮の国においては、そのきりっとした輪郭と鮮やかな塗装だけでも、高層ビル並みの卓越した地位を得るに値した。病院が奉仕するこの地の人々は、この建物の姿を見るだけでおおいに勇気づけられてきたに違いない。

そしてそのはたらきが、モイナの上にも及んでいるようだった。病院に近づくにつれ、モイナはみるみる元気を取りもどした。一歩ごとに、モイナはますますきびきび足を運んだ。病院を前に、心配で疲れ切った一人の妻兼母親が蛹《さなぎ》から脱皮して、てきぱきした職業看護婦に生まれ変わるようだった。

病院の敷地に入ると、モイナはカナイをある部屋へ連れていった。「ここが産科よ」と告げるモイナの声は静かな誇りに満ちている。

カナイは病院というものに知識も興味もないが、この病院の素晴らしさは良く分かった。維持管理には文句の付けようもない。どこを見ても塵一つ落ちておらず、四十床しかないとはいえ、その割には設備も良く揃っていた。国内外からの援助で整備したのよ、とモイナが教えてくれた。診断用の試験室、X線検査室、それから透析装置まで完備されている。二階には常勤の医師が二名住みこんでおり、うち一名はルシバリに来てもう十年になる。もう一人はまだ若く、ヴェッロールの一流医大で研修医の修業を終えたばかりだった。モイナによれば、二人ともこの島の名士としておおいに敬愛されている。病院にやってくる患者たちはもれなく先生の部屋の前にお礼をお供えしていくのだという――ココナッツ、キューラの実、葉に包んだ魚、生きた鶏を丸ごと一、二羽。

病院の評判が高まってかなり遠方からも患者が集まってくるようになったの、とモイナが補足した。カニングや、人によってはコルカタの方が近いのに、わざわざルシバリにやってくるのだ。他所では大枚を費やしても得られないような行き届いた治療を、この病院なら格安で受けることができるのだ。

門前市を成すで、周辺にはちょっとしたサービス産業が集積している。喫茶店、ゲストハウス、サイクルバン乗り場などが密集して、おおいに賑わっていた。直接間接問わず、病院はルシバリの住民の多くに雇用さえも供給しているのだ。

二階に昇ったところでモイナが、病院に対するニルマル伯父の唯一の貢献を見せてくれた。サイクロンにも耐えうる特別病棟である。窓には分厚い木の雨戸が付いており、扉は鋼鉄で補強されている。伯父はトラストの活動にほとんど口を挟まなかったが、病院の建設が始まった頃、サイクロン対策がどうなっているか自ら確認しにきたのだ。なんの対策もなされていないと知って、伯父は戦慄した。潮の国の凶暴なサイクロンの歴史を知ってのことか？　ルシバリだけは、繰り返す歴史の災厄から逃れることができるなどとでも？　伯父が執拗に主張した結果、この病棟ができることになったのだ。

二階のヴェランダから、モイナは敷地をぐるりと取り囲む露店や長屋を指さしてみせた。「見てください、カナイ・バブ。病院の周りに、店だってたくさんできたんです。数えきれないくらいでしょう？」

モイナが病院に抱く朗らかな誇りに、カナイは心底感動した。「フォキルをここに連れてきてやったこともあるのかい？」

「いいえ」モイナは首を小さく横に振った。

「連れてきてやればいいのに」

モイナが顔をしかめた。「来たくないんですって。なんだか場違いに感じるんだって」

「病院では、ということ？　それともルシバリそのものが？」

「両方でしょうね。ここが好きじゃないんです」

「それはどうしてかな?」

「村とここではなにもかも違いますからね」

「どう違うの?」カナイが食いさがった。

モイナは肩をすくめた。「村では、主人はずっとトゥトゥル——息子です——と一緒にいられましたし。私がトラストで働いていて家を空けていることが多かったので、トゥトゥルは一日ずっと主人と河に出ていたんです。でも、こっちに移って来てから、それは止めさせなきゃなりませんでした」

「そうなの? それはまたどうして?」

「だって、トゥトゥルだって学校に行かなきゃいけないじゃありませんか?」と言ったモイナの声には棘があった。「私は、あの子が蟹ばかり釣っていては駄目だと思っていますから。それじゃなんの将来もありませんから」

「だけど、それこそフォキルの仕事だろう?」

「はい。だけど、いつまで続けられるかしら? マシマは、十五年もすれば新型の網のせいで魚なんかいなくなってしまうわって言っています。そうなったらどうするんですか」

「新型の網って?」

「最近出てきたナイロンの網です。稚エビ《チングリル・ミーン》を捕るのに使うんです。網目が細かいから、他の魚の卵も全部根こそぎ獲ってしまうの。マシマは網の使用を禁止させようと頑張ったんですが、でも駄目でした」

「どうして？」

「どうしてって決まっているじゃありませんか。エビって大きな利権ですから。商社は政治家をすっかり買収していますし。商社だって政治家だって、ここのことなんかどうでもいいんです。結局困るのも私たちで、一所懸命先の心配をしないといけないのも私たち。だから、トゥトゥルには絶対にちゃんと教育を受けさせたいの。じゃなきゃ、あの子の将来が心配よ」

「そうやって説明すればフォキルだって分かってくれると思うけれど」

「散々説明しましたよ」モイナの声が上ずった。「何度も何度もね。だけど、結局主人になにが分かりますか？　文盲なんですよ――どんなに言ったって、通じないことなんです」

こんな境遇でもモイナは世の中の動きをしっかり理解してその中で生き抜く術も見事に心得ている、とカナイは感じいった。カナイが前に潮の国に来た時からの歳月は、物質面だけでなく、人々の希望や欲望にも驚くほど大きな変化をもたらしていた。この病院の存在、この病院が産み出した機会、この病院に育まれた向上心こそ、その変化のこのうえない証なのだ。だからこそ、モイナのような才能豊かな女性の可能性が、時代についてこられない夫によって阻害されていることの不幸も一層大きいのだ。

「見てください」

二人がいるのは手術室の前で、モイナはカナイに構わずすっと扉に近づき丸い嵌め込み窓をのぞきこんだ。そうして随分長い間そのまま扉にくっついているので、カナイは中で手術が現在進行中なのかなと思った。だが、ようやくモイナから窓を譲ってもらうと、手術室は空で、器具が並べてあるだけだった。

「一体何をあんなにずっと見ていたんだい？」

「新しい機材を観察するのが好きなんです」モイナが笑って答えた。「だってほら、私だって、訓練が終わったら、いつか中で働く機会があるかもしれないし」

「もちろんだよ」

モイナは唇を固く結んだ。「神様次第ね」

モイナの声音から、看護婦になるという彼女の夢が、断じてありふれた望みなどではないのだとよく分かった。モイナの夢は、小説や詩にも劣らぬ豊かで繊細な想像力の賜物なのだ。より大きな世界を手に入れるために日々自身の研鑽に努めるということがどういうことだったか、カナイ自身の記憶が蘇ってくる。モイナの話を聞いていると、若き日の自分自身の化身を見返しているような気分になる。

手術室の丸い窓ガラスに、自分の顔と並んで、モイナの顔が現われた。モイナはガラスを指でこつこつと叩き、暗い手術室の中を指さした。「トゥトゥルはここで生まれたんです。マシマが私を入院させてくれて。うちの家族で、病院で出産したのは私が初めてでした。看護婦が三人、私の面倒を見てくれて、その三人が順番に赤ちゃんを抱いて、それから赤ちゃんを私に渡してくれたんです。その時、ああこの人たちはなんて幸せなんだろう、私もあの人たちの仲間に入れたらどれほどいいだろうっていう思いで私の頭はいっぱいでした」

モイナの顔には、彼女の願望があまりにはっきりと刻まれていた。それを見たカナイの胸に、突然、子供の頃の自分の写真を見るような優しい気持ちが溢れた――無邪気な夢を無防備にさらけだしていた、あの頃の写真。その後の人生を、その夢を覆い隠すことに費やすもののなんと多いことか。

「心配ないよ、モイナ。あんた《トゥミ》はすぐあそこで仕事をすることになる」と口にして、カナイは自分がモイナにトゥミ呼ばわりをしてしまったことに気がついた。無作法にも、断りもせず、あんた呼ばわりをしてしまったのだ。うっかり馴れ馴れしい口を利いてしまったのだが、そのことには触れない方が良いように思えて、結局カナイは謝らずにその場を済ませてしまった。

蟹

正午になって水位がさらに上昇すると、イルカたちはどんどん姿を消していった。最後にピヤが目撃したのはあの新生児と母イルカで、母子は極めて珍しい行動をピヤに見せてくれた。まず、繰り返し水面に浮上し、ほとんど身体全体を晒してみせた。仔イルカの体長は一メートルほどで、母イルカはそれより体半分ほど大きかった。それに続いてイルカたちは口から水を噴きあげ、空中に噴水を描いてみせた。そしてこの美しい動作を、もう一度。この「潮吐き」は、この種が見せる特徴的な行動で、ピヤの考えでは、獲物たちを混乱させるためのイルカの戦術だった。これほどの機会はまたとないと思い、ピヤは記録用紙を置いて、カメラを手にした。数分で、ピヤは子供イラワディ・カワイルカが魚を空中に放りあげ、それを口で受け止めるという貴重な画像を撮影することができた。獲物を弄ぶ性癖は、この一族に共通した特性なのだが――親戚にあたるシャチも同じことをする――、ピヤがこの行動を目にしたのは、イラワディ・カワイルカを追いかけてきた長い年月の間でも僅か六回だけで、そしてこれほどはっきりと撮影できたのは今回が初めてだった。

その後ほどなくして、この二頭も姿を消した。夕方になって潮が引くころ、このイルカたちは果してまたここに戻ってくるのかどうか、それが肝心なことだった。

ピヤが舳先で水面を見つめている間、フォキルとトゥトゥルは船尾でずっと辛抱強く釣り糸を垂れていた。この釣り糸は最初ピヤを心配させた。イルカたちは、ある種の釣り具にちょっかいを出して絡まってしまうことがあるのだ。だが近くで見てみると、フォキルの釣り具はこのサイズの生物に危害を与えるにはあまりに粗末なものだったので、ピヤは、こんなしょぼくれた釣り糸なら放っておいても大丈夫だろうと判断した。ところが、魚もまったく同じ結論に達したらしかった。父子揃って午前いっぱい一匹の釣果も得られなかったのである。だが、二人は別にこれといって困った様子はしていなかった――少なくとも今のところは、この場所でいいと思っているみたい。

でも、フォキルとトゥトゥルは一体いつ、さあもうここを離れようと言いだすかしら？　私だって昨晩の時点では、夜が明け次第、さっさと出発したいと思っていた。でも、イルカが現われた今となっては話が違う。なんとしてももう一日、ここにいなきゃいけない。この地のイルカたちは潮の干満に合わせた生態を発達させているんじゃないかしらという思いつきに、少しでも真実が含まれているかどうか確かめるには、潮のサイクルが一周するまで、とにかくここで観察し続けなくちゃいけない。もちろん、私が思っていることなんか全部妄想で、裏付けとなるデータを収集するだけでも何年もかかってしまうのかもしれない。でも、私の考えが正しい道筋に沿っていると示唆してくれる、ほんのちょっとした証拠の断片みたいなものでいいから、今ここで、手に入れたいのだ。せめて明日の夜明けまでここにいられさえすれば――きっとなんとかなる。

時が経つにしたがって、ピヤの心配の焦点は、イルカから、フォキルとトゥトゥルに移っていった。二人がもう辛抱しきれなくなって、もう行かなくちゃと言いだすまでに、あとどれだけ時間が残されているだろう？　どうしたら、もうちょっとここにいてと頼めるかしら？　そういえば、今日になってから、あの土製焜炉はまだ一度も使われていない――二人とも、ぱさぱさのチャパティしか食べてないんだわ。まずいわ。もう食糧がないのかも。他の状況なら、フォキルに、ちょっと我慢してもらう代わり、多めにボーナス払うわ、と提案できたかもしれなかった。だが、ここではそれは無理だ。お父さんのお金のためっていったって、子供だからお腹が空くのは我慢できるはずがない。

自分用の飲料水も大分乏しくなっていたが、注意してちびちび飲んでいればなんとか持つだろう。心配なのは、やはりこの父子のこと。心配のあまり、ピヤは前例のない行動に出た。大事に仕舞っていた栄養スティックを何本か掴み取って、二人に差しだしたのだ。フォキルは断ったが、トゥトゥルは一本受取っていかにもおいしそうに食べた。ピヤは少しほっとした。いざとなれば、あと何本かあげてしまっても構わない――それでここにあと一晩いられるなら、御の字だ。だが、記録用紙を埋める手を動かしている間もずっと、ピヤはそわそわして、絶えず二人の方にちらちら目を配っていた。父子がちょっとでも身動きするたび、もう終わり？　もう行かなきゃってこと？　とピヤはびくついた。

ところが、さっぱりわけの分からないことに、いつまでたっても何もおこらなかった。二人とも、さてそろそろボートを動かそうかなどとはちっとも思わないようで、挙句の果てには、チャパティと蜂蜜の質素な昼食を取ると、二人ともそのまま幌の下ですやすや昼寝を始めてしまった。

ピヤはといえば心中、焦燥と期待でぐちゃぐちゃで、もうこれ以上何時間ものんべんだらりとぼんやり坐って様子を窺っていることに耐えられなくなった。そこでピヤは、残る午後の時間を使って河床のマッピングをやろうと決めた。イラワディ・カワイルカが集まる「淵」が水面下に本当に存在するかどうか、確かめるのだ。この手のマッピング作業は何度かやったことがある。大変骨は折れるが、ごく単純な作業だ。データをつなぎ合わせて水底地形の断面図を描けるよう、水深測量を繰り返すのだ。座標軸に沿って規則正しく水深測定する必要があるが、GPSのおかげで、測定地点の位置取りは簡単だ。

だけど、フォキルに、どうやって説明したらいいかしら?

ピヤは幌に行った。フォキルと少年は、ぐっすり眠っている。二人とも横向きに寝ており、トゥトゥルの小さな体が、父親の大きな体に包み込まれている。がりがりに痩せた父親と比べると、少年の身体がややふっくらと肥っているのが際立つ。フォキルは骨と筋肉だけでできていて、男性の身体を最小限の本質的要素に還元したようだった。少年の方がしっかり食べさせてもらっているのかしら?普段、トゥトゥルの世話は誰が? 誰か、自分の分を我慢して、トゥトゥルにしっかり食べさせている人でもいるのかしら? どういうことか、私にも分かるといいんだけど。

眠っている父子の胸の動きはぴったり揃っており、その呼吸の律動は、先程まで観察していたイルカの母子を思いださせた。二人がこうして穏やかに眠っているのを見ると、ピヤの気持ちもゆったり落ち着いていく――私、あんなに必死に心配したりして、この人たちと大違いね。手を伸ばしてフォキルを起こすのをピヤはしばし躊躇った。昼寝を邪魔されたら、気分を害するかしら？　そして、さあもういい加減家に帰ろうと言いだすかしら？　汗が一滴、フォキルのこめかみから目の隅へ滴り落ちようとするのが目に留まり、ピヤは思わず指でそれを拭った。

フォキルは即座に目を覚まして起きあがり、ピヤの指先が触れたところを擦り始めた。ピヤは思わず身を引いた。「ごめんなさい、そんなつもりじゃ――」フォキルはどうでもよさそうに肩をすくめ、そして眠気を追い払おうとでもするかのように拳で目を擦った。

「あの」と言って、ピヤはフォキルの目の前に位置測定器を差しだし、画面を指さした。「これを見てほしいの」驚いたことに、フォキルはすぐ真剣になってくれた。ピヤが画面上の点と線の意味を説明しようと悪戦苦闘する間、フォキルは凝と画面を見つめている。

説明が難しかったのは、彼らが現在いる場所と、画面上に表示される彼らの位置情報の間の関係性だった。ピヤは画面を指さし、そして自分自身、フォキル、トゥトゥルを指さしてみたり、さまざまに説明を試みた。だが、どうしてもうまく伝わらない。フォキルもすっかり困惑してしまい、ピヤの身振り手振りを、とにかくもっとピヤの近くに来いと言われていると思ってしまったようだった。この誤解に今度はピヤが狼狽してしまい、ピヤは説明方法を工夫しなきゃと、紙を一枚取り出した。二次元の単純な図に整理して、子供が書くような棒人間の絵を使って説明する方がずっと分かりやすいに違いない。ただ問題は、ピヤは絵を描くのが下手だったし、さらに途中で急に予期せぬ懸念を覚えて手を止めてしまった。これまでピヤは、男性と区別して女性の棒人間を描くときには、いつも三角形のスカートでそれを表現していた――しかし、男性がルンギーを穿き女性がズボンを穿いている今の状況では、この区別方法はまったく意味を為さないのではあるまいか。ピヤは紙をくしゃくしゃに丸めてしまった。そのまま投げ捨ててしまおうとしたが、フォキルは焚きつけとして後で使うためにそれをもぎ取ってしまった。

次の絵で、ピヤはまず地形の輪郭を描くことから始めた。湾曲した河岸を描いてから、彼らの現在位置を追加する。思った通り、二次元に単純化するのはやはり効果的な方法だった。書いた図と、モニター上の線がどう対応しているかをのみこめば、後は簡単だった。ピヤが鉛筆でさらさら補助線を足してやると、対岸を頂点とする、座標上の大きな三角形に沿って、何本も平行線を引くようにボートを漕いで欲しいのだ、ということをフォキルはさっそく理解してくれた。

こんな面倒なこと、喜んでやってくれるわけがないし、相当嫌がるんじゃないかしらというピヤの予想は見事に裏切られた。フォキルはむしろまんざらでもない様子で、朗らかな声でトゥトゥルを叩き起こした。フォキルのお気に召すのは、どうやら水の上をまっすぐ横切るということに理由があるらしかった――そして、フォキルがいそいそと船倉から釣り糸を取りだすのを見て、理由が見えてきた。どうやら、これは、フォキルの釣りに役立つ機会なのである。

ところが、その釣り糸たるや、驚くべき代物だった。アジアの河に詳しいピヤも、こんな釣り糸は見たことがない。釣り糸は太い丈夫なナイロンで、およそ一メートル置きに、割れタイルの錘《おもり》が付けられている。なんといっても奇妙なのは、釣り針がついていないことだ。その代わりなのか、錘の間に魚の骨やら干乾びたサメの軟骨やらが紐で結びつけられている。この仕掛けの仕組みはさっぱり分からない。魚が勝手に自分から釣り糸に身を絡ませて釣りあげさせてくれるとでもいうのだろうか。でも、そんな魚、いるはずはないし、じゃあ、一体この人は何を狙っているのかしら？　ピヤにはさっぱり見当もつかなかったが、しかしとにかく、この釣り糸はイルカにとって危険なものではなさそうだったし、ボートが正しい針路を取っている限り、フォキルの仕掛けにけちをつける理由はなにもなかった。

ピヤは舳先に戻ってマッピング作業の準備を整えた。モニターを手に、出発点をフォキルに指示してボートを移動させる。そして、トゥトゥルが仕掛けを水に垂らす横で、ピヤはエコー測定器を水に浸し、ボタンを押した。

最初の直線は全長一キロほどで、彼らがその終端に辿りついたときには、仕掛けはすっかり水中に投じられていた。そして彼らが同じ直線上を引き返しはじめたとき、ピヤにもこの仕掛けの意味がようやく分かった。釣り糸を水揚げしてみると、餌九、十個に一つの割合で、蟹がぶら下がっていたのである。蟹は軟骨を鋏でしっかり挟んで、絶対に手離そうとはしなかった。フォキルとトゥトゥルはそれらの蟹を次々に仕掛けから引きはがし、木の葉が詰まった壺に蟹をどんどん放り込んだ。ピヤは笑ってしまった。どうして蟹《crab》が偏屈《crabby》などという言葉のもとになったのか、きっとこういうことだったんだわ。たとえ自分が捕まっても捕らえた獲物は絶対離さないぞ、だなんていくらなんでも頭が固すぎるわね。

さらにボートを何度か走らせてみて、イルカたちは深みに集まっているのではないかというピヤの推測が正しかったことが確かめられた。深い場所で計測すると、河床は水深五から八メートルほども低くなっている。イルカたちが干潮時にゆっくり身を休めるのに充分な深さだ。

　しかし、この淵を安息の地としているのはイルカだけではなかった。ここには大量の蟹も棲息しており、ボートを走らせるたびにフォキルの漁獲量もどんどん増えていった。最初、ピヤはお互いの仕事が邪魔しあうことになるのではと恐れていた――水深測定が釣りの邪魔になるか、あるいはその逆。しかし驚いたことに、そんな問題は一切発生しなかった。釣り糸を仕掛けるために必要な小休止は、水深測定にとってもちょうど必要だった。さらにこの釣り糸は、ボートがまっすぐ同じ線に沿って走り、折り返してからぴったり正確に最初の出発点に戻ってくるための絶好の誘導線としても役立ったのである。これがなければ、原点確認のためにピヤはいちいちGPSを使わねばならなかったはずだが、しかし、ここではこの釣り糸がその役割を代替してくれていた。そこで、ピヤとしては、ボートを新たな直線上に走らせる度、それが前の線から座標上きっちり五メートル間隔になっていることを確認するためだけにモニターを使えばよかったのである。そして、これはピヤだけではなく、フォキルの役にも立っていた。ピヤのおかげで、同じ場所に繰り返し釣り糸を仕掛ける気遣いがなくなったからである。

　たがいの仕事が相互に両立不可能ではないというだけでも充分驚くべきことだった――なにせ、かたや静止衛星による位置情報を確認し続ける作業であり、もう片方はサメの骨と割れタイル頼みの仕事なのである。そして、それが、これほど違った人間同士が、同時にそれぞれおのおのの利益を追求している場合ですら――そしてたがいに言葉を交わすこともできず、おたがい何を考えているかもさっぱり分からない、という状態にあってさえ――可能だ、ということは驚きという言葉では表現できないことで、もはや奇跡に近い出来事だった。そして、そう感じていたのはピヤだけではない。フォキルと視線がぶつかった時、その表情から、彼もまた、互いの利害便益が、これほど円滑に絡みあってうまく運んでいることに感嘆していることが分かったのである。

蟹を入れた壺が満杯になると、フォキルはその口をアルミ板で覆ってピヤに渡し、蟹を魚倉に流しこませた。壺の中をのぞくと、十五匹ほどの蟹が鋏を振り回しながらピヤを恨めしげに睨んでいる。壺を傾けると、蟹は鈴なりになって転げだし、怒ったようにがちゃがちゃ音を立てながら魚倉の中へ消えていった。蟹たちの思いもかけぬ雄弁さに、ピヤの顔は思わず綻《ほころ》んだ。ピヤの誕生日は七月だったので、彼女はかつてよく、古代の人々は他にも面白そうな動物は選び放題だというのに十二星座の中にどうして蟹など含めたのかと不思議に思ったものだった。だが今、蟹の大群が魚倉でかちゃかちゃ蠢いているのを前に、もうちょっとちゃんと蟹について勉強しておけば良かったとピヤは思った。そういえば、昔授業で、ある種の蟹は、彼らが住まう泥を、一粒一粒磨いて洗浄しているんだって教わったことがあったっけ。蟹の足と体側面にびっしり毛が生えていて、超微細なブラシとスプーンになっているんだそうだ。それらを使って、砂の一粒一粒に付着した珪藻植物やその他の栄養素をこすり取ってしまうのだ。蟹こそ、森の衛生局であり清掃人なのだ。蟹が、木の葉や屑を取り除いてくれるおかげで、マングローブの生命は維持されている。蟹がいなければ、木々たちは自身の排泄物に埋もれて窒息してしまうのだ。蟹は、この生態系の生物量《バイオマス》において途方もなく大きな割合を占めているのではないか？　蟹こそ、木々やその葉にも勝って重要な生物なのではないか？　潮間帯の森林には、マングローブなどより蟹に因んだ名前こそ相応しい、と主張していた学者がいなかったかしら？　なぜって、鰐でも虎でもイルカでもなく、蟹こそが、この生態系全体の中枢種《キーストーン》なのだから。中枢種《キーストーン》、生物量《バイオマス》――こういった概念のことを、ピヤはずっと自分自身には当てはまらない概念だと思ってきた。なぜなら、こういった概念は、あくまで自然に関するもので――そして誰かが言った通り、「自然」とは、人類の意図に沿って創造されたものには当てはまらないものとされているから。だが、今日ピヤをここに連れてきたのは、自分の意図でもなんでもなく、蟹にほかならない――蟹こそ、フォキルの生計の糧であり、蟹がいなければ、イラワディ・カワイルカの棲む淵にフォキルがピヤを連れてくることなどなかったのだから。やはり、古代の人々は正しかった。ピヤの運命の潮を司っているのは、やはり蟹なのだ。

旅

カナイがゲストハウスに戻ると、モイナが昼食をティフィンボックスに用意してくれていた。簡素な食事だ。米、レンズ豆《ムスリル・ダール》のスープ、じゃがいもと骨っぽい魚と馴染みのない葉野菜をさっと合わせた蒸し煮《チョルチョリ》。それから、小振りだが美味なモロラという魚の水っぽい汁カレー《ジョル》。冷めてはいたが、料理はおいしかった。カナイの雇っている調理人はラクナウ出身で、ニュー・デリーの自宅の食卓には洗練されたムガル料理が出されることが多かった。質素なベンガル料理を食べるのはカナイにとっては大変久しぶりで、その味は脳に一気に染み渡った。食事を食べ終え、カナイは目が回るほど満足した。

食器を片づけると、カナイはニルマルの書斎へ上っていった。戸を閉め、椅子を机の前に引き寄せ、

ノートを開く。

カナイ、お前は、一九七〇年、クスムがルシバリから姿を消す前に、最後に彼女の姿を見た一人だ。あの年、ボン・ビビ様奇蹟譚《ボン・ビビ・ジョフラーナーマ》の芝居の夜、台風の目に吸い込まれるようにして、クスムは姿を消した。誰も行き先を知らず、何の手掛かりもなかった。それ以来、クスムのことは何もわからなかったし、率直に言えば、クスムがどうなったか、そこまで気にしていたわけでもない。悲しいことだが、この土地では、町に行ったまま行方知れずになってしまう若者・子供の例は枚挙に遑《いとま》がない。

そしてそのまま月日は流れ、私に引退の時が迫った。引退が恐ろしくなかったといえば嘘になる。私はもう三十年近く校長を務めていた。学校、生徒、授業……もう、我が人生そのものなのだ。教室での日常なしに、私はどうすればよい？　昔の辛い日々のことが思い出される。混沌を極めるこの世ではベッドの上で人生をやり過ごすより仕方ないと思いつめていた、あの辛い日々に戻らねばならないのか？　私の苦衷を、お前なら汲み取ってくれるだろう。

惰性に流れて過ぎ去った人生の真の悲劇は、人生を無駄遣いしてしまったとその終幕で悟ったときに訪れる。私はずっとニリマに、書斎で書き物をしていると言ってきた。ニリマもそれで幸せだった。無名の夫に比べ、自分が世間で大変な尊敬を受けていることを、ニリマは心苦しく思っていた。私を天性の作家・詩人と信じるニリマは、私に文壇で名を挙げて欲しかったのだ。だが、真相はといえば、ルシバリで過ごした長い年月、私は何一つものしていなかった。のみならずもう一つ、かつて愛してやまなかったことを、私は放棄していた――読むことだ。退職の日が近づくにつれ、死児の齢を数えては、後悔の念に苛まれた。そんなある時、私はカルカッタに出て、昔馴染みの本屋を覗いてみた。本を買うほどの金すら無いと知って私は打ちのめされた。だが、心優しいお前が、ベルニエの旅行記を買ってくれた。本を抱いて、私はルシバリに戻った。

学校での最後の日が近づくにつれ、他の教師たちは私が去るのを心待ちにしていると段々分かってきた。悪意ではない。単に新しい未来が待ち遠しかったのだと思う。勤続三十年の老同僚など、壁に巣食った黴に等しい。新たな日の眩い光で立ち枯れてしまえと誰もが願うものだ。

私の退職の報せが広まると、周りの島々の学校から次々に招待を受けた。昔なら拒絶したに違いないが、あの詩人の金言が脳裏に浮かび――「まことに定住はいずこにもないのだ」――、進んで招待を受けた。かなり遠方のクミルマリに住む古い知人からも招待があった。クミルマリといえば、渡し船を何度も乗り継がねばならない。だが、私は行くことにした。

その朝、ニリマも偶々トラストの用務で出張に出て不在にしていた。自分で布鞄《ジョラ》の荷造りをするのにやたらと時間がかかった。本を選ぶのも骨が折れた。短い旅ではない。何冊も要るのだ。手間取ったうえに、勘違いがいくつも重なった。渡し船の出航時間も、桟橋までの所要時間も読み誤った。要するに私は最初の渡し船に乗り遅れた。それで予定の行程は全部駄目になった。

私は呆然として土手《バンド》の上に坐り込んだ。すると突然、見覚えのある人影がボートで通りがかった。ホレンにも長年会っていなかったが、がっしりした体つきや細めた目つきですぐ分かった。一緒にいる十代の少年は、長男に違いない。

私は土手を駆け下りて、呼ばわった。「おーい、ホレン！　停まってくれ！」

ホレンの向かいに辿り着くと、ホレンはびっくりしていた。「先生《saar》？　こんなところで一体どうしたんです？　ちょうどこいつをお宅に連れて行こうとしていたんです――学校に入れてもらいたいって言うもんでね」

私は少年の肩に手を掛けた。「君の入学は話をつけておくよ。その代わり、ちょっと助けてほしいんだが」

「ええ、先生《saar》、何ですかい？」

「クミルマリに行かなきゃならんのだ。乗せていってもらえないかね？」

「勿論、先生《saar》のためなら何でも来いですよ。さあ、乗ってくれ」ホレンは息子の肩を叩くと、一人で家に帰るよう言いつけた。そして直ちに私たちはクミルマリへと船出した。

漕ぎ出してすぐ思ったのは、ホレンのボートのような小舟《ノウコ》に乗るのは随分久しぶりだということだった。最近は、ルシバリを離れることもほとんどないし、稀に出かける時も渡し船やボトボティを利用していたから。ボートに乗ると、見慣れた景色も普段とは違って見える。自分のものの見方がまるで変わったようだ。傘を開き、持ってきた本――ベルニエの「旅行記」――を早速開いた。すると、いかなる魔力が働いたか、丁度開いた頁は、潮の国の旅の場面だった。

ホレンが訊ねた。「先生《saar》、一体何を読んでるんで？　面白い話でも書いてありますかね？　長い旅ですから、是非聞かせて下さいよ」

「そうかい、ではお聞き」

この本の著者は、キリスト教の神父で、一六六五年に来印したフランス人なんだ、と私は教えてやった。その頃は、この辺の村々ではチャイタニヤ・マハープラブの遺徳がまだ色褪せず、一方ムガルの玉座にはアウラングゼーブが坐っていた。フランソワ・ベルニエという名のそのイエズス「会《ションプラダイ》」神父は、ポルトガル人の水先案内人二人と、その他沢山の従者とともに旅していた。マングローブに着いたその日、一行は空腹に耐えていた。食糧は充分あったが、上陸して料理する勇気がなかった。この地の虎がいかに獰猛か散々聞かされていたから、用心に用心を重ねていた。その日遅く、ようやく手頃な砂州が見つかったので、そこで鳥を二羽と魚一匹を料理した。食事の後、イエズス会士一行は再び船に乗り、暗くなるまで漕がせ続けた。夜の帳が落ちる頃、彼らは船を奥まった水路に入れて、陸地の獰猛な獣たちの脅威から安全と思われる距離を取り、碇を下した。さらに念を入れ、一晩中交代で寝ずの番をした。神父は幸運だった。順番が来て見張りをしている時、素晴らしい驚異を目撃したのだ。月が産んだ虹だ。

「ほほう！」ホレンが声を上げた。「ピンと来たぜ、そりゃゲラフィトラでしょうな」

「馬鹿な」と私。「お前の知らない話じゃないか。三百年前のことだぞ」

「でも、見たんだよ」ホレンは拘《こだわ》った。「今の話の通りだったぜ。太い川から少し入った小さな水路でね。月の虹が出るのは、あそこだけなのさ。霧が立ち込めた満月の夜にね。まあ、そんなことはいいや、先生《saar》、先を続けて下さいな」

「三日目のことだ。ベルニエ一行はすっかり迷ってしまった。手当たり次第に大小の水路を試してみたがすっかりお手上げで、この水の迷宮からはもう抜け出せまいと絶望するほかなかった。

するとまた不思議なことが起こった。遠くの砂州の上で何かをしている人影が見えたのさ。それでその人影を目指すことにした。きっとこの辺りの漁師だろう。出口を教えてもらおう。そしてやっとの思いで辿り着くと、その人影はなんと塩造り中のポルトガル人だったのさ」

「ははあ！」ホレンが、ふーっと息を吐いた。「そりゃあそこ、ケドカリに行く途中のところだな。あの辺じゃ今でも塩を作ってるぜ。うちの叔父《チョト・カカ》があの辺で一晩過ごしたことがあってね。一晩中奇妙な声が奇妙な言葉を喋っていたって言うんですよ。神父一行が見た幽霊と大概同じでしょうな。まあ、そんなことはいいや、先生――先を続けて下さいな」

「四日目になっても、神父一行はまだ潮の国を彷徨っていた。夕方になって、小さな水路に船をとめた。それから、「不思議の夜」が幕を開けたんだ。風はそよとも吹かず、木々の緑もぴくりとも動かない。次第に船を包む空気が熱を帯び、息苦しくなった。突如、夜光虫の光が周囲を包む。緑のマングローブが燃え上がるようだ。夜光虫があたりを飛び回る様はまるでマングローブを駆け巡る炎の舞踏。水夫たちは恐怖に身を捩る。神父によれば『あの火の一つ一つが悪魔なのだと信じ込んでしまった』のさ」

「だが先生《saar》」私を見つめるホレンは戸惑った表情を浮かべている。「信じ込むもへちまもないでしょうよ、実際悪魔に違いねえんだからさ」

「私は知らないよ、ホレン。神父が書いた通りを読んでいるだけなんだから」

「続けて下さい、先生《saar》」

「その夜の恐怖はまだまだ序の口だった。神父曰く『身の毛もよだつ災厄』が一行を待っていたんだ。なんの前触れもなく猛烈な嵐が起こり、神父一行のいる水路に襲いかかった。一行は船を岸に寄せてありったけのロープを木に舫《もや》った。だが暴風の勢いは凄まじく、ロープが切れるのは時間の問題だった。そしてついにロープが切れた。船は嵐で沸き立つモホナに引きずり込まれ、激浪で粉砕されてしまうに違いない。その間ずっと『未曽有の豪雨が轟然と叩きつけ、頭上に雷鳴轟き渡り、今はこれまでと我々も死を覚悟した』

この時『咄嗟の思い付きで』、神父と二人のポルトガル人水先案内人は腕を伸ばし、ぐねぐねしたマングローブに必死にしがみついた。彼らの腕は、生命を帯びたマングローブの根となった。こうして『およそ一刻、容赦なく嵐が荒れ狂う中』、彼らは耐え続けた」

「あれまあ！」ホレンが叫んだ。「そいつら、境界を超えちまったんだわ」

「何の境界だい、ホレン？」

「そいつら、迷ってたって言いましたね、先生《saar》？」

「ああ」

「ということはね、いいですか、そいつら、うっかり境界を超えて、ドッキン・ライの島に迷い込んでたってことですよ。そんなに突然、前触れもなく嵐が起こるっちゅうのは、ドッキン・ライ一党の仕業に違いないからね」

私はいらいらしてしまった。「ホレン！　嵐っていうのはね、要は大気の乱れだからね。誰のせいでもない自然現象なんだよ」

私の語気があまりに荒かったので、ホレンはそれ以上反論はしなかったが、かといって納得もしていなかった。「まあ、それについちゃ、先生《saar》、そりゃお互いの信仰だからそっとしときましょうや。そのうちはっきりするでしょうて」

ああ、ここにいるのは、あの詩人の言う「筋骨と素朴さみなぎる」男そのものなのだ。

あまり長々しく書き過ぎたようだ――何時間も経ち、ボールペンのインクも大分減ってしまった。ずっと書くのを怠っていた酬いだ。僅かな一瞬を完全に蘇らせることにこだわってしまう。ちょっとした出来事が、小宇宙に化けてしまう。

クスムとホレンは私とフォキルを置いて出かけた。噂の真偽を確かめに行ったのだ。モリチジャピへの総攻撃は差し迫っているのか。そうだとしたら、それはいつか。

長い間、時間だけは沢山あったのに、私は一言も書きはしなかった。今、降り立つ場所を間違えた男性版シェヘラザードさながらに、私はペンを激しく舞わせて夜の訪れを押し止めようとしているのだ……

ガルジョントラ

フォキルのボートが最後の直線を走りきって河岸から数メートルにまで近づくと、そこは浅瀬になっていた。ピヤの推測を裏づけるかなりのデータがすでに集まっていた。水深測量の結果、河が肘を曲げた湾曲部の水底に、長さ一キロにおよぶ沈降部の存在が確認できたのである。淵の水底は、丸みを帯びた腎臓形の緩やかな盆地を形成していた。周囲の河床から八メートル以上も沈降している地点もあったが、平均すると周囲との深度差はおおむね五メートルほどである。要するにこの「淵」は、メコン川のイラワディ・カワイルカが乾季に住まう淵とおおむね類似しているといってよい。

水面の上昇につれ、水際の干潟はわずか数歩分ほどの幅を残して消え去り、ボートから見ると、マングローブ樹の幹はちょうど目線の高さまで沈降していた。今いる浅瀬はみるからに浅く、わざわざ水深を測る必要もない。数時間ぶりにピヤは「戦闘」態勢を解除し、双眼鏡を外して陸上の緑に視線を休めた。やがて、ピヤの視線は、泥にまみれた煉瓦の残骸のようなものに引きつけられた。あらためてレンズ越しに見てみると、やはりそう、ぼろぼろになった煉瓦の破片だ。それもただひとつだけではない。河岸にはそこら中、煉瓦の破片が散乱している。さらに、縺れあったマングローブの根元を子細に見てみると、泥から生えているものだけでなく、煉瓦のかけらの間に食いこんでいるものもある。

ピヤはフォキルに、「見て、あそこ」と呼びかけた。フォキルは振りむいて河岸を一瞥して頷き、陸地を指さして「ガルジョントラ」と言った。それが、あそこにかつて存在した集落の名前なのだろう。「ガルジョントラ?」もう一度確かめると、フォキルは頷いてくれた。名前が分かったことはありがたい。ピヤはそそくさとその名を書きとめた。イルカの汐待場の名は、この廃村から取るのがよいだろう。「ガルジョントラ淵」ね。

突然トゥトゥルがぴょんと立ちあがってボートを揺らした。ノートから目を上げると、トゥトゥルは少し先に聳える高木を指さしている。周囲の低木を圧してすらりと立つこの木はマングローブではなくおそらくカバノキの類で、色白の樹幹、銀灰色の葉が、周囲のマングローブの重苦しい濃緑の背景の上に浮かびあがっている。

測量レースの締めくくりに、フォキルがボートの舳先を河岸に向けたのでピヤは驚いた。森にこれほど近づいたことはなかったから、まさに初見参という気がする。これまで、森はなかば冠水しているか、あるいは河岸の高みから水面を見下ろす遠い影に過ぎなかった。間近で見てあらためて、この緑の樹々が、そう簡単には見る者に手の内を明かさないことに感心した。緑の障壁は、単なる壁や幕のようなものではない。巧妙な騙し絵のように、人の目を欺くのだ。ありとあらゆる姿・形・色調・質感で溢れ返らんばかりのこの場所では、はっきり見えているはずのものさえも、ごちゃごちゃぐにゃぐにゃした混乱の中に姿を隠してしまう。ぐちゃぐちゃに散らかしたパズルに紛れこんで出てこないなにかのように。

最後に力を込めて一漕ぎし、フォキルは櫂を引きあげた。ボートが泥にすっと乗りあげる。フォキルが立ちあがって、手をちゃちゃっと動かすと、魔法のように、ルンギーが褌《ふんどし》になっていた。フォキルが船縁を越えて水に入り、ボートを一押しする。ボートが岸辺にしっかり食いこむ。ピヤがいる舳先はもうしっかり陸の上で、目の前に迫る鬱蒼としたマングローブの障壁が、奥へと続く斜面を閉ざしている。

フォキルが、トゥトゥルをボートから下してやり、ピヤに腕を振って合図をした。ボートを下りて、と言っているのだ。だが一体、どこに行くつもりなのだろう？　ピヤが身振りで訊ねると、フォキルは、マングローブの障壁のその先、島の内部を指さした。

「中に入るの？」

フォキルが再び手招きをしてピヤを急かした。岸辺で待ち構えている泥や虫、びっしり生えそろった木々を前に、ピヤは躊躇した。普段なら、こんな視界の利かぬ森に足を踏みいれるなど論外だが、でも、今はフォキルがいる。絶対安全、大丈夫と信じられる。

「オーケー、今行くわ」ズボンを膝までたくしあげ、ピヤは裸足になって船縁を跨いだ。自分の重みで泥が沈みこみ、湿ったげっぷ音と共に足がずぶずぶ吸いこまれていく。フォキルが軽やかに岸を駆けあがったのを見ていたので、こんなに泥が深いなんて思っておらず、完全に不意打ちだった。ボートを下りたときの前進運動のわずかな惰性だけで、身体のバランスを崩すのに充分だった。泥が踵を離してくれずに後ろに引っ張るので、下半身と上半身がばらばらになる。そのままつんのめって顔面から泥に突っ込みそうになり、咄嗟に両手を突きだす。その瞬間、目の前にフォキルが現われた。肩に激突し、肌のしょっぱい匂いが鼻腔に満ちる。思わず必死で、柱か木よろしくフォキルの上半身に抱きつき、片手で肩甲骨、筋肉と骨の間の窪みをぎゅっと掴んだ。もう片方の手は、ずるずる滑った挙句、なんとか腰のくびれのところをうまく掴んだ。そこでやっと我を取り戻して、恥ずかしさにどぎまぎした。その時、すぐ近くでトゥトゥルの無垢な笑い声が響いた。ピヤのぶざまな姿が可笑しくて仕方ないのだ。ピヤはそそくさと指をほどき、フォキルから身を剥がした。フォキルが、ピヤの肘をそっと支えてくれていた。気がつくと、フォキルも笑っている。でも、意地悪な笑いではない。ピヤが転んだことなどより、泥が深いだなんてことにピヤがびっくりしていることが可笑しいのだ。

ピヤがようやく身体のバランスを取り戻したところで、泥の上をどうやって歩けばよいか、フォキルがパントマイムで教えてくれた。足を持ち上げて、親指を蟹の鋏みたいに曲げて、泥に食いこませる。ピヤも真似してみる。何歩か上手に歩けたと思ったとたん、足が滑る。でも、フォキルがずっと傍でいてくれている。結局、ピヤはそのままフォキルの腕につかまったまま泥地を通り抜けることにして、やっとの思いで岸辺に待ち受ける緑の壁に辿り着いた。

見ると、フォキルは鉈《なた》を取り出している。フォキルが先頭に立ち、刃で濃い茂みを切り開いて進む。不意に三人は、緑の障壁を抜けて、いじけた椰子の木が点々と散らばる草地に出た。

トゥトゥルが草地の反対側に建っている小さな高床式のあばら家らしきものへと走っていった。ピヤも近寄ってみてみると、あばら家ではなく、葉葺の祠だ。なんとなく母の小さな祭壇《プジャー・テーブル》に似ているようだが、中に祀られている神様は何者だろう。ピヤはこんなヒンドゥーの神様は見たことがない。サリーを纏った目の大きな女性と、その傍にはやや小柄な男性。その間に蹲《うずくま》っているのは一頭の虎。名刺代わりの縞模様。

フォキルとトゥトゥルがお詣りをはじめるのを、ピヤは眺めていた。二人はまず、葉っぱと花を集めてきて、神像の前にお供えした。それから、祠に向かって、フォキルが頭を垂れ、祈るように手を合わせ、お経を唱え始める。じっと聞いていると、同じフレーズが何度も繰り返し出てくるのに気づいた。その中で、「アッラー」と言っているような気もする。フォキルの信仰について、今までなにも考えなかったが、彼がイスラーム教徒であっても別におかしくはない。だが、そうだとしたらおかしな点もある。イスラーム教徒なら、こんな神像に対してお祈りするのはおかしいだろう。フォキルの「お詣り」は、お母さんのヒンドゥーのお祈り《プジャー》とそっくりだし――でも祈りの文句は、イスラーム？

でも、そんなことは、どうでもいいわ。今ここで、この変てこな儀式に立ちあえて、ピヤは嬉しかった。

それから三人は引き返した。マングローブを抜けると、日が傾き、ふたたび潮が引き始めていた。ピヤがそろそろと泥地を渡ってボートに乗りこもうとしたとき、フォキルが手を振ってピヤを呼び止めた。二十メートルほど後ろで、膝をついて地面を指さしている。ピヤが傍に寄ってみると、それは泥に刻まれた小さな窪みで、蟹がうじゃうじゃひしめきあっている。ピヤが眉をあげると、フォキルは手を高く翳してみせた。ほら、これって、これなんだよというように。手形っていうこと？　ピヤはよくわからないまま眉をひそめた。だって、泥に触った人がいるとしたら、フォキルだけでしょう？　いいえ、この人、ひょっとして「手」じゃなくて、「足」、というか「前足」って言いたいんじゃないかしら。それで、「虎の？」とピヤが口に出そうとした瞬間、フォキルは人差し指を口に当てた。これは、口にしてはいけない言葉なんだ。口に出したり真似したりしては駄目だっていう習わしなんだわ。

それでピヤはあらためて足跡らしきものをじっくり検分してみたが、とても、フォキルの示唆が正しいとは思えなかった。だいたい、そうだとしたら場所がおかしいわ。こんなところにいたなら、獣は丸見えだったことになるじゃない。そしたら私だって、舟の上から気づいたはずよ。だいたいフォキルだって、本当に近くに虎がうろうろしているんなら、こんなにのんびりしていられるわけがないじゃない？

その時不意に、あの呼吸音がした。虎のことなど、一瞬で吹き飛んでしまう。双眼鏡を目に当てると、水面を割って、丸っこい背中が二つ、姿を現した。あの親イルカが、仔イルカと並んで泳いでいる。潮が引いて、イルカが戻ってきたのだ。ピヤの推測通りの展開だった。

音

カナイが引き続き伯父の書斎で読み続けていると、不意に卓上の灯りが一瞬明滅し、そして消えた。カナイは蝋燭に火を点け、じっと坐りこんだ。発電機の拍動音が次第に弱まり、静けさが島をゆっくりと覆っていく。静けさに耳を傾けながら不意に、静けさを表現するのに、英語では、カーテンやナイフでもあるまいし、なぜ fall（落ちる）とか descend（降りる）といった単語と組みあわせるのだろう、と思った。発電機が止まった後の静けさには、そういった言葉から連想される急な感じはまったく無かったのである。静けさは、むしろ霧や靄のように遠くからひっそりと忍び寄り、それで包み隠されてしまう音があるかと思えば静けさのせいでかえって露になる音もある。ぎいぎいという蝉の鳴き声、ずっと遠くのラジオからきれぎれに聞こえる音楽、ほう、ほうという梟《ふくろう》の呼びかけ。さまざまな音が一瞬だけ聞こえては、すぐまた霧の中へ消えていく。そしてまた、なにかの声が一瞬だけ聞こえ、消えた。カナイの知らない音。かなり遠くから水上を渡ってきた音で、発電機が動いていたら掻き消されていたに違いない。だが、音の大きさと比例しない、猛々しい凶暴な自信が漲っている。ごく小さな音なのに、他のすべての音がぴたりと静まり返ったかと思うと、一拍置いて、狂ったような喧騒がそれに続いた。島中の獣がきいきい、ぎゃあぎゃあと狂ったように騒ぎ出したのである。

カナイは部屋を出て戸を閉め、屋上から外を眺めた。変幻自在に変身を繰り返す島の風景は、またしてもすっかり変貌を遂げている。月光が、昼の世界を反転させた、銀色の陰画。島々は色を失ってつるりとした湖となり、地平を覆いつくす水は、すべすべした金属板のようだ。

「カナイ・バブ?」

「モイナかい?」

振り返ると、戸口にサリーで頭を覆った女性の影が浮かびあがっている。

「はい」

「聞こえたかい?」カナイが訊ねるや否や、またしても先ほどの音が響き渡った。さっきと同じ、ぼやけた遠い響き。はるか彼方を走り過ぎる列車の汽笛のようでなくもない。そしてまた先ほどとおなじきいきい、ぎゃあぎゃあ。島中の犬が待っていたかのように一斉に吠え立てたような騒がしさだ。

「これは——?」カナイは言いかけたが、モイナが身じろぎするのを見て、言葉を止めた。「口にしてはいけないんだったね?」

「はい、口にしてはいけないんです」

「どっちの方から聞こえてくるんだろう?」

「さあ、よく分かりません。ずっと家で待っていたんですけど、あれが聞こえたのでじっとしていられなくなって」

「じゃあ、フォキルはまだ戻っていないの?」

「ええ」

そう、獣の咆哮は、モイナの心配事と直接つながっているのだ。「心配しなくても大丈夫だよ」カナイはモイナを安心させてやりたかった。「フォキルなら、ちゃんと用心しているに違いないよ。何をすべきか、ちゃんと知っているだろう」

「あの人が？」と食ってかかったモイナの声は苛立ちで沸き立っている。「ご存知ないから、そんな風に仰るんです。どうしようもない天邪鬼なんです。他の漁師は、私の父でも兄でも誰だって、夜、河に出ている時は、攻撃されても身を守れるように、たがいにボートを繋いで河の真ん中に泊まるんです。だけどあの人はそれに従わなくて。いつも一人きりで誰もいないところに行ってしまうんです」

「どうして？」

「とにかくそういう人なんです、カナイ・バブ。自分でもどうしようもないんです。子供なんです」

月光が、モイナの顔を飾る三つの金を煌《きらめ》かせ、またしてもカナイは綺麗に並んだ星座を連想する。サリーで丁寧に頭を覆っていてモイナの表情はよく見えない。だが、隙なく上品に纏ったサリーでいくら隠しても、顔の傾きに内心の焦燥がのぞいている。

「モイナ、教えて欲しいんだけど」カナイが、半ば冗談のようにからかうような調子で訊ねた。「結婚前、フォキルのことは全然知らなかったのかい？　どんな人だかも知らなかった？」

「いいえ、あの人のことは知っていました、カナイ・バブ。義母が亡くなった後、ホレン・ノシュコルがあの人を引き取ったんですが、近所の村でしたから」

「君は賢い女性だ、モイナ。フォキルがどんな人か分かっていたのなら、なぜ結婚したんだい？」

モイナは微笑――自分自身に向けた微笑だろうか――を浮かべた。「カナイ・バブにはお分かりになりませんよ」

決めつけるような響きが、不意にカナイを苛立たせた。「僕が、分からないだって?」カナイが鋭く続ける。「五か国語が話せる、世界中見て回った、この僕が、分からないっていうのかい?」

モイナが頭にかけたサリーを外し、カナイに優しい微笑を向けた。「いくつ言葉ができたって、駄目なんです。女性じゃなければ、女性としてあの人を知らなければ、分からないことがあるんです」

そう言ってモイナは身を翻し、カナイを置いて出ていった。

耳を傾けて

イルカたちの規則正しい静かな呼吸を聞いているうち、ピヤは思わず眠ってしまったようだった。夢現のなかで、すさまじい轟音が鳴り響き、ピヤは目を覚ました。しかし、身を起こして目を開いた時には、森は再び静かになり、轟音の名残も消え果てている。河が優しくボートの船体を撫でている。天空に空いた穴のような星々の光は、月の光で霞んでいる。

ボートが揺れ、フォキルも目を覚ましていることがわかった。顔を上げると、フォキルは、毛布をショールのように肩に巻いてボートの中ほどに坐っている。ピヤは立ちあがって、蟹歩きでボート上を移動し、フォキルの隣に坐った。「今のは何の音?」と、眉をあげ、指を指して訊ねた。フォキルは黙ってほほえみ、曖昧に水面の先を指さした。そして顎を膝に乗せたまま、一行が先ほど上陸した島をじっと見つめた。島は今すっかり縮んで、水の彼方にかすかに浮かぶ銀線細工のようだ。

それからしばらく、二人は並んで、ボートの周りをぐるぐる回るイルカたちに耳を傾けた。フォキルが咽喉の奥で鼻歌を歌っていたので、ピヤは笑って「もっと大きく歌ってよ」と促した。何度か促すと、フォキルはようやく声に出して歌ってくれたが、その声量はあくまで低く抑えられていた。旋律は前日のものとは打って変って、かわるがわる快活な調子と物憂げな調子が訪れる。その調べは今の気分にぴったりで、ピヤは満ち足りた気持ちで、フォキルの歌に、打楽器のような呼吸音でイルカが伴奏するのを楽しんだ。まさに至福だわ。この魔法のような時刻に、信頼できる誰かと一緒に沖に出て、穏やかなイルカの音に身も心もすっかり委ねて。

二人はそうしてしばらくじっと並んで坐っていたが、やがてピヤは、フォキルが対岸を見つめているわけではないようだ、とわかってきた。顔はあっちを向いているけれど、ひょっとして、眠っている？　起きているように見えて眠っている人って、いるものだから。それか、ただなにか物思いに耽っているだけ？　記憶の底に埋もれたままの大昔の記憶を取り戻そうと大急ぎで記憶を手繰っているのかも。

過去を振り返る時、この人の脳裏に浮かぶのは、なんだろう？　きっと、カニングの町外れで見たような、泥の壁、藁葺《わらぶ》き屋根、竹の簾《すだれ》だけの小屋かしら。お父さんも、きっと同じような漁師だったのよ。ひょろっとして、顔は太陽と風ですり減っていて。お母さんは、一見たくましいけど、毎日市場に籠いっぱいの魚と蟹を運ぶせいで骨の髄までくたびれ果てている。子供はたくさんいるから、幼いフォキルは遊び相手には困らない。貧しいけれど、温かさと家族の情は人一倍。うちのお父さんがよく言っていたような家族の姿。貧しいからこそ、みんなぎゅっと一つにまとまっている。

結婚する前に、一度でも、奥さんに会ったことがあるかしら？　うちの両親は、会って話をすることは許されたと言っていたわ。もっとも親戚がたくさん同席していたということだけど。でもそれも結局、都会もの同士で、教育ある中流階級に属していたからよね。フォキルが住む村では、結婚前の男女が会うなんて、きっと許されないのよね？　結ばれた二人は、聖なる火の前に坐った時、初めておたがいの姿を目にするのよ。そのときでさえ、花嫁はずっとうつむいているの。花嫁はずっと下を見つめている。やがて夜がきて、二人が、泥の壁に包まれた部屋で身体を並べるときがくる。その時初めて、妻は生涯の伴侶となる青年を前に、その若く端正な顔立ち、健康な四肢、彫りの深い大きな眼にうっとりし、祈りや夢で思い描いていた色黒の神様その人といってもいいくらいの夫を与えてくれた運命に感謝するのだ。

ピヤは起きあがって、ボートの舳先の自分の寝床に戻った。今度は腹ばいになり、再びイルカに集中する。もうすぐ満潮になるというのに、イルカはまだ淵にいる。ということは、恐らく、イルカは夜には狩りをしないということなのだろう。夜が明けてもう一度潮が満ちた時、イルカが淵を離れるかどうか、これが大事な確認事項だった。

眠たそうにぐるぐる回遊するイルカの姿をピヤは頭に浮かべている。イルカは水中を伝わってくる音波に耳を傾け、三次元の画像に再構成するのだ。イルカだけに読み取れる秘密の図像だ。世界をそうやって知覚するという考えは、ピヤを魅了してやまなかった。「見る」ことがそのまま即ち仲間に向かって「話す」ことでもあり、そして存在することが、そのまま即ち誰かと交感することでもある、ということ。

反対に、ピヤとフォキルのあいだの断絶ははかりしれないほど大きい。フォキルは、月光に輝く河を見て何を思っていたのだろう？　森のこと、それとも蟹のこと？　それは永久に分からない。共通の言語を持っていないからというだけではなく、人間はきっとそういうものなのだ。種として、互いを閉め出す能力を発達させてしまっている。フォキルとピヤの二人が互いについて分かっていることと言えば、岩石や樹木同士の理解程度とさして何も変わらない。でも、ひょっとしたら、会話ができない分、正直でいられて、良かったのかもしれない。イルカたちは音波で世界を知覚する。それと比べれば、言葉などまやかしだらけで、そのせいで、勝手に人になりきってわかったつもりになってしまう元凶なのだ。

風待ち

そんな話をしながら、クミルマリに着いた。そこで初めて、モリチジャピで何が起こっているか、耳にしたのだ。二つの島はごく近所で、訪問先の学校の教師たちも、難民たちの大移動を目撃していた。何万もの移住者が、島めざしてありとあらゆる類の舟で――手漕ぎ舟、帆かけ舟、ボトボティで――やってきた。土地の人々の中にも、無償で土地がもらえると期待して参加したものが沢山いた。だが、難民たちの大胆さに感嘆しつつも、そんなにうまくはいくまいと見ている人も多かった。この島は森林局の所有であり、政府は不法定住者を放っておいてはくれないだろう。

ただ、私は特に関心を覚えなかった。私には関係のないことだ。

正午に食事が供され、その後しばらくしてホレンと私はルシバリへの帰路に就いた。河に出てしばらくすると、風が急に吹いてきて、あっというまに嵐になった。この者どもに危害を与えてやろうという明確な悪意、人知を超えた意志を思わせる、凶暴な暴風。ほんの少し前まではまったくの凪だったのに、今や巨大な激浪が私たちを弄ぶ。ついさっきまで、ホレンはなんとかボートを動かそうと悪戦苦闘していた。今、ボートは、止めようもない勢いで一方的に押し流されていく。

「我々、もうお終いかね？」私は訊ねた。

「なんの先生《saar》、もっとひどいのだって俺はやっつけてきたからね」

「そりゃいつのことだい？」

「一九七〇年で、先生《saar》。あのアグンムカ・サイクロンの時ですよ。あれを経験してればね、こんなの嵐でも何でもねえ。でも、今お話しするにはちょっと長すぎる話だね。今はとにかくどこか岸辺に着けることだ」そう言ってホレンは右手を指した。

「モリチジャピだ、先生《saar》。嵐が止むまで、あそこで風待ちするとしませんかね」

それで話は決まり、ボートは風に押されてあっという間に岸に着いた。ホレンがボートを岸に押し上げるのを私も手伝った。ボートをしっかり固定すると、「さて先生、どこかで雨宿りさせて貰わなきゃなりませんね」とホレンが言った。

「でも、どこに行くって言うんだい、ホレン?」

「あそこに家がありますよ、先生《saar》」

ここで四の五の言ってもしようがない。私は、叩きつける雨の中、ホレンを追いかけて走った。眼鏡もずぶ濡れで、ホレンの背中を見失わないようにするだけで精一杯だった。

まもなく私たちはちっぽけな小屋の戸口に辿り着いた。ごくありふれた、竹造りに椰子の葉で屋根を葺いた家だ。戸口に立ったホレンが大声で「おおい《エイジェ》、誰かおらんかね《ケ・アッチシュ》?」と呼び掛ける。戸が開き、私は中に入った。戸口に立って、瞬きしながら眼鏡の水滴を拭きとっていると誰かの声がした。「先生《saar》、先生《saar》じゃありませんか?」

下を見ると、若い女性が私の前に跪《ひざまず》いて私の足に触れている。とはいえ、誰だか分からない人が私を知っていて話しかけてくるのはありきたりなことだ。これほど長くずっと同じ場所で教師を務めていると、四六時中こんなことばかりだ。なにしろ昔の生徒は大きくなるが、私の記憶はそのままだ。成人した生徒たちが私の前に現われても、記憶の中の幼い顔とは繋がらない。

「先生《saar》」その女性が口を開いた。「クスムです」

「そんな馬鹿な」他の誰であっても驚きはしなかったが、ここでクスムに遭遇するのだけはまったく想定外だった。

眼鏡が乾くと、クスムの後ろに小さな子供が隠れているのが見えた。「この子は誰だい?」私が訊ねた。

「息子です、フォキルっていいます」

私が頭を撫でようとすると、フォキルは逃げてしまった。

「とても恥ずかしがり屋で」とクスムが笑いながら言った。

ふと見ると、ホレンが家の中に入ってきていない。きっと、私に気を遣ってのことなのだろう。嬉しい気もするが、じれったくもある。これだけ敬意を払ってもらえばどんな平等主義者でも悪い気はしない。だが、そういう卑屈な態度を私が否定していることは、ホレンもよく知っているはずなのに。

戸口の外を覗くと、ホレンが雨に打たれてじっと立っていた。「どうしたんだい、ホレン？さあさあ、中に入るんだ。私に気を遣っているような場合じゃないだろう」

それでホレンがようやく小屋の中に入ると、みなしばらく黙り込んでしまった。長らく会っていないもの同士が突然出会うときは、こんなものだ。「あんたかい？」クスムがやっと口を開くと、ホレンは例によってもぞもぞと呟いた。クスムが少年を前に押しやって「フォキルだよ、息子の」と教えた。ホレンは「よしよし《ベシュ》」と少年の頭を撫でてやった。

「家のみんなはどうしてる？」クスムが訊ねた。「子供たちはもうすっかり大きくなったわよね？」

「ちびはまだ五歳だよ。一番上が十四だ」

からかうようにクスムが笑みを浮かべた。「じゃあ、そろそろ結婚させる年頃ね」

「いいや」ホレンは激しく否定した。「俺と同じ目にあわせたりはしないよ」

私がこのやり取りを事細かく書き残しているのは、これほど突飛な状況に置かれても、人間というものはどうしようもなくどうでもいいことばかり喋ってしまうものだという事例を示すために過ぎない。

「まったくお前たちときたら」私は口を挟んだ。「ずっと行方不明だったクスムに久しぶりに会ったって言うのに。ホレンの子供たちのこと以外にも喋ることはあるだろうに」

床に筵《むしろ》が敷かれていたので私はその上に坐った。クスムがこれまでどこでどうしていたのか、そしてどうしてモリチジャピにやってきたのか、私は訊ねた。

「そんなことお聞きになっても、先生《saar》、長い話になってしまいますから」

外では風が吹き荒れており、雨はまだ激しく降り続いている。「だけど別に何もすることもないしね。その話、残らず聞かせて貰っても構わないんだけどね」

クスムは声を立てて笑った。「分かりましたよ、先生《saar》。先生《saar》に嫌とは言えませんから。これまで何があったか、お話ししましょう」

身の上話になるとクスムの口調が一変したのが忘れられない。さきほどまでとまったく違うリズムと抑揚が生まれていた。それともこれは記憶の悪戯か？　そんなことはいい。あの時のクスムの言葉が奔流となって蘇り、私に押し寄せる。それに遅れまいと、私のペンも飛ぶように走る。彼女がムーサで、私はその忠実な書記に過ぎぬ。

「お母さんはどこにいるのかしら？　私は、人伝てに聞いたことしか知りませんでした――ルシバリから、私はまるで闇の世界に足を踏み入れたみたいでした。お母さんは、ダンバードという町に連れていかれたんだよ、と聞いたことがありました。色んな人に聞いて、それでどこに行くか、決めました。汽車を幾つも乗り継いで、私もその町に行ったんです。
ダンバードの駅について、私は途方に暮れました。さて、これから一体どうしよう？ 炭鉱町だから空気は煙っていて。あそこの人たちは、見たことがないような人たちばかりでした。喋る言葉は鉄みたいで、声はがらがら喧《やかま》しく聞こえました。その人たちが私に目を向けると、その目の奥だけが石炭みたいに赤く光るんです。私はぼろぼろのワンピースを着たひとりきりの女の子です。その時までは怖いなんて一度も思わなかったのに。でも、そこで私の勇気は消え失せてしまいました。

でも、私は幸運だったんです。私の知らないところで、大きな力が私のことを見てくれていて、それが私を正しい方向に導いてくれました。駅に豆カレー《ググニ》売りがいて、たまたまその人に声をかけると、なんとその人も潮の国の人だったんです！ バションティ出身で、ラジェンという人でした。家が貧しくて、子供の頃に家を出なきゃならなかったんだそうです。カルカッタでスピード違反のバスに轢《ひ》かれて足が不具になりました。それからは、駅や汽車で食べ物を売って糊口を凌いで。それで、ひょんなことからダンバードにやってきて、小屋を見つけました。線路脇のスラム《ボシュティ》です。私がダンバードに来た経緯を知ると、手伝うよって言ってくれました。でも、その間、君はどうするつもりだい？ 「ついて来るといい」ラジェンが言いました。「僕の小屋に住むといい。僕も独り者だから場所ならある」線路の砂利を踏んで、ラジェンについて歩いていきました。中に入る時は、大丈夫かしら、と心配で怖かった。一晩中まんじりともせず、汽車の音を聞いていました。

何日も経ちました。ラジェンは私に何も悪さなんかしませんでした。本当に優しい、善良なひとでした。あんな人、ほとんどいないんじゃないでしょうか。「不具のラジェンと一緒になった奴がいるぞ」なんて陰口を言われたりもしましたけど、好きに言わせておきました。どうだってよかったんです。

お母さんを見つけてくれたのもラジェンでした。母が働いていたのは、トラックの運転手たちが女を買って簡易ベッド《チャボイ》で一晩過ごしにくる場所でした。ラジェンと一緒にそこに行って、こっそり会いました。私はお母さん《マー》の上に崩れ落ちました。言葉なんか出てきません。ついにお母さんを探し出せたのに、悲しくてしかたありませんでした。母の身体はぼろぼろで、顔もげっそりとやつれはてていました。「見ないでおくれ、クスム」母は言いました。「どうかお前の目で私を照らさないで。お父さんが死ぬ前の、昔のお母さんのままでいさせておくれ。全部あのディリプのせいなのよ。悪魔のような人でなし。仕事を見つけてあげるなんて言って、こんなところに連れてきた。家で木の葉でもかじって我慢していた方がよっぽどましだった。あの悪党《ダノブ》が、悪党仲間に私を売り飛ばしてしまった。クスム、お前、こんなところにいてはいけないよ。帰るんだ。だけど、何日かだけ、待っておくれ。もう一度だけ、会いに来ておくれ」

その夜、私たちは家に戻り、それから一週間後、また母を訊ねました。そこで、ラジェンがこんなことを言いだして、私は息が止まるかと思いました。「クスムと私を結婚させて欲しいんです。妻にして、ずっとずっと一緒にいます。命にかえても大事にします」お母さん《マー》がはじめてにっこりしました。このうえない申し出でした。「クスムや、お前はボン・ビビに祝福された幸せ者だよ」「お母《マ》さん《ー》、あなたも一緒に来てもらいます」ラジェンが言った。「今こっそり連れ出します。こんなところにいちゃいけない。このままいたら、死んでしまう」そしてみんなで一緒にラジェンの小屋に戻りました。お母さんの前で、ラジェンと私は結婚しました。それがお母さんにとっても出立ち《ビダーイー》になってしまうなんて、思いもしませんでした。私に会って、お母さんはやっと自由になったのね。三か月後に母は亡くなりました。それが母の定めでした。どうすることも出来ませんでした。あと二年生きていてくれれば、私たちの息子、フォキルに会えたのに。

それから月日が流れ、私たちは潮の国に戻ることを考え始めました。あそこは、家じゃありませんでした。私たちにとっては何もない場所でした。鉄路を歩けば、足にまとわりつく泥の感触を思いました。線路のすきまで暮らしていると、満潮のライモンゴル河が、夢のように懐かしい。嵐に弄ばれて必死に踏ん張る島々や、その島々を束縛する黄金の河のことを、いつも夢に見ました。高潮のとき、たかだかとせりあがるモホナのこと、水中に隠れた雲のように水に沈んだ島々のことばかり考えていました。夜になると、私たち二人で、思い出し、語り合い、一緒に夢見たのでした——昼間は石炭と金属で私たちの生活はぎゅうぎゅうに詰まっていましたから。

四年が過ぎ、そんな生活が終わりを告げました。ラジェンがまだ代金をもらっていないのに列車が動き出したんです。エンジンの速度が増すにつれて、ラジェンももっと速く走りましたが、不具な足がついていけず、躓《つまず》いてしまいました。歩廊から落ちて、車輪の目の前に転げ落ちてしまいました。あんまりです。こんなに早く死んでしまうなんて。ラジェンは約束を忠実に果たしてくれたんです。本当に命の全てを私に捧げてくれた人でした。こんなことでラジェンを失うとは思いもしませんでしたが、それでも私に、二人の大事なフォキルを遺してくれました。ああ、家に帰りたいと思いました。でも、私一人で、まして子連れでは、勇気が出ませんでした。あそこに戻って、誰を頼ればいいかしら？　誰が助けてくれるだろう？　結局どうにもならなくて、全て台無しになってしまったら？　あのディリプにすがるしかなくなってしまったら？

でも、きっと、ボン・ビビが私のことを見てくれていたんです。というのもある晩、私は東に向かう一団のことを聞きつけたのです。彼らが現われたのはその翌日でした。埃塗れの幽霊みたいな一団が、長蛇の列になって、線路に沿って足を引きずっていたんです。子供を肩に乗せ、荷物を背に負って。この人たちはどこに行こうとしているのかしら？　いったいどこから来たんだろう？　この辺の人々ではありませんでした。見慣れぬよそ者の行列でした。そうして私が見ている前で、お母さんと同じくらいの年配の女性が転んでしまいました。周りの人に助けて貰って、私は彼女を家に連れて帰り、みんなに水と食べ物を分けてあげました。みんなへとへとで、休ませてやらなきゃいけないと思いました。「体力が回復するまで、休んで《ラホ》、坐っていって《ベト》」って私は言いました。お気づきになりましたか？　私は、ヒンディー語で話しかけたんですよ。でも、彼らはベンガル語で答えてきたんです。びっくりしました。私の、私たちの言葉！「あなた方は誰なんです？　そして、どこに向かっているの？」私は訊ねました。「ああ、あなたも潮の国の娘なのですね。ではお話ししましょう。

私たちは、前はバングラデシュのクルナ県に住んでいました。私たちは、シュンドルボンの端に住んでいた、潮の国の民なんです。やがて戦が始まり、村は焼き尽くされました。どこにも行く当てがなく、やむなく私たちは国境を越えました。そこで警察に捕まりました。バスに乗せられて、収容所に連れていかれました。あんなに乾ききった何もない場所は見たことがありません。あんな、血で染め上げたような真赤な土地は。でも、その地に暮らす人々にとってはその土地の塵すらも、黄金のように貴いのです。私たちが潮の国の泥を愛して已まないのと同じことです。私たちも、新しい土地に慣れようと一所懸命やってはみたんです。でも、河と潮は私たちの血潮そのもの、どうして忘れることができましょう。私たちの父祖は、昔ハミルトンの呼びかけに応じました。獰猛な潮にも挫けず、自分たちの土地を作り出したんです。あの時ご先祖が他人の呼び掛けに応じてできたことなら、自分たち自身のために、私たちだってやってやれないわけがない。潮の国には、手付かずの島がまだ沢山あります。先に何人かの仲間を送りだして、良さそうな場所を探させました。それで見つかったのが、モリチジャピという名前の大きな無人島です。何か月もかけて準備をして、持ちものも全部売り払ってしまいました。でも、私たちが動き出した途端、警察が邪魔してきました。警察は列車に襲い掛かり、道路を塞いでしまいました――でも、私たちは帰る訳にはいかない。だから、歩き始めたんです。

この人たちの話を聞いて、私の心に希望が灯りました。この人たちこそ私の同胞だわ。この人たちと一緒にいなきゃいけない。同じ言葉を使う私たちは、一心同体なんだ。彼らの夢こそ私の夢。みんな潮の国の泥に恋焦がれていたんです。潮がいっぱいに満ちていくのを見たいと願っていたんです。ダンバードに残ったところでどんな将来が待っているでしょう。あの錆びついた町で、一生苦労を続けるだけじゃないですか。私は荷物を纏め、衣類をフォキルの背中に括り付けて、ラジェンの思い出を胸に、小屋を出たんです。先生《saar》、これで全部お話ししました。これが、フォキルと私がモリチジャピに来た訳です」

そして我々、すなわちクスムとフォキル、ホレンと私は黙って、各々思いを巡らせた。あの柔らかく肥沃な潮の国の泥にもう一度手を触れたいという願いだけで、延々と歩き続ける何千もの人々の姿が私の心に浮かぶ。老いも若きも、すたすたと、あるいはのろのろと、人生を詰め込んだ包みを頭に載せてやってくるのが見える。そして、あの詩人が歌っていたのはまさに彼らのことなのだとわかったのだ。

世界がうつろな転換をするときには、いつもこういう浮草たちが生まれるのだ、
かれらは受け継ぐべき過去も無く、まぢかい未来をつくり出すこともできない。

狩り

夜が明けても、フォキルはここを離れようという気配を見せなかった。ピヤはピヤで、フォキルを急かす理由はなにもない。イルカ観察を続けられるのはありがたかった。

イルカたちは陽がすっかり昇っても淵に留まっていたが、その後水面が上昇し始めると半時間ほどで姿を消した。潮の干満の時刻の違い以外は、前日とまったく同じ行動である。

残る疑問は、淵を去ったイルカは一体にどこに行くのかということだ。フォキルなら、答えを知っ

ているかもしれない。ピヤは身振り手振りを駆使して、イルカの後を追いたいとフォキルに意志を伝えた。このボートでイルカを追いかけられるかしら？　フォキルは力強く頷いて手際よく碇を引きあげた。

潮はまだ満ち潮で、淵を離れたボートを少しだけ後押ししてくれた。ガルジョントラを去ってモホナに入ると、舳先で見張りを続けているピヤの目に、満潮を迎え、島々がゆっくりと水面下に沈んでいくのが見えた。

双眼鏡で前を監視していると、ずっと前方に一対の鰭《ひれ》が見えた。だが、モホナを通り過ぎる頃にはその鰭はどこにも見当たらなくなってしまった。それでもフォキルはどうやらその行き先を知っているらしく、躊躇うことなく一本の広い水路にボートを漕ぎいれ、そこからさらにまた別の狭い水路に進入したのである。その後しばらくして、フォキルは櫂を舟にあげ、河辺を指さした。双眼鏡を目に当てたまま見てみると、鰐が三匹視界に入った。ピヤは水面ばかり見ていたせいで、すっかり見逃していたのである。フォキルはきっとこの辺で前にもこの鰐を見たことがあるんだわ。三匹の鰐は全身を曝け出して寝そべっていたが、泥塗れの身体は周囲の風景と見事に溶けこんでいて、その大きさを推し量るのは難しい。そのうち一匹は大きく口を開けていて、ちょうど大人一人くらいが入りそうな大きさだった——私なら間違いなく一口ね。

ごく小さな水路だから、干潮時なら、ボートは鰐のすぐ目の前を通らねばならなかっただろう。だが今は水位が高く、鰐がいる岸辺はずっと離れている。鰐がボートに気づいた様子はなかったが、しばらくして、ピヤが再び双眼鏡を向けてみると、岸辺には二匹しか残っていなかった。三匹目は水中に姿を消していて、泥に残った足跡ももう消えかかっていた。それから数分するとその後は完全に消え去り、岸辺は再び漆を塗ったように滑らかになった。

　そのときトゥトゥルが喚き声をたて、前方を指さした。慌ててピヤが双眼鏡を向けると、イルカの尾がちらっと見えた。その姿はそのまま消えてしまい、ピヤは鰐などに気を取られてしまったことを悔やんだ。だが、一分もしないうちに、尾がまた姿を現した。逆立ちでもしているのか、尾は水面にぴっと直立している。そしてその隣にもう一つ、同じように逆立ちした尾が突き出てきた。「淵」で出会ったあの母仔イルカだ！　満潮のおかげで、無数の水路が陸地の奥深くまで舌先を伸ばしている。イルカたちが狩りに勤しんでいるのもそんな水路の一つで、フォキルのボートにすら浅過ぎる小さな水路だった。

　イルカが一体何をしているのか、ピヤはよく知っていた。魚の群れを浅い水域に追い込むと、狙われた魚たちは追っ手から逃れようと無駄に悪足掻きをして泥に嵌ってしまう。そうなると、兎が畑の人参を抜きとるように、イルカたちも河床から魚を獲り放題、というわけだ。

　まさにこんな光景をピヤは一度イラワディ河で目撃したことがある。調査の途中で、ピヤはマンダレー北郊の小さな村に住む二人の漁師をわざわざ訪ねたのだ。びっくりすることが見れるからぜひあの漁師には会っておくといい、と仲間の海棲哺乳類学者に言われたのだ。

　その二人の漁師というのは中年の漁師とその十代の息子だった。朝十一時に、漁師の父子はピヤと通訳をボートに乗せて河に出た。そのボートはフォキルのと同じくらいの大きさだったが、幌はついていなかった。水さえも麻痺させるような猛烈な暑さで、水面にはなんの動きも認められない。すぐ近くだよ、と聞いてピヤはほっとした。岸から二十メートルほど離れたとき、年上の漁師が木の杖を取り出してボートの船縁を叩き始めた。何分か経つと、鋭角的な背鰭が一つ水面に姿を現したかと思うと、次々にいくつもの背鰭がそれに続いた。すると、若い漁師が網を取り上げて、その縁についた金属の錘《おもり》をがちゃがちゃさせ始めた。その音に刺激されて一組のイルカが群れから離れた。他のイルカたちを置き去りにして、その二頭はボートに向かって接近してくる。舳先からほんの数メートルに近づいたところで、二頭のイルカは、互いの尻尾を追いかけるかのようにぐるぐる泳ぎ始めた。漁師たちは通訳を介して、イルカたちは魚の群れをボートの方に向かって追いこんでいるのだ、と教えてくれた。

しばらくの間漁師たちはじっと様子をみていたが、やがて若い方の漁師が立ち上がった。のどを鳴らして奇妙なごろごろした音を立てると、若い漁師は頭上で網を振り回し、水面に網を投げた。二頭のイルカが巡回する円の中心に網は着水し、網が沈むに従って、水面が泡立ち始めた。巡回中の二頭のイルカはどんどん速度を上げて包囲を狭め、すると小さな銀色の魚が次々と水面から飛び出して来たのである。残りのイルカたちも、尾鰭で水面を切り裂いて加勢してきて、逃げ惑う魚を網に追い戻した。

漁師が網を引き揚げると、甲板にばたばたとのたうちまわる銀色の魚がどっさりぶちまけられた。まるでくす玉《ピニャータ》が割れて、中からぴかぴかの糸屑がどばっと飛びだしてきたみたい。その間、イルカたちも思う存分分け前に与っている。網を投げたとき、沈みこむ網が、数えきれないほどの魚を柔らかな河床に押しこんでいて、それがイルカたちの獲り分というわけなのだ。イルカは逆立ちして無我夢中で魚を貪り食っており、くねくね動く尾鰭が水面に林立している。

ピヤはその光景に圧倒された。人類と野生生物の間の、これほど見事な共生関係は聞いたことがない。海棲哺乳類はまったく、無限の驚異に満ちた生物なのだ。

夢

外ではまだ嵐が荒れ狂っていたから、今晩中にルシバリに帰ろうなどというのは論外だった。「先生《saar》」と言ってホレンはため息をついた。「今晩はクスムの家に泊めてもらうよりなさそうですぜ」

「お前の判断に従うよ、ホレン」

しばらくすると、クスムが米を茹で、小ぶりなタングラ・マチを料理してくれた。フォキルが捕まえた小さな川魚だ。食べ終わると、クスムが、まず土間の一方にホレンと私の筵を敷いてくれ、そして彼女自身は土間の反対側でフォキルと一緒に横になった。夜遅く嵐が止むと、戸が開く音が聞こえ、ホレンがボートの無事を確かめに行ったことが察せられた。私は落ち着かない熱っぽい眠りの中で寝返りを繰り返した。

「先生《saar》」クスムの声が聞こえた。暗闇で、彼女の顔は見えない。「大丈夫ですか?」

「ああ、勿論。でも、何故だい?」

「大分うなされてらっしゃるようでしたから」

クスムの手が私の額を撫でているのを感じ、すると目から涙が溢れてきた。「老人になると、夜はいろいろ心配事があるんだよ」やっと私は言葉を出した。「でも、もう心配いらない。フォキルの傍に行っておあげ。ゆっくり寝るがいい」

翌朝目を覚ますと、台風一過と言われる通り、空には雲一つ無かった。島と河を輝かしい陽光が洗っている。私はクスムの家から外に出て、少し離れた近所の家々を見てみた。少し先まで足を延ばすと、そこには、開墾された平地にさらに多くの住居が散らばっている。どれも、潮の国のありふれた素材――泥、葉、竹――を使って建てられた小さなみすぼらしい掘立小屋に過ぎなかったが、はっきりしたパターンに沿って配列されている。これらの住居は決して無計画に建てられているのではないのだ。

私が何を想像していたかって？　ぐちゃぐちゃのごた混ぜ、みんな互いに積み重なるように密集している人々。なぜって、「難民《リフュジ》」という言葉は、そういう状態を意味するものだということになっているからね。だが、目の前に広がる光景は、私が勝手に想像していたものとはかけ離れていた。整備された小径。島の生活を守る土手もしっかり補強されている。土地は規則正しく区画され、柵で囲われている。そこここで、漁網を日干ししている。家の外には男たちと女たちが坐り込んでいて、網を修理したり、蟹釣りの仕掛けに餌や骨を括り付けたりしている。

見事な組織的労働！　見事な勤勉さ！　しかも、彼らがここにやって来てから、まだ僅か数週間しか経っていないというのに。

この光景を前に、奇妙な、浮き浮きするような興奮が私を包み込んでいた。これまでにない、何か清新なものの誕生を、今、まさに目の当たりにしているのだ、と不意に私は悟った。ダニエル・ハミルトンがロンチの甲板に佇立して、視線の先の島々からマングローブが刈り取られていくのを眺めていた時、まさに同じことを感じていたに違いない。しかし、今モリチジャピで起こっていることと、ハミルトンがやったことの間には、決定的な違いが一つある。これは、一人の思い付きではないのだ。この夢を思い描いてみせたのは、今それを実現しようと額に汗しているこの人々なのだ。

私はもう歩くことができなかった。傘に寄り掛かって、この湿った小径に釘付けになって立ち尽くしていると、風が吹いて私のよれよれの腰巻《ドーティ》をひったくろうとした。私の中で何かが変わりつつあった。よりによって私のような老いぼれた書斎派の教師が生きてこの光景を見る機会に恵まれるなど、なんと驚くべきことだろう。教育ある有力者によってではなく、持たざる者によって構想されたこの壮大な実験の光景を！

瑞々しい生命が、私の血管の中で急激に膨らんでいくのが感じられた。傘を手から落とし、私は天を仰ぎ見て、風と太陽を正面から浴びた。一晩のうちに、かくも長年の間私を蝕んでいた空虚さがすっかり洗い流されたようだった。

意気揚々と、私はクスムの家に戻った。

「一体どうしたんです、先生《saar》」クスムはぎょっとしたように言った。「どうしてまた服をそんなに泥んこにして？　顔も火照っているし。だいたい傘はどうしたんです？」

「そんなことはどうでもいいんだよ」せかせかと私は言った。「教えておくれ、ここを仕切っているのは誰なんだい？　委員会とか、指導者がいるのかい？」

「そりゃもちろんですよ、でも何故です？」

「会いたいんだ」

「何故です、先生《saar》？」

「何故って、今ここで起こっていることに、私も私なりに参加したいんだよ。助けになりたいんだ」

「先生《saar》、そういうことでしたら、もちろんご紹介しますよ」

クスムによると、島は幾つかの区に分割されていて、各々の区の指導者が物事を決め、全ての主要活動の組織化を担っている、ということだった。

「お前の区の指導者のところに連れて行っておくれ」私が頼むと、クスムは私を少し離れた家の戸口に連れて行ってくれた。

この区の指導者は、一見して鋭敏かつ精力的な男性で、夢想家などではなく、部外者が彼の時間を無駄にするのを許すような人物ではなかった。彼の物腰には、成功がもう手の届くところまで来ていることを知っている者の満足げな慎み深さが感じられた。彼は勿論忙しいようではあったが、私が校長——引退間近とはいえ——だということを聞くと、時間をとって私を案内してくれた。私たちは新しく切り開かれた小径を歩いた。ここに到着してから数週間の間に何に取り組んできたか、彼は教えてくれた。彼らが単にものを建設しただけでなく、組織を作り物事を制度化することにも注力してきたということに、私は大いに感心した。彼らは自分たちで政府を作り、国勢調査まで実施していた——この島には既におよそ三万人が住んでおり、これからやってくる人々のための土地も充分残っていた。この島は五つの区に分割されており、移住者は一家あたり五エーカーの土地を分与される。さらに賢明なことに、彼らは、自分たちの事業は近隣諸島に住む隣人たちの支持を得られなければ成功しない、ということもはっきり理解していた。この点に留意し、彼らは島の四分の一を、潮の国の島々からやってくる人々のために留保していた。それを知って、数百戸がすでに流入してきたという。

見学の最後に私は案内者の手を握り締めた。「天運はあなた方にありますよ、同志」

彼は微笑して言った。「でも、支援がなければ成功は見込めませんから」

どうしたら私が彼らの役に立つか、彼が知恵を絞って考えていることは明らかだった。このことにも私は感銘を受けた。彼がこうして実際的な方面に精神を集中していることは良い兆候だと思えた。

「私もお手伝いしたいと思っています」私は申し出た。「どうしたらお役に立てるでしょうか」

「どうでしょうね。今、私たちにとって一番重要なのは、世論を味方につけて、私たちを放っておいてくれるよう政府に圧力をかけることなんです。政府は今、私たちがここの環境を破壊していると言って非難しています。私たちが、この島を力づくで占領したならずもの集団なのだと印象操作しようとしているんです。だから、世間の人々に、私たちがどうしてここにいて、何をしようとしているのか、正しく知ってもらわねばなりません。これまで何をしてきたのか、これまでの成果も発信しなければ。この方面で手伝っていただくことは出来ますかね？　カルカッタの報道機関に人脈をお持ちじゃないですか?」

彼の単刀直入な態度も私は気に入った。彼はまさに正しい戦術を採ろうとしているようだ。「昔ならね」と答えざるを得なかったのは残念だった。「報道機関とも人脈があったんだけれど、もうないんです」

「だれか権力に近い知り合いは? 警察とか、森林保護官? 政治家は?」

「いや、いません」

「では、一体何ができます?」彼は失望したらしかった。「あなた、何の役に立つんです?」

実際、何の役に立つだろう、私など? 世の中には、実際、実に役に立つという類の人々が存在していて、その人生を役立てている。例えば、ニリマだ。だが、私のような一介の教師など?

「私はたった一つのことしかできませんからね」私は口を開いた。「教育です」

「教育?」彼が薄ら笑いを何とか抑えているのが私にも分かった。「ここで、何を教えようって言うんです?」

「ここの子供たちに、あなた方がたどりついたこの潮の国がどういう場所なのか教える、とかね。時間ならあるから——もうすぐ引退だから」

彼はもう私に対する興味を失ったようだった。「ここの子供たちには無駄にするような時間はないんでね。ほとんどの子供たちは、その日の糧を手に入れるために家族の手伝いをしなきゃならん」だが、少し考えた後、彼は付け加えた。「とはいえ、進んで参加する生徒がいるなら、別にそれを止める理由もない。好きにすればいい。好きなことを教えればいいさ」

私は意気揚々とクスムの傍に戻り、話の内容を教えた。あからさまにぎょっとした風情で、クスムは訊ねた。「だけど、誰を教えるんです、先生《saar》?」

「誰ってさ、まずフォキルがいるだろう。他にも似たような子供が沢山いるんだろう?」クスムが如何にも気乗りしない表情を浮かべたので、私は懇願するように付け加えた。「別に毎日って訳じゃない。毎週、ちょっとの時間だけだよ。」ルシバリから通うからさ」

「でも、先生《saar》、フォキルは読み書きもできませんし、ここの子たちは皆そんなものですよ。一体何を教えるんです?」

その点についてはまだ何も考えていなかったのだが、その瞬間閃いた。「クスム、私は、子供たちに夢見ることを教えるんだ」

追われる

イルカの母子がご馳走にありついている一方、フォキルはその手前の水路でボートをどうにかうまく安定させようと大骨折りしていた。水路の入り口は水の流れが速く、イルカがピヤの視界から消えないように、フォキルは円を描くようにしてボートを動かしていたのである。風はないが、水面は沸き立つように波立ち、渦巻いている。

記録用紙を六枚埋め尽くした後、ピヤは水深を測量しようと決めた。ピヤは相変わらず舳先にいて、フォキルは舟の中ほどで、ボートの両側で交互に櫂《かい》を漕ぐため右に左に忙しく体を動かしていた。ピヤが水深計測器を水につけようとしようとするのを、フォキルの視線がたまたま捉えた。フォキルは目をかっと見開き、怒鳴り声をあげた。それを聞いて、ピヤは手首を水につけたまま固まってしまった。フォキルは櫂をボートに放りだし、ピヤの手首を掴もうと、身を躍らせて飛びかかってきた。ピヤは後ろ向きに倒れこみ、その勢いで腕は水から引き抜かれ、そのはずみで水深計測機はボートに投げだされた。

突如水面が沸き立ち、ほんの今までピヤが手を置いていた水面を破って巨大な顎が飛びだしてきた。突きだしたピヤの腕めがけてその大顎がぐいっと向きを変え、噛みついてくるのがピヤの視界をかすめた。その固い鼻づらはピヤの肘すれすれをかすり、鼻から噴きでた水飛沫でピヤの腕はびしょびしょに濡れた。次の瞬間水中で、どん、ときつい一撃を食らって、ボートが揺れた。その強烈な衝撃で、船底に溜まっていた水が噴きあがった。ボートが軋み、ひっくり返る寸前まで大きく傾いた。足元にあったピヤの筆記板がまず水中に滑り落ち、そして甲板の役目を果たしている合板の板切れも、ドミノみたいに次々と転がり落ちていく。

幌の陰に坐っていたトゥトゥルが身を丸めて前へ転がり、落っこちないようにバランスを取った。それからボートは水面を大きく叩いて着水し、大きな水飛沫を上げて、水平に戻った。一瞬置いて今度は船尾近くで船底にもう一度大きな衝撃があった。ボートが激しく横揺れする中、フォキルはなんとか身を起こして立て膝をつき、櫂を一本握り締めた。それを頭上に構え、その櫂箆《かいへら》を半転させて刃のように構え、それで水面を激しく打ちつけた。櫂は、もう一度体当たりしようと浮上してきていた鰐の頭に直撃し、その威力で、大きく開いた顎は閉じられた。櫂は箆と柄の間で真っ二つに折れ、箆はくるくる回転しながら水上を飛んでいった。巨大な鰐が水面下に姿を消すと、水面がぶくぶく泡立った。そのまましばらくの間、水面には鰐の巨大な輪郭が幽霊のように刻まれていて、鰐の体躯がボートと同じくらい大きかったことがピヤにもわかった。

フォキルはといえば、すぐ腰を下ろして、両手に櫂を掴みとった。潮流はボートを、イルカたちが饗宴を繰り広げている地点から、既に数百メートル押し流している。フォキルは力いっぱい櫂を漕ぎ、次から次へと別の水路にボートを乗りいれて、先ほどの場所からできる限り遠ざかろうとしている。

二十分ほど猛然と漕ぎ続けた後、彼らは、鬱蒼とした森に抱かれた入り江に辿りついた。入り江は、島の懐深く切れこんでいる。周囲の強い潮流からうまく遮断された地点に辿りつくと、フォキルはやっとボートを止めた。そしておもむろに碇を下すと、フォキルはずぶ濡れのTシャツを脱ぎ、ガムチャを手に取って、胸を流れ落ちる汗を拭った。

しばらくして、ようやく息を整えると、フォキルはピヤと目を合わせ、「ルシバリ?」と訊ねた。今となってはピヤもそれに賛成だった。「ええ、ルシバリに行きましょう。潮時だわ」

再生

モリチジャピからずっと私の顔は紅潮していたが、それもルシバリに着く頃までには冷めてしまうだろう、と思っていた。河面に吹く心地よい風と、ホレンのボートの揺れが私の鼓動を鎮めるだろうから。しかし、実際に起こったことはその逆だった。河から河へと進む度に、私の前に新しい展望が次々と開けてくるようだった。じっとしていられなかった。私は傘をどけて立ち上がり、腕を開いて風を抱きとめた。私の腰巻《ドーティ》は帆となり、私は檣《ほばしら》で、ボートを水平線の先へと導くのだ。

「先生《saar》」ホレンが大声を出した。「坐ってくだせえ！　ボートがひっくり返っちまう――落ちますよ！」

「ホレン、お前は最高の船頭じゃないか。何とかしてくれるんだろう？」

「先生《saar》」とホレン。「一体どうしちまったんです？　普段と全然違うじゃありませんか？」

「そうだよ、ホレン。もうこれまでの私じゃないんだ。でも、これもお前のせいだからね」

「でも、一体どうしてです、先生《saar》?」

「私をモリチジャピに連れて行ったのはお前じゃないか?」

「いやいや、先生《saar》、そりゃ、嵐のせいですよ」

全く謙虚な男だ、ホレンときたら。「まあいいよ、じゃあ嵐っていうことにしておこうじゃないか」私は高笑いした。「隠退した年寄りでも変われるんだ、生まれ変われるんだって教えてくれたのは嵐だってことでいいよ」

「何が変わるですって、先生《saar》?」

「新しい生命だよ、ホレン、生命だ。次にモリチジャピに行く時には、私の生徒たちが待ってくれている筈だ。また新たに、全身全霊で教えるんだ」

「で、何を教えるんです、先生《saar》? 何が子供たちの身に着くんで?」

「決まっているじゃないか、教えるって言えば――」

で、私は実際何を教えるのだ? ホレンは手練れの船乗りだから、私の帆から風を逃がす術を心得ているのだ。

私は坐り込んだ。これはしっかり慎重に検討を要する事柄だった。

まずは、この辺の子供たちが慣れ親しんでいる御伽噺の類から始めるのがきっといいだろう。

「さあ、考えてごらん、子供たち」と始めるのだ。「昔々のお話について、地質学と共通して言えることは何だろうね?」

これで子供たちは興味津々で食いついてくるに違いない。目を狭めてこの謎々を解こうとしばらく頑張り、でも結局は降参するのだ。

「教えてください、先生《saar》」

「女神だよ、子供たち」勝ち誇って、私は教えてやるのだ。「そうだろう？　共通するのは女神だろう？」

子供たちは互いに見つめ合って囁き合うだろう。「からかわれているのかな？　冗談かな？」やがて、小さな声が躊躇いがちに尋ねるのだ。「でも先生《saar》、一体どういう意味ですか？」

「考えてごらん」私は教えてあげる。「そしたら、すぐわかることだよ。そしてただ女神だけって訳でもないんだよ――神話と地質学との間にはもっと沢山共通するものがあるんだ。たとえばそれぞれの主人公を考えてごらん、その途方もないことと言ったら――かたや美しい神々がいて、もう一方は地球そのものをかき混ぜるお話だ――どちらも想像を超えるような、我々からかけ離れたお話だね。どちらのお話でも、筋書きは何周もぐるぐる廻っていて、だからどのお話も始まりでもあれば終わりでもあり、そこで起こったことは全て別のお話へと繋がっていくんだね。それに、時間の尺度も途轍もないじゃないか――何とかユグ、とか、何とか紀とか。例えばカリ・ユグとか、第四紀とか。それでいて――ここは大事だよ！――そのどちらにおいても、話をうまくまとめるために、長大な時間を上手く圧縮しているんだ」

「どういうことですか、先生《saar》？　じゃあ、そういうお話を一つ教えてよ」

そして、私は語るのだ。

ヴィシュヌの説話から始めるのが良いだろうか。ヴィシュヌ神は小人に転生し、僅か三歩で全宇宙を跨いだ。その時、神は足を滑らせ、爪で天地創造の織物にうっかり小さな傷をつけてしまった。そして、その小さな傷穴から、永遠なるガンガーが、天界より流れ落ち、現世の罪業を清め洗い去ってくれるのだ——まことに地上の河の中で最も偉大な河。

「ガンガー？　全ての河の中で一番？」子供たちは私の言葉尻を捉えて、我慢できずに立ち上がる。「でも先生《saar》、ガンガーより長い河は沢山あるのに。ナイル、アマゾン、ミシシッピー、揚子江」

そこで、私は秘密の財宝を取り出して見せるのだ。昔の生徒が私に呉れた贈物だ——海床面を表す地質学の地図だ。海床面の起伏を反転表示したこの地図を自分の目で見れば、ガンガーはベンガル湾に注ぎこんでそれで終わり、という訳ではないことが分かる。ガンガーはブラマプトラと合流し、湾の海底にはっきり長大な水路を削り出しているのだ。この地図は、海中に秘められた秘密を子供たちに見せてくれる。つまり、この海底の河の長さは、この河の地上の全長よりも遥かに長大なのだ。

「見てごらん、同志たち」私がここで言う。「この地図から分かるのは、神話と同じように、地質学でも、見えるガンガーと見えないガンガーがあるんだ、っていうことだね。かたや地上を流れ、もう片方は水中を流れる。その二つを合わせると、君たちが見ているのは世界で最も偉大な河ってことになるだろう」

そして、これに続いて私はガンガーの母となったギリシャの女神のお話を聞かせてやるのだ。

地質学を遡って、子供たちを古い古い太古の時代に連れて行き、ガンガーが今流れているところには、かつて海岸線が走っていたんだ、と教えてやるのだ——アジア陸塊の南端を形成していた海岸だ。その頃、インドは遥か彼方、別の半球にあったんだ。インドは、オーストラリアや南極と一緒だった。地図上で、アジアとインドを分かつ海を示し、その名前も教えてやる。オケアノスの妻、テテュスだ。その頃は、ヒマラヤも聖なる河も存在しなかった。ヤムナー、ガンガー、サラスワティー、ブラマプトラ、何もなしだ。河がないのだから、河口もなければ氾濫原もなく、沖積平野もなければマングローブもない——簡単に言えば、ベンガルそのものが存在しなかったということだ。緑溢れるタミルナードやアンドラプラデーシュの海岸は、その頃は六十メートルの深さまで凍り付いた荒涼とした凍土に過ぎなかった。今でいうガンガーの南岸は、当時は今はなきテテュス海に静かに沈み込む凍った海岸だった訳だよ。

それから教えてやるのだ、一億四千万年前に、インドが突如南極から分離して北への旅を始めたことを。そして、我らのこの亜大陸が、かつて他のどの陸塊も成しえなかった速度で移動し、そしてその重みでヒマラヤそのものが隆起したことを。そして、その隆起する丘陵を流れる小川として、ガンガーが生まれたのだ。インドが旅し、二つの陸塊が接近するにしたがってテテュス海がどんどん小さくなっていく情景を、あの子たちに見せてやるのだ。海が痩せ細り——母なる海を犠牲にして二つの陸塊がついに衝突するところを。母なる海は命を失うが、子供たちは涙を流したりはしない。彼女の記憶を留める二つの河が生まれるのを見たから。彼女が産んだ双子——インダスとガンガー。

「インダスとガンガーがかつて一つのものだった証拠を知っているかい?」

「わかりません、先生《saar》」

「シュシュクだよ――カワイルカだ。テテュスが双子に残した贈物が、この海の生き物なんだ。河は、イルカを受け入れ育み立派に適応させた。この双子の河、ガンガーとインダスの他には、シュシュクは、世界中何処にもいないんだ」

それから、もし子供たちの好奇心がもう一飛びできるようなら、締めくくりに、愛の物語を聞かせてやるのだ。シャーンタヌという王様がいて、大いなる河のほとりで輝くばかりに美しい女性を見かける。もちろん、彼女はガンガーその人なんだけど、王様はそんなことは知っちゃいなかった。河の岸辺では、どんなに節度ある男性でも理性を失ってしまうものだから。それで、シャーンタヌ王は恋に落ちた。それも、狂おしく。河の女神に、欲しいものは何でも与えると王は約束した。例え女神が二人の間にできた子供を溺死させることを選んでも、王は邪魔などしない。大河のほとりで夢のような時間があり、そしてマハーバーラタの物語《パルヴァ》がそこから始まったのだ。大昔の神話の作り手だって認めていたことを先生が無理に否定する必要なんてないだろう?

愛は、河の中で、深く流れるのだ。

「子供たち、これが今日習ったことだよ。詩人の言葉でも聞いてみよう」

愛するものを歌うはよい。しかしああ、あの底ふかくかくれ棲む
罪科をになう血の河神をうたうのは、それとはまったく別なことだ

出発後しばらく、向い潮のうえに、フォキル一人が漕ぎ手とあって、ボートはじれったいほどのろのろとしか進まなかった。その遅さときたら、一時間ほどして、ピヤがボートの位置をＧＰＳで確認した結果、わずか三キロほどしか進んでいないとわかっても驚く気にもならなかったほどだ。そして今更ながら、ひょっとして櫂がもう一式あるんじゃないかしら、とピヤは思いついた。仕草で訊いてみると、ありがたいことに予想は当たっていて、予備の櫂は船底にしまわれていた。

櫂も、ボートそのものに負けず劣らずがさつな造りだった。楕円形の木片を、マングローブの枝をぶったぎったものに釘でぶざまに取りつけただけの代物である。舷側に櫂受けなどというものは存在せず、したがって、櫂の柄を舷側の自然な凸凹に上手く引っ掛けて操るしかない。ピヤが櫂を水につけた途端、潮流がくるくると櫂を巻き取っていってしまいそうになった。感覚を掴むのに少し手間取ったが、二人で漕ぎだしてから、速度はあがった。

しかし、何時間も漕ぎ続けるのは、ピヤには過酷なことだった。手にはまめができ、顔や首の皺には塩の結晶がこびりついた。日没を前に、ピヤはこらえきれなくなって櫂を一旦引きあげ、目的地まであとどれくらいかかるか知るべく「ルシバリ？」と訊ねてみた。

フォキルはといえば、朝からほとんど休みも取らずにずっと漕ぎ続けていたが、疲れた気配はちっとも見られなかった。フォキルは少し手を止めて振り返り、前方にわずかに姿を現した陸地の先端を指差した。岸辺が森に覆われていないために、周囲の島々と際立った対照をなしている。目的地がついに視界に入ってほっとはしたが、ピヤは賢明にも、実際上陸できるまでにはまだまだ相当時間がかかるだろうと正しく見てとった。

彼らがようやくボートを舫《もや》い、荷物をまとめた頃には、もう日は落ちて、暗闇があたりを包んでいた。フォキルがピヤのバックパックの片方を背負ってくれた。ピヤももう片方のバックパックを背負い、三人はトゥトゥルを先頭にして一列になって歩き始めた。ピヤは二人を見失わないように歩くので精いっぱいで周囲の様子を確認する余裕もなかった。やがてフォキルが突然止まって前方を指差し、「マシマ」と言った。フォキルの指の先にはポーチ階段があり、上った先の玄関は閉まっている。

本当にここでいいのかしら？　ピヤがさてこれからどうしようかととつおいつしているのを尻目に、フォキルはさっさとバックパックを肩からおろしてピヤに渡した。そして、トゥトゥルともども、少し後ろにさがった。フォキルは釣果の蟹をぐるぐる巻きつけた網を手にし、トゥトゥルは頭に衣類を束ねて上手に載せている。フォキルはピヤに、階段を上がって戸を叩くよう促した。はやくも身体を翻しかけた父子の姿に、私を置いて帰ってしまうつもりなんだわと悟ったピヤは、急にすっかり動転してしまった。「待ってよ！」ピヤは叫んだ。「どこに行くのよ？」

ピヤだっていろんな別れのシナリオを想定していたが、こんなことは思ってもいなかった。なにも言わず、きちんとお別れの挨拶もせず、そのまま歩き去ってしまおうとするだなんて。それに、フォキルとトゥトゥルが自分を置いていってしまうと思っただけで、自分がこんな、見捨てられるような惨めな気持ちになるなんていうことも。

「お願い、ちょっとだけ待って」

どこか遠くで発電機が起動する音がして、光の洪水が近くの窓から溢れてきた。しばらく電気の灯りに接していなかったピヤの目は、陰のない明るい光に一瞬目がくらんでしまった。瞬きをして、拳で顔を擦って、目を開くと、フォキルもトゥトゥルももう姿を消してしまっていた。

ここに連れてきてくれたお礼だってまだフォキルになにも支払っていないのに！　どうしたらフォキルを見つけられるかしら？　住んでいる場所だって知らないし、名前さえちゃんと知らないのだ。

口に手を当て、ピヤは暗闇に向けて大声で「フォキル！」と呼びかけた。

「誰《ケ》だい？」と応答してきたのは女性の声で、それもピヤの後ろから聞こえてきた。そして扉が開き、ピヤの前に、金縁眼鏡をかけた髪の薄い年配の女性が立っていた。「どちらさんかね？」

急いで気を取り直し、ピヤは階段を上った。「すみません、ここでいいのかどうかわかりませんが、マシマを探しているんです」ピヤは息せき切ってまくしたてたものの、英語が通じているかどうかもわからなかった。

しばらく気まずい時間が流れ、ピヤは自分が丹念に観察されているのを感じた。金縁の眼鏡が上下し、塩塗れの顔から泥だらけの木綿ズボンまで鋭い視線で洗っていく。そしてようやく、柔らかい笛のような英語が返ってきて、ピヤは大いに安心した。「ならここで合っているよ。だけど、一体、どちらさんかね？　会ったことがあったかね？」

「いいえ、初めてお会いします。私の名前はピヤリ・ロイです。汽車の中で、甥御さんにお会いしたんです」

「カナイのことかい？」

「はい、そうです。訪ねてくるようにって言っていたので」

「じゃあ、お入り。カナイもじき下りてくるだろう」彼女は脇に身体をどけて、ピヤを通してくれた。「どうやってここが分かったんだい？　ひとりで来たわけじゃないんだろう？」

「はい、ひとりでは、ここを見つけられませんでした」

「じゃあ、誰が？　誰もいないようだけど」

「戸を開けて下さったときに、行ってしまったんです——」ピヤが先を続けようとしたとき、戸が開き、カナイがやってきて、驚いて彼女を見つめた。「ピヤじゃないか！」

「ええ」

「じゃあ、なんとかうまく来られたわけだ？」

「そうね」

「そりゃ良かった！」カナイは満面に笑みを浮かべた。こんなに早くピヤが来るとは思ってもいなかったから、嬉しさに加え、内心得意にもなった。実際、これは脈ありといっていいんじゃないか。「どうやら道中色々あったみたいだね」といってカナイは泥塗れのピヤの様子を、上から下まで眺めた。「どうやってここに辿りついたんだい？」

「手漕ぎのボートで」

「手漕ぎのボート？」

「ええ。どういうことかっていうと、あなたに会ってからしばらくして、ちょっと予期せぬことが起こって」

ロンチから転落するに至った一連の経緯を、ピヤは手短に述べた。「それで、その漁師が私を追って飛びこんできてくれて――もし彼が助けてくれなかったら、危なかったと思う。水もたくさん飲んでしまって、だけど、なんとか彼が私をボートに引きあげてくれたのよ。それから、こうなった以上あの保護官がいるロンチに戻るのは危険だと判断したの。だから思い切って、その漁師にマシマを知っているか聞いてみたの。運よく知っているって言ってくれたので、じゃあ、もしルシバリに連れて行ってくれたら、お金は払うから、って言って。そのまま来ればもっと早く着いたんだけど、途中でまた思いがけないものと遭遇してしまったの」

「それは何？」

「まずはうまくイルカに出会えたの。で、今朝は鰐と小競りあいがあって」

「あれまあ！」とニリマ。「怪我はないかい？」

「いいえ、でも危ないところでした。彼が櫂を振り回して追い払ってくれました――本当に凄かったわ」

「やれやれ！」とニリマ。「で、それは誰なのよ？　名前、聞いたかい？」

「ええ、もちろん。フォキルっていうんです」

「フォキル？」ニリマが大声を出した。「ひょっとして、そりゃフォキル・モンドルじゃないかい？」

「苗字は知らないんです」

「ちっちゃな男の子が一緒じゃなかったかい？」とニリマ。

「ええ、いました。トゥトゥル」

「ああ、じゃあ、間違いないわ」ニリマはカナイに視線を向けた。「これでやっと行方がわかったわね」

「探していたんですか？」

「そうなんだ」とカナイ。「フォキルの奥さん、モイナはここの病院で働いているんだけど、心配のあまりかなり取り乱していたからね」

「そうだったのね」ピヤは気が咎めた。「それ、私のせいなんです。ずっと私に付きあってくれて、遅くなったんです」

「まあとにかく」とニリマが、唇を結んで言った。「こうして無事に帰ってきたんだから——まあ良しとしようじゃないの」

「あの」ピヤが口を挟んだ。「ひょっとして、フォキルにかなり迷惑をかけてしまったんでしょうか？　命の恩人だし、それだけじゃなくて——イルカの居るところを教えてくれたんです」

「ほう」とカナイ。「けど、君がイルカを探していることがどうやってフォキルに分かったんだい？」

「絵を見せたのよ。フラッシュカード。それですぐ通じたわ。イルカのところまで真っ直ぐ連れていってくれたわ。見方によっては、ロンチから落ちてすごく幸運だったのよ。ひとりではイルカなんか見つけられっこないから。そう、フォキルを探さなきゃならないの。だいいち、お金を払わないといけないし」

「心配しなくていいよ」ニリマが言った。「近くに住んでいるから。トラストの敷地内にね。明日の朝カナイが連れていってくれるよ」

ピヤはカナイにも重ねて頼み込んだ「そうしてもらえると、助かるわ」

「もちろんだよ。まあ、でもそれはまた明日だね。まずは君が着替えてゆっくり休めるよう、部屋に落ち着いてもらわないと」とカナイ。

そういえば、これからどうするか、ピヤの頭からはすっかり抜け落ちていたのである。マシマに会えた昂奮が落ち着くにしたがい、積み重なった疲労がずっしりとのしかかってこようとしている。

「部屋に落ち着くって、でも、どこに?」それとなく家の内部を見回しながらピヤは訊ねた。

「ここだよ。というか、ここの二階さ」カナイが言った。

自分がカナイと一緒に泊まっていくとカナイが当たり前のように思っているらしいことにピヤは当惑した。「この辺にホテルはないのかしら?」

「悪いけど、無いね」ニリマが口を挟んだ。「だけど、二階にゲストハウスがあって部屋が三つあるのさ。まあ、ここに泊まっていくといい。今はカナイしかいないがね、カナイが邪魔してきたら、下に降りてきて私に言うんだよ」

ピヤはにっこりした。「はい、でもご心配なく、大丈夫です」マシマが泊まるように言ってくれたのはありがたかった。カナイからの誘いではなんとなく受け入れづらい。「ありがとうございます。今夜ゆっくり休めるのは、とても助かります。もしそのままもう二、三日いたら、ご迷惑でしょうか?」

「好きなだけいるといいよ」とニリマ。「カナイ、案内してあげ」

「じゃあ、着いてきて」カナイがピヤのバックパックを一つ手に取った。「こっちだ」二階に上がると、カナイはピヤに台所と風呂場を教えてから、寝室の戸を開けて、ネオン灯を点けた。この部屋も、カナイの部屋と何も変わりはない。小さなベッドが二台で、その各々に蚊帳がすえつけられている。塗り直されたらしいセメントの壁には去年のモンスーンが残していった染みや亀裂が散見される。奥の格子入りの窓からは、トラストの敷地の先の水田がよく見える。

「これで大丈夫かい?」バックパックを片方のベッドに置いて、カナイが訊ねた。

ピヤも部屋に入って見回した。見た目は簡素だが、部屋は充分快適そうだった。シーツは清潔で、ベッドの端に小さく畳んだタオルまで用意されている。窓際には机と、真っ直ぐな背凭れの椅子もあった。戸には内側から掛けられるごつい掛け金が付いていて、ピヤは内心ほっとした。

「予想以上よ、どうもありがとう」ピヤが答えた。

カナイは首を横に振った。「お礼なんかいいよ。来てくれてこっちだって助かるんだ。一人でここにいると結構寂しいものだからね」

どう反応すべきか分からなかったので、ピヤはあいまいにほほえんでみせた。

「まあ、ゆっくりするといい。僕は、上の伯父の書斎にいるから、もしなにか必要なものがあれば、ノックしてくれればいい」

もう一度モリチジャピに行くためなら、どんな口実だって利用しただろう。だが、絶好の機会を提供してくれたのはホレンだった。これより先、私は彼の息子の入学を世話していたから、学校の近くでホレンと会う機会が増えていたのだ。

「先生《saar》」ある日、ホレンが私を呼び止めた。「モリチジャピから報せがあって。何でも大きな祝宴があるらしくって、クスムが先生にも来てほしいって」

私は驚いた「祝宴だって？　一体何ごとだい？」

「カルカッタから沢山人を招待しているそうですよ。作家やら知識人やら記者をね。島のこと、彼らが達成したことを聞いてもらいたいんだそうです」

それだけ聞けば充分だった。移住者たちの指導者の鋭敏さに、私はあらためて大きな感銘を受けた。世論の支持を取り付けることが最大の防御になるのだと彼らははっきり認識しており、今回の催しはその第一歩なのだ。勿論私も参加せねば。朝になったら出発しましょう、とホレンが言い、じゃあそれまでに準備しておく、と私は言った。

家に戻ると、ニリマが私を一目見るや否や訊ねた。「何があったの？　そんな顔つきをして？」

モリチジャピについて、私はこれまで何故何一つニリマに言わなかったのだろう？　きっと、心の裡で、ニリマは私の情熱を共有してくれはしないと分かっていたからだ。きっと、ニリマにとって、私がモリチジャピに情熱を傾けることはルシバリでの彼女自身の取り組みに対する裏切りにも等しいと分かっていたからだ。いずれにしても、こうした懸念はすぐに現実のものとなった。移住者たちがここに到着するまでのドラマを、できる限り詳細に私は描写してみせた。彼らがインド中部での流刑を逃れ、潮の国の外れの島までやって来たその旅路を。彼らが計画していること、彼らがその地で新しい未来を創ろうとしていること、そして新しい土地を作ってそこで生きようとどれほど固く決意しているかを話したのだ。

驚いたことに、移住者がやってきたことをニリマはとっくに知っていた。カルカッタの官僚や政治家から聞いたのだという。彼女が言うには、政府は、彼らを勝手に土地に居坐った不法定住者と見做しているそうだ。必ずもめごとが起こる。彼らがここに留まることは許されないだろう。

「ニルマル、あそこには行かないで。別に私が移住者たちに反対している訳じゃないの。だけど、あなたの身も危険になるわ」

この瞬間、私は悟ったのだ。とても悲しいことではあるが、これから、モリチジャピと私の関わりは、全て秘密裏に行う必要があるのだと。翌日の祝宴についても、彼女に言うつもりでいたのだが、でも結局何も言わずに終った。ニリマのことは良く知っている。私が参加するのを妨げる手立てを必ずや見つけるに違いないから。

それでも、ニリマがそれ以上詮索しなかったら私だって嘘を吐かずに済んだのだ。私が布袋《ジョラ》に荷造りしているのを見て、どこかに行くのか、と彼女は私に聞いてきた。

「うん、明日朝、ちょっと出かけてくる」モッラカリの学校に呼ばれていてね、と私はでっち上げた。彼女がそのまま私をじっと見つめている。信用していないのだ。「で、誰と一緒に行くの？」

「ホレンだよ」私は答えた。

「あらそう、ホレンかい」その声の抑揚を聞いて、私は早くも秘密が露見するのではと心配し始めた。

かくして、不信の種は蒔かれたのだ。

とにかく、私は祝宴には参加した――我が人生の中でも、なんと奇妙な一日だったことか。まるで、隠退を前にして、もし自分がカルカッタに残っていたらどういう生活を送ることになっていたかを一瞥する機会を得たようだった。町から祝宴に参加していた人々は、私が交友していたに違いない人々だ。記者、写真家、有名な文筆家。小説家のシュニル・ゴンゴパッダエや記者のジョティルモイ・ダッタ。参加者の中には、私の大学時代の知り合いもいた。そのうちの一人――私たちは当時彼をココンと呼んでいた――は、当時、同志でもあったし友人でもあった。私は少し離れて彼を観察し、輝くような顔色と真黒な頭髪を備えた見事な風采に感じ入った。もし私もカルカッタに残って文学の道を進んでいたら、あんな風になっていたのだろうか？

こんな後悔が、自分の心の奥底に今までずっと大量に隠されていたことに、私は初めて気が付いたのだ。

指導者グループが来賓たちを島の見学ツアーに連れ出したとき、私は尻込みしてずっと後ろからついていった。見るべきことは沢山あった――私がこの間来てからの、ほんのわずかな間にも沢山、新たな成果、改善が成し遂げられていた。塩田が作られ管井戸《チューブ・ウェル》が掘られ、魚の養殖のために堰が作られ、パン屋ができ、ボート大工の工房が立ち、鍛冶屋や窯元もできていた。人々は盛んにボートを作ったり、あるいは網を編んだり、蟹を獲る仕掛けを作ったりして立ち働いている。小さな市場ができていて、あらゆるものが売られている。それらすべて、わずか数か月でできたものなのだ！　驚くべき光景だ——突如、泥の上に一つの文明が姿を現したのだ。

　その後待ちに待った食事の時間となり、昔ながらの美しい方法でバナナの葉が地面に置かれ、来賓たちはさやさやと音を立てる木立の陰に坐った。食事の給仕をしている中にクスムの姿があった。クスムは私に、料理に使っている巨大な鍋《デクチ》を見せてくれた。見ると、大ぶりな河蝦《ゴルダ》と車蝦《バドガ》がふんだんに入っており、それからタングラ、イリシュ、パルシェイ、プティ、ベトゥキ、ルイ、チトル等々、驚くほど多種多様な魚たちが姿を覗かせている。

　私はまったく呆気に取られていた。多くの移住者たちは飢えに苦しんでいるはずなのに、一体こんなご馳走がどうやって準備できたのだろう。

「一体こんなご馳走をどこから調達したんだい？」私はクスムに訊ねた。

「皆でちょっとずつ、できる分だけ協力したんです。でも、買わなきゃいけなかったものはそんなにないんですよ——米くらいかしら。他はすべて河から獲ったものだから。昨日から皆で、子供たちも、各々網や釣り竿を持って頑張っていたんです」クスムは誇らしげにパルシェイを指差した。「今朝、フォキルは六尾もパルシェイを獲ったんですよ」

　私は限りなく讃嘆した。都会ものたちの心を掴むには、獲りたての新鮮な魚を振る舞うに如くはなしだ。この移住者たちの、なんと的確に今日の来賓たちを理解していることか！

クスムが、私も坐って料理を食べるよう促した。だが、私は来賓たちと一緒に坐る気にはどうしてもなれなかった。私は、あそこに入る資格はない。「駄目だよ、クスム。話を広めてくれる人たちの給仕をしなくては。大事なご馳走なんだから――私などに食べさせては、無駄になってしまう」こう言って、私は木陰に引っ込んだ。時々、フォキルかクスムがちょっとずつ食事をバナナの葉に包んで持ってきてくれた。

今回の行事は、確実にその目的を果たしつつあるようだった。来賓たちは心底感銘を受けている。誰かが演説をし、移住者たちの達成が激賞された。モリチジャピの重要性の射程はこの島そのものをも遥かに超越しているのだと全員一致で賛同された。このモリチジャピの地において、将来、例えダリトの国とまではいかないにしても、この国で最も抑圧された人々が真の自由を見出す安息の地になり得るものの芽が蒔かれたのだと言えはしまいか？

一日が終わりに近づいた頃、私はココンに近づいた。かつて顔馴染みだった作家だ。私は彼の視界に入って静かにそこに立った。ココンは私を一瞥したが、私が誰だかは分からず、そのまま周囲と会話を続けた。そこで、私は彼の肘をつついてやった。「よお、ココンだろう？」「で、モシャイ《エイジェ》、あかの他人に馴れ馴れしく呼びつけられ、ココンはいらいらしたようだった。

あんたは誰？」

私が誰だか言うと、ココンは口をあんぐりと開け、網にからまった魚のように舌をぱたぱたさせた。「君が？」ココンはやっとそれだけ口に出した。「君だったのかい？」

「そうだよ、僕だ」

「ずっと何の便りもなかったから、皆てっきり――」

「死んでいた、と？　ごらんのとおり、生きているよ」

「死んでいた方がましだったんじゃないかね」とでも言いかけたのを堪えるようにして、彼は訊ねた。「これまでずっと、長いこと、一体どこで何をしていたんだい？」

不意に私は、ルシバリで過ごした年月に然るべき意味を与え、自分の全人生を正当化してみせるがよいと召喚されたような気がした。

だが、実際に私が口にしたことはとても控え目だった。「この近くでずっと校長先生《schoolmasteri》をやっていたんだよ」

「作家活動はどうなったんだい？」

私は肩を竦めてみせた。言うことなどなにもない。「さっさと諦めて正解だったのさ。なにか書いてみたところで君には太刀打ちできなかっただろうからね」

作家連中ときたら！　お世辞が本当に大好きなのだ。ココンは急に兄貴風を吹かせて私の肩に腕を回し、少し離れたところに私を連れていって馴れ馴れしいひそひそ声で訊ねた。「で、ニルマル、教えろよ、一体、どうしてこの移民どもと関わり合いになったんだ？」

「何人か知り合いがいてね。僕ももうすぐ隠退だし。ここで子供たちを教えようかな、と思ってね」

「ここで？」ココンの口調はそりゃ解せんと言わんばかりだった。「だが、このままみんなでここに住み着くなんて無理な話だぜ」

「だってもう住み着いているじゃないか」私は反論した。「今更、どうやって彼らを排除するっていうんだい？　血を見ることになるぞ」

ココンは高笑いした。「おいおい、昔我々が何て言っていたか、忘れちまったのかい？」

「何だ？」

「卵を割らずにオムレツは作れない」

彼の高笑いには、自分が掲げている信念を自分自身一度たりとも信じたことがなく、また他の者だってそんなものを信じたことなどあるはずがないと確信している者特有の皮肉な響きがあった。お前は所詮そんな下らない男なんだと咽喉まででかかったその瞬間、そんなに偉そうに人をこき下ろそうというお前こそ一体なんなのだ、という思いに打ちのめされた。ニリマ——彼女は偉大な成果を成し遂げた。私は一体何をした？　私の人生は何の役に立った？　答えを探そうとしたが、何も心に浮かびはしなかった。

もう時刻は正午を回っている。ホレンとクスムは魚を獲りにいった。フォキルは潮の国でドンと呼ばれる蟹釣りの仕掛けを手に坐っている。フォキルがそれをいじくっているのを見ながら、私の心は千々に乱れた。言うべき想いは無限にあり、私の頭に満ち満ちているが、言い表すことのできぬ想いもまた無限だ。嗚呼、無為に過ぎた長い歳月よ、無為に過ぎて戻らぬ時間よ。リルケのことを想う。何年にも亘り一言も書けずに過ぎた後、わずか数週間で、海に囲まれた城で、ドゥイノの悲歌を産みだした。沈黙もまた、何かの準備なのだ。そうしてずっともの思いに耽っていると、不意に、潮の国の全ての事物が、今私には目が潰れるほど明瞭に見えていると感じられた。フォキルにこう教えてやりたかった。「知っているかい？　ドンにはね、腕三本分の間隔で、千個の餌が付いているんだ。だから、ドン一本の仕掛けは、腕三千本分の長さに等しいんだよ」

世界を讃美するのに、あの詩人が教えてくれたやり方以上のやり方なんてあるだろうか？　土器を焼き、綱を綯る人々のことを歌うんだ。

世代から世代にわたって形成され、
われわれのものとして手に触れ、まなざしを注がれて生きている素朴なものを

閑談

シャワーを浴びて窓際の椅子に腰を下ろすと、ピヤはもう立ちあがることができなかった。何日もずっとしゃがんでいるか胡坐をかいているしかなかったわけで、突如、背凭《せもた》れに支えられ、転落する心配もなく足を自由にぶらぶら動かせるのはまったく奇妙な感じだった。四肢にはまだボートの揺れの感覚が残っており、耳にはマングローブを吹き抜ける風の囁きが聞こえている。

ボートでの感覚を思い出してしまったせいで、不意に今朝の恐怖が生々しく蘇った。まだ、あの恐怖感が心の中でしっかり消化されるほどの時間は経っていない。記憶として吸収されるには至っていないのである。鰐が頭をぐいと捩じって、ピヤの手首めがけて顎をがちんと噛み合わせた光景が目に

浮かぶ。やつは、もう成功間違いなし、もうピヤの腕を掴んだも同然と確信していて、早くもピヤをボートから引きずりおろす動作に移っていたのだ。ピヤが水面に落ちると、鰐は一瞬だけピヤを離す。今度は胴体に噛みついて、そのままピヤをあの怪しくちかちか輝く陰鬱な深みに引きずりこもうというのだ。あの深みでは陽光は方向を失い、上も下もない。ロンチから転落したときの恐慌が蘇る。この罠から助かる可能性など微塵もない。救いはないと気づいてしまうことでさらなる恐怖が呼び起こされ、全身を麻痺させる。次から次へと悪い方に連想が働き、悪夢のようなモンタージュが生まれてしまう。ピヤの手が震えはじめた。フォキルがいない今となってはその恐怖に歯止めをかけるものもなく、恐怖は増幅していった。

ピヤは無理やり背筋を伸ばし、窓の外に目をやった。月はまだ出ておらず、外は暗い。椰子の木の輪郭がぼんやりと浮かんでいる。その先に見える縞々模様の空間はきっと丁寧に刈り込まれた田んぼだろう。そしてピヤは、ベンガル語の会話が家の正面から漂ってくるのに耳を止めた。カナイの深いバリトンと、女性の声の合奏だ。

ピヤは立ちあがって階段を下りた。カナイが戸口に立っていて、ランタンを手に、赤いサリーを着た女性と話しこんでいる。その女性の顔は向こうを向いていたが、ピヤの足音を聞いて振り返り、その横顔がランタンで明るく照らしだされた。ピヤと同年配の豊満な女性で、口はやや広く、大きな眼がきらきら輝いていた。眉の間には真赤なビンディ、そして黒く光る髪の分け目には傷口のように走る朱のシンドゥール。

「やあ、来たかい、ピヤ!」カナイが英語で呼びかけた。やけに明るいその口調から、私のことを喋っていたに違いないわとピヤは察した。女性の透きとおった眼差しはピヤにぴたりと向けられており、その女性がどういうわけか自分をじっくり鑑定しているらしいことがはっきりと感じられた。やがて、あからさまな吟味が突然終わり、その女性はピヤから視線を外した。その突然さにピヤは一層どぎまぎした。女性はカナイにステンレスの弁当箱を渡すと、階段を下り、闇に姿を消した。

「今のは誰?」ピヤはカナイに訊ねた。

「ああ、言っていなかったっけ? モイナだよ。フォキルの奥さんだ」

「あら、そうだったの」

フォキルの妻として想像していたイメージから、モイナはあまりにかけ離れていたので、ピヤはすこし戸惑い、それから口を開いた。「私、どうして気づかなかったんだろう?」

「何を?」

「彼女がフォキルの奥さんだって。トゥトゥルと目がそっくりだった」

「そうなんだ」

「ええ」ピヤは答えた。「で、彼女はここで何をしていたの?」

「ティフィンボックスを届けてくれたのさ」カナイはステンレスの器を掲げてみせた。留め金で固定された多段式の弁当箱。「我々の夕食さ。病院の台所からモイナが持ってきてくれたんだ」

ピヤは、カナイの言葉をうわの空で聞きながら、フォキルの妻たる女性のことを考えていた。私は誰もいない部屋に戻らなきゃならないのに、あの人はフォキルとトゥトゥルのもとに帰っていくんだと思うと羨望の念が心をよぎった。そしてそんなことを思ったことに自分でどぎまぎし、とってつけたような微笑をカナイに向けて、淡々と「彼女、思っていた印象と全然違ったわ」と言った。

「違った？」

「ええ」ピヤはちょうどぴったりくる言葉を探すのに難儀した。「あの、とても魅力的な女性じゃない？」

「そう思う？」

この話題はもう潮時とは思ったものの、瘡蓋《かさぶた》を毟《むし》る手を止められないように「ええ、なんだか、とてもきれいな人よね」と口が勝手に滑っていく。

「そうだね」カナイは冷静かつ雄弁に言葉を返した。「とても綺麗で魅力的な女性だと思う。だけど、それだけじゃない。モイナは瞠目すべき女性でもあるんだよ」

「本当？　どういうこと？」

「モイナの人生を考えてごらんよ。周囲の障害をものともせず、必死に努力して教育を身につけた。そして今、モイナは看護婦になろうとしている。自分自身と家族のために自分が将来どうしていきたいかちゃんと知っている。誰にも止められない女性さ。野心的で粘り強く、大きな成功を勝ちえるだろうひとだ」

カナイの声には、それと比べて誰かさんは、と言わんばかりの棘があり、ピヤは自分自身を同じ土俵で比べたらどういう評価になるかしらと思わずにはいられなかった。ピヤに野心と呼べるほどのものはなく、教育もすいすい受けさせてもらった。カナイから見れば、ピヤは、典型的なまでにどうしようもなく甘やかされた柔弱な女性に見えるに違いない。そうだとしても、私にカナイを非難する権利はないわね。私だってこの人を、横柄でうぬぼれが強くて自己中心的な——とはいえ必ずしも好感を持てないわけでもない——ある種典型的なインドの男って決めつけていたわけだから。

そこでピヤは中立的な話題に路線変更し、軽く訊ねた。「それで、モイナとフォキルはこの辺の生まれなの？　ルシバリ出身？」

「いや、二人とも結構離れた別の島の出身なんだ。サトジェリヤっていう島なんだけどね」

「すると、二人はどうしてルシバリに？」

「一つには、モイナが看護婦になるための訓練だね。もう一つは、トゥトゥルに教育を受けさせたいからだ。それもあって、フォキルがトゥトゥルを釣りに連れだすのが、モイナにとっては腹立たしいのさ」

「私が二人とずっと一緒にボートにいたのを、モイナはもう知っている？」

「うん、全部ね。保護官に金をふんだくられたのも、君が転落してフォキルが水に飛びこんだのも。鰐の一件もね。全部トゥトゥルが話したのさ」

そうか、話したのはトゥトゥルなんだ。ということは、フォキル自身は旅の間に起こったことをあまり話していないのかしら。それともフォキルはフォキルでモイナに彼なりに話をしているかしら。そのあたりのこと、カナイは知っているかしら。だが、その疑問は飲みこんで、代わりに訊ねた。

「私が一体ここで何しているか、モイナは気になっているに違いないわね」

「その通りだよ。モイナが僕に聞いてきたから、ピヤは科学者なんだと教えてやった。すごく感心していたよ」

「なぜ？」

「分かるだろう。モイナの教育に対する熱意を思えばさ」

「明日行くって言ってくれた？」

「ああ、待ってくれているはずだよ」

話しながら二人は二階のゲストハウスに戻っていた。カナイがティフィンボックスを食卓に置き、弁当箱をばらしながら「お腹、空いているんだろう？」と訊ねる。「いつもたくさん持ってきてくれるんだよ。充分二人分あるはずだ。なにがあるかな――米、ダール、フィッシュカレー、蒸し煮《チョルチョリ》、ナス《ベグン》の揚げ焼き《バジャ》。どれから食べるかい？」

ピヤは探るような視線でティフィンボックスを探った。「気を悪くして欲しくないんだけど、食べないでおこうと思うの。食べ物には気をつけないといけないから」

「それじゃ、ご飯はどうだい？」とカナイ。「ご飯なら心配しなくてもいいんじゃないかい？」

ピヤは頷いた。「それもそうね――ただの白米なら」

「はい、どうぞ」と言いながら、カナイはスプーンでピヤの皿に白米を盛ってやった。袖をまくってから、ピヤにはスプーンを渡し、自分は皿に盛った白米に手を突っ込んだ。

夕食の間、カナイはルシバリについて詳細に話した。ダニエル・ハミルトンのこと、島へやって来た開拓移民たちのこと、それからニルマルとニリマをこの島へと導いた経緯をピヤは教わった。あまりカナイが雄弁なので、ピヤは「長年ここで過ごしたみたいに詳しいけど、そういうわけじゃないのよね？」と訊ねずにはいられなかった。

カナイは即座に認めた。「そう、全然。子供の頃に一度来ただけでね。正直に言うと、こんなにはっきり覚えていたことに、自分でも驚いたくらいでね。あの時は、罰で来ていただけなんだし」

「でも、なぜ驚いたの？」

カナイは肩をすくめた。「あまり過去に拘泥する質の人間じゃないものでね。先のことを考える方が性に合うんだ」

「現在が抜け落ちているようだけど」ピヤは笑った。「ルシバリだって、いまこの瞬間に属しているのに」

「いやいや、それがそうじゃないんだよ」カナイが語気を強めた。「僕にとってはね、ルシバリは、ずっと過去に属する場所なんだ」

ピヤは白米を食べ終え、食卓から立ち上がり、皿を片付け始めた。カナイは少し驚いたらしかった。

「まあ、坐りなよ。モイナがあとでちゃんと片付けてくれるから」

「モイナにやらせるまでもないわよ」。

カナイは肩をすくめた。「まあ、お好きにどうぞ」

皿を洗いながら、ピヤは訊ねた。「で、あなたは私を泊めてくれて、食事の世話をして、面倒を見てくれているわけだけど、そういえばあなたのことは全然知らないのよね——名前以外は」

「そうだっけ？」カナイは驚いたように笑った。「どうしてかな、僕は内気で通っているわけじゃないけれど」

「だけど、知らないものは知らないわ。どこに住んでいるかだって」

「じゃあ、そこから始めようか。僕はニュー・デリーに住んでいて、四十二歳。概ね独身」

「で、通訳をされているんでしたよね？　これは、前に聞いたけど」ピヤは手際よく会話を非個人的な方向に軌道修正した。

「そうだよ。専門は、通訳と翻訳——といっても、今はもう経営がメインだね。何年か前、ニュー・デリーでは通訳サービスが不足しているということに気づいて、起業したんだ。今は、いろんな客先に通訳を提供するのが主な仕事だ。企業、大使館、報道機関、援助機関——まあ、平たく言えば、払ってくれるなら誰でもってことだ」

「で、需要は大きいの？」

「そう、とても」カナイは力強く頷いた。「ニュー・デリーは、会議の数もメディアの規模も世界屈指だからね。なにもやってないときなんてないからね。だから需要に追いつくので精一杯なんだ。事業はずっと上り調子。最近では、スピーチの訓練とか、コール・センター従業員向けの訛りの矯正も始めた。これが、一番急成長している部門でね」

言語を売り物にした事業ができるというのはピヤには驚きだった。「あなた自身も、沢山言葉ができるんでしたよね？」

「六つ」にやりとして、即座にカナイは答えた。「ヒンディー、ウルドゥー、ベンガル語は僕の普段の常用言語だ。もちろん、英語もね。あと、時々使う言語として、フランス語とアラビア語だ」

この不思議な取り合わせにピヤは関心をそそられた。「フランス語とアラビア語！　これは、どういうわけで？」

「奨学金だよ」カナイは笑って言った。「昔から言語には素質があったんだ。それで、学生の時には、カルカッタのアリアンス・フランセーズに通っていた。いろんなことが重なって、奨学金を貰えることになった。パリにいる時、たまたま機会をもらって、チュニジアでアラビア語を勉強した。それで、とにかく習得するにはしたけれど、習得しっ放し」

ピヤは手をあげて、右耳につけた銀のスタッドを抓った。子供っぽい無意識的な仕草でもあり、大人っぽい仇な仕草にもみえる。「通訳があなたの仕事になるって、その頃から決めていたの？」

「いや、とんでもない、全然だね。僕が君の年の頃には、僕はカルカッタのどこにでもいる学生だったよ。頭の中は詩のことばかりでね。初めは、ジボナノンド・ダーシュをアラビア語に翻訳したい、とかアドゥーニースをベンガル語に翻訳したい、なんてことを考えていた」

「それで、どうなったの？」

カナイはわざとらしいため息を吐いてみせた。「簡単に言うと、ベンガル語もアラビア語も語り尽くせないほどの豊かさを持つ言語ではあるんだけど、どっちにしても文学作品の翻訳だけで食っていくなんてできっこないって早々に気づいてしまったのさ。金持ちのアラブ人はベンガルの詩なんかに興味は無いし、金持ちのベンガル人なんてそもそも話にならないよね。だってそんなものはたいしていやしないんだからさ。だから、ある時自分で自分の運命に折りあいをつけて、商売に転じたってわけ。あの時にああ決めて幸運だったと言わなきゃならない。今インドの発展はめざましいし、その一端を担うっていうのはわくわくすることだからね」

父がかつて祖国を思って話してくれた話をピヤは思い出した。車は二種類しかなくて、中産階級は、ただただ外国製品を欲しがって日々過ごしている、そんな国。カナイの生きている世界は、父の記憶のインドとも、ルシバリや潮の国と同じくらいかけ離れているのに違いなかった。

「今でも、文学作品を翻訳してみたいと思ったりする？」ピヤが訊ねた。

「時々ね。でも、ごく稀だね。全体としていえば、僕は事業を経営するのが気に入っている。みんなに仕事を与え、給料を払い、役立たずの学位を抱えて困っている学生を雇ってやるっていい気分のするものだよ。それに正直に言えば、金も、便利な生活も僕は好きだから。ニュー・デリーはちょっとお金のある独身男性にはいい場所だよ。興味深い女性にもたくさん会えるしね」

この思わせぶりな発言をどう受け流すか、不意を突かれたピヤは迷った。ピヤは流しの前で、洗った皿を積み重ねていた。そこで彼女は最後の一枚を上に重ね、大きく欠伸をして手で口を覆った。

「あら、ご免なさい」

カナイはすぐ気遣ってくれた。「疲れているだろう。色々あったからね」

「もうへとへとよ。もう寝させて貰うわね」

「もう、かい？」カナイは無理に笑顔を作ったが、明らかにがっかりしていた。「まあ、そりゃそうだ。長い一日だったしね。ええと、電気はあと一時間くらいで切れるっていうのは、言ったかな？だから、近くに蝋燭を置いておくのを忘れずに」

「それまでにとっくに熟睡しているわ」

「了解。ゆっくり寝るといい。もしなにか要る時は、遠慮なくノックしてくれればいい。僕は屋上の、伯父の書斎にいるからね」

その翌週にでもまた早速モリチジャピを訪れたいところだったが、教師の隠退に当たっては各種のありふれた手続きや行事があって身動きがとれなかった。だが、やがてそれらも全て終わり、私の仕事人生は晴れて終わりを迎えた。

その後何日かして、「先生《saar》！」とホレンが私の書斎の戸を叩いた。

「今ちょうどクミルマリの市場に行ってきたところなんですがね、そこでクスムに会ったんです。クスムのやつ、ここに連れていってくれって言いだしてね」

「ここにかい！」私は驚いた。「ルシバリに？　でも、何故だい？」

「マシマに会いたいんだそうで。モリチジャピの連中が、マシマに頼みがあるんでしょう」

私もすぐ理解した。これもまた、支援を広げるための移民たちの努力の一環なのだ。だが今回の場合に限っては、成功の見込みは薄いと私には分かっていた。

「ホレン、お前、クスムを連れてくるべきじゃなかったよ。ニリマに会っても骨折り損だよ」

「俺もそういったんですけどね、先生《saar》。だけど、どうしても、っていうものだから」

「で、クスムは今どこに？」

「下にいますよ、先生《saar》。マシマを待っているんです。だけど、それはそれ、この子もここに来ていてね」と言ってホレンが身体を少しずらすと、ずっとホレンの後ろに隠れていたフォキルの姿が現れた。「俺はちょっと市場に行かなきゃならねえんで、ちょっとしばらく見てやってもらえませんか」そう言って、ホレンは私を五歳の子供と置き去りにして、階段を駆け下りていった。教師として、私は子供を複数で取り扱うことには慣れていた。だが、私自身には子供がいなかったこともあり、子供を単数で取り扱うことには慣れていなかった。今、私を凝視する五歳児の大きな瞳を前に、私は言おうと思っていたことをすべて度忘れしてしまった。半ば恐慌を来して、私は少年を屋根の反対側に連れていき、ビディヤのモホナを指差した。

「見てごらん、同志」私は言った。「目の前に何が見えるか言ってごらん」

フォキルは、一体私が彼に何を望んでいるのか考え込んでいるようだった。あちこち見回してから、フォキルはようやく口を開いた。「土手《バンド》が見えます、先生《saar》」

「土手《バンド》？　そうだね、もちろん、土手《バンド》があるね」

これは私が期待していた答えではなかったが、これを聞いて私は得も言われず安心した。土手《バンド》はこの島における人間の生活を保護しているだけでなく、私たちの算盤であり古文書館であり物語を保管している図書館でもあるのだ。土手《バンド》が見えている限り、語るべき物語に困ることはない。

「もうちょっと見てごらん、同志。もう一度見てみるんだ、注意深くね。土手には修理された跡が幾つもあるのが分かるかい？　それぞれに秘められたお話を教えてあげよう」

フォキルは手を上げて指差した。「じゃあ、あそこでは何があったの、先生《saar》？」

「あそこだね。あそこの割れ目は二十年前に出来たんだ。それも、嵐とか洪水が原因じゃない。ある男が、隣に住んでいる家族に仕返しをしたいと思ってやらかしたんだよ。夜の闇に隠れて、男は土手の壁に穴を開けた。隣人の田畑を台無しにしてやろうと思ったのさ。だけど、それで、仇だけじゃなく、自分自身にも損害が及ぶということには思い至らなかったんだ。それで結局どちらの家族もそこには住めなくなってしまった——その後十年、あそこの土地では何一つ育たなかったのさ」

「じゃあ、あそこは、先生《saar》？　あそこでは何があったの？」

「あれはね、きっかけはごくありきたりなことでね。昔巨大な高潮コタル・ゴンが襲った時に決壊したのさ。その後、修理の契約を、パンチャーヤトの長の義弟が受注した。水一滴すら漏らさないように徹底的に修理するって誓ったのさ。だけど後になって、その業者は契約で決められた量の半分の材料しか使っていなかったことが判明したんだ。その差額のもうけは、ありとあらゆる義弟たちの間で山分けされてしまっていた」

「それからあそこは、先生《saar》？」

何でもかんでも喋るよりも言わずに置いた方が賢明なことだってあるものだと語り部だってちゃんと弁えている。「あれはね、同志、今日のところは手短にすませておこう。あのあたり、土手に沿って並ぶ小屋に住んでいる人たちが見えるかい？　昔一度、あそこの地区《パラ》の住民たちは、間違った政党に投票したんだ。それで別の政党が政権を取った時、あの集落の住民に仕返ししようと決めたんだ。それで、その手段として土手《バンド》に穴をあけてしまった。政治家なんていうものはそんなものなんだ。だけど、あまりそんなことは考え過ぎないようにしようじゃないか——健康に悪いからね。代わりに、あそこを見てごらん、この指のずっと先」

私が指差している方角には、一九三〇年代の台風によって一キロほどに亘って破壊された土手がある。

「想像してごらん、フォキル、ご先祖様たちの生活をね。潮の国にやってきたばかりで、この島に住み始めたんだ。それから何年も必死に頑張って、土手《バンド》の基礎を築いた。米や野菜を多少栽培するようになった。長年高床式の家で暮らしてきたんだが、もう大丈夫と安心して直接地面に小屋を建てるようになった。全部土手《バンド》があったおかげだ。さあ想像してごらん、運命の夜がきて、よりによって大潮の時刻に、嵐が襲ったんだ。皆、天井の抜けた小屋の中に縮こまって、水位が上昇を続けていくのをただじっと眺めているんだ。河を食い止めるべく営々と築いたはずの泥と砂の壁は、容赦なく飲み込まれていく。この暴虐な潮が、土塁を食い破って思うがままに流れ込んでくるのを見つめながら、彼らは一体何を思っていたんだろうね。小さな友よ、賭けてもいいが、もし、すべてを喰らい尽くす河の脅威を避けられるなら、虎の恐怖くらいみんな喜んで我慢しただろう」

「その他にも嵐は来たんですか、先生《saar》?」

「そりゃもう沢山ね。あそこを見てごらん」私は、まるで巨人がルシバリの縁に齧りつきでもしたかのように、島の河岸線がへこんでいる箇所を指差した。「あれは一九七〇年の嵐の痕跡だ。あれはバンゴンつまり決壊の痕だね。河は、四エーカーもの土地をぐちゃぐちゃにして流し去ってしまった。あっという間に、小屋も田畑も樹木も何もかも、飲み込まれてしまった」

「それが一番ひどい嵐だったの、先生《saar》?」

「いやいや、同志、全然。最悪の嵐は、私が来るよりずっと前に起こったそうだよ。最初の移住者がこの島にやってくるよりずっと昔」

「それはいつのこと、先生《saar》?」

「一七三七年だ。その三十年ほど前にアウラングゼーブ帝が死んで、国は混乱を極めていた。その当時、カルカッタは新しい場所でね——イギリス人が機会をつかんで、ここを東部の主要港として開発したんだ」

「それから、先生《saar》?」

「十月のことだ。一番猛烈な嵐はいつも十月か十一月に襲ってくるからね。嵐が上陸する前に、潮の国はまず巨大な高潮に襲われた。高さ十二メートルもの水の壁だ。それがどれだけの高さか、想像がつくかい、小さな友よ? 君の島も僕の島も、全部水の底に沈んでしまうっていうことだ。僕たちがいるこの屋根だって水面下だ」

「まさか!」

「本当なんだ、同志、本当の話だ。カルカッタにいたイギリス人がきっちり計測したんだよ。水位があまりに高く上昇したので、何千匹もの動物が溺死して、ずっと上流の内陸に流された。虎や犀の死体が、河から何キロも離れた田んぼや村の池で見つかった。死んだ鳥の羽毛で埋め尽くされた畑もあったそうだ。そして、この巨大な高潮がカルカッタめがけて潮の国を横切っていたまさにその時、もう一つ別のことが起こった——ちょっと想像もつかないようなことだ」

「何ですか、先生《saar》、何が起こったの?」

「町を地震が襲ったんだ」

「まさか！」

「本当なんだ、小さな友よ、本当の話だ。だからこそこの嵐はかくも悪名高いのさ。地震と嵐の間には何か不思議な繋がりがあるんだと信じている科学者は今でもいる。だけど、この二つの災害が同時に発生したことが知られている最も古い事例は、これなんだ」

「それでどうなったの、先生《saar》？」

「カルカッタでは、何万軒もの家が一瞬で崩れ落ちた。家や小屋だけじゃなく、イギリス人の宮殿もね。英国国教会の尖塔もぐらついて、そして倒壊した。町で、無傷で残った建物は一つもなかったと言われている。高潮で橋は吹っ飛ばされ、埠頭は流された。倉庫に蓄えられた米は消え失せ、兵器庫の火薬は風で舞い散った。河岸には世界中からやってきた船が、碇を下して停泊していた。五百トン級の英国船が二隻そのなかにいたんだが、突風で船まるごと吹き飛ばされ、樹木や家屋の上を飛んで河から半キロほどのところに叩きつけられた。大型の艀《はしけ》なんかが凧みたいに軽々と空を舞っているのを沢山の人が見た。その日消え失せた船は、手漕ぎ舟、艀、帆かけ舟までいれると二万隻はくだらないということだ。残った船でも不思議なことが起こった」

「何ですか、先生《saar》、何が起こったの？」

「フランス船が一隻河岸に叩きつけられて座礁したんだが、貨物の一部は無事だった。嵐の翌日、生き残った乗組員たちは外に出て残骸の中からまだ利用価値のあるものを回収しようとした。乗組員が一人、なにが残っているか見てこいと言われて、船倉に下りていった。しばらくたってもその乗組員が戻ってこないので、同僚が、なにをそんなにぐずぐずしているんだ、と大声で呼び掛けた。答えがなかったので、また別の男に様子を見に行かせた。彼からもまた何の音沙汰もない。次に続いた男も、また気配が途絶えた。さて、それで皆恐怖に怯えて、もう誰も見に行こうとはしなくなった。ようやく火を起こし松明を燃やして、皆で中を覗き込むと、船倉は水でいっぱいで、巨大な鰐が一匹悠々と泳いでいた──やつが、三人とも食い殺してしまったんだ。

そして同志、これは、大英博物館──マルクスがあの資本論を執筆したまさにその場所さ──に保管されている文書にしっかり記録された本当の出来事なんだよ」

「でも先生《saar》、もうそんなことは二度と起こらないんでしょう？　違うの、先生《saar》？」

フォキルは、河が一体どれほど貪欲な食欲を秘めているか、探りを入れようとしているのだ。幼い友の心を安心させてやりたいのはやまやまだ。しかし、嘘を吐くわけにはいかなかった。

「小さな友よ、また起こる可能性がある、なんてものじゃない。必ずまた起こるんだ。嵐が来て、水位が上昇し、土手は、部分的にせよ一切合切にせよ、崩れてしまう。問題は、それが何時起こるかということだけなんだ」

「でも、どうしてそんなことが分かるんですか、先生《saar》？」フォキルが静かに訊ねた。

「土手《バンド》をよおく見てごらん。どれほど薄っぺらで脆いものなのか。その傍を流れる水が、どれほど無限の力を秘めているか。ただ、じっくり静かに時を待っているんだよ。見れば見るほど、遅かれ早かれ水が全てを飲み込むなんてことは疑いようもないことなんだ。だけど、もし目で見ても信じられないなら、耳を使わなきゃならないね」

「耳を?」

「ああ、ついておいで」

私はフォキルを連れて階段を下り、畑を横切った。傘を差して日差しを遮り白い腰巻《ドーティ》を風にはためかせて歩く私と、ぼろぼろの半ズボンを着て私の後ろを追いかけるフォキルは、随分人目をひいたに違いない。私はまっすぐ土手に登り、土に左の耳をぺたりとつけた。「さあ、頭を土手につけて、耳を澄ませて聞いてごらん。何が聞こえるかい? これが何の音か、君には分かるかな?」

「なんだか引っ掻くような音がします、先生《saar》」しばらくしてフォキルが口を開いた。「とても柔らかい音」

「だけど、その音を立てているのは、一体何だろう?」

フォキルはさらにしばらくの間耳を傾けた。そして、微笑を綻ばせた。「これ、蟹の音、先生《saar》?」

「正解だよ、フォキル。この音に気付かない人も多いけど、君はちゃんと聞き取れたね。私たちがここに立っている今この瞬間も、無数の蟹の大群が、土手の中を掘り進んでいるんだ。さて、考えてごらん。この薄っぺらな塀は、この途轍もない食欲——蟹の、潮の、風の、嵐の食欲——に対して、何時まで持ちこたえられるものだろう? そして、もしこれが崩れたら、私たちは誰に助けを求めたらいいんだろう、同志?」

「誰が助けてくれるの、先生《saar》?」

「いやはや実際、誰が助けてくれることやら、フォキル？　天使にも人間にも誰にも私たちの声なんか届きやしないからね。そして、動物たちにも、私たちの声など届きはしない」
「どうしてなの、先生《saar》？」
「何故かって、あの詩人の言う通りさ、フォキル。動物たちときたらね」

わたしたちが世界の説き明かしをこころみながら
そこにそれほどしっかりと根をおろしていないことを
よく見ぬいている

相談

ほかの研修看護婦とおなじく、モイナ一家はルシバリ病院の職員居住区に住んでいた。それは、島の土手にほど近い長屋で、トラストの敷地の端に位置しており、ゲストハウスからは歩いて五分の距離だ。

モイナに割りふられた部屋は長屋の奥で、大きな部屋が一つと小さな中庭があるきりである。カナイとピヤが到着すると、モイナは家の敷居で待っていた。モイナは手を合わせ、ほほえみを浮かべて「今日は《ノモシュカル》」と挨拶し、二人を中庭に導いた。そこには二人のために折り畳み椅子が広げられている。

腰をおろしつつ、ピヤはあたりを見回した。「トゥトゥルはどこかしら?」

「学校だよ」質問をモイナに中継し、カナイが答えた。

「フォキルは?」

「あそこ」

振り向いてみると、家の戸口に、薄汚れた青いカーテンの陰に隠れるようにしてフォキルがしゃがんでいた。挨拶どころか顔もあげてくれない。そもそもピヤに気づいた様子もない。じっと黙って地面を見つめ、枝で地面に落書きをしているようだ。見慣れたTシャツとルンギー姿なのに、どういうわけかここではみじめでぼろぼろに見える。そんな風におもったことはなかったんだけど。どこでもいいからここから出ていきたいと難民みたいにむっつりふさぎこんでいる感じが、見た目から滲みでている。嫌々ながらもこの場に一応いてくれているのは、(モイナかまわりのだれかに)無理強いされたのかしら。

悄然として怯えている様子のフォキルを見るのはピヤにとっても痛々しかった。ピヤを救うために敢然と河に飛びこんで見せたこのひとが、一体何にそんなに怯えねばならないというのだろう? まっすぐフォキルのところに行って、目を合わせて当たり前の挨拶をしてあげたいわ。だが、フォキルの様子から、モイナとカナイがいるこの場でそんなことをすればかえってフォキルをよりうろたえさせることになるだけだとわかったので、ピヤは断念せざるをえなかった
フォキルの様子を観察していたのはピヤだけではない。「あんな坐り方をするのは鸚鵡ぐらいだと思っていたけどな」カナイがこそっとピヤに耳打ちした。

言われてみれば、確かにフォキルは床にしゃがんでいるのではなかった。戸枠の下に横木が渡してあって、フォキルは足指でその横木を掴んで腰を下ろしているのだが、その様子は籠の中で棒にちょこんと止まっている鳥とそっくりだった。

フォキルはどう見ても会話に加わる気がないので、モイナと話をするしかないとピヤは腹をくくった。「通訳してもらえるかしら？」ピヤはカナイに頼んだ。

カナイを通してピヤはモイナに感謝の念を伝え、さらに、フォキルがしてくれたことに対して家族にお礼をしたいと言った。

ピヤはお札の束を準備してきていた。キャッシュ・ベルトからそれを取りだそうとしていると、カナイの隣に坐るモイナの方へ手を差し伸べやすいよう、カナイが椅子を後ろに傾けてどいてくれた。モイナは期待をこめた微笑を浮かべ、やや前傾して坐っている。私がお金を渡す相手はフォキルじゃなくモイナだと二人とも当たり前みたいに思っているんだわ。ピヤ自身も今の今までそのつもりでいたのだが、いざその金を手に握ると、反抗的な正義感が頭をもたげた。命をかけて溺れる私を助けてくれたのはフォキルなんだから、お金はまずはフォキルの手に渡さなくちゃ。あんなに私によくしてくれたのに、そんなに蔑ろにできるわけないじゃない。フォキルがそうしたければお金をモイナに渡せばいいんだから。でも私が勝手にフォキルをすっ飛ばすのは間違っている。

そう考えて、ピヤは椅子から立ちあがった、が、モイナの方が一枚上手で、ピヤの前にすっと立ちはだかって掌を差しだした。こうなるともう、ピヤはお手上げだった。ピヤは潔く金をモイナに渡した。

「夫に代わってお礼を頂きまして大変感謝しています、ってモイナが言っている」

この間、フォキルは身じろぎ一つせずじっと坐っている。まるで、いないもののように扱われることにはもう慣れっこっていうみたい。

ピヤが椅子に再び腰をおろそうとしたとき、フォキルがなにか口にした。それに反応してモイナがなにかぴしゃりと言い返す。

「何ですって？」ピヤはカナイに囁いた。

「こういうことでお金を貰うのは縁起の良いことじゃない、ってフォキルは言ったんだ」

「で、モイナの答えは？」

「だってしようがないじゃない、って。もう食べ物もお金もないんだから。蟹しかないじゃないって」

ピヤはカナイに向き直った。「夫婦の事情に立ちいるつもりは全然ないんだけど、でも、私とモイナだけで話をつけるのも嫌なのよ。フォキルともちゃんと話したいんだけど、どうにかできないかしら？　フォキルにも大事な相談があるんだし」

「じゃあ、いっちょう試してみよう」そう言ってカナイは腰を上げ、フォキルの傍に行くと、やたらと友達がましい大声で話しかけた。「やあ《ハ》や《レ》あフォキル、僕を知っているかい？　マシマの甥のカナイ・ダッタだ」フォキルがなにも反応を示さないので、カナイは言葉を続けた。「僕は君のお母さんの顔馴染みだった。知っているかい？」

これを聞いてフォキルはようやく顔をあげた。フォキルの顔を初めてまともに見たカナイは、それがクスムにあまりにそっくりで驚いた。顎も、深く窪んだくすんだ眼も、それから髪や身にまとう雰囲気までも、クスムを思わせる。だが、フォキルはこの話に付きあう気はないようだった。一瞬カナイと眼を合わせたかと思うと、フォキルはなにも言わずにそっぽを向いてしまった。カナイはフォキルをじろりと睨んでから、踵を返して椅子に戻った。

「どうだった?」とピヤ。

「ちょっと打ち解けてみようと思ったんだ」カナイが答えた。「お母さんの知り合いだよと言ってみたんだ」

「フォキルのお母さんを知っているの?」

「知っていた、だ。もう亡くなっている。昔来た時に会ったことがあるんだ」

「それも伝えたの?」

「伝えようとしたんだが」カナイは苦笑した。「全然相手にしてもらえなくてね」

ピヤは頷いてみせた。二人の間の会話そのものは分からなかったが、フォキルに話しかけるカナイの口調がやたらと恩着せがましいのは感じとれた。とんまなウェイターを冷やかすようなあんな調子で話しかけたのでは、フォキルが本能的に防御態勢をとる——要は黙ってなにも言わない——のは当たり前じゃない。

「まあしようがないわ。私たちはそろそろ失礼しましょうか」とピヤが言った。

「そうだね」

「これだけフォキルに伝えてくれる?」

カナイの通訳を通して、ピヤはフォキルに、ガルジョントラの「淵」に現れるイルカの調査をしていることを説明した。フォキルにとっては分かりきったことかもしれないけれど、昨日までの二日間で、イルカは日中、潮が満ちてくると淵を離れて食事にでかけるらしいことがはっきりした。そこで、ピヤとしては、今度はイルカを追跡していって、その移動経路をマッピングしたいと考えている。それには、フォキルと一緒にガルジョントラに戻るのが一番だ。今度はもう少し大きな船、できればモーターボートで、イルカの淵の近くに腰を据えて、イルカの日々の動線を追跡するのを助けてほしい。調査期間はおそらく四日か五日くらいになるとは思うが、調査の状況次第。ボートの貸船料、食糧その他諸々の諸経費はもちろんピヤがきちんと払う。フォキルには謝礼を払うし日割り計算で日当も出す。もし調査がうまくいけば、さらにボーナスだ。全部こみで、合計三百米ドルほど稼げる計算だ。

通訳のカナイが最後まで訳し終えた時、モイナははっと息をのみ、思わず手で顔を覆った。

「少なかったかしら？」心配そうにピヤはカナイに訊ねた。

「少ないだって？　モイナは嬉しくてびっくりしているんだよ。望外の臨時収入だよ。お金に困っているのは間違いないみたいだしね」

「それで、フォキルはなんて？　ロンチを都合できるかしら？」

カナイは、しばらく耳を傾けた。「ああ、できるそうだ。すぐに調達するって。だけど、この辺にモーターボートはないから、ボトボティを使わなきゃならない」

「それは一体何？」

「ディーゼル船のことをこの辺ではそう呼ぶんだよ。エンジンがボトボト音を立てるから、そういう呼び名になった」

「全然構わないわ。とにかく、都合つけられるのよね？」

「ああ、明日ここに回してくるから、使えるかどうかみてみればいいさ」

「船の持ち主と知り合いなのかしら？」

「ああ、フォキルの父親代わりみたいな人だよ」

ピヤの脳裏に浮かんでいたのは、森林保護官の術中にはまって雇ってしまったロンチとそれに続くごたごたのことである。「その人は信用できる人？」

「もちろん」カナイが頷いた。「僕も知っている人だ。ホレン・ノシュコルっていってね、伯父の仕事をしていたこともある。僕が保証するよ」

「それなら良かったわ」

ちらっとフォキルを見ると、にっと笑みが浮かんでいて、その瞬間だけ、ずっとむっすり塞ぎこんでいる陸のフォキルではなく、いきいきとしていた水上の彼の姿が垣間見えた。フォキルがご機嫌になった理由が、また大好きな河に船をだせるぞと思ったからなのか、あるいはこの家の中でフォキルにのしかかっているなんらかの重圧から逃れられるからなのかは、ピヤには見当がつかない。どちらにしても、それでフォキルが喜ぶなら、それだけでピヤには充分だった。

「ちょっといいかな、ピヤ」とカナイがピヤの肘を突いた。「モイナが君に聞いてみたいことがあるそうだ」

「なにかしら？」

「あなたみたいに高い教育のある科学者に、私の夫みたいな人――読み書きだってできないのに――の助けがどうして必要なのか、って」

ピヤは眉間に皺を寄せて考えこんだ。こんな風に訊ねるなんて、モイナは夫のことを本当にそこまで否定的に見ているのだろうか？　それとも、ピヤに対して暗に、誰かほかの人をやとってくれと言おうとしているのか？　だが、この仕事をするのに、他の候補者などいはしなかった。まして、代替選択肢はあの森林保護官のような輩なのだから。

「じゃあ、モイナにこう伝えてくれるかしら」ピヤはカナイに頼んだ。「あなたの夫は河のことを本当に良く知っているのよ。フォキルの知識は、私みたいな科学者にとっても、とても役に立つものなんだって」

その説明を聞くと、モイナがなにか鋭く言い返し、カナイが笑いだした。

「何がおかしいの？」ピヤが訊ねた。

「本当に才女だよ、モイナは」。

「どうして？　モイナはなんて言ったの？」

「gyan《ガーン》という言葉で駄洒落を言ったのさ。gyan っていうのは、「知識」で、それが gaan《ガーン》になると、「歌」になる。歌《gaan》ばっかりの夫にそんなに知識《gyaan》がありますかねえ、それならもっと楽に暮らしたいものだけどってモイナは言ったのさ」

ニリマはクスムの来訪をやはり快くは思っていなかった。その夜、ニリマは私に訊ねた。「クスムが今日私に会いに来たのを知っている？　モリチジャピに私を巻き込もうとしているの。島に診療所を建てるのをトラストに手伝って欲しいんだって」

「で、お前は何て言ったんだい？」

「何もお手伝い出来ませんって」ニリマは取り付く島もない素っ気ない口調で答えた。

「でも、何故だい？」私は抗議した。「あの人たちだって人間だよ。医療がなくてはどうしようもないだろうに」

「ニルマル、無理って言ったら無理なのよ。だいたい、あの人たちは不法移民なのよ。土地の持ち主でもないんだから。政府の土地なのよ。好き勝手に居坐っていいわけないじゃない。あの人たちが許されるなら、じゃあ潮の国の島は好き放題に占領していいんだってことになるじゃない。そんなことになったら森や環境はどうなるのよ？」

ルシバリだって昔は森だったじゃないかね、と私は言ってやった。ルシバリだって政府の土地だった。だが、ダニエル・ハミルトン卿は、社会実験のためこの土地を手に入れた。お前だってずっとダニエル卿は素晴らしいことをしたって言っていたじゃないか。何が違うんだい？　この移住者たちの夢は、ダニエル卿の夢と比べるに値しないっていうのかい？　ダニエル卿が大金持ちの大旦那《シャヘブ》で、彼らが無一文の難民だからっていうだけで？

「そんなこと言ったって、ニルマル、ダニエル卿の話は大昔のことじゃない。もし今皆で真似したら、森なんかあっという間に消え失せてしまうわ」

「いいかい、ニリマ、あの島、つまりモリチジャピはね、移住者たちが来る前だって、そもそも別に本当に森だった訳じゃないからね。政府がプランテーションを作ったりして利用していた土地だ。環境が危ないだなんて、あの人たちを追い出したいためだけの言い掛かりなんだよ。どこにも行く場所なんかないのにさ」

「仮にそうだとしても、とにかくトラストが巻き込まれるわけにはいかないのよ。失うものが大き過ぎるの。日々の病院の運営にはあなたは関わっていないから分からないでしょうけど、政府とうまくやっていくってすごく大変なのよ。政治家の機嫌を損ねでもしたら、私たちは終わりなの。そんな危険は冒せないのよ」

それですべてははっきりとした。「要するにだ、ニリマ、お前が言っているのは、つまり、このことについてのお前の姿勢は、何が正しいかとか間違いだといったこととは何の関係もないっていうことだ。君がこの人々に救いの手を差し伸べない理由は、とどのつまり政府の機嫌を取らなきゃならないからだ」

ニリマは拳を握り締めて腰に当てた。「ニルマル、実際的なことなんか何一つ分かりもしないくせに。あなたは夢の世界に住んでいて――霞みたいな詩とか、ぼんやりと革命のこととかばかり考えていて。何かを作るってことはね、単に夢だけ見ているのとは全然違うのよ。何かを作るってことは、賢明な妥協の積み重ねなのよ」

ニリマがこれほど声を荒げた場合、普段の私なら引き下がる。だが、この時ばかりは私も負けるわけにはいかなかった。「僕にはこの妥協が賢明だとは思えないがね」

ニリマは怒り狂った。「ニルマル、忘れたんなら思い出させてあげるけどね、そもそも私たちがルシバリに来たのはあなたが発端なのよ。政治活動に手を出して、厄介ごとに巻き込まれて、身体が持たなくなった。私には、ここに、家族も友達も仕事も何一つ無かったのよ。だけど、ずっと頑張って、これだけのものを作ったのよ——実際に、役に立つ何かをね。沢山の人々のためにちょっとずつ役立ってきたのよ。でもあなたはその間ずっと、何もせず、ひたすら批評ばかりこねていた。でも、今、あなたの目の前にあるのは何よ——病院よ。あれを守るためなら何だってするのよ。子供を守る母親みたいにね。あの病院の未来と世話——それが私の全てなのよ。あれを、危険には絶対さらさない。これまでずっとあなたには頼み事なんかほとんどしなかったわね。今させてもらうわ。モリチジャピには関わらないで。政府は移住者を放っておかないわ。ちょっかいを出したらこっぴどく仕返しされるに決まっている。あなたが関わったら、私の畢生の事業が危ないのよ。それだけ分かって頂戴」

そう言われてしまうと返す言葉もない。私のために彼女が払った犠牲の大きさを、私以上に理解しているものなどいないのだ。モリチジャピの子供たちを教えるという私の考えは、いずれ必ず訪れる隠退生活が始まるのを引き延ばしたいがためだけの、ただの老人の妄想に過ぎないと思うほかない。私は一切を頭から消し去ろうと努めたのだ。

新しい年、一九七九年が来た。年が明けてすぐ、ニリマは例年同様、病院の資金集めに旅立っていった。カルカッタの富裕なマールワーリーの一族が発電機を寄付してくれることになったのだそうだ。ニリマの従兄弟の一人が州政府の大臣に就任しており、彼にも会っておかねばならなかった。ニュー・デリーまで行ってモラールジー・デサーイー政権の高官と面談する予定まで組まれていた。この全てをきっちりこなす必要があったのだ。

ニリマの出発の朝、私は桟橋まで見送りに行った。別れ際にニリマが言った「ニルマル、この間、モリチジャピについて言ったこと、良く覚えておいてね。忘れないで」

やがてボートが姿を消し、私は書斎に上った。教師の仕事がなくなったので、時間は有り余っている。随分久し振りにノートを開き、何か書いてみようと思った。潮の国についての本を書いてみようとずっと思っていたのだ。私の知っている全て、長年かけて蒐集してきた事実を全て詰め込んだ本にするのだ。

それから数日、私は机に向かって、彼方に広がるライモンゴル河のモホナを見つめて過ごした。初めてルシバリに来た頃、日暮れ時には鳥で空が真っ黒に染まったものだったと思い出された。あの鳥の群れを最後に目にしてから、長い年月が経っている。最近鳥の姿が見えないと気付いた時、私はそのうちすぐにまた戻ってくると思っていた。だが、鳥は二度と戻ってこなかった。昔は、潮が引いて姿を現す泥は、何百万もの蠢く蟹で朱に染まっていたものだった。だが、あの朱色も時と共に薄れゆき、今ではもう見られない。あんなにたくさんいた蟹や鳥たちは、一体どこに消えてしまったのだろう?

年を重ねるごとに、人は死の兆しに気付くようになる。突如それと知るのではない。ゆっくりと長い時間をかけて、見えるようになってくるのだ。今では、それらの兆しは、私の内のみならず、私が三十年近く住んできたこの土地の至る所に溢れている。あの鳥はもう姿を消した。魚も減り続けている。そして日に日に少しずつ海が大地を飲みこんでいく。潮の国を飲み終えるには、どれほど水位が上がればよいだろう？　ごくわずか——海水面の高さがほんの少し上がればそれで事足りる。

こうして私が暗い未来をぐずぐず考え込んでいるうち、もしそうなったとしても、決してそんなに悪い結末ではないように思えてきた。この島々は、あまりにも多くの苦しみと悲しみと貧しさと、災害と破れた夢の思い出に満ちている。いっそすべて消え去ってしまったほうが、人類にとって目出度いのではないか。

そして私はモリチジャピのことを想った。私が涙の谷として見ているこの土地を、黄金よりも貴く愛している人がいる。クスムが話してくれたあの話。ビハールでの異郷の生活の中で、この土地に帰ってくることがクスムの夢だった。この豊かな泥の土地の、この震える潮の干満を再び見るのだと。クスムと一緒にモリチジャピにやって来た人々のことも私の瞼を離れない。ここまでやってくるのにどれほどの勇気を振り絞ったのだろう。私が、この土地に対して筋を通すためにできることは何なのだろう？　あの人々の渇望と願望の力——それに応えるだけの、何を、私は書くことができるだろう？　どのような文章なら、それを受け止めることができるだろう？　滔々と流れる河のような文章を、正確な律動を刻む潮のような文章を、私は書くことができるだろうか？　私にはそれさえわからない。

私は書物を脇へ片付け、屋根の上に立って、水の彼方を見晴るかした。もはや、その光景に私は耐えることができなかった。妻と、この歳にしてついに出会えたムーサたる女性の間で、私は引き裂かれていた。そしてまた、日々弛まぬ変化を齎《もたら》す静かな根気強さと、革命を齎す性急な興奮との間で――つまり、散文と詩の間で。

なにより私の脳裏にこびりついて離れないのは――これらの混乱を抱え込むのは私には過ぎたる重荷だろうか？　これほどの疑問に向き合う資格が私に備わっているなどとなぜかりそめにも思うのか？

あの詩人が言うとおり、私たちが自分にこう言い聞かせるあの段階に、私もとうとう到達してしまったのだった。

わたしたちに残されたものとてはおそらく、
わたしたちが日ごとなにげなく見ているような
丘のなぞえのひともとの樹、昨日歩いたあの道、
または犬のように馴れついて離れぬ何かの習癖

日没

一日が過ぎ、太陽がビディヤのモホナに沈もうとしている。ピヤは、カナイが屋上にいるのを思いだし、ゲストハウスの屋根に上って書斎の戸を叩いた。

「誰だい?」戸を開けて、カナイは驚いたようにピヤを見た。夢中でなにかしているところから現実に引き戻されたという感じである。

「お邪魔だったかしら?」

「いや、全然」

「ちょっと日没を見ようと思って」

「そりゃいい。来てくれてありがたいよ」そう言って、カナイは手に持っていた厚紙綴じの本を置き、ピヤに並んで手摺の傍に立った。彼方では、沈みゆく太陽の色を映し、空とモホナが赤く燃えている。

「素晴らしい景色だろう?」カナイが言った。

「そうね」

カナイがルシバリの町を説明してくれた。村の広場、ハミルトン・ハウス、学校、病院、その他のあれこれ。説明を終えたときには二人は屋根をぐるりと回って、今朝通った小径とその向こうの病院職員居住区を望んでいた。二人とも今朝の出来事について考えているのだとピヤは分かっていた。

「今日、うまくいって良かったわ」口を開いたのはピヤだ。

「うまくいったと思う?」

「ええ。フォキルが調査に同行してくれることになったんですからね。最初は無理な相談かなと思ったわ」

「正直、僕には良くわからない。むすっとした変な男だろう? 扱いが難しいよ」

「そんなことないわよ。水に出ると、全然別人になるから」

「だけど、フォキルとずっと一緒で大丈夫かい? それも何日間もだよ」

「ええ、全然心配していないわ」カナイとフォキルの話をするのはなにか気まずい感じがした。朝ぞんざいに扱われたことをカナイがまだ根に持っているらしいことは明らかだった。つとめて穏やかにピヤは訊ねた。「フォキルのお母さんについて教えてもらえるかしら? どんな人だったの?」

カナイはしばらく黙って考えこんだ。「見た目はフォキルそっくりだよ。だけど性格はあまり似ていないように思える。クスムは元気で勝ち気で、陽気で楽しい子だったよ。全然フォキルとは違う」

「それで、彼女になにが起こったの?」

「一口で言える話じゃないんだけどね。僕だって全部知っているわけじゃない。確実に言えるのは、警察ともめごとになって殺されたってことだ」

ピヤは息を飲んだ。「一体なにが起こったの?」

「クスムは、近くの島に住み着いた難民グループに参加したのさ。その土地は政府の土地だったから、対立が起きて、沢山の人が命を落とした。一九七九年のことだ――フォキルはまだ五歳か六歳だったはずだ。母親が死んだ後、ホレン・ノシュコルがフォキルの面倒を見た。ずっとホレンが父親代わりだ」

「じゃあ、フォキルはここで生まれたんじゃないのね？」

「そう。フォキルはビハール生まれだ。そのとき両親がビハールで暮らしていたから。父親が死んだ後、クスムはここに戻ってきた。フォキルがまだ五歳のときの話だ」

私が想像していたフォキル一家とは全然違っていたのね。両親と、沢山の兄弟に恵まれたにぎやかな家庭を勝手に想像していたけれど、恥ずかしいほど見当外れだったわけね。「ということは、私とフォキルには少なくとも一つは共通点があるってことね」

「それは何だい？」

「母なしで育ったっていうことよ」

「君のお母さんは君が小さい時に亡くなったの？」カナイが訊ねた。

「フォキルほど小さかったわけじゃないけどね。私が十二歳の時に癌で亡くなったの。だけど実際には、そのずっと前にいなくなったと言えると思うわ」

「どうして？」

「母は、私たち――父と私――を、なんというか、切り棄ててしまっていたから。鬱だったの。それもどんどんひどくなる一方で」

「君も辛かっただろう」カナイが言った。

「母の方がよっぽど辛かっただろうと思うわ。母は、美しいけど壊れやすい蘭みたいな人だったのよ。たくさんの人に愛情いっぱいに世話してもらわないと生きていけなかったのよ。だから、そもそも故郷からあんなに遠く離れてはいけない人だったの。シアトルでは、母にはなにもなかったから。友達も、召使も、仕事も、生活も、なにもなかった。反対に、父は、完璧な移民だったわね——はっきり目指すものがあって、勤勉で、成功した。父は自分の人生を切り開くので急がしくしていたし、私は私でありきたりの子供で自分のことばかり。それで母は、なんというか、ふっつり切れてしまったのよ。それから、もういいやってどこかで諦めてしまった」

カナイは、手をピヤの手に重ねて、ぎゅっと握った。「残念なことだったね」

カナイの声音にピヤは驚いた。何事も自分中心で他人のことなど眼中にない人だと思っていたのに、今カナイが見せている同情は決して見せかけではないようだった。

「でも、おかしいわよ」ピヤはほほえんで応じた。「私には残念だったねっていう割に、あなた、フォキルに対しても同じように同情しているようには見えないもの。お母さんのことまで知っているのに。どうしてかしら?」

カナイは表情を強張らせ、皮肉っぽい笑い声を立てた。「フォキルに関する限り、申し訳ないけれど、僕の同情心は主に奥さんに向けられているということだね」

「どういう意味?」

「今朝、モイナを見てなにも思わなかったかい? フォキルみたいな人と一緒に暮らしながら、大黒柱として家族の生計をなりたたせていくのがどれほど大変なことか考えてみなよ。それだけじゃない。カーストや生い立ちを考えれば、これからの世の中を生き抜くためにどうしたらいいか、先々のことまであれだけしっかり考え抜いているのは、並大抵のことじゃないよ。それも、ただ生き抜くっていうだけじゃなくて、成功したいと思っている。成功した人生を創造したいと願っているんだ」

ピヤは頷いた。「分かったわ」カナイにとっては、ルシバリのような場所でモイナのような女性に会うことが、大きな安心材料になるんだわ。モイナの存在そのものが、カナイがこれまで積み重ねてきた人生の選択が正解だったと証明してくれるのよ。結局カナイは、自分の生き方が、根っこの部分では平等主義的で自由主義的で能力主義的なものなんだと信じたままでいたいのだ。「僕の欲望だって、結局みんなと同じ、当たり前のものなんだ。金持ちでも貧しくても、前向きな意志と情熱があるなら、誰だって、なにがなんでも成功を掴みとってみせると思うものなんだ――ほら、モイナがその証明だ」そう考えることで、カナイは自分を安心させている。そしてこの姿見を通してみるならば、フォキルのような男は、ルシバリという過去の世界からさまよいでてきた亡霊であり、たまたまバックミラーにちらりと映りこんだとはいえ、そのままさっさと置き去りにして消え失せるべき存在に過ぎないのだ。それは、ピヤにも理解できないでもない。でも、カナイが住むこの国は、今、エネルギッシュな若い国と言われてはいるけれど、本当のところは、そんな亡霊たちで満ち満ちているのではないか。カナイがどんなに声を張り上げても、姿なき亡霊たちのかすかなささやきを消し去ってしまうことなどできはしないのではないだろうか。

ピヤが口を開いた。「モイナを随分高く評価しているのね？」

「というよりおおいに尊敬しているといっていいかな」

「そうね。だけど、フォキルから見たら、モイナはまた違った風に見えるかも。そう考えてみたことはあるかしら？」

「どういう意味だい？」

「そうね。あなただったら、彼女と結婚したいと思うかしら？」

カナイは高笑いし、やたらと軽薄な声色を作ってピヤをぞっとさせた。「そうだね、ちょっとの間だけいちゃつく相手としては、物凄く刺激的な相手だと思うね。一時の火遊びっていうのかな。だけど、もし長期的なことを考えるんなら――ノーだ。君みたいな人の方がずっと僕の趣味だ」

ピヤは手を持ちあげて耳飾りを触り、気を落ちつかせようとでもいうかのように、耳飾りを指先で柔らかく弄《いじ》った。用心深い微笑みを浮かべ、ピヤは訊ねた。「あなた、私を口説いているの？」

「分からないかい？」カナイはにやにやしている。

「勘が鈍っているのよ」とピヤ。

「それじゃあ、そりゃなんとかしないといけないね」

そこで、階下からの怒鳴り声がカナイをさえぎった。「カナイ・バブ」

手摺越しに見下ろすと、フォキルが下の小径に立っている。ピヤを見つけると、彼は頭を垂れ、もぞもぞと足を動かした。それから、カナイに向かってなにか喋ると、フォキルはさっさと背を向けて、土手の方へと姿を消した。

「なんですって？」とピヤ。

「ホレン・ノシュコルが明日ボトボティをここに持ってくるって君に伝えて欲しいってさ。船を見て、特に問題なければ明後日に出発できるそうだ」

「それは良かった」ピヤは大きな声を出した。「じゃあ、私も今からもう準備を始めなきゃ」

フォキルが邪魔してくれたのはピヤとしては勿怪《もっけ》の幸いだったが、カナイとしては不本意だったらしい。「それじゃあ僕もそろそろ伯父のノートに戻らなければ」と言いながらも、カナイは苦々しい顔をしていた。

変容

もしホレンがいなければ、私は残された余生を、これまでどおりの日常にやさしく包まれたまま、一応満足して過ごしたことだろう。だが、ある日、ホレンが私を訪ねてきたのだ。「先生《saar》、もう一月半ばで、じきにボン・ビビのお祭りです。クスムとフォキルがガルジョントラに行きたいそうで、俺が連れていくんですが、クスムが先生も来ないか聞いてくれって」

「ガルジョントラ?」私は訊ねた。「そりゃ一体どこだい?」

「森のずっと奥の方にある島ですよ。クスムの父親が昔ボン・ビビの祠を建てたんですよ。そんなわけで、お参りに行きたいんだと」

これは、私にとって新たな難題だった。というのも私はこれまで、篤い信仰なるものからは常に距離を置いてきたのだ。信仰など虚偽意識に過ぎないからというだけでなく、印パ分割の際、私自身、身をもって、宗教なるものが齎し得る災厄を体験したからでもある。校長として、ヒンドゥー教であれイスラーム教であれ、どれか一つの宗教と自分を結びつけるようなことがあってはならないと常々私は考えてきた。そんな自分なりの理由があって、私はこれまで一度たりともボン・ビビのお祭りを見たこともなければ、この女神に興味をもったこともなかったのである。しかし、私はもう校長ではないから、私を押しとどめていた事情はもう関係ない。

だが、ニリマの指令はどうなる？　モリチジャピには関わらないで欲しいとあれほど頼んでいたじゃないか？　だが、今回についていえば、別の島に行くだけだから、モリチジャピに行ったとはいえないわけだし、と私は自分を納得させた。「分かったよ、ホレン。だが、気を付けて欲しい――マシマにはくれぐれも内緒だよ」

「分かりました、絶対言いません、先生《saar》」

翌朝夜明けにホレンがやって来て、私たちは出発した。

私が前回モリチジャピを訪れてから二月ほどが過ぎており、到着してみると、状況は大きく変わっていた。前回漂っていた楽観的な気分は、恐怖とゆっくりと蝕むような疑心暗鬼に取って代わられている。例えば、木造の見張り塔が建てられており、移住者たちが沿岸を取り締まっている。私たちのボートが接岸すると、忽ち数人の男たちが私たちを取り囲んで尋問した。「何者だ？　ここに何しに来た？」

やっとクスムの藁葺きの家に着いた時には私たちはすっかり弱気になっていた。クスムもまた重圧に耐え続けてきたのだ。クスムによれば、ここ数週間、政府は移住者たちへの圧力を強めているのだ。警官や役人が訪ねてきて、立ち去らせようとして取引をもちかけてきた。それが失敗に終わると、今度は脅しだ。移住者たちの決意に揺るぎはなかったが、極度の緊張を強いられている。次に何が起こるのかは、誰にも分からない。

もう昼に近く、私たちは先を急いでいた。クスムとフォキルは、ボン・ビビとその弟シャー・ジョンゴリの小さな埴輪をこの日のために準備していた。それをホレンのボートに載せ、私たちは島から漕ぎ出した。

河に漕ぎ出すと、潮が私たち皆の気分を高揚させた。水上には他にも沢山、お参りに向かうボートが並んでいる。二十人、三十人が乗っている船もいて、ボン・ビビやシャー・ジョンゴリの巨大な御神像に、歌手や太鼓打ちまで乗船していた。

一方私たちのボートには四人だけ。ホレン、フォキル、クスム、そして私。

「お前の子供たちも連れてくればよかったのに」私はホレンに訊ねた。「お前の家族はどうしているんだい？」

「あいつらは、家内の親父さんがあっちの家族の船で一緒に連れていってくれたんでね」ホレンはもごもごと答えた。「あっちの船の方がでかいから」

やがてボートがあるモホナにさしかかった。モホナを渡る時、ホレンとクスムが神様や寺院の前にでも来たかのように片膝をつくような所作をとった。そして、指先を額に当てて、胸に触れる。フォキルも懸命に真似をしている。

「どうしたんだい、こんなモホナの上で」驚いて私は訊ねた。「何かここにあるのかい？　寺院も見当たらないけど」

クスムはくすくす笑うばかりで、なかなか理由を教えてくれなかった。何度もしつこく頼んでようやくクスムは、あの時あのモホナの真ん中で私たちはボン・ビビが潮の国を分割するために引いた線を越えたのだと教えてくれた。つまり、ドッキン・ライとその手下の悪魔たちの領域と人間たちの領域を切り分けている境界線を、私たちは越えたのだ。クスムとホレンにとって、この空想上の線は、私にとっての鉄条網と同じくらい現実のものなのだと、がつんと腹に響いた。

この場所では全てが新しく、予測不可能で、驚きに満ちている。退屈しのぎに私は本を持参していたのだが、この地の風景は、思えば本のようでもある。それを構成する無数の頁に、全く同じ頁など一揃いもありはしない。見るものはみな、各々の趣味・教育・記憶・願望に応じて本を開こうとする。本は本で、地質学者にはこの頁、ボートの船頭にはあの頁、大型船の操舵士にはこれまた別の頁、そして画家ならさらに別の頁を開いて見せる。そしてこの本の文章に引かれている下線ときたら、見るもの次第で、全く見えないこともあれば、高圧電線並みの強力なエネルギーに満ちた結界にもなりうるのだ。

私は都会の人間だから、潮の国の密林は時の止まった空白にしか見えていなかった。今ようやく、私はその幻想を脱却して、真実はまさにその反対だと悟った。この場所では、時の車輪が目にも止まらぬ速さで回転している。他の場所なら、河が流れを変えるのに何十年、何百年とかかる。新しい島ができるには地質学的時間がかかるのだ。だがここ潮の国では、変容こそが命の掟だ。毎週のように河は移ろい、毎日のように島は生成消失する。他の場所なら、森林の再生に何世紀、否、千年単位の時間がかかるが、マングローブは丸裸になった島をものの十年十五年で覆いつくす。ここでは地球のリズムそのものが速められ、めくるめく速度で世界が動く。

例えばそう、一六九四年、ロイヤル・ジェームズ・アンド・メアリーなる英国船が潮の国の浅瀬を航行しようとしていた。夜の危険が多檣船《ガレオン》にこっそり忍びより、船は砂州にぶつかり転覆した。難破船の運命はどうなるのか？　これがもしカリブ海や地中海の温和な水域なら、水生生物がびっしり船体を分厚く包み込み、何世紀もの間、船体を保存してくれる。そしていずれ、一攫千金を夢見る潜水夫や冒険家が、この難破船を探し出す。だが、ここ、潮の国では？　潮の国は、この巨大なガレオン船をものの数年で消化し尽し、かすかな痕跡さえ残さなかった。

　この船だけではない。歴史を紐解《ひもと》くなら、潮の国の水路こそ古の船舶の墓場なのだ。一七三七年の大嵐の際には、二ダース以上の船舶が飲みこまれたのではなかったか？　一八八五年には、英領インド汽船会社が誇る二隻の蒸気船、アルコットとマラーターがこの地で沈んだのではなかったか？　一八九七年にはシティ・オブ・カンタベリーがその列に加わった。だがこんにち、一切は跡かたもなく消え去っている。潮の胃袋に一度吸いこまれたら、なにひとつ残りはしない。すべては微細な粒子に破砕され、別のものに姿を変える。

　潮の国は、あの詩人の声を借りて語りかけているのだ、「われわれの生は刻々に変化して過ぎてゆく」と。

　モリチジャピは午後を迎えた。クスムとホレンが区の寄り合いから戻ってきた。噂は真実だと確かめられたのだそうだ。対岸に集結しているならず者たちが、島から移民を排除すべく送り込まれてくる。だが、攻撃は今日ではなく、恐らくは明日始まるようだ。だから、私にはまだ数時

――間、残されている。

巡礼

届けられた夕食を見て、私が食事に気をつかっているって誰かがモイナに教えたんだわとピヤは感じた。というのも、昨日と同じ白米とフィッシュカレーに加えて、今日はプレーンのマッシュポテトとバナナが二本出されたのである。ピヤは心づかいに感激し、手をナマステの形で胸の前に合わせてモイナに謝意を伝えた。

モイナが去った後、あなたがモイナに話をしてくれたのかとカナイに聞くと、カナイは首を横に振った。「いや、それは僕じゃない」

「じゃあ、きっとフォキルね」ピヤはマッシュポテトを皿にどっさりよそった。「後はオバルチンがあればもう言うことなしなんだけど」

「オバルチン?」カナイが驚いて皿から目をあげた。「オバルチンが好きなの?」ピヤが頷くとカナイは笑いだした。「アメリカにもオバルチンがあるのかい?」

「親譲りの好物なのよ。うちの親は、いつもインド人の店でまとめ買いしていたの。河に調査に出る時はかさばらなくて便利だから、私も好きになってしまったの」

「じゃあ、君はイルカを追いかけている間は、オバルチンで食いつないでいるのかい?」

「そういうこともあるわね」

カナイは悲しそうに首を振りながら、自分の皿に米とダールと野菜の炒め煮《チェチュキ》をよそった。「イルカのためならそこまで我慢できるんだね」

「私は別にそういう風には思っていないのよ」

「カワイルカってそんなに魅力的な動物かい？　そんなに興味が尽きないものなの？」

「私にとってはね。そうそう、これを聞いたらあなたも面白いと思うかも」

「そうかい、僕は折伏される用意はできているよ。どんな話かな？」

「最初にカワイルカが見つかったのはなんとカルカッタだったのよ。これでどう？」

「カルカッタで、かい？」カナイはあくまで疑わしげだ。「君は本気でカルカッタにイルカがいたって言っているのかい？」

「ええ、そうよ。それに、イルカだけじゃないわ。クジラだっていたんだから」

「クジラだって？　冗談だろう？」

「とんでもない。カルカッタは昔、海棲哺乳類研究のメッカだったのよ」

「信じがたいね」カナイは断言調だ。「だって、それが本当だったら、僕だって知っているはずさ」

「でも、本当なんだもの。ついでに言うとね、先週、コルカタにいた時、私、海棲哺乳類の巡礼に行ってきたの」

「海棲哺乳類の巡礼？」カナイは笑いだした。

「ええ。従妹たちにも笑われたわ。でも、巡礼としか言いようがないのよね」

「君の従妹っていうのは、どういう人たちなんだい？」

「私の叔母《マシマ》の娘たちよ。私より年下で、一人は高校生でもう一人は大学生。二人とも聡明なお利口さんよ。車もあるし運転手もいるから、カルカッタで、私の行きたいところにどこでも連れていってくれるって言ったのね。私がお土産なんかを買いに行きたいって言うと思っていたんだと思うわ。私がどこに行きたいか言うと、「植物園ですって！　なんでまた？」なんて言っていたわ」

「当然の疑問だと思うけどね。植物園がイルカとどう関係あるんだい？」

「なにもかもよ。というのはね、十九世紀に植物園を運営していたのは第一級の博物学者でしたから。その一人がウィリアム・ロクスバラ、ガンジス・カワイルカの発見者よ」

ロクスバラは一八〇一年に初めてカワイルカの発見を宣言したのだが、その著名な論文を書いたのもこのカルカッタ植物園だったのだ、とピヤは説明してやった。ロクスバラは、カワイルカを**Delphinus gangeticus**（「カルカッタ周辺のベンガル人はガンジス・カワイルカをススって呼んでいたんですけどね」）と一旦名づけたのだが、後でこの名前は変更されることになる。大プリニウスが早くも紀元一世紀にインドのカワイルカに名前――**Platanista**――を与えていたことが分かったからだ。それで、動物学の目録上では、ガンジス・カワイルカは**Platanista gangetica Roxburgh 1801**として記録されることになった。ずっと後、植物園におけるロクスバラの末裔の一人、ジョン・アンダーソンはガンジス・カワイルカの飼育を試みた。アンダーソンがカワイルカを家の浴槽に入れて飼ってみたところ、何週間か生存したそうだ。

「でも、それだけじゃないのよ。アンダーソンは、イルカを自分の浴槽で飼っていたのに、**Platanista**が盲目だということにはついぞ気づかなかった。カワイルカには横向きに泳ぐ習性があるっていうことにもね」

「横向きに泳ぐ？」

「ええ」

「それで、その浴槽は見つかったかい？」と訊ねつつ、カナイは食卓の上に手を伸ばしてご飯をおかわりした。

ピヤは声を立てて笑った。「いいえ。でもそんなことは別に構わないの。ただ、その場に行ってみるだけでいいのよ」

「で、次の巡礼地はどこだったんだい？」

「聞いたらもっと驚くわよ。なんとソルトレイクよ」

カナイの眉毛が飛びあがった。「コルカタ郊外の？」

「コルカタも当時はもっと小さかったから」答えながら、ピヤは二本目のバナナの皮を剥いた。

「一八五二年には、あの辺は池がぽつぽつ散らばっているだけの湿地だったの」

その年の七月、桁外れの高潮がこの三角州を流れる河川の水位を急激に上昇させた。高潮は後背地深く、カルカッタ周辺の低湿地に溢れだした。潮目が変わって水が引き始めた時、町である噂が流れた。巨大な海の動物が何頭も西郊の塩湖の一つに閉じこめられているというのである。当時植物園長の任にあったのは英国人の博物学者エドワード・ブライスで、この噂を聞きつけた彼はおおいに心配した。その前の年、マラバール海岸で体長二十七メートルにも及ぶクジラが座礁したのだが、現地の人々があっという間に、ありあわせの刃物類を持ってきて寄ってたかって切り刻んでしまったのである。近くにすむ英国人牧師もその干し肉や生肉を目撃したそうで、「とびっきりの牛肉だぜ」と聞かされたそうである。今回見つかった動物たちも、さっさと切り刻まれ、食べ尽くされて調査ができないかもしれない。そう心配したブライスは早速ソルトレイクに急行した。

「動物を殺させてなるものかって思っていたわけじゃないのよね」とピヤ。「じゃなくて殺すのは自分だって思っていたの」

水位は普段通りに戻っており、照りつく太陽の下、沼はゆだっていた。ブライスが到着したとき、二十頭ばかりの動物が浅い池でのたうちまわっていた。頭部は丸く、胴体は黒く、腹部は白い。成獣は体長四メートル強あった。水が浅すぎて完全に潜ることもできず、小さな鋭い背鰭が水面に突きでて太陽に晒されていた。追い詰められた動物たちの苦しげなうめき声がはっきりと聞きとれる。ブライスは、これはコビレゴンドウ、即ちGlobicephalus deductorに違いあるまいと思った。それなら大西洋にも生息するありきたりの種だ。その六年前、英国の偉大な解剖学者、J・E・グレイが発見し、名づけた種である。

「あの「グレイの解剖学」の？」

「その通り」

大きな人だかりができていたが、ブライスを驚かせたことに、だれもクジラを殺そうとはしていない。それどころか、人々は力を合わせてクジラを曳航し、河に逃がしてやろうと一晩中奮闘していたのである。その地の人々はクジラ肉を食べるつもりもなく、またクジラの死骸からは油がたっぷり絞りとれるということも知らないのに違いなかった。聞くと、すでに何十頭のクジラが救出済みで、今残っているのは、最後の二十頭らしかった。救助は順調にはかどっており、このままでは一頭残さず姿を消してしまうのは時間の問題だ。そこで、ブライスはそのなかから二頭を選び、家来に命じて竿とごつい綱で川岸に固定させた。翌日、きちんと解剖するのに必要な器具を揃えて戻ってくるつもりだったのである。

「だけど、次の朝ブライスが戻ってくると二頭ともいなくなっていたの」ブライスが選んだ二頭も、周囲の人々は逃がしてやったのだ。だが、ブライスは簡単にあきらめるような人間ではなかったから、最後の最後まで残っていたクジラを二匹、その場で確保して、手際よく完全な骸骨標本へと処理してしまった。それらの骨を綿密に吟味した結果、これは未知の種だ、とブライスは判断した。そしてこれを、インド・ゴンドウクジラ、Globicephalus indicus と名付けたのである。

「私が思うにね」微笑みながらピヤが続けた。「もしその日、ブライスがソルトレイクに行かなかったなら、彼はイラワディ・カワイルカの発見者になれたはずだったのよ」

カナイは指先についた米粒を舐めとりながら訊ねた。「なぜだい？」

「なぜかっていうと、その六年後、初めてイラワディ・カワイルカ《orcaella》を見た時、ブライスはとんでもない勘違いをしてしまったのよ」

「それはどこで？」

「カルカッタの魚市場よ」ピヤは笑って答えた。「クジラらしきものが売られているって話を聞いて、ブライスは市場へ駆けつけた。だけど、見た瞬間、ソルトレイクで見たのと同じゴンドウクジラの子供だと思い込んでしまったの。よっぽど印象が強かったのよね」

「ということは、君のイルカを発見したのはブライスじゃないってことだね?」とカナイ。

「そうなの。ブライスさん、惜しいところだったんだけどね」

それから四半世紀後、再び、丸頭の小柄な海棲哺乳類の死体が、カルカッタから海岸に沿って南方六百五十キロに位置するヴィザガパトナムに打ち上げられた。今回は、標本が大英博物館に届けられ、そこで大いに関心を集めた。ブライスが見逃したものを、ロンドンの解剖学者たちは見逃さなかった。これは、ゴンドウクジラの子どもなどではない! シャチ即ち Orcinus orca の親戚にあたる新種の動物だ。だが、シャチと言えば十メートル以上にも育つのに、この新種の動物は二メートル半を超えることも稀だった。シャチは極海の凍えるような水を好むのに、この新種は温暖な南の海に好んで住み、淡水でも塩水でも生きられる。獰猛なシャチ《orca》と比較すると、この新種の動物はあまりに可愛らしく、それでシャチに指小辞を足して Orcaella——正確には Orcaella brevirostris と名付けられた。

カナイは眉間に皺を寄せて訊ねた。「じゃあ、このシャチもどきは、まずカルカッタで見つかって、次はヴィザガパトナムで見つかったんだよね?」

「ええ」

「じゃあ、なぜまたイラワディ・カワイルカなんて名がついたんだい?」

「それはまた別の話なの」

この名前がついたのは、ガンジス・カワイルカを浴槽で飼育しようとしたあのジョン・アンダーソンのせいなのだとピヤは説明を始めた。一八七〇年代、アンダーソンは二度にわたって動物調査隊に同行してビルマを経由して中国南部まで足を延ばした。イラワディ河を遡行する途上、アンダーソンは河の下流ではOrcaellaを見かけなかった。しかし上流に到達すると、大量にOrcaellaが棲息していた。そして、海のOrcaellaと、目の前の河のOrcaellaの間には、ちょっとした解剖学的な違いがあるように思われた。そこでアンダーソンは、Orcaellaには二つの種が存在すると結論づけた。そしてアンダーソンは、Orcaella brevirostrisに加えて、Orcaella fluminalisなる新種を命名したのである。そしてアンダーソンは、この新種をアジアの河川にのみ棲息する種としてイラワディ・カワイルカと通称しようと考えた。

「それで、この呼び名が定着したの」ピヤが続けた。「でも、アンダーソン説は定着しなかった」ロンドンの偉大な解剖学者グレイによる標本観察の結果、Orcaellaはただ一種しか存在しないと断定されたのである。海洋沿岸部に棲息するものと河川に棲息するものに分かれるのは事実であり、また、その二つの集団が互いに交じりあわないということも事実である。しかし、解剖学的にはなんの違いもないのだ。それで、リンネ式動物分類では、その動物はOrcaella brevirostris（Gray 1886）だということになった。

「なによりの皮肉はね、ブライス氏は可哀そうになにもかも間違ってしまったのよ。Orcaellaを発見する機会を逸してしまっただけじゃなく、カルカッタのソルトレイクで座礁したクジラたちも同定し損なっていた。結局ソルトレイクのクジラたちはただのコビレゴンドウだったの。グレイが、Globicephalus indicusなどという種は存在しないと決めてしまった」

カナイが頷いた「その頃は、なんでもそうだったんだ。カルカッタにとってロンドンは、Orcaella《イラワディ・カワイルカ》にとってのOrca《シャチ》みたいなものだったわけだね」

自分の皿を流しに片づけながら、ピヤは笑い声を立てた。「納得してもらえたかしら？　カルカッタは海棲哺乳類研究のメッカだって？」

ピヤが手をあげて耳たぶに触れた。カナイが前にも気づいた仕草。その仕草は、優美な踊り子のようでもありいとけない幼女のようでもあり、カナイをはっとさせる。ピヤが翌日去ってしまうのは、受けいれがたいことだった。

自分の皿を食卓に置いたまま、カナイは手を洗いにトイレに行った。そして一分もしないうち、カナイはどたどたと駆け戻ってきて、流しに立つピヤの隣に並んだ。

「ねえピヤ、ちょっと思いついたんだけどさ」

「何？」ピヤは用心深げに問い返した。こんなに目を輝かせて、要注意だわ。。

「君の調査旅行に足りないものはなんだい？」

「なんですって？」ピヤはむっとして顔を背けた。

「通訳だよ！」とカナイ。「ホレンもフォキルも英語は喋れない。どうやって彼らと意思疎通するんだい？」

「だって前回だってなんとかなったわよ」

「でも、前回はフォキルだけで、他の乗組員の面倒なんか見なくてよかったわけだろう？」

ピヤは頷いて、カナイの指摘を認めた。確かにカナイがいれば役には立つだろう。でも要注意よ、とピヤの心の声が告げている。カナイがいること自体が問題を起こす恐れがある。時間稼ぎにピヤは訊ねた。「でもあなたはここで仕事があるんじゃなかったの？」

「別に。伯父の手記ももう終わりだし、それに、別にここで読まなきゃいけないってこともない。持っていけばいいだけなんだからさ。正直に言えば、このゲストハウスも飽きたしさ。気分転換しなきゃと思っていたんだ」

カナイはこの思いつきに随分熱心で、ピヤはちらりと疚《やま》しさを覚えた。カナイが随分親切にもてなしてくれたことは否定できない。一方的に親切にしてもらうだけでなく、ピヤの方でもできるお返しはしてあげたと思えるようになれば、このゲストハウスもピヤにとってずっと居心地の良い場所になるだろう。

「そうね、分かったわ、まあ、いいでしょう」しばし躊躇ってから、ピヤは口を開いた。「来てもいいわ」

カナイは拳を握って掌を打ち、「サンキュー！」と叫んだ。それから、あまりはしゃいだことが気恥ずかしくなったらしく、無頓着な風を装って「まあ、こういう探検、一度は行ってみたいと思っていたんだよ。僕のひい爺さんの弟がヤングハスバンドのチベット遠征隊の通訳だったって聞いたときから、ずっとあった野心でね」とわざとらしくつけたした。

運命

本を脇に置いて、私はクスムに訊ねた。「私たちが向かっている場所は一体何なんだい？　なぜ、ガルジョントラと呼ばれているのかな？」

「ガルジョンの木が沢山生えているからです」

「ほう?」私はこの繋がりに気づいていなかったのだ。私はてっきり、ガルジョントラという地名は、**garjon** 即ち「咆哮」に由来するのだろうと思い込んでいた。「じゃあ、別に虎の吼え声とは関係がない?」

「それもあるのかもしれませんね」とクスムは笑った。

「それで、一体私たちは何故ガルジョントラに向かっているんだっけ? 他の場所じゃいけないのはなぜだい?」

「父のせいですわ、先生《saar》」クスムは答えた。

「君のお父さん?」

「ええ。一度ずっと昔、父はこの島で命を救われたことがあったんです」

「どうやって? 何があったんだい?」

「では、先生《saar》、折角ですから、お話ししますね。信じられないねってお笑いになるかもしれませんけれど。

ずっとずっと昔のこと、私が生まれるよりも前のこと。父が一人で漁に出ていると、嵐が来ました。風は悪魔のように荒れ狂い、ボートは滅茶滅茶に。父は板切れに摑まってなんとか浮かんでいました。潮に流されて、父はガルジョントラに流れ着きました。木に登って、ガムチャで体を木に縛り付けました。幹にしがみついて疾風に耐えていると、突然風が止んで、何の物音もしなくなりました。波も静まり、木々も真っ直ぐ立ち直っています。でも、月が出ていないので、何も見えません。

夜の闇の中、突如咆哮《garjon》が響き渡ります。やがて、あの名を口にしてはならぬものの匂いが漂ってきました。父の心臓は恐怖に駆られ、そのまま気を失ってしまいました。もしガムチャで体を固定していなければ、父はそのまま落っこちていたでしょう。そのとき、気を失ったままの父の夢に、ボン・ビビが現れたのです。『馬鹿ね！』ボン・ビビが言いました。『怖がるのはお止し。私を信じるの。おまえがやって来たこの場所は、私の土地。だから、おまえが善き心の持ち主なら、見棄てられることはないの。

夜が明けたら、引き潮の時間よ。島を渡って、北側の岸に出なさい。水をしっかり見るのよ。根気強く、じっと見ていなさい。おまえは一人じゃない。おまえは私の手の届く場所にいる。私の使いが現れるわ。私の目でもあり耳でもあるもの。満潮になるまで、それがおまえと一緒にいてくれる。それから、救いが現れるわ。ボートが通りかかって、おまえを家に連れ帰ってくれる』」

誰だってこんな見事なお話を聞いたらうっとり夢中になってしまうだろう？「全部本当におこったことだって言うんだね？」私は微笑んで訊ねた。

「ええもちろん先生《saar》、そうです。その後、父はここに戻ってきて、この島にボン・ビビの祠を建てたんです。その後父は死ぬまでずっと、毎年、このボン・ビビのお祈り《プジャー》の日には、家族皆を連れてここにお参りに来たんです」

「それで、ボン・ビビの使いっていうのは何者だったんだい？　それも本当に起こったことだって言うんだろう?」私は笑って訊ねた。

「ええもちろん、先生《saar》、本当に来ましたとも。先生ももうじきお会いになれますよ」

「私もだって?」私の笑い声が一段と高くなった。「私は信仰なき世俗主義者だよ? そんな私でもそんな恩寵を受けられるのかい?」

「ええ、先生《saar》」私の懐疑主義などクスムは意に介さなかった。「どこを見たらいいかさえ分かっていれば、誰だってボン・ビビの使いと会えるんです」

それから私は傘の陰で少し昼寝をし、ガルジョントラに着いたことを告げるクスムの声で目を覚ました。

頑固な彼女をやりこめられる瞬間を私はずっと待ちかねていたので、私はすぐに起き上がった。今は干潮で、私たちの舟は静かな水面の上でぴくりともせず止まっている。岸辺はまだかなり離れている。使いはおろか、神様の存在をあらわすものなど何も見当たらない。勝利に浮かれて、私は得意な表情を抑えられなかった。「ほら、どこにいるんだい、クスム。君の言う、使いとやらは?」

「ちょっと待って下さいね、先生《saar》。もうすぐ見られますから」

突然、鼻を鳴らすような物音が響いた。驚いて振り向くと、黒い肌が水に消えるのがちらりと見えた。

「今のは何だい?」私は叫んだ。「一体どこから? どこへ行った?」

「あそこ」フォキルが別の方向を指差した。「あの辺です」

振り向くと、同じような動物がもう一頭、水中で体をくるくる回している。今度は、小さな三角形の背鰭がはっきり見えた。この動物を見たことはないが、イルカには違いない。だが、この辺りで私が見慣れているシュシュクとは、明らかに違うものだ。シュシュクにはあんな背鰭などないのだから。

「あれは、何だい？」私は訊ねた。「シュシュクの仲間かい？」

今度はクスムが微笑む番だった。「あの子たちには、私だけの名前があるんです。ボン・ビビの使いって」今や勝利はクスムのものだった。私の負けだ。

私たちのボートがそこにとどまっている間中、イルカたちは私たちの周りで、水面に波を立てて泳いでいた。イルカは、なぜここに来て、なぜずっととどまっているのだろう？　私には想像もつかないことだった。そうしていると、突然一頭のイルカが、水面を割って顔を出し、私をまっすぐ見つめた。それで私もわかったのだ。このイルカたちは神のイルカなんだとクスムがなんの疑いもなく信じ込んでいられるわけが。イルカの眼に、クスムはボン・ビビの恩寵の徴を見る。私はそこにあの詩人の眼差しを感じたのだ。その眼差しは私にこう語りかけていた

物言わぬ動物が
わたしたちを見あげるとき、その眼は静かにわたしたちをつらぬいている。
運命とはこういうことだ……

メガ号

翌朝、ピヤとカナイは、フォキルが調達したボトボティを検分するため、島の反対側へ向かうサイクルバンに乗りこんだ。村へと続く煉瓦敷きの小径をがらがら下りながら、ピヤは訊ねた。「そうそう、このボトボティの持ち主について教えてもらえるかしら？　確か、知り合いだって言っていたわね？」

「子供の頃ここにいたときに会ったんだよ。ホレン・ノシュコルっていうんだ。よく知っているとまでは言えないけれど、伯父とは関係が深かった」

「フォキルとの関係は？」

「育ての親さ。母親が亡くなった後、フォキルはずっとホレンのところで育ったんだ」

ホレンは土手の手前で、フォキルを脇に従えて二人を待ち受けていた。カナイは一目でホレンと分かった。覚えている通りのずんぐりがっしりした体つきだが、ずっしりと腹が出たせいか当時よりずっと恰幅が良い。年月を経て顔に刻まれた深い皺が、目を包みこんでいる。だが、重ねた年月はホレンに威厳を与えていて、周囲の尊敬を集める一族の長らしい悠然とした押出しを備えている。身なりもまた余裕を感じさせる。縞柄のルンギーは糊がよく利いていて丁寧にアイロンがけされており、白いシャツには一点の染みもない。金属ストラップの腕時計をはめ、シャツのポケットからはサングラスがのぞいている。

「僕を覚えていますか、ホレン・ダ？」カナイは手を挨拶の形に合わせた。「伯父さん《saar》の甥です」

「もちろんだ」聞くまでもない、とホレンが答えた。「一九七〇年に罰としてここに来たんだったな。あの猛烈なアグンムカのサイクロンの年だった――といってもあんたはその前に帰ったんだったな、確か」

「ええ。お子さんは皆どうしていますか？　三人いたよね、確か」

「やつらにも子供ができてな。これもその一人だ」とホレンが指さした先には、ジーンズと洒落た青いTシャツ姿のひょろっとした少年が立っている。「ノゲンだ。ちょうど学校を終えたところで、今回一緒に船に乗せる」

「そうですか」カナイは振り向いてピヤを紹介した。「彼女がこのボトボティを雇う科学者です。ピヤリ・ロイ女史《シュリモティ》」

ピヤに挨拶するようにホレンは軽く頷き「おいで」と言って、ルンギーを引っぱりあげた。「ボトボティの準備はできている」

ピヤとカナイはホレンに従って土手を上った。土手の上から、ホレンの指さす先を見てみると、ルシバリの桟橋として使われている砂嘴《さし》の先端に船が停泊している。舳先《へさき》には白い塗装で「メガ号」と船名が記されていた。

一見、まったく優れた船には見えない。停泊姿も不格好であり、船体はぼろぼろになったブリキのおもちゃのようでもある。しかし、ホレンにとってはご自慢のボトボティらしく、その功績を延々と喋った。ホレンがカナイに語ったところによれば、メガはこれまでたくさんの乗客を運び、誰からもなんの不平不満も出たことがない。この船でパキラロイへの小旅行を楽しんだ乗客は数えきれないし、さらに何組もの花婿ご一行がこの船に乗って花嫁を迎えに盛大に繰りだしていったものだ。そう言われてみれば、ボロ船とはいえ、すし詰めさえ我慢すれば確かに大人数を運ぶには適した船で、ホレンの自慢話も、あながち誇張とは思えない。下甲板の客室は広く、木の長椅子が縦横に並べられており、外側には黄色い防水シートが掛けられている。その反対側は調理場とエンジンルームだ。上甲板はごく小さく、操舵室と小さな船室が二つある。船尾にはブリキで囲ったトイレが取りつけられている。トイレといっても床に小さな穴が開いているだけだが、ごく清潔といってよい。

「見てくれが良いとは言えないけれど、でも今回の旅にはちょうど良いんじゃないかな。僕と君は、それぞれ上甲板の船室に泊まればいい。そうすれば騒音も煙も平気だし」とカナイ。

「じゃあフォキルはどこに泊まるの？」とピヤ。

「フォキルは下甲板に泊まるだろう。ホレンや、助手——あの十五歳の男の子さ——と一緒にね」

「それで乗組員全部なの？　二人だけ？」

「ああ、だから、混みあう心配はないね」

メガを見つめるピヤの視線はまだ疑わしげである。「理想の調査船とは行かないけど、でもまあ概ねなんとかなるかもね。でも、ひとつだけ大問題があるわ」

「それはなんだい？」

「このおんぼろの盥《たらい》で、どうやってイルカを追跡するの？　これじゃ浅い水路には入れないわよ」

カナイがピヤの質問をホレンに伝達し、そしてホレンの回答をピヤに通訳した。すなわち、フォキルのボートも一緒に持っていくというのである。メガでずっとボートを曳航して持っていき、目的地に到着したらボトボティは碇を下し、ピヤとフォキルはボートでイルカを追跡するのだ。

「あら、本当に？」これは期待以上の提案だった。「きっとフォキルが考えたのね。私も思いつかなかったわ」

「それで、どうなんだい？」とカナイ。「それで大丈夫かい？」

「ええ、名案よ。イルカを追いかけるのにはボートの方がずっと便利だから」

カナイの通訳を通して、ボトボティの雇用条件が速やかにまとめられた。船の賃料については、ピヤはカナイに一銭たりとも出すことを許さなかったが、一方、旅行中の食糧代は折半することを受け入れた。米、豆、油、茶、飲料水、鶏二羽、それから特別ピヤのために粉ミルクをたっぷり買いこんでもらうため、二人はホレンに金を渡した。

「楽しみだわ」ゲストハウスに戻る道すがら、ピヤは浮き浮きしていた。「待ちきれないわね。洗い物は今朝全部済ませてしまおうっと」

「僕も、伯母に何日か留守にするって言っておかなければ」とカナイ。「さて、なんて言われるかなあ」

ニリマの部屋の戸は開いていて、カナイが入るとニリマは机に坐って茶を啜っていた。挨拶用のほほえみは一瞬で、尋問用のしかめ面に変わった。「一体何事だい、カナイ？　なにか問題でも？」

「いいえ、別に問題など」決まり悪そうにカナイは答えた。「マシマ、あの、ただ数日留守にしますって言いにきたんです」

「出かけるって、お前、まだ来たばかりじゃないか」ニリマはびっくりしたようだ。

「ええ。それはそうなんですけど。だけど、ピヤがイルカを追いかけるのにボトボティを借り切ることになって。そうすると誰か通訳する人が要るでしょう」

「なあるほどねえ《Oh I see》」ニリマはやけに引き延ばした英語で反応した。「ということは、お前もピヤについていくってことだね？」

ニルマルの記憶が伯母にとってどれほど貴重なものか、カナイにも分かっていたから、彼は優しく付け加えた。「ノートも一緒に持っていけばいいかな、と思ってね。構わないかしら？」

「ノート、気をつけておくれよ」

「ええ、もちろん」

「どれくらい読んだかい？」

「だいぶ進みましたよ。戻るまでには読み終えているでしょう」

「まあいいわ。だがお前、それはそれとして、一体、正確にはどこに行くんだい？」

カナイは頭を掻いた。実際のところ、彼はそんなことは知らないどころか、聞いてみようとも思わなかったのである。だが、知らないということを認められない悪癖に引きずられ、カナイは出まかせに適当な河の名前を口にした。「確か、トロバキ河を下って――森の方に行くんじゃなかったかな」

「じゃあお前たちはジャングルに入るのね？」ニリマはカナイをじろりと探るように眺める。

「ええ、多分」カナイの答えは確信なさげだ。

ニリマが机から立ちあがり、目の前に立ちふさがった。「カナイ、お前、ちゃんと考えた上での行動なんだろうね？」

「ええ、もちろん、ちゃんとね」答えながらもカナイは急に学生に戻ったように感じた。

「疑わしいもんだね、カナイや」手を腰に当ててニリマが言った。「まあ、お前を責めようとは思わないがね。森がどれほど危ないものか、よそ者にはわかりっこないからね」

「虎のことかい？」カナイは口角をあげてにやにやした。「ピヤみたいな活きのいいご馳走がいるんだから、虎だって僕なんかに手は出さないさ」

ニリマはカナイを叱りつけた。「笑い事じゃないんだよ、カナイ。二十一世紀のこのご時世に虎に襲われるなんて、そりゃお前には冗談に思えるだろうけどね、ここじゃ毎週何度もおこるありきたりのことなのよ」

「そんなにしょっちゅう？」カナイが訊ねた。

「もっと多いかもね。これをみてごらん」ニリマはカナイの肘を引いて部屋を横切り壁沿いに並ぶ棚から、ファイルをひとつ取りだした。「私ね、ずっと前から、耳に入ってきた虎の被害の記録をつけてきたんだよ。見てごらん、毎年、虎に食い殺される人が百人以上いるのは間違いないわ。しかも、これはシュンドルボンのインド側だけの話だからね。バングラデシュ側も合計したら、きっと二倍になるだろう。ということは、合計すれば、シュンドルボンでは少なく見積もっても一日おきに人間が虎に殺されているわけ」

カナイは眉をひそめた。「人が殺されているのは知ってたけど、そんなに多いとはね」

「そこなのよ。一体どれだけの人が殺されているか、正確には誰も知らないの。統計なんてどれも当てにならない。当局の発表よりずっと多くの人が虎に殺されているはずよ」

カナイは頭を掻いた。「そりゃきっと最近の傾向だろうね。人口が増え過ぎたことと関係するのかな。それか、虎の縄張りを侵す人が増えたか、そんなところじゃないかな?」

「お前、まだ信じないのかい?」ニリマが憤然と言った。「これはね、何百年も続いていることなのよ。人間の人口が吹けば飛ぶように少なかった頃からね。これをごらん」ニリマは爪先立ちをして、棚から一部、ファイルを取りだし、机に広げた。「ここを見るがいい。数字が書いてあるだろう?」

カナイがその頁を見ると、ニリマの指先に4,218という数字が記されている。

「この数字はね、一八六〇年から一八六六年までの六年間に、ベンガル南部で虎に殺された人の総数よ。フェイラーという人がまとめた数字なの。英国人の博物学者で、「ロイヤル・ベンガル・タイガー」という名前をつけた人。考えてごらん、カナイ、犠牲者四千人以上よ。六年間、毎日二人ってことよ! それを一世紀通して集計したら、どういう数字になると思う?」

「数万人か」カナイは頁を見下ろしながら顔をしかめた。「信じがたい数だ」

「残念ながら、信じるしかないのよ」

「どうしてこんなことになるんだろう?」カナイは訊ねた。「どんな背景が?」

ニリマは椅子に坐り、ため息を吐いた。「仮説はたくさん聞かされたけどね、カナイ。どれを信用したらいいか簡単に分かればいいんだけどね」

ニリマが言うには、一つだけ全員の意見が一致していることがある。潮の国の虎が、他地域の虎と決定的に異なる点があるのだ。他の地域では、虎が人を襲うのは異常な状況下においてのみである。

たとえばかたわになってしまったとかいった理由で他の獲物を捕らえられないといった場合。しかし、潮の国では、若く健康な虎も人を襲撃することが知られている。ある説によれば、この原因は、干満の差が大きく広大な森林が毎日水没してしまう、この地の特殊な環境条件のせいなのだという。この仮説によると、この地では、動物がいくら臭いづけをしても水で洗い流されてしまうので、縄張りというものが成立せず、そのために獣は凶暴になるのだ。これはニリマが知っている中では説得力がある仮説なのだが、問題は、それが仮に的を射ているとしても、対策のしようがないということである。

数年おきに新しい仮説が提出され、独創的な解決法が次々に考案された。一九八〇年代にはあるドイツ人の動物学者が、虎が人肉を好んで食べるのは、シュンドルボンでは淡水が不足していることと関係があるのでは、と提起した。この案は森林局のおおいに気に入るところとなり、虎に淡水を供給するために溜池がいくつも造成された。

「考えられないよ」とニリマ。「虎の飲み水を心配してやるっていうんだよ！　人間の飲み水が足りないのはずっと放ったらかしなのにさ」

しかし、せっかく掘った溜池もなんの効果もなく、まったくの徒労に終わった。虎は相変わらず人を襲い続けた。

「次に出てきたのは電気ショックよ」ニリマの目が笑っている。

虎だってパブロフの犬と同じように躾けられないわけがないじゃないかという話になり、それで人そっくりの案山子を作って電線を通し、車の蓄電池に接続した。この仕掛けが島中そこら中にばらまかれ、それからしばらく襲撃がやんだので、皆おおいに盛り上がった。「だけど、虎はまたそれまでどおりに人を襲い始めた。案山子は無視してね」

それから、ある森林監督官が同じくらい独創的な方法を思いついた。皆、後ろ向きに仮面を被ったらどうだろう？　虎は人間をいつも後ろから襲う。だから、もし後ろにも目があれば虎だって手を出せないだろう。皆この思いつきに飛びついた。大量の仮面が生産され、配布された。シュンドルボンで素晴らしい実験が行われていると華々しく宣伝された。このアイデアにはどこか絵になるものがあり、世間の耳目をおおいに集めた。TVも取材にきたし、映像もたくさん制作された。

残念ながら、虎だけは非協力的だった。「仮面と顔を区別するのは簡単だったらしいわね」

「虎は、そんなの全部見抜いてしまうくらい賢いっていうこと？」

「分からないわ、カナイ。私だってもうここに五十年以上住んでいるけれど、虎を見たことはないし。見たくもないけれど。虎を見たが最後、誰にも知られずそこでお陀仏って、この辺では言われているわ。私もその通りだと思うようになったの。だからお前にこうしてうるさくお説教しているの。ジャングルはね、思いつきで行くような場所じゃない。本当に行かなきゃならないのか、しっかり考えてからにしなさい」

「だけど、別に僕はジャングルに分け入ろうとしているわけじゃないからね」カナイは反論した。

「ずっとボトボティに乗っているんだから、なにも危ないことなんかないよ」

「お前、ボトボティにいれば安全だとでも思っているのかい？」

「だって岸からずっと離れた船の上だよ。なにが起こるっていうんだい？」

「いいかい、カナイ。九年前、このルシバリで、小さな女の子が虎に食い殺された。虎はね、ビディヤのモホナをずっと泳いで渡ってきて、また泳いで帰ったんだ。どれだけの距離か分かるかい？」

「いいえ」

「片道六キロだよ。こんなのありふれたことなんだ。なにしろ虎はね、一息に十三キロも泳げるんだ。だから、陸から離れていれば安全だなんて思うんじゃないよ。ボートだってボトボティだって始終襲われているんだ。河の真ん中でね。毎年何人も殺されているんだ」

「本当かい？」

「ああ」ニリマは頷いた。「信じないつもりなら、森林局の船を見てみるといい。まるで浮かぶ要塞みたいなもんだよ。窓の鉄格子なんて、私の腕より太いんじゃないかね。銃を持っている森林保護官でさえ、それだけ用心してるんだ。カナイ、お前のボトボティの窓には鉄格子があるかい？」

カナイは頭を掻いた。「覚えてないや」

「ほら、ごらん。注意もしなかったんだろう。お前、自分がどこに行こうとしているのかわかっちゃいないんだよ。虎のことは棚上げしてもだよ、あのボトボティってのも、ジャングルそのものと同じくらい危険な代物だよ。毎月、一艘二艘は沈没しているからね」

「心配しなくたっていいよ」、とカナイ。「リスクは冒さないから」

「カナイ、まだ分からないのかい？ ここじゃ、お前そのものがリスクなんだ。他の人たちはね、行かなきゃならないから行くんだ。だが、お前はそうじゃない。お前のはちょっとした思いつき《ケヤル》だ。行かなきゃならない差し迫った理由なんかなんにもないのにさ」

「それは違うよ、僕だってちゃんと理由がある――」といってもカナイにはなんの考えもなかったので、途中で行き詰ってしまった。

「カナイや」とニリマ。「お前、私になにか隠してないかい？」

「いや、そんな——」カナイは言葉に詰まり、下を向いた。

ニリマは探るようにカナイを見つめる。「ピヤのことかい？」

カナイは黙って目を背けた。ニリマのこんな苦々しい声を、カナイは聞いたことがない。「世の中の男ってまったく皆同じだね。お前みたいな獣が人間の皮を被っているんだから、虎だって責められやしないわ」

ニリマはカナイの肘を掴んで、カナイを部屋から追い出した。「気をつけるんだよ、カナイ——本当にね」

記憶

半時間ばかりイルカと戯れた後、ホレンはガルジョントラの岸辺に向けてボートを漕ぎ始めた。岸に近づいた時、ホレンが私を悪戯っぽい目で見つめて言った。「先生《saar》、いよいよ、上陸しますぜ。どうです先生《saar》、怖くはありませんか《ボイ・タ・テル・パイシェン》？」

「怖い？　一体どういう意味だい、ホレン？　何故私が怖がるんだい？　お前が一緒にいてくれているのに？」

「なぜって、怖れが身を守ってくれるんです、先生《saar》。怖れのおかげで死なずに済むんです。怖れを知らなきゃ、危険は倍です」

「ということはお前も怖いのかい、ホレン?」

「ええ先生《saar》、見て下さい、顔に怖いって書いてありませんかね?」

私が改めて良く見ると、ホレンの表情は、確かに普段と違っていた。警戒に満ちた厳粛な表情。鋭い目つき。緊張がじんじん伝わってくる。やがて私は、私も怖くなったとホレンに言ったが、それはまったく嘘ではなかった。

「ああ、ホレン。私も怖くなってきたよ」

「それで良いんです、先生《saar》。上出来だ」

ボートが岸から二十メートル程に近づくと、ホレンは漕ぐのを止めて櫂を上げた。目を閉じて何かを呟き始め、手で何か仕草をした。

「ホレンは何をしているんだい?」私はクスムに訊ねた。

「ご存知ないんですか、先生《saar》? ホレンは「魂の深いもの《バウリー》」ですからね。大猫の口を塞ぐ呪文を知っているんです。おかげで私たちも襲われずに済むんですよ」

別の状況であれば、私は一笑に付したことだろう。だが実際、今の私は怯えている。それも演技などではない。ホレンに大猫の牙を抑える能力などない。嵐を呼び寄せる能力などないのと同じことだ。ところが、ホレンが静かに無意味なむにゃむにゃを呟くのを聞いていると、安心するのである。ホレンの物腰は、呪文を唱える魔術師なんてものではない。むしろ、念には念を入れてスパナを締め付ける機械工のようだった。それが私を落ち着かせた。

「では、聞いてもらえますか、先生《saar》」とホレンが言った。「先生は今回が初めてですから、決まりをお教えしなくちゃなりません」

「どんな決まりだい、ホレン？」

「決まりっていうのはね、先生《saar》、一旦岸に上がったら、絶対に何一つ先生のものを置いてきちゃいけねえってことです。唾を吐くのも小便をするのも駄目、坐って大便するのも駄目、朝飯の食べ残しを置いていくのも駄目。もしそんなことしたら、我々皆が危い目に遭います」

笑っているものなどいなかったが、私は内心些か揶揄《からか》われたように感じた。

「心配無用だ、ホレン。そんなことは全部済ませてある。恐怖で頭が真っ白にでもならない限り、何か私のものを残してきたりすることにはなるまいよ」

「そりゃ結構です、先生《saar》。とにかく、言っておかなきゃならなかったもんで」

それからホレンは再び漕ぎ始め、岸が近づくと、舷側から飛び降りてボートを推した。驚いたことに、フォキルもすぐに続いて飛び降りた。首まで水に沈んでしまったが、少年はきびきびと肩をボートに当てて推し始めた。

熟練したフォキルの動きに驚いているのは私だけだ。クスムが私に向き直った。誇りで顔を輝かせている。「見ましたか、先生《saar》。あの子の身体には河が流れているんです」

私の身体だってそうなんだと言えるようになるためなら、私はなんだって喜んで差し出したに違いない。河は私の身体にも滔々と流れ、私の業を洗っているのだと。この時ほど、自分をよそ者と感じたことはない。だが少なくとも、泥地の歩き方だけは、潮の国での歳月がきっちり教えてくれていた。ボートを下りると、私も難なく彼らの後に付いていくことができた。

私たちはマングローブ《バダボン》の中に踏み入り、先頭に立つホレンが斧《ダー》で道を切り開いた。その後ろにクスムが土の偶像を肩に担いで従った。私は一番後ろで、もし虎が襲い掛かって来るとしたら、このマングローブの密林では、私など、逃げる気遣いのない籠入りのご馳走といったところに違いないという考えが、片時も私の頭から離れなかった。

しかし、何も起こらなかった。私たちは空き地に到着し、クスムが先頭に立って祠へ案内した。祠は、竹を組んで作ったちょっとした台に、藁屋根を付けただけの代物に過ぎなかった。そこにボン・ビビとシャー・ジョンゴリの像を置くと、クスムが良い香りのする線香《ドゥーブ》に火を点けた。フォキルが草花を摘んできて、像の足下に供えた。

ここまでは、この場所以外は、ごくありきたりの儀式に過ぎなかった。子供時代、母が家でしていたお祈り《ブジャー》と変わるところはない。しかし、ホレンが唱え始めた祈りに、私はすっかり仰天した。

Bislillah boliya mukhy dhorimu kalam /
poida korilo jinni tamam alam *

baro meherban tini bandar upore /
taar chhani keba achhe duniyar upore *

（アッラーの御名において申し奉る
まことにこの世の御主でおわすあのお方

我らしもべに遍く御慈悲を垂れ給う
ただひとり現世を超えておわすあのお方）

私は心底驚いた。私は、ヒンドゥーのお祈り《プジャー》をするものとばかり思い込んでいた。アラビア語混じりの祈禱を耳にした時の私の驚きといったら全く！　しかしそれでいて、この詠唱のリズムは疑いなくプジャーのそれなのだ。子供の頃、この終わりのない詠唱が延々と続くのを、家で、また寺院で、どれほど聞かされたことだろうか。

ホレンは暗唱を続け、私は夢中で聞き入った。言葉を追うのは難しかった——アラビア語とペルシア語が入り混じった奇妙な変種のベンガル語なのである。しかしその中身は私がよく知っている話だった。ドゥキが島に置き去りにされて虎の姿をした悪魔ドッキン・ライの手にかかろうとしていたところで、ボン・ビビとシャー・ジョンゴリに助けてもらう。

最後に、残る全員がお祈りを捧げた後、私たちは持ってきたものをきれいに全て拾って、空き地を横切り岸へと戻った。ボートに戻り、モリチジャピに向けて漕ぎ出したところで、私は訊ねた。「ホレン、お前、あんな長い詠唱をいつ教わったんだい？」

ホレンは面食らったようだった。「先生《saar》、そんなの物心ついたときには覚えていましたからね。父親が暗唱するのを聞いて覚えたんです」

「じゃあ、この伝承は、ひとえに口から口へと受け継がれて、記憶の中だけに保存されているわけだね？」

「いやいや先生《saar》、ちゃんと本にもなってるんですぜ。俺も一冊持っています」といってホレンはボート下部の物置に手を伸ばし、ぼろぼろの古めかしい小冊子を取り出した。「これです、見るといいです」

最初の頁を開くと、Bon Bibir Karamoti orthat Bon Bibi Johuranama（ボン・ビビの奇跡或いはその栄光の物語）という題名が目に入った。本をめくろうとして、私はさらに驚いた。ベンガル語なら左にめくるものなのに、アラビア語さながらに右にめくるようになっているのだ。しかし、韻律は紛うことなきベンガルの古い叙事詩だ。この伝説は、dwipodi poyar――韻を踏む二行連句の形式をとり、各々の行は凡そ十二音節で、その真ん中辺りで一度休止点が入る――という様式の韻文で語られている。

この小冊子を書いたイスラーム教徒の名前は、アブドゥッ・ラヒームとだけ記されていた。一般的な文学的尺度から見るなら、この作品に大した文学的価値はない。各行は韻を踏んでいるとはいえ、その技法は稚拙で韻文の印象を与えない。延々と続く物語の流れにスラッシュやアスタリスクが邪魔をする。すなわちこれは、一見散文だが韻文として朗読されるという変てこな雑種の文章なのだと私はまず思った。が、そう決めつけた後不意に、いやいや、これは瞠目すべき素晴らしいものだという気がしてきた。散文の軛《くびき》を脱して韻律を纏《まと》った散文なのだ、これは。

「これは、いつ書かれたものなんだい？」私はホレンに訊ねた。「知っているかい？」

「ああ、こいつは古いです」とホレン。「とっても、とってもね」

とっても、とっても古いだって？　しかし、一頁目の第一連にはこうあるのだ。「地図を手に旅するものあれば／馬車に乗りて大地を流離うものもあり」。

私には、この書は恐らく十九世紀後半もしくは二十世紀前半にできたもののように思われた。

移住者たちの新しい波が潮の国に向かっていたまさにその頃である。近隣遠方問わず、ベンガルのものもアラビアのものも含めて、様々な伝承伝説の要素をごた混ぜにしたこの伝説が成立したのは、この時代背景のおかげだとは考えられないだろうか？

もちろんそうに決まっているではないか。私はこれまで何度も何度も、潮の国を支える泥をもたらしたのは、土砂を運ぶ現実の河だけでなく、様々な言語の河川でもあったのだと、散々目にしてきたではないか。ベンガル語、英語、アラビア語、ヒンディー語、アラカン語、そしてその他にどんな言語が流入してきたか、最早誰にも分からない。それらの言語は相互に流れ込み合いながら、水流の中に浮遊する無数の小世界群を産み出したのだ。そして私に啓示が訪れた。潮の国の真理は、その偉大なモホナと同じなのだ。多くの河川の出会うところというだけでなく、それは、人々が様々な方向に、国から国へ、さまざまな信仰や宗教の間を、通り抜けていくラウンドアバウトでもあるのだ。

私はこの考えに取り憑かれ、小冊子の章句を布袋に入れてあったノート——まさにお前の手にあるこのノートだ——の裏に書き写し始めた。印刷された文字は小さく、解読するためには目をひどく細めなければならなかった。無我夢中で、私は小冊子を、生徒に頼むようなつもりでフォキルに手渡して頼んだ。「朗読してくれ、書き写すから」

フォキルが朗読を始め、私が書き写した。突然、私はあることに思い至り、クスムに訊ねた。

「フォキルは読み書きできないって言っていたじゃないか？」

「ええ、そうです、先生《saar》。できませんよ」

「じゃあ？」

クスムは微笑み、フォキルの頭を撫でた。「全部、ここに納まっているんですよ。何度も私が読み聞かせたものだから、一言残らず覚えているんです」

もう夕暮れ時で、私が書き続けられるよう、クスムが蝋燭をくれた。ホレンはさっさと出発しようとせかせかしている。フォキルを安全な場所に逃がすのがホレンの任務だから。クスムと私だけが残るのだ。島を囲む巡視船の音が聞こえる。ホレンは暗闇にうまく紛れて、警戒網を潜り抜けるだろう。

もう行かなければ、とホレンが急かす。私は彼に、あとほんの数時間だけ、と頼んだ。まだ夜は長いのだから。クスムが私に味方し、ホレンを外に連れ出してくれた。「私たちはしばらくあなたのボートに行っていましょうよ。先生《saar》をしばらく一人にしてあげましょう」

仲介

ピヤがノートを整理して服を洗濯し、機材を掃除すると、もう日は暮れて夜になっていた。夕食を待たずにさっさと寝てしまおうとピヤは決めた。次にちゃんとしたベッドで寝られるのはいつになるか分からない。だからこのベッドを最大限活用し、一晩ぐっすり寝る。上の書斎にいるカナイの邪魔をするのはやめておこう。ピヤはオバルチンを一杯分混ぜ、階段を下りて屋外に出た。

月が昇っていて、その光でニリマが戸口の前に立っているのが見えた。ニリマは物思いに沈んでいるようだったが、ピヤが近づくと振りむいた。

ピヤは空いている方の手を振った。「ハロー」

ニリマがほほえみ、ベンガル語でなにか答えた。ピヤは申し訳なさそうに首を振った。「ごめんなさい、でも、分からないんです」

「そうだったね、いやいや、私が悪いんだよ、うっかり忘れてしまってね。だがあんたの外見でね、ついうっかり間違えてしまうのさ。ベンガル語は使うまいと気をつけてはいるんだけどね」

「母が昔、ベンガル語ができないのを後悔する日が来るわよって言っていたんです。そのとおりになりました」とピヤは笑った。

「そうかい。だけど、ふと気になったんだが、あんたのご両親はなぜベンガル語を教えてくれなかったんだい?」

「母は教えようとしたんですけど、でも私、全然勉強しなかったから。それに父は父で別の考えを持っていて」

「自分の言葉を教えないって考えていたの?」

「ええ。ちょっと混みいった話なんですけどね。父の家族はもともとビルマに住んでいたベンガル人だったんです。第二次大戦の時に、難民としてインドに逃れてきました。色々流転を重ねるうちに、父は、移民とか難民といったものについて独自の考えを持つようになって。それは、インド人——とりわけベンガル人——は、いつも後ろばかり振り返っているから駄目なんだっていうことだったんです。だから、私たちがアメリカに移住したとき、自分はその過ちを犯すまいと父は決心したんです。

行った先に溶けこもうって」

「じゃあ、お父さんはいつもあんたに英語で話していた?」

「はい。父にとっても凄く大変なことだったんですけどね。英語を喋るのは上手じゃありませんから。今でもね。父はエンジニアで、取扱説明書みたいな喋り方なの」

「すると、お父さんとお母さんは何語で話していたんだい?」

「お互い、ベンガル語で話していました」と言ってピヤは声を立てて笑った。「といっても、もちろんそれは会話があればの話ですけどね。普段は、私が、父と母の唯一の連絡手段でした。そうなると、結局父も母も英語を使わなくちゃなりません。じゃなきゃ私、伝言できませんからね」

ニリマがなんの反応も見せなかったので、ピヤは、彼女の癇に障ることを言ってしまったかなと気になった。ニリマがサリーの縁を掴んで顔に当てた。見ると、ニリマの目に涙が浮かんでいる。

「ごめんなさい」ピヤは謝った。「なにか気に障ることが?」

「そうじゃないのよ。あなたのせいじゃないわ。あなたが小さな女の子で、両親の間で伝言を運んでいるのを想像してしまって。夫と妻が、互いに話すこともできないなんて、なんてひどいこと。それでも、あなたがいたおかげで、ご両親はまだ幸運だったわよ。考えてもごらん、もし誰もいなかったら――」

ニリマはそこでそのまま黙りこんでしまった。ピヤの話が、偶然ニリマの秘めた悲しみに触れてしまったらしかった。ピヤは、ニリマが落ちつきを取り戻すのを静かに待った。

「一度だけ、うちにも子供がいたことがあってね」ようやくニリマが口を開いた。「子供の頃うちにきたカナイのことだけどね。夫にとっては、もう私には想像もつかないほどの出来事だったらしいわ。夫にはなにより、語り掛ける相手が必要だったのよ。それから後ずっと「またカナイを寄越してくれるといいんだが」って言っていたものよ。カナイは大人よ、もう子供じゃないんだからって言ってはみたけどね。だけど、夫の耳には入っていなかったわ。何度も何度も夫はカナイに訪ねておいでって手紙を書いたものよ」

「でも、カナイは一度も来なかった?」

「一度も」ニリマが答え、ため息を吐いた。「カナイは成功しようと頑張っていたし、そのためには犠牲も払わなければならなかった。つまり、他人のために割くような時間はなかったのよ。自分の両親のためでさえそうだったんだから、私たちはしようがないわよね」

「カナイはずっと、そんなに仕事に集中していたんですか?」

「自己中心的とも言えるけどね。カナイは秀才過ぎて、それで自分の目も曇らせてしまっているの。カナイにとってはなんでも簡単だから、ほとんどの人たちにとって世界がどんなに大変な場所かっていうことが、あの子には全然分からない」

実に的を射た人物評だとピヤは思ったが、しゃしゃりでて同意するようなことでもない。「長いお付きあいじゃないので、私にはなんとも」と、あくまで礼儀正しく、ピヤは言っておいた。

「それはそうよね。だからこの際あなたに注意しておくけれどね。私にとって可愛い甥っ子であることに変わりないけど、あの子は、異性に対する自分の魅力に自信過剰になっている類の男なのよ。悪いことに、そういう高慢ちきな男をさらに図に乗らせてしまう馬鹿な女性がたくさんいるのよね。それでカナイもそういう女性の尻を追いかけている。そういう男性を今ではなんて呼ぶのか知らないけれど、私らの時代はスケコマシって呼んでいたね」そこでニリマは一息入れて、眉を吊りあげた。「言っていること、分かるかい？」

「ええ、分かります」

ニリマは頷いて、サリーの縁で鼻をかんだ。「さてさて、こんなにべらべら喋っていて悪かったね。明日は長い一日になるんだろう？」

「そうですね、早朝に出たいと思っています。とっても楽しみなんです」

ニリマはピヤの肩に腕をまわして抱きしめた。「気をつけるんだよ。森は危険だから。気をつけなきゃならないのは動物だけじゃないからね」

包囲

私がガルジョントラから戻って数日後、ニリマが旅から戻ってきて、外の世界から沢山の報せを齎した。そして、ついでのように、ニリマは付け足した。「そういえば、モリチジャピだけど、もうすぐ何か起こりそうよ」

私の耳が鋭く反応した。「何かって、何がだい？」

「政府が動くのよ。かなり強硬な手段をとるみたい」

私は何も言わなかったが、内心、移住者たちに警告を発するためにどうにかしてクスムにこの報せを伝える手はないか、と思案し始めた。しかし、そんな手段はなかったのである。何故なら、その翌日、政府が森林保護法の規定に基づいてモリチジャピとの一切の往来の禁止を発表したからである。さらに、地域全体に対して刑事手続法第百四十四条が適用された。暴動の鎮圧に用いられる法律である。すなわち、一か所に五人以上が集まることは犯罪と見做されるようになったのである。

時間が経つにつれて、河を伝って噂の波が伝わってきた。聞くところによると、何十隻もの警察の舟艇が島の周囲を包囲しており、催涙弾やゴム弾が使用されているらしい。移住者たちがモリチジャピに米や水を持ち込むのも実力で妨害されており、ボートが沈められたり、殺された人もいるという。日が経つにつれて、噂は益々耐え難いものになっていった。まるでこの静かな潮の国の内奥で、戦が勃発したかのようだ。

ニリマの目があったから、私はできる限り平静を装ってはいた。しかし、その晩は一睡も出来なかったし、夜が明ける頃には、何としてでも、例えニリマと対決することになったとしても、モリチジャピに行くのだ、とはっきり気持ちは固まっていた。しかし有難いことに、ニリマとの対決は回避できた――当座のところは。というのも翌朝早く、教師たちの一団が私に面会しにきたのである。彼らもまた同じ噂を聞きつけ、憂えていた。そして何と彼らは、モリチジャピに行ってできる限りの仲裁を試みようと、ボトボティを一隻都合していた。彼らは私に一緒に行かないか、と訊ね、もちろん私は喜んで承諾した。

私たちは朝十時ごろに出港し、凡そ二時間後には目的地が視界に入った。ここで、モリチジャピは潮の国の中で最大の島の一つなのだ、ということを言っておかねばなるまい。その沿岸線は二十キロ近くにもなるだろう。島から二、三キロ地点に到達して島が私たちの視界に入ると同時に、島から煙がもくもくと立ち上っているのが見えた。

その後すぐ、この水域を哨戒中の当局のモーターボートが目に入った。ボトボティの船頭はすっかり怯えてしまい、もう少し近くに行ってくれるよう私たちは船頭に懇願せねばならなかった。船頭は、手前の岸からなるだけ離れず、モリチジャピ島からできる限り距離を保って進むという条件で、何とか譲歩してくれた。そして私たちは岸に沿ってさらに進んでいった。全員の目が、対岸のモリチジャピに注がれていた。

やがて私たちはある村に近づいた。沢山の群衆が岸辺に集まって、ボートに荷を積んでいる——ボトボティや帆のついたボートではなく、ホレンが持っているような類の、この辺でよく見かける小さな川舟である。かなり離れているが、そのボートには食糧品が積み込まれているのが見えた。袋詰めした穀物や、角タンクに詰めた飲料水。それから人々がボートに乗り込んだ。概ね男性だが、女性や子供もいる。何人かは明らかに日雇い労働者で、付近の島に働きに出て家に戻れなくなってしまったのだろう。その他は、この地で足止めされて帰れなくなってしまった人々が、しびれを切らしてモリチジャピにいる家族のもとに戻ろうとしているのだろう。どんな理由であれ、この吹けば飛ぶような小舟にすし詰めになる危険を冒すに充分切迫した理由であることは間違いない。ボートが岸を離れた時には二ダースほどの人が身を寄せ集まって坐っていた。ボートはよろめきながら河の流れに漕ぎ出した。荷物は明らかに積み込みすぎで、浮かんでいるのが信じ難いほどだ。私たちは、遠くから興奮して凝視していた。これらの移住者たちは、島に残る同胞たちを救うため、食糧を持って、警察の警戒線をすり抜けようとしているのだ。警察は一体どう出るか？　皆各々の推測を喋り出した。

我々があれこれ推測するのに終止符を打ったのは、バグナ河を驀進してきた警察のスピードボートだ。スピードボートはあっという間に移住者たちの手漕ぎボートに追いつくと、その周りをぐるぐる周回し始めた。警察のボートは拡声器を使用していたので、かなり離れた我々の所までも、水上を伝って警察の命令が切れ切れに聞こえてきた。警察は移住者たちに引き返して元の岸辺に戻るよう指示していた。それに対する返答は我々には聞こえなかったが、ボートに乗船している人々の大げさな身振りから、彼らは警察に通してくれるよう懇願しているのだということが見て取れた。

それが警察を激怒させ、警察は拡声器を通して怒鳴り始めた。突然、空に向けて放たれた銃声が雷鳴のように轟き渡った。

こうなれば、移住者たちは引き返すしかあるまい。心の中で、彼らがそうすることを私たちも願った。だが、そんな予想は裏切られた。ボートに乗った人々は声を揃えて怒鳴り返し始めたのである。「我々は何だ？《Amra kara》　全てを奪われた者たちだ《Baastuhaara》」

この哀れな叫び声が水上を伝播していくのを聞いてどれほど変な気持ちになったことか。その瞬間、この叫びは、反抗の叫びではなく天に向かって投げかけられた問いに思われた。決して彼ら自身のためだけでなく、全ての戸惑える人々の代表として。実際、私たちは何なのか？　私たちは何に属するのか？　この叫びを聞くうちに、まるで私の心の内奥深くに仕舞い込まれた不安を、河と潮に問いかけているような気がしてきたのだ。私は、何なのだ？　私はどこに属しているのか？　カルカッタにか、それとも潮の国にか？　インドにか、それとも国境を越えたところか？　散文に、それとも詩歌に？

そして、私たちは移住者たちが、自ら提起した問いに答えて何度も叫ぶのを聞いた。「モリチジャピ・チャルボナ。モリチジャピを離れはしないぞ、お前たちが何をしようと」ボトボティの甲板に立って、私はこの答えの美しさに打たれていた。お前がどこに属するのか。お前は、離れることのできない場所にこそ属しているのだ。

私も弱い声で彼らに加勢した。「モリチジャピ・チャルボナ！」

モーターボートに乗った警官たちが彼らの叫びをどう受け止めるのかなどという疑問は、私の頭に浮かんでいなかった。その時、数分間動きを止めていたモーターボートがエンジンを始動させた。モーターボートは舳先を翻し、移住者たちから遠ざかり始めた。最初、警察は目を瞑ってボートを行かせることにしたのかとてっきり思った。

警察の意図はその真逆なのだということは、モーターボートがもう一度水上で転回したとき、明らかになった。ぐんぐん加速しながら、モーターボートは乗客と食料品を満載してぐらついている小舟目指して突進した。そして小舟の真ん中あたりにぶち当たり、私たちの目の前で、船体がばらばらに吹き飛んだ。そして一瞬にして、水面はもがき苦しむ男、女、子供で溢れた。

あのボートにはクスムとフォキルも乗っているかもしれない。不意にそう思い付いた私は心臓が止まりそうになった。

ボトボティの上で、私たちは、救助の役に立てるようもっと近づいてくれと船頭に怒鳴った。船頭は警察を恐れて躊躇していたが、教師たちの団体に警察が危害を加えるはずがないじゃないかといってなんとか彼を説得した。

私たちは、水中で誰も傷つけないようのろのろと近寄っていった。船縁に身を乗り出して手を差し伸べ、一人、二人、最終的に十二人ほどを引き上げた。幸いなことに水深は浅く、残りの人々もそのまま岸まで辿り着いた。

引き上げた一人に私は訊ねた。「クスム・モンドルを知っているか？　ひょっとしてボートに乗っていたのでは？」

彼はクスムを知っていて、首を横に振った。クスムはまだ島にいると聞いて、私は安心して一気に力が抜けた。島の状況がどうなっているかなど私はほとんど知らなかった。

すぐに、警察が私たちの所に猛然と駆けつけてきて私たちを詰問した。「お前たち、何者だ？ここで一体何をしている？」

警察は我々の言い訳を一蹴した。既に百四十四条の適用が宣言されているのだから、お前たちも不法な集会の廉で逮捕するぞ、と警察は私たちをどやしつけた。

私たちは所詮ただの教師の集団に過ぎなかった。まして、多くは家族持ちで子供のいる身だ。私たちは怖気づいた。私たちは引き上げた人々を岸に下して早々に逃げ帰った。

ペンのインクが涸れてしまったので、ちびた鉛筆を使わねばならなくなった。足音が聞こえる度、クスムとホレンがもうすぐ戻ってきて、ホレンはただちに出発したがるだろう、と私を急き立てる。だが、私はここで止める訳にはいかない。語るべきことはまだ多い。

言葉

ニルマルの書斎に籠ったまま、カナイは夕食を摂ることさえ忘れていた。カナイが伯父の手記に夢中になっていると、敷地の発電機が落ちて灯りが消えた。書斎のどこかにケロシンランプがあるはずだと思って暗闇の中手探りで探していると、戸口で足音が聞こえた。

「カナイ・バブ？」

蝋燭を手にモイナが立っている。「マッチをお探しですか？　ティフィンボックスを取りにきたら、まだ手つかずでしたので」

「ちょうど下に降りようと思っていたんだ。カンテラを探していたんだよ」

「それならここに」

モイナは蝋燭を手にしたままランプを取り、ガラスの蓋をぱちんと開けた。芯に火を点けようとしたとき、手が滑って、ランプと蝋燭を落としてしまった。ガラスが砕け散り、またたくまに書斎に充満したケロシンの臭いが鼻を刺した。

蝋燭は書斎の隅に転がっていた。火は消えていたが、芯がまだ赤い。「急いで！」カナイは膝をついて、蝋燭に手を伸ばそうとした。「芯をつまむんだ、ケロシンに燃え移れば大火事だ」

カナイは蝋燭をモイナの手から奪い取り、赤く輝く芯を指でもみ消した。「これで大丈夫、ちゃんと消えたよ。あとはガラスを片付けないとね」

「それは私がやりますから、カナイ・バブ」とモイナ。

「二人でやった方が早いだろう」モイナの横に膝をついて、カナイも手で恐る恐る床を掃除した。

「どうして夕飯が冷めるまで放っておいたんですか、カナイ・バブ？　どうして食べなかったんです？」

「明日の準備で忙しかったんだよ。ほら、朝早く出発するだろう？　僕も行くことにしたんだよ」

「ええ、聞きました。カナイ・バブも行くって聞いてほっとしているんです」

「なぜだい？　僕の夕飯を持ってくるのはもうたくさんかい？」

「そんな。そんなことじゃありません」

「じゃあどうして？」

「カナイ・バブも一緒にいるっていうことです。二人きりにならないでしょう？」

「誰が？」

「あの二人です」モイナの声が不意に真剣になった。

「フォキルとピヤのことかい？」

「決まっているじゃありませんか、カナイ・バブ？　一緒に行ってくださるって聞いて本当に安心したんですよ。正直に言えば、少し彼にお話しして頂けると嬉しいんですけど」

「フォキルに？　なにをだい？」

「彼女のことです――あのアメリカ人。あの方がここにいるのはほんの数日だけなんだよ、って。すぐにどこかに去ってしまうよって」

「だけど、そんなこと、フォキルだって分かっているだろう？」

暗闇の中でモイナがサリーをきつく締め直し、衣擦れの音が聞こえた。「カナイ・バブが言ってくださるのがいいと思うんです。フォキルがなにを期待しているか、分かったものじゃありませんわ――まして、あの方、あんなにたくさんお金を下さったんですもの。あの方にもお話をして下さるといいんですわ。分不相応な扱いをしては、かえってフォキルのためになりませんって」

「だけど、なぜ僕なんだい、モイナ？　僕になにが言えるって言うんだい？」カナイは面食らっていた。

「どちらにも話がちゃんとできるのはカナイ・バブしかいないじゃありませんか。あの方にも、フォキルにも。カナイ・バブが、二人の間をつないでいるんじゃありませんか。二人が話をするのだって、カナイ・バブの耳と唇を通すわけですわ。カナイ・バブがいなければ、あの二人はお互いがなにを考えているのか分かりっこないんです。二人の会話は貴方の手の内だし、カナイ・バブが思うように意味づけすることだってできるはずです」

「分からないな、モイナ」カナイは顔をしかめてみせた。「君は、なにが言いたいんだい？　一体なにが心配なんだい？」

「あの方は女なのよ、カナイ・バブ」モイナの声は囁くばかりだ。「それで、フォキルだって男です」

モイナを見つめるカナイの眼が、暗闇の中でぎらついた。「それを言ったら僕だって男だよ、モイナ。ピヤが、僕かフォキルか選ぶとしたら、どっちを選ぶと思う?」

モイナは随分間を置き、しかもはっきりとした答えは言わなかった。「あの方の心の中のことは私には分かりません、カナイ・バブ」

モイナが答えに迷ったことがカナイを苛立たせた。「じゃあ、モイナ、君だったら? もし選べるなら、どちらを選ぶ?」

モイナは静かに答えた。「カナイ・バブ、変なことを聞かないでください。フォキルは私の夫ですよ」

「だが、君はこんなに賢くて、有能な女性だ、モイナ」カナイはしつこかった。「なぜフォキルなんかに囚われている? 彼と一緒にいる限り、君だってなにも成し遂げられないんだよ?」

「トゥトゥルだっているんです。フォキルを捨てるなんてできません。そんなことをしたら、フォキルはどうなってしまうんです」

カナイは笑った。「モイナ、そりゃ確かにフォキルは君の夫だ——なら、君が自分で話をすれば良いじゃないか? どうして僕に頼もうとする?」

「そんな話ができないのは、彼が私の夫だからこそ、ですよ、カナイ・バブ」モイナは静かに答えた。「他人じゃなきゃこんな話、口にできないでしょう」

「なぜ他人なら、できるんだい?」

「なぜって、言葉ってしょせん空気でしょう、カナイ・バブ。水の上に風が吹けばさざ波が立つけれど、本当の河はずっと深いところを流れていて、見ることも聞くこともできないでしょう。水面を下から吹くこともできませんし。よそ者だけが、水面を吹いて波を立てることができるんです」

カナイはまた笑った。「そりゃ言葉は空気だが、モイナ――君は本当に言葉使いが巧みだよ」

カナイは立ち上がって机に向かった。「モイナ、もし別の男性とだったらどうなっていたか、考えてみたことはないかい？ 知りたいと思わない？」

カナイはいかにも軽い、揶揄するような調子で言い、ついにモイナの生の感情を引き出すことに成功した。

モイナは怒って立ちあがった。「カナイ・バブ、いい加減にしてください。私が、はい、って言えばいいとお思いですか？ そうしたら私を笑いものにするんでしょう？ 私がなんて言ったか、ぺらぺら言い触らすんだわ。私はただの田舎娘ですけどね、カナイ・バブ、こんな質問にほいほい乗っかるほど馬鹿じゃありません。そこら中の女にこんな悪ふざけをしているんでしょうけど」

急所を衝かれたカナイはたじろぎ、モイナをなだめにかかった。「まあまあ、そう怒らないで、モイナ。悪気があったわけじゃない」

サリーの衣擦れの音で、モイナが立ちあがったことがわかった。そして、戸の開く音。そして暗闇の中から、モイナの声が聞こえた。「私、カナイ・バブとあのアメリカ人がうまくいくといいと思っているんです。それが、皆のためなんです」

封鎖は延々続き、私たちはただただ無力だった。聞こえてくるのは噂ばかり。食糧を節約して配給していたにもかかわらず、ついに食糧の備蓄が尽きて移住者たちは草を食べているそうだ。警察が管井戸を破壊してしまったのでもう飲料水が手に入らない。移住者たちは水溜りや池の水を飲むしかなく、それでコレラが蔓延している、など。

移住者たちの一人が警察の非常線を掻い潜ってガラル河を泳ぎ切ったそうだ――それだけでも偉業と言えるだろう。しかしそれだけでなく、その青年は何とカルカッタまで辿り着き、全て洗いざらい新聞社に喋ったのだ。大規模な抗議運動が沸き起こり、市民団体が請願を提出し、議会の質疑にものぼった。そして遂に高等裁判所が、封鎖は違法だと裁定した。封鎖は解除されることになったのだ。

移住者たちが目覚ましい勝利を収めたようだった。報せが私たちのもとに届いた翌朝、ホレンが土手《バンド》の近くで私を待っていた。言葉を交わさずとも言いたいことはわかっている。私は布袋《ジョラ》に荷造りして、ホレンのボートに乗り込んだ。私たちはそのまま漕ぎ出した。

私たちの心は浮き立っていた。モリチジャピの人々は、盛大に勝利を祝っていることだろう。だが、それは間違いだった。到着するや否や、封鎖が途轍もなく高くついたことがわかったのである。それに、封鎖そのものは解かれたとはいえ警察が姿を消した訳でもない。警察は引き続き島を巡回し、移住者たちを立ち去らせようとしていたのである。

クスムを見るのは辛かった。まるで太鼓の骨組みのように肌から骨が突き出していて、筵から立ち上がる体力さえ失っていた。幼いフォキルは幾分ましな健康状態でこの封鎖を乗り切ったらしく、彼が母親の世話をしていた。

二人の様子を一目見て、クスムは自分を飢えさせてフォキルに食べさせていたのに違いない、と私は思った。だが、真相はそんなに単純でもなかった。外は警察がうようよしていたので、クスムはフォキルを屋内にとどめていたのだが、それでもフォキルはしばしば抜け出して蟹や魚を捕まえていたのである。クスムは、フォキルが獲ってきたものには手を付けずそのままフォキルに食べさせた。クスム自身はジャドゥ・パロンと呼ばれる野草で食いつないだ。最初は食用可能と思われたこの野草は、追い追い極めて有害なものであることが分かった。重症の赤痢の原因となるのである。栄養不足と赤痢の二重苦が、ひどい衰弱を招いたのであった。

幸い、私たちは来る途中で食糧――米、豆、油――を買いこんできていたので、それをクスムの家に運び込もうと作業を始めた。ところが、クスムはせっかくの食糧を頑として受け取らないのである。クスムは筵からよろよろと起き上がり、袋を一つ両手で持ち上げて肩に担いだ。フォキルとホレンも残りの食糧を担がされた。

「待ってくれ、何をしているんだい？　一体どこに持っていこうって言うんだ？　これは君のために持ってきたんだよ」

「独り占めする訳にはいかないんです、先生《saar》。私たち、全部配給にしているんです。だからこれも区の指導者のところに持っていかなくちゃいけません」

クスムの言い分ももっともだが、だからといって、なにも米と豆を一粒残らず全部差し出してしまうことはないと私はクスムを説き伏せた。君は養うべき子供を抱えた母親なんだ。ほんのちょっとだけ自分のために取っておくのは、決して悪いことでもなんでもないんだよ。

クスムの家に残す食糧を私たちが取り分けているとき、クスムが泣き出した。クスムの涙を見るのは、私にとってもホレンにとっても衝撃だった。これまで、クスムは一度たりとも意気消沈したところなど見せたことがなかったのである。今こうしてクスムが取り乱すのを見るのは、耐えようもなく辛かった。フォキルがクスムの後ろに回って首に手を回した。ホレンは隣に坐って肩を優しく叩いた。私だけは凍り付いてしまい、言葉をかけてやることしかできなかった。

「どうしたんだい、クスム？　何を考えているんだい？」

「先生《saar》」涙を拭きながらクスムが言った。「一番辛かったのは、飢えでも渇きでもないんです。なす術もなくここでじっと坐り込んで、警察が、私たちの命や存在には塵芥ほどの価値もないんだって触れて回っているのを聞くのが、何より辛かった。『この島の森を守るんだ、この島の動物を守るんだ、ここは保護区の一部で、虎を守るプロジェクトをやるんだ、世界中の人々がそのためにお金を出しているんだ』って。来る日も来る日もここに坐って、飢えに身体を蝕まれながら、同じ台詞を何度も繰り返しずっと聞き続けるんです。動物のことがそんなに大事でそのためには私たちなんか平気で殺してしまうっていうその人々って一体何なんだろうって、思わずにいられませんでした。その人たちの名において何が行われているのか、その人たちは知っているのかしら？　その人たちは、一体どこに住んでいるんだろう？　その人たちには子供も、親もいないのかしら？　そんなことを考えていると、この世の中にはもう獣しか住んじゃいないんだ、それで私たちの過ち、罪っていうのは、人間らしく、水と土に根付いて暮らそうとした人間だったことなんだって思えてきて。人間はいつだってこうして――魚を獲って、土地を切り開いて、土を耕して――生きてきたんだってことを忘れてしまったんじゃなければ、そんなことを罪だなんて思えるはずがないのに」

クスムの言葉、そしてやつれ切ったクスムの姿は私をうちのめし――私ときたら全く役立たずの教師だ――、私は眩暈を起こして筵に横になった。

ルシバリを去る

カナイが病院に向かう小径を歩きだした時、ルシバリはいつもと同じ朝霧に包まれていた。まだ明け方だが、門の前にもうサイクルバンが待っている。カナイはバンをゲストハウスに呼びよせ、運転手の助けを借りて、ピヤと一緒に荷物をバンに積みこんだ。カナイのスーツケース、ピヤのバックパックが二つに、ゲストハウスから借出した毛布と枕である。

バンはぐんぐん進んで、あっという間にルシバリの村外れに到着した。土手のすぐ近くに着いた時、運転手が席から振り向いて前を指差した。「あそこ、土手《バンド》で何か起こっているようですな」

カナイとピヤは後ろ向きに坐っていた。カナイが首を捻ると、土手の天辺に人々が群がっている。土塁の裏側でなにか見世物か試合でもやっているらしく、観衆は歓声を上げて応援している。バンに荷物を置いて、カナイとピヤも見物に上った。

水位は干潮で、メガ号は砂嘴の先端にフォキルのボートと並んで停泊している。そして人々の関心の的はこのボートなのだった。フォキルとトゥトゥルが、ホレンとその十代の孫と一緒にボートに立っている。大物を釣り上げようとしているのだ。釣り糸は、鋭いジグザグを描きながら音を立てて水面を切り裂いて飛び回っている。

針にかかった獲物はアカエイ《ションコル・マチ》だった。ピヤとカナイがそのまま見物していると、エイが灰色のひらべったい姿を現して、空中に飛びだした。フォキルたち四人は、力を合わせて巨大な凧を巻き取ろうとしているかのように、しっかり踏ん張っている。四人とも手にガムチャを巻きつけている。四人分の体重をうまく使いながら、悪足掻きを続けるエイが力尽きていくのをじっくり待つ。最後は、フォキルがボートから身を乗りだして鉈のようなダーをエイの頭に素早く打ち込んで死闘の幕が下りた。

獲物が岸に横たえられると、まわりに人々が群がり、カナイとピヤもそこに加わった。エイは全幅およそ一メートル半はあり、尻尾の長さも八〇センチ近かった。やがて魚屋が来て買値を提示し、フォキルが受けいれた。獲物が運ばれていこうとした時、フォキルがダーを一振りして尻尾を切り落とした。フォキルは切り取った尻尾を、戦利品でも与えるように仰々しくトゥトゥルに手渡した。

「トゥトゥルは尻尾をどうするのかしら?」ピヤが訊ねた。

「おもちゃにするんじゃないかな」カナイは答えた。「昔の地主、ザミンダールたちは、あれで鞭を作って、言うことを聞かない家来にお仕置きしたものさ。棘が刺さって痛いったらないんだ。だけど、いいおもちゃにもなる。僕も子供のころ、持っていたっけな」

トゥトゥルが戦利品をうっとり見つめていると、人だかりを掻き分け、不意にモイナがトゥトゥルの前に現れた。トゥトゥルはびっくりして逃げだし、フォキルの後ろに隠れた。トゥトゥルが怪我しないように、フォキルは血の滴るダーを両手で頭上に掲げた。トゥトゥルは母親に捕まるまいと、父親の周りを飛び跳ねて逃げ回り、人々はそれを見てげらげら笑った。

モイナは出勤前で、もう看護婦の制服である青緑の白いサリーに着替えている。やっとのことでトゥトゥルを捕まえる頃には、糊のきいたサリーは泥まみれで、大恥をかいたモイナは怒りで唇を震わせた。モイナがフォキルの方に振り向くと、フォキルは下を向いてしまい、ダーから顔に垂れた血を拳骨で拭った。

「まっすぐ学校に連れていって頂戴って頼んだじゃないの！」モイナの声は怒りで震えている。「こんなところでなにをやっているのよ！」

一斉に息を飲む野次馬をよそに、モイナは息子の手からアカエイの尾をもぎ取った。モイナは大事な戦利品を思いきり河に投げこんでしまい、尻尾はあっというまに流れ去った。母親に引きずられていくトゥトゥルの顔は泣きだしそうに歪んでいる。周りを見なくて済むよう、少年は目を瞑って躓《つまず》きながら母親の後についていく。

カナイの傍を通り過ぎるとき、モイナは足元を確かめようとして一瞬二人の視線が合ったが、モイナはそのまま土手を走りおりてしまった。モイナの姿が消えた後、カナイが後ろを振り返ると、フォキルが探るようにカナイを見つめている。その視線は、妻とカナイの間に交わされた無言のやり取りに気がついたフォキルが、その意味を推し量ろうとでもしているようだ。

カナイは不意に決まりが悪くなって、さっと踵を翻すと「さあさあ、荷物を積みこもうじゃないか」とピヤに言った。

ごほごほ、がちゃがちゃエンジン音を立てながら、メガはルシバリから出航した。その後ろにつかず離れずフォキルのボートが従っている。引綱は緩んだかと思えばピンと張りつめる。うっかり衝突しないよう、フォキルはボトボティではなくボートに乗っていて、ボトボティにぶつかりそうになったらこいつで止めてやるとでもいうように、櫂を握りしめて舳先に坐っている。

カナイのいる上甲板には深めの木椅子が二脚、操舵室の脇に並んでいて、帆布の日よけが光を遮っている。ニルマルのノートを膝に乗せてはいたものの、カナイの視線はピヤに注がれていて、ピヤがてきぱき仕事の準備を整えるのを眺めていた。

ピヤは舳先に向かって甲板がぐっと狭くなるあたりに陣取って、風と太陽を正面から受け止めていた。双眼鏡を首にかけ、筆記板と二種類の器具――GPSモニターと水深測定器――を多機能ベルトに吊るした。それらの準備が整うと、ピヤは足を広く開いて立ち、両足でバランスを取りながら、双眼鏡に手を伸ばした。ピヤはじっと水面を睨んでいるが、同時に、船上、陸上のすべての動きに充分注意を払っていることがカナイにも感じられた。

太陽が高く昇るにつれて水面の照り返しがきつくなり、水面と空を隔てる線も見えなくなった。サングラスをかけているカナイでさえ、河面を見つめていられなくなった。しかし眩しい光も、不意に吹きつける風も、ピヤはまったく意に介していない。船の揺れも、無意識のうちに膝を緩め、重心を揺らして吸収している。この地の環境に対する唯一の妥協は、ピヤが先ほど頭に載せた麦わら帽子だ。日陰から見つめるカナイの眼にうつる逆光の中のピヤのまばゆい輪郭は、腰にホルスターを装着してつば広の帽子をかぶったカウボーイのようだった。

朝が終わるころ、フォキルがボートから大声で呼びかけるのが聞こえ、船上は一瞬色めきたった。ピヤはすぐさまホレンにボトボティのエンジンを止めさせ、船尾に走った。カナイもその後を追ったが、彼が船尾に着いた時はもう一足遅かった。

「なにがあったんだい?」

ピヤは観察記録を記入するので忙しく、目もあげずに答えた「フォキルがガンジス・カワイルカを見つけたのよ。右舷、船尾から二百メートルの位置にね。でも、探しても無駄よ。もう潜ってしまったから見えないわ」

カナイは内心おおいにがっかりした「今日、これまでにもイルカは現れていたのかい?」

「いいえ」と答えるピヤの声は上機嫌だ。「これっきりよ。まあ、これだけでかい音を立てていれば当り前よね」

「ボトボティの音でイルカが逃げてしまうっていうこと?」

「多分ね。それか、音が消えるまで、潜っているのかも。さっきのやつみたいにね。私たちが通り過ぎるのを待って浮かんできたのよ」

「昔よりもイルカの数は減ってしまったのかな?」

「ええ、そうよ。昔この辺りでは海棲哺乳類が随分たくさん住んでいたみたいだから」

「どうして減ってしまったのかな？」

「棲息環境が急激に変化したということだと思うわ。とっても住みにくくなったのよ」

「そうかい。伯父もそう思っていたみたいなんだ」

「伯父さんは正しかったのよ」ピヤの口調は重かった。「海棲哺乳類が長年の棲息地から姿を消し始めたら、それは生態系がとんでもなくおかしくなってしまっているっていうことなのよ」

「どうおかしくなるんだい？」

「どこから始めたらいいかしら？」乾いた笑い声をピヤが立てた。「この話は止めておきましょう、暗い話だから」

やがて、ピヤが水飲み休憩を取ると、カナイは訊ねた。「君の仕事って延々これが続くのかい？ずっと水を睨み続けるだけ？」

ピヤはカナイの隣に腰をおろし、ボトルを傾けた。「そうよ。もちろん、ちゃんとしたやり方があるんだけど、でもそのとおり。延々水を睨み続けるのが仕事よ。もしなんにも見つからなくっても、それはそれでちゃんと役に立つデータになるの」

カナイは、理解できないとでも言いたげに顔をしかめた。「人それぞれだけどさ。だけど僕には、君の仕事は一日もできないね。あっという間に退屈して放りだしてしまうよ」

ボトルの水を飲みながら、ピヤがまた笑い声を立てた。「まあ、分かるわよ。でもね、自然ってそういうものよ。ずっと長いことなにも起こらない。それで、突然爆発的になにかが起こって、だけどそれも一瞬で終わってしまう。そんなリズムに適応できる人は、そうそういるものじゃないわ。百万人に一人ってところ。だからこそ、フォキルみたいな人に巡りあうのは本当に素晴らしいことなのよ」

「素晴らしい？　どうして？」

「さっきフォキルがイルカを見つけたの、見たでしょう？　フォキルって、本当にずっと水を見ているのよ——無意識かもしれないけどね。これまでも、年季の入った漁師とたくさん一緒に仕事をしてきたけど、ここまで優れた感覚を持っている人はいなかったわ。河の中でなにが起こっているか全部わかるみたいなのよ」

カナイはピヤの言葉をゆっくり反芻した。「じゃあ君は、これからもフォキルと一緒に調査を続けていくつもりなのかい？」

「ぜひともね。私たちがチームを組めば、きっとたくさん発見ができるわ」

「なんだか随分長期的な計画があるみたいだね」

ピヤは頷いた。「ええ、そうなのよ。今考えている計画が通れば、何年もここで仕事ができるわ」

「ここって、まさにここのことかい？」

「ええ」

「本気かい？」ピヤがインドにいるのはほんのわずかな期間だと思っていたカナイは、ピヤが長期滞在まで視野に入れているのを知って驚いた。しかも、都会ならともかくよりによって、不便で生活環境の厳しいこの潮の国でというのだ。

「だけど、こんなところで、やっていけるのかい？」カナイが訊ねた。

「もちろんよ」そんな質問自体不思議だわ、という感じでピヤは答えた。「なにか問題でも？」

「で、ここに住んで、フォキルと一緒に働くんだね？」

ピヤは頷いた。「願わくばね。だけどそれはフォキル次第よ」

「フォキル以外の候補はいないのかい？」

「フォキル以上の人はいないでしょうね。フォキルは本当に卓越した観察者だから。この間、フォキルと何日間か一緒にいて、どんなに素晴らしかったか伝えられるといいんだけど。人生でもあんなにわくわくしたこと、ほとんどないわ」

突然、カナイは嫉妬に突き動かされ、思わずピヤを揶揄《からか》った。「だけど、その間、フォキルの言っていることは一言も君には分からなかったんだよね？」

「そうよ」ピヤは頷いて肯定した。「だけどね、そんなの問題にならないくらいお互いよく通じあったのよ」

「いやいや」カナイの口調は辛辣な調子だった。「自分に嘘を吐いちゃいけない、ピヤ。君たちの間に、通じあうものなんかその時も今もありゃしないよ。なにひとつね。フォキルは漁師で、君は科学者だ。君の大事な生態系は、フォキルにとっては大事な食い扶持だ。大体、椅子にも坐れない男だよ。フォキルを飛行機に乗せてみたら一体どういうことになるかなあ？」フォキルがルンギーの上にベストを着て飛行機の通路を歩いていくのを想像してカナイは激しく笑った。「君たち二人に共通点なんかないんだよ。君たちは違う世界、違う惑星に属しているんだ。よしんば君が雷に打たれそうになっていたって、彼は君に危ないって伝えることもできないんだよ」

まるでそれが合図だったかのように、ボトボティのエンジンの騒音を不意に破って、フォキルの「クミル！」という怒鳴り声が響きわたった。

「なんですって？」ピヤは飛びあがって後部甲板へと急ぎ、カナイがそれに続いた。

フォキルはボートの幌につかまって立っていて、下流を指差して「クミル！」と叫んでいる。

「なにを見つけたのかしら？」双眼鏡を持ちあげながらピヤが訊ねた。

「鰐だよ」

この出来事はカナイにとってはお誂え向きで、彼はそこから教訓を引きださずにはいられなかった。「ほらね、ピヤ。もし僕がいなかったら、フォキルが何を見つけたのか君には分かりっこなかっただろう」

ピヤは双眼鏡を目から離し、踵を翻して船首へ戻っていった。「ええ、ご指摘頂いた通りですとも、カナイ」ピヤの声は冷たかった。「ご指摘どうも有難う」

「待ってよ、ピヤ――」カナイはピヤを呼びとめようとした。だが、ピヤがあっという間に戻っていってしまったので、カナイは喉元まで出かかっていた謝罪の言葉を飲みこまざるをえなかった。

数分後、ピヤは再び定位置について双眼鏡を目にあて、集中して水面を凝視していた。その姿はカナイに未解読の碑文を精査する古文書学者を思わせた。まるで地球そのものの手になる古文書の謎を解こうとしているかのようだ。なにかをあれほど熱心に見つめるというのがどういうことか、カナイはほとんど忘れかけていた――何かの商品や便利な道具でもなく性的なものでもない、世俗の価値をもたないなにかを。カナイ自身、かつてああして心を集中させていたことがあったのだ。未知のなにかを、まるでレンズ越しに観察するように――あのころカナイが見つめようとしていたものは、他の言語の奥深くに隠されていた。言語の地平が、まだ知らない別世界がどのように立ち現れるか知りたいという欲求で、カナイの心を満たしていたのだ。単語を上手く口に出し、正しい音を立て、あるべき形に文章として組み立てるんだ――そのためには物事の普段の秩序を一旦ばらばらにほどいて組み替えることが必要なのだ。こんなこと、一生ちゃんとできっこないという感覚に襲われていらいらしたこともあったっけ。あのとき、カナイの鼓動を速めていたのは純粋な欲求で、その時のときめきを今またふたたびカナイは感じている。だが、その欲求は今、ひとりの女性の姿をとって、目の前の船首に立っていたのである。これこそ、カナイのまだ知らない生まれたての言語なのだ。

足止め

カナイはニルマルの手記についてホレンの話を聞く機会をずっと窺っていたのだが、メガが開けた水域に入ったとき、その機会が訪れたと思った。カナイは操舵室に入って、ノートを見せて訊ねた。

「これ、見たことあるかい？」

ホレンの視線が一瞬、水面から離れた。「ああ」さも当然のような、静かな声でホレンは答えた。

「先生《saar》が俺に渡したんだよ、あんたのためにとっておいてくれって」

返答の素っ気なさに、カナイの期待は萎《しぼ》んだ。ホレン自身、ニルマルの手記に頻繁に登場するのだ。それを考えれば、これを見て、感情が溢れだすとまでは言わぬまでも、ちょっとした懐かしい思い出話くらいは聞かせてくれるだろうと期待していたのである。

「あなたのことも出てくるよ」興味を引こうとしてカナイは言ってみた。しかし、ホレンは肩をすくめただけで、水面から視線を外しもしなかった。

ホレンからなにかを聞きだすためには、もっと努力が必要だ。ホレンの口の重さは、しみついた習性なのか、よそ者に対する不信の故なのか？　カナイには見当がつかなかった。

「これは、どうなっていたんだい？」カナイは食い下がった。「これまでずっと、一体どこに？」

ホレンが咳払いをして答えた。「なくなっていたんだ」

「どうして？」

「どうしてって、先生《saar》がこれを俺に渡した後、俺は家に持って帰って、黴がつかないようにビニールで包んでから糊で封したんだ。それから、糊を乾かすために陽に干した。だが、子供たちの誰か（多分フォキルじゃないか？）がそれを見つけて、なにかおもちゃだと思ったんだろう、それを屋根に隠して、それから子供のすることだから、そのまま忘れちまった。俺も至る所探したが、見つからなかったんだ。それで、その後そのまま俺もすっかり忘れていた」

「なら、一体どうやってまたでてきたんだい？」

「今話す」ゆっくりとした落ち着いた口調でホレンが続けた。「去年、昔の家を取り壊したんだ。煉瓦とセメントで新しい家を建てるためにな。そのときに、でてきたんだ。俺の手に戻ってきたはいいが、どうしたものか分からなかった。もう住所は変わっているだろうから、郵便で送るのはやめておいた。だが、マシマに渡すのも気が引けた――マシマが俺と最後に話をしたのは大分昔だ。そこで、そういえばモイナがしょっちゅうあのゲストハウスに出入りしているはずだと思いだして、それで彼女に渡したんだ。「これを先生《saar》の書斎に置いておいてくれ、時が来たら誰かが気づくだろう」と言ってな。それで、実際そうなったってわけだ」

そして、この件について語るべきことはもう何一つない、と言わんばかりにホレンは黙りこんだ。

メガが出航して三時間ほど経ったとき、ピヤはエンジンが空回る音に気づいた。ピヤはまだずっと上甲板上で「戦闘態勢」を取り続けていた。先程ガンジス・カワイルカを一頭見かけてから後、何一つ目撃していなかったので、イラワディ・カワイルカ《orcaella》の淵に辿りつきたいという焦りは増大していた。やっとここまで近づいたのに、ここでエンジンが故障するのは、大きな躓きだ。目で観察を続けつつ、ピヤはじっとエンジンの音に耳を澄ませていた。ありがたいことに、内燃機関はすぐにまたあの騒がしいリズムを取り戻した。

しかし、安心するのは早かった。十五分後、エンジンは再びしゃっくりを始め、そしてポンポンと早口の空転音が続き、そして疲れた咳を何度か繰り返したかと思うと、突如、完全に静かになってしまったのである。エンジンが止まり、メガはモホナの真ん中で立ち往生してしまった。

大きな遅れになるのは避けられないだろうとピヤは推測した。失望のあまり、あえて訊ねる気にもならない。どうせすぐに連絡があるだろうと思い、ピヤはそのままの態勢で、風に震える水面を睨み続けた。

そして、ピヤが思った通とおり、カナイがやって来た。「残念だけど、ピヤ」

「今日中には淵に行けないのね？」

「おそらく」

手を上げて、カナイはモホナの先を指差した。対岸に小さな村があって、潮流にうまく乗ればメガをそこまでなんとか持って行けるとホレンが言っている。その村にホレンの親戚がいて、エンジンを修理できる人も知っている。うまく行けば、明日朝には、ガルジョントラに向けて出発できるだろう。

ピヤは渋い表情を浮かべた。「そうするより他にしようがないのよね？」

「うん」とカナイ。「そうするより他にしようがない」

既に操舵室に入っていたホレンは、舳先を転回し、対岸の村に目標を定めた。すると、ボトボティはモホナを対岸に向かって横切りはじめた。潮目は変わって追い潮になっていたが、それでも船はうんざりするほどのろのろとしか進まない。ようやく目的地が見えてきたころには、陽はほとんど暮れていた。

今彼らが向かっている村はモホナには直接面しておらず、幅二キロほどの水路の懐に位置していた。干潮時なので、土手は水面に高く聳え立っており、甲板からは村の中はまったく見ることができない。ただ、土手の天辺に、メガの到着を待ち受けるように人々が集まっているのが見える。ボトボティが近づくと、何人かが泥に踏み込んできて、腕を振って彼らを出迎えた。それに応えてホレンが手摺から身を乗りだし、口に手を当ててなにか怒鳴った。すると、泥砂嘴に沿ってボートが一艘するすると漕ぎだしてきて、メガに横づけした。男が二人乗っていて、そのうちの片方がホレンの親戚で、近くの村で暮らしている漁師だということだった。もう一人はその友人で、副業で機械工をやっている。

それからさらに互いに一人一人紹介をして、長々と挨拶を交わした後、ホレンはその二人の男を連れて甲板の下に姿を消した。やがて、ボトボティの船体が、機械工の道具の音を響かせ始めた。トンカチトンカチという音の中、陽が落ちた。

その少し後、夕闇が、苦しげな動物の叫び声で突然引き裂かれた。尋常ではない痛みに満ちた鳴き声を聞いて、カナイとピヤは思わず懐中電灯を手に各々の船室から飛びだした。

二人とも、同じことを考えていた「襲われた?」とピヤが口にした。

「分からない」

カナイは手摺から身を乗りだして下甲板のホレンに質問を叫んだ。一瞬、とんかちの音が止み、大きな笑い声が鳴り響いた。

「一体何事だったの?」ピヤが訊ねた。

「村が襲われたのかって聞いてみたのさ」と答えるカナイも笑っている。「そしたら、水牛がお産をしているんだって」

「でも、どうしてそんなことが分かるの?」とピヤ。

「その水牛は、ホレンの親戚の水牛なんだそうだよ。土手のすぐ傍——あの辺さ——に住んでいるんだって」

ピヤは声を立てて笑い出した。「私たち二人ともちょっとびくついているみたいね」そう言って、ピヤは両手を組んで大きく伸びをし、それから欠伸をした。「今日は早く寝させてもらうわね」

「またかい?」カナイが鋭く言った。失望を覆い隠そうとして、カナイは付け足した。「夕飯は食べないのかい？」

「栄養スティックにしておくわ。今日はもうそれで充分。貴方はどうするの？　また夜更かしするの？」

「僕は人間らしい夕飯を摂らせてもらうよ。それから、ちょっと夜更かしして、伯父の手記を読み終えてしまおうと思う」

「もうそろそろ終わりなの？」

「ああ、もうほとんど終わりだ」

生きて

ルシバリに戻ったあとも私はずっと具合が悪く、ニリマはホレンばかりを責め詰《なじ》った。「あんたのせいだよ。あの人をモリチジャピなんかに連れていって。見てごらん、あんなに調子を崩してしまって」

その通り、私の調子は良くなかった——頭に、夢、まぼろし、悪夢が満ち満ちていた。床から離れることができぬまま、日々は無為に過ぎていった。私はただ、横になって、リルケの詩を英語とベンガル語で読んでいた。

私に対しては、ニリマはずっと優しかった。「行かない方が良いわよって言ったじゃない？きっとこうなるって言ったじゃないの。もし何か役に立つことがしたいなら、トラストと病院を手伝ってみてはどうかしら？　やることは沢山あるのよ。ルシバリで、何かしてみれば良いじゃないの。モリチジャピじゃなきゃいけないなんてことないんでしょう？」

「君には分からないよ、ニリマ」

「どうしてよ、ニルマル？　教えて頂戴、変な噂も耳に入っているの。皆そのことばかり喋っている。クスムと関係があるの？」

「何でそんなことを言うんだい、ニリマ？　疑いを招くようなことを、僕が一度でもしたことがあるかい？」

ニリマは涙を流していた。「ニルマル、そんなことじゃないのよ。もっとずっと汚らしい噂になっているのよ」

「ニリマ、そんなくだらない噂を信じるなんて君らしくもないことだ」

「じゃあ、クスムをここに連れてきて。トラストで働いてもらえばいい。あなたもそうすれば良いわ」

トラストのために私ができることなど、他人にやらせた方がずっと上手にできるのだ。どういえばそれをニリマはわかってくれるのか？　私はペンを動かす手で、ただの機械、いや機械仕掛けのおもちゃに過ぎないのだ。だがモリチジャピについては、リルケその人が、私ができることを教えてくれたのだ。ある一節に、私のためだけに書かれた、隠された意味を秘めた言葉を私は見出したのだ。あとは、時が来て私に啓示が与えられれば、私のなすべきことも定まるだろう。

何故なら、詩人その人が、私に語り掛けているのだから。

この地上こそ、ことばでいいうるものの季節、その故郷だ。
されば語れ、告げよ

何日、何週間もの時間が過ぎ、ようやく、床を離れて書斎に行く元気が出るまでに私は回復した。朝から夕まで私はずっと書斎で過ごした。長い長い空虚な時間を、モホナが、来る日も来る日も、地球そのもののように飽くことなく、延々と繰り返し満ちたり引いたりするのを眺めながら。

ある日私は、午後の休息を取った後、普段よりやや早めに階下に降りた。階段を中ほどまで降りたところで、ニリマがゲストハウスで誰かと話をしているのが聞こえた。その相手は私も知っている。その前夜、私もその人物と少しだけ話をしたから。彼はカルカッタから来てくれている非常勤の精神科医なのだ。聞くと、ニリマはとても心配なのだという——私のことが、だ。ニリマのところにある情報が入ってきたらしいのだ。それが私の耳に入れば私が取り乱すことは間違いないのだという。ニリマは、その情報が私の耳に入らないようにするための知恵を求めていたのだ。

「それでその情報というのは何なんです？」医師が訊ねた。

「先生《ダクタル・バブ》にとってはなんのことかわからない話だと思いますけれど」とニリマ。「モリチジャピっていう島のことなんです。バングラデシュからの難民が住み着いていて。彼らがどうしても立ちのかないので、カルカッタの州政府は物凄く強硬な手段を取って彼らを排除するようなんです」

「ああ、あの難民たちのことですか」と医師。「全く大変なことで。だけどそれがご亭主と何の関係が？　島に知り合いがいるとか？　ご亭主と彼らに、どんな関係が？」

ニリマが躊躇って、咳払いをした。「先生、分かっていただけないだろうとは思いますけど、隠退してからこの方、夫はすることがないものですから、あのモリチジャピの難民たちと関わるようになってしまったんですよ。今の政府は何が何でも難民を叩き潰しにくるってことが主人には分からないんです。主人は昔の左翼で、他の人と違って、心から左翼の理想を信じていたんですよ。今権力を握っている人たちの多くは、主人の元友人やら元同志なんですけどね。夫は実際的な人じゃありませんから、世の中のことには疎いんです。ある政党が権力を一たび握ったら、今度は統治しなきゃならないんだ、逆らうものは容赦しないんだ、とか。もし、これから起ることが主人の耳に入ったら、主人にとってその幻滅は大きすぎると思うんです——あの人、きっと耐えられないでしょう」

「そういうことなら知らせない方が良いんでしょうな。知ればご主人がどう出るか分かりませんし」

「あの、先生。しばらく鎮静剤を飲ませた方が良いでしょうか？」

「そうですね、それが賢明でしょうな」

この先は、もう聞く必要はなかった。私は書斎に行って布袋《ジョラ》に荷造りした。そしてそっと静かに階下に降り、村へ急いだ。折よく渡し船がいて、そのまま私をサトジェリヤまで乗せていってくれた。到着すると、私はホレンを探した。

「行かなきゃならん、ホレンや」私はホレンに言った。「モリチジャピが攻撃されるらしいんだ」

ホレンは私よりずっと多くの情報を持っていた。島を囲む村々に、何台ものバスに乗ったよそ者たちが集結しているという噂が流れているというのである。その連中は、これまで潮の国では見かけたことのない人々で、都会のごろつき、犯罪者、やくざをかき集めてきたのである。そしてモリチジャピは警察の舟艇に包囲されており、出入りすることも不可能らしい。

「ホレンや。クスムとフォキルを安全な場所に逃がしてやらなきゃならん。お前よりこの辺りの水に詳しい者はいないだろう。何とかモリチジャピに行けないかい？」

ホレンはしばし考え込んでから口を開いた。「今晩は月が出ないから、行けるかもしれません。試してみますか」

私たちは日暮れ時に出発した。食糧と飲み水も持てるだけ持っていった。すぐに真っ暗になり、私には何も見えなくなったが、ホレンはボートを漕ぎ続けた。ゆっくり、岸に沿って、ひっそりと音もたてず、私たちは進んでいった。

「今、どの辺だい、ホレン？」私は訊ねた。

ホレンはボートの現在位置を正確に把握していた。「丁度今ガラルを過ぎて、ジッラに入ったくらいです。もう遠くないです。じき、警察のボートが見えて来るでしょう」それから数分もたたぬうちに、爆音を立てて走り回り、探照灯で水面を監視している警察の舟艇が視界に入った。一艘、もう一艘、そしてもう一艘。しばらくの間、私たちは河岸に隠れ、哨戒艇が通過する間隔を測った。それから再び漕ぎ出して、見事、哨戒艇の間を縫って、見事封鎖を潜り抜けたのだ。

「着きましたよ」ホレンが言うと同時に、ボートの鼻づらが泥の中に接岸した。「モリチジャピです」二人で力を合わせて、ボートが水上から見つからないよう、マングローブの奥深くに引きずり込んだ。警察は移民たちのボートを全部沈めてしまったんですよ、とホレンが教えてくれた。私たちはボートを念入りに隠し、そして持参した食糧と水を手に、こっそり河岸沿いにクスムの家まで歩いていった。

クスムは意気軒昂としていて、私たちを驚かせた。一晩中、島から逃げるよう彼女を説得したが、クスムは一切聞きいれなかった。

「だって、どこに行くのよ?」クスムはにべもなかった。「ここより他に、いたい場所なんてないのよ」

私たちはクスムに噂を伝えた。移民たちを襲うために周辺の村々に続々ごろつきが集まってきているのだ。ホレンは実際その一団を目にしている。バスを連ねて送り込まれてきているのだ。

「やつらに何ができるっていうのよ?」クスムが反論した。「ここにはまだ一万人以上いるのよ。だから後は、信じ抜くことが大事なのよ」

「だが、フォキルはどうなる?」私は訊ねた。「万一ってこともある。その時フォキルはどうなる?」

「そのとおりだよ」ホレンが私に加勢した。「もしお前がどうしてもここから逃げないなら、せめてあの子を何日間か預からせてくれ。事態が落ち着いたら、返すから」

クスムもこのことはすでに考えていたらしかった。「そうね、じゃあ、そうしましょう。フォキルは一緒に連れていって。しばらくサトジェリヤに置いてやって頂戴。それで台風一過となったら、連れて帰ってきて」

もう夜が明けており、今すぐ帰るのは不可能だった。「夜まで待たなきゃなりませんな」ホレンが言った。「夜になれば、暗闇に紛れて警察のボートをすり抜けられる」

私の決心を伝えるのは今だと思い、私は口を開いた。「ホレン、私は残るよ……」

彼らは心底仰天してしまった。なぜ先生が残らなければならないのか、と彼らは何度も何度も質問したが、私は質問をはぐらかしてしまった。いくらでも理由を数え立てることはできたはずだ。ルシバリに帰れば私は治療される身なのだとか、ニリマと医師の会話を聞いてしまってねとか、書斎で過ごす時間の空虚なこととか。だがそのどれも、今となってはどうでもいいことだと思えた。本当のところ、私が残る理由は極めて単純だったから。私はこのノートを取り出して言った。「書かなきゃならないことがある。だから残らなきゃならないんだ」

もう時間が尽きた。蝋燭が燃え尽きようとしている。鉛筆はもう根元までちびてしまった。二人が戻ってくる足音が聞こえる。不思議なことに、二人は笑っているようだ。もう夜明けが迫っている。ホレンはすぐに出発しようとするだろう。このノートを全部埋めることができるとは思ってもみなかったが、私は何とかやりとげた。ここで持ち続けていても意味がない。私はこれをホレンに渡して、何とかこれがカナイ、お前に届くように願うとしよう。お前なら、私よりもずっと、世間の耳目を集めることができるだろう。これをどうするのがいいか、お前ならわかるだろう。なぜなら、お前たちの世代は、私たちほど冷笑的でも利己的でもなく、はるかに豊かな理想を実らせるに違いないのだから。

二人がやって来た。蝋燭の灯りで、二人の顔が見える。その微笑みの中に、私が見るのは詩人のこの言葉。

見よ、わたしは生きている、何によってか？　幼時も未来も
減じはせぬ……みなぎるいまの存在が
わたしの心内にほとばしる

ノートを置く自分の手がぶるぶる震えている。ケロシンランプの煙が部屋に充満している。カナイは窒息しそうに感じた。寝床から毛布を掴みとって肩にぐるぐると巻きつけ、カナイは甲板に出た。巻煙草《ビディ》のきつい臭いが鼻を衝いた。カナイは顔を左にひねって舳先を見た。二脚ある肘掛椅子の片方に、ホレンが坐っている。足を船縁に投げ出して煙草を吸っている。カナイが船室の扉を閉めると、ホレンが振り向いた。

「まだ起きていたのかい？」

「ええ。伯父の手記を今読み終わったんです」

ホレンはどうでもよさそうに、ああ、と反応した。

カナイはホレンの隣に腰かけた。「ノートは、あなたがフォキルを連れて島を離れるところで終わっていました」

眼下の水面を見つめるホレンの眼差しは、過去をのぞきこんでいるようだ。「もうちょっと早く出るべきだったんだがなあ」ホレンは淡々と当時を思いだした。「そうしたら追い潮だったんだ」

「そのあとモリチジャピで何が起こったのか、知りませんか?」

ホレンは巻煙草《ビディ》の端を吸った。「人並みの話しか俺は知らん。全部噂だ」

「どんな噂です?」

ホレンの鼻から煙が一筋立ち昇った。「翌日、攻撃が始まったそうだ。周囲の島々に集結していたごろつきどもを、かき集めるだけかき集めた舟で運んでな。で、奴らは移住者たちの家を焼き打ちしボートを沈め、田畑を滅茶苦茶にしてしまった」ホレンは言葉を選んでぼそぼそつぶやいた。「まああんたが想像できるようなことは、全部やったってわけだよ」

「それで、クスムと伯父は? 二人はどうなったんです?」

「はっきりとしたことは分からないが、無理やり連れだされた女性の一団がいたらしい。クスムもその中にいたそうだ。結局みんな強姦されて河に投げ捨てられたそうだ。潮が片付けてくれるようにな。何十人も殺された。遺体は海に還った」

「伯父は?」

「他の難民と一緒にバスに乗せられたらしい。元いた場所に送還しようとしてな。マディーヤ・プラデーシュだかどこだか知らんがな。だが、カニングになんとか帰ってきたっていうことは、途中で解放されたんだろう」

ここでホレンは話を止めて、ポケットの中をまさぐった。それにひどく手間取って、さかんに悪態を吐いた。ホレンがようやく巻煙草《ビディ》を見つけて火を点けた頃には、それがニルマルとクスムから話を逸らせるための小細工であることはカナイにもはっきり分かってしまった。ホレンが嫌に愛想の良い声音で「それで、明日の朝、何時に出発したいかね？」と訊ねてきたのも想定内だった。

カナイはそんなに簡単に話題を変えさせはしなかった。「ホレン・ダ、伯父のことをもう少し教えてもらえませんかね。伯父をモリチジャピに連れて行ったのはあなただ。なぜ伯父はあんなにあの場所に入れこんだんだろう？」

「人並みの理由だろうよ」ホレンは肩をすくめた。

「あなたの場合はさ、クスムとフォキルはあなたの親戚だから、あなたが二人を気にかけていたのは分からないことじゃない。だが先生《saar》が深入りしたのはどうしてだろう？」

ホレンが巻煙草《ビディ》を長々と吸い、それからようやく口を開いた。「あんたの伯父さんは変わった人だったからな。あのお方は気が触れとるという人もおったくらいだ。狂った人が何をするかなんて、山羊が次に何を食べるかというのと同じくらい説明なんかつかんものだよ」

「ねえ、ホレン・ダ」カナイは食いさがった。「伯父がクスムのことを愛していたなんてことはありえるだろうか？」

ホレンが立ちあがって、これ以上突っつかれるのはもう御免蒙るとでも言いたげに鼻を鳴らした。

「カナイ・バブ」ホレンの声には鋭い棘がある。「俺は、教養の無い人間だ。あんたは町の人みたいなことばかり喋っている。そんなことに付きあっている暇はないんだよ」

ホレンは巻煙草《ビディ》を投げ捨て、それが水面に落ちて耳障りな音を立てた。「あんたももう寝ることだ。明日は早くに出るからな」

日曜日の郵便局

就寝するのがあまりに早すぎたせいか、真夜中ごろ、ピヤははっきり目が覚めてしまい、寝床に起きあがった。もう一度眠りにつこうとしばらく我慢したものの、すぐに諦め、肩に毛布を巻いて甲板に出た。満ちゆく月の光の強さに、ピヤは思わず茫然と目を瞬いた。それから、カナイも甲板に出てきていることに気づいて驚いた。カナイは小さなケロシンランプの灯りでなにかを読んでいる。ピヤは近づいていって、もう一脚の椅子に身を滑らせた。「随分遅いのね。今読んでいるのが伯父さんの手記?」

「そうなんだ。もう読み終わったんだけど、なんとなく読み返していたところでね」

「ちょっと見てもいいかしら?」

「はい、どうぞ」

カナイは本を閉じてピヤに差しだした。ピヤはそのノートを恐る恐る受け取り、ノートが自然と開くに任せた。

「とても小さな字で書いてあるのね」

「そうだね。だから読みにくくてね」

「これは、全部ベンガル語？」

「ああ」

ピヤは丁寧にノートを閉じ、カナイに返した。「なにが書いてあるの？」

カナイは頭を掻いて、この手記をどう説明したものか考えこんだ。「ありとあらゆることなんだ。場所とか、人々とか――」

「貴方が知っている人も？」

「うん。たとえば、フォキルの母親も頻繁に登場する。フォキルもね――といっても、ニルマル伯父はフォキルが幼かった頃のことしか知らなかったけれど」

ピヤは目を大きく見開いた。「フォキルとお母さんが、一体どうしてこの手記に？」

「君に言わなかったっけな、フォキルの母はこの辺りの島の一つに移住しようとする計画に関わっていたんだよ」

「そうね、そのことは聞いたわ」

カナイはほほえんだ。「きっと伯父自身、知らず知らず、クスムのことを半ば愛するようになっていたんじゃないかなっていう気がするんだよ」

「そういう風に手記に書いてあるの？」

「いやいや、伯父がそんなこと書くはずがないからね」

「どうして？」

「そりゃ、伯父の人となりを考えればね。生きた時代や場所、それから伯父の信念もね──伯父は、これはそんな浅はかなことじゃないんだと言ったに違いないよ」

ピヤは自分の短い巻き毛を撫でた。「どういうこと？　伯父さんの信念って、何？」

カナイは椅子に深く凭《もた》れて熟考した。「伯父はかつて急進主義者だったんだ。実際、もし君がニリマ伯母に聞けば、伯母は君に、ニルマルは革命のことばかり考えていたからモリチジャピなんかに入れこんだのよって言うだろうね」

「つまり、貴方は伯母さんの見方に賛成ではない？」

「そう、伯母は間違っているんだと思う。僕の見方では、ニルマルが夢中になっていたのは、政治じゃなくて言葉だったのさ。ほら、詩のような人生を生きている人っているだろう？　伯父はそういう人だったんだ。伯母にはさっぱり理解できない人種さ──しかしとにかく、それがニルマル伯父だった。伯父が愛したドイツの偉大な詩人、ライナー・マリア・リルケの作品は、我らがベンガルの有名な詩人の手でベンガル語に翻訳されているんだけどね、リルケは、「われわれの生は刻々に変化して過ぎてゆく」ということを言っていて、伯父はこの考えを、布がインクを吸い込むように自分に染み透らせたんだと思うんだ。伯父にとって、クスムの生き方は、リルケの言う変容という概念そのものの体現だったんだよ」

「マルクス主義と、詩？」ピヤは皮肉気に眉をあげた。「随分奇妙な組みあわせよね」

「そうだね」カナイは逆らわない。「だが、こういった矛盾そのものが、伯父の世代の典型的特徴でもある。ニルマル伯父は、僕の知っている中で、最も物質主義《マテリアリズム》から遠い人だった。それなのに自分では唯物史観《ヒストリカル・マテリアリズム》の忠実な僕《しもべ》だと思っていた」

「それは、つまりどういうこと？」

「つまり伯父にとっては、全ての存在は相互に繋がり合っているということだ。樹木、空、天気、人間、詩、科学、自然。カササギが光る物を集めるのと同じように、伯父は事実だけを追い求める。ところが伯父がそれらを一つに結び合わせてみると、どうしてか、そこにある種の物語が生まれてしまうんだ」

ピヤは拳に顎を乗せた。「なにか具体的な例は無いかしら？」

カナイはしばし考えた。「一つ覚えているのがあるよ。なぜかずっと心に残っているやつでね」

「どういう話？」

「カニングって覚えているかい？　僕たちが汽車から降りた町だ」

「もちろん、カニングなら覚えているわ。あそこで許可証を貰ったんだもの。印象深い町だとは思わなかったけれど」

「そうだよね。僕が初めてあそこに行ったのは一九七〇年のことで、ニルマルとニリマが僕をルシバリに連れて帰った時のことなんだ。僕はあの場所、すぐ大嫌いになった――ろくでもない泥塗れの場末の町ってね。それで僕がそう言ったら、ニルマル伯父が真っ赤になって怒ってね。「場所なんて、お前の見方次第なんだぞ！」って一喝されたものさ。それから伯父は僕にこの話をしてくれたんだが、あまりに突拍子もない話だったから、僕は伯父さんのでっち上げだって思った。だが、家に帰った後でいろいろ調べてみたら、なんと本当の話だったんだ」

「一体どんな話なの？　まだ覚えているなら聞いてみたいわ」

「ああ、もちろん。なるだけ、伯父が語ったとおりに再現するようやってみよう。とはいえ、忘れちゃいけないよ、僕の頭の中で翻訳を通しているんだっていうことはね。伯父はベンガル語で話してくれたわけだから」

「分かったわ、始めて頂戴」

カナイは指を立てて、天を指差した。「なら同志たち、聞くがいい。マトラ《酔っ払い》河と、嵐に心酔した狂《マタ》人《ル》とカニング卿の酔態《マトラミ》の酔夢譚だ。耳を澄ませてようく聞くんだ《ショノ、カーン・ペテ・ショノ》」


潮の国ではありふれたことだが、カニングもまた英国人に由来する名前なんだ。だが、そんじょそこらの英国人《イングレジ》じゃなかった。貴族であるだけじゃなく、ラート、つまりなんとインド総督カニング卿その人だ。このインド総督《ラート》と総督夫人《レディ》ときたら、大変気前良く、自分たちの名前を国中に撒き散らした。その気前の良いことといったら、自分の遺灰を至るところに撒き散らす後世の政治家たちの好敵手ってところさ。全く、まさかこんなところでって場所で――その辺の道とか牢屋とか、たまに修道場なんてこともある――、突如出くわすからね。なに、カニング総督夫人《レディ》が気難しい痩せぎすののっぽだったなんていうことはどうでも良いことでね。カルカッタのある菓子屋は、新作の洋菓子の名前を彼女に因んでつけたんだが、そのお菓子っていうのは黒くて丸くて甘かったのさ――つまり、その名の由来のお方とは全く似ても似つかない真逆の作品だった訳だが、おかげで一躍人気商品になったんだ。皆我先にこのお菓子を争って買い求めたので、レディ・カニングなんてまどろっこしい名前は一々呼んでいられなかった。それでやがて端折ってレディゲニって呼ばれるようになった。もし、レディ・カニングがレディゲニになってしまうのなら、同じ発音法則に従って、ポート・カニングはポトゥゲニとかポドゲニになりそうなものだよね。だが、この港町の名前は無事に生き延び、卿の御名そのままのカニングという名前以外で呼ばれることはついになかった。

だが、何故なんだろう？　豪華な玉座に鎮座ましましているインド総督《ラート》が、いったいなぜ酔狂にもマトラ河の泥にまみれた場所にわが名を残そうなどと思うだろう？

でも昔、ムハンマド・ビン・トゥグルクっていうスルターンがいただろう？　わざわざデリーから何一つない寒村に遷都した狂王さ。同じ狂気が英国人にも取り憑いたのさ。彼らは、ベンガルには新しい港、新しい都が必要だって思い込んだんだね。カルカッタのフグリー河は堆積が進んでいて、埠頭はやがて泥でつまってしまうって思ったんだ。かくして、都市設計家《ジョタリティ》や調査屋が幾つも調査団を作って各地に派遣されることと相成り、彼らはかつらとキュロットズボン姿でそこら中を歩き回って測量を重ねて地図作りに取り掛かった。そして、マトラ河の畔の小さな漁村で彼らはピンと来たんだ。眼前の大河はまるで、海へとつながる高速道路じゃないかってね。

さて、マトラっていう言葉が、ベンガル語で「狂気」を意味することは秘密でも何でもない。また、この河のことを知っている者は皆、この名前は決して生半可な理由で付けられた訳ではないことも知っていた。だが、英国人《イングレジ》の都市設計者たちは何しろ忙しかったから、言語だの名前だのに構っている暇はなかった。それで、彼らはインド総督《ラート》のところに戻って、力強く流れる大河、大平原、真っ直ぐ海に繋がる大深水路を兼ね備えた絶好の候補地を見つけたと報告した。インド総督《ラート》に計画図を見せ、ホテル、遊歩道《プロムナード》、公園、邸宅、銀行、道路と建設さるべき施設を数え立てた。おお、全く、壮大な街になるはずだったのだ。何一つ欠けるところのない、狂河マトラの畔の新都。

やがて契約が締結され、工事が始まった。何千もの大工《ミストリ》や高利貸し《モハジャン》、作業監督者たちがマトラ河の岸辺に移住してきて、掘削を始めた。マトラ河の水を飲んだ彼らは、狂《マタル》ったように働いた。なにものも、あの一八五七年の大反乱さえ、その工事を止めることはできなかった。もし君がその時マトラのほとりに居合わせたとしても、同じ頃、北インドでは、村から村へとチャパティが手渡され、マンガル・パンデイが上官に銃口を向け、女子供が虐殺され、反乱軍が大砲の砲口に縛り付けられたなんて、思いもしなかっただろうよ。やさしく微笑む河の岸辺で工事がずっと続けられていた。土手ができ、基礎が掘られ、岸辺が整備され、鉄道が敷設された。

この間ずっと、マトラ河は静かに時を待っていたんだ。

だがどんな河でも全ての秘密を隠しおおせるものではない。当時のコルカタに、まるでマトラ河のような気質の男が住んでいた。ヘンリー・ピディントンという英国人《イングレジ・シャヘブ》で、しがない船荷検査官だ。このピディントン氏《シャヘブ》はインドに来る前にはカリブ海に住んでいて、その島々のどこかで彼は恋に落ちたんだ——といっても、女性に恋した訳でも、異郷に暮らす孤独な英国人にありがちなように犬を溺愛した訳でもない。なんと、ピディントン氏《シャヘブ》は嵐に恋したのだ。もちろんあの辺では、あれらのことをハリケーンと呼んでいたんだが、ピディントン氏の愛情には限りがなかった。山や星を愛するっていうのとは全然違っていた。嵐は本や音楽のようなもので、本や音楽を愛する人が、お気に入りの作家や演奏家を愛するように、彼は嵐を愛したんだ。嵐を読み、嵐に耳を傾け、嵐を学び、嵐を理解しようとした。ピディントン氏が嵐をどれだけ愛していたかって、そのために新しい名前まで創造してしまったくらいだ――「サイクロン」ってね。

さて、我らがコルカタは、西インドほど浪漫溢れる場所ではないかもしれないが、ピディントン氏の情事を育むには絶好の土地だった。嵐の激しさにかけては、カリブ海にも南シナ海にも負けちゃいないからね。何しろ「台風《タイフーン》」という単語自体、我らがtufaan《トゥファーン》が語源だからね。

さて、このインド総督の新しい港のことを耳にしたピディントン氏《シャヘブ》は即座にこの河が秘めた凶暴な計画を見抜いた。岸辺に立って、ピディントン氏は宣戦布告した。「他の技師はお前にころりと騙されているようだが、如何にお前でも俺の目は欺けんぞ。お前の手の内はわかっているんだ。他のやつらにもわからせてやるぞ」

するとマトラ河はげらげら高笑いした。「好きなようにするがいいさ。さあ、今すぐやつらに報せるがいい。お前こそ気違《マトラ》いだと言われるに決まっているさ。河や嵐と騙し合いをしているやつがいるぞってな」

ピディントン氏は、コルカタの自宅で何十通も手紙を書いた。設計技師や調査官に、危険を警告したのさ。潮の国のど真ん中に町を作るなんて狂気の沙汰だってね。マングローブこそ、ベンガルの大地を海から守る防壁なのだ。大自然の怒りを食い止める要塞として、サイクロンが齎す暴風、波浪、高潮の一撃を吸収してくれるのだ。潮の国がなかったら、平原部はすっかり海にのみこまれてしまうのだ。マングローブこそ、後背地の生命線なんだ。コルカタに至る長いうねうねした航路こそ、ベンガル湾の凶暴なエネルギーに対する天然の防御なんだ。反対に、新しい港はあまりに丸裸だ。運悪く暴風と大潮が重なれば、ちょっとした嵐で破滅してしまう。サイクロンの大波でね。焦ったピディントン氏は総督その人にまで書簡を送った。予言を書き連ねて、計画の見直しを懇願した。もしこのまま港を建てても、十五年も持たないだろう。いつかサイクロンが来て、大量の塩水が町に雪崩れ込み、全てを洗い流してしまうだろう。男として、科学者として、名誉の全てを賭けてもいい。

当然のことながら、誰も取り合ってはくれなかった。技師たちもインド総督閣下《ラート・シャヘブ》も忙しかった。ピディントン氏は下級の船荷検査官に過ぎなかったし、英国人《イングレジ》のカーストの中でも相当位階が低かったから。何しろあの人はちょっとおかしかったから、ご乱心《ゴンドゴル》もむべなるかな、と皆声を潜めて噂した。あのお方は昔、嵐って「何て素晴らしい大気現象なんだろう」などと宣《のたま》っていた人だろう？

そんな訳で工事は進められ、やがて港が完成した。道路と河岸が造成され、ぴかぴかのホテルや家々が出来上がり、全ては計画通り順調だった。そしてついに、騒々しく太鼓を打ち鳴らしながらインド総督がマトラの河縁にご来臨あそばして、町をポート・カニングと名付けたんだ。

ピディントン氏《シャヘブ》は完成式典には招待されていなかった。コルカタの街角では、ピディントン氏を見かけた人々は嘲笑の的にしたものだよ。あそこを通るのは気違い《マタル》ピディントンじゃないか？　インド総督閣下《ラート・シャヘブ》が新しい港を作るのに、愚図愚図口出しをしていたやつだよ。名声を賭けるとか言って、何だか予言をしていたお方さ。

ピディントンはただ、見てるがいいさと言うだけだった。俺は、十五年と言ったからな。

マトラ河はこの気違い《マタル》に憐憫を垂れた。十五年っていうのは短い時間じゃないし、ピディントン氏も充分すぎるほど辛酸を舐めたからね。一年また一年と過ぎ、とうとう五年が過ぎた。そして、一八六七年のある日、河は目にもの見せてくれようと一気に盛り上がり、猛烈な勢いでカニングの町に襲い掛かった。ものの数時間で、町は消え去った。すっかり色褪せた骨組みだけを残して。まさにピディントン氏の予言通りの破滅だった。破局を齎したのは、特別に強力な台風《トゥファーン》ではなく、ごく小さな嵐に過ぎなかったのだ。町を滅茶苦茶にしたのは、暴風ではない。高潮だったんだ。一八七一年、マトラ河が氾濫してから四年の後、港は正式に放棄された。ボンベイ、シンガポール、香港と並び立ち、東洋を統べる女王となるはずだったカニングの港は、マトラの軍門に降《くだ》ったのさ。

「だけど、ニルマルの習いで、結びはいつもリルケの引用なんだ」とカナイ。
カナイは胸に手を当て、朗々と暗唱した。

もとより、ああ、あの「悩みの都市」の巷はいかにそれとは無縁のことだろう……
おお、天使なら跡形もなくこの慰安の市を踏みくだいてしまうだろうに。
その市と地所続きに寺がある、これもこの都市が出来合い品を仕入れたもの、
小ぎれいだが、閉まっていて、日曜日の郵便局同様腑抜けの態　リルケ同前

笑うピヤに、カナイは言った。「さて、これで君もよく分かっただろう。カニングは今も、一八六七年にマトラがインド総督《ラート》肝煎りの計画をぶち壊しにした時のままなのさ。日曜日の郵便局っ

てわけさ」

殺戮

メガの船室には、寝棚用の台が作られている。カナイがこの棚に毛布と枕と敷布を重ねると、贅沢だとは言えないまでも充分快適な寝床ができあがった。そこでぐっすり熟睡していたカナイは、遠近から聞こえる話し声に気づいて目を覚ました。懐中電灯に手を伸ばして時計を照らすと時刻は午前三時だ。上甲板でホレンと孫が話している声がはっきり聞こえる。二人とも昂奮した口調で言葉を交わしている。

ルンギーとベストを着て寝ていたカナイが毛布をどけると、大気は驚くほど冷え冷えとしている。カナイは毛布を肩に巻いて、船室を出た。ホレンと孫はすぐそこにいて、手摺に凭れて岸辺を凝視している。

「なにごとだい?」カナイは訊ねた。

「よく分からんが、村でなにかが起こっているようだ」

今はすっかり満ち潮で、河の中ほどに停泊していたメガは、河岸から一キロ近く離れてしまっている。夜は深く、水面から、ふわふわした綿のような霧が立ち昇っている。明け方の濃霧よりはるかに薄いとはいえ、河岸はぼんやりとしか見えなかった。ちらちら揺れる霧の膜を通して、橙色の炎の輝きがそこここを動き回っているのが見えた。人々が松明を手に河岸に沿って走りまわっているらしい。

村人の声の響きがはっきり聞こえてくるが、霧でぼやけている。こんな時刻にこれほど多くの人々が活発に動きまわっている理由は、ホレンと孫息子にも思い浮かばないようだった。

カナイの肘に誰かが触れたので、振り向くとピヤが彼の傍に立って、拳で目を擦っていた。「一体なにごと？」

「それを皆で考えているところだ」

「フォキルに聞いてみましょうよ」

カナイはピヤの前に立って、ボトボティの船尾に行き、懐中電灯でボートを照らした。フォキルも起きていて、ボートの中央で体を丸めて、毛布にくるまって坐っている。フォキルは手を上げて顔に当たる光を遮った。カナイは電灯を消し、身を乗りだして話しかけた。

「何が起こっているか、わかった？」とピヤ。

「いいや。だが、ボートで岸に渡って見に行くつもりらしい。もし僕たちも行きたければ一緒に来ても良いって言っている」

「じゃあ、行きましょうよ」

二人がボートに乗りこむと、ホレンも彼らに加わった。孫息子がボトボティに残って留守番をする。河を渡るのに十五分ほどかかった。岸に近づくと、この騒動にははっきりとした中心があるらしいことが分かってきた。群衆は、村の、まさにホレンの親戚が住んでいる場所に集まっているようだ。岸に近づくにつれ、人々の喚き叫ぶ声が大きくなり、やがてそれは脈打つような怒りに満ちた響きへと溶けあっていった。

その響きは、カナイを恐怖させた。思わず、彼は口走った。「ピヤ、僕ら、引き返した方が良いんじゃないかな」

「どうして？」

「あの喚声が僕に何を思い出させるか分かるかい？」

「群衆？」

「というよりは、暴徒——それも凶暴な」

「暴徒？　こんな小さな村で？」

「そりゃ君にとって想像もつかないことだとは思うけれど、この感じは僕には暴動のように聞こえるし、実際僕が経験した暴動では人が殺された。僕たちが今向かっているのは、何かそういうものなんじゃないかっていう気がするんだ」

目を細めて、ピヤは揺らめく霧を見渡した。「とにかくちょっとだけ見てみましょうよ」

満潮の時刻はもう過ぎていたが、水位は未だ高く、フォキルは易々とボートの舳先を泥じみた川縁に寄せていった。その先には、マングローブに覆われ、気根と苗木が密生したじめついた地面が広がっている。フォキルは群衆の近くにボートを動かした。暗い土手の先で、霧が、松明の橙色を帯びて輝いている。

カナイとピヤがマングローブ樹の中を押し渡っていこうとしていると、ホレンが手を振って二人を呼び止めた。ホレンはカナイの手から懐中電灯をもぎ取り、足元を照らした。カナイとピヤが近寄ってみると、光が照らし出しているのは地面に残された足跡だ。ここの地面は乾燥してもいなければ濡れてぐちゃぐちゃでもなく、粘土のような可塑性があり、そこに型で押されたような足跡が残されていた。それが何なのか、カナイもピヤもすぐ分かった。その足跡は、台所の床に残された猫のそれと同じ形をしている。だが、何倍も大きいのだ。くっきりとした足跡から、丸い肉趾の質感や、畳み込まれた鉤爪《かぎづめ》の跡さえ見てとることができた。それからホレンは光を前方に当てた。同じ足跡が、河岸から土手に向かって続いている。足跡の軌跡から、獣の通った道を推測するのは簡単だった。獣は、森林に覆われた対岸から泳いで河を渡り、このボートが今いるまさにこの場所で上陸したのだ。

「メガのすぐ近くを通ったということね」とピヤ。

「そういうことになるね——だが、僕らはぐっすり寝ていたから、獣にとっては見つかる危険はなかったわけだ」

一行が土手の頂き近くに差しかかると、ホレンが大きな足跡を見つけ、獣はここから村を観察して獲物に狙いをつけたのだと身振りで示した。それから、獣が襲撃にでたと思われる地点を彼は指し示した。老漁師は心配で我を忘れ、走るように前進していく。フォキルがその後ろにぴたりと従い、ピヤとカナイは数歩おいてその後ろを追った。土手を上りきると、その先に広がる光景が、彼らを凍りつかせた。松明の灯りで、土手沿いに泥の小屋が並んで村をなしているのが見える。彼らの正面数百メートル先には草葺の泥小屋があって、この小さな小屋の周りに百人以上の人々が集まっていた。そのほとんどは男性で、鋭い竹槍で武装していて、繰り返し何度も竹槍で小屋を突き刺していた。彼らの表情は、極度の恐怖と激しい怒りで歪んでいる。群衆に交じった女たち子供たちが、殺《マール》せ！　殺《マー》せ《ル》！　と叫び続けている。

カナイは、ホレンが群衆の端にいるのを見つけ、ピヤと共にそこに加わった。「ここはあなたの親戚の家?」カナイは訊ねた。

「そうだ」とホレン。「ここがあいつらの家だ」

「一体なにが起こっているんです?」

「水牛の出産を覚えているだろう?」ホレンが説明した。「あれが発端だったんだ。やつは、河の向こうでそれを聞いていた。それでここまでやってきたんだ」

ホレンが続けた。目の前の小屋は家畜小屋なんだ。飼い主は俺の親戚で、近くのもっと大きな小屋に住んでいる。半時間ほど前に、どすんという音がして、それから家畜たちが狂ったように喚きだしたので、一家は目を覚ましたんだ。窓から状況を見ようとしたが、暗闇と霧のせいでなにも見えなかった。だが、音で、はっきり分かったのさ。あの猛獣が、家畜小屋に上から飛びかかり、屋根の藁を掘って穴を作ろうとしていたんだ。その直後、またどすんという物音がして、獣がうまく小屋に押しいったことが分かった。

家には成人男性が六人いて、彼らはすぐ、千載一遇の機会が訪れたことに気づいた。この虎がこの村に来たのはこれが初めてではない。この虎は以前にも村人を二人食い殺し、長年家畜を食い物にしていた。だが今、家畜小屋にいる数分間の間は、隙ができるのだ。小屋から逃げだすには、屋根の穴から垂直に跳ね出なければならない。いかに虎とはいえ、顎に水牛の仔を咥《くわ》えていては、それは簡単なことではない。

一家のものは、すぐさま何枚も漁網を掻き集めて外に出て、屋根を覆うように、次から次に何重にも網を打ち、丈夫なナイロンの蟹釣り糸で地面に括りつけた。虎がいざ跳躍を試みると、虎は糸に絡まって小屋の中に再び落下した。虎が逃げだそうとして藻掻いているところに、若者の一人が尖った竹槍を窓越しに突き刺し、目を潰した。

ホレンの説明を通訳するカナイに、ピヤが口を挟んだ。ピヤの声は震えている。「つまり、あそこには、まだ虎がいるっていうこと？」

「そうだ。ホレンはそう言っている。閉じこめられて、目が見えない」

ピヤは、悪夢から目を覚まそうとでもいう風に頭を振った。夢にも思わぬような光景が、あまりにも鮮烈に目の前で展開されていて、要は手負いの虎が鋭い竹槍で攻撃されている真っ最中なのだということがなかなか理解できなかった。ピヤが茫然としていると、虎が初めて咆哮をあげた。即座に、小屋を取り囲む人々は棒を取り落とし、爆弾から身を守るように顔を覆って四散した。虎の強大な咆哮が、大地に響き渡り、裸足の足裏からじんじんと伝わってきた。しばらくの間、誰一人身動きさえしなかったが、それから、虎がまだ罠に嵌って身動きできないでいることがわかると、男たちは再び棒を握りしめ、一層猛々しく攻撃を再開した。

ピヤはカナイの腕を掴んで、耳元で叫んだ。「なんとかしなきゃ、カナイ。なんとか止めなくちゃ」

「なんとかできたらとは思うけど、ピヤ――でも、どうする術もないよ」

「だけどとにかくやってみなくては、カナイ」ピヤは懇願した。「お願い」

その時、ホレンが何事かを囁き、カナイはピヤの腕を取って彼女を反転させようとした。「聞くんだ、ピヤ、僕たちは今すぐ戻らなくちゃならない」

「戻る？　何処によ？」

「メガに」

「どうしてよ。何が起こるっていうのよ？」

「ピヤ」ピヤの手を引っ張りながらカナイが言った。「とにかく、君がここにずっといるのはまずいんだ」

ピヤは、松明に照らし出されたカナイの顔をじっと見つめた。「何を隠そうとしているのよ？　あの人たち、何をするつもりなの？」

カナイは砂ぼこりに唾を吐いて言った。「ピヤ——あの虎は、この村を何年間も好き放題に荒らし回ってきたんだ。二人も食い殺してしまったし、牛や山羊に至っては数知れず——」

「だってあれは動物なのよ、カナイ。動物に復讐なんかしては駄目なのよ」

二人の周囲では、熱狂した人々が叫んでいる。舞い踊る炎に照らされて輝く彼らの顔。殺せ《マール》！　殺《マー》せ《ル》！　カナイはピヤの肘を掴んで彼女を連れだそうとした。「もうどうにもならないんだ、ピヤ。行かなくちゃ」

「私はどこにも行かないわ。止めなきゃならないのよ」

「ピヤ、これは暴徒なんだよ。下手すりゃ僕らだってただではすまない。僕たちはよそ者なんだよ」

「だからって、ただ指を咥えて見ているつもりなの？」

「できることは何もないんだ、ピヤ」カナイは怒鳴っていた。「現実を見ろよ、行こう」

「貴方はどうぞご自由に」ピヤはカナイの手を振り払った。「私はここで逃げだすような臆病者じゃないもの。貴方が何もしなくたって、私はやるわよ。フォキルだって――フォキルならやってくれるって分かってるのよ。フォキルはどこ？」

カナイは指をあげて指し示した。「あそこだよ」

ピヤが爪先立ちになると、フォキルが群衆の最前列で隣の男の竹槍を研いでやっているのが目に入った。カナイを押しのけ、ピヤは群衆に飛びこみ、人波を押しのけてフォキルのところに行こうとした。押し合いへし合いする中で、ピヤはフォキルの隣に立つ男の目の前に押し出された。舞い踊る炎の中、すぐ目の前に、穂先に着いた血が、竹槍に挟まった黒と黄金の毛が見える。虎が、家畜小屋の中で身をすくめ、竹槍を避けながら、肉に刻まれた傷口を舐める姿が、ありありと見えるようだ。手を伸ばして、ピヤは隣の男から槍をもぎ取り、足で踏みつけて叩き折った。

一瞬、その男は驚きのあまり呆気にとられた。そして我に返ると、男は拳をピヤに突きつけ、大声で喚き始めた。するとあっという間に、頭にショールを巻きつけた若い男たちがわらわらと集まってきて、ピヤの知らない言語でがなり立て始めた。そのとき、誰かが肘を掴んだので振り返ると、それはフォキルだった。フォキルを目にして、ピヤは勇気を取り戻した。もう心配ない、これでなんとかなる。フォキルなら、どうしたら良いかきっと知っている。今起ころうとしていることをきっと止めてくれる。ところが、ピヤに加勢するどころか、フォキルは腕をピヤの身体に回して、後ろからピヤを押さえつけた。ピヤが蹴ったり引っ掻いたりして暴れるのをものともせず、フォキルはピヤを抱えて群衆の後ろに抜けだした。その時、燃えさかるなにかが人混みの頭上を飛び、弧を描いて家畜小屋の藁屋根に着弾した。見る間に、屋根に火が燃え広がった。もう一度咆哮が響き、それに応えるように、群衆は一層血に飢えて狂ったように殺せ《マール》！　殺せ《マール》！　と絶叫した。炎がさらに燃えあがり、群衆は棒やら藁やらを手当たり次第に火にくべた。

フォキルから身を引き剥がそうと、ピヤも「放して頂戴、放してったら！」と叫んでいた。だがフォキルは手を緩めることなく、ピヤを羽交いじめにしたままぐるりと反転し、半ば引きずるようにピヤを土手まで運んでいった。飛び跳ねる炎の輝きで、そこに立ち尽くしているカナイとホレンの姿が見える。彼らはピヤを囲んで、土手を降りてボートに向かった。

土手の斜面をよろめきながら、ようやく我を取り戻したピヤは、冷たい声で口を開いた。「フォキル、放しなさい！　カナイ、放せって言ってやって」

フォキルは用心しいしいピヤを締めつける力を緩めたが、ピヤがひとりで歩きだそうとすると、ピヤが村に戻るのを妨げるかのような構えを見せた。

遠くで炎がはぜる音がして、毛と肉が焼ける異臭を感じた。そのとき、フォキルがピヤの耳に直接なにか話しかけた。ピヤはカナイの方を向いた。「なんですって？」

「フォキルは、そんなに怒ってはいけないって言っている」

「怒らずにいられるわけがないじゃない？　こんなひどいこと、今まで見たことがないんだから。虎の火あぶりよ」

「虎が人間の集落に来るのは、死に場所を求めているんだって言っている」

ピヤはフォキルに向き直って、両手で耳を塞いでみせた。「黙って頂戴。もうなんにも聞きたくないわ。もう行きましょう」

彼らがメガの船上に戻ったとき、夜が明けた。ホレンは一刻も無駄にせずきびきびと錨を引きあげ、エンジンを始動した。さっさと出発するにこしたことはねえ。虎殺しが森林局に伝わり次第、必ず厄介なことになるからな。これまでにもこうした事態が暴動、発砲、大規模な逮捕という騒動のきっかけになったことがあるのである。

ボトボティは舳先をめぐらせ、カナイは船室に着替えに向かい、ピヤは普段のように上甲板先頭の定位置に陣取った。それを見て、すぐいつもの「戦闘態勢」に戻るのだろうとカナイは思っていたのだが、着替えて部屋から出てくると、ピヤは手摺にぐったりもたれかかって力なく坐りこんでいた。泣いていたのに違いなかった。

カナイはピヤの隣に腰をおろした。「ピヤ、自分を責めちゃいけない。僕たちにできることは、何もなかったんだ」

「でも、もっとできたはずだわ」

「なんの違いもなかったさ」

「それはそうかもしれないけれど」ピヤは手の甲で涙を拭いた。「とにかく、貴方にも謝らなければ」

「君があそこで言ったことについてかい?」カナイはほほえんだ。「そんなのは気にしなくていい。

君が怒ったのは当然だ」

ピヤは首を横に振った。「いいえ――それだけじゃないのよ」

「というと?」

「昨日、貴方が言っていたこと、覚えている? 結局、貴方が正しくて、私は間違っていた」

「なんの話だい?」

「ほら、何も共通点なんかないんだ、って言ったでしょう? 私と――」

「君とフォキルの間に?」

「ええ。貴方の言うとおりだったのよ。馬鹿だったわ。こんなことでもなければ、きっと分からなかったんだわ」

カナイの頭に勝ち誇った台詞が浮かんだが、それをなんとか飲みこみ、できる限り中立的な声音で訊ねた。「しかしなぜそう思うに至ったんだい?」

「そりゃ今さっきの出来事よ。フォキルの反応、私、本当に信じられなかったのよ」

「だけど、フォキルがどうしてくれると思っていたんだい? なにか草の根の環境保護主義者だとでも思っていたんだったら、そりゃ残念だがフォキルは漁師なんだ――動物の命を奪って生計を立てているんだからね」

「それはもう分かったわ。フォキルを責めようとは思わないわ。彼はこうしてここで育った人だもの。私が勝手に、フォキルだけは違うんだって思いこんでいただけの話」

カナイは同情をこめてピヤの膝に掌を置いた。「ともかくあまり気にしちゃいけない。君には仕事がたくさんあるんだからさ」

ピヤは顔をあげて、無理やり微笑を作ってみせた。


メガが出発して一時間ほど経った頃、灰色のモーターボートが一艘、爆音をたててすれ違っていった。ピヤは双眼鏡を手に舳先にいて、カナイは日陰に坐っていた。二人が舷側に移って川下に驀進していくボートに目をやると、ボートにはカーキ色の制服を着た森林保護官が鈴なりに乗っていた。ボートは先ほどの村の方に向かっているようだ。

ホレンもやってきた。彼がなにか言い、カナイが声を立てて笑った「ホレンが言うにはね」カナイはピヤに説明した。「もし、海賊と森林局の役人に挟み撃ちされた場合はね、いついかなる状況でも海賊を選べってさ。ずっと安全だそうだ」

ピヤは、自分自身の森林保護官との経験を思い出し、表情を歪めて頷いた。「彼ら、あの村に何をするつもりかしら?」

カナイは肩をすくめた。「誰かしらを逮捕して、罰金を科して、何発か殴って、それからどうでるかはわからないね」

それからさらに一時間ほどが過ぎ、メガ号がモホナを通過しようとしていると、今度は灰色のモーターボートが船隊を組んでやってきて、先程のモーターボートと同じ方向に向かっていった。

「あら！　随分仰々しいわね」とピヤ。

「まったく」

すると突然、モーターボートが一艘、向きを変えて船団から離れた。ボートはメガ目掛けてまっしぐらにぐんぐん加速してくる。それに気づいたホレンが、操舵室から顔を突きだし、大慌てでカナイに怒鳴った。

「ピヤ、今すぐ船室に戻ってくれ」カナイが伝えた。「君がここにいるのを見つかるとまずいんだぞうだ。君は外人なのに、正規の許可証を持っていないだろう」

「了解」ピヤはバックパックを持って船室に戻り、戸を閉めた。そのまま寝棚に横になって、耳を澄ます。モーターボートのエンジン音が徐々に大きくなり、そしてぷつんと切れた。ボートが横づけしたのだろう。ベンガル語の会話が始まる。一見穏やかに始まった会話だが、次第に語気が荒くなっていく。口々にまくしたてる様々な声に対峙しているのはカナイの声だ。

一時間ほどが過ぎた。議論は果てしなく続き、激しくなったり落ち着いたりを繰り返している。水のボトルを一本持ってきて良かったわ。陽が昇るにつれ、船室の内部は徐々に暑さを増していた。ようやく議論が終わり、モーターボートが去っていった。メガのエンジンが再始動し、誰かが戸をノックした。開けてみるとそこにいたのはカナイで、ピヤはほっとした。

「一体、何事だったの？」彼女は訊ねた。

カナイは顔をしかめてみせた。「どうやら、昨日虎が殺されたとき、村に外国人がいたらしいって聞きつけたらしくてね。それで彼らはやきもきしているわけだ」

「どうして？」

「外国人がこんな国境地域を保護官の同行なしでうろうろしていては安全管理上の危険があるって

いうのが建前だがね。僕の見るところ、彼らの本音はこの件が外に漏れるのを防ぎたいんだろうさ」

「虎殺しのこと?」

「ああ」カナイは頷いた。「彼らの面子が潰れるからね。とにかく、君がこの辺で行動していることを当局は掴んでいて、君を探している。君を見なかったかって、随分しつこかったよ」

「それで、貴方はなんて言ったの?」

カナイはほほえんだ。「ホレンと僕の方針は、徹頭徹尾知らぬ存ぜぬさ。彼らがフォキルに気づくまではうまくいっていたんだけどね。保護官の一人がフォキルを見て、君が最後に目撃されたのはこのボートだったたって言いだしたのさ」

「なんてこと!　あのイタチみたいな人?」

「そうそう、そいつだ。そいつが他の連中に何を言ったか分からないが、やつら、とりあえずフォキルを牢屋にぶち込もうと衆議一決したのさ。運よく、なんとかやめさせることができたけど」

「一体どうやって?」

カナイは軽い調子で答えた。「まあ、友人の名前を幾つか持ちだして、警告を発したってところかな」

カナイが冗談めかしているのは如何にまずい状況だったか気づかせないための演技なのだとピヤは察し、すると急に、カナイの落ち着いた都会的な気遣いがありがたく感じられた。もしカナイがいなかったら一体どうなっていただろう?　大方、ピヤは当局のモーターボートで連れ去られてしまっていたことだろう。

ピヤはカナイの腕に手を置いた。「本当に有難う。とても助かったわ。本当にね。フォキルもありがたく感じているはずよ」

カナイは、冗談めかしてお辞儀し、謝意を受け入れた。「何時でもお役に立てれば光栄さ」そう言ってから、真面目な声で付け足した。「だが、ピヤ、本当に、引き返すことも考えなければいけないよ。もし本当に見つかったら、かなり厄介なことになる。刑務所に入れられるかもしれないし、そうなれば、僕にも誰にもどうにもできない。なにしろここは国境に近いから、他の場所とはまったく違う」

ピヤは、考えこんで遠くを見つめた。そして、ブライスやロクスバラその他、百年ほど前にこの辺の水域を訪れ、無数のイルカを発見した博物学者たちのことを想った。そして、彼らと自分との間に横たわる時間のことを。その間、どういうわけか、この地のイルカに注意を払ったものも、その数が減少していることに気づいたものもいなかった。ピヤは、あらためて現状を世に問う第一人者たるべき責務を背負ってしまっている。その義務を放棄して逃げだすわけにはいかないのだ。

「今戻るわけにはいかないの、カナイ。私の仕事がどれほど重要なものなのか、どうやって貴方に説明したらいいのかは分からない。でも、私が逃げだしたら、次に調査しようと思う人がいつ現れるか分かったものじゃない。とにかく、今回いられるだけいなきゃいけないの」

カナイはしかめ面をした。「だが、もしやつらが君を刑務所送りにしたら、どうするつもりなんだい？」

ピヤは肩をすくめた。「私をずっと監禁しておけるわけじゃないでしょう？　いずれ釈放されさえすれば、全ての材料は私の頭の中に残っているから」

正午、頭上でぎらつく太陽を避けてピヤは休憩に入り、日よけの陰に坐っているカナイの隣に腰をおろした。ピヤの目に、どこか悩ましげな気配を感じ、カナイは訊ねた。「まだあの森林保護官たちのことを考えているのかい？」

これを聞いてピヤは驚いたようだった。「ああ、いえ、そのことじゃないのよ」

「では？」

ピヤは頭を反らせてボトルの水を飲み、口を拭った。「昨日の村よ。あの光景が、頭から離れなくて。何度も繰り返し頭に浮かぶの。集まった人たち。炎。まるで、有史以前の、まったく別の時代に起こった出来事みたいに。もう二度と、気持ちを切り替えることができない気がするの、あの――」

ピヤがそこで言葉に詰まったので、カナイは助け舟を出した。「あの恐怖から？」

「そう、恐怖。もう忘れ去ることはできないんだわ、っていう気がするの」

「そうだろうね」

「だけど、フォキルやホレンなんかにとっては、あれが毎日の生活の一部なわけでしょう？」

「彼らは、人生ってそういうものだと思っているからね。そう思わなきゃ生きていけないから」

「それが恐ろしいのよ。それってある意味、彼ら自身、この恐怖に溶けこんで一体化しているってことでしょう？」

カナイはノートをばちんと畳んだ。「そいつはフォキルとホレンに対して公平を欠くんじゃないかな。そんなに単純なことじゃないと僕は思う、ピヤ。つまりね、僕たちだってその恐怖の一部なんじゃないのかい？　君とか、僕みたいな人だってさ？」

ピヤは自分の短い癖毛を撫でた。「でも、どうして？」

「あの虎は、二一人、人を殺している。それも一つの村だけでね。毎週どこかで誰かが虎に食い殺されている。これは恐ろしいことだよね？　もし、他の場所でこんな規模で殺人が発生していたら、それは普通虐殺って言われるわけだ。だが、ここで起こる限りは、誰も気にしない。殺人事件にもならないし、新聞記事にもならない。ただただ、ここの人々はあまりに貧しくて重要じゃないっていうだけでね。僕たちは皆そのことを知っているのに、見なかったことにしている。それこそ恐怖じゃないかい？　動物には同情するのに、人間は無視しているんだからさ」

「でも、カナイ」ピヤが反論した。「世界中の道路で、交通事故で毎日たくさんの人が命を落としているわよね。それと何が違うの？」

「だって僕たちも共犯者だろう。まさにその故だよ」

ピヤは顔を横に振って不賛成の意を示した。「でも、なぜ私が共犯者なのかしら？」

「だって君みたいな人たちが、野生動物を保護せよって推進しているわけだろう。現地の人々の犠牲なんか気にも留めずにね。そして、僕もまた共犯なんだよ、僕たち――つまり、僕の階級のインド人たち――は、欧米のパトロンたちのご機嫌をとろうとして、現地の人々の犠牲が見えないように隠蔽してしまったんだ。死にかけた人たちを無視するって実際簡単なんだよ――なんたって、しょせん赤貧の細民層なんだからね。他の場所でこんなことが罷《まか》りとおるかどうか、考えてみるといい。アメリカには、インド中の虎を集めたより多くの虎が檻に監禁されているよね。もしその虎たちが人間を食い殺し始めたら、放っておきはしないだろう?」

「でも、カナイ、生き物を檻の中で保存するのと、生態系の中で生かせておくのには大きな違いがあるわよ」

「実際どういう違いが具体的にあるんだい?」

ピヤはゆっくり、強い口調で言った。「それはね、それがあるべき姿なんだってことなのよ。貴方や私がそうあれかしって思っているんじゃなくて、自然そのもの、大地そのもの、私たちを生かしているこの惑星そのものが定めたことなのよ。仮に、一線を越えて、人類だけが大事なんだって考えてみたとして、そうしたら、もし全世界を人類でひとりじめしても、それで終わりにはならないでしょう? 一度、他の生物はみな殺しにしてもいいんだって考え始めたら、次は人間を殺すことになるのよ。まさに貴方が言ったような、貧しくて吹けば飛ぶような人達をね」

「君の言うことは立派だけどね、ピヤ——でも、実際に命を落とし、犠牲を払っているのは君じゃないんだよ」

ピヤは異議を唱えた。「必要な時が来たら、私が犠牲を払わないって思う?」

「そのためなら、命を落としても構わない?」カナイは相手にしなかった。「まさかね、ピヤ」

「でも私は本気よ、カナイ」ピヤは静かに答えた。「もし、私の命を差しだせば、イラワディ・カワイルカに棲みよい河が戻ってくるんだったら、答えはイエスよ。差しだしてみせるわ。ただ問題は、私の命を差しだしても、貴方のを差しだしても、何千人もの命を差しだしてもなにも変わらないっていうことだけど」

「そういうことを、言うのは簡単さ――」

「簡単ですって?」ピヤは、疲れて干上がったような声をあげた。「カナイ、私がやっていることの一部でも、簡単なことに見える? 私を見てよ。家もお金も将来の見通しもないのよ。友達は何千キロの彼方にいて、年に一度会えればいい方よ。でもそんなことは序の口で、なによりきついのは、私がやっていること全てはきっとどうせ徒労に過ぎないって分かってしまっていることなのよ」

ピヤは顔をあげた。目に涙が溜まっているのにカナイは気づいた。

「なんにも簡単なことなんかないのよ、カナイ。撤回して頂戴」

カナイは、喉元に浮かんだ反論を無理やりのみこみ、ピヤの手を自分の手で挟んだ。「悪かったよ。そんなことは言うべきじゃなかった。撤回する」

ピヤは手を振り切って、立ちあがった。「さあ、仕事しなきゃ」

仕事に戻ろうとするピヤの背中に、カナイは呼びかけた。「君はまったく勇敢な女性だよ。見事なものさ」

ピヤは気恥ずかしくなって「私はただ自分の仕事をしているだけよ」と受け流した。

スローン先生

ガルジョントラが見えてきたのは午後遅くで、ちょうど潮が退《ひ》ききった頃だった。近づいてくる淵をじっと観察していたピヤは、干潮に合わせてイルカが淵に集まっているのを発見し、心を躍らせた。

イルカの安全のため用心して、一キロほど離れたところでホレンに合図してメガの碇を下させた。

カナイも舳先にやってきたので、ピヤは訊ねた。「イルカたちを近くで見てみたい？」

「もちろんさ。君が忠誠を捧げているイルカだからね、一目見ないわけにはいかないよ」

「じゃあ、一緒に来て。フォキルのボートで行くわよ」

二人がメガの船尾に移動すると、ボートのフォキルはもう櫂を手にして準備万端だった。ピヤが先に乗りこんでいつも通り舳先に陣取り、カナイはボートの中ほどに腰をおろした。

フォキルが櫂を何度か漕ぐと、ボートは淵に着いた。間もなく二頭のイルカが近づいてきて、ボートの周りをぐるぐる泳いだ。前回出会ったあの母子イルカだと気づいたピヤは、再会を喜んだ。母子イルカがボートの周りで何度も浮上し、母イルカに至っては、一度ピヤと目が合ったので、このイルカは私のことを覚えているのね、とピヤは感じた。イラワディ・カワイルカ《orcaella》と会うとこういう感じを受けることが良くあるのだ。

カナイはと言えば、戸惑ったような苦い顔をしてイルカたちを見つめている。「本当にこいつらで間違いないのかい？」カナイの口調はこんなはずじゃないと言わんばかりだ。

「もちろん、間違いないわよ」

カナイは悲しげに不平をこぼした。「でもこいつらときたら、ただずっと浮いたり潜ったりして時々ブウブウ音を立てているだけじゃないか」

「イルカたちはもっともっと色んなことをしているわ。でも、もちろん水面下でね」

「特別な白鯨《モビィ・ディク》にお目にかかれるものだと思っていたんだが。これじゃただの浮き豚ってところだ」

ピヤは笑いだした。「カナイ、シャチの従兄弟をあまり馬鹿にするものじゃないわ」

「そんなことを言えば、豚にだって立派な従兄弟がいるさ」

「カナイ、イラワディ・カワイルカ《orcaella》は豚とは全然似ていないわよ」

「そうだね、背中に何かついているし」

「あれは鰭よ」

「豚ほど美味しくもあるまいし」

「カナイ、冗談はもう充分よ」

カナイも笑いだした。「まったく、このみょうちきりんな豚みたいなもののために、はるばるこんなところまでやってきたとはねえ。どうせ動物のために刑務所行きさえ覚悟したんなら、もう少し色気があるやつを選んでもよかったんじゃないのかい？　色気というか、どんな魅力だっていいけどさ」

「あら、イラワディ・カワイルカ《orcaella》は魅力たっぷりよ、カナイ。もうちょっと辛抱していれば、魅力がわかるわ」

冗談めかしてはいたが、カナイの困惑は本物だった。イルカといえば、映画や水族館で見かけるような鋼色《はがねいろ》の流線型の生き物だとばかり思っていたのである。ああいうイルカの魅力ならカナイにだってよくわかるけれど、この鈍重そうな丸っこい目の生き物がボートの周りをぐるぐる回っているのを見ても、特別引き付けられるものを何も感じられなかったのである。カナイは眉をひそめて訊ねた。

「君はこの動物を追い求めて世界中を駆けまわるんだって昔から決めていたの?」

「いいえ、ほんの偶然なのよ」とピヤ。「初めてイラワディ・カワイルカ《orcaella》に出会った時はこの種についてなんにも知らなかったわ。三年くらい前のことね」

当時のピヤは練習生として、南シナ海での海棲哺乳類調査隊に参加していた。調査の終わりに、一行はカンボジアのポート・シアヌークに寄港した。何人かの隊員が、プノン・ペンの国際野生動物保護機関に勤務している友人を訪ねに行き、そこで、カンボジア中部の小さな村でカワイルカが一頭立ち往生しているらしいという話を耳にした。

「それで、私も行って見てみようって思ったのよ」

その村はプノン・ペンから一時間ほどで、メコン河からはずっと離れていた。ピヤはバイクを雇って村まで乗せてもらった。辺りには、家々や水田、灌漑用水、浅い貯水池がつぎはぎに広がっていた。イルカが立ち往生しているのは水泳プールほどの大きさしかないそんな貯水池の一つだった。このイルカは雨季の洪水に乗って内陸深くまでやってきたものの、群れの仲間から取り残されてしまったのである。そうこうするうちに灌漑用水が干上がり、脱出路がなくなってしまったのだ。

それがピヤが初めて見たOrcaella brevirostrisだった。体長およそ一メートル半、体色は鋼のような灰色、そして小さな背鰭。普通のイルカのようには鼻が突きでておらず、丸い頭と大きな目のせいでどこか思慮深い鈍牛じみた印象を与えた。ピヤはそのイルカにスローン先生とあだ名をつけた。高校時代の先生そっくりだと思ったからだ。

イルカのスローン先生は困り果てていた。水はどんどん干上がり、貯水池に魚はもう残っていなかった。次の日、ピヤはバイクの運転手と一緒に隣の村《カンポン》に行って、市場で魚を買ってきた。その日はその後ずっと、ピヤは貯水池の畔に坐ってイルカに魚を与えて過ごした。次の日、ピヤはまた魚をいっぱいに詰めたクーラーボックスを手に戻ってきた。すると、他にもたくさんの農民や子供がいるのに、スローン先生は他の人は全て無視して、貯水池を横切ってまっすぐピヤの傍にやってきたのだ。

「間違いないわ、スローン先生は私をちゃんと識別していたの」

プノン・ペンのちっぽけな野生動物保護業界でも、イラワディ・カワイルカ《orcaella》は心配の的だった。メコン河での棲息数は急速に減少を続けており、じきに持続可能な水準を下回ると見られていた。メコン河のイラワディ・カワイルカ《orcaella》は、カンボジアの苦難の道のりの道づれだったのだ。一九七〇年代には米軍の無差別絨毯爆撃に苦しんだ。それに続いてクメール・ルージュによる虐殺の憂き目にもあった。石油の供給に行き詰ったクメール・ルージュは、イルカの油を利用しようと思いついたのだ。カンボジア最大の淡水湖、トンレ・サップ湖にはかつてイラワディ・カワイルカ《orcaella》がたくさん棲息していたのに、このためにほとんど絶滅寸前にまで追いやられてしまった。イルカはライフル銃や爆弾で狩られ、死骸を日干しにしてバケツで脂を収集したのである。その脂はボートやバイクの燃料として使われた。

「まさかイルカの脂肪を溶かして、ディーゼル燃料に使ったっていうのかい?」

「そういうことよ」

その後近年になって、イラワディ・カワイルカ《orcaella》はさらに大きな脅威にさらされることになった。メコン河を中国まで遡行できるようにするために急流を爆破する計画が目下持ちあがっているのだ。そうなると、イルカに適した棲息地が大規模に破壊されることになる。要するに、窮地に陥ったスローン先生の苦難は、一個体のそれではなく種全体の破局の先駆けなのだ。

イルカを河に戻すための輸送の手配が整うまでの間、身動きできないスローン先生の世話をするのがピヤの任務になった。六日間の間、ピヤは毎日クーラーボックスいっぱいの魚をもって貯水池へ通った。しかし七日目の朝、ピヤが到着するとスローン先生の姿が消えていた。夜の間に死んでしまったんだとピヤは聞かされたが、それらしい証跡はなにひとつ見当たらなかった。死骸をどうやって池から引き揚げたかも教えてもらえなかった。ピヤが手掛かりを探していると、なにか重量級の車両、おそらくトラックが残した轍が見つかった。轍は水際まで続いている。となれば何が起こったかは明らかだった。スローン先生は、世にはびこる野生動物密売業者の餌食になってしまったのだ。東アジア全域で新しい水族館が次々に建設されており、カワイルカへの需要も高まっていた。スローン先生は、売れ筋商品だったのだ。イラワディ・カワイルカには闇市場で十万ドルもの値がつけられると言われていた。

「十万ドルだって？」、カナイは半信半疑だった。「これが？」

「そうよ」

ピヤは、動物に対して決して感傷的な性質ではなかった。だが、スローン先生が見世物として水族館に売られていくことを思うと胃がきりきりした。その後何日も、漁網を手にした密猟者たちがスローン先生を貯水池の隅に追いつめていくという悪夢にピヤはうなされた。

この出来事を忘れてしまおうと、ピヤは米国に戻ってラ・ホーヤのスクリップス海洋研究所の博士課程に進学することにした。だがそこで思いもかけない機会がピヤを待ち受けていた。プノン・ペンの野生動物保護団体が、ピヤにメコンのイラワディ・カワイルカ《orcaella》の調査を委託したのだ。申し分のない機会だった。二年ほどもつ金額だった。その成果をまとめれば博士号が取れるだろう。ピヤはその申し出を受け入れ、クラチエという上流の眠たげな町に移った。それから三年経って、ピヤは数少ないイラワディ・カワイルカ《orcaella》の専門家になった。イラワディ・カワイルカ《orcaella》が見つかりそうなところにはどんどん足を運んだ。ビルマ、北オーストラリア、フィリピン、タイの海岸部――だがただ一か所だけ、イラワディ・カワイルカ《orcaella》が初めて動物学の記録に登場したインドだけが未踏だった。

イルカ遍歴譚をすっかり話し終わってしまってから、ピヤは急に疚《やま》しくなった。そういえば、ボートに乗りこんでから、フォキルと一言たりとも喋っていなかったのだ。

「あのね、カナイ。ずっと不思議だったことがあるのよ。フォキルはこの場所をとても良く知っているように思えるの――この島、ガルジョントラのことね。イルカのことならなんでも、どこに行くのかも、知っているみたい。一体、フォキルはどんなきっかけでここに来るようになって、どうやってそういう知識を蓄えていったのか、それを知りたいの。聞いてくれるかしら?」

「もちろんだよ」カナイは振り向いて、質問を説明した。フォキルが話し始めると、カナイはピヤの方に向き直って「フォキルはこう言っている」と通訳を始めた。

「物心ついたときにはもうガルジョントラのことは知っていた。とても小さい頃、この地にやってくる前から、ガルジョントラのことは母から聞いていたんだ。母は、この島にまつわるお話を歌って聞かせてくれた。ガルジョントラでは、善き心の持ち主なら、一切の怖れを抱く必要がないんだって」

「この辺に住むイルカたち、大きなイルカ《シュシュ》のことも、ここに来る前から知っていた。母がしてくれたお話に登場していたから。シュシュはボン・ビビの使いなんだ。河のそこここで起こっていることを漏れなくボン・ビビに報せるのがシュシュの仕事なんだ。シュシュは引き潮《バタ》になるとガルジョントラにやってきて、見聞きしたことを全部ボン・ビビに聞かせるんだって母は言っていた。そして満ち《ジョワ》潮《ル》になると、森の隅々へ散っていって、ボン・ビビの目になり耳になる。母は、祖父からこの秘密を教えてもらったんだそうだ。その時もう一つ、シュシュを追いかけていけば、いつでも魚がいるところを見つけられるっていうことも教わった」

「潮の国に初めて来るずっと前から、ガルジョントラのお話には親しんでいた。だから、小さな頃からずっと、ガルジョントラに来てみたいと思っていた。それで、僕たちがモリチジャピに移って来てからは、母を「いつ行くの？　いつガルジョントラに行けるの？」って四六時中せかしていた。だけど時間がなくて――いつもとても忙しかったから。ようやく母が僕をあそこに連れていってくれたのは、亡くなるほんの数週間前だった。だからかな、母が死んだ後、母を思いだすと、決まってガルジョントラのことが頭に浮かぶんだ。僕はいつもここに来るようになった。シュシュは友達みたいなものになった。シュシュの行く先に、僕もいつもついていくんだ」

「貴方が森林保護官と一緒にロンチでやって来て僕のボートを止めたあの日も、僕は息子と一緒にここに来るところだったんだ。前の晩、母が夢に出てきて、「お前の息子に会わせておくれ。どうしてあの子を一度もガルジョントラに連れてこないんだい？　もうじき、お前と私が一緒になる時が来る――そうしたらその後、私があの子に会えるのは一体いつになるか分かったものじゃないからね。だから、なるだけ早くあの子をここに連れておいで」って言ったんだ」

「妻にはこのことは言わなかった。信じてもくれないだろうし、怒るに決まっているから。それで、次の日、トゥトゥルを学校に連れていく代わりに、僕は息子をボートに乗せて、ガルジョントラに向けて出発したんだ。途中でちょっと漁をしていたら、貴方がロンチでやって来て僕たちを見つけた」

「それで、どうだったの?」とピヤ。「貴方のお母さんは、トゥトゥルを見ることができたのかしら?」

「ええ。僕たちがボートでここに泊まっていた最後の晩、母がまた夢に現れたんだ。母は幸せそうに笑って『お前の息子に会えて良かったよ。さあ、もうあの子を家に戻しておやり。それから、お前と私がまた一緒になれるようここに戻っておいで』」

しばらくの間ずっと、ピヤは夢中になって聞いていた。カナイの存在が消え、夢幻のうちに、まるで直接フォキルと話しているような気がしていた。だが、ここでその魔法が解けて、ピヤは眠りから揺り起こされたように身体を伸ばした。

「一体、それはどういう意味なの、カナイ? フォキルはどう思っているの?」

「フォキルはただの夢だよって言っているけれど」

カナイはピヤに背を向け、フォキルと言葉を交わした。突然、フォキルが速いリズムでなにかを歌う、というよりは詠唱し始めて、ピヤを驚かせた。

「一体なんて言っているの?」ピヤはカナイに訊ねた。「通訳できる?」

「済まないが、ピヤ。これは僕の能力を超えている。フォキルが歌っているのはボン・ビビの伝説の一部で、韻律があまりにややこしすぎる。無理だ」

クラチエ

陽の光が弱まりはじめる頃、潮目が変わり、水位が次第に上昇していくとイルカたちは淵から離れていった。最後の一頭が姿を消すと、フォキルはメガに戻るべく櫂を漕ぎ始めた。

一方、メガ船上では、ホレンと孫息子が防水シートを二枚吊るしてボトボティの船尾部を仕切り、水浴びの準備をしてくれていた。丸一日陽光の下で過ごした後なので、すぐに汗を洗い流せるのは何よりだった。ピヤは早速タオルと洗面具を取って水浴びに向かった。仕切りの中にはバケツが二杯あって、そのうち片方だけが満杯になっている。もう片方の取っ手には綱が結ばれていて、河から水を汲みあげるようになっていた。ピヤはそのバケツを船縁越しに河に投げこんで、引きあげた水をざぶりとかぶって、身の引き締まる冷たい感触を愉しんだ。もう一つのバケツに満たされているのは真水で、ピヤはエナメルのマグカップで惜しみ惜しみ掬って石鹸を流した。ピヤが水浴びを終えたとき、水はまだ半分残っていた。

船室に戻ろうとすると、カナイとすれ違った。カナイは、肩にタオルを掛けて、舷門で順番待ちをしていたのだ。

「水はたっぷり残しておきましたから」

「じゃあ、ありがたく使わせてもらうよ」

少し先でも水の飛び散る音が聞こえた。フォキルが自分のボートの船尾で水浴びをしているのだろう。

ピヤはそれから服を着替えて甲板に出た。潮はほぼ満潮で、停泊中の船の周囲を流れる潮流が、河面に様々な文様を描きだしている。遠くの島々はかぼそい陸片へと身を縮め、さっきまで森があったところに今はただ、潮に揺られる葦のように枝だけが顔をのぞかせている。

ピヤが手摺の前に椅子を引き寄せると、熱々の茶を両手に携えたカナイが隣にやってきた。「ホレンがこれを君にって」と言ってカナイはカップをひとつピヤに渡した。

カナイも椅子を引き寄せ、しばらくの間二人は風景がゆっくりと水中に沈んでいく様に見惚れていた。カナイのことだからなにか茶化してくるとピヤは予想していたが、驚いたことにカナイはそのまま静かに坐って充足しているようだった。沈黙がなぜか心地よく、先に口を開いたのは彼女の方だった。

「ずっといつまでも見ていられるわ。潮の劇場ね」

「面白いね。昔、良く同じことを言っていた女性がいた。海についてね」

「ガールフレンド?」ピヤが訊ねた。

「ああ」

「たくさんいたの?」

カナイは頷いてみせたが、すぐに矛先を逸らしてしまった。「君こそどうなんだ? 海棲哺乳類学者には私生活っていうものがあるのかい?」

「ちゃんと私生活を充実させている人はごくわずかって言わざるをえないわね。特に女性はね。私たちみたいな生活を送っていると、関係を続けるって簡単なことじゃないわ」

「どうしてだい?」

「ずっと旅行ばかりしているし、一か所にずっと留まっていることもないしね。それが理由」

カナイは眉をあげた。「だが、君だって今まで誰とも一度も交際をしたことがないっていうわけでもないんだろう——大学でのロマンスくらいのことはさ?」

「まあ、人並みにはね」ピヤは認めた。「でも、どれもたいして長続きしなかったわ」

「一度たりとも?」

「そうね、一回だけ、これは本物かもって思ったことはあるわ」

「それで?」

ピヤは声をあげて笑った。「大失敗よ。そりゃそうよね。だってなにしろクラチエにいた時の話ですからね」

「クラチエって、そりゃどこだい?」

「カンボジア東部よ。プノン・ペンから二百キロくらいね。昔住んでいたの」

クラチエの町はメコンを見下ろす崖の上にあり、その数キロ北の淵を、六頭ほどのイラワディ・カワイルカが乾季のねぐらにしていた。ピヤはクラチエで調査を始めたのだ。便利で居心地の良い町だったから、ここを拠点に二、三年活動しようと思って、木造の家の最上階を借りることにした。クラチエには日々折衝せねばならない漁撈局の役所もあって、その点でも都合がよかった。

その役所にひとり、割合英語が流暢な若手の職員が派遣されてきていた。ラートという名の、プノン・ペン出身の官僚だった。ラートもクラチエには友人も家族もいなかったので、特に夕方時には暇を持て余していた。クラチエは数ブロックしかない小さな町だったから、自然、ピヤとラートはかなり頻繁に遭遇した。ピヤがいつも麺類とオバルチンの夕食を摂りに通っている川沿いのカフェは、ラートの行きつけでもあった。それで二人は同じテーブルに坐るようになり、毎日他愛のない話をしていたのが、次第に深い会話へと進展していった。

ある日、なにかのついでにラートは、子供時代に一時ポル・ポト時代の絶滅収容所で過ごしたことがあるんだと言った。クメール・ルージュがプノン・ペンを占領した後、ラートの両親もそこに送られたのだ。ラートはこの情報を特に深い理由もなく披露したのだが、それを聞いたピヤの印象は深く、それでピヤもまた自分の子供時代のことをラートに話した。その後数週間ピヤは、それまでどんな男にも話したことがないようなことまで、ラートにたくさん話したのだ。父と母のこと、その結婚生活、それから母が鬱病になったことや、病院で迎えた母の最期なども。

ピヤの話をラートはどれくらい理解していたのだろう？　実際のところはピヤにもわからなかった。ラートもピヤに対して同じくらい踏みこんだ打ち明け話をしてくれたのだと感じたのは、ピヤのとんだ思い違いだったのだろうか？　結局のところ、ラートが話してくれたことは、当時のありふれた経験に過ぎないのではないか？　これまたピヤにはわからないことだった。

そのうち、寝ても覚めてもピヤはラートのことを考えているようになった。全神経をイルカのいる淵に注いでいるべき時でさえも。恋に落ちたことに自分で気づいてはいたが、それほど警戒はしなかった。それはラートの人となりによるところが大きかった。ラートは、ピヤと同じく人見知りで、ひとりでいることが多かった。躊躇いがちなラートを見てピヤも安心したものだ。自分と同じくらい異性との交際に初心なのだと思ったのだ。それでもピヤはまだ用心深かった。二人の関係が食事やお喋り以上に進んだのは、四か月も経ってからのことだった。そのことが起こった後の恍惚感のなか、ピヤはようやく甘い期待に心を開いたのだ。私は、女性行動生態学者の例外になれたんだ――幸運に恵まれ、うってつけの場所で、うってつけの人と恋に落ちたの。

その乾季が終わるころ、ピヤは六週間の予定で香港へ行くことになった。学会に出席するのと、ある調査隊でちょっとした仕事をして資金を稼ぐのが目的だった。出発したときは、すべて完璧だった。ラートはポチェントン空港まで見送りに来てくれて、最初の二週間ほど、二人は毎日Eメールを交わしていた。その後、連絡は途絶えがちになり、ついにラートからはいっさい返事が来なくなった。ピヤは金を節約せねばならなかったから、ラートの事務所に電話をかけたりはしなかった。たった数週間では何も起こりやしないわよとピヤは高を括っていた。

ところが、クラチエに戻ってボートから降りた瞬間、なにかがおかしいとピヤはすぐに気づいた。家に戻るまでの間ずっと、町の人たちは彼女を見てはひそひそ囁きあっていた。意地の悪いにやにや顔でピヤにすべてを教えてくれたのは、家主のおばさんだった。ラートは結婚してプノン・ペンに転勤になったのよ。

知らせを聞いたピヤはまず、きっと彼は家族が決めた結婚を強制されたのよと思ってみた。そういうことならきっとラートも苦しんだに違いないし、ピヤの痛みも幾分和らげられるのだ。ラートがピヤを捨てたのも、やむにやまれぬことだったと思えるだろう。だが、真実はピヤに厳しかった。というのも、やがて、ラートの結婚相手は職場の経理をしていた同僚だったことが分かったからである。ピヤが香港に出発した後に付きあいだして、六週間も経たないうちに結婚を決めたということらしかった。

それでも、ピヤはラートを許せるような気がしていた。私のいない間に、ラートの心にふと、私みたいに四六時中放浪している外国人と一緒になったら将来どうなってしまうだろうかという不安が萌《きざ》したのかもしれないし。やはりこんな関係無理なんだとラートが判断したんだとしても、しようがないことじゃないかしら？

そうピヤは自ら慰めていたが、ラートの後任に会って、それさえも砕け散った。後任は三十代の既婚男性で、彼も多少の英語を喋った。ひとしきり自己紹介をした後、彼がピヤを連れだしたのは、ラートと一緒に通っていた川沿いのカフェだった。落日のメコンを背景に、彼はピヤの目を見つめ、お母さん、大変だったそうだねと同情心たっぷりに口を開いた。そこでやっと、この人、なにもかもラートから聞いているんだわとピヤは悟ったのだ。ピヤの秘めた過去は、今や町の男たち全員の一般常識になっていた。この脂ぎったろくでなしは、悲しい思い出話を梃子にピヤを落としてやろうと小芝居を打っているのだ。

もうたくさんだった。翌週、ピヤは荷物をまとめて百キロ上流のストゥン・トレンに移った。クラチエにいたたまれなくなった決定打は、ラートに裏切られた痛みではなく、自分の秘密が町中にぶちまけられてしまった恥ずかしさだった。

「でも、もっと最悪なことがあるのよ」とピヤ。

「これより最悪っていったいなんだい?」

「米国に戻った後、友達の皆に会ったの。フィールドで研究をしている生物学者ばかりよ。私の話を聞いて、皆大笑いよ。全員、似たようなことを経験していたの。だから、私の体験は、私の話とさえ言えないのよ——ろくでもない必修授業みたいなものよ。皆口を揃えて、そういうものなのよ、貴方の人生はずっとそういうことの連続なのって言ったわ。貴方はいつだって小さな町にいて、ちょっと英語ができる男性が一人だけ話し相手になってくれる。で、そいつになにか言うと、瞬く間に町中に知れ渡る。だから、口を閉じて、ひとりでいることに慣れなさいって」

ピヤは肩をすくめた。「だから、それからずっと、それを実行しようとしているわけよ」

「それって何?」

「自分ひとりでいるんだっていう考えに慣れること」

カナイは黙って、ピヤの話をじっくり考えてみた。まるで、今の今まで、本当のピヤがどういう人間か、まったく分かっていなかったのだという気がした。ピヤは感情を出さず、口数も少ない。それゆえに、内に秘めた並外れた強さに、カナイは気づくことができなかったのだ。自分に負けない知性や想像力を持つだけでなく、ピヤは、自分よりはるかに強い気持ちを備えた女性なのだ。

それまで椅子を倒して足を船縁にかけていたカナイは、椅子を正しい姿勢に戻した。それからちゃんと坐り直して身を乗りだし、ピヤの眼を見つめた。「君が思っている道しかないわけじゃない。ひとりでいなきゃいけないってことなんかないんだ」

「ましな道があるっていうの？」

「そうだ」

カナイが先を続けようとしたとき、下甲板からホレンの声が響き渡り、二人を夕食に招集した。

しるし

今晩もピヤはさっさと就寝してしまった。前の晩よく寝れなかったカナイもピヤに倣《なら》おうと早めに就寝したが、どうしてもうまく寝つけなかった。外では強い風が吹いており、ボトボティの揺れに呼応するように、子供時代に何度も見た悪夢がカナイを襲った。同じ試験を何度も何度も受けさせられるのだ。昔と違うのは試験官の顔で、それらは教師の顔ではなく、クスムとピヤ、ニリマとモイナ、ホレンとニルマルの顔だった。深夜、カナイは寝汗をたっぷりかいて起きあがった。何語の夢だったかはもう忘れていたが、「試験」を意味するpariksha という単語が頭の中で鳴り響いていた。カナイは、いったいどんな理由でそれを「盟神探湯《くがたち》」などという古臭い単語に翻訳したのか弁明しようとしていたのだ。それからさらに夜が更けてようやく、深い、重い眠りが訪れ、カナイがようやく起きだしたときには、すでに朝の霧が明け、潮目が変わろうとしていた。

カナイが船室から出ると風は静まっていて、河面は研磨された金属板のように穏やかだ。満潮を迎えた潮は完全な均衡状態にあり、水はぴくりとも動かない。甲板から望むガルジョントラの島はまるで、巨大な銀の盾の縁に嵌めこんだ宝石細工のようだ。その光景はむき出しの自然だがどこか親密で、とてつもなく巨大なのに、今この静寂の中ではなぜか穏やかなものに感じられる。

甲板に足音がしたので振り向くと、ピヤがやって来るところだった。筆記板と記録用紙を手にしたピヤの口調は至って業務的だ。「カナイ、ちょっと手伝ってくれない？　今朝いっぱい」

「もちろん。一体なにをすれば良いかな？」

「ちょっと見張りをしてほしいの」

潮のタイミングがちょっと問題なのよ、とピヤは言った。もともと、満潮時に淵を出ていくイルカを追跡する計画だったのだ。だが困ったことに、今日の満潮時刻は早朝と晩なのだ。ということは、イルカは、闇に隠れて淵を離れることになる。日中でさえイルカの追跡は難しいことなのに、光がなくてはどうにもならない。ピヤが代わりに考えたのは、淵に帰ってくるイルカを見つけて移動経路を突き止めようということだった。淵の上流側と下流側おのおのに見張りを立てるのだ。ピヤはメガで上流側を見張る。上流側は河幅が広く、漏れなく監視するには双眼鏡が必要なのだ。反対側の見張りはフォキルが自分のボートで担当する。カナイがこちらに加われば、さらに安心だ。二人で見張っていれば、双眼鏡なしでもなんとかなるだろう。

「つまり、数時間ほどの間、フォキルと一緒にボートにいてもらわなくちゃいけないってこと。だけど、それは構わないでしょ？」

フォキルと自分がなにか競合関係にでもあるかのような言い方にカナイは憤慨し、「とんでもない、まったく問題ないよ。フォキルと話す時間ができて嬉しいくらいだ」と即答した。

「良かった。じゃあ、それで決まり。貴方がなにかお腹に入れたら早速始めるわよ。一時間後に、戸を叩くわね」

　ピヤが呼びにくるまでに、カナイは朝食をとり、準備を整えていた。太陽の下で一日過ごすのに備えて、カナイは浅い色のズボンと白いシャツ、そしてサンダルに着替えていた。帽子とサングラスも用意した。それらの準備はピヤの眼鏡にかなった。「これも持っていくといいわ」といって、ピヤは水のボトルを二本手渡してくれた。「外は、暑くなるわよ」

　二人が連れだってメガの船尾に行くと、フォキルはもう準備万端で、船縁には櫂がぶっちがいに置かれていた。カナイが小さなボートに移ったところで、ピヤはフォキルに見張り位置を厳密に指示した。そこはメガから下流に二キロほどのところで、ガルジョントラの島が大きく張りだして、河幅が狭くなっている地点だ。

「あそこなら、河幅はたったの一キロだから、もしぴったり真ん中にボートをとめれば、二人で両側を完全に監視できるはずよ」

　それからピヤは、河が巨大なモホナへと開けている上流側を指さした。「私はあそこにいるわ。ごらんの通り、とても河幅が広いんだけど、メガの上にいるから多少高さを出せる。私の双眼鏡があれば、なんとか全部監視できるでしょう。私たちの間は大体四キロ。私からは貴方たちが見えるけれど、貴方たちからは私が見えないいってことになると思うわ」

　フォキルがボートのもやい綱をほどいた。ピヤは手を振ってから、口に手を当てて、カナイに叫んだ。「もし耐えられなくなったらフォキルに頼んで連れ戻してもらってね」

「僕は大丈夫だよ」カナイも手を振った。「心配しなくていい」

ボートがいくらも進まないうちに、メガの煙突が黒煙を吐きだし始めた。ボトボティがゆっくりと動きだし、それからしばらく、フォキルとカナイは曳き波の大揺れに耐えねばならなかった。ボトボティが視界から姿を消すと、ようやく水面は静かになった。

いまや、目に見える限り、誰も人間はおらず、カナイとフォキルとの間の距離は百分の一にも縮まったようだった——とはいえ、もしボートが全長二キロあったとしても、二人はこれほど距離を取ることができたかどうか。カナイは舳先に、フォキルは幌の後ろ、船尾にいた。幌のせいで互いを見ることはできず、最初の二時間ほど、水上で二人はほとんど会話せずに終わった。カナイは何度か沈黙を破ろうと話しかけたものの、その度におざなりな呟きが返ってきただけだった。

正午ごろ、水位が退き始めたとき、フォキルが急に昂奮して跳ねあがり、下流を指差した。「あそ《オイ・》こ《ジェ》！」

手をかざして見ると、カナイにも鋭い背鰭が水面を切り裂いてやってくるのが認められた。

「幌に摑まって立てば、もっとよく見えるよ」

「そうかい」カナイはボートの中ほどに移動して立ちあがり、幌によっかかって身体を安定させた。

「あそこにももう一頭」

フォキルの指を追うと、また別の背鰭が水面を掻いているのが見つかった。そしてさらにもう二頭——見つけたのは全部フォキルだ。

急に慌ただしくなったせいか、フォキルの纏う沈黙の鎧にわずかな隙が開いたように思えたので、カナイはもう一度フォキルを会話に引きこもうと試してみることにした。「なあ、フォキル」幌越しにフォキルに視線を向けて訊ねた。「先生《saar》を覚えているかい？」

フォキルはカナイをちらりと見て、すぐぷいと視線を外してしまった。「覚えていない。昔ちょくちょく訪ねてきていたみたいだけど、小さかったから。母さんが死んだ後は会ったこともない。だから、ほとんど覚えていない」

「じゃあ、お母さんは？　お母さんのことは覚えているだろう？」

「忘れるはずがないでしょう。どこででも会えるんだから」

フォキルがあまりにさも当然のように言ったので、カナイは困惑した。「どういうことだい、フォキル？　一体どこで、母さんと会えるんだい？」

フォキルはほほえみを浮かべ、自分の頭、足先から視界の果てまで、四方八方指さしてみせた。

「ここでも、ここでも、ここでも、あそこでも。どこだって」

この子供のような無垢な表現を聞いて、カナイは、どうしてモイナが意外にもこの夫をあれほど深く愛しているのかやっと理解できたような気がした。フォキルにはどこかしら完全に手つかずのところがあって、モイナはそこに引きつけられるのだ。陶工の手が、未成型の粘土の抵抗感を激しく求めるように。

「なあフォキル、お前、町に行ってみたいって思ったことってあるかい？」

問いを口にしてから、カナイは、フォキルに対して、意図せず、本物の子どもにでも呼びかけるように、お前《トゥイ》、と言う言葉で呼びかけてしまったことに気づいた。だが、フォキルは気づかなかったようだ。「ここで充分ですよ、町で俺になにができるって言うんです?」フォキルは櫂を持ちあげて、会話の終わりを示した。「さあ、ボトボティに戻るとしましょう」

フォキルが櫂を水に沈めるとボートが揺れ、カナイは舳先の居場所に戻った。坐って顔をあげると、フォキルはボートの中ほどに移っていて、カナイと向きあうように坐って櫂を漕いでいた。

うだるような昼間の熱気の中で河面からは靄が立ち昇っており、水上で陽炎がゆらゆら踊っている。熱と靄がカナイの感覚を麻痺させ、彼はフォキルがピヤと一緒にシアトルに旅行している幻影を見た。二人は、飛行機へ搭乗しようとしている。ピヤはジーンズを穿き、フォキルはルンギーとすり切れたTシャツを着て。慣れない椅子に坐って、フォキルはもじもじ身体を動かしている。口をあんぐり開けて、通路をきょろきょろ見回す。そして次に頭に浮かんだのは、寒々とした西部の町で、職を求めて街路をさまよい、迷子になって、道を訊ねることもできずにいるフォキル。

カナイは首を振ってこのろくでもない幻影を打ち消した。

朝来たときよりずっとガルジョントラの近くを通っているらしいことにカナイは気づいた。だが、水位が下がり切っているので、実際に航路を変更しているのか、それとも単に干潮で河が縮小しているために起こる錯覚に過ぎないのか、カナイには判断がつかなかった。フォキルは島に沿ってボートを進めながら、手を水平にして目の高さに持ちあげ、左側に広がるなだらかな砂浜をじっと見つめていた。そして突然、フォキルは急に身を強張らせて腰を浮かせた。反射的に、ふわりと広がっているルンギーの裾を右手で掴み取って両足の中間にたくしこみ、踝丈のスカートを褌へと変える。フォキルが船縁に手をかけ中腰に立ちあがったので、ボートが静かに揺れた。位置についた競技者のような前傾姿勢。フォキルは指で一点を指し示した。「あそこを見て」

「どうしたんだい?」とカナイ。「なにが見える?」

「あそこ」

カナイは目を細めて、フォキルの指を追った。何も変わったものは見当たらない。「何があるんだい?」

「しるし。足跡——昨日見たような。林のところから、水辺まで、それからまた林まで折り返して、ずっと続いている」

カナイが再びよく見てみると、確かに地面の上に幾つかの凹みがある。だが、この辺りの岸辺は、ガルジョンの茂みに覆われているのだ。ガルジョンはマングローブ樹の一種で、槍のような形をした「気根」を通して呼吸をする。気根は地下に張り巡らせた根っこで繋がりあっていて、数えきれないほどの気根が地面をそこらじゅうぼこぼこに突き破っているので、足跡をはっきり見分けるのは不可能だった。フォキルの発見した凹みは、二日前の夜に目撃したくっきりとした足跡とは、似ても似つかなかった。何の凹みだか特定するにしてはあまりにぼんやりしすぎているように思える。蟹の巣穴かもしれないし、引き潮が刻んだ溝かもしれないじゃないか。

「足跡がどうついているか分かりますか?」とフォキル。「ほら、水際ぎりぎりまで来ているでしょう。ということは、この足跡は潮が引いた後についたってことです。ちょうど俺たちが帰ろうとして漕いでいる間ってことだ。やつは、俺たちに気づいたに違いないし、俺たちをよく見ようと思って水際まで降りてきたっていうことだ」

モホナを渡る二人を見張るためだけに、虎がわざわざ水際まで降りてきたというのは、カナイには無理のあるこじつけに感じられ、カナイは思わず笑ってしまった。

「だけど、なぜそいつは我々を見なきゃならないんだい？」

「きっと貴方の臭いに気づいたんだ。よそ者のことはずっと見張るのが習いだから」とカナイ。

フォキルの言い方から、どういうわけか、フォキルは無意識の裡に俺に駆け引きを仕掛けているのに違いないとカナイは感じた。面白いじゃないか。現在の状況下では、フォキルに対して、周囲の脅威を誇張してみせる方向に力が作用するのだとカナイは充分承知していた。カナイ自身、未知の世界に翻弄される無力な旅行者に仕えた経験上、今のフォキルの立場を味わう機会がしばしばあったものだ。思い返せば、そういった状況下では、カナイ自身、少しばかり歪めた説明を与えることで、顧客ひとりではどうしようもない状況になっていることを強調してみせたいという誘惑に頻繁にかられたものだ。取りたてて悪意があってすることではない。ただ、現場の内情に通じた人がなくてはどうにもならないのだということをちょっとばかり強調するだけのことだ。危険が訪れるたびに、自分の重要性を証明する機会が訪れる。ガイドや通訳という人種の目の前には、常にこの誘惑が満ち満ちている。それに従わなければ、自分を切り捨て可能な地位に貶めることになる。かといってその誘惑に屈すれば、自分の言葉、そしてサービスそのものの信用を貶めることになる。カナイはこの矛盾を熟知していたから、通訳たるもの、時にはちょっとしたはったりくらいかまさねばならないことがあるとよく分かっていた。

カナイは岸を指さし、おおげさに否定してみせた。「ありゃ、ただの蟹の巣穴じゃないか」カナイはにやにやしてみせた。「さっきあの辺で蟹が穴を掘っていたからね。お前ともあろうものが、なんでそんな勘違いをしたんだい?」

フォキルは明るい無垢な笑顔をぱっと輝かせた。「どうやって分かったか、見せてあげましょうか?」

「ああ、見せてくれ」

フォキルはさっと身を寄せてきて、カナイの手を取って自分の首筋に当てた。いきなりの親しげな接触でカナイの腕に電流が走り、彼は思わず手を引っ込めた。それでも、湿ったフォキルの肌に鳥肌が立っていることだけはよくわかった。

フォキルが笑った。「こうやってわかったんです。怯えが俺に教えてくれるんだ」そしてフォキルは腰を浮かせて、のぞきこむような眼差しをカナイに向けた。「貴方は、どうです? 怯えを、感じられるかい?」

その質問が、フォキルの首筋の鳥肌に劣らず反射的な反応をカナイから引きだした。周囲のすべて——マングローブ、河、ボート——が、一瞬で、意識から消え去った。自分がどこにいるかも忘れた。カナイの精神は、長年の修練を経て獲得された機能に集中された。ことば以外の全て、フォキルの問いかけを成す純粋音声構造以外の全てが、消え失せた。カナイはこの質問にありったけの神経を集中し、即座にその答えを知った。否、である。フォキルの肌を毛羽立たせたその怖れを、俺は感じていないというのが真実だった。自分がずぬけた勇気の持ち主だということではない。まったくそんなことはない。つまり、怖れというものは、意外にも、本能ではないのだ。それはきっと、知識、経験、生い立ちを通して心の中で学習され、身に着くものなのだ。だから、他人の怖れは俺にはわかりようがない。今この瞬間で言えば、カナイはフォキルの感じる怖れを感じてはいなかった。

「なら言うけど」カナイは口を開いた。「本当のところ、答えは否だ。怖くない。少なくとも、お前と同じ怖れを感じていないんだ」

淵にさざ波が広がるように、フォキルの顔に好奇心が波立ち広がっていった。「なら」フォキルは顔を近づけてきた。「怖くないんだったら、もっと近くで見るのも平気ですね？」

フォキルが瞬きもせずにじっと凝視してきたので、カナイも視線を落とすわけにはいかなかった。フォキルは賭け金を二倍に吊りあげたのだ。ここで引きさがるか、さらなるはったりをかますかはカナイ次第だ。

「そうだね、じゃあ、行ってみようか」カナイはしぶしぶ答えを絞りだした。

フォキルは頷いて、片方の櫂を使ってボートの向きを変えた。舳先が岸辺に向き、フォキルが櫂を漕ぐ。カナイは水面を見渡してみた。河面はきれいな石造りの床のように静かで、そこに刻まれた潮流にもほとんど動きがなく、大理石に浮き出る石理《せきり》のようだ。

「フォキル、聞いてもいいかい？」カナイは口を開いた。

「なんです？」

「お前は怖いと言っていたのに、どうして島に行こうと思うんだい？」

「母が言っていたから。ここでは、怖れを捨てるようにしなきゃならないって。それができたら、答えがみつかるって」

「それが、ここに来る理由？」

「さてね」フォキルは笑みを浮かべて肩をすくめ、口を開いた。「さて、ちょっとお訊ねしても構わないですか、カナイ・バブ？」

フォキルが満面の笑みを浮かべているので、カナイは、冗談でもいうつもりかなと思った。「なんだい？」

「カナイ・バブ、貴方、清い人間ですか？」

カナイは驚いて坐り直した。「なんだって？」

フォキルは肩をすくめた。「だから——貴方は善い人間ですか？」

「そうだと思うけど。善いことをしよう、とは思っている。結果は分からんがね」

「じゃあ、それをはっきりさせたくはありませんか？」

「そんなのはっきりと分かるようなことじゃないだろう？」

「母がいつも言っていたんだ。ガルジョントラでは、ボン・ビビが、知りたいことをなんでも教えてくれる」

「どうやって？」

フォキルはまた肩をすくめた。「とにかく母がそう言ってたんだ」

二人が島に近づいたとき、樹上から鳥の群れが飛びたち、しばらく一斉にぐるぐる渦を巻いて飛んでみせてから、木に戻った。鳥は、エメラルド色のマングローブと見分けのつかない体色の鸚鵡で、その群れが一斉に空に上っていったその一瞬は、まるで風で鬘が吹き飛ばされるように、森の緑のたてがみがふわりと吹きあげられたように見えた。

ボートは速度を増して岸辺に向かい、フォキルの最後の一漕ぎで、舳先が泥の中に深くのめりこんだ。ルンギーの裾を足の間に挟みこんでフォキルはボートの船縁を跳び越え、足跡を検分しに岸辺を走っていった。

「俺の言ったとおりだ」勝ち誇ってフォキルが膝を着いたまま叫んだ。「足跡は真新しいから、できて一時間以内ってところだろう」

カナイには、その凹みは先ほどと同じくぼんやりとしたものにしか見えなかった。「僕には分からないが」

「そりゃそうでしょうよ」フォキルがボートの方を向いてにっとした。「そんなに遠くにいてはね。ボートから降りなきゃいけない。こっちに来て、見るといい。足跡が上までずっと続いているのが見えるさ」といってフォキルは斜面の先に屹立するマングローブの障壁を指さした。

「分かったよ、今行くから」カナイが飛び降りようとするとフォキルが止めた。「待った待った。まず、ズボンをまくって、スリッパを脱いで。じゃなきゃ、泥の中でなくなってしまうよ。裸足の方がずっといい」

カナイはサンダルを脱ぎ捨ててズボンの裾を膝までたくし上げた。そして、船縁を跨いで足を下したかと思うと、たちまち泥の中に沈みこんだ。カナイはそのまま前のめりによろめき、すぐさまボートに手を伸ばし、舷側を掴んでなんとか体をたてなおした。泥の中にすっころぶなどという屈辱は考えたくもない。カナイは慎重に右足を泥から抜きだし、少しだけ前におろした。幼児みたいに一歩一歩を繰り返し、カナイはなんとかつつがなくフォキルの傍まで辿りついた。

「ほら、ここ」フォキルが地面を指さす。「ここが鉤爪で、ここが掌だ」そしてさらに斜面の上を指さした。「それから、あそこを通っていったんだ。あの木立の間を抜けて。今だってあんたをじっと見ているかも」

フォキルのからかうような口調が、カナイを刺激した。カナイは身をまっすぐ起こして言った。

「一体どういうつもりだ、フォキル？　僕を怖がらせようとでもしているのか？」

「怖がらせる？」フォキルはにこにこしている。「どうして怖がることがあるんです？　母が言ったこと、聞いてなかったんですか？　善い心の持ち主なら、この場所では恐れることなんかなにもないんだって」

そう言ってフォキルは踵を返し、泥を渡ってボートへと戻り、幌の下に手を伸ばした。フォキルが再び身を起こすと、その手には斧《ダー》が握られていた。

フォキルが刃物を手に向かってくるのを見て、カナイは反射的に後ずさりした。「それでどうする気だい？」カナイは刃先のぎらつきから目を逸らせて訊ねた。

「安心してください、密林用ですよ。足跡をどんなやつがつけたか、見られるものならあんただって見たいでしょう？」

こんな状況下でも、カナイは聞き逃さなかった――まったく頑固な職業病だ――フォキルは今、先ほどまでと違う第二人称を使っている。これまでずっと使っていた尊敬語の apni から、カナイがフォキルを呼ぶのに気安く使っているtuiへと切りかえているのだ。この島に上がれば二人の上下関係はそっくり反転するのだとでも言わんばかりに。

　前方をびっしり塞ぐマングローブを見て、フォキルについてこの奥へ進んでいくなど狂気の沙汰だとカナイは思った。斧を操る手が滑るかもしれないし、なにが起こるかしれたものじゃない。危険を冒すほどの価値はない。

「止めておくよ」カナイは口を開いた。「お前の遊びにつきあうのはもう止めだよ、フォキル。ボトボティに連れていっておくれ」

「でも、なぜだい？」フォキルは笑い声をあげた。「なにを恐れているんで？　言っただろう、あんたみたいな人はここで怖れることはなにもないって」

　泥の中に踏みだしながら、カナイは振りむいて怒鳴った。「馬鹿を言うのは止めてくれ。僕はお前みたいな子供とは違うんだ――」

　その時突然、大地が生命を帯びて足首を掴んだ。見ると、綱のような蔓が足首に絡まっている。バランスを崩しそうになったカナイは、体制を立て直そうとして一歩前に踏みだそうとした。が、足が言うことをきかず違う方向に動いてしまう。転倒を回避する間もなく、カナイは顔面から泥水に突っこんでしまった。

　しばらくは、まったく身動きが取れなかった。まるで、石膏の型に押しこまれたようだ。なんとか頭をもちあげたものの、目が見えない。泥をかぶったサングラスなど目隠しでしかない。腕で頭全体をこすってサングラスを振り払った。振り払ったサングラスはそのまま沈んでいく。フォキルが肩に手をかけたが、カナイは自力で立ちあがろうとして、手を振り払った。だが、しつこい泥が体を捉えて離さず、カナイはどうしても立ちあがることができなかった。

フォキルの顔に笑みが浮かんでいる。「気をつけなって言ったじゃないか」

カナイの頭にかっと血が上り、口から罵声が噴きだした。「馬鹿たれ、豚ころ、糞ったれ《shala, banchod, shuorer bachcha》」

カナイの憤怒は、遠い先祖から受け継がれた爆発力そのままに噴出した。普段のカナイなら、そんなマグマが自身の裡に潜んでいることなど認めなかったに違いない。使用人に対する主人の疑い。カーストの誇り。田舎者に対する都会者の不信。村に対する都市の敵愾心。そんな黴臭い澱など自分はきれいさっぱり洗い流したはずだとカナイは信じていたのだが。だが今、それがこれほど暴力的に噴出したということは、そのマグマは単に高度に濃縮された超揮発性爆薬として小さく畳みこまれていただけなのに違いなかった。

カナイは過去に、しばしば――どころか何度となく――、激怒した顧客がこんな風に怒鳴りだすのを経験したことがあった。彼らは怒りにまかせて自我の境界を踏み越え、文字通り「我を忘れる」。なんと言い得て妙な表現だろう。強烈な怒りが、肌という物理的な境界を超えて、溢れだすのだ。そしてほとんど常に、直接の原因がなんであれ、怒りの矛先は彼に、すなわち通訳・伝令・書記たるカナイに向かう。カナイこそ、理解不能な潮流をなんとか泳ぎきるための救命具なのだ。そして、すべて意味不明なことはカナイのせいになる。なぜって、カナイ以外のものは名前もわからないから。こうして怒りが爆発するのを、カナイはこれまで、単なる職業的災害に過ぎないと自分に言い聞かせて乗りきってきた。別に僕個人がどうこうっていうわけじゃないんだ。仕事柄、どうしても自分が、人生そのものの不条理の代理人という役割を引き受けざるをえないのだ。だからカナイは、今自分に起こっている作用を熟知していたはずなのに、それでもなお、口から溢れだす罵詈雑言の奔流を止めることができなかった。フォキルが手を差しのべたが、カナイはそれをはたきのけ「失せろ、豚野郎、《Ja, shuorer bachcha,》行ってしまえ！《beriye ja》」と怒鳴った。

「分かったよ」とフォキル。「じゃ、そうするよ」

カナイが顔をあげると、フォキルの目がちらっと見え、それで次の言葉は舌先で萎《しお》れてしまった。カナイの職業人生において幾度か、通訳という行為をとおして、自分が自身の身体から抜けだして別人のそれに憑依したかのような感覚を味わったことがある。その度に、言葉という道具は、人々を分断する障壁やカーテンではなくなり、代わりに、他人の眼からこの世を眺める透明なフィルムになる。言葉は、他人の心を通して世界を知覚するためのプリズムへと変容するのだ。そういう感覚が訪れるのはいつもなんの前触れも必然的な理由もない突然のことで、通訳者としてそこにいたという以外は、状況もさまざまに異なっていた。だが、今のカナイは通訳者ではないのに、フォキルを前に、まさにこの感覚がカナイを襲った。なんの感情も読み取れないフォキルのくすんだ目を通して、カナイ自身の姿が映っている。カナイだけではない。大勢の人々の姿が見える——フォキルの村を破壊し、家を焼き、母を殺した外界の人々だ。フォキルなど人にあらず、虫けらほどの価値もないと思っている人々だ。そしてそれらの人々は、カナイの顔をしている。こうした自身の像を見ると、フォキルがカナイの死を望むのは当然すぎるほどのことだった——だが、フォキルが本当にカナイを死なせようとしているわけではないと判断する理性は残っていた。フォキルがカナイをここに連れてきたのは、死なせるためではなく、審判を受けさせたかっただけなのだから。

カナイは手をあげて目についた泥を拭きとり、ようやく視線を上げると、視界からフォキルが消えていた。カナイははっとして、後ろを振り返ろうとした。泥に逆らってなんとか身を捩ると、滑りだそうとするボートが目に飛びこんだ。フォキルは背を向けていて、顔は見えない。フォキルは船尾で猛烈に櫂を漕いでいる。

「待ってくれ、置き去りにするな」カナイは叫んだが、時すでに遅く、ボートは河の角を回って姿を消してしまった。

ボートの曳き波が河上を伝わってくるのをカナイが見ていると、別の小さな波が水面を斜に切り裂いている。その辺りを注意深く見つめてみると、どうやらその下になにかが潜んでいるのは間違いないように思えた。黒い泥に紛れてよくわからないが、それは、岸へと、まさにカナイめがけて接近しつつあった。

カナイの脳に、潮の国が与えるさまざまな死の幻影が満たされた。言い伝えを信じるなら、虎は前足の一撃で首と肩の間の継ぎ目を破壊し、一瞬で命を奪う。痛みを感じることもない。なぜって、一撃が下されるよりさきに、虎の咆哮の衝撃で、お前はもう死んでいるから。それは、人間に対する一抹の慈悲といってもいいだろう。だからこそ、虎と身近に暮らす人々は、虎を、動物を超えた存在として奉るようになるのでは？　虎だけが、この見知らぬ異界で見苦しく藻掻くお前に究極の許しを与える唯一の動物だから？

あるいはそれは人々が、爬虫類のもたらす死のおぞましさを知っているからだろうか？　水際をなにより好むのは鰐なのだ。鰐は、草原を走る人より速く泥の上を動きまわる。粘土だって鰐を邪魔立てできない。滑らかな腹と足についた水かきのおかげで、つるつる滑る粘土の上で、鰐は地の利を得ることができるのだ。そして鰐は、溺死するまでお前を生かしておく。地上で殺してくれはしないのだ。まだ息をしているお前を、鰐は水中に引きずりこむ。鰐に殺されたら、死体は二度と見つからない。

その他のことはすべて、カナイの心から消え去った。彼は中腰になって、後ろ向きに必死に足を動かした。槍の穂先のように尖ったものが肌を掻くのも気にも留めずに少しでも上へと。岸を上るにつれ、泥が浅くなり、マングローブ樹の若木はより丈高く、繁くなった。もう水面の波はみえなかったが、そんなことはどうでも良かった。カナイはただ、河からできる限り離れたかった。

カナイがようやく恐る恐る立ち上がって足を一歩踏み出したその瞬間、土踏まずを猛烈な痛みが突き抜けた。まるで、釘かガラスの破片を思いっきり踏みつけたような痛み。なんとか足を引き抜くと、マングローブの気根が泥の底にちらりとのぞいた。槍の穂のような先端を思いっきり踏みつけてしまったのだ。そうして見回してみると、尖った穂先は、周囲のいたる所に罠のようにばらまかれている。根が、ひそかに張り巡らせたトリップワイヤーさながらに水面下を走って気根をつないでいる。

めちゃくちゃに繁茂したマングローブの壁は、ボートからは人を寄せつけないものに見えたが、今となっては安全な避難所と見える。気根の地雷原をそろそろと進んでいって、カナイはようやくマングローブの茂みにたどりついた。

マングローブの枝はしなやかで、折れることなく曲がり、そして鞭のように跳ね返ってくる。枝が周囲を閉ざすと、カナイは、何百本ものがさがさの腕に同時に抱きつかれたようだった。枝はあまりに濃く、一メートル先さえ見通せない。河も見えなくなり、もし斜面の傾きがなければ、自分が本当に河から遠ざかっているのかどうかさえわからなかった。そして、不意にその重囲が解け、カナイは樹木と椰子が点在する草地へとよろめきでた。カナイは膝をついた。服はすっかりずたずたで、身体は至るところ傷だらけだ。あっという間に肌には蠅がむらがり、上からは蚊の大群が襲ってきた。

カナイには草地を見回す勇気はなかった。もしあれがこの島にいるのなら、あれはここにいるに違いない――だが、あれは、なんというのだったか？　その言葉を、フォキルが用いる婉曲表現さえも、カナイは思い出せなかった。あまりの恐怖に、すべての言語が脳から消え去ってしまったかのようだ。理性と感性をつないでいるはずの音と記号の仕組みが、すっかり崩壊してしまったのだ。圧倒的な感覚の洪水でこころが溢れかえる。そして、カナイが探していたその言葉や、錯乱を招いたあの婉曲表現をさしおいて、いま、あれそのものが姿をあらわした。言葉を失ったカナイに、なにがどうなっているかわかるはずもない。混乱した脳が放射している虚像なのに、あまりに真に迫っていて、そのもの自身さえ超えて濃密に存在している。

カナイは目を開いた。それはすぐ目の前にいて、百メートルも離れていない。それは、頭を上げて坐っており、黄褐色に輝く目でカナイを見つめている。毛皮の上半分は陽光の下で黄金に輝いているが、腹は暗く、泥で汚れている。その体躯は、想像をはるかに超えて雄大で、目と、尾の先端だけがちらちらと動いていた。

しばらくの間、あまりの恐怖に、カナイは筋肉一つ動かすことができなかった。それからやっとの思いで息を整え、膝立ちになって少しずつ後退を始め、視線をそれにぴったり向けてぴくぴく動く尾の先端を見つめながら、マングローブの茂みの中へじりじりと戻っていった。枝が周囲を閉ざすと、カナイはようやく立ちあがり、ぐるりと向きを変え、体を包みこむ緑を掻きわけ、四肢を切り裂く棘や木の裂片を気にもとめず、闇雲に突き進んでいった。やっとの思いで泥の河岸まで辿り着くと、カナイは膝から崩れ落ち、その一瞬に備え、首の骨を粉砕するはずの一撃に備えて、腕で目を覆った。

「カナイ!」名前を呼ぶ叫び声が聞こえ、目を開けると、ピヤ、フォキル、ホレンが岸を突っ切って走ってくるのが一瞬だけ目に映った。その瞬間、カナイはそのまま泥に突っ伏して、失神した。

カナイが次に目を開けたとき、彼はボートで仰向けに寝かされていた。目を眩ませる午後の強烈な陽光のなかで、自分の顔をのぞきこんでいる誰かの顔が、少しずつ形をなして見えるようになってきた。それはピヤで、カナイの肩に手を当てて体を起こそうとしてくれているようだ、とカナイはぼんやり理解した。

「カナイ、貴方、大丈夫?」

「君は、一体どこにいたんだ?」カナイは口を開いた。「あんなに長いこと僕をあの島に置き去りにして」

「貴方があそこにいたのは、ほんの十分ばかりのことよ。それに、貴方がフォキルを追い払ったんじゃない。それでフォキルが大急ぎで私たちのところに戻ってきて、それから私たちはすぐさまここに駆けつけたのよ」

「見たんだ、ピヤ。虎を」ホレンとフォキルも集まってきたので、カナイはベンガル語でつけたした。「いたんだ、あの猫が——僕は見たんだ」

ホレンが首を横に振った。「あそこには何もおらんよ。俺とフォキルで確認したからな。見てみたが、何もいなかったよ。それに、もしあれがいたなら、あんたは今ここにこうしてはおらんぞ」

「とにかく、いたったらいたんだ」身体が激しく震えるので、口から言葉を絞りだすことすら難しかった。ピヤがカナイの手を取って、落ちつかせようとした。

「カナイ」ピヤは優しく言った。「もういいのよ。もう大丈夫。私たちもいるし」

カナイは言葉を返そうとしたが、歯がガチガチ鳴り、呼吸が咽喉に詰まってどうにもならなかった。

「喋ろうとしないで」とピヤ。「私の救急袋に鎮静剤があるから、メガに戻ったら飲むといいわ。とにかくしっかり休んで頂戴。ずっと気分が良くなるから」

光

ピヤが記録用紙を片付けて船室を出たとき、陽の光は薄れつつあった。カナイの船室の前を通り過ぎざまに、ピヤは戸の前に立ちどまって聞き耳をたててみた。ピヤが与えた錠剤をのんで、カナイは午後中ずっと眠っていたが、今はカナイが部屋の中で動いている物音が聞こえるので、もう目覚めているらしい。ピヤは戸を叩こうと思ったが、やはり止めておくことにして、甲板を突っ切ってそのまま舳先へと向かった。

日没とともに、ガルジョントラは満ち潮にのみこまれてわずかな陸地の一片と化し、その輪郭が暗さを増す空に浮かびあがっていた。消え去りつつある光の中で、島は穏やかに眠りにつきつつあるようだ。だがピヤが舳先に上ろうとしたとき、暗くぼやけた陸地が、微小な燐光群で照らされた。その光彩は一瞬で消え、島は再び暗く閉ざされた。しかし、また次の瞬間、もう一度、一瞬のずれもなく、それらの光は揃って煌《きらめ》いた。針先ほどの微小な光が何千あるいはおそらく何百万も集まって、河の向かいからでも見えるほど明るく輝いているのだ。目が瞬きのリズムに慣れてくると、ピヤはかすかな明かりに縁取られたぐねぐねの根や枝を認めることができた。

ピヤは踵《きびす》を翻してカナイの戸を叩いた。「起きている？　見せたいものがあるの。出てきて頂戴」

戸が開いたとたん、ピヤは人違いでもしたかのように一歩飛びさがった。カナイは顔と身体を綺麗に拭いて、ホレンから借りたルンギーとベストを纏っている。頭髪は平らに撫でつけられているが、カナイの表情が普段の快活かつ自信に満ちたそれとあまりに異なっていて、ピヤは一瞬別人かと思ってしまったのである。

「一体どうしたの、カナイ？　大丈夫？」

「ああ、ちょっと疲れているけど、大丈夫だよ」

「なら、ちょっと来て、あそこを見て頂戴」ピヤはカナイを舳先に連れていき、ガルジョントラを指さした。

「一体なにごとだい？」

「ちょっと待ってて」

不意に光が煌き、カナイは息をのんだ。「なんとまあ。これは一体なんだい？」

「あれは、グローワームよ。規則的に明滅しているの」ピヤが説明した。「読んだことがあるわ。主にマングローブで見られる現象よ」

「こんなの、今まで見たこともないよ」

「私も」

空が暗くなるにつれ、さらに一層あかるく明滅するその光を、二人は一心に見つめた。なにか言おうとして、カナイが咳払いをするのが聞こえた。だがカナイはしばらくそのまま黙りこんでしまい、しばらくたってから、不意に口を開いた。「ねえ、ピヤ、君に言おうと思っていたんだが――僕は、明日戻ることにするよ」

「戻るって、どこに?」

「ルシバリさ――それから、ニュー・デリー」

「まあ」ピヤは驚いているふりをしたが、実際のところ、カナイがそう言いだすことは自分自身察しがついていたように思えた。「こんなに早く?」

「ああ。そろそろ会社に戻らなければ。明日で九日になるし、皆に十日目までには戻るって言ってあるんだ。明日の朝出発すれば、明後日中にニュー・デリーに着けるだろう。僕が戻らなければ、会社の人たちも心配してしまうことだろうし」

カナイの声音から、まだ言えずにいることがあるらしいとピヤは察した。「戻る理由は、それだけ? 貴方の会社?」

「いや」カナイは短く答えた。「もう伯父の手記も読み終わってしまったから、ここにずっといる理由も特にないし。たいして君の役に立てるわけでもない。通訳なんかいなくたって、君は問題なくやっていける」

「そりゃ、私のために残っていただく必要はないけれど。だけど、もし聞いてよければ、貴方の決心は、今日、あの島で起こったことと関係があるのかしら？」

しばしの沈黙のあと、どこか言いづらそうに、カナイの答えが返ってきた。「要は、僕には向いていなかったんだよ。今日起こったことで、それが分かったっていうだけさ」

「でも、一体なにが起こったのよ？　だいたい、一体どうしてあの島に上ったの？」

「上陸して見てみようってフォキルが言ったのさ。僕には断る理由もなかったし。それだけさ」

カナイはこの出来事についてこれ以上話すことには明らかに気乗りしていないらしいが、ピヤはさらに問い質した。「じゃあ、フォキルのせいってこと？　フォキルがわざと貴方を島に置き去りにしたの？」

「そんなことはない」カナイは断言した。「僕は泥で転んでしまって、癇癪を起こした。フォキルは助けようとしてくれたさ。行ってしまえって怒鳴ったのは僕さ。フォキルは悪くない」そう言って、カナイは唇を固く結んで、この件はこれで終わり、と示した。

「とにかく、決心はもう固いみたいね。だから、引き留めはしないわ。だけど、正確には、いつここを発つつもり？」

「明日夜明けに。ホレンと調整するよ。早朝に出れば、僕をルシバリに送って、日が暮れるまでにここに戻ってこられるだろう。君はどうせフォキルのボートで一日中観察に出ているだろう？」

「その通りよ」

「じゃあ、日中、メガがいなくたって、どうってことはないよね」

ピヤは、一緒に過ごした時間をあらためて名残惜しく思い返した。「メガはいいけど、あなたとこうして話ができなくなるのは残念ね。貴方がいてくれて良かったわ。楽しかったわよ」

「僕もだよ、ピヤ」カナイはそこで、自らを落ち着かせようとするかのように一息ついてから、口を開いた。「実際のところ、期待していたんだ――」

「なにを?」

「君も一緒に来ればいいのに、って。つまり、ニュー・デリーにね」

「ニュー・デリーに?」ピヤはあまりの驚きに、笑いがしゃっくりのように止まらなくなった。

「そんなにおかしいことかい?」

「ごめんなさい」ピヤはすぐ謝った。「ちょっとびっくりしてしまって。ニュー・デリーは遠いし、私はここでやることが山積みだから」

「知っているよ。別に今すぐってわけじゃない。調査を終えたらっていうことだ。その後で来てくれたら、と思っていたんだ」

カナイの声の調子に、ピヤは不安なものを感じた。カナイに初めて汽車で出会ったときのことが思い出される。あの時の自信に満ちた態度と、尊大な立ち居振る舞い。あの記憶と、今目の前に悄然と立ち尽くすこのおずおずとした男を一致させるのは難しかった。ピヤがガルジョントラの方を見ると、月がゆっくりと水平線から顔をのぞかせようとしている。

「なにを考えているの、カナイ?」ピヤは訊ねた。「なぜ、私はニュー・デリーに行った方がいいのかしら?」

カナイは鼻筋をつまんだ。そうすることで、探している言葉が見つかりやすくなるのでは、とでもいうように。「嘘じゃないんだが、ピヤ——自分でも分からない。ただ、また会いたいって思っているんだ。今度は、僕の本拠地、僕が暮らしている場所で、会ってほしいと思っている」

ニュー・デリーでのカナイの生活をピヤは想像してみた。召使が沢山いるお屋敷——料理人、運転手、その他あれやこれやの雑用係。まるでテレビや映画の世界のように、ピヤ自身から遠く隔たった世界。真剣に考えてみるまでもない——そのことをごまかして出鱈目を言うのは誰のためにもならないと、ピヤは知っていた。

ピヤは手を伸ばしてカナイの腕に触れ、切りだした。「あのね、カナイ。貴方の言うことは分かったわ。ありがたいとも思っている、本当よ。貴方がしてくれたことにも感謝している。貴方の幸運を祈るわ。いつか、貴方にぴったりの女性が見つかるわよ。でも、それは私じゃないわ」

カナイはしかたない、という風に頷いた。最初から大体そういうことになるだろうと予期していたらしかった。「君に話したいことは山ほどあるんだが。言いたいことがそんなになければ、言葉にするのにそんな苦労もいらないんだけどね。モイナの言うとおりだよ」

ピヤはその名を聞いてびくっとした。「モイナがなんて言ったの?」

「言葉って、水面のさざ波に吹く風のようなものだって。河そのものは、見ることも聞くこともできないそのずっと下を流れているんだ」

「どういう意味かしら？」

「モイナの、フォキルに対する想いなんだよ」

「つまり？」

「君には考えにくいかもしれないが、モイナにとってフォキルこそが全てなんだ。フォキルがいなくなってしまうかも、とモイナは怯えているんだ」

「フォキルがどうしてそんなことを？」

カナイは声を落とした。「たとえば、君のためじゃないか？」

「そんな馬鹿な」ピヤは抗議した。「モイナだって、どうしてそんないわれのないことを考えるのかしら」

「全然、いわれがない？」

ピヤはいらだちを覚え、無理やり声を抑えた。「一体、なにが言いたいのよ？」

「モイナはね」カナイは柔らかく言った。「モイナは、君がフォキルを愛しているって思っているんだ」

「で、あなたはどう思うのよ？」ピヤは言い返した。「貴方もそんなことを信じるの？」

「さあ、どうなんだい？」

カナイの声には角があり、その耳障りな感じにピヤは苛立った。「モイナに代わって聞いておこうっていうの？　それとも貴方自身が知りたいの？」

「そんなのどっちだって関係ないだろう？」

「知らないわ、カナイ。貴方になんて言ったらいいのか分からないわ。モイナになんて言ったらいいのかもね。そんな質問に対する答えなんか、私、一つも知りません」ピヤはそう言って、カナイの声が聞こえないよう、両手で耳を塞いでしまった。「すみませんけど——もうこの話をする気はありませんから」

今、ガルジョントラには月がかかり、満月に近い光のせいで、島の輝きは薄れ、ほとんど見えなくなった。先ほどまでの魔法のような美しさをおもいだそうと、ピヤは消えゆく光をじっと見つめた。

「見えている間は綺麗だったわよね？」

それにこたえるカナイの声も、ピヤ自身の声同様、窮屈に聞こえた。「伯父なら、あれは潮の国の陽炎《かげろう》さって言ったに違いないよ」

追跡

明け方、ピヤが船室から出ると、メガは濃い霧に包まれていて船尾も舳先も見えなかった。前部甲板に向かおうとして、ピヤはカナイに躓きかけた。カナイは膝に便箋をのせ、ランタンを傍らに、椅子に坐っていたのだ。

「もう起きていたの？」

「ああ」カナイは疲れたような微笑をピヤに向けた。「本当のところ、もう何時間か前からね」

「一体どうしたのよ？」

「ちょっとやることがあってね」

「こんなに朝早くから？」ピヤは驚きを隠せなかった。「貴方がそんな夜中に起きだすなんて、よほど大事なことなのね」

「大事さ。というか、君向けなんだよ——贈り物さ。さよならの前に仕上げておきたいのさ」

「私への贈り物？　なにかしら？」

カナイは言い訳のような笑みを浮かべ、顔をしかめてみせた。「完成したらね」

「じゃあ、まだできてはいない？」

「まだね。でも、僕たちが出発するまでにはできるだろう」

「了解。じゃあ、またね」そう言って、ピヤは船室に戻って着替えた。それから、歯を磨いてバナナとオバルチンの簡単な朝食を摂り終わった時には、ホレンはすでに操舵室、フォキルは自分のボートに陣取っていて、あとはもやい綱をほどくばかりだった。ピヤは、器具類、飲料水のボトル二本、それから栄養スティックが何本か入ったバックパックをフォキルに渡した。それから前部甲板に行くと、カナイはまだ椅子に坐ったままだった。

「そろそろできたかしら？」ピヤは訊ねた。

「ああ」そう言って立ちあがると、カナイは大きなマニラ封筒を差しだした。「これだよ」

ピヤは封筒を受けとって、手の中でひっくり返してみた。「これがなにかは、まだ教えてくれないつもり？」

「驚かせたいからね」カナイは甲板に視線を落として足をもぞもぞさせた。「それで、君がどう思ったか僕にもし知らせたいっていうことになれば、封筒の後ろに僕の住所が書いてあるから、知らせてくれれば嬉しい」

「もちろんよ、カナイ。私たちは友達でしょう?」

「だといいけど」

ホレンの視線が自分の背中を掘るように凝視しているのに気づいていなければ、ピヤはカナイの頬にそっとキスしてやったかもしれない。「じゃあ、気をつけてね」

「君もね、ピヤ――気をつけて、それから幸運を祈るよ」


霧は水面に重くのしかかり、その重みで潮流までのろのろしているようだ。フォキルが櫂を水におろすとボートは滑るように前に進み、霧は舳先のまわりでホイップクリームのようにふわりと泡立った。何度か漕ぐと、メガが見えなくなった。船はものの数分で霞の中に姿を消したのだ。

ボートが川下へと進む中、ピヤはカナイがくれた封筒に目をやった。その厚さから見ると、中には紙が何枚か入っているらしい。今すぐ開けてしまうのは止めておこう。代わりに、ピヤはバックパックに手を伸ばして封筒を仕舞いこみ、位置測定器を取りだした。ボートの位置情報を確認してから、ピヤはしばし幻想的な霧の静けさに身を委ねることにした。

これまでの二日間、ピヤの五感はディーゼルのボトボティの揺れや騒音に慣れ切っていたから、このボートの静けさがなおさら心地よく感じられる。あらためて周囲を見回して、ボートの木質や幌のくすんだ色合いをじっくり眺めていると、これらのものに初めてちゃんと目を向けたような気がした。

ピヤはボートの甲板を覆う合板に指を走らせ、その上に刻まれたぼやけた文字を解読しようとしてみた。それから、かつて米国で郵便袋だったらしい染みだらけのこの灰色のシート。これがなんなのか初めて気づいたとき、どれほどびっくりしたことか。そういったありふれたなんでもないものが、あのとき、溺死しかけて甲板で伸びていたあの瞬間には魔法のように見えたものだった。それらのがらくたを今日の日差しの中であらためて見てみて、これらのがらくたに魔法をかけていたのはボートではなくて自分自身の眼だったのだわとピヤは理解した。今、それらのものはまったく平凡で、ありきたりの家財道具のように、どこか心を落ち着かせるありふれたものだった。

ピヤは頭を振って白昼夢を振り払った。中腰になって櫂を一対渡すようフォキルに合図した。フォキルがピヤをどこに連れていこうとしているのか、ピヤははっきりとは知らなかったが、イルカの狩りのルートのどれかをまず見にいくつもりなのだろうと推測していた。一時間ほど前に満潮の時刻を迎えていたので、ガルジョントラの「淵」にはイルカはいなかった。イルカがどこにいるのか、フォキルは知っているようだ。

潮は追い潮で、二人とも櫂を漕いでいたから、そんなに長い間漕ぐ必要はなかった。しばらくすると、フォキルは目的地に着いたことをピヤに知らせた。それからしばらくボートを漂わせ、それから船縁から身を乗りだして碇を投げこみ、碇綱を繰りだした。

霧は薄まりつつあり、ボートがとまっているのは広い水路の入り口を見はるかす場所らしいとピヤは見てとった。フォキルが何度も水路の入り口を指さしてみせた。もうすぐ向こうの方からイルカたちがやって来るんだ、という風に。ピヤはGPS情報を読みとって、双眼鏡を目に当てた。二人が、ガルジョントラでメガと別れてから、八キロほど移動してきていた。

最初のうち、フォキルはしごくのんびりと、見張るでもなく水路を見張っていた——じきに向こうからイルカがやってくることを、フォキルは疑いもしていないようだった。だが、なにも見つけられぬまま二時間が過ぎた頃、フォキルは確たる自信を失い始めたようで、そわそわし始め、少しずつ、当初の確信は困惑と疑念へ変わっていくようだった。

二人はその場所にさらにもう二時間留まったが、ほぼ完全に見通しが利いているにもかかわらず、イルカは一頭も見つからなかった。その間に潮は退いてしまい、太陽が昇るにつれ、どんどん暑くなった。ピヤのシャツは汗でぐっしょり濡れた。思い返してみても、ここに来てから、こんなに早い時間にこれほど気温が上昇したことはこれまでなかったのではないか。

正午すぐ、干潮の中、フォキルは碇をあげて、もうそろそろ移動しようとピヤに伝えた。最初ピヤが思ったのは、フォキルはイルカを諦めてガルジョントラに戻るつもりなのだということだった。だが、ピヤが櫂に手を伸ばすとフォキルは首を横に振った。フォキルは、朝からずっと監視していた水路の入り口を指さし、双眼鏡で監視を続けるよう身振りでピヤに示した。フォキルはボートを水路の中に漕ぎ入れ、二百メートルほど入ったところでさらに小さな支流の中へとボートを転回させた。

こうして、水路や小さな支流の間を一時間ほどぐるぐる彷徨った後、フォキルはボートを止めて、前方に広がる水域を吟味した。だが、そこにも、イルカの気配はないようだった。フォキルはいらいらしたように舌を鳴らすと、櫂を掴んでボートをまた別の方向に向けた。

こうしてしばらくイルカを求めて動き回った後、ピヤがもう一度ＧＰＳを読み取ってみると、ボートはガルジョントラからさらに遠ざかろうとしていた。朝からすでに十五キロほどの距離を踏破していたが、彼らの経路は一直線からは程遠いもので、モニター上に表示されているこれまでの移動経路は、古いスカーフからはがれゆく毛糸のほつれのようだった。

空気はどんよりと重く停滞しており、風がそよとも吹かないので水面はガラスのようだ。フォキルも汗だくで、困惑めいた表情は焦燥へと変わっていた。七時間水上で観察を続けたあげく、なんの成果も見つけられていないのだ。ピヤはフォキルに、一旦舟をとめて休憩しようと合図したが、彼は一顧だにしなかった。この潮の迷宮のさらに奥、さらに深くへと漕ぎだすのだとフォキルは固く決意しているようだった。

ルシバリへの帰路の前半はそもそも往来の稀な水域で、ガルジョントラを出てから最初の数時間、メガは大小問わず他の船には一隻も出会わなかった。だがその後、海へと続く主要な水路であるジャハジフォロン河が前方に見えてくると、水路は先ほどまでのがらがら具合とはうってかわって不可解なほど混みあった。舳先からは河を斜に望むことができ、遠くからでも河上に無数のボートがいるのが見えた。それ自体はおかしなことではなかったが、全ての船が同じ方向に向かっているというのは見過ごせない事実だった。海から離れ、内陸へ。

前の夜ほとんど休んでいなかったカナイは、メガがガルジョントラを離れるとあっという間に眠りこんでしまっていた。ホレンが孫息子を下甲板から呼び寄せる声で、彼は目を覚ました。

寝棚に坐り直し、カナイは服と敷布が汗でぐっしょり湿っているのに気づいた。明け方はまだ寒かったので戸を閉め切ったのだが、今は正午までまだ数時間もあるというのに船室の壁はむっと熱気を放っている。カナイが部屋を出てみると、ホレンは舵をノゲンに任せて、前方に広がる河を舳先で黙然と眺めていた。

「どうしたんだい、ホレン・ダ?」舳先に向かって歩きながらカナイが訊ねた。「なにか見えるかい?」

「あそこを見るがいい」ホレンは前方を指さした。

カナイは手をかざしてその光景を眺めた。このあたりの水域に疎いカナイでも、目の前の交通状況はなにかがおかしいという気がした。が、その違和感の中身がなんなのかは分からなかった。「随分たくさん舟がいるようだけど」

「皆、同じ方向に向かっているだろう?」ホレンの声はかすれている。「村に帰ろうとしているようだな」

カナイが腕時計に目をやると、時刻は朝十時過ぎだった。漁師が獲物とともに帰路に就くにはいささか早すぎはしないだろうか。「どうしてこんな時間から揃って帰ろうとしているのかな? おかしくないかい?」

「そうだ。普段漁師が帰途に就くのは夕方かなり遅くなってからだからな」

「じゃあ、一体何事?」

「この時期に、あれが意味することは、ただ一つだ」

「それはなに?」

ホレンは肩をすくめた。顔に刻まれた謎めいた襞の中に、目は吸いこまれてしまった。「追い追い分かるさ」そういってホレンは背を向け、操舵室に戻って舵を取った。

それから十分ほどで、彼らは目の前の河に辿りついた。船をライモンゴル河の主要航路に乗り入れると、ホレンはエンジンを切ってしまい、船はしばし惰行してやがてぴたりと停止した。そしてノゲンに舵を任せると、ホレンは船尾に行って漁船が近くにくるのを待った。まもなく、何隻かのボートがそこに集まり、漁から戻って来た漁師たちとホレンの間でがやがやり取りがなされた。漁船が行ってしまうと、ホレンは急ぎ足で操舵室に戻り、難しい顔をして虚空を睨みつけた。ホレンは低い声でノゲンに指示を出し、ノゲンはエンジンを起動しに飛んでいった。舵は引き続きホレンが取っている。

ホレンの沈んだ横顔を見て、カナイもうすうす事態を察した。「ホレン・ダ、一体何事だい？　何がわかったんだい？」

ホレンはぶっきらぼうに答えた。「思った通りだ。この時期、他になにがありえる？」

嵐《ジョル》が来るのだ、とホレンが教えてくれた。ニュー・デリーの気象庁は、昨日、サイクロン級の嵐になる危険があると警報を発したのだ。沿岸警備隊は明け方からベンガル湾で、やってきた漁船を追い返している。だから皆揃って戻ってきたわけだ。

「すると——」カナイが最初に考えたのは、ガルジョントラにボートで残っているピヤとフォキルのことだった。

ホレンは質問をすぐにさえぎった。「心配いらん。嵐が来るのは明日の昼だ。時間は充分ある。俺たちはこれからガルジョントラに戻って、やつらを回収する。やつらの戻りが夜遅くなったとしても、それでも間に合うんだ。明日の早朝に出れば、嵐が来る前にルシバリに戻れる」

エンジンが再び起動し、ホレンは肩を回して大きく舵を切った。数分のうちに、メガは、今来たばかりの道を戻り、朝の旅の跡を辿っていた。

メガがガルジョントラに着いたのは一時だったから、そこがもぬけの殻でもカナイもホレンも驚きはしなかった。今朝ボートと別れてから、まだ七時間しか経過していないのだ。ピヤとフォキルは、大方ずっと遅く、日が落ちてメガがルシバリから戻ってくる頃にあわせて淵に帰ってくるつもりなのだろうと二人とも分かっていた。

あることが、カナイの気にかかった。今、船が停泊している場所からは、ガルジョントラの「淵」が一望できる。だが、今は干潮なのに、イルカの姿が見えないのだ。干潮時には、イルカたちは決まってあの辺りに群れを成していたのだ。素人目にも、水位が下がっているのは明白なのだ。ホレンに確認してみると、やはり今は引き潮だ――満ち潮《ジョワル》が始まるのはまだ二、三時間先なのだ。

「ねえホレン・ダ、見ておくれよ」カナイはガルジョントラを指さした。「今が引き潮《バタ》なら、どうしてイルカがいないんだ?」

ホレンは顔をしかめて、その指摘を受けとめた。「俺にはわからんよ」ホレンはようやく口を開いた。「世界は時計仕掛けじゃねえんだ。なんだってきっちり時間どおりに起こるわけじゃねえ」

カナイは返す言葉もなかったが、じりじりとした胸騒ぎが、このままではまずいと教えていた。

「ホレン・ダ。ここで待っている代わりに、フォキルのボートを探しに行くのはどうだろう?」

ホレンはふんと鼻を鳴らした。「ここからボートを探しに行くなんて、砂の中から針を探すようなもんだ」

「だが、やって悪いことはないだろう?」カナイは食いさがった。「日没までに戻ってくればいい。順調にいけば、僕らが戻ってくる頃には二人がここで僕らを待っているさ」

「意味のないことだがな」ホレンはぶつぶつ反論した。「この辺の島々の間には、何百もの小さな水路《カナル》が網の目のように走っている。そのほとんどはこのボトボティには浅過ぎるんだぞ」

カナイはホレンの反対が弱まりつつあるのを感じとり、軽く一押しした。「でも、それまで別にやることもないだろう——だから、良いじゃないか」

「まあ、いいだろう」ホレンは舷側から身を乗りだして、エンジンを起動するようホゲンに怒鳴り、そして碇を引きあげた。

ボトボティがガルジョントラを後にして下流に向かう中、カナイは操舵室に凭れて立ち尽くしていた。空には雲一つなく、辺りの光景は午後の太陽の眠たげな熱の中、ひっそり静まり返っている。荒天が近づきつつあるなど、嘘のように思えるほどだった。

禍

潮目が変わろうとする頃になってようやく、ピヤの眼が、あの背鰭を捉えた。背鰭が姿を現したのは、一キロほど先の河岸のそばだ。位置情報をさっと確認すると、イルカがいるのはガルジョントラから東南に二十キロの位置だった。双眼鏡を目に戻すと、今度は、見つけたイルカは一頭ではないこともわかった。他にも何頭かイルカがいて、ガルジョントラの「淵」でやっていたように、同じ場所でぐるぐる回遊しているらしい。

水位はまだ中くらいで、ピヤが腕時計を見ると時刻は午後三時だった。フォキルに連れられて初めてガルジョントラのイルカたちに出会ったときのような興奮が胸に渦巻く。この場所で干潮時にイルカが群れているということは、すなわちここはもう一つの「淵」で、ここにいるのは別の群れのイルカなのだということなのではないか？　そうだとしたらピヤにとって最高の発見のはずなのだが、フォキルを見ると、明らかになにかがおかしい。なにかを警戒している目つきなのだ。ピヤも気を緩めない方が良さそうだった。

ボートが二百メートルほどの距離に近づくと、泥の上に鋼色の物体が力なく横たわっていた。ピヤは反射的に目を瞑った。その物体の正体はすぐ察しがついたが、でも、間違いであってほしい。だが、ピヤがふたたび目を開けると、それはやはりそこにあって、しかもピヤが危惧したとおりのものだった。イラワディ・カワイルカの死骸。

さらに近寄ってみて、ピヤはさらに驚愕した。この、小柄なイルカの死骸は、ここ数日ずっとピヤの前で母イルカと一緒に泳いでいた仔イルカに違いなかった。死骸は、数時間前、引き潮のせいで岸に打ちあげられたらしかった。そして今、水位は再び上昇しつつあり、死骸は水際でゆらゆら揺れている。

このイルカたちはいつも干潮時にガルジョントラに集まっているのと同じ群れなのだとピヤは直感

した。このイルカたちが普段と違う行動を取っている理由も、この死骸なのだろう。仲間の死骸がこんなところで野ざらしになっているのでは、いつもの「淵」に戻る気になれないのだろう。きっと、潮が満ちて死骸が浮きあがるのを待っているんだわ。

ボートが向きを変え、舳先が岸を向いた。フォキルも死骸に気づいていたのだ。ボートがゆっくり岸に近づくと、悪臭でピヤの咽喉がつかえた。遮るもののない熱い陽光が死体を焼いており、あまりの悪臭に、ピヤは布を顔に巻きつけてからボートをおりた。

上から死骸をのぞきこむと、潮吹穴の後ろに大きな傷があって、そこから肉と脂がざっくり切りはがされていた。傷の形から推測すると、このイルカは、猛スピードで疾走するモーターボートのプロペラに巻きこまれたようだった。だが、それは変なのだ。このあたりには、そんなモーターボートなどそもそもほとんど来ないのだから。謎解きをしてみせたのはフォキルだった。フォキルは手で官帽の形を描いてみせたのである。きっと、制服を着た役人が乗る政府の船舶の仕業だって言っているのね。沿岸警備隊か警察、それか森林局かも。朝方、その船が河を爆走していったとき、未熟な仔イルカは逃げ遅れてしまったのに違いない。

ピヤはバックパックから巻き尺を取りだし、ゆっくり時間をかけ、ノリス法に従って体長を計測した。それから小さなポケットナイフで皮膚、脂肪、臓器の標本を採取し、それから薄い金属ホイルに包んでジップロックに滑りこませた。蟹と虫の大群が仔イルカの死骸にうじゃうじゃたかっていて、傷口からのぞく肉を食い漁っている。

始めてこの赤ちゃんイルカが母イルカと並んで顔を見せたとき、私の心がどれほど高鳴ったか。それを思いだすと、これ以上死骸を見ているのが耐えられなくなった。ピヤはフォキルに合図して尾を持たせ、自分は鰭を掴んだ。そして、二人で死骸を何度か前後に振って勢いをつけ、河へ放り投げた。すぐ浮きあがってくると思った仔イルカの死骸は、予想に反し、そのまま沈んで消えてしまった。

こんな場所にいるのはもうたくさんだ。ピヤはボートに道具を放りこみ、フォキルと一緒にボートを岸から押しだした。

ボートが潮の流れに乗ると、フォキルは立ちあがって上流、下流、東、西、と指で指し示した。フォキルの仕草の意味が、やがてピヤにものみこめた。今見たものは決して珍しいものじゃないんだって言っているのね。フォキルは、これまでも三回イルカの死骸を見つけたみたい。そのうちの一体は、まさにここから少し下流に下ったところに打ちあげられていたんだって。そしてそれこそが、今日こっちの方に来てみようと思いついた理由だったのだ。

河の中ほどに達した頃には、イルカの群れは散らばり始めているようだった。一頭だけ、未練たらしく遅れがちになっているイルカがいる。きっと、潮に押されて水底をくるくる転がっていく死骸の周りをぐるぐる回っているんじゃないかしら。やっぱりあの母イルカなのかしら、とピヤは思ったが、確かめる術などありはしなかった。

そして突然、イルカの群れは水に潜って姿を消した。その後を追いかけたいのはやまやまだが、それは無理な相談だった。時刻は午後四時を回ったところで、潮がぐんぐん満ちつつあったのだ。朝は背中を押してくれた力強い潮流が、今は行く手を妨害している。二人で力を合わせて漕いでも、ボートは遅々としてさっぱり進まなかった。

三時間ほど無駄に捜索を続けたところで、ホレンは不機嫌な声で「もう充分探した。もう戻らにゃならん」と宣言した。

大小の水路を延々凝視し続けたせいで、カナイの眼も疲れ果てていた。日が傾き、光が真っ直ぐ目に差しこむので、捜索を続けたところで見通しも利かなくなっている。しかし、胃が心配できりきりして、これ以上できることが何もないということをカナイはどうしても認められなかった。「もう戻らなくちゃいけないのかい？」

ホレンが頷いた。「大分燃料を無駄にしちまった。こんなことを続けていたら、それこそ明日ルシバリに戻れなくなるぞ。それに、やつらだってもうガルジョントラに戻っているかもしれん」

「だけど、もしまだ戻っていなかったら？」カナイは口を尖らせた。「二人を見捨てるのかい？」

ホレンは振り向いて、細めた目の奥からカナイを睨みつけた。「フォキルは俺の息子も同然なんだぞ。できることがあるなら、なんだってやっているさ」

カナイはすぐさまホレンの言い分を認めて頷いた。「そうだよね。もちろん、そりゃそうさ」ホレンが真剣に探索しているかどうか疑っていたことに、カナイはちらりと良心の呵責を覚えた。メガが向きを変えると、カナイは機嫌を取るように話しかけた。「ホレン・ダ、貴方は、こういうことにかけては経験豊富だ。ねえ――サイクロンが来ると、このあたりはどんな風になってしまうんだろう？」

ホレンは物思わしげに周囲を眺めた。「そりゃ、昼が夜と違うくらい、すっかり変わってしまう」

「貴方は、確か一度サイクロンに巻きこまれてしまったことがあったよね?」

「ああ」ホレンはゆっくり、だが簡潔に答えた。「あれはあんたが訊ねてきた年だったな。一九七〇年だ」

モンスーンの季節が終わって大分たってからのことだった。ホレンは叔父のボライのボートで海に出たのだ。一緒に海に出たのは三人だけ。ホレンと叔父と、ホレンの知らないもう一人の男。三人はベンガル湾の端っこ、ライモンゴルの河口から二、三キロ離れたところにいて、そこからは陸地もしっかり見えていた。その頃は正式な警報システムは無かったから、嵐はまったくの不意打ちで襲いかかってきた。ついさっきまでは良い天気で、軽い風が吹いていた。その半時間後、南西からの暴風が彼らを襲った。急に見通しが利かなくなり、いつも当てにしている陸上の目印も見えなくなった。方位磁針など持っていなかった。いつも目だけを頼りに海に出ていたし、そもそも陸地が見えなくなるほど沖に出ることなどまずなかった。とはいえ、方位磁針があったところでどうしようもなかったのだ。これほどの暴風では、行きたい方向に舟を操ることなどできはしなかった。これほどの風に吹きまくられては抗う術はなかった。ボートはどんどん北東へ押し流されていった。二時間ほどの間、三人はただひたすらボートの船体に必死でしがみついていた。そして突然、目の前に潮に沈んだ土地が現れた。木々の頂きと、家々の屋根だけが姿を見せている。ほとんどは小さなあばら家らしい。嵐による高潮のせいで、もともとどこまでが陸地なのかはわからない。水は非常に深く、自分たちがすでに陸地に戻っていることも分からなかった。その時突然、ボートが木の幹に衝突した。ボートは一瞬でばらばらになった。ホレンと叔父はなんとかその木にしがみついて一命を取り留めた。もう一人の仲間も別の枝に摑まったが、体重で枝はぽきりと折れてしまった。彼は二度と見つからなかった。

ホレンは当時二十歳で、腕力は強かった。彼は自分と叔父の二人を、荒れ狂う水から引きあげ、より高い枝へなんとか引っ張りあげたのだ。二人は、ガムチャとルンギーを使って自分たちを木に縛りつけた。そして二人は手をつないで、吹き荒れる暴風をただひたすら耐えた。猛烈な風で、木は何度も巨大な葦《ジャ》編《タ》み箒のように撓《たわ》んだ。それでもホレンとボライはなんとか木にしがみついた。

風が一瞬やや弱まったとき、二人は、洪水のせいで沢山の瓦礫が樹に引っ掛かっているのに気づいた。近くの家から流出した調理器具や家庭用品も混じっている。ホレンは咄嗟に丸胴の甕《かめ》に手を伸ばし、そこに雨水を集めることにした。ホレンの機転のおかげで、次の日二人は渇きに苦しまずにすんだ。

夜が明けると、きれいな晴天になった。だが、奔流はまだ足元で荒れ狂っている。洪水は幹をのみこみ木の天辺に迫っていた。周囲を見ると、樹上に難を逃れているのは二人だけではなかった。たくさんの人々が樹上で命をつないでいた。住人たちは、老いも若きも、家族みんなで、枝に坐っている。木々をまたいで大声で挨拶してみたところ、ホレンとボライは嵐の前にいた場所から実に五十キロ近くも流されてしまったことが分かった。彼らは国境を越え、ゴラチパの町にほど近いアグンムカ――「火の口」――河近くの海岸に打ちあげられていたのである。

「今のバングラデシュ領内だ」とホレン。「クルナ管区だったかな」

二人は樹上で、食糧も追加の水もなく、丸二日過ごした。そして洪水が引くと、最寄りの町に行こうと試みた。だが、たいして進まぬうちに、引き返さざるを得なかった。まるで、大虐殺戦争の現場に来てしまったようだった。至る所死体が埋め尽くし、大地は死んだ魚と家畜の絨毯で覆われている。三十万人もの人々が死んだのだ。

「まるでヒロシマじゃないか」カナイは小さく呟いた。

ほどなくホレンとボライは幸運にも、ボートをうまく救いだした漁師の一行に出会った。ひっそりとした水路《カル》伝いに、彼らはなんとかこっそりインドに戻ってきたのだった。

それがホレンのサイクロンの経験で、死んでも忘れないほどの悪夢だった。誰もあんなひどい目にあってほしくはない。

ホレンが話し終えた時、ガルジョントラが見えてきた。

朱色の絨毯のような陽光が、島の岸辺からイルカの淵を経て、モホナのはるかな対岸に姿を消そうとしている夕日まで、水面をくまなく照らしだしている。光の角度のおかげで、ボートが戻っていれば、たとえあんなにちっぽけなボートでも、長い影を曳いたに違いない。だがガルジョントラの淵はからっぽで、ボートはいなかった。ピヤとフォキルはまだ戻っていなかったのだ。

贈り物

陽が沈んだ。ピヤがボートの位置を読みとると、ガルジョントラまではまだ十二キロの距離が残っていた。今日中にメガに戻るのは無理だ。でも、そんなのは別にたいしたことじゃない。ホレンが特別心配する理由もないだろうし。遠くに行き過ぎて日のあるうちに戻ってくることができなかっただけのことだとホレンは分かってくれるだろう。

フォキルは一晩ボートを泊めるのに都合の良さそうな場所を探していた。彼も同じ結論に達したのだ。空から最後の光が消え去ろうとしたその時、良さそうな場所が目の前に現れた。小さな水路が少し大きな水路に直角に流れこんでいる。今は満潮で、そんな小さな水路でも巨大に見えたが、潮目が変わればこの水路はちっぽけな小川に縮んでしまうだろう。周囲の陸地には樹々が密生していて、黄昏のなか、マングローブは堅固な緑の防塁のように見えた。

水路の合流点の静かな水域に、フォキルはボートを泊めることにした。碇をおろす前に、彼は周囲をぐるりと指し示すしぐさをして、ピヤにこの場所の名前を教えてくれた。ゲラフィトラ。

ボートを泊めた後、ピヤは月が出ているのに気づいた。片側がほんのすこし欠けているだけで、ほとんど満月に近い。やや銅色がかった暈《かさ》がかかっている。じっとりと重い空気が、月を大きく見せているようだ。これほど大きく、煌々と輝く月を、ピヤは見たことがなかった。

ピヤが美しい月を眺めていると、フォキルが幌の下を潜ってきて隣に坐った。フォキルは、暗い紫色の空に、指で弧を描いてみせた。なにも見えないわ、とピヤは首を横に振ったが、フォキルはもっとしっかり見ろと譲らない。もう一度、フォキルの指が、月を跨いで弧を描いた。ようやくピヤの目も銀色の光に慣れてきて、するとかすかに色づいた光のグラデーションが見えたような気がした。それは、一瞬だけ空にかかっていたが、すぐに消えてしまった。これのことを言っていたのかしらと思ってフォキルを見ると、彼はそうだよ、と頷いた。それから、フォキルの指が空にもう一つ別の弧を描いた。今度は、水平線の端から端までかかる、大きな弧。もしかして、虹っていうこと？　虹がかかっているから見ろっていうことなのかしら？　月が映しだす虹？　フォキルは勢いよく頷いて見せ、ピヤも頷き返した。月の虹なんて聞いたこともない現象だけど、実際今、自分の眼で、一瞬とはいえ、間違いなく、見たのだ。

ピヤの視線は、月から森の影へと移り、そしてさらに水面で戯れる潮流に落ちた。まるで、水底に潜む手が、さざ波、渦巻、乱流を文字に、流麗な草書体で彼女に宛てたメッセージを書いているみたい。カナイが、モイナについて言っていた言葉の断片がピヤの脳裏に浮かんだ――なにか、水の流れが目に見えなくて、風の戯れは見えるんだ、とかそんなこと。彼、フォキルは、自分がこれほどの堅固な愛情を引きだし、繋ぎとめることができる人間であるということがどういうことなのか、分かっているのだろうか？　まして、その愛情は途方もない苦しみと困難に彩られたものなわけだから。そして彼女、ピヤは、彼がこれまでしてくれたことに対して、釣りあうことなど無理だとしても、一体なにを差しだすことができるだろう？

二人はそのままじっと、互いを意識しすぎて身動きが取れなくなった二匹の動物のように、身じろぎもせず坐っていた。もう一度眼が合った。ピヤの思いを、フォキルはすぐ察したようだった。彼はピヤの手を取って自分の手で挟みこんだ。一瞬ののち、フォキルはピヤから目を逸らせたまま手を放し、船尾に移って携帯焜炉に火を熾《おこ》し始めた。

食事の支度がすむと、フォキルはピヤに米と、辛く味つけしたじゃが芋を盛った皿を差しだした。その一皿がまるで別れの供物のような気がして、ピヤはそれを拒むことができなかった。月の虹を一緒に見た時に、二人をつないでいたなにかがそこで消え去ってしまったようだった。名前のない、決して理解することのできない痛みを後に残して、なにかが終わってしまったような。その後、焜炉と食器が片付けられると、ピヤはフォキルの毛布を持って、舳先のいつもの場所に移動し、フォキルは幌の下へと引きさがった。

カナイが呉れた手紙のことをピヤは思いだし、バックパックから取りだした。なにか気分を変えるものがあるのがありがたかった——ピヤは違うことを考えたかったから。月明かりで封筒をのぞきこんでいるのに気づいたフォキルが、マッチ箱と蝋燭を渡してくれた。ピヤは蝋燭に火を灯し、垂れ落ちる蝋の滴で、蝋燭をボートの先端に固定した。静かな夜で、風はそよとも吹かず、炎は安定していて風よけしてやる必要もなかった。

封筒を破いて、ピヤは読み始めた。

親愛なるピヤ、

男性が女性に、なにか金銭価値を超えたものを贈りたいと望むのは、一体どういうことなんだろう？　彼女が、望むらくは彼女だけが、ずっと大事にしてくれるような、そんな贈り物。

これは単に修辞的な疑問というわけではないんだ。僕は本当にこの問題を前に困惑しているのだから。こんな衝動を感じたのは今までになかったことなのだ。僕のような人間にとって、つまり、いつでも、今このときこの場所のことばかり——そしてなにより自分自身のことばかり——考えている人間にとっては、これは全く新しい未知の領域なんだ。この衝動を生み出した感情もまったく未知のものだった。きっと僕は、これまで本当の愛というものを知らなかったのだろうね。僕は、自分の経験が幅広く包括的であるということにかけてはいつも自惚れを抱いていた。僕は六つの言語で愛を経験した、なんてよく言っていたものだよ。そんなことを言って自慢していたのがはるか昔のことのようだ。ガルジョントラで、僕は、自分のこと、世界のことについて自分が知っているのがどれほど僅かなことなのか、知ったんだ。

例え自分が犠牲を払うことになったとしても、誰かを幸せにしてやりたいと願うのがどういうことなのか、僕はこれまで知りもしなかった。そう言うだけで充分だろう。

昨日、他の誰も君に与えることができないものを、僕は君に差しだすことができると思いついたんだ。君は、フォキルが何を歌っているか知りたがっていたが、僕は翻訳できないと答えた。難しすぎるってね。もちろん、それは真実には違いないんだ。歌われているのはフォキル自身の歴史だけじゃなくて、この場所の、潮の国そのものの歴史なんだから。この間、君に、ある種の人々は詩そのものを生きているんだって言っただろう。僕の伯父もその一人で、彼は夢想家だったけれど、自分の同類を見分ける術は知っていた。手記の中で、伯父は当時五歳だったフォキルが、潮の国の伝説を構成する詩篇、つまり森の守護者ボン・ビビにまつわる説話を暗唱する場面を描いている。詳しく言うと、フォキルが暗唱していたのは、ドナ船長に裏切られ、虎の姿をした魔王ドッキン・ライに人身御供として引き渡された貧しい少年ドゥキを中心とする説話だった。

伯父はこの芸当に大変感激したんだ。というのも当時も今もフォキルは読み書きなんかできなかったから。だが、ニルマル伯父は、この物語はこの少年にとって、単なる過去の伝説なんかじゃないんだということもその時悟ったんだ。この物語こそが、この土地に生命を与えていた。それが、君が昨日フォキルの口から流れ出すのを聞いたあの歌なんだ。あの歌は、彼の中に息づいていて、彼を彼たらしめているものでもある。これが、僕の君への贈り物だ。あの話。あの歌。フォキル自身の一部でもある、あの言葉。僕の翻訳には至らぬ点があろうとは思うが、それを悔やんだりはしない。善き翻訳者というものはまるで自分が存在しないかのように姿を隠してしまうものだけど、恐らくはそれらの欠点こそが僕が消え去ってしまうことを防いでくれるのだから。今回だけは、僕の欠点が、僕の存在に光を当ててくれるなら、僕は嬉しい。

アブドゥッ・ラヒームによる、潮の国の叙事詩。Bon Bibir Karamoti orthat Bon Bibi Johuranama――「ボン・ビビの奇跡或いはその栄光の物語」から

ドゥキ救済の巻

明くるあけがた、ドナは手下に申し渡した。「さて、いざケドカリに戻るとしようぞ」

その船をこなたの高みより見おろすはドッキン・ライ。「さあ、ようやくおいでなすったぞ」

魔王《デーモン・デーヴァ》はケドカリへと向かい、遠近より家の子郎党を召しだした。するとたちまち出で現れたる何十万もの蜜蜂の大軍勢。魔王が蜜と蠟を奉れと命じると、にわかに森は無数の蜜蜂の羽音に満ち、木々には競うように蜂の巣が吊るされた。

そうこうするうちに、ドナの船がケドカリに近づいた。その地で見出すべき宝を思えば、早くも心

は歓びに満ちる。手下の者どもが船を渚につけるがはやいか、ドナは「さあさあ、これで蜜蜂の巣はわれらのものぞ」。ドナを頭に森の奥へと進む一味を出迎えたのは、おお、これぞ数知れぬ、鈴なりの蜜蜂の巣。いったん船に戻ったドナはまさに夢見心地、心ゆくまで祝杯を挙げ、寝床についた。だが、草木も眠る丑三つ時、あらたな夢がドナを訪ねた。爛爛《らんらん》と輝く眼を持つこの御方、かくれもない魔王ドッキン・ライその人だ。「さあ、いよいよ約束の時が近づいた。森に入り、我が名を唱えるのじゃ。それを合図に蜜蜂たちは飛び去るはずじゃが、それで蜜がお前のものになったなどとはゆめ思うまいぞ。いま一度はっきり申しておく。お前たち、如何に大勢であろうとも、ひとりたりとも我が命に背くようなことがあってはならぬ。森を飾る蜂の巣には、触れてはならぬ――お前たちは、ただ眺め、賞でるにとどめるのじゃ。さすれば蜂は自ら巣を割り、中の宝を運んでくれる。お前たちが故郷に錦を飾れるように、そのまま船に積み込んでくれるのじゃ。だが、覚えておろうな、ドゥキのこと、我らはしかと約定したのじゃぞ。艀に戻る時が来たら、あのものは、置き去りにせねばならん。忘れるな！　心せよ！　言い訳など聞いてはやらん――お前のいのちなど、どうとでもできるのだ」

そう宣《のたま》うと魔王は夜の闇に消え、そのままドナは曙光が差すまで眠り続けた。夜明けの礼拝《ナマーズ》の折、ドナは皆にこう告げた。「さあ、全員で森に入るぞ。だが、ドゥキだけは船に残れ」

ひとり残されることを知った少年は悲痛な叫びをあげた。「ああ叔父《チャチャ》さん、あまりに非道《ひど》いなさりようではありませんか」少年は震える手で頬の涙を拭う。「これですべて計画どおりというわけですか。魔王と交わした取引を僕が知らないとでもお思いですか。僕をこの地に置き去りにしてしまうおつもりなのでしょう」

「根も葉もない言いがかりとはこのことよ」ドナは作り笑いを浮かべて言い放つ。「一体どこでそんな出鱈目を聞き込んだのやら」

ドゥキに夕食の準備を言い付け、いそいそと森に入ったドナ一行を待ち受けていたのは全く目も眩むような光景だ。驚きのあまり思わず嘆声が漏れるが、巣に手を伸ばす愚かものはいなかった。そして魔王の名が唱えられた。それを合図に蜜蜂の大群が忽然と現れ、目付役の魔物が嵐を供に飄然と舞い降りた。魔王の名を聞いたそれらのものどもは、ドナの船、ドナの欲望を満たさんとして一斉に森に飛び込んだ。

ドッキン・ライの声が響いた。「さあドナよ、わしの力を見るがよい。お前の船を一刻以内にいっぱいにしてみせてやろうぞ」そう言って魔王が異界の魑魅魍魎どもに何ごとかを命じると、悪鬼羅刹《あっきらせつ》どもは猛然と蜜を荷造りし、船に積み込んだ。作業が終わると、ドッキン・ライが「さあ見て参れ、お前の船は一隻残らず蜜で溢れんばかりになっておるぞ」と宣言した。

ドナは自ら船に戻って確かめた。船は全てぎりぎりまで満杯で、針の先ほどの隙間も無い。ところがそこで魔王が宣った。「こんなものは序の口に過ぎん。蜜を海に捨て、船を空にしてしまえ。お前には船いっぱいの蜜蠟を呉れてやる。さればお前の運勢はさらに上向き、幸運が続くというものじゃ。蜜など、忘れてしまえ――お前の幸運《キスメト》はそんなものではないのだ。蠟を貰っておけ。途方もないほどの富となろうぞ」

そこでドナは河に蜜を棄ててしまった。それでこの河はモドゥ《蜜》・カリと呼ばれるようになったのだ。ドナが蜜を捨てた場所では、しょっぱい潮が甘く芳醇になったそうな。

そしてついに魔王秘蔵の蜜蠟が積み込まれていく。「さあ、よく聞け。これを売れば、お前に呉れてやった褒美の真の値打ちが分かろうというもの。王のように豪奢に、幸運に恵まれて暮らすがよい。だが忘れるな、あの子は置いていけ。よいか、肝に銘じよ。全ての始まりを思いだせ——全ては、ドゥキなのじゃ。くだらぬ誤魔化しや企みは通じぬぞ。船団もろともお前をガンガーに沈めるなど造作もないのだ」

そう言って魔王は声の届かぬところへ姿を消した。ところで一方船に残ったドゥキはといえば、食事の支度に懸命だった。だが薪が湿っていて、火がつかない——途方に暮れる少年の目から涙が一滴こぼれおちた。そして少年は、消え入らんばかりのか細い声で、あの名前を口にした。少年の呼びかけははるか彼方、ブルクンドにいますボン・ビビに届き、その刹那、ボン・ビビは境界を跨いで少年の隣に姿を現した。「私を呼んだわけを教えておくれ。何があったのか言ってごらん」

「とっても困っているんです。焚きつけがすっかり湿っていて、火がちっとも点きません。叔父さ《チャチャ》んに夕食の支度を言い付けられたのに、これじゃさっぱりで」

「なんにも心配いらないよ。神様のお力をお借りして、とびっきりのご馳走をどっさり出してあげるから」

少年の不安を鎮めんがための、なんと優しいそのお言葉。ボン・ビビが手を翳し、鍋の上でさっと横に払う。その祝福《バルコト》の素晴らしいこと、たちまち鍋はありとあらゆるご馳走でいっぱいになった。火も熱もいらない見事な宴、「ごらん！　食べきれないほどのご馳走だ！」

だが恐怖に沈むあわれなドゥキは、ボン・ビビにさらに取り縋る。「明日ドナは、僕をここに捨てていくつもりでいるんです。おお、大地の母よ、そんなことになれば、もう生きて帰る望みはありますまい」

「わが子よ、魔王など恐れるに足らぬのに。お前を殺すことなどできぬのだ。あやつとて、わが弟の鉄拳に耐えるほど頑健ではないのだから」

それだけ言うとボン・ビビの御姿は消え、ほどなくドナがご機嫌で帰船した。ドナは開口一番、

「さあさあ、ドゥキ、食事はどこだ？　どの船に支度がしてあるのだ？」

「ここです、叔父様《チャチャ・ジ》、この船に。このとおり、食事の支度ができています」

ドナと一味は、いわれた場所で席につき、いまや遅しと宴を待つ。さあ、いよいよ出てきた食事は神々しいほどの出来ばえで、なんとこれはと嘆声が一座からもれる。これほど見事なご馳走を、この小僧ひとりで支度できたなど奇怪千万、そもそもとても人間技とは思えぬ。ひそひそ、ざわざわ、疑念が広がる。小僧を助けにボン・ビビが現われたのでは。「小僧ひとりで岸《ガート》に行けたはずがない。ボン・ビビが情けをかけたのだ」

仄暗い灯りの下で一味があれこれ喋るうちに、いつしか日が暮れ、夜が更ける。皆、枕を高くしてすやすや眠ってしまったが、あわれなドゥキに眠りなど許されていなかった《ハラーム》。怖くてみじめで、目を閉じることさえままならない。「夜が明けたら、僕を棄てて行ってしまうんだ。残される僕は魔王の餌食《シカル》、虎に化けたドッキン・ライの毒牙にかかる」

更けゆく夜を、少年はひとり己が不運を嘆いて過ごす。まんじりともせぬまま夜が果てる。まわりの皆は腹いっぱいでぐっすり眠り、夜明けとともに元気いっぱいで起きだしてきた。船団の中央に立

つドナが号令を発した。「もやい綱を解け、さあ出発だ」ドナ・モウリーの命令通り、まず六隻が出発した。ところが一隻だけ、そのままじっと動かずにいる。

「何を待っているんだ、さっさと行くぞ」とドナが急かす。

「悪いが薪が切れちまった。ちょっとばかり分けてくれ」と誰かが答える。

そこでドナはドゥキに顔を向けた。「さあ、お前が拾いに行ってこい。連中、薪が足りんそうだからな」

「ああ、叔父様《チャチャ・ジ》、どうかご勘弁をお願いします。どうか他の者をやってください。船を離れるわけにはいかないのです。こんなに大勢仲間がいるのですから、どうか他の誰かにお命じください。どうしていつも僕ばかりおいじめになるのです?」

「お前は俺の船に乗せて貰っている身分じゃないか。飯だってたっぷり食わせてやった。そんな俺の頼みが聞けんとは太々しい。「僕は行きたくありません、役に立つつもりもありません」などとぬかしやがるのか。こんな侮辱、無礼、傲慢を浴びて、俺は悲しいぞ」

「叔父様《チャチャ・ジ》、お決めになるのは貴方です。でも僕も、貴方と魔王の取引を知らない訳じゃないのです。僕を島に置き捨てていくのが貴方の役目。魔王は虎に化けて僕を喰らい、それでこの途方もない財宝はめでたく貴方のものになる。村の母には「虎に出会ってしまったあの子の不運さ」などとお茶を濁すのでしょう。僕たちの家で貴方が広げてみせた大風呂敷、それを信じて、母は一人息子を預けたのに。あれほど神妙な顔で誓ったことを、平気な顔で踏みにじるのですね。さっさと僕を始末して、一目散に家路を急ごうっていうんだ。母も生きてはいられますまい。自分の涙で溺れてしまうことでしょう」

「小賢しい小僧め、よくもぺらぺら減らず口ばかり叩きやがる。根性を叩き直すのも一苦労だ。いいか、俺の言うとおりにするか、さもなきゃ叩き出すまでよ、どっちがいいか、好きにするがいい——どっちにしてもお前は行かなきゃならんってことだがな」

「僕を連れてきたのは、ただただこのためだったのですね。僕の命と引き換えに、栄耀栄華を極められる。その僕にどうしてここまで罵詈雑言を投げつけるのです。虎が食うのは僕の命、貴方は左団扇でいられるのに。ではご機嫌《サラーム》よう、叔父《チャチャ》さん、おみ足に触れさせていただいて失礼します。行くべき方角を教えて下さい」

ドナの指が冷然と示す先には森が広がり、ひとり暗然と船をおりるドゥキの胸は悲しみではちきれんばかり。泥地をのろのろ渡る少年がまだ岸にもつかぬうちに、渡り板はするする船に引き上げられた。

そしてドナは、心のなかで語りかけた。「おおドッキン・ライ、あの子はたしかに渡したぞ。犯した罪は、神様《デーヴァ》、どうかお許しあれ、俺は足を洗いますから。あとはボン・ビビの御心のままに」

そしてそそくさと船は去り、それを目にした少年はたちまちぴたりと凍り付く。もはや救いの道はない。そしてかなたの魔王はまさにこの時、少年の姿をしかと捉えた。ドナよ、約束を守ったのだな、獲物はさっそくいただくぞ。待ちに待ったる大好物。魔王はひらりと虎の姿に化けた。「さてさて思えばさいごに人肉を食ったのは、一体いつのことだったやら。この哀れな小僧こそ、わしには吉兆の極みというものだ」

泥でもたつくドゥキも、この時獣の姿を捉えた。「あの虎こそ魔王その人で、狙う獲物は僕なんだ」虎はふわりと頭を擡げ、ぐわらと巨体を持ち上げる。追い風を受ける帆のように顎をいっぱいに膨らませ、さあ今こそと飛びかかる。いざ迫る虎の姿を前に、少年のはかないいのちが尽きる。「おお母なるボン・ビビよ、どうかドゥキをお救いください。おお全ての母なるもの、僕を見捨てていったいどこにおられるのです？　どうかいますぐおいでください、さもなくば、ドゥキはもう一巻の終わりです」

今際《いまわ》の祈りの言葉とともに、あわれな少年は気を失った。しかし見よ、はるか遠くのボン・ビビの耳に、ドゥキの切なる叫びが届く。「ああ、あの子が呼んでいるよ」シャー・ジョンゴリに女神は告げた。「弟よ、いよいよあの子の命が危ない。さあ、今すぐ一緒に来ておくれ。魔王のやつめ、どうもこの頃のぼせあがっているようだよ。まったく大洪水みたいな食い意地さ。あの子はあやつのおやつじゃないんだ」と言うが早いか、二人はもう河向こうの地へ着いていた。

ボン・ビビは倒れたドゥキを膝に抱き、そっと優しく撫でてやる。まことにこの世の母たる女神、魂のぬけた少年とて見捨てはしない。されど泥にまみれた少年は抜け殻のまま。そこでシャー・ジョンゴリが、力なく横たわるドゥキの傍らにひざまずき、アッラーの最も偉大なる御名《イスメ・アーザム》を唱えて少年に生命を吹き込んだ。

怒りに震えるビビはシャー・ジョンゴリに、「あやつの性根を叩き直してやるのだよ。恐怖が骨身に染みわたるまで、ぎりぎりしめあげてやるがいい」

シャー・ジョンゴリは武器をつかんで駆けだした。使命に燃える弟君が魔王に思わずお見舞いしたのは渾身の平手打ち、そのなんと強烈なこと、一撃でふらふらになった魔王は大恐慌を来してあらん限りの速さで南の方へと落ちのびた。

最後まで読み終えると、ピヤはボートの中ほどに移った。間もなく、フォキルがやってきて隣に坐った。彼がやってくることは分かっていた。船縁に置いたフォキルの手の、その手首にピヤは掌を置いた。「歌って。ボン・ビビ。ドゥキ。ドッキン・ライ。歌うのよ」

フォキルは一瞬躊躇ったが、頼みを聞いてくれた。首を傾けて、彼が歌い始める。すると突然、その言葉と音楽が彼女を包みこみ、河のように流れ、すべてが意味をなした。すべてが理解できた。声はフォキルのもの、意味はカナイのもの。その二つのものの間で自分はずっと引き裂かれたままになるのだと、彼女は、心の底で分かっていた。

彼女は、カナイが呉れた紙の束から、最後の一枚を裏返した。そこには追伸が記されていた。「もし君がこの価値を疑うなら、リルケの言っていることを聞いてみるといい」

見よ、われわれは野の花のように、たった一年のいのちから
愛するのではない、われわれが愛するときわれわれの肢体には
記憶もとどかぬ太古からの樹液がみなぎりのぼるのだ。おお乙女よ、
このことなのだ、愛しあうわたしたちがたがいのうちに愛したのは、ただ一つのもの、やがて生まれ出ずべきただ一つの存在ではなくて

沸騰ちかえるむすうのものであったのだ。それはたったひとりの子供ではなく、
崩れ落ちた山岳のようにわれらの内部の底ひにひそむ
父たちなのだ、過去の母たちの
河床の跡なのだ——。雲におおわれた宿命、
または晴れた日の宿命の空のもとに
音もなくひろがる全風景なのだ。このことが、乙女よ、おんみへの愛より前にあったのだ

リルケ同前

真水と塩水

その夜は暑苦しく、耐えかねたカナイは起きあがって船室の戸を開け、外の空気を入れた。戸を半開きにして寝棚に戻ると、その隙間から外の眺めが薄く切り取られてのぞいている。月は煌々として、ガルジョントラの樹々の影を長く引き伸ばし、銀色の水面に黒々とした斑模様《まだら》を描いている。月光が一筋、船室に差しこみ、カナイが前日脱ぎ捨てた泥塗れの衣服を照らしだしていた。

深い眠りは思ったように訪れず、途切れ途切れの眠りからは安らぎなど得られなかった。何度も繰り返し、カナイは悪夢に起こされた。朝四時、彼は眠るのを諦め、寝棚から立ちあがった。ルンギーを腰にきつく巻きつけて甲板に出ると、驚いたことに、ホレンが既にそこにいて、二脚ある肘掛椅子の一つに坐っていた。ホレンは、顎を拳に乗せて河を眺めている。カナイが近づいていくと、ホレン

は顔を上げて振り返った。「あんたも眠れないのかい？」

「そうなんだ」カナイはもう一脚の椅子に腰をおろした。「いつからここにいたんだい？」

「一時間くらい前からだ」

「ボートを待っていたのかい？」

ホレンは咽喉の奥でくすんだ音を立てた。「そうかもな」

「だが、まだ暗すぎるんじゃないのかい？　こんな夜中に帰ってくるなんてこと、できるのかい？」

「月を見るがいい。明るいだろう。フォキルよりこの辺の水路《カル》を熟知しているやつはいねえんだ。ここに戻ってくるつもりさえありゃ、容易いことだ。つもりがあれば、だがな」

ホレンがなにを言わんとしているのか、カナイははかりかねた。「なにが言いたいんだい、ホレン・ダ？」

「あいつは、今晩ここに戻ってこようとは思っていないかもしれん」そう言って、ホレンはカナイを真っ直ぐ見すえた。ホレンの顔が、ゆっくり、大きなほほえみへと変わっていく。「カナイ・バブ、あんたはいろんなところに行かれて、いろんなことを経験されたはずだ。男にとって、誰かを愛することがどういうことか、知らんというわけじゃあるまいが？」

その質問はカナイの肺腑を刺し貫いた。答えに詰まったというだけでなく、ホレンからこの質問が飛びだしてきたのが、いかにも彼の柄にもなく、突拍子もないことに思えたのである。

「つまり、あなたは、そういうことだと？」カナイは言った。

ホレンは笑った。「カナイ・バブ――あんた、目が見えんふりでもしとるのかい？　それとも、フォキルのような無学なものが恋に落ちるなど、信じられんというのかね?」

カナイは憤慨した。「どうしてそんな風にいうんだい、ホレン・ダ? なぜ僕がそんな風に考えるなどと?」

「あんたが初めてってわけじゃないからな」ホレンは静かに答えた。「あんたの伯父さんも同じだったさ」

「ニルマル? 先生《saar》?」

「ああそうだ、カナイ・バブ。あの人と俺が、モリチジャピに流れついたあの晩のことだってそうだ。あんた、俺たちがあそこに行ったのは、ただ嵐に流されたからだって本気で思っているのかい?」

「ということは?」

「カナイ・バブ、あんたも知っての通り、クスムと俺は同じ村の出だ。あいつは俺より六歳か七歳年下で、俺が結婚した時、まだほんの子供だった。俺はたった十四歳だったから、否も応もなかった。ああいったことは、大人たちが勝手に決めてしまうものだからな。だが、クスムの父親のことは俺も良く知っていた。親父さんのボートで働いたりしていたしな。最後の漁も一緒だった。親父さんが殺されたときも、俺はクスムと一緒に土手にいたんだ。それから俺は、クスムとお袋さんに特別な責任を感じるようになったんだ。まあ、俺がしてやれることなんかたかがしれていたけどな。若造で二十歳になるかならんかだったし、自分の嫁や子供だっていたしな。お袋さんが、ディリプに頼んで仕事を世話してもらうことにしたのよって言いだしたとき、これはまずいぞと思った。警告はしたさ。あいつが世話するっていう仕事がどんなものなのか、分からせようとしたんだが、まったく聞く耳を持ってくれなかった――外の世界のことなんかお袋さんはろくに知らなかったし、だから、ああいったことは、想像もできなかったのさ。お袋さんがいなくなった後、俺はクスムに対して一層強く責任を感じるようになった。だから俺は、クスムをルシバリのあんたの伯母のところに連れていったのさ。だが、そこまでしても、クスムをディリプから守りきれないことが分かったんだ。それで、俺はクスムを逃がしてやったんだ――ルシバリから、潮の国からな。俺は、俺がクスムを守ってやっていると思っていたが、だが、実際にはあいつはあいつなりに、俺なんかよりずっと強かった。俺の保護なんて、必要なかったんだ。誰の保護もな。母親を探しに行くって言うから、クスムをカニングの駅に連れて行ったときに俺にもそれがわかったのさ。駅に着くと、もうこれっきりあいつには二度と会えないかもしれないんだと俺は気がついた。行くな、と頼んだ。ここにいてくれって懇願した。身の安全だって心配だった。こんな少女がたった一人でずっと遠くまでうろつきまわるわけだからな。妻や子供とも別れてやるからとも言った。お前と一緒に暮らして、お前と結婚するって。だが、あいつはそんなの歯牙にもかけなかった。心に決めたことをやるんだって固く決心していて、実際その通りにやってのけたのさ。今でも、汽車に乗せてやったときのあいつの姿を覚えている。あの時もあのワンピースを着て、髪だってまだちゃんと伸びてはいなかった。女性というよりは、ほんの女の子に見えたもんだ。汽車は行っちまったが、あの光景は頭に焼きついてしまった」

それから八年経った頃、難民たちがモリチジャピに棲みつこうとしているらしいという噂が聞こえてきた。噂では、クスムも一緒にいるらしかった。子連れの未亡人になって本土から戻ってきているらしいぞってな。俺はあいつがどこに住んでいるか突きとめて、二三度、ボートで家の前を通ってみたことだってある。だが、訪ねてみる勇気が出なくてな。あんたの伯父さんをクミルマリに連れて行った日、俺はクスムのことばかり考えていたんだ。こんなに近くにいるんだって。そしたら、帰り道で、嵐になった。ボン・ビビのお計らいさ。

それから、俺はモリチジャピに行くのを止めることができなくなった。あんたの伯父さんが、俺にとっちゃあそこに行くための口実だったのさ。お互い様だがね。俺と同じで、伯父さんも、クスムのことで頭はいっぱいだった。クスムの名前が出ると、途端に生き返ったみたいでね。足取りが変わって、言葉が溢れだしてくるんだ。とてもたくさん言葉を使う人だったよ、あんたの伯父さんは。俺は口下手だがな。いろんなお話をして、クスムの気を引こうとしているんだって俺は分かっていた。俺は、傍にいてやるくらいしかできなかったけどな。だが、あいつが選んだのは俺だったのさ。

なあ、カナイ・バブ、あの虐殺の前夜、あんたの伯父さんがノートで手記を仕上げようとしていたとき、クスムは俺に言ったんだ「あの人に少し時間をあげましょうよ。私たちは外に行っていましょう」ってね。あいつは俺をボートに連れていって、そこで愛の証を俺に与えてくれたんだ――それだけで男は満ち足りるんだ。ちょうど満潮で、マングローブに隠したボートは水の上で静かに揺れていた。ボートに乗って、あいつの踵についた泥を俺はガムチャで拭ってやった。すると今度は、あいつが俺の足をとって洗ってくれた。それでなんだか俺たちの身体の境目が溶けてしまったみたいで、俺たちはお互いの中に流れこんでいった。河と海みたいに。言いたいことも、言ってほしいことももうなにもなかった。感覚にそぐう言葉なんかありはしなかった。真水と塩水がからみあい、潮が満ちては引いていくように、交わっていたんだ」

水平線

夜明け、ピヤが目を覚ますと、顔も髪も露で濡れていたが、一方いつも明け方の水面を閉ざしている霧は、驚いたことにほぼ完全に消えていた。昨晩やけに暖かかったことと関係があるのかしら。そしてピヤは、涼しい風が吹き始め、河を撫でているのに気づいて嬉しくなった。昨日よりもずっと気持ちの良い天気になるんじゃないかしら。

フォキルはまだ眠っている。ピヤは早朝の音に耳を傾けながらそのままその場でじっと横たわっていた。遠くから聞こえる鳥のさえずり、マングローブを吹きわたる風のざわめき、そして、ひたひたと満ちゆく潮流。周囲の音に耳が慣れてくると、ピヤはそこにそぐわない別の音が聞こえるのに気づいた——ため息のようでなくもない、浅い呼吸のようなものおとだ。呼気音のようにも聞こえるが、イラワディ・カワイルカのそれとは似ても似つかない。ピヤは腹ばいになって双眼鏡に手を伸ばした。彼女の勘は、その音の主はガンジス・カワイルカ、すなわちPlatanista gangeticaに違いない、と告げている。その直後、ピヤはボートの舳先から二百メートルほど先の水面を割って泳ぐ、背鰭のない胴体を見つけた。やはりそうだ。勘が正しかったことがこんなに早くわかるなんてね。そして、イルカは一頭ではなかった。ボートのすぐ近くにおそらく三頭ほどがたむろしているようだ。

ピヤはわくわくして身を起こした。これまでガンジス・カワイルカ《Platanista》の姿を見かけなかったのはピヤをがっかりさせていたのである。今ここで目撃できたのは思いがけないボーナスだった。ピヤはGPS情報を読みとり、記録用紙を取りだそうとバックパックに手を伸ばした。

なにかがおかしい、とピヤが気づくきっかけとなったのはその記録用紙だった。イルカが顔を見せる度にその記録をつけながら、イルカの浮上頻度があまりに大きいことにピヤは気づいたのである。つまり、イルカたちの呼吸の間隔が一、二分しか空いていない。さらに、一度ならず、呼吸音とともに耳障りな金切り声のような音が聞こえた。

やはり、なにか変だわ。このイルカたちは通常こんな振舞いはしないのだ。ピヤは記録用紙を片付け、双眼鏡を目に当てた。

イルカたちの振舞いの謎を解き明かそうとあれこれ考える中で、ピヤは不意に数年前に読んだ論文を思いだした。カワイルカ研究の先駆者で、この領域では最高の権威と見做されているスイスの海棲哺乳類学者G・ピレリ教授の論文である。記憶が正しければ、一九七〇年代に発表された研究成果だ。パキスタンのインダス河で調査を行ったピレリは、ガンジス・カワイルカ《Platanista》を雌雄一頭ずつ捕獲するため、現地の漁師を雇ったのである。あの論文は、その過程を詳細にまとめたものだったわね。たとえば、ガンジス・カワイルカ《Platanista》を捕獲するのは至難の業なのだ。というのもガンジス・カワイルカのエコー探知能力はきわめて正確で、網が水に設置されるや否や、イルカたちはそれを察知して回避することができるのである。それで漁師たちは、イルカたちをうまくおびき寄せて上から網を被せるという戦略を採った。

ようやく二頭の生体標本が確保されると、ピレリは次に、それらをスイスの実験室に送ろうとした。その奇天烈な道中譚を読んだとき、ピヤは思わずげらげら笑いだしてしまったものだった。二頭のイルカは湿った布に包まれ、モーターボートでインダス河の埠頭へ輸送された。そこで待っていたトラックが貨物を鉄道駅に運び、そこからは汽車でカラチへ運んだ。移動中ずっと、生まれ育ったインダスの水をイルカに吹きかけ湿度を保った。カラチ駅では、ランドローバーが汽車を待ち受けていて、イルカをホテルに運んだ。ホテルには、水泳プールが準備されていて、イルカたちはそこで二日間休息を取った。それからランドローバーがまたやってきて、イルカをカラチ空港へと運んでいった。車は滑走路に乗りつけ、イルカをスイス航空に引き渡した。二頭のイルカを貨物室に積んだ飛行機は、アテネに寄港した後、気温零度を下回るチューリッヒに到着した。毛布と温水ボトルを被せられた二頭のイルカは暖房のきいた救急車でベルンの解剖学研究所に辿りついた。そこでイルカを待ち受けていたのは特殊な装置である――常にインダスの水温とまったく同じになるよう調温された水槽だ。

アルプス山中のインダスというこの奇妙な環境で、ピレリは、ガンジス・カワイルカ《Platanista》の知られざる興味深い特徴を発見したのである。このイルカは、気圧の変化に対して極めて繊細なのだ。気象の前線がベルンを通過するたび、ガンジス・カワイルカは異常な振舞いを示したのである。

その異常な振舞いというのはどんなものだったかしら。ピヤはそれを思いだそうとしながら、双眼鏡を河面から外した。ふと、東南の水平線がちらりと目に入った。空の他の部分は雲一つないのに、水平線のその部分だけが、奇妙な、鋼のような灰色の輝きを帯びている。

ピヤは双眼鏡を下ろし、空からイルカへ、そしてまた空へと視線を往復させた。突如、全てがはっきりした。思わずピヤは叫んだ。「フォキル、嵐が来る！　メガに戻らなきゃ！」

ホレンの指がカナイの視線を空の東南象限へ向けた。その水平線上に、目尻に滲んだアイラインのように、暗い染みがにじみだしている。「予想よりも早く来たな」腕時計をちらりと見てホレンが言った。「今、五時半だ。あと三十分なんとか待てるだろう。だが、それ以上待つと、今度は俺たちがルシバリに帰れなくなる」

「だけど、ホレン・ダ」とカナイ。「どう考えても、二人をサイクロンの中に置き去りにして自分たちだけ逃げるなんてできないよ」

「俺たちに何ができる？　俺の言うとおりにするか、さもなきゃ全員このボトボティに乗ってここで沈むまでよ。俺やあんたの命だけじゃない、孫だっているんだ。それに、大体今なら安全なんて思っちゃいかんぞ――ちゃんと戻れるかどうか、俺だって自信はないからな」

「だけど、このあたりにいい退避場所はないのかい？　そこで嵐をやり過ごすんだ」

ホレンの人差し指が水平線をさっと掃いた。「カナイ・バブ、見てみろ。そんな避難場所があるように見えるか？　周りの島々が見えるだろう？　嵐が来たら、全部すっかり水底に沈んでしまうんだぞ。ここにこのままいれば、このボトボティは転覆するか、座礁するか、どっちかなんだ。俺たちが生き延びる見込みはない。行かなきゃならんのだ」

「だけど、二人はどうなるんだい？　生きて帰れるのかい？」

ホレンはカナイの肩に手を掛けた。「いいか、もちろん簡単なことじゃない。だが、フォキルなら、何をすべきかちゃんと知っているんだ。もし誰かこれを生き抜けるやつがいるとしたら、フォキルなんだ。あいつの祖父さんは、ガルジョントラでひどい嵐を生き延びたって話だ。俺に言えるのはそれだけなんだ。もう、俺たちにはどうすることもできないんだ」

失ったもの

フォキルがボートを漕ぎだした時には朝五時半を回っていた。風は強さを増していたものの、空がまだ大部分晴れているということにピヤは慰めを見いだしていた。そしてまた、最初は、風と波は、二人が進みたい方向にボートを押しており、ボートを漕ぐのに手を貸してくれていたから、障害どころかむしろ役に立った。追い風を受けている間、舳先を背にするピヤは、船尾側から押し寄せてくる波を眺めることになった。その段階では波は水面の緩やかな起伏に過ぎず、その頂きはまだ泡立っていなかった。波は静かにボートの後ろから盛り上がり、船尾を持ち上げては落とし、前へと去っていく。

半時間後、ピヤは現在位置を読みとって、おおいに勇気づけられた。この速度を維持できれば、二時間ほどでガルジョントラに戻れる計算になる――きっと、まだ嵐は上陸していないだろう。

だが、時間が経つにつれて風は荒くなり、空の黒い染みが広がる速度は早まる一方だった。それに、ボートは何度もぐるぐる方向を変えねばならなかった。向きを変えるたび、風を受ける角度も様々に変わり、時にボートは大きく傾いた。風速が大きくなるにつれ、波も高くなり、その頂きに小さな白いものが見え始めた。雨は降っていなかったが、吹き上げられた海水を風が顔面に叩きつける。ピヤの服は直にびしょ濡れになり、唇に凝固する塩の結晶を舐めとらなければならなくなった。

最初のモホナに着くと、それまでよりもはるかに高い波濤が二人を襲った。目の前で盛り上がる大波を乗り越えるには、必死に櫂を漕がねばならなかった。二倍の力を使って漕いでも、距離は半分しか進まなかった。平坦な平野の旅が、峻嶮な山岳地帯の旅になった。

モホナをなんとか通過したところで、ピヤはもう一度GPSの表示を確認した。その一瞬の休息で、ピヤは呼吸を整えた。だが、表示されている情報は楽観できるものではなかった。速度が落ちたというピヤの印象は正しかったのだ。ボートは今や這うような速度でしか進んでいない。

ピヤが再び櫂を握ろうとしたとき、なにかが頬をかすって膝に落ちた。見てみると、マングローブの葉だ。葉が飛んできた左手の方向を眺めてみる。今いる場所は、幅の広い河の中央だ。ということはさっきの葉は、岸辺からここまで二キロは飛ばされてきたみたい。

ボートが次に向きを変えると、ピヤは風を背中から受けることになった。見えない背後から波を受けるのはとても恐ろしい。波がボートを持ち上げる。ボートは波の頂で一瞬ぴたりと静止する。心臓が止まる思い。それから後ろ向きに、波の谷間へと橇のように滑落していく。ピヤは必死で船縁にしがみついて体を支える。そして舳先の上から、波が崩れ落ちてくる。バケツで背中に水をぶちまけられているようだ。

何度も滑落を繰り返すうち、その衝撃で甲板を覆う継《つ》ぎ接《は》ぎの合板が外れてきた。かたかた、がたがた音がし始めたかと思うと、まず最初の一枚が風に剝ぎとられて飛んでいき、一瞬で姿を消した。そして一枚、また一枚と合板は次々にくるくると飛び去っていき、ついにボートの胴が露になった。

フォキルが蟹を入れている船倉はもう丸見えだ。

もう一度向きを変えると、今度は真横から叩きつける強風で、ボートは大きく傾いた。右手の櫂は、左の櫂よりも三十センチほど高く持ち上げられて空を切った。櫂を水に届かせようと、ピヤは必死で舷側越しに身体を乗りだした。あまりの傾きに、バックパックが幌の下で転がりだした。濡れずに済むと思って幌に入れておいたのだが、今となってはそれもどうでもいいことのように思われた。四方八方から水飛沫が襲うので、ボートはどこもかしこもずぶ濡れだ。ボートが急によろめき、バックパックが飛びあがった。幌がなければ海の藻屑になるところだ。ピヤは櫂を置いてさっと這いより、バックパックを押さえつけた。ズボンのベルトに括りつけたGPSモニターを除けば、器具類は全部、双眼鏡も水深測定器も、バックパックに入っているのだ。今日まで九日間つけ続けた記録だってバックパックだ。記録は全部ビニールに入れて、筆記板に括りつけてある。

この大事なバックパックは死守せねばならない。ピヤが方法を考えていると、フォキルが漕ぐ手を一瞬止め、綱を一本渡してくれた。ピヤは得たりと綱を受けとると、バックパックの紐に通してから、幌の箍《たが》にきつく結わえつけた。それから上蓋を少し開いて、中の器具を確認した。バックパックは重厚な防水素材製なので中身はほとんど乾いている。蓋を閉めようとして、携帯電話をしまってあるポケットがふと目に留まった。インドで使う設定もしておらず、到着後は充電も起動もしていなかった。だが、激しく揺れるボートの上で、咄嗟の思いつきに駆られ、ピヤは電源ボタンを押してみた。画面がいつもどおり緑色に輝く。一瞬ピヤは心を躍らせたが、すぐに現在地は電波圏外とのアイコンが表示され、希望はしぼんだ。ピヤは携帯電話を元の場所に戻してバックパックの上蓋を閉め、再び櫂を掴んだ。

　風はさらに激しく吹き荒れており、ボートはさらに大きく傾斜した。櫂を懸命に漕ぎながらも、電話のことがピヤの頭から離れない。脱線した汽車の下敷きになった人。地震で家が倒壊して生き埋めになった人。崩壊寸前のワールド・トレード・センターに閉じ込められた人。その中には、電話で最期の別れを告げた人たちがいたって読んだことがある。

　私なら、誰に電話を掛けるかしら？　西海岸にいる友だちは問題外。大体私がどこにいるかも知らないんだし、一からうだうだ説明している暇はない。それともカナイ？　あの人、「贈り物」の裏に住所と、電話番号を二つ書いてくれていたっけ。片方は携帯電話の番号だった。今頃はニュー・デリー行きの飛行機の中かしら？　ひょっとしたらもう会社に着いているかも。ずいぶん奇妙な電話になるわね。どうせくだらない冗談でも言って笑わせようとしてくるに違いないのよ。ピヤは唇を噛んだ。ボートはぎしぎし軋み、今にも砕け散りそうだ。どうせこんな目にあうのなら、笑わせてもらうのも悪くない。

　ピヤは、子どものころに戻ったように、固く目を瞑った。地面の上がいいわ。大声で祈るようにひとりごちた。どんな目にあうにしても、地面の上がいい。水の中は、嫌だ。お願い。水の中は、嫌。

　ボートがさらにもう一度転回し、水路を曲がった。フォキルがしゃがんで、遠くに見える小さな陸片を指さしている。ガルジョントラだ。

「メガは？　ホレンは？」ピヤの叫びに、フォキルは首を横に振った。ピヤは腰を浮かせて必死の思いで前方を睨んだ。フォキルの言うとおりに違いなかった。ボトボティの姿はない。島を囲む水面には、白く泡立つ波頭よりほかは、なにもない。

思わぬ事態に呆然としているピヤの眼の前で、突風が、幌を覆う灰色のビニールシートを摑んだ。初めて乗せてもらったときに見つけた、米国製の郵便袋だ。そして突然、シートの端が、藁屋根の下から引きずりだされ、見る間に帆のように大きく膨らんだかと思うと、木材の裂ける不気味な音が響き渡った。風の魔物が鉤爪を振りまわし、ボートを引き裂こうとしているみたい。

シートに引っ張られ、ボートは船尾を上にして棒立ちになった。フォキルは櫂を投げだして飛びつき、ビニールシートを切り離そうとした。だがフォキルが結び目を千切るより早く、大きな破裂音とともに幌全体が破断して吹き飛んでいった。ピヤのバックパックも、凧《たこ》の後ろにはためく吹き流しさながらにその後を追った。幌とビニールシートとバックパック——全ての器具と記録とカナイの贈り物が詰まったバックパックだ——が合体した奇妙な飛行体は、あっという間にはるか彼方に飛び去って、真っ暗な空を飾る小さな点になった。

メガがようやくライモンゴルのモホナに達してルシバリに向けて舵を切ったとき、時刻は十一時近かった。半透明に見える水が、カナイには気味悪かった。青灰色の空はひえびえと暗く、それに相対する茶色い水面はネオンのように底光りしている。

この巨大なモホナで、これまでよりさらに一段と高い波が船を襲った。ボトボティのエンジンのリズムは波の力で変調をきたし、哀れな叫びをあげて、山のような波に飛びこんでいく。滝のような水が舳先を襲い、操舵室の窓に水飛沫が叩きつける。

この間ずっと、カナイは操舵室で、ホレンの隣に坐っていた。風が強まるにつれ、ホレンはますます無口になった。そして、モホナの大波の脅威を前に、ホレンはカナイに指示を出した。「水をなんとかせにゃならん。エンジンがやられたら一巻の終わりだ。下に行って手伝ってこい」

カナイは頷き、低い天井に頭をぶつけないように気をつけて立ち上がった。ルンギーの縁を引っ張りあげて腰にたくしこみ、いざ戸口に向かった。

「気をつけろ、甲板は滑るぞ」とホレン。

カナイが取っ手を回すやいなや、風が戸を引ったくって蝶番に激しく叩きつけた。カナイはサンダルを操舵室に脱ぎ捨てて、戸を閉めにかかった。後ろに回りこんで、風に負けないよう、肩で戸を押す。戸を閉じると、それから一歩ずつ、舷牆《げんしょう》を背に、下甲板へと続く梯子を目指して進んでいく。梯子では、風を遮るものもなく、梯子に足を伸ばした瞬間、突風が掴みかかる。サンダルなど、瞬時にもぎとられたに違いない。カナイを引きずり落そうとする風の力は猛々しく、ほんのわずかでも手が滑れば、一瞬で吹っ飛ばされ、沸き立ちかえる海へ放りこまれてしまうだろう。

ようやく梯子をおりきって、がらんとした厨房に足を踏み入れると、足はそのまま踝《くるぶし》まで水に浸かった。内部の暗闇にノゲンがいて、ディーゼルエンジンを格納するケーシングの横で、黙々とバケツで水を掻きだしている。

カナイは水を掻き分けて近寄った。「バケツ、もう一個あるかい?」

返事の代わりに、ノゲンは黙って、油まみれの水たまりでぷかぷか浮いているブリキの容器を指さした。カナイはその取っ手を握って水を掻きだそうとしたが、その途端ボトボティが大きく揺れて、カナイはずでんと転びそうになった。バケツに水を汲むのは、見た目よりずっと難しいのだ。メガが揺れると、水も激しく揺れる。水の揺れに翻弄され、彼らはおもちゃのように激しく右に左に振り回され、まったく効率は上がらなかった。そうこうするうち、ノゲンが一瞬手を止めて、岸を指さした。

「もうすぐルシバリだよ、あそこでおりるんじゃないの？」

「そうだけど、君は？」

「僕たちは違うんだ。隣の島まで行かなきゃならない。嵐から船を守れる場所はあそこしかないんだ。一旦上に戻って、祖父ちゃんに、どうやって貴方をおろすつもりか聞いてきて。この風じゃ、大変だよ」

「分かった」そういって、カナイは梯子を攀じ登り、つるつる滑る甲板を一歩ずつ慎重に進み、なんとか操舵室に辿りついた。

「下の具合はどうだ？」ホレンが訊ねた。

「モホナの真ん中を通っているときはひどかったけど、今はましだ」

ホレンはフロントグラスをぱちんと弾いた。「見えるか、ルシバリだ。ルシバリで降りるか、俺たちと一緒に行くか、どうする？」

カナイの心は決まっていた。「僕はルシバリで降りるよ。マシマが一人きりだ。一緒にいてやらなければ」

「じゃあ、ボトボティをできるだけ岸の近くにつけてやる。そこからは自力でなんとか陸にあがってくれ」

「スーツケースはどうしたら良いかな?」

「ここに置いていけ。後で届けてやる」

スーツケースの荷物で、心配なのはただ一つだけだった。「手記だけは置いていくわけにいかない。ビニールに包んで濡れないようにする。あれは持ってかなきゃならない」

「これを使いな」ホレンが舵の下に手を伸ばしてビニール袋を取りだした。「だが、とにかく急いでくれ。もう着くぞ」

カナイは操舵室から、外側の通路に出た。数歩歩くと船室で、戸を少しだけ開いて中に滑りこんだ。薄暗闇の中で、スーツケースを開けてニルマルの手記を取りだし、ビニールで丁寧に包んだ。そして船室から出た時、エンジンが止まった。

ホレンが舷門でカナイを待っていた。「そんなに遠くはねえ」指の先三十メートルほどに、ルシバリの土手が見える。モホナの波が島に激しく打ちつけていて、土手の根元が砕け散る波で白く泡立っている。「深くはないはずだ。だが、気をつけてな」そして、思いだしたように付け加えた。「それと、モイナに会ったら、嵐がおさまり次第、俺がフォキルを迎えに行くって言っといてくれ」

「僕も行くよ。だからルシバリに寄ってくれ」

「なら、その時がきたらあんたを拾いにくる」ホレンが手を振った。「とにかく、モイナにはちゃんと伝えておいてくれ」

「分かってる」

船尾に行くと、ノゲンが既に渡し板を出してくれていた。「後ろ向きに乗るといいよ。梯子みたいに、手でしっかり掴まって。じゃないと風で吹き飛ばされるからね」

「了解」カナイはビニールに包んだノートをルンギーの腰に仕舞った。それからぐるっと反転して腰を落とし、渡し板の両端をしっかり掴んだ。ノゲンの助言を聞いていなかったら、あっさり海に落ちていたに違いない。手でしがみついていないと耐えられないほどの風圧だった。カナイは四つん這いになって後ろ向きに這い進み、渡し板の先端からそろそろと下り立った。足が、水、そして泥の中へゆっくりと沈んでいく。その間カナイはそのまま板に摑まって態勢を整えた。腰まで届く水は、体にぶつかり、沸き立ちながら流れていく。カナイはノートをずり上げ、胸に押し当てた。それから、しっかり岸辺に視線を合わせて、慎重に、足元を確かめながら、一歩ずつ、素足で慎重に、土手に向かって歩き始めた。水位が膝まで下がると、ずっと楽になった——土手はもうすぐで、もう着いたようなものだ。背後でボトボティのエンジンの起動音が聞こえ、カナイは思わず振り向いた。

その時、その一瞬の隙を待ち構えていたかのように、風がカナイに掴みかかり、彼を横向きに突き倒した。カナイは咄嗟に手を泥に突っ込み、悪態をつきながら身を起こした。ようやくなんとか立ち上がった時、十メートルほど先に、あのノートがゆらゆら流れているのが目に飛び込んだ。ノートはしばし水面にとどまった後、沈んで姿を消してしまった。

陸に上がる

ボートがガルジョントラに着いた。今は干潮のはずだが、風のせいで水位はピヤが見たことのないほど高かった。暴風の勢いは凄まじく、水面を斜めに押し上げているかにみえる。河はまるで立体交差のように盛り上がり、そのまま岸辺を軽々とまたいで島の奥へとつながっている。フォキルはその波に乗ってそのままマングローブ気根の要塞を乗り越え、その先の木立ちの間にボートを乗りいれた。いつもの上陸場所とは違う。今回フォキルは、ガルジョントラでもっとも標高の高い、河に突き出た岬の頂きめがけて舟を着けたのだ。

ボートの舳先は、木々の少し手前で止まった。フォキルは舷側から飛び降り、ボートを島のさらに奥へと引きずった。フォキルは前から引っ張って、ボートの向きを調整する。ピヤは後ろから、全体重をかけてボートを押した。二人で力をあわせて、なんとかボートを木々の間にうまく押し込んで固定した。それからフォキルは再びボートに飛び乗って、後部船倉のカバーを剥ぎ取った。ピヤもボートに乗り込んで後ろからのぞき込むと意外にも、船倉の中身は風にも負けず無傷だった。フォキルの焜炉と道具類、ピヤの栄養スティックと水のボトルが二本、中に転がっている。ピヤはスティックをジーンズのポケットにねじ込み、ボトルを一本フォキルに渡した。咽喉はとても渇いていたが、ピヤは自分のボトルから、ほんの少しだけ口に含んだ。これだけの水でいったい何時まで持ちこたえねばならないことだろう。

それからフォキルは、ピヤが枕に使っている古いサリーを取りだした。彼は、身体で風を遮りながら、サリーを綱のように捩じり、それを腰に巻きつけるようピヤに合図した。フォキルの意図がピヤには分からなかったが、とにかく言うとおり、従う。ピヤが綱を身体に巻きつけている間、フォキルはもう一度船倉に手を突っ込んで、蟹を獲るのに使っていたぐるぐる巻きの糸を取りだした。フォキルはそのナイロンの巻糸をピヤに渡し、尖ったタイルの破片や餌に気をつけて持つよう仕草で伝えた。そしてボートを降りると、どうすれば胸を盾にして巻糸を風から守りつつ糸を繰りだすことができるか模範を示した。それからフォキルはボートをひっくり返し、船体と周囲の木々に釣り糸を巻きつけた。そこでピヤも、要するに、糸を繰りだすにあたり、糸が常にピンと張っているようにしておくのが自分の任務らしいとようやく察した。少しでも糸が緩むと、風のせいで錘と餌がビュンビュン飛び回って危険極まりないのである。

ほんの数分もすると、ボートは釣り糸で何重にもぐるぐる巻きにされ、がっちり森に固定された。あれだけ注意していたにもかかわらず、フォキルは完全に無傷ではいられなかった。作業が終わる頃には、顔といい胸といい至るところ大小の切り傷が刻まれていたのである。

それからフォキルはピヤの腕をとって、背を深く曲げて風に逆らいつつ、島のより深くへと進んでいった。すると、マングローブ林の中では飛びぬけて背が高く幹が太い大木が現れた。フォキルはピヤに、その木に登るよう促した。ピヤが枝の上に身体を引きあげようとしていると、フォキルも後について登ってきた。ようやく地上三メートルほどの高さに達すると、フォキルは頑丈そうな枝を選び、木の幹に正対して枝に跨って坐るようピヤに合図した。それからフォキルは、バイクの後部座席にでも坐るように、ピヤの後ろにまたがり、腰に巻きつけたサリーをよこせと仕草した。それでピヤもようやくサリーの使い道がわかった――二人の身体を幹に縛りつけるのだ。ピヤはフォキルにサリーの一端を渡し、反対側を幹の裏にぐるりと通した。さらにもう一周サリーを巻くと、長さがいっぱいになった。フォキルがサリーの両端をきつく縛った。

荒れ狂う暴風は、一刻ごとにさらに威力を増していた。ある時点で、その爆音が突き抜けて、質的な変容が起こった。それはもう、風の音ではない別の何かになっていた——ピヤが知っているそよそよ、ざわざわ、びゅんびゅんという音は消え、まるで地球そのものが動きだしたような、深く、耳をつんざくような轟音になった。そして、木の葉、大小の枝、粉塵、水飛沫などが盲滅法飛び交って大気に満ちる。その吹雪のせいで、ただでさえ暗い薄闇の中、一層視界がまともにきかない。黄昏のような暗さだが、ピヤの腕時計が告げる時刻は午後一時に過ぎなかった。これ以上狂暴に吹き荒れる風など、想像さえ難しい。だが、これでもまだほんの序の口に過ぎないのだとピヤも分かっていた。

全身泥まみれになったカナイは、裸足のまま土手を越え、土手の下に身を屈めて風を避けた。一層強く吹き募る暴風がびしょ濡れの身体を打ちすえる。寒さがひどく堪《こた》えた。カナイは震えながら、胸を抱えて空を見上げた。

青空の名残さえも残ってはいないが、とはいえ空の暗さは一様ではない。上空の雲は、灰色から青黒い鉛色まで無限の陰影を描いている。雲は、それぞれ異なる暗さをもつ幾つもの層にはっきり分かれていて、そのそれぞれが独自の軌道に沿って進んでいる。複雑に絡まりあう大小無数の流れに満ちた潮の国。水路ごとに仄かに異なる色合いが、各々の水路を鮮やかに際立たせる。暗く多彩な雲の道ゆきに飾られた空は、そんな潮の国の潮流を映す暗黒の鏡さながらだ。

土手を縁取るモクマオウの木は、風の力でほとんど二つ折りにしなっている。その先で風に煽られ吹き上がっている椰子の葉は、燃え上がる炎の塊のようだ。そのおかげで島の内部は、普段よりずっと遠くまで見える。ルシバリで一番背の高い病院の建物はすぐ見つかった。

カナイは病院の方へと走りだしたが、道はあまりにぬるぬるで、素足が泥で滑ってしようがないので、あきらめて歩きだした。途中まで、カナイは誰にも出会わなかった。村人はほぼ皆既に避難してしまったか、家をぴたりと閉ざして籠城しているのだろう。だが、病院の門が見えるところまで辿りつくと、病院に避難しようと駆け込んでくる人々に出会った——そのわけははっきりしている。ずんぐりとした頑丈な病院の建物は、ずっしりとした安心感を放っているのだ。ほとんどの人は徒歩だったが、老人や幼児などサイクルバンで来ているものも多い。カナイもその人々の列に加わって玄関に入ると、そこは全面的な避難活動の真っ最中だった。渡り廊下を渡って二階のサイクロンシェルターに続く階段を上ろうとする病人たちを、看護婦やボランティアが手助けしている。

地階のヴェランダの突き当りに少年のちっぽけな姿があった。人ごみを掻き分け、カナイは少年の傍へ駆け寄った。「トゥトゥルかい？」

少年はカナイのことが分からず、返事もしなかった。カナイはしゃがみこんで、「トゥトゥル、お母さんはどこにいる？」と訊ねた。

トゥトゥルは病棟の一つに顔を向けて頷いた。カナイが立ちあがろうとしたちょうどその時、看護婦の白い制服を着たモイナが飛びだしてきた。モイナは、ずぶ濡れのルンギーと泥だらけのシャツをじっと見つめた。まさかこれがカナイだとはわからないようだ。

「モイナ、僕だ、カナイだよ」

モイナは驚きのあまり思わず手を口に当てた。「一体何があったんです、カナイ・バブ？」

「そんなことはいいんだ、モイナ」カナイは先を急いだ。「言わなきゃならないことがあるんだ――」

モイナが遮った。「あの人たちはどこなんです――夫と、あのアメリカ人は？」

「そのことなんだ。二人は、ガルジョントラにいる――あそこに置いてくるしかなかったんだ」

「あそこに置いてきた？」モイナの眼が怒りに燃えあがる。「サイクロンが来るっていうときに、ジャングルに置いてきたですって？」

「僕の判断じゃない、モイナ。ホレンの判断だ。ホレンでも、ああするしかなかった」

ホレンの名前が、モイナを少しだけ落ち着かせたらしかった。「だけど、あんなところでどうするっていうんです？　避難する場所も何もないでしょう」

「きっと大丈夫だ、モイナ。どうしたらいいか、フォキルがちゃんと知っている。心配しないで。ガルジョントラで嵐を乗り切った人はいるんだから。フォキルのお祖父さんとかさ」

モイナは諦めたように頷いた。「とにかく、できることはないのね。祈るしかないのね」

「ホレンから言づてだ。嵐が過ぎしだい、すぐに二人を助けに行く。僕も行く――ホレンは僕を拾いにここに来てくれることになっている」

「私も行くって伝えてください」モイナはトゥトゥルの手を握り締めた。「必ず、伝えて」

「分かった」カナイはゲストハウスの方に視線を送った。「でも、僕ももう行かなきゃ。マシマが心配なんだ」

「二階のゲストハウスに行くのよ。雨戸は私が閉めておいたわ。あそこは安全なはずよ」

一刻一刻がじりじりと過ぎていく。空中を飛び回る物体が徐々に大きくなっていく。最初は葉や枝きれ程度だったのに、今では椰子の実や、木そのものがぐるぐる旋回しながら宙を舞っている。島そのもののような巨大ななにかが頭上を飛びさった。複雑に絡みあった地下茎ごと根こそぎ引っこ抜かれたマングローブの木立がまるごと吹っ飛んでいったのだ。暴風の威力がついに全開に達したのだ。フォキルが、ピヤの肩に置いた手にぐっと力をいれた。見ると、小屋が頭上を舞っている。ああ、あれは、この間連れていってもらったガルジョントラの奥の祠だ。見る間に、竹の外枠が粉砕され、中に納められていた神様の絵も、風に飛ばされ姿を消した。

暴風が強まるにつれ、ピヤの身体は、それを挟みこむ緩衝材にぴたりと密着していった。前面を守る木と後ろのフォキルだ。二人が坐っている枝は風下側で、木の幹に守られている。つまり、その枝に坐っているピヤとフォキルは、幹が作り出す「陰」を活用して風に正対して坐っていた。不幸中の幸いだわ。さもなくば、間断なく降りかかる飛散物で、二人ともとっくに粉々に粉砕されてしまっていたに違いないもの。枝がちぎりとられたり、なにかが木に激突すると、そのたびに、その衝撃が骨までずしんと響いた。衝撃で、木はぎしぎし軋んで震え、ピヤの腰に巻かれたサリーがきつく肌に食いこんだ。サリーがなければ、二人はとっくの昔に枝から吹き飛ばされていた。

後ろに坐るフォキルは、ピヤの腹に腕を回している。フォキルの顔はピヤの首の後ろに置かれていて、髭が肌を刺していた。フォキルの横隔膜が、ピヤの背中の勾配にそって律動し、やがてピヤの肺もそのリズムに適応した。二人の身体が直接接する個所では、汗の薄膜が二つの肌を結んでいた。

そのとき嵐の音がにわかに重くなり、暴風の轟音の上に、別の咆哮が響いた。瀑布のような重い音。指の間からのぞいてみると、何か壁のようなものが、河下から突進してくる。まるで、一つの町がそのまままるごと押し寄せてくるよう。彼我をつなぐ河は、まるでお誂え向きの進撃路。高くもたげられた壁の頂の前では、丈高い樹々すら小人のようだ。高潮が、海から襲来したのだ。それが彼らに向かって、全てを飲み込みつつ押し寄せていた。目を疑う現実を悟り、ピヤは頭が真っ白になった。これまでは、恐怖を感じる暇などなかったのだ。一瞬一瞬を生き延びようという必死な思いでいっぱいで、この嵐がこれからどうなるかなどと考える余裕もなかった。だが、今は、迫りくる死を前に、それが自分を飲みこむのをただ待つしかない。恐怖で指先の力が抜けおちた。木からだらりと離れそうになったピヤの手を、フォキルの手が掴んで木の幹にがっちり押さえつける。フォキルが思いっきり深く息を吸い込む。その胸が大きく膨らむのをピヤは感じる。真似をして、ピヤもできる限り大きく息を吸った。

次の瞬間、頭上でダムが決壊した。圧し掛かる水の重みで木が大きく撓《たわ》んだ。フォキルの腕の中で、ピヤの身体はどんどん傾いていく。完全に身体がひっくり返ったところで木の先端が地面に接した。その間ずっと、狂ったような奔流が二人に掴みかかり、包みこみ、二人を引き裂こうとぐいぐい激しく引っ張り続ける。巨大な圧力に耐えている木の根元は今にも大地からばりばり剥ぎとられ、波を追う濁流にのまれてしまいそうだ。

肺が、圧力を受けて苦しい。少なくとも水深三メートルはあるとピヤは思った。ついさっきまでは天の賜物と思えたサリーは、今となっては二人を水底に縛りつける碇だ。ピヤは思わず、フォキルの手を振り払って、サリーをほどこうとした。今は、この縛めから逃れて水面に出たい。だが、手を貸すどころか、フォキルが、ピヤの指を結び目から引き剥がす。フォキルは、全体重をかけてピヤにのしかかり、その場に抑えつける。それでも、ピヤは暴れずにはいられなかった――もう肺の空気がからっぽで、じっとなどしていられない。

そして、ピヤがフォキルから逃れようと藻掻《もが》いていると、不意に水圧が軽くなるのが感じられた。高潮の中心が、通り過ぎたのだ。木の撓みが、しだいに緩んでいく。目を開けると、頭上に、仄かにだが光が見えた。光は徐々に近づいてきて、ピヤの肺が破裂しそうになったまさにその時、不意に木がばちんとまっすぐ撥ね戻り、顔が水上に出た。高潮の中心が通過し、谷になったので、水位はやや下がった。元通りにはほど遠いが、二人の足先もぎりぎり水面に出た。

病院を出てゲストハウスへと急ぐカナイを、矢のような雨が襲った。雨粒は、水滴というより石礫のようだった。金属が液体となって突き刺さるようで、一滴一滴の雨粒が、泥に無数のクレーターを刻んだ。

ニリマの家は暗く静まり返っていたが、カナイは驚かなかった。トラストの発電機は一日中ずっと動いているわけではないし、ランタンを灯すのも、隙間風に四苦八苦することを考えれば面倒に見合うことではなかった。

カナイは戸を乱打して「マシマ！　いるかい？」と怒鳴った。一分ほど待って、もう一度戸を激しく敲く。「マシマ！　僕だ、カナイだよ」すると中から、もたもた掛け金を外そうとしている物音が聞こえてきた。カナイは咄嗟に「気を付けて！」と叫んだ。

そんな警告など無駄だった。掛け金が外れた途端、戸はニリマの手からもぎ取られ、壁に叩きつけられた。書棚からファイルがばらばら落下し、書類が部屋中を飛び回った。手首を捻って思わず後ずさりしたニリマに代わって、カナイが大急ぎで戸を閉めた。それから伯母の肩を抱いて、ベッドに坐らせてやった。

「痛むかい？　ひどく捻った？」

「大丈夫だよ」ニリマは両手を膝に揃えて答えた。「お前が無事でよかったよ、カナイ――とっても心配したんだよ」

「だけど、どうしてまだここにいるんだい？」カナイの声は上ずっている。「上に、ゲストハウスにいなくちゃ」

「なぜだい？」

「河がもうすぐ溢れる。その時ここにいてはやられてしまう。水位が上がればここだってもう駄目だ」カナイはぐるっと見回して、部屋の中身をざっと確認した。「まず、一番大事なものだけ選ぼう。持って行けるものは上に持って行く。残りはベッドの上に積んでおこう。あれぐらい高さがあればまず大丈夫だろう」

ニリマがスーツケースを二個引っ張り出してきた。力を合わせて、そのうち一つにはファイルや紙を詰め込んだ。もう一つには、衣服や、小さな台所にあった食糧を——米少々と、豆、砂糖、油、それから茶葉。

「それから、タオルをぐるぐる身体に巻いて」とカナイ。「この雨じゃ、角を回って階段に着くまでにずぶ濡れだ」

ニリマの準備ができると、カナイはスーツケースを外に出した。続いてニリマが部屋を出る。空の色は先ほどよりもさらに暗く、叩きつける雨で、地面はどろどろに泥濘んでいる。カナイは戸を閉め、鍵をかけた。そしてスーツケースを両手に持ち、ニリマには自分の肘を掴ませて、階段を目指して角を曲がった。

外階段を覆う屋根の下に入るまでに二人はすっかり濡れてしまったが、ニリマは何枚もタオルを重ねていたので、中の服は無事だった。ニリマはタオルをぎゅっと絞り、カナイについて階段を上った。ゲストハウスに一歩入ると、嵐は一気に遠ざかった。がっちり閉ざされた雨戸越しに聞こえる風の音に、先ほどまでの圧迫感はもうなかった。堅固な壁に守られた安全地帯から嵐の音を聞くと、どこか爽快な気さえした。

カナイはスーツケースを置いて、ニリマが絞ったタオルを一本掴みとった。髪を拭いて、泥で汚れたシャツを脱ぎ、肩にタオルを巻く。その間に、ニリマは食卓に腰掛けた。

「カナイや。他の人たちは一体どうしたんだい？　ピヤとフォキルは？」

「ピヤとフォキルは見つけられなかったんだ」と答えるカナイの声は苦しげだ。「置いてくるしかなかったんだ。ぎりぎりまで待ったんだ。それで、ホレンがもう行かなきゃならんって判断したんだ。

明日、探しに戻る」

「じゃあ、あの二人は今外にいるのかい？　この嵐の中で？」

カナイは頷いた。「ええ。どうすることもできませんでした」

「無事だといいが――」ニリマがその先を言い淀んだところで、カナイが割り込んだ。

「あと、もう一つ悪い報せがあるんだ」

「なんだい？」

「あのノートのことなんだ」

「ノートをどうしたの？」ニリマははっとしたように姿勢を正した。

カナイは食卓を回ってニリマの隣に坐った。「今朝までずっと大事に持っていたんだ。それで、ビニールで包んでここに持って帰ってこようとしたんだよ。でも、水の中で転んでしまって、流されてしまったんだ」

ニリマは、愕然として口をぽかんと開けた。

「僕だってひどい気分だよ。取り戻せるものならなんだってしたさ」

ニリマは気を取り直して頷き、「わかっているよ。自分を責めなくていい」と柔らかく言った。「だが、カナイ、ちゃんと読んでくれたんだろうね？」

「うん」とカナイは頷いた。

ニリマがじっとカナイの目をのぞきこむ。「それで一体、何が書いてあったんだい？」

「色んなことさ。歴史。詩。地質学のこと。とにかくいろんなこと。だが、中心はモリチジャピのこと。あれは、一日で、ほとんど徹夜で一気に書き上げたものなんだ。そして、虐殺が始まる直前に書き終わった」

「じゃあ、虐殺のことは書かれていない？」

「そうなんだ。その前に、伯父さんはノートをホレンに託した。ホレンは虐殺が始まる前にフォキルを連れてモリチジャピを脱出したんだ。本当に運良く、ノートは残ったんだ」

「そうすると、ノートはどうしてニルマルの書斎にあったのかしら？」

「ちょっとややこしい話だけどね。ホレンはノートを僕に送るつもりで、ビニールでぐるぐる包装した。ところがそこでノートは無くなってしまったんだ。それが、ごく最近ひょっこり見つかったのさ。ホレンはノートをモイナに渡して、伯父さんの書斎にこっそり置いてこさせたんだ」

ニリマは黙って考えこんだ。「あのね、カナイ。このノートをなぜ私宛にしなかったのか、ニルマルはなにか書いていた？」

「はっきりとは書いていなかったけど、伯母さんはあまり共感してくれないだろうって思っていたみたい」

「共感ですって？」ニリマは憤然と立ち上がり、部屋をぐるぐる歩き回り始めた。「カナイや。別に私に共感する気持ちがなかったわけじゃないんだよ。ただ、私の共感は、ずっと狭い焦点を持っていたんだ。世界中の問題を全部引き受けることなんかできやしないんだから。私は、ちょっとした場所でちょっとしたことをちょっと改善できればそれで良かったのよ。そのちょっとした場所が、私にとってはルシバリだった。何年もずっと、持てる力をありったけ注ぎ込んで、ようやくなんとか形になってきたのよ。みんなの役に立っているのよ。生活が少し楽になった人だっているのよ。だけどニルマルは、そんなことでは足りなかったのよ。いつだってあの人は零か百かだったから。あげく、結果は零で――なにも成し遂げられずに終わったのよ」

「手記を除けばね」カナイが口を挟んだ。「伯父さんはちゃんと手記を遺してくれたから」

「それだってなくなってしまったじゃないの」

「なくなっていません」とカナイは反論した。「全部はね。大体は、僕が覚えているから。なんとか再構成してみようと思っているんです」

するとニリマは、カナイの背凭れに腕を回し、カナイの眼をのぞきこんだ。「それをまとめたら、カナイ」ニリマは静かに言った。「私の側の話も書いてくれるんだろうね?」

カナイは真意を測りかねた。「どういうことですか?」

「カナイや。夢想家はさ、いつだって皆で語り継いでいってくれるじゃないかね。だけど、じっと耐えて頑張る人、強く逞しくあろうとする人、こつこつ物事を成し遂げようとする人――誰も、そういう人たちのことを歌ってはくれないじゃないか」

伯母のあまりに直截的な訴えに、カナイは感動さえ覚えた。「そんなことはないさ。僕は伯母さんのことだって――」突然食卓が音を立てて揺れはじめ、カナイを遮った。少し遠くの方から、暴風の音とは違う、どおんどおんという荒々しい物音が響き渡った。

カナイは雨戸の傍に行き、鎧板の隙間からのぞき見た。「高潮だ。島にぶつかってくる」

水の壁が目の前に迫っていた。高潮の脇腹が土手に衝突し、凄まじい水飛沫が空高く噴き上がった。

傾いた椀が沈んでいくように、高波に包まれた島に水が流れ込む。二人は上がり続ける水位を呆然と見つめた。水は、玄関ポーチの階段をほぼ登りきり、戸の足元でようやく止まった。

「これじゃ、畑から海水を出し切るだけでも随分長いことかかってしまうんじゃない？」カナイは訊ねた。

「ああ。だけど、皆の命の方が大事だ」ニリマはそう言うと、首を上げて病院を一瞥した。病院の二階には、風にも構わず洪水の状況を見ようとしている人々の姿がのぞいている。

「結局あのサイクロンシェルターのおかげで、あれだけの人の命が助かったね。あれは、ニルマルが言い出したんだよ。地質学とか気象とかにやたらと入れ込んでいたからね。さもなくば私ら、あんなものを作ろうなんて思いもしなかったよ」

「本当かい？」

「ああ。私たちにあれを作らせたのが、あの人の人生で最大の功績だったんじゃないかね。今日それが証明されたのさ。まあ、あの人にそんなことを言ったところで、相手にしてくれなかっただろうけどね。『いやなに、あんなものはただの社会奉仕でね――革命なんてものじゃない』ってね」

音が弱くなった。嵐の眼が近づいているのだ。音は消えてはいない。音は少しだけ遠ざかり、それに伴って風がゆっくりと減速しはじめ、ついにはほとんど吹きやんだ。ピヤは目を開けて、周囲の光景に驚いた。空には満月が輝いている。さらに、捻じれた井戸、あるいはぐるぐる渦を巻く煙突のようなものが空高く伸びていて、月はその上にかかっているのだ。光は、その回転筒越しに地上に届く。

月の光に照らしだされる嵐の中心は、ひっそりと静まりかえっている。

二人の周囲は、ピヤの眼の届く限り、木の葉の絨毯が敷き詰められてゆらゆら揺れている。水面はほとんど見えない。揺れ、渦巻き、流れる潮は、緑の膜の下に姿を消している。島はほとんど水没していて、そこここで樹冠をのぞかせている木立の分布からわずかにその輪郭の目星がつくに過ぎない。辛うじて残っているそれらの樹々も、無惨な骸骨に過ぎなかった。枝などほとんど残っておらず、葉もすべて散っている。その他の樹々はへし折られ、無様な切り株となり果てている。

空から白い雲が漂い落ちてきて、海に沈んだ森の名残の僅かばかりの樹冠にかかった。白い鳥の群れだった。疲労困憊のあまり、ピヤやフォキルがすぐ傍にいるのもどうでもよいらしかった。ピヤはサリーの結び目をほどいて、木から身を剥がし、痛む手足を伸ばした。鳥が一羽、すぐ傍にとまっている。ピヤはその鳥を手に乗せた。鳥はぶるぶる震えている。心臓の切ない鼓動が感じられる。この鳥たちは、嵐の眼の中に留まろうと飛び続けてきたのだ。一体どれほど遠くから飛んできたのだろう？　ピヤには想像もつかなかった。ピヤは鳥を放してやって、木に背中を預けて休憩した。

フォキルは立ちあがって、枝の上でバランスを取りながらうろうろしている。別の枝に移れないか、大急ぎで辺りを探しているようだった。だが、それも空振りに終わった。二人のいる木は、二人が坐っている枝を残して丸裸になっていた。

不意にフォキルが身を屈めてピヤの膝に触れ、かすかに合図をした。ずっと先の別の木立を指さしている。その指の先、島の反対側で、一頭の虎が水から上がって木に登ろうとしているのが見えた。虎もまた、鳥たちと同じく、嵐の眼を追っていて、ひと時の休息を取ろうとしているようだ。二人が虎に気づいたのとまったく同時に、虎も二人に気づいていた。数百メートル離れていてもわかるほど、巨大な虎だ。あれほどの虎の重みに木が耐えているのが不思議だった。虎は数分間、瞬きもせず、じっと二人を見つめた。尾を揺らすほか、身体はぴくりとも動かない。その身体に手を置くことができたら、きっと心臓の鼓動を感じられる。ピヤはそんなことを想った。

もう嵐が戻ってくる。虎はそれを知っていて、一度後ろを振り返ると、枝からするりと降りて水に戻った。それから数分の間、頭が水面に浮き沈みしているのが見えた。だが、次第に月光は力を失い、鼓膜をつんざく爆音をあげて暴風が吹き荒れはじめた。

ピヤはまた枝を跨いで坐り、もとの位置に戻った。ピヤは木に正対している。二人でサリーを木の幹に回し、フォキルがしっかりと結んだ。そしてその瞬間、嵐がやってきた。ありとあらゆるものが大気を飛び交いはじめる。

だが、なにかがおかしかった。しばらくして、ピヤは先ほどとの違いに気づいた。風向きが逆転している。さっきは木の幹がピヤを守ってくれていたのだ。今はフォキルの身体がピヤの盾になっている。だからこそ、フォキルは他の枝がないか探していたのだ。ということは、フォキルは、そもそも最初から、嵐の眼が過ぎた後は自分の身体でピヤを守ると覚悟していたのだ。ピヤはフォキルの手を振り払って、反対にフォキルを自分の前に引っ張り込もうとした。今度は、私がフォキルを守る盾になる。だが、フォキルはピヤを抑えつけたままびくともしなかった。ましてフォキルの身体は、風の重さを背負っていた。二人の身体はぴったり吸いつくように密着している。フォキルの背中に降り注ぎ、激しく打ちのめす一つ一つの衝撃を、ピヤもともに受け止める。フォキルの頬が私の頬にぴったりと押しつけられている。まるで、現実のいのちが二人に与えてくれなかったものを、嵐が与えようとしているようだった。嵐は二人を一つに融けあわせたのだ。

翌日

メガはのろのろとしか進めなかった。ようやくガルジョントラへの道のりの三分の二に達したころ、一艘のボートが遠方に姿を見せた。前に他の船を見てからもう何時間もたっている。

天気はからりと晴れ渡り、風はないがひんやりしている。嵐の後、水位は徐々に下がりつつあるが、マングローブはまだほとんど水没したままだ。水面は緑の波打つ絨毯に覆われ、森は——というか森のわずかな残骸は——すっかり葉をむしり取られた丸裸の幹のあつまりにすぎなかった。見渡す限りの陸地が水に覆われていて、本来の渚がみえないので、舵取りはひどく難しかった。明け方にルシバリを出てからずっと、這うような速度しか出せないのもそのためだ。

そのボートの正体に最初に気づいたのはホレンだった。幌を失い、あまりに変わり果てた姿に、カナイもモイナもこれがまさかフォキルのボートだなどとは思いもしなかった。だが、このボートを作ったのも、フォキルに譲るまで長年ずっと使ったのもホレンその人だったから、ホレンの目は確かだった。「ありゃフォキルのボートだ。間違いない。嵐で幌がなくなっちまったようだが、あれに違いない」

「中には誰がいる?」カナイは訊ねたが、ホレンは何も言わなかった。

カナイとモイナはメガの舳先に立った。二艘の舟はじりじり距離を縮めていく。水は凍り付いたよう。やがて、ボートには一人しかいないのがカナイにも見えた。その一人はあまりに全身泥だらけで、それが誰か、男性か女性か、さっぱりわからなかった。モイナも、カナイと並んで船縁をぎゅっと握りしめている。その拳には、カナイと同じく、血の色がない。肩を並べて、ボートの上の誰かがどちらなのか必死に凝視している二人の間に口を開く、深い断絶。

「彼女だわ」モイナがとうとう口にした。囁くような声が、そのまま嗚咽へと変わっていく。「あの人はいない」モイナは手を握り、夫婦の契りの腕輪を、自分の頭に叩きつけた。腕輪が割れ、額から血が流れだす。

我が身を傷つけようとするモイナを止めようと、カナイは手首を掴んだ。「モイナ、やめるんだ！　とにかくもうちょっと見てみよう……」

カナイは、凍り付いたモイナと二人、悪夢に魅入られたように、じっと水面を見つめた。

「やっぱりあの人はいないわ！　駄目だったのよ」モイナはそのまま力なく、甲板に崩れ落ちた。それを見て、エンジンを止めろとノゲンに怒鳴りながら、大慌てでホレンが操舵室から飛び出してくる。ホレンとカナイは二人でモイナを船室へ運び、寝棚に寝かせた。

カナイが甲板に戻ってくると、ピヤはもうメガに横付けしていた。ここまでの道を教えてくれたGPSモニターを手に、力なく立ち尽くしている。カナイは船尾に走り、手を差し伸べた。どちらも何も言わなかった。メガに移った瞬間、ピヤの表情はぐちゃぐちゃに乱れた。ピヤがそのまま倒れてしまいそうで、カナイは腕を広げた。ピヤが倒れてきて、頭を胸に埋める。「フォキルは？」カナイはやさしく訊ねた。

「駄目だった」ピヤの声は消え入らんばかりだった。

嵐が過ぎる直前だったの、とピヤは言った。とんでもなく巨大な重いものがぶつかってきたのだ。根ごと引きぬかれた切り株が、フォキルを強烈に殴りつけた。あまりの衝撃で、ピヤも正面の幹に叩きつけられた。フォキルの最期のときも、二人はサリーで幹に結ばれていた。フォキルの口からこぼれ出る言葉を、ピヤはすぐ耳元で聞いたのだ。息絶えようとするフォキルが最後に呟いたのは、モイナとトゥトゥルの名前。フォキルの遺体は、動物たちに荒らされないようモイナのサリーで木の幹に縛っておいてきた。だから、それを収容しに、もう一度ガルジョントラに戻らねばならない。


メガは遺体をのせてルシバリに戻った。遺体はその晩火葬された。

島では怪我人もほとんど出なかった。早期警報のおかげで、危険地帯の住民が早々に病院に避難していたのだ。その結果、フォキルの死が大ニュースになり、大勢の人が火葬に参列した。

その時も、その後も、ピヤはずっとモイナの傍にいた。モイナの家にはたくさんの弔い客が訪れた。女性の一人が、身体を洗う水をピヤに渡してくれた。別の誰かがサリーを持ってきて、ピヤに着せてくれた。弔い客のために床には茣蓙が敷かれている。ピヤが茣蓙に坐ると、トゥトゥルが隣にやってきた。トゥトゥルはピヤの膝にバナナを置くと、ピヤの手を握って長いことじっと坐っていた。トゥトゥルをぎゅっと抱き寄せると、トゥトゥルの鼓動が、自分の肋骨に響く。切り株がひゅるひゅる飛んできてフォキルの背中を襲った時の衝撃が蘇る。フォキルの顎が、私の肩にぐっと食い込んだ。フォキルが最後に妻と息子に呼びかけていることが分かったのも、音ではなくて、私の耳元に置かれた唇の動きからだった。

あの時、心の中で約束したのだ。あの時、荒れ狂う嵐の中で、死にゆくフォキルに、水のボトルを口に当ててやることしかできなかった。どれほど深く彼が愛されているか伝えようと、ピヤは懸命に言葉を探した――すると、フォキルは最後にもう一度、またしても、言葉抜きで、ピヤの思いを受け止めてくれたのだった。

家――エピローグ

サイクロンからひと月が過ぎ、ニリマが机に向かって仕事をしていると看護婦が病院から報せをもって駆けこんできた。バションティから来たフェリーからピヤさん《ディディ》が降りてくるのを見たんです。もうすぐトラストの敷地にやってきます。

ニリマは驚きを隠すことができなかった。「ピヤが？　あの、科学者の？　お前、確かかい？」

「はいマシマ、間違いありません」

ニリマは椅子に深く身を沈ませて考えこんだ。

ピヤが去ってから二週間が過ぎていて、本当のところ、もう会うこともあるまいと思っていた。サイクロンの後しばらくの間、ピヤはルシバリにとどまった。ゲストハウスにピヤがいるのは、気持ちの良いことではなかった。その時のピヤは、蒼白な顔をした、物言わぬ内気な生き霊さながらだったのだ。ニリマはピヤを持てあましていたが、幸い、ピヤはモイナと親しくなった。ゲストハウスの周りで二人が並んで黙然と坐っているのを、ニリマも何度もみかけた。どっちがどっちかわからなくなることもあった。服をなくしたピヤは、いつもやむなくサリーを着ていたから。モイナがくれた、鮮やかな赤、黄、緑のサリー。そういうサリーはモイナにはもう要らないのだ。さらに、寡婦になったモイナは風習に従って髪をばっさり切ってしまった。それで二人の髪は同じくらいの長さになった。だが、似ているのはそこまでだ。表情を見れば、二人の違いは際立っていた。モイナの悲しみは、真っ赤な目に鮮烈に映しだされている。一方、自分の殻に閉じ籠ったままのピヤは、石のような無表情。

「ショックだったんだよ」出ていく直前のある日、カナイは言ったものだ。「そりゃそうさ。フォキルの遺体に抱かれて何時間も嵐が終わるのを待っていたんだからさ。ちょっと想像もつかない恐ろしい体験だもの。それに罪悪感や責任感もあるだろうし」

「そんなことはわかっているよ、カナイ。だからこそ、普段の環境に戻った方が早く元気になれるだろうに。もうアメリカに戻った方がいいんじゃないのかね？　それか、コルカタの親戚の家に移るとかさ？」

「勧めてはみたんだけどね。アメリカ行きの切符を手配するよって言ったんだけど、でも全然耳に入ってなかったんじゃないかな。とにかく今は、モイナとトゥトゥルに対する責任をどうやって果たすかで頭がいっぱいなんだよ。だから考えがまとまるまで、もうしばらく一人の時間が必要なんだよ」

それでニリマはカナイの意図を察したらしかった。「お前、あの子を私に押しつけて先に帰ろうっていうのかい？」

「伯母さんに面倒をかけたりはしないと思うよ。その点は、確かさ。とにかく、自分を取り戻す時間が必要なだけなんだよ。僕がここにいてもなんの役にも立たない——むしろ、邪魔になるんじゃないかとも思うしね」

ニリマは、カナイの出発にそれ以上は反対しなかった。「そうかい、お前も忙しいんだろうし……」

カナイは伯母の肩に腕を回して抱きしめた。「心配ないよ。全部落ち着くべきところに落ちつくさ。僕もまた直ぐ来るから。きっとね」

ニリマはどうかね、と肩をすくめてみせた。「まあ、いつでも来ておくれ」

翌日カナイはルシバリを去った。サイクロンから一週間が過ぎていた。数日後、今度はピヤがやってきて、ルシバリを発つと言ってきた。

「そうね、それがいいよ。そうしなさい」ニリマは内心ほっとしたのを気づかれぬよう、声を抑えた。ピヤがこのままずっとルシバリにいると当局との問題にならないか、しばらく前から心配になっていたのだ。この子、ビザはまだ有効かしら？　ちゃんとした許可は持っているのかしら？　知らないし、知りたくもない。「あなたも大変な目にあったんだから」ニリマは暖かく労った。「ゆっくり回復しなきゃ駄目だよ」

「でも私、また直ぐ戻ってきます」ピヤが言い、「そうね、もちろん、いつでもおいで」というニリマの返事も嘘ではなかった。

とはいえ、ピヤの言葉はまったくありきたりの台詞だったのだ。またすぐ来ます、と一体何度聞かされたことだろう。そう言ってこの地を離れた善意溢れる外国人で、実際本当に戻ってきたものなど一人もいなかった。だから、もうピヤに会うことも二度とあるまいとニリマが思いこんでいたのも当然だった。だが、ピヤは約束通りすぐに戻ってきた。

ニリマが心の準備を整えるより早く、戸を叩く音がした。「ピヤ！　本当に戻ってきたのね……」思わずニリマは言った。

「ええ」ピヤは当たり前のように言う。「戻って来ないって思っていたんですか？」

図星を指されたニリマは急いで話題を変えた。「それで、ピヤ、一体どこに行っていたの？」ピヤが新しい服を着ているのにニリマは気づいた。前と同じ、白いシャツと木綿のズボン。

「コルカタです。叔母のところに泊めてもらって、ずっとインターネットで作業をしていました。ものすごい反響があったのよ」

「反響？　なんのだい？」

「サイクロンと、フォキルの最期のことを書いたレターをいろんなところに送ったんです。私の仲間も手伝ってくれて、レターをどんどん転送して、モイナとトゥトゥルへの寄付を募ってくれたの。想像以上の反応だったわ。お金はもうちょっと欲しかったけど、でも、なかなかの額。家だって買えるし、トゥトゥルを大学まで行かせてやれるわ」

「なんとまあ」ニリマは坐り直した。「そりゃ、たいしたもんだよ。本当によくやったね。モイナもきっと喜ぶよ」

「でも、それだけじゃないんです」

「なんだって?」ニリマは眉をあげた。「まだなにかあるのかい?」

「論文を一本仕上げたんです。シュンドルボンでの今回のイルカ調査のね。記録を全部なくしちゃったので、印象論的なレポートだけど、かなりの関心が集まったの。動物保護団体や環境保護団体から資金援助の申し出も来ていて。でも、まずはマシマに相談しなきゃいけませんから」

「私に?」ニリマは大声を出した。「調査なんて、私は全然良くわからないわよ」

「潮の国の人々のことを良くご存じじゃありませんか。保護活動に伴う負担を貧しい人に押しつけるような仕事は、私、したくないんです。だから、ここでプロジェクトをやるんなら、地域の漁師たちにも仲間になってもらえるよう、バダボン・トラストの旗を立ててやりたいの。トラストにとっても悪い話じゃありません。資金を共有しますから」

資金の話が出たところで、実際的なニリマは真剣に考えてみる気になった。「確かに考えてみる価値がありそうだね」ニリマは唇を軽く噛んだ。「だけど、実際的な面も考えてあるのかい? たとえば、あんたは一体どこに住む?」

ピヤは頷いた。「はい、その辺も考えてきました。ひととおりお話ししますから、どう思うか教えてください」

「言ってごらん」

「もしマシマが問題なければ、ここの二階をお借りしたいんです。ここを拠点にして、データを置いたり事務作業をしたりしたいんです。資金の明細をきちんと残しておかなきゃならないので、仕事場がいるんです」

ニリマは余裕たっぷりに笑みを浮かべた。私だってずっと組織を回してきたからわかるけれど、やっぱりこの子、どういうことが必要になるか、あんまりわかっていないようだね。「だがね、ピヤ」ニリマは優しい声を作って指摘した。「それだけの規模の事業を始めるなら、あんたの手足になる人が必要だろう。あんた一人では無理だよ」

「ええ、分かってます」ピヤは即答した。「そのことも考えたんです。私、モイナにその方面の仕事を任せたいと思っているんです。もちろん、病院の勤務時間外に、パートタイムで。そうすれば、追加収入にもなるし、モイナならきっちりやってくれるに違いないし。それに、モイナには、ベンガル語を教えてもらえたらいいなと思っているのよ。英語を教える代わりにね」

ニリマは両手をもみ合わせ、眉間に皺を寄せて、ピヤの計画の盲点をありとあらゆる角度から炙りだそうと試みた。「だがね、ピヤ、許可証とかビザとかはどうなるんだい？　なにしろあんたは外国人だからね。それなりに長い間ここにいなきゃならないんだろうが、それは法的に問題ないのかね？」

この点もピヤは万全だった。「その点は、私、叔父に相談してみたんです。叔父が言うには、私、無期限で滞在可能な在留資格の申請資格があるそうです——インド出身者なんとかっていう。研究のための許可については、バダボン・トラストが協賛してくれるなら、あとのことは叔父がなんとかしてくれるって。知り合いのニュー・デリーの環境団体が政府に口利きできるそうなんです」

「おやまあ！　あんた、本当になにもかも考え抜いたのね」ニリマは大声で笑いだした。「きっと、このプロジェクトの名前ももう決めているんでしょう?」これは皮肉めかした冗談のつもりだったのだが、ピヤの重々しい咳払いを聞いて、どうもこれはこの子にとっては物凄く大事なことらしいとニリマは察した。「名前はもう決めているのね?」

「フォキルの名前をつけてあげたいって思っているんです。フォキルのデータがプロジェクトの生命線になるんだし」

「フォキルのデータ?」ニリマは眉をひそめた。「だが、嵐でデータは全部なくなってしまったんじゃなかったのかね?」

ピヤは不意に目をきらきら輝かせた。「全部じゃないんです。これがあるから」と言って、ピヤはポケットから小さなモニターを取り出して、ニリマに見せた。「これ、GPS衛星につながっていて、嵐のときも私のポケットにずっとありました。あの時残った唯一の機器なんです」ピヤがボタンに触れると画面が点灯した。ピヤは続けて記録を表示するキーを打ちこむ。「フォキルが連れていってくれた経路の情報が全部ここに保存されているんです。たとえば」と言って、ピヤは画面上のジグザグの折れ線を見せた。「これは、嵐の前日の航跡なんです。フォキルは、イルカを見たことがある水路に片端からボートを入れたの。だから、この地図には、何十年分もの研究に相当する知識が詰めこまれているわけ。だから、フォキルこそ、プロジェクトの名前に相応しいと思うんです」

「なんとまあ!」ニリマは感嘆した。ニリマは、窓の先にちらりとのぞく空の断片に視線を送った。「じゃあ、すべては天空で記録されていたっていうことかい?」

「ええ、そのとおり」

ニリマは黙りこんで、ボートのフォキルが、旅の記録を星々の中に書き残したという不思議に思いを馳せた。それからニリマはピヤの腕をぎゅっと握った。「あんたの言うとおりだよ。下界にもフォキルの記念になるものを残しておかなきゃね。だが、細部についてはもうちょっと考える時間をおくれ」そう言ってニリマはため息をついて立ちあがった。「今はね、私はとにかくお茶が欲しいわ。あんたも飲むかい?」

「ええ、飲みます、ありがとう」

ニリマは台所で、薬缶にフィルター済の水を満たした。ケロシンストーブをポンピングしていると、ピヤが戸から顔をのぞかせた。

「ところで、カナイはどうしていますか? なにか便りはありましたか?」

ニリマはマッチを擦って網を交換した。「ああ、あったよ。つい先日、手紙が来てね」

「どうしているって?」

ニリマは朗らかに笑って、薬缶をストーブの上に置いた。「あの子もあんたと同じくらい忙しくしているみたいだよ」

「そうなんですか? 一体どうして?」

「さてさて」ニリマはティーポットに手を伸ばした。「どこから始めたらいいかしら? 一番の要点は、あの子、自分の会社の組織を変えて、まとまった休みを取れるようにしたのさ。しばらくの間コルカタに住もうと思っているようだよ」

「本当? でも、コルカタで一体何をするつもりなのかしら?」

「私もはっきりは知らないんだが」ニリマは細長いダージリン茶葉をポットに投じた。「ニルマルの手記の話を書こうとしているらしいよ。どうして手記があの子の手に入ったか。何が書かれていたか。どうして手記がまたなくなってしまったか。まあでも、詳しいことは、直接自分で聞けばいいさ。明日か明後日、ここに来るはずだからね」

「そんなに直ぐ？」

ニリマは頷いた。薬缶の蓋がカタカタ鳴っていた。ニリマは薬缶を取って、熱湯をポットに注いだ。

「ここにいる間、カナイが二階のゲストハウスに泊っても構わないかね？」

ピヤはほほえんだ。「もちろんです。家にカナイがいるのも悪くないわ」

ピヤの言葉にびっくりしたニリマは、茶葉をかき混ぜていたスプーンを思わず落としてしまった。

「聞き間違いかね？」驚きのあまりニリマはじっとピヤを見つめている。「あんた、今、『家』って言ったかね？」

なんの気なしに口にしただけだったのだが、ニリマの問いに、ピヤは眉間に皺を寄せてしばし考えこんだ。

「あのね、私にとっては、イラワディ・カワイルカ《Orcaella》がいるところが家なのよ。だから、ここが家でもおかしくないわね」

ニリマは目を丸くして笑いだした。「そうかい、ピヤ。それがあんたと私の違いだわね。私にとっては、おいしいお茶を淹れられるところが家なんだよ」

あとがき

『飢えた潮』の登場人物はいずれも、ルシバリ、ガルジョントラという舞台ともども、著者の創作になるものである。ただし、カニング、ゴサバ、サトジェリヤ、モリチジャピ、エミリバリといった地名は実在の場所であり、おおむね本作で紹介したような歴史を持つ。

私の伯父、故チャンドラ・ゴーシュは生前、十年以上にわたってゴサバの地方再建機構の高等学校で校長を務めていた。ダニエル・ハミルトン卿が創設した学校である。また、叔父は一九六七年に急死する前の数年間、ハミルトン農園の管理人も務めていた。少年時代に私が潮の国の思い出を持てたのは、叔父とその息子スブロト・ゴーシュのおかげである。

世界的な海棲哺乳類学者、ジェームズ・クック大のヘレン・マーシュ教授は、縁もゆかりもない赤の他人からのEメールでの問い合わせに快くお返事をくださった。教授のもとでイラワディ・カワイルカの研究をしているIsabel Beasleyをご紹介いただいたことは、どんなに感謝しても感謝しきれない。私は彼女のメコン河での調査に同行させてもらい、そこでイラワディ・カワイルカ、および海棲哺乳類学者なるものの生態を勉強させてもらったのである。彼女に対しては、深い感謝もさることながら、それ以上に彼女の粘り強く献身的な研究態度に深い感銘を受けている。

また、潮の国では、勇敢で、さらに抜群の言語能力・知性を兼ね備えたAnnu Jalaisと一緒に旅する機会に恵まれた。地域の歴史文化に関する彼女の学識が、やがてそれにふさわしい抜群の評価を受けることを、私は確信している。惜しげもなく知識を分け与えてくれた彼女の優しさと誠実さには、感謝の言葉もない。

かつてハミルトン農園の一部であったランガベリヤ島では、幸運にも地元の高校で校長を務めていたTushar Kanjilalにお話を伺うことができた。彼が一九六九年、亡妻の故Bina Kanjilalとともに設立した小さな自助組織は現在、タゴール地方開発協会（ＴＳＲＤ）となり、彼の尽力のもと、いくつもの革新的なプロジェクトを実現してきた。公共インフラなど無いに等しいこの地では、彼らが提供している見事な医療サービス、社会サービスの価値ははかりしれない。ランガベリヤ島でＴＳＲＤ病院が実現している医療の水準と、病院スタッフの熱い思いには瞠目すべきものがある。また、ＴＳＲＤ病院に言及するなら、Amitava Choudhury博士に触れないわけにはいかない。私にとって、潮の国における理想主義をまさに体現する人物である。ＴＳＲＤの活動は、いまや西ベンガルの州境を超え、女性エンパワーメント、プライマリー・ヘルスケア、さらに農業経営の改善など、幅広い領域に広がっている。彼らが、これほど多様な領域でこれほど効果的に成果を出していることこそ、創設者たちにとってなによりの誉れといえるだろう。ＴＳＲＤの活動については、http://www.tsrd.orgで詳細に知ることができる。

モリチジャピ事件が発生した当時、カルカッタの英語・ベンガル語メディアは熱心にこの事件を特集していたが、その後いまに至るまで、一般的に入手可能な英語の歴史論文は、Ross Mallickによる、「森林保護区域における難民再定住：西ベンガル州政府の政策転換とモリチジャピの虐殺」（Refugee Resettlement in Forest Reserves: West Bengal Policy Reversal and the Marichjhāpi Massacre, The Journal of

Asian Studies, 1999, 58:1, pp.103-125）のみである。Nilanjana Chatterjee の学位論文「真夜中の望まれぬ子供たち：東ベンガル難民と再定住の政治学（ブラウン大学）」（Midnight's Unwanted Children: East Bengali Refugees and the Politics of Rehabilitation）は、優秀な論文でありながら、残念なことに公刊されていない。また、Annu Jalais の記事「モリチジャピ再考」（Dwelling on Morichjhanpi）も、未だ出版されていない。

B. Poulin にも、謝意を伝えたい。A. Poulin Jr. が一九七五年に発表したライナー・マリア・リルケ『ドゥイノの悲歌』の英訳の引用を快く了承いただいた。この翻訳こそ、私にとってはいまも、英訳の決定版である。

作中で言及される『ドゥイノの悲歌』のベンガル語訳とは、ブッドデブ・ボシュが一九六〇年代に発表した素晴らしい翻訳のことである。これらは現在、ブッドデブ・ボシュ選詩集 Kabita Sangraha に収録されている（Kabita Sangraha, Pancham Khanda, ed. Mukul Guha, 1994, Dey's Publishing, Kolkata）。

さらに、以下の方々の温かいご支援にも感謝している：Leela Mandol, Horen Mandol, Tuhin Mandol, the Santa Maddalena Foundation, Mohanlal Mandol, Anil Kumar Mandol, Amites Mukhopadhyay, Parikshit Bar, James Simpson, Clint Seely, Edward Yazijian, Abhijit Bannerjee, Dr. Gopinath Burman。また、私の妹、Chaitali Basu 博士にも、特別な謝意を捧げる。また、この本の制作にあたっては、Janet Silver, Susan Watt, Karl Blessing それから Karpfinger Agency の Agnes Krup, Barney Karpfinger にも大変お世話になった。

本作の執筆中、妻デビーこそ、掛けがえのない支えだった。デビー、それから子供たち、リラ、ナヤンにも、無限の感謝を捧げる。

訳者あとがき

『飢えた潮』は難解な作品ではありませんし、特段、インドや、作品の舞台となるベンガル地方についての前提知識がなくてもまったく問題なく楽しめる作品です。著者アミタヴ・ゴーシュは、インド出身の作家とはいえ、インドだけで読まれている作家ではありません。欧米にも多くの読者がいますので、インド、さらにはアジア全般についてなんの知識も持っていない読者でもむりなく物語についてこられるよう、作品のなかで充分な配慮・工夫がなされています。

したがって、長々しい「解説」は不要だと思われますし、訳者自身、英文学の専門家でも、インド文学・社会・思想の専門家でもありませんので、ここではごく簡単に、若干の補足情報を提供するにとどめたいと思います。

「モリチジャピの虐殺」について

『飢えた潮』の登場人物ニルマルは、一九七九年五月に発生した「モリチジャピの虐殺」という事件に巻き込まれてしまいます。この事件の経緯はおおむね小説内で説明されるとおりですが、一点だけこの「あとがき」で補足すべきことがあるとすれば、それは、実際の出来事は、小説で描写されたよりもさらに一層悲惨であったらしいということです。

一九四七年、イギリスがインド亜大陸から撤退し、インドとパキスタンという二つの国家が生まれた時（現在のバングラデシュがパキスタンから独立したのは一九七一年のことです）、亜大陸には何百万人もの難民が発生しました。おおまかにいえば、亜大陸の中で、ヒンドゥー教徒が多い地域がインドになり、イスラーム教徒が多い地域がパキスタンになりました。しかし、インドになった地域にもたくさんのイスラーム教徒が住んでいましたし、パキスタンになった地域にも、たくさんのヒンドゥー教徒が暮らしていたのです。インドとパキスタンを分かつ国境線（ラドクリフ・ライン）が一九四七年八月一五日――つまり、独立当日――に公表されると、インドからはイスラーム教徒がパキスタンを目指して、またパキスタンからはヒンドゥー教徒がインド目指して移動を始めました。このとき、国境線の両側で大規模な虐殺が発生します。もっとも、このときインドから全てのイスラーム教徒が脱出し、パキスタンから全てのヒンドゥー教徒が脱出したというわけではありません。今でもインドの人口の14・2%はイスラーム教徒ですし、パキスタンの人口の1・7%、バングラデシュ人口の8・0%はヒンドゥー教徒です[1]。

『飢えた潮』執筆時にゴーシュも参照したと思われるRoss Mallickの論文「森林保護区域における難民再定住：西ベンガル州政府の政策転換とモリチジャピの虐殺[2]」によると、印パ分割時、最初にパキスタン領ベンガル（現在のバングラデシュ）からインド領ベンガル（インド西ベンガル州）に移動してきたヒンドゥー教徒は主に上位カースト層でした。彼らはやがてインド西ベンガル州の市民として受け入れられ、インド国民として暮らす権利を認められていきます。一方で、不可触民のヒンドゥー教徒がインドに移動してきたのはそれからしばらく後のことでした。上位カーストの難民とは異なり、自分たちの権利を勝ち取るための権力とコネを欠いていたために、彼らは西ベンガル州内に居場所を貰えず、インド各地の収容所に押し込められてしまうことになります。しかし、『飢えた潮』作品中でも述べられている通り、収容所の生活環境があまりに劣悪で耐え難かったために、彼らはベンガルへの帰還を目指して政治活動を開始し、そこで移住先として候補になったのがモリチジャピでした。

小説では触れられていませんが、彼らはベンガルの左翼政治家とも早くから連絡をとり、その支持のもとに帰還運動を展開していました。そして一九七七年、西ベンガル州では、それまで難民たちの帰還を妨害していた国民会議派の政権が倒れ、共産党を中心とする左翼政権が樹立されます。これに力を得て、難民たちはモリチジャピに住み着きました。ところが、味方だったはずの新政権は、結局、難民たちのモリチジャピ定住を許しませんでした。共産党の権力中枢を握る高位カーストヒンドゥーの指導者たちには、不可触民難民グループへの共感など、そもそもたいしてありはしなかったのです。

結局、長期間にわたる封鎖を経て、一九七九年五月一四日から一六日にかけて、ならずもの集団がモリチジャピに送り込まれ、難民たちを排除します。一説によると、この一連の悲劇を通して発生した難民の死者数・行方不明者数は累計一万七千人にものぼります。結局、この事件が当局によって調査されることはありませんでしたので、処罰されたものもいなければ、正確なデータも公式な調査報告書も存在しません。よって、「モリチジャピの虐殺」は、これほどの人命が失われた大事件であるにも関わらず、その後速やかに公的な歴史からは抹殺・忘却され、わずかに関係者のあいだでほそぼそと語り継がれていくことになりました。関係者やごく数少ない研究者をのぞけばすっかり忘れ去られていたこの事件に正面から光を当てたのが、『飢えた潮』なのです。

フォキルという名前

『飢えた潮』には、「潮の国」に暮らすフォキルやクスム、ホレンがいったいどの宗教を信仰しているのかをめぐって、ピヤやニルマルが困惑する場面があります。結局のところ、彼らは、自分たちをイスラーム教徒やヒンドゥー教徒に分類することにはまったく興味がなく、両者が混然一体にとけあったボン・ビビ信仰を自然なものとして受け入れているというしかなさそうです。

フォキルという主人公の名前もまた、そういった宗教事情を色濃く表す名前といってよいでしょう。フォキルとは、イスラーム教の神秘主義において、「神以外なにも持たない者」つまり、神秘主義の理想の人間像を表す「ファキール」というアラビア語の単語のベンガル語読みなのです（もっとも「神以外なにも持たない」彼らは托鉢して暮らすことが多いので、ファキールには「乞食」という意味もあります。こちらの意味も、極貧の漁師フォキルにふさわしい[3]）。そして、イスラーム教神秘主義の聖者たちは、インドでは多くの場合、ヒンドゥー教徒にも篤く崇敬されるようになりました。フォキルチャンド・モンドルという彼のフルネームは全体としてはヒンドゥー名と思われますが、その中に、フォキルつまりファキールというイスラーム教神秘主義に由来する単語が格納されており、つまり、彼の名前そのものから、彼が信仰しているものが純粋なイスラーム教でもヒンドゥー教でもなく、その両者が融け合ったものであるということが示唆されているわけです。

『大いなる錯乱』と、『ガン島』Gun Island

日本での『飢えた潮』出版に先立つ二〇二二年一〇月には、アミタヴ・ゴーシュの論文『大いなる錯乱』の邦訳が出版されました。原作の発表順は、本来、『飢えた潮』（The Hungry Tide, 2004）が先で、

『大いなる錯乱』（The Great Derangement, 2016）はずっと後になって発表されたものですが、『大いなる錯乱』を読むと、これからの時代に求められる「文学」について思索を深めようとしているゴーシュにとって、これまでに書いた数々の小説のなかでも、『飢えた潮』こそ特別な作品として位置づけられていることがわかります。

『大いなる錯乱』では、気候変動という「惑星的危機」と向きあったゴーシュが、現代の「文学」のありかたに関する根本的な問いを立ててみせます。いま、人類の目の前で、これまでの人類の想像を超えた「ありそうもないこと」が、じっさいにおこりつつあるにもかかわらず、文学は、どうして「ありそうもないこと」に正面から取り組むことができないのか。巻末のインタヴューで、ゴーシュは、

最近になってだんだんと気づいてきたのは、文学界はそういった〔世界の現実の変化に対する〕「応答」において、じつはきわめて鈍感であるということなのです。おおきく変動する今日の状況にたいして、哲学者や歴史家とくらべても、文学者の応答はかなり遅れをとっているということを認めざるをえません。わたしはこれを悲しく思います。「前衛的」といった表現は見せかけにすぎず、文学界の本質は信じがたいほどに保守的で、変化にたいして強く抵抗する性格をもっています。[4]

と、現代の「文学」にたいして、かなり手厳しいことを言っています。

ところが、『飢えた潮』では、とてつもないスケールで「ありそうもないこと」が次々と起こり（たとえば、一七三七年にカルカッタを壊滅させたサイクロンと大地震）、さらに、人間以外の登場人物、たとえばイラワディ・カワイルカやベンガル虎、蟹や、マトラ河、そしてなによりシュンドルボンの大

地を日々捏ねまわす「潮」までもが、まるで独自の意志をもついきもののように、いきいきと活躍しているわけです。しかも、それを「空想の話」ではなく、あくまで現実に起こっていることとして、リアリズム小説として、描き切った。

この先、自分はどんな作品を書かねばならないのか。『大いなる錯乱』を通して真剣に考えたゴーシュにとって、『飢えた潮』こそ、立ち返るべき原点と思えたのでしょう。二〇一九年、ゴーシュが発表した小説『ガン島』Gun Island で舞台に選ばれたのは、『飢えた潮』以来のシュンドルボンでした。『ガン島』は、気候変動がもたらした海面上昇と難民問題を主題とする物語です。『飢えた潮』の直接的続篇とは言えませんが、ピヤも再登場し、さらに、ものいう（?）イルカたち（『飢えた潮』のイルカとは別種のイルカですが）も見事な活躍を見せてくれます。

随所に引用されるリルケ『ドゥイノの悲歌』の訳文は、すべて岩波文庫版（手塚富雄訳）に依拠しました。

本書の出版にあたっては、さまざまな方からご支援をいただきました。インドの良き友人 Dhritismita Bora と Juhi Mendiratta からは、作品の読み、文章の解釈について、得難い助言を何度ももらいました。Agamoni Pathak とパロミタ友美さんからは、ベンガル語のニュアンスや日本語表記について、貴重なアドバイスをいただきました。また、井沼香保里・内田力両氏、それからアジア各地で難民支援の取組みを長年続けているれんげ国際ボランティア会様に多様な支援を頂戴しました。とはいえもちろん本書の翻訳内容・形式にかかわる責任は、すべて訳者のものです。そのほか、翻訳出版の道筋をつけるにあたり、羽田正・沼野充義・井坂理穂・三原芳秋の各先生にも大変お世話になりました。

アミタヴ・ゴーシュご本人からは、過去三年にわたり、温かいはげましをいただきました。私が、なんの成算もないまま、『飢えた潮』の翻訳に取り掛かったのはまだインドに住んでいた二〇一九年の冬でした。その後、仮訳をひととおり終え、日本に戻ってしばらく経った二〇二〇年夏ごろ、引き受けてくれる出版社が見つからずに行き詰った私は、とにかくまずは原作者を味方につけようとして、「『飢えた潮』の日本語訳出版は私に任せてほしい」という唐突な長文Eメールを著者に送りつけたのです。著者は、なんの実績もない赤の他人からのきわめて不躾な相談に、すぐ快諾・激励を与えてくれたのみならず、その後長きにわたり出版の道筋をつけられずにいた訳者を責めることもなく、何度も助け舟を出してくれました。そして、二〇二二年夏、すっかり希望を失いかけたころ、とあるご縁でご連絡させていただいた未知谷の飯島さんに機会をいただき、ついに『飢えた潮』を出版できることになりました。多くの日本の読者にとっては、インド出身の作家の作品はなじみがないと思います。ギャンブルのような企画に乗ってくださった未知谷の皆様に、深く感謝したいと思います。

最後にもうひとつだけ。アミタヴ・ゴーシュのような、非欧米出身の英語作家の作品は、日本の読書界において、いまなお、相応しい居場所を与えられずにいます。ゴーシュ以外にも、アルンダティ・ロイ、ロヒントン・ミストリなどの作品は、圧倒的に面白い掛け値なしの名作で、世界的に広く愛読されているにもかかわらず、日本では、英文学でもなければアジア文学でもない、置きどころのない「その他文学」として片付けられてしまいます。結果、彼らの作品が日本語で出版されることも、世評にのぼることもほとんどありません。そんな状況を変えたいと思い、今回出版するアミタヴ・ゴーシュ『飢えた潮』は、日本語版で五百頁近い大作ですが、なるべく多くの読者に本書を手に取っていただけるよう、リーズナブルな価格での出版を目指しています。そのために、クラウド・ファンディングを実施し、すでに多くの方々にご支援をいただきました。ご支援いただいた皆様に深く感謝の意を表しつつ、『飢えた潮』の出版で、日本における「その他文学」の潮目が、少しでも変わることを願っています。

二〇二三年二月

岩堀　兼一郎

1　各々、政府ウェブサイトで公表されている最新国勢調査（インド二〇一一年、パキスタン二〇一七年、バングラデシュ二〇二二年）にもとづく割合（少数第二位を四捨五入）。
インド　https://censusindia.gov.in/census.website/data/census-tables
パキスタン　https://www.pbs.gov.pk/content/final-results-census-2017-0
バングラデシュ
　http://www.bbs.gov.bd/site/page/47856ad0-7e1c-4aab-bd78-892733bc06eb/Population-and-Housing-Census

2　Ross Mallick,「森林保護区域における難民再定住：西ベンガル州政府の政策転換とモリチジャピの虐殺」（*Refugee Resettlement in Forest Reserves: West Bengal Policy Reversal and the Marichjhãpi Massacre*, The Journal of Asian Studies, 1999, 58:1, pp.103-125）

3　川本正知「ファキール」大塚和夫ほか『岩波イスラーム辞典』二〇〇二年。

4　アミタヴ・ゴーシュ『大いなる錯乱――気候変動と〈思考しえぬもの〉』（三原芳秋・井沼香保里訳、以文社、二〇二二年）、二八四～二八五頁。

Amitav Ghosh

1956年カルカッタ（現コルカタ）生まれ。ダッカ、コロンボなどで幼少期を過ごす。デリー大学で歴史学を学んだのち、エジプトでのフィールドワークを経て英オクスフォード大で博士号（社会人類学）取得。
1984年、デリーで発生したシーク教徒虐殺事件を自ら体験。
1986年『理性の円環』でデビュー。1988年『シャドウ・ラインズ』（井坂理穂訳、而立書房）で、インドでの地位を確立。その後アメリカに拠点を移し、『古の土地で』『カルカッタ染色体』（伊藤真訳、DHC）『ガラスの宮殿』（小沢自然・小野正嗣訳、新潮社）『飢えた潮』、さらに阿片戦争の時代を描きだす「アイビス号三部作」（『罌粟の海』『煙河』『炎の洪水』）、『ガン島』と話題作を次々と発表。ノンフィクション作品に、気候変動と文学の問題を論じた『大いなる錯乱』（三原芳秋・井沼香保里訳、以文社）など。

いわほり　けんいちろう

1984年生まれ。東京大学大学院総合文化研究科地域文化研究専攻修士課程修了。2011年より2017年にかけて（株）IHIにてシンガポール、マレーシアに駐在、国際調達・現地プラント工事などに従事。2017年~2019年（独）国際協力機構インド事務所にて、上下水道・電力・防災案件等を担当。

飢《う》えた潮《うしお》

二〇二三年四月十八日印刷
二〇二三年四月二十八日発行

著者　アミタヴ・ゴーシュ
訳者　岩堀兼一郎
発行者　飯島徹
発行所　未知谷
東京都千代田区神田猿楽町二-五-九
〒一〇一-〇〇六四
Tel.03-5281-3751／Fax.03-5281-3752
［振替］00130-4-653627
組版　柏木薫
印刷　モリモト印刷
製本　牧製本

Publisher Michitani Co. Ltd., Tokyo
ISBN978-4-89642-690-8　C0097